태양의 밀사

태양의 밀사

초판발행일 | 2014년 5월 31일

지은이 | 김자현
펴낸곳 | 도서출판 황금알
펴낸이 | 金永馥

주간 | 김영탁
디자인실장 | 조경숙
편집 | 칼라박스
인쇄제작 | 칼라박스
주   소 | 110-510 서울시 종로구 동숭동 201-14 청기와빌라2차 104호
물류센타(직송 · 반품) | 100-272 서울시 중구 필동2가 124-6 1F
전   화 | 02) 2275-9171
팩   스 | 02) 2275-9172
이메일 | tibet21@hanmail.net
홈페이지 | http://goldegg21.com
출판등록 | 2003년 03월 26일 (제300-2003-230호)

*값은 뒤표지에 있습니다.

ISBN 978-89-97318-68-1-03810

태양의 밀사

김자현 장편소설

황금알

제1장 호각소리

제2장 바다의 주름

제3장 자유는 구속으로부터

제1장 호각소리

1. 잉커우[營口]항의 총성

삼등항해사를 비롯해 헤드 쿼터마스타가 조종간에서 계기판을 들여다 보다가 선장을 향해 부동자세를 취한다.

"근무 중 이상 무!"

"출항 준비는 완료됐나?"

"넷!"

브릿지에 있던 총원 역시 선장을 향해 부동자세를 취했다. 선장 전진수는 삼등항해사 신성조 곁으로 다가섰다. 조타륜, 자이로컴퍼스와 레이더, 통신장치, 전자해도, 무선장치 등 브리지 전체를 훑어 본 선장이 조금은 얇은 입술을 다시 열었다.

"스크린을 이동시켜!"

선원들은 모두 제 부서에 들어가 출항 카운트다운을 기다리고 있는 중이다. 모니터로 시선을 옮긴 선장이 마이크 앞으로 다가섰다.

"오우케이─다음은 통신기기 이상 없습니까?"

"이상 없습니다."

나이에 비해 힘찬 통신장의 목소리가 총알처럼 선교 바닥에서 튀어 올랐다.

"갑판장, 갑판 전 부원들은 어떻습니까?"

"예, 갑판원을 비롯해 총 인원 스물한 명 전원 승선, 제 부서에서 대기 중입니다."

"좋아, 그럼—기관실 스탠바이 끝났습니까?"

"예! 모든 엔진 정상적으로 작동 중입니다."

어눌한 말씨의 기관장 목소리에도 팽팽한 긴장감이 서려 있다.

"좋아! 그럼 이제 출항 스탠바이에 들어간다."

왼손에 들고 있던 흰 모자를 쓰며 선장이 외쳤다.

"출항 스탠바이!"

"스탠바이 써!"

"엔진 스탠바이!"

"엔진 스탠바이 써!"

기관장을 비롯한 기관원들의 목소리가 모니터에서 터져 나왔다. 출항 카운트 다운 15분 전을 알리는 듣기 좋은 삼항사 목소리가 선내 스피커에서 다시 한 번 울려 퍼질 때 갑자기 한 발의 총성이 전 선원들의 고막에서 폭발했다. 기겁을 한 브릿지의 총원은 모니터로 시선을 보냈다. 맨 아래 갑판에서부터 부두 쪽으로 스크린을 돌렸으나 갑판원들이 우왕좌왕하는 모습만 보일 뿐 부두 쪽은 더 이상 보이지 않았다. 선장이 반사적으로 갑판으로 뛰어나갔다. 검은 재킷 차림과 카키색 작업복을 입은 두 명의 사내가 야화선을 향해 뛰어오는 것이 시야에 들어왔다. 확실치는 않으나 뛰어오는 두 놈 중 한 놈은 어제 만났던 중국 쪽 조직책 진가가 아닌가! 순간 선장은 부두 전체를 훑어보았다. 총성이 어떤 방향인지는 알 수 없으나 삼백 미터쯤 뒤쪽에 검은색 세단 두 대가 방해물들을 요리조리 피하며 질주해 오는 것이 보였다. 그리고 계류색을 살폈다. 갑판원들과 미나라이(견습 갑판원), 라인맨(부두노동자)들이 출항을 준비하느라 계류색을 살피며 갱웨이 (선박으로 오르는 사다리형 갱도)주변에서 서성대는 것이 보였다. 대체 무슨 일이지?

도무지 머리가 돌지 않는다. 눈으로는 여전히 부두를 살피며 선장이 브릿지를 향해 손을 훼훼 젓자 삼항사가 브릿지에서 워키토키를 갖고 잽싸게 달려나왔다.

"갑판장 무슨 일인가?"

"예, 저도 잘 모르겠습니다."

"짐작 가는 바도 없나?"

"어젯밤 부원들과 조직원들이 상륙 외출 나갔다가 현지 조폭들과 한 판 붙었단 소리는 들었습니다만…"

"어젠 그런 보고가 없지 않았소?"

선장의 목소리가 후덥지근한 항구의 새벽에 비수처럼 꽂혔다.

"그런데 선장님, 저놈들이 갱 웨이를 향해 달려들고 있습니다."

"일단 갱웨이를 올립시다."

"넷!"

"어쨌든 총성이 우리 야화선을 향해 발사된 것이란 말이네."

"야화선으로 달려드는 두 놈에게로요."

"그게 그 말이지 뭐요!"

선장의 빳빳하게 일어선 굵은 눈썹이 순간 꿈틀 움직였다.

"갑판원들 들어라! 선수 선미의 계류색(배가 떠내려가지 않게 육지에 매어놓는 밧줄)을 풀어라, 육지에서 우리 배를 향해 달려오는 몇 놈이 있다. 동작 빨리 햇!"

"라인맨들이 모두 도망쳤습니다."

"그럼 무슨 방법을 써 봐!"

갑판장의 시뻘겋게 부풀은 얼굴을 내려다보며 선장의 목소리가 총알처럼 튀었다. 선장은 다시 브릿지로 뛰어들었다. 그리고 모니터를 들여다본다. 다음 순간 침착하게 가라앉은 선장의 목소리가 선내 스피커를 울렸다.

"계류색을 절단한다. 서둘러! 소화용 손도끼를 찾아라."

야화선을 향해 놈들은 계속해서 기를 쓰고 달려오고 있다. 그때 다시 총성이 두 발 연거푸 들렸다.

"계속해서 보고하라! 상한 사람 없나?"

"없습니다."

"선장님, 달려오는 놈들에게 총을 쏘는 것이 확실합니다. 뒤따라오는 자동차에서…"

"이미 알고 있다."

달려온 놈들이 승선하기 위해 갱웨이를 향해 돌진한다. 그때 갱웨이가 대지에 붙었던 발을 천천히 들기 시작했다. 도착한 두 놈이 들려지는 갱웨이에 대롱거리며 매달려 올라가는 것이 모니터에 잡혔다. 뱃머리에서는 손도끼를 찾아들고 온 부원 하나가 선수의 계류색 밧줄을 내려친다. 그러나 선미에서는?

"선미 계류색은 왜 자르지 않나?"

"손도끼를 찾고 있는 중입니다."

사태를 알아차린 선수 쪽 부원이 손도끼를 들고 배의 후미를 향해 전 속력으로 달려가는 것이 보였다.

"두 놈이 갱웨이에 매달렸습니다."

"짜식들, 머리를 써! 소화용 호스로 물을 쏜다. 알았나!"

다시 선장의 목소리가 선내를 울리고 새벽바람을 타고 야화선 주변으로 퍼져 나갔다.

"지금 곧 출항이다. 삼항사! 방송하라. 비상사태다! 동작 빨리 햇!"

"옛 써! 선내에 있는 모든 선원에게 알립니다. 부두에 긴급사태 발생! 현재 시각 7시 24분. 출항스탠바이 30초 전, −20초, −10초, 아홉, 여덟, 일곱, 여섯, 다섯, 넷, 셋, 둘, 오우케이!"

그때 갑판장의 목소리가 워키토키에서 들려왔다.

"선장님, 선미의 계류색까지 절단 완료했습니다."

"좋아, 그럼 올 라인 렛 고!"

"올 라인 렛 고 써!"

선내에 있는 총원이 복창했다. 선미의 계류색이 끊어지자 뿌우우~ 큰 기적 소리가 이별을 고하듯 잉커우항 아침으로 퍼져 나갔다. 육중한 선체는 둔중한 몸짓으로 항구를 빠져나가기 시작했다. 그때 부두에는 검은색 세단이 도착해 머리를 빡빡 깎은 놈들을 토해냈다. 검정 셔츠를 입은 놈들은 발을 동동 구르며 멀어져 가는 배를 향해 총을 난사한다. 여기저기 물결이 튄다. 팽-! 총알 한 방이 갱웨이 끄트머리에 맞았다. 아직도 놈들이 바둥거리는 것으로 보아 맞은 놈은 없단 이야기다.

"매달린 놈들에게 사정없이 물을 쏴라!!"

선장의 입에서 화염이 쏟아져 나왔으나 놈들은 아직도 대롱거리며 갱웨이에 매달려 있다.

"수압을 최고로 높여~!!"

선장의 명령이 발포되자마자 마침 놈들이 바다로 떨어지는 것이 스크린에 잡혔다. 출항과 입항으로 새벽부터 분주하던 부두는 한 개의 영화 같은 장면에 넋을 빼고 있다가 모두들 한 숨을 쉬며 다시 제 일을 향해 꿈틀거리기 시작했다. 선수루 쪽 갑판에서 가슴을 치던 갑판장도 풍선이 터지듯 한숨을 토했다. 갱웨이에 매달렸던 놈들이 바다로 떨어지자 선장은 바쁜 걸음으로 갑판으로 나갔다. 그리고 멀어져가는 부두를 바라보았다. 깍두기 머리를 하고 총을 쏘던 놈들은 배가 떠나간 자리를 살피며 이리 닫고 저리 닫고 있는 것 아닌가. 분명 바다로 떨어진 놈들을 찾고 있는 거다! 선장은 다시 운항 지휘실로 뛰어들어 왔다.

"갑판장 브릿지로 올라오시오. 그리고 일항사 항해에 이상 없지?"

"네, 이상 없습니다."

"그럼 잠깐 갑판장 면담 좀 하고 오겠다. 아 갑판장, 브릿지 말고 선장실로 올라오시오!"

워키토키를 해도海圖 위에 내려놓은 선장의 시선이 갑자기 삼항사에게 꽂혔다.

"삼항사는 자신의 임무가 무엇인지 복창 한다!"

잠깐 어리둥절하던 삼항사가 선장의 의도를 알아차린 듯 차렷 자세를 취하며 입을 열었다.

"죄송합니다. 즉시 시정하겠습니다!"

"무엇을 시정해. 다시, 너의 임무를 복창한다!"

서슬이 시퍼런 선장의 목소리가 선교 안을 쩌렁 울렸다.

"안전한 항해를 위해 당직을 서야 하며 화재나 비상시를 대비해 소화설비의 점검과 확보, 그리고 기타 잡무로 알고 있습니다!"

"그 지식은 시험 답안을 위한 것인가?"

"아닙니다. 소화용 손도끼 바로 찾아서 제 곳에 비치하겠습니다!"

"비상사태는 예고 없이 찾아온다. 두 번 다시 오늘과 같은 순간이 오면 바다에 처넣을 것이다. 알았나!!"

"넷, 명심하겠습니다."

삼등항해사, 신성조의 복창을 귓결에 들으며 이미 선장의 발걸음이 선교를 빠져나가자 통신장을 비롯해 함께 있던 요원들의 어깨가 동시에 툭~하고 내려졌다.

'서둘러 갑판장을 만나야 한다. 대체 무슨 일이 일어나고 있는지 파악해야 해! 대충 짐작이 가는 바가 있으나 무슨 일인지 정황을 짚고 넘어가야 한다. 원인과 결과를 정확히 따져 놔야 그로 인한 불씨가 살아났을 때 대처하기 쉬울 것 아닌가.'

2. 비상의 땀

오후 2시 17분. 재벌 기업의 선박 건조 기공식에 하객들이 두근거리는 기대를 안고 차일 밑으로 속속 들어서고 있었다. 구름 한점 없는 하늘에서 산란한 바람은 여인들 사이를 비집고 들어가 얇은 옷자락을 흔들기도 하고 재빠르게 바다로 향하기도 하면서 지금 건조가 시작 된 거대 선박에 햇살의 폭포를 쏟아 붓고 있었다.

삼십만 톤급 선박이라 하면 실로 그 규모를 짐작하기 어렵다. 우리는 자랑스런 장보고의 후예, 조선기술에 있어 세계 제일이 아니냐! IMF가 닥치고 들어온 수주라서 본사는 물론 해당 업체들의 비상한 관심 속에 열리는 세레모니다. 각 계를 대표하는 죽~죽 빼어 입은 신사들과 한껏 성장을 한 숙녀들, 삼삼오오 서 있는 본부석을 향해 걸어오는 진수의 귓가로 이들의 웃음소리와 안부 인사와 축하 메시지를 나누는 행복에 젖은 목소리들이 들려왔다.

'그런데 가슴에 잡힐 듯 말듯 노란 나비가 팔랑대는 것은 무슨 일일까. 남미와 북미 그리고 유럽의 여인들~아아~~ 여인들의 향수냄새가 그 원인이다.'

진수는 혼자 입가에 웃음을 띠우고 식장을 향해 계속 걸었다. 바로 그 때 사회자의 오프닝 맨트가 들리더니 블라스 밴드가 핀란디아를 연주하기 시작했다.

'흠-핀란디아라. 핀란드에서 수주를 받았다더니...기획이 상당수준인데!'

발걸음을 늦췄다. 축사와 답사가 길 것은 불을 보듯 뻔하다. 이제 힘 든 고비는 모두 넘긴 것일까? 온전할 순 없지만 이제 남은 생을 살아내야 할 인생의 목표가 뚜렷해진 것임엔 틀림이 없다. 허나 하늘에 오른 듯 희열에 가까운 기쁨을 만끽할 수 없는 자신이 안타까웠다. 망치의 얼굴이 어른거렸다. 담배에 불을 붙이는 사이 본부석을 중앙에 두고 차일 밑에 마련된 간이 의자를 메우며 서 있던 사람들이 계속 들어가 앉는 것이 보였다. 아니면 삼삼오오 몇몇의 그룹은 뒤편에 서서 기공식의 다음 순서를 기다리고 있는 중이다. 내·외빈이 자리한 한 단 높은 본부석 바로 밑에는 독수리 중에서 가장 큰 콘돌 크기의 얼음 조각이 가끔 비상의 땀을 흘리며 날아갈 듯한 자세를 취하고 있다. 그 오른쪽으로 사회를 보고 있는 남성은 감색 양복에 연 쪽빛 드레스 셔츠 차림이다. 축사와 답사가 끝났을 때 진수는 다시 발걸음을 떼어놓았다. 사람들의 시선을 의식하며 진수는 본부석 가까이 차일 안으로 들어섰다. 본부석 뒤, 벽면에는 '대항조선 옥포조선소 핀란드 수주 선박건조기공식'이라고 명조체로 쓰인 현수막이 붙어있고 굵은 글씨 아랫단에는 00년 5월 24일이라고 날짜가 박혀있다. 본부석 왼쪽으로는 6명씩 3열로 앉은 해군 군악대가 핀란디아 연주를 끝내고 싸이드 드럼만이 작은 소리로 분위기를 고조시키고 있다.

"그럼, 다음은 본 세레모니의 꽃, 선박 '시벨리우스'의 용골 접안식이 있겠습니다. 거대 선박의 건조는 고도의 전문분야라서 일반인들은 누구나 생소하실 겁니다. 용골이라 하면 집으로 말하면 대들보이며 오늘은 선박의 대들보를 올리는 상량식이라고 보면 되겠습니다. 그럼 상량식이 있기 전에 소개드릴 분이 한 분 더 계십니다. 이 자리에 그 용골을 중국 잉커우[营口]항에서 직접 싣고 오신 야화선 선장 전진수님을 소개합니다. 그 수고에 답하기 위해 여러분 박수로 환영해 주십시오."

'뭐! 〈시벨리우스〉가 선박의 이름이라고!'

내·외빈을 다 소개받은 참석자들이 어리둥절한 눈빛으로 입구를 향해 시선을 옮겼다. 흰 양복에 흰 모자 쓴 사내는 사람들의 시선을 한 몸에 받으며 차일 안에서 쏟아지는 햇살 아래로 나와 객석을 향해 비스듬히 허리를 굽혔다. 하얀 정복은 칼날처럼 날이 서 있고 푸른빛 도는 흰 모자에 햇빛이 살처럼 부서져내렸다. 잠시 수군거리는 소요를 뒷덜미로 의식하며 진수는 다시 차일 안으로 들어서서 마침 비어 있는 의자에 가서 앉았다. 음악은 다시 엘가의 '사랑의 인사'로 바뀌더니 지금은 '스완레이크'의 서주가 화려하게 시작되었다.

"그럼 이제부터 야화선에서 데리크가 용골, 다시 말해 건조할 선박에 철근을 하역하시는 것을 직접 보시겠습니다."

거대한 기중기가 철근을 들어올리기 시작했다. 바로 그때 흰 제복의 사내, 전진수 선장의 어깨를 누군가 톡톡 치는 것이 아닌가. 몸을 비틀어 뒤를 돌아보자 카키색 점퍼 차림의 땅달막한 사십 대 남성이다.

"잠깐 좀 보실까요?"

체격이 주는 분위기 보단 단정한 말투다. 뒷줄에 앉아있던 사내가 일어섰다.

"무슨 일이십니까?"

"강포동이라는 사람을 아십니까?"

'수옥이 일로 강포동이 보낸 사람인가?' 하고 진수는 생각했다.

"네, 그렇습니다만…"

"저쪽으로 가서 말씀 좀 나누실까요?"

말투는 고압적이지 않았지만 사내는 벌써 의자열에서 빠져나가 앞서 걸어가고 있었다. 밀항이 들통났나? 저것은 이쪽의 의사는 전혀 고려하지 않겠다는 태도 아닌가. 기공식에 참석한 사람들은 방금 소개받은 전진수 선장에게서 시선을 돌려 부서지는 햇살에 온 몸을 드러낸 기중기를 올려다보는 중이다. 할 수 없이 일어선 진수도 모여 있는 사람들을 헤치고 남성을 따라 걷기 시작했다. 계속 해안 쪽으로 걸어가는 사내를 바라보는 그의 표정이 점점 굳어져 갔다. 가던 발걸음을 멈추고 사내를 향해 소리를 키운 전진수의 목청이 바람을 타고 주변으로 퍼져나갔다.

"이제 얘기 하시죠. 누구십니까?"

쏟아지는 햇살에 눈을 찡그리며 사내가 돌아선다.

"잉커우[營口]항에서 철근을 싣고 오셨다구요?"

"그렇습니다만…"

"오시다가 스다오 갑 삼십 마일 해상에 들르셨습니까?"

"누가 그런 말을 합니까?"

"아니면 화물밑창에 무엇을 싣고 오셨습니까?"

"대체 무슨 근거로 그런 질문을 하시는 거죠?"

"그럼 우성해운이라는 회사가 주로 밀무역을 하는 회사라는 것은 아십니까?"

"전혀 모릅니다."

"이번에 강포동과 손을 잡으셨던데 그 사람, 금괴와 참깨와 참기름 밀수로 유명했던 사람이란 건 아십니까?"

사내의 말투가 슬슬 강하게 변하고 있는 것을 감지했다.

"이번 출항 때 갑판장이었던 사람입니다. 그 외에는 전혀… 대체 당신 누구요? 신분을 밝히지 않으면 나는 기공식 현장으로 가보겠소!"

"난 해경이요. 당신 북파 공작원이었지?"

땀을 빨빨 흘리며 사내는 남방 왼쪽 가슴포켓에서 사각의 신분증을 꺼내어 진수의 코앞에 들이댔다.

3. 날아간 새, 길조일까

창을 열었다. 계절의 여왕 오월이 초순을 넘어서고 있다. 바닷바람 때문에 며칠 전까지만 해도 을씨년스럽던 부두가 생기를 찾고 항구는 알몸을 드러내기 시작했다. 봄볕에 그을은 바다는 벌써 부두 노동자들의 웃통을 벗기고 있다. 시장을 구경하러 나온 관광객들, 물 좋은 어물을 사러 나온 사람들로 시장은 여전히 붐비고 있으나 한 푼이라도 싸게 어물을 떼어가기 위해 각지의 상인들이 몰려왔던 새벽 시장은 한차례 회오리가 치고 간 듯 한숨을 돌리는 중이다. 출항하지 않은 선박들이 어깨를 부딪으며 건들거리고 있는 곳을 넘어 먼바다로 시선을 옮겼다. 물감이 번진 듯 부연 수면은 늦은 아침 햇살을 받아 은색 안개가 피어오르고 바야흐로 여름의 징조가 바다 수면을 감싸고 있었다.

바다로부터 시선을 거둬들이자 잡아 온 어물을 흥정하는 소리, 다시 자갈치 시장 장사꾼들의 외침, 선박들의 삐그덕거리는 소리, 손 좀 흔들어 달라고 때 늦은 출항을 알리는 뱃고동소리, 텅텅 탕탕, 크고 작은 배들이 제각기 내는 엔진 음, 화물을 나르는 기중기들, 밧줄이 떨어지는 소리들,

사람들의 외침이 한데 어우러져 항구가 흡사 거대한 고래처럼 숨 가쁜 호흡을 내뿜고 있다. 항구란 이런 소도구들의 음의 향연饗宴으로 하여 삶이라는 진실에 곧장 맞서게 된다. 정신적 사치로 자폐自閉의 늪에서 허우적거리는 자 있으면 바로 항구로 오라! 삶은 한순간의 나태도 허락치 않는 지엄한 현장임을 깨달을 테니까. 그러나 내일 모레면 야화선을 타고 출항해야 하고 얼마간 육지를 밟지 못할 것이다. 마의 삼각지, 남미로 해서 지구 반 바퀴를 돌아올 때와 비교하면 이건 옆 집에 가는 마실이다. 하지만 어떤 출항이든 만전을 기해서 나쁠 건 없지.

내일 저녁은 야화선 선원들과 상면 시간을 갖는 날이다. 머리를 짧게 깎은 건달들이 대여섯 앞서거니 뒤서거니 어깨를 흔들며 가는 것이 보였다. 느린 기적 소리가 몇 번 연달아 들렸다. 생존의 근거지를 바다로 삼는 것이 어디 뱃놈들 뿐인가. 그들을 또한 뜯어먹고 사는 제 2, 제 3의 먹이 사슬들. 그래서 조직원, 건달들이 많이 보이는 것은 항구 도시의 특징이다. 막심 고리끼가 아홉 살 때부터 부두노동자였다고 했던가. 연이어 가죽장수의 부르스가 생각났다. 왜 막심이 떠오르면 가죽장수 멜로디가 생각나는 거지. 어떤 연유로 기억장치가 꼬이기 시작했을까?

바람이 한 줄기 비릿한 냄새를 실어왔다. 그리고 아래층에서 나는지 음식 냄새와 함께 퀴퀴한 냄새가 다시 올라왔다. 건너다보이는 낡은 5층짜리 건물 옥상에는 부서진 의자들, 쓰다 버린 가구들이 널려 있고 때에 전 잿빛 수건들이 여기저기 걸쳐져 있다. 아마도 중국음식점과 이발소가 있는 건물일 것이다. 그리고 저 건물에는 어두컴컴한 구석에 전당포가 하나쯤 있을지도 모른다. 고골리와 도스토옙스키가 떠올랐다.

진수는 옷걸이로 걸어 가 상의 주머니에서 담뱃갑을 찾았다. 한 대 피워 물고 창밖으로 다시 시선을 돌렸다. 그때 웬 새 한 마리가 창턱으로 날아와 앉는 것이 보였다. 검은색 깃털이 꼭 까마귀를 닮은 새다.

"짜아식!"

눈 밑에는 노란색 띠가 그려져 있고 부리와 다리가 귤색에 가까운 등황색이다. 유리 창밖, 유럽식 발코니로 멋을 낸 공간에 앉아 새는 고개를 주억거리며 안을 들여다 본다. 그는 새에게로 다가갔다. 사람이 다가가는 데도 녀석은 여전히 고개를 기웃거리고 있는 것이 아닌가! 손바닥보다 작은 이 새는 어떤 소리로 노래하는 새일까?

"신기한 녀석 다 보겠군! 뭔가 먹을 것을 갖다 줄까?"

방금 돌아간 강포동과 함께 씹던 맥주 안주다. 탁자에 놓여있는 오징어포를 몇 개 집어다 창밖으로 손을 내밀었다.

"안녕하세요? 안녕하세요?"

거무튀튀한 소리가 뺨을 철석 갈기는 것 같아 그의 손이 흠찔 흔들렸다.

"깜짝 놀랐네~ 짜아식!"

그러나 새는 벌써 먹이를 콕콕 찍어 먹는 것이 아닌가. 숨을 삼킨 채 손을 내밀고 있는 사람은 아랑곳없다는 듯이… 손바닥에 새의 부리가 닿을 때마다 상쾌한 느낌이 전해졌다. 고개를 더욱 내밀고 보자 새는 다시금 걸찍한 목소리로 말을 뱉었다.

"뭘 보냐? 뭘 보냐?"

진수는 흠찔 한 걸음 뒤로 물러섰다.

"이건 새의 탈을 한 사람 아니야! 야생조가 아니군!"

진수는 자신의 알몸을 내려다보았다. 강포동을 보내고 샤워를 하려던 참이다.

"저놈이 또 내 알몸에 대해 한마디 하는 거 아니야!"

피식 웃으며 먹이를 더 갖다 주려고 그는 돌아섰다. 필리핀 앵무공원에서 앵무새는 많이 보았다. 그렇다면 분명 구관조일 것이다. 말을 하는 새! 길조일까? 다시 탁자로 돌아와 일회용 접시를 아예 들고 가 쇠 창살 틈으로 내밀자 새는 삽시간에 공중으로 날아올랐다.

"아차~ 잡을 수 있었는데…"

아쉬운 눈빛으로 새가 날아가는 공중으로 시선을 이동시켰다. 새는 점점 멀어져 한 개의 검은 점이 되더니 빌딩 숲이 걸어 와 새를 삼켜버렸다. 한참을 못 박힌 듯 서서 그는 숲을 지그시 바라보았다.

4. 의혹

'출항 때부터 총성이라니…'

선장실을 향해 발걸음을 재게 띠면서 선장 전진수는 머리를 팽팽 굴렸다. 갑판장을 만나면 대충 사태의 윤곽이 드러나겠지만 자신의 머릿속에서 어떤 유추도 가능하지 않다는 것이 아무리 생각해도 어이가 없었다.

'시야에 들어왔던 두 놈 중 한 놈이 어제 만난 중국 쪽 조직책 진가의 낯짝으로 보였는데… 정말 그놈일까?? 그런데 놈이 대체 왜 나타났단 말인가! 그놈을 쫓는 놈들은 또 누구란 말인가?'

선장실 앞에 도착하자 갑판장 강포동이 문 앞에 서 있었다.

"들어갑시다. 대체 형님, 어떻게 된 일이오?"

"내도 도통 영문을 모르겠단 말이라. 몇몇이 외출했었다는 야그는 들었지만도…"

"어제 외출했던 부원들 모두 부릅시다."

해도가 붙어 있는 벽면 밑, 책상으로 다가가더니 선장은 서랍을 열고 담뱃갑을 꺼내 강포동에게 권한다.

"아이다. 사태를 마무리 지어놓고 피울란다."

인터폰을 들고 갑판장이 부원들을 소집하는 동안 선장은 담배에 불을 붙이더니 연기를 토해낸다.

'이제 마지막 한 판 승부로 인생을 만회하려는데 신경을 자극하는 새끼는 갑판장이든 누구든 가만 안 둔다. 이번에 초를 치는 놈은 봐주고 나발이고 국물도 없다. 자초한 일이라면 말할 것도 없고 우연이든 필연이든 가만 두지 않겠어! 선장이 얼마나 성질 드런 놈인가 보여주고 말리라. 초긴 장으로 대처하고 있는데 출항부터 재수 없게 불상사라니!'

그때 부원들 다섯 놈이 뛰어들어왔다. 피우던 담배를 재떨이에 비벼 끄고 선장이 그들 앞으로 다가섰다.

"길게 말고 사건의 전모를 요약해서 말할 수 있는 사람~너저분하게 얘기하면 가만 안 둔다. 어제 잉커우 항에 상륙 외출 나갔을 때 무슨 일 없었나?"

낮고 가라앉은 선장의 저음이 선장실 바닥에 매섭게 내려앉았다. 날렵하게 올라간 선장의 눈초리에서 살기가 퍼져 나왔다. 그때 얼굴이 팥죽색이 된 갑판장이 더듬거리던 입을 닫았다.

"자네가 말해보지 그래!"

말을 더듬는 갑판장 얼굴에서 시선을 돌려 조금은 똘똘해 보이는 부원의 눈동자에 선장의 시선이 이미 꽂혔다.

"네 그럼, 말씀드리겠습니다. 어제 영구항에 도착해서 외출 나가는데 항구에서 그리 멀리 떨어지지 않은 곳이었습니다. 색시들 있는 동네요. 그곳을 지나는데 팔을 붙들고 엔간히 달라붙더란 말입니다. 그래서 그냥 밀쳤는데 여자가 나가 떨어지더라구요. 허지만 지는 세게 밀치지 않았거…"

발언하고 있는 부원한테로 갑자기 선장의 오른발이 한 걸음 나갔다. 따귀가 이 뺨 저 뺨으로 날았다.

"개새끼! 그게 요약한 거야!"

선장의 인상이 더욱 험악해지자 부원 하나가 자청하고 나섰다.

"제가 말씀드리겠습니다. 어제 외출할 때는 여섯시가 다 되었을 무렵입니다. 부원 한 놈이 바로 얼마 전에 와본 일이 있다고 해서 간 집이 양주집이었습니다. 그런데 옴팡 바가지 썼습니다. 기분이 좆같이 되어 돌아오는 길이었는데…"

"이 새끼도 소설 쓰네."

놈의 복부로 선장의 강타가 날았다. 전광석화電光石火 같은 선장의 동작에 부원들은 하나같이 얼어붙은 듯 서 있다. 조금 전의 상황은 생각할수록 그냥 넘어갈 수 있는 사건이 아니다. 재수 없으면 출항이 틀어질 수도 있고 누군가 다치기라도 했다면 어떻게 할 것인가. 여기는 타국인데 현지인과 싸우다 문제가 발생하면 출입국 관리가 간섭하고 나올 수도 있다. 다행히 포트 컨트롤이 끝났을 때니까 별 일 없었지. 만약 제시간에 출항을 못했다면 모든 일이 수포로 돌아갈 것이 아니냐! 국가 대 국가의 일로 확대될 수도 있고 일생일대 중대한 과업을 남겨두고 있는데 신경의 심지에 불을 붙여?

그때 답답했는지 갑판장이 다시 입을 열었다.

"사실은 어제 보고를 받았습니다. 저와 선장님과 외출에서 돌아오고 나서 얼마쯤 있다가 보고라기보다는 삼항사가 들어와서 하는 말이 부원들하고 현지 조폭들 간 싸움이 붙은 것 같다고요."

"그런데 나한텐 보고를 하지 않았단 말요?"

"조금 있다가 이 자들이 모두 들어오기에 인원만 점검하고 그냥 잤습니다. 술도 많이 됐고 해서…"

"제가 말씀드리겠습니다."

날칼이 앞으로 한 발 나서며 흉터 자국이 심한 입술을 열었다.

"어제 저희들은 상륙 외출을 하지 않고 식당에서 고스톱을 하고 있었습니다. 삼항사가 들어올 때가 10시는 넘었구 11시는 못 됐을 겁니다. 부두에 멀지 않은 곳에서 우리 선원들과 현지인들이 싸움이 붙었다고 말하더군요. 생김새로 보아 조폭들로 보이드랍니다. 저희들이 누굽니까? 그동안 몸도 근질거리던 차에 셋이서 달려나갔죠."

삼항사가 갑판장에게 들려주는 얘기를 옆에서 듣고 있던 조직원-망치들이 자리를 박차고 달려간 곳은 아가씨들이 손님을 호객하는 싸구려 선술집들이 빽빽한 그런 골목이었다. 현장에 도착했을 때 한 떼의 패거리들에게 야화선 선원들이 두들겨 맞고 있었다.

"놈들아 빨리 대, 맞기 싫으면! 내도 조선족이지만 비열한 새끼들이 조선족이다. 가만 안 놔둘 테다. 손도 안 대고 코를 풀어, 새끼들!"

"야야 야~! 놔 줘!! 짜식들 비겁하게, 용건이 있다면 말로 해, 말로… 우리가 상대해 주마."

따개비처럼 즐비한 선술집 골목에 사람들이 꾸역꾸역 모여들었다. 험상 궂게 생긴 망치가 가마솥을 쇠망치로 두들기듯 소리를 쳤다. 소리가 들리는 쪽으로 시선을 돌리며 사람들이 양쪽으로 길을 열었다. 선원을 조지던 덩치도 흠칫 놀라며 고개를 들었다.

"어어~ 너희들 잘 나타났다. 소식을 이제 접수한 모양이네! 부산항에서 굴러먹던 말뼉다귀들이군! 똘마니들이 냄새를 맡고 나타난 모양인데, 너희들하고는 할 말 없다. 중간 보스 있는 데나 안내 해!"

"보스 좋아하시네. 아무데나 행차 하는 게 두목이가! 그 아그들은 일찌 감치 보내주는 게 어때! 존 소리할 때! 그리고 전후 사정이나 들어보자!"

"보내주긴 누구 맘대로. 이번에 우리 일을 빼앗은 똘마니들이 돼지들하고 같이 떠날 거란 정보가 들어왔다. 놈들만 우리한테 넘기면 곱게 보내주지."

"도야지라고라! 우리는 최소한 도야지 하고는 상대 안 한다 안 카나! 듣느니 처음이구마는. 사람을 조질려면 똑바로 알고 조져, 새끼들아! 제대로 알아보지도 않고 우리 선원들을 팼다 말이가!"

"뭘 봐! 새끼들아!"

꺽쇠가 양손을 꺾으며 굽은 어깨를 더욱 굽히며 눈을 치뜬다. 모여 섰던 구경꾼들이 흠칠-뒤로 물러섰다. 날칼이 눈짓을 하자 망치와 날칼과 꺽쇠가 동시에 몸을 날렸다. 다섯 놈들의 실력도 만만치 않다. 하지만 부산항에서 난다 긴다 하는 망치들을 누가 이길 것인가. 놈들이 야화선 소속 조직원들을 상대하느라 정신을 파는 사이 두들겨 맞던 선원들은 부두로 줄행랑을 쳤다. 망치들은 오히려 놈들을 흠씬 두들겨 패고 배로 숨어들어 온 시각은 새로 1시가 넘어서였다. 선장은 뒷짐을 지고 실내를 왔다 갔다 하며 날칼이 보고하는 자초지종에 집중했다.

"일을 빼앗긴 현지 다른 조폭입디다. 놈들이 우리와 손잡은 중국 조직책을 넘겨 달라 캅디다. 밀항선을 탄다 카는 정보를 입수했다 캄서…"

날칼의 보고가 대충 끝나자 그제야 아침 사태가 이해간다는 듯 갑판장이 말을 거들었다.

"아~맞습니다. 아침에 갱웨이에 매달리던 놈 중의 하나가 어제 우리가 만났던 조직책 진가였습니다. 선장님은 시야가 멀어서 확인이 잘 안 되셨는지는 몰라도 지 눈에는 확실히 진가였습니다."

며칠 전 한국, 우성해운 사무실에서 첫 대면할 때 우울해 보이던 진가의 낯짝이 다시 떠올랐다. 선장은 책상 앞으로 걸어가 인터폰을 들었다.

"통신장, 잉커우 코스트가드나 꽁안[공안公安]에서 무슨 통신 없었나?"

"있었습니다. 방금 보고 드리려던 참입니다. 항구에서 자국민들의 싸움이 있었는데 우리 배가 피해 본 것이 없느냐고 백 배 사죄하는 내용이었습니다."

유난히 격앙된 통신장의 목소리가 전화선에서 튀어나오자 선장실에 있던 총원은 약속이나 한 듯 긴장으로 뻣뻣이 올라갔던 어깨를 툭~ 떨어뜨렸다.

그런 통신이 접수되었다면 해경에서 눈치 챈 것은 없단 이야기다. 선장, 진수는 일단 안심했다. 선장실에서 아침에 일어났던 일련의 사태에 대해 원인분석을 하고 있는 시간, 배는 다시 엊그제 오던 항로를 따라 순항하고 있었다. 선장이 다시 선수루로 인터폰을 눌렀다.

"일항사, 별 일 없습니까?"

"예, 써!"

"해상위치를 잘 살피시오. 조금 있다 올라간다."

인터폰을 내려놓은 선장이 침묵한 채 시선을 바닥에 떨어뜨리고 급한 발걸음으로 다시 왔다 갔다 하기 시작했다. 긴장이 풀렸으리라고 보이는데 선장의 인상은 오히려 더욱 험악해졌다.

"조직에 문제가 있었군! 이 정도로 엉성하게 진행되는 줄 몰랐소! 갑판장! 앞으로 일어나는 사태에 대해 모두 책임지시오. 그리고 본국이나 중국이나 통신을 넣어서 일의 전모를 총 점검하고 보고 하시오!"

"예, 알겠습니다."

서릿발 같은 선장의 명령에 조금 밝아졌던 갑판장의 얼굴이 다시 어두워졌다. 순간 갑판장은 물론 쉬고 있던 다섯 명의 부원들이 깜짝 놀랐다.

"나갓!! 꼴도 보기 싫다, 개 새끼들!!"

그날 오후 랴오닝성에 있는 잉커우[쓸口]항을 빠져나온 야화선은 랴오뚱 만을 지나고 있었다. 바다는 잔잔했으나 계절답지 않게 여전히 구름이 많고 바람은 습기를 동반하고 있었다.

출항으로부터 거의 5시간이 지나고 있으나 선장, 진수의 긴장은 완전히 풀릴 기미가 보이지 않았다. 아침의 사태를 해경에서는 야화선과는 무관한 상황으로 파악하고 있어 다행이지만 사실 그 반대 아닌가. 중국 쪽 총책이 왜 야화선을 타고 도망치려 했을까? 일을 가로챈 것이 탄로가 나서? 그것도 말이 안 된다. 그처럼 일을 엉성하게? 그동안 우성해운과 주욱 손발을 맞추던 사람인 것 같던데… 이왕 조직과 손을 잡으려면 치밀하게 직접 관여할 것을… 강포동의 말만 듣고 조직과 손을 잡는 것이 아니었는데 그랬어. 역린逆鱗을 건드린 것처럼 회한의 비늘이 뻣뻣하게 일어나 진수의 가슴에서 치기 시작한 요동은 좀처럼 가라앉지 않았다.

보고 차 갑판장이 선장실 문을 열었을 때 선창으로 들어오는 오후의 햇살에 선장실은 파란 연기로 가득 차 있었다. 도어를 열어놓은 채 갑판장이 들고 있던 보서고를 휘휘 저으며 담배연기를 내 쫓는다. 선창을 향해 몸을 돌리고 있던 선장이 담배를 비벼 끄며 곱지 않은 시선으로 갑판장을 건너다본다.

"완도하고 우성해운, 잉커우로 통신을 넣어 보았습니다."

"그래 뭔가 해답을 얻은 게 있소?"

"완도는 22일 저녁 7시 30분, 자개도 앞 해상 맹목구역에 어선을 이상 없이 대기시킨답니다."

"그리고…?"

"그리고 잉코우의 진가는 중국 쪽 조직과 몫을 나누려 했던 것 같습니다. 그런데 놈들을 따돌리고 오늘 야화선 출항 때 타고 도주하려 했던 것 같습니다."

"그럼, 밀항을 시키는 새끼가 저도 밀항을 하겠다?"

"그랬던 것 같습니다."

"말이 맞지 않지 않소?"

"무슨 말씀이신지…?"

"중국 쪽 조직이 그렇다면 야화선 자체를 접수할 일이지 아침과 같이 그런 무모한 짓을 벌인단 말이요?"

"아~그건, 진가가 오늘 새벽에 놈들에게 잡혔답니다."

"그런데…?"

"그런데 오늘 아침 갇혀있던 곳에서 탈출하다가 놈들에게 발각된 것이죠."

선장은 잠시 말이 없이 생각에 골몰했다.

"그래서…?"

"그래서 야화선 쪽으로 달려오면서 오늘 사태가 일어난 것이죠."

"우리 배가 출항하고 다음은 어떻게 되었소?"

"바다에 놈들이 떨어지고 나서 총성을 듣고 달려온 꽁안에 양쪽 놈들이 잡힌 모양입니다. 일이 발각되어 봐야 서로 곤란하고 해서 잘 해결을 보았답니다. 부산 우성해운으로 아침에 통신을 넣었었죠. 그랬더니 몇 시간 만에 우성에서 그렇게 조사 보고된 내용이 도착했습니다. 중국 꽁안은 통신장의 보고처럼 우리 배가 오히려 피해를 본 것은 없는지 긴장하고 있는 듯 싶었습니다."

"그런 것 같고, 그런 듯 싶고… 그 신뢰할 수 없는 용어들 집어치우시오!"

선장이 꽥 소리 질렀다.

"죄송합니다. 그것이 제가 알아 본 바로는 다입니다."

"통신장에게도 또 다른 통신이 도착한 거 없다고 합디까?"

"예, 아침에 코스트가드에서 받은 것 말고는 선원 누구에겐가 가족에게 서 온 안부 외에는 없다고 합니다."

"그게 다요?"

"그렇습니다."

더 이상 선장의 신경을 거스를까 봐 갑판장의 얼굴은 긴장으로 여전히 뻣뻣하다. 선장이 새 담배를 한 개비 꺼내어 불을 붙였다. 회전의자의 등을 돌리더니 다시 선창을 마주하고 앉는다. 선장이 휴훗~~ 깊고 길게 연기를 뿜어낸다. 기관실 기름이 끓듯, 선장의 심정이 갑판장에게도 고스란히 전해지는 것 같다.

"더 할 말 없으면 나가보시오."

"죄송합니다."

도어가 닫히고 갑판장의 무거운 발소리가 멀어져간다.

"허이 내 원 참, 원래 승질 드러븐 사람인데… 뭔 일 없어얄낀데…"

푸훗- 복도에서 뇌까리며 멀어져 가는 갑판장의 말소리가 들려왔다. 선장은 갑자기 긴장이 조금 풀리는 것을 느꼈다. 문을 설 닫았나? 진수는 일어나 다시 닫았다.

'헹님, 성질 드러븐 사람인 거 이제 알았소! 갑판장의 보고와 통신장의 보고, 그리고 아침의 정황 모두를 종합해 보건대, 더 이상 의심의 여지를 두지 않아도 될 것 같은데 기분은 무엇인가 짚어낼 수 없이 착잡하단 말이다. 내 육감은 빗나가 본 일이 없는 것… 이것이 문제야. 만약 실패를 한다면? 더 이상은 생각하기도 싫다. 왜 여기까지 오게 됐을까?'

진수는 지난 부산으로 내려 와 막창구이 선술집에서 강포동을 만나던 날부터 되짚어 보기 시작했다.

5. 부산 갈매기

초량동 연기가 자욱한 막창구이집!

"다 모있나? 한 명이 아직 안 보이는데… 뭔 일 있는 거 아이제?"

"일은 무신… 어제도 만났는데 아무 일 없을끼다. 아~쩌어기 촐삭거리며 걸어오는 기 아이가?"

"야~ 야~ 잘 들 있었나? 불경기라카는데 우리 친구들은 모두 뿌연허니 좋아보이네!"

"자자~~ 고마 앉아. 자네도 훤해 보이는데… 뭐, 한 탕 했나?"

"한 탕은 무신… 그란데 무슨 일이고? 오늘 포동이가 소집했나?"

"그게 무신 소리고, 삼식아! 오랜만에 한잔 하자 카는데 이유 있을끼 뭐꼬! 짜아석!"

"포동이가 운제 일이 있어야 술을 샀나? 수중에 돈만 있닥카문 운제든지지!"

"너 달수, 오랜만에 말 한 번 폼나게 하는구마… 내가 언제 니덜한테 일이 있어야 술을 샀나, 짜석들! 그런 으미에서 달수부터 한 잔 받아라!"

"그려그려, 안주 좋고 술도 푸지고… 오랜만에 느그들과 만내서 그란지 어떤 년 가랑이로 들어갈라칼 때보다 더 좋구마…!"

우툴두툴한 고래들이 소주잔을 부딪히며 한바탕 웃어제낀다.

"그란데 사실 오늘은 니덜 말고 손님을 한 분 모셨다, 알았나! 지금쯤 부산역 가까이 달려오고 있을끼구마는…"

삼랑진에서 열차가 서서히 발차하기 시작했다. 삼랑진은 경부선과 경전선이 만나는 곳이다. 서울부터 경부선 400킬로미터 구간에서 창밖의 경관이 가장 아름다운 곳이 지금부터다. 철길에 면해서 뚝 떨어진 곳에 낙동강이 흐르기 때문이다. 창밖으로 시선을 돌려 밑을 내려다보자 어두워 가는 강 수면을 따라 흰 포말이 드문드문 움직이는 것이 보였다.

이제 부산역까지는 십여 분밖에 남지 않았다. 조금 부유스름하던 유리

창이 푸른빛으로 물들기 시작했다. 창밖으로 지나가는 마을 마을이 깜빡이며 다투어 깨어나고 있다. 밤이 다가오고 있음을 증명하는 필름들이 계속해서 지나갔다. 반쯤 덮고 있는 소매를 올리고 시계를 들여다보았다. 아이보리색 모주방에 금색의 시침과 분침이 7시 10분을 가리키고 있다. 일본 나리따 공항에서 구입한 롤렉스다. 거금이지만 선장이 되고 나서 첫 출항 기념으로 구입한 재산목록 일호다. 지금까지 일 분 일 초도 틀리지 않는 것이 이 모주방만 바라보면 마음이 가라앉는 것은 무슨 심리적 작용일까? 그때까지 변변한 시계 하나가 없었으니까.

고개를 들자 사람들이 하나 둘 짐을 내리는 것이 보였다. 무슨 밀담을 그렇게 하는지 끝없이 속삭이던 건너 편 중년 남성들은 이제야 깊은 잠이 들어 고개를 떨구고 있는 것이 보였다. 창밖으로 불빛들이 많아지고 낯익은 풍경들이 서서히 나타나기 시작했다. 그때 잘 훈련된 열차 방송이 베이지 톤 불빛의 나른한 공기를 흔들며 들려왔다. 경부선 새마을호를 타면 곧 잘 만나는 방송국 아나운서보다 질 좋은 음성이 마지막 남은 사람들의 잠을 깨웠다.

"승객 여러분, 긴 여행에 불편한 점은 없으셨습니까! 언제나 여러분 곁에 있는 한국 철도를 이용해 주셔서 감사합니다. 곧 정차할 역은 이 열차의 종착역인 부산, 여기는 부산입니다. 잊으신 물건 없이 손님 여러분 안녕히 가십시오. 감사합니다."

몇 년 전과 다르게 현대화된 역사가 부산이 국제도시임을 역시 입증하고 있군! 개찰구 앞은 당연히 마중 나온 사람들로 북적이고 있었다. 88올림픽 이후에 눈에 많이 띄는 것은 동남아를 비롯한 러시아 여자들이다. 개찰을 하고 밖으로 나오자 대전부터 뿌리던 비는 완전히 걷혀있었다.

하지만 부산항의 들큰한 비린내는 역시 진수의 코를 자극하며 그의 안면근육에 주름을 만들었다. 광장으로 내려서자 호객을 하던 사람들이 우루루 몰려들었다. 택시 손님을 헌팅하는 똘만이, 여관이나 호텔, 숙소를 안내하는 중 장년의 남녀들, 그리고 짙은 화장의 콜걸들이다. 한 떼의 무리를 헤치고 택시 승강장 가까이로 다가가는 진수의 입가에 작은 웃음이 번졌다. 이들 사이사이에는 오랜만에 친지를 만난 사람들이 삼삼오오 둘러서서 그동안 타지에서 써보지 못했던 고향사투리를 쏟아내며 와자지껄 갈증을 풀고 있었다. 조금만 지나면 시끄러워 짜증이 나던 말씨들이 서서히 귀에 익어 구수하게 들리기 시작한 것은 몇 년이나 됐을까?

광장 한편에서 뜨거운 김을 올리고 있는 오뎅과 우동을 파는 포장마차를 힐끗 바라보며 진수는 시장함을 느꼈다. 그는 제일 작은 꼬마에게 트렁크를 맡기고 커다란 검정 가죽부대를 끌고 녀석이 안내하는 자동차를 탔다. 오천 원짜리를 받아든 꼬마 녀석이 코가 땅에 닿도록 절하는 것이 앞 빽밀러로 보였다. 배도 고프지만 숙소를 잡고 뜨거운 물에 빨리 몸을 담그고 싶은 마음이 간절했다. 가끔 졸기는 했지만 흔들리는 열차에서 내리면 몸이 개운치 않은 것이 사실이다. 그러나 짐을 풀고 바로 초량동으로 직행해야 한다. 막창구이 선술집에서 기다리고 있을 포동이 형을 생각하며 그는 다시 입가에 웃음을 머금었다.

밖에서 들여다 본 실내는 연기가 자욱했다. 여기저기 이글거리는 숯불을 마주하고 앉은 술고래들! 열려진 문으로 들어온 소음이 합세해 막창구이집은 흡사 아귀의 집을 방불케 한다. 스무 평 남짓한 선술집 원탁에 삼삼오오 둘러앉은 술꾼들! 열기를 내뿜으며 소주를 들이붓고 있는 연통처럼 시뻘겋게 달구어진 목덜미들! 터져나오는 웃음소리, 기차화통을 삶아 먹은 돼지 목청! 눈을 부비며 진수는 강포동 일행을 찾아 안을 기웃거린다.

"바로 저기군!"

햇빛에 그을어 거무튀튀한 안색, 노년으로 넘어가는 근육질 남성들이 댓 명 구석에 앉아있는 것이 눈에 띄었다. 진수는 그들과 거리가 가까운 문 쪽을 향해 이동했다.

"실은 오늘이 내가 귀빠진 날 아이가. 배에서 내린 지도 몇 달 되고 내 니덜한테 술 받아 준지도 꽤 오래 됐지 싶어 오늘 만나자 안 했나!"

"야, 박 마담 이 놈아야, 내가 아까 뭐라카드노. 내 말이 맞지? 내 육감은 틀려본 적이 없다 아이가!"

삼식이가 어깨를 으쓱하며 한 마디 한다.

"맞다. 포동이 생일이 오뉴월이었지. 까맣게 잊고 있었네. 그렇든 저렇든 생일 축하한다. 그란데 생일이라카문 우리가 술을 사얄낀데…"

"조용한, 니 말 다 했나! 내가 운재 니덜 술 얻어먹을 사람가. 내가 누고? 말해 봐라! 왕년의 강포동을 뭘로 보고… 내가 조폭 두목 아이가!"

팔을 걷어부치며 불쾌한 얼굴의 강포동이 한참 호기를 부린다.

"맞다. 포동이 참말로 대일 뽕뽕선 타고 다닐 때 깃발 날릿다카이. 그 때는 부산에 있는 술도가가 다 우리 거 아이가… 그 때처럼 포동이 겡기가 좋아야 우리도 술이 고프지 않을낀데… 우찌 됩니까? 두목 나으리!"

"걱정 말그라. 내 아즉 안 죽었데이. 예전에는 강포동하면 초량동 까마귀들까지 난짝 엎드려 썰썰 기었다마는… 시절이 참 수상타. 하지만도 앞으로도 내 니덜한테 술 얻어먹을 날은 없을끼구마는… "

"요즘엔 우떤 아이템이고? 예전에는 금괴 아이면 참깨아이가?"

"말 쫌 살살 하그라. 다 끝난 일이지만서두 누가 들을라! 그라고 아직 결정 난 것은 없지만도 조만간 좋은 소식이 있을끼다. 오늘 만날 사람도 관계가 있다 그 말이라. 아… 저기 걸어오는 사람 보이제. 참말로 잘 생깃다 아이가!"

"스타일도 반반해 가지고… 정말 폼 나네, 누군데?"

"어… 전 선장. 여그야 여그!"

"안녕하십니까? 말소리도 잘 안 들립니다."

"전 선장, 오느라고 수고했다! 자자… 야들아, 인사 올리라! 이 분으로 말할 것 같으문 우리와는 차원이 다른 사람인기라, 인사 올리!"

강포동과 함께 앉아있던 세 사람이 전진수의 아래 위를 훑어보면서 엉거주춤 엉덩이를 들며 손을 내민다. 진수는 돌아가면서 그들의 버석거리는 손을 차례로 잡았다.

"전진수입니다. 반갑습니다."

"조용한입니다."

"김삼식입니다."

"박마담입니다."

사내들은 돌아가며 자신들의 닉네임을 읊조린다. 그리고 자리에 앉더니 연신 술잔을 들어 진수에게 권한다. 술잔을 시원스럽게 받아 마시는 진수를 강포동이 흡족한 얼굴을 하고 들여다보더니 얼굴에 사람 좋은 웃음을 함빡 피우고 어깨를 으쓱댄다.

"야들아… 다시 한 번 말하지만 내가 누고? 느그가 알다시피 내가 조폭 두목 아이가. 부산항에서 이 강포동이 모르문 간첩 아이가. 조폭들도 내 앞에서는 오줌 질질 싸는데 그란데 마… 내가 이 동상한테는 바로 지뿟다 아이가. 얼굴 잘 생깃지, 똑똑하지, 사람 화끈하지… 그라고 느그들은 대책 없이 쌈질이나 허고 댕기지만 이 사람은 유디유 특수부대 출신인기라. 천하에 무서븐 사람이 없다 이 말이라. 그래서… 내도 화끈하게 인정하고 그냥 짓뿟다 아이가. 진짜루 화내니까 억수루 무서븐 기라… 느그들, 이 동상한테 잘해라. 만약 우떤 놈이든 이 동상 건드리면 내가 가마이 안 있을끼다."

"야~ 그란데 니 포동이, 선장님한테 동상 동상 하면서 반말하고 그래도 되나?"

"임마~ 내가 그래서 배에 가서는 깍듯이 선장님으로 모신다 안 하나. 일단 배를 타면 조직이라는 기 있으이까네 내 스스로가 함부로 행동하문 안 되는기라."

"그렇게 대단한 동상을 운제 만났는데 와, 우리한테는 와 이제야 선을 보이노?"

"그러니까 지금으로부터 십 년 전쯤일까? 하도 되는 일이 없어서,. 마ㅡ 대일 뽕뽕선들 거두는 거 때리 치우고 큰 배 한번 타자카다가 만낸 거지만 내한테는 더 없는 인생 공부를 우리 전선장이 가르쳐줬단 말이라."

"아아… 형님, 또 왜 그러세요. 그만 하시고 제 술 한 잔 받으시죠."

"하모~ 울매든지, 자자 너희들은 모하고 있노. 자자 박치기 좀 하자!"

"와, 무슨 일이 있었는데 그라노?"

"죽을 고비를 두 번이나 넘겼다 아이가… 그 때마다 우리 전 선장이 나를 살려준 셈인기라… 그라고 전 선장만 아이었다카문 지금 우리 집사람하고도 벌써 찢어진 지 오래 됐을끼구마는. 우쨌든지간에, 내가 우리 전 선장한테 갚아야 할 빚이 많은 건 사실이라. 안 그렇나, 진수야! 내 니, 진짜 좋아한데이… 자, 한 잔 하자! 부라보!!!"

바다가 키운 뼈다귀, 바람이 키운 살집 좋은 사나이들이 전진수를 향해 건배를 하자고 잔을 내민다.

6. 그믐밤의 약속

양은 공기에 흰 쌀밥이 수북하게 담겨 나왔다. 이글거리는 연탄 불 위에는 갓 잡혀 온 고등어들이 지글거리며 기름을 흘린다. 냄새를 맡으며 강포동은 침을 꿀꺽 삼킨다. 구겨진 양재기에 담겨 나온 것은 막내아들 오줌 색깔을 띈 콩나물 소금국이다. 파 한줄기 들어간 것뿐인데 해장국으로는 이것만한 게 없다. 포동은 양재기를 들어 콩나물국을 훌훌 들이마신다. 강포동과 전진수는 고춧가루를 듬뿍 콩나물국에 탄다. 그리고 얼갈이 겉절이를 밥숟갈에 척척 놓아 아구가 무너지게 밥을 삼킨다.

선장과 갑판장은 서열이 다르다. 깐깐하기로 말하면 해운업계에 이름이 뜨르르르한 전진수 선장이 강포동에게는 상당히 인간적으로 나온다. 만나면 언제나 자갈치 시장 초입에 있는 따로 국밥집을 가자고 서민적인 주문을 해서 강포동을 감동시키곤 한다. 그래서 한참 아래 나이인 전 선장이 강포동은 정말 좋다.

국밥집에서 나온 강포동과 전진수는 왼쪽으로 돌아 자갈치 시장 복판으로 들어섰다. 늦은 저녁 어물을 사러 나온 사람들과 관광객들, 삼삼오오 회를 먹기 위해 서성이는 사람들로 시장은 잔뜩 붐비고 있었다. 저기는 뭐야? 사람들이 까맣게 몰려있는 곳이 눈에 띄었다. 진수가 사람들 등 너머로 목을 길게 뽑자 고래 고기를 해체하는 현장이 눈에 들어왔다. 불황이니 아이엠에프니 하지만 역시 사람 사는 냄새가 물씬 나는 곳은 시장바닥이다. 싸게 달라고 흥정하는 사람들, 값을 물어보는 사람들, 한 푼이라도 더 받으려는 장사꾼들, 어떤 생선을 살까 고르는 소리들, 고객을 끄는 소리, 손님들끼리 나누는 이야기, 저녁을 시켜서 한 귀퉁이에서 먹는 사람들, 시장은 눈짓, 고개 짓과 으쓱거리는 어깨 짓 등을 잡아 올리는 펄펄 살아있는 활력의 진원지다. 비릿비릿한 냄새들이 옷에 달라 붙을 것 같아 극도로 조심하며 진수는 자갈치 시장 복판을 강포동과 함께 뚫고 나갔다.

'나도 부산 놈 다 됐어! 사람이 산다는 게 무엇일까? 그렇게 높을 것도 낮을 것도 없는 것이 삶일 것이다. 배 고프면 먹고 부르면 누워 자고 화가 나면 화도 내고 욕도 하고, 그리고 살 냄새가 그리우면 섹스도 하고 그러다 심심하면 시장도 같이 보고 시장통에 앉아 해삼과 멍게도 사먹고, 그렇게 사는 거지. 행복이란 그렇게 높은 시렁 위에 앉아있는 것이 아닐 것이다. 그래서 가족끼리 추억도 만들고 또 그런 날들이 쌓여 가는 것…'

오랜만에 들러보는 자갈치 시장에서 진수는 고향에 들른 사람처럼 마음이 푸근해지는 것을 느꼈다. 하지만 갑자기 자신에게는 호흡처럼 같은 공간에서 같은 시간을 공유해 온 사람이 따로 없다는 사실이 처음으로 의미심장하게 다가왔다. 자신이 늙어가나? 하는 생각이 들었다. 시장을 다 건너오자 바닷바람이 치고 들어왔다. 정박해 있는 크고 작은 선박들이 순한 모습으로 끄떡이고 있는 것이 보였다.

"전 선장, 내도 마찬가지지만 자네도 맨날 그러게 살끼가?"

바다 쪽을 향해 한 쪽 손을 대고 코를 힝! 푼 강포동이 바지에다 손을 쓱쓱 닦으며 전진수를 돌아본다.

"왜요… 갑자기..."

"왜요는 일본놈의 요가 왜요다. 안 그렇나!"

"헹님… 싱겁기는…"

"낼 모레면 육십 줄인데 내도… 참말로 답답타."

"저도 애초에 이렇게 사는 게 내 모습이 아닌데 이상하게 접어들었습니다."

"나도 마~ 생각하문 신물 난다. 뱃놈 생활 삼십 년에 이 강포동이 달동네 찌그러진 집 한 칸 있다카문 아마 지나가던 고래도 웃을끼구마는…"

"포동이 형은 그래도 이 바닥에서 돈도 벌고 정도 들었는 줄 알았는데… 아니었습니까?"

"그렇긴 하지만 쉽게 벌어 그란지 술술 다 빠져나가고 남은 거 하나도 없다. 정 들기는… 내도 뱃놈이 무엇이 조타꼬… 나도 한 때는 배 좀 안 타볼라꼬 무진 애도 썼다 아이가. 그래서 돈도 다 없앴지 뭐했겠노!"

"허긴 바다보다 더한 섬, 더한 감옥이 어디 있겠습니까? 한 발도 내려설 수 없는, 세상에 존재하는 가장 혹독한 감옥이지요."

"내도 옛날에 배를 타고 나갈라카마 이삼일 전부터 이상한 증상이 생기곤 했다 아이가. 출항 날짜가 다가오문 오금이 저리고 죽음의 신이 들끓는 바다에 다시 나간다 생각카문 호흡이 가빠지고 이상해진단 말이지. 젊어서는 멋몰랐지. 근데 나이가 먹을수록 징하다 징해!"

낯선 사람을 만난 듯 전진수가 강포동을 지그시 바라본다.

"뜻밖입니다. 형님은 배를 좋아서 타시는 줄 알았는데요."

"아이라. 건강도 자신이 있었다고 생각했었는데… 우쨌든 전선장! 까놓고 얘기하는데 우리 이번에 멋지게 한 탕하고 마~ 배타는 거 때려치아 뿌리자."

얼굴을 돌리며 전선장이 양미간을 좁힌다.

"크게 말 할 거는 아이고… 저, 나와 선이 닿는 조직에서 선장을 찾는데 그기 생각해 볼 것도 없이 딱~ 전선장이야!"

"금괴 입니까?"

"우째 그르케 빨리 알아 듣노. 전강석하가 따로 없네."

"밀수조직입니까?"

"밀수가 아이라 밀항이라!"

"밀항이라면 어디서 어딥니까?"

"와~~ 땡기나?"

"… 땡기기는요. 한 서너 달 육지에만 있었더니 사지가 슬슬 뒤틀린단 말입니다."

"우리들 근육에는 저 바다가 때린 긴장의 쇠 작살이 슬슬 겨다닌다 안 하나! 천상 뱃놈이라!"

"남미 입니까?"

"아이라. 밀항하문 떠오르는 데 없나?"

"중국 말입니까?"

"그래~ 맞다. 뻔한 거 아이가!"

"남미를 돌아오는 것도 아닌데 왜 내가 딱 적격이라 생각이 들었습니까?"

"전 선장, 바다만큼 깊은 곳도 없지만도 또 바다만큼 단조로운 곳도 없지 않나? 자네한테는 용이 꿈틀대고 있어. 용이란 바다처럼 넓은 곳이 제격인데 우리가 사는 곳은 정작 뱃바닥 아이가! 바짝 마른 뱃바닥에서 요동치는 용을 상상해보란 말이라!"

"… 용이라~ 형님, 철학 선생님 하셨습니까?"

"전 선장, 니 까불레?"

"아아~~ 아입니다. 용이요?"

"하모 용이제. 용도 청룡이라야 하능기라! 황룡은 늙어가는 용이라 안되는 기고 젊은 용 중에서 장년의 용이라야 하능기라. 그래야 곧 승천할 거 아이가!"

전진수의 얼굴이 서서히 굳어졌다. 강포동이 인식하고 있는 자신에 대해 조금 의외라는 생각을 하며 바다 쪽으로 얼굴을 돌린다.

"용은 바다에 사는 동물인데 그럼 내가 승천하려면 바다로 들어가야 한단 말이네요."

"하모, 전 선장! 잽싸게 알아들었구마…"

"……"

"배는 바다에서 사는 기지. 더위와 추위를 견디고 황천과 태풍을 버티고 수십 길 파고를 헤치는 거 아이가. 그렇다면 그 배가 용이 아이고 뭐겠노. 그 배를 자유자재로 몰고 댕기는 자네가 용이 아이고 무엇이냔 말이라. 용은 상상의 동물이라. 현실에는 없는 기 용인기라! 안 그렇나?"

"현실에는 없다, 수면 밑으로 들어가라, 그 말입니까?"

"자네처럼 큰 배를, 더구나 지구 반 바퀴를 돌아오는 길고 긴 항해에도 한 번의 실수 없는 선장이 어딨노. 그래서 용이제. 그것도 승천할 청룡이라. 물이 오를대로 오른… 내 말이 틀렸나?"

"쑥스럽습니다."

"용이 제 때에 승천을 하지 못하문 우찌 되는 줄 아나? 이무기야 이무기. 바다 속 고약한 이무기가 돼 뱃길을 흔들어 놓기나 하는 기지."

"……"

"하모, 그래서 이번 기회에 너랑 내랑 바다에 빠져보능기라. 그래야 승천도 하지 않겠나 말이다."

사람들이 조금 뜸해졌으나 항구는 여전히 많은 소리들의 발원지라는 생각이 들었다. 자갈치 시장에서 어느 정도 멀어지자 항구의 벽을 핥는 바닷물 소리와 서로의 어깨를 부딪는 선박들이 내는 소리, 입항하는 배들의 모터음들이 뒤섞여 항구가 합주를 하고 있는 듯 했다. 마침 바람이 한 차례 불어오자 물결도 흔들리고 작은 선박들도 흔들리고 여기저기 반짝이는 불빛도 흔들리고 항구가 통째로 흔들렸다.

"선박은 벌써 정해졌고 전 선장만 오케이를 하문 선원은 전원 대기 중이다."

"시일이 촉박한 모양입니다?"

"딱 이틀 안에 결정을 들어볼라꼬 하는데 가능할 낀가 모르겠네! 내 말 허투루 듣지 말고 이번 일 멋지게 한 판 붙어 보자. 조건두 아주 짭잘한기라! 그럼 내 전 선장 호텔로 찾아가든가, 연락을 하기로 하고 이쯤에서 오늘은 고마 찢어지자. 조심해서 나쁠 거는 없으이까네…"

말을 마치자 강포동은 진수를 남겨 놓고 벌써 휘적휘적 오던 방향으로 앞서 걸어갔다. 장단지가 잔뜩 조여든 니커보코 바지를 입은 강포동을 누가 육십으로 보겠는가. 바다에서 단련된 강인한 등줄기가 바닷바람을 맞으며 기운차게 걸어가는 모습이 보기에 좋다. 욕심 없고 인정 많고, 특히 진수에게는 맏 형처럼 정을 듬뿍 주는 사나이다. 돈을 그렇게 많이 만졌어도 마누라한테는 안겨줄 돈이 없는 사나이! 형은 돈 복이 있는지 꽤 큰돈을 만진 편이다. 참깨를 밀수 해서 하루 저녁에 억대를 벌던 날들도 있었으나 벌면 뭘하냔 말이다. 형수가 말하듯 내 손에 들어와 머물러 있어야 내 돈이지. 포동이 형한테 들어온 돈은 잠깐 강포동이라는 역에 하차했다가는 불과 몇 시간 안 되어 새로운 주인을 찾아 산지사방 다른 역으로 이동하곤 했던 것이다.

입항을 하면 들어온 돈다발을 메고 포동이 형은 자신이 사는 달동네를 향해 비척거리며 걸어간다. 만나는 고향 사람마다 인사해야 하고 그들이 잘 살고 있는 지 때꺼리는 있는지 몇 푼 안 되지만 기십만 원이라도 쥐어주고 가야 한다. 선후배는 물론, 자랄 때 불알친구는 말할 것도 없고 하다못해 마누라 친구 까지. 가다가 아는 얼굴이 나타나면 절대 놓치지 않는다. 이 사람 백만 원, 저 사람 오십만 원, 길거리에서 만나서 주고, 가는 길목이라 들려서 떼어주고, 이 사람 붙들고 한 잔, 저 사람 붙들고 한 가락! 그러다 보면 오후 서너 시에 집을 향해 출발한 그는 밤중이 되어도 집엘 들어가지 못하고 거리를 배회한다. 새벽녘 모주가 되어 남포동 블루스를 부르며 기우뚱거리며 비탈을 오를 때 기백만 원도 남아있지 않은 그의 돈 자루는 쭈그러진 허파가 되어 불어온 바람에 손바닥을 탈탈 터는 것이다.

멀어져간 강포동의 등덜미를 바라보는 선장 전진수의 얼굴에 미소가 떠올랐다. 그리고 이제 더는 보이지 않는 허공에 시선을 고정시킨 채 한참 섰다가 그는 자갈치 시장을 피해 자신의 호텔을 향해 길을 질러나갔다.

7. 청룡의 늪

오랜만에 걸어보는 중앙동 오피스 빌딩 거리다. 빌딩들은 높아지고 거리는 더욱 깨끗해졌다. 삼삼오오 짝을 지어 지나는 오피스 걸들의 유니폼 아래로 경쾌한 다리들이 싱그런 오월의 공기를 가르고 있다. 옛날보다 사람들의 얼굴이 기름지고 윤택해 보이는 것이 사실이다. 십 년 전만 해도 십 층이 넘는 건물이 그다지 많지 않던 거린데 국제도시인 부산의 위용이, 대한민국의 위상을 숨김없이 드러내고 있는 것 아니냐. 오후 2시의 태양이 번쩍거리는 빌딩 유리창에서 반사돼 쩡껑거리며 진수의 옷자락으로 달라붙는다. 벌써 두꺼워진 손바닥을 펼치고 너울거리는 잎사귀들! 그 사이로 황금 초록의 빗살이 내려꽂히는 플라타너스를 바라보며 걷고 있을 때 진수는 느꼈다. 원인을 모르는 희열이 잠깐 자신의 목덜미를 스치는 것을. 쉴폰 스카프처럼 살랑대는 바람이 불어와 쉴 새 없이 나뭇잎을 흔들며 두 번 다시 오지 않을 5월의 계절을 쓰다듬고 있었다.

하나은행 빌딩 다음 건물이라고 했던가. 옷을 대충 털면서 전진수는 건물로 들어섰다. 엘리베이터가 12층에서 멈췄다. 왼쪽으로 고개를 돌리자 우성해운이란 간판이 눈에 들어왔다. 주저없이 도어를 밀었다. 업무에 열중해 있던 예닐곱 명의 직원들이 일제히 진수를 향해 고개를 돌렸다. 마침 문 앞에 있던 여직원이 자리에서 발딱 일어났다.

"어떻게 오셨습니까?"

양 볼에 솜털이 가지지 않은 어린 여사무원이 굴리던 펜을 놓고 긴 머리를 뒤로 젖히며 입을 열었다.

"사장님 좀 뵈러…"

"세 시에 약속하신 분이신가요?"

진수가 고개를 끄떡하자 아가씨는 사장님께서 기다리고 계시다는 말을 흘리며 자리에서 나와 사장실로 향했다. 도어가 열리고 진수가 들어서자 창 앞에 등을 돌리고 앉아있는 우람한 사내의 푸짐한 등짝이 정면에 보였다. 그 등 너머로 푸른 글라스 통창으로 북항의 전경이 한 눈에 들어왔다. 책상 위에는 '대표이사 천일도'라는 명패가 반짝이고, 사내 책상 밑으로 응접세트가 자리 잡고 있다. 거기에는 오십 대 초반의 눈매가 날카롭고 체격이 야무진 사내와 조금은 어벙해 보이는 사내 하나가 시골냄새를 풍기며 강포동과 이야기를 나누다 말고 눈길을 진수에게로 돌린다.

"아~ 전 선장 오십니까?"

깍듯이 존칭을 하는 강포동과 악수를 교환하며 인사를 나누고 있을 때 창밖을 조망하던 사내가 회전의자를 돌리며 일어섰다. 넓적한 체격에 얼굴이 장방형인 사내다. 동남아인처럼 얼굴색은 누렇고 뻣뻣한 머리는 기름을 잔뜩 발라 올백으로 넘긴 사십 대 중반 사나이다.

"사장님, 인사하시죠. 전진수 선장입니다."

"어서 오십시오. 말씀은 많이 들었습니다. 천 일도입니다. 그렇지 않아도 기다리고 있었습니다. 손 한 번 잡아봅시다. 듣던 대로 미남이십니다."

"네, 전진수입니다."

"우선 인사들 나누시지요. 이쪽은 중국 일을 책임질 진 국만이란 분이시고 저 쪽은 한국에서의 모든 일들을 총괄할 분입니다."

"전진수입니다."

"반갑습니다. 잘 해 봅시다."

중국쪽의 총책은 여전히 무뚝뚝해 보이는 자세로 무슨 근심이 있는지 기분이 썩 좋아 보이지 않았다.

"전 선장! 반갑소. 야그는 뼈얼써 많이 들어부렀소. 잘 부탁허요~잉!"

싹싹해 보이는 전라도 사내가 작은 손을 내밀었다. 손바닥이 종잇장처럼 얇았다. 어쩐지 신뢰가 가지 않는 인상이다.

"잘 부탁합니다."

"그럼, 전문가들끼리 서로 업무에 대해 브리핑을 교환 허시고, 좌우간 간단히 합시다. 그리고 우리 저녁이나 하러 갑시다. 그리고 전 선장! 출항 날짜가 모레로 잡혔어요. 화물 수배도 완료됐고… 거제도 대항조선 거대 유조선 킬-용으로 쓸 철재인데 기공식 세레모니도 한다고 합디다… 자 시작들 하세요."

"그럼, 지가 먼저 말씀하겠슴다. 중국 쪽에서 시작한 구체적 야그는 야화선이 요녕성 잉코우 항에 입항할 예정이니 잉커우에서 다시 만나 의논하기로 허고 먼저 접선할 위치를 알려드리겠슴다. 메모 좀 하시죠."

진수는 메고 온 작은 서류 가방에서 노트와 펜을 꺼냈다.

"메모도 하겠지만 그 해도도 아예 저를 주시죠."

"아, 그러문이요. 물론임다. "

해도를 펼쳐서 사내는 손가락으로 짚어보였다.

"접선 장소는 잉커우 항을 출발해서 약 12시간 정도 소요되는 곳으로 보하이만[渤海灣]을 빠져나와서 산둥[山童]반도를 돌아 스다오갑에서 서남방 약 30마일 해상인데 루산에서는 4마일 밖에 안 되는 곳임다. 경위도로는 북위 36도 49분, 동경 121도 52분 지점임다. 물론 돼지들은 루산에서 출발할 것이고 아마 야화선이 도착하기 하루 전쯤 이미 그 지점 근처 해상에 어선들 사이에서 표류하고 있을 검다. 신호는 하얀 깃을 마스트에 걸어두고 노란기로 수신호 하기로 하겠슴다. 배는 백 톤 급 목선임다. 오늘은 여기까짐다."

차분하게 메모해 나가던 진수가 고개를 들고 입을 열었다.

"선박의 이름은 어떻게 됩니까?"

"잉커우에서 다음은 말씀드릴검다."

"선박이 아직 컨택 중입니까?"

"아아~~ 그렇지 않슴다. 중간에 잘못 될 수도 있어서 원래 그렇게 함다."

"잘 알았습니다. 그럼 다음은 한국에서의 접선 장소는요?"

한국쪽 총책인 전라도 사내에게로 시선을 돌리자 어깨 너머로 보고 있던 작은 사내가 윗저고리에서 여러 겹으로 접은 해도를 꺼내 펴면서 말을 시작했다.

"해남군 완도 앞 1마일 해상에 자개도라고 있는디요~잉. 시방 보시는 바와 같이 해남반도와 완도 사이의 움푹 들어간 해역이라 레이다 망에 잡히지 않는 맹목구역이 있다, 그 말씀이요. 에~ 또 그라고 그 옆으로는 1마일 범위루다가 동지나해 내해 통항구역이므로 접선 장소로는 최적의 장소가 아니겠소~잉! 접근하기도 용이해버리고요. 그라고 대충 접선이 예정되는 날이 그믐께니께 해가 지고 으스름한 7시 반 정도면 작업하기도 수월할 것이요. 잘 알겠지라? 이 해역은 그리 넓은 해역이 아닝께 뭐 따로 경위도 같은 숫자는 숫자에 불과할 것이니께 필요 없을 것이요. 자개도 서방 1마일 지점에 먼저 나가 기다리고 있을텡께 중국에서 돼지들 태우고 나면 마일 수나 잘 계산해서 예상 도착 시간이나 잘 통보해 주시면 될 것이요. 나머지는 지가 다 자알 알아서 준비해 놓을텡께 신경 쓰덜덜 마시고, 알았지라? 전 선장!"

"그 다음 더 필요한 이야기는 없습니까?"

"나머지는 포동이한테 이야기 다 해놓았승께 염려 푹 놓으시랑께!"

사내의 말이 끝나고 진수가 시선을 강포동에게로 돌리자 강포동이 걱정 붙들어 매라는 듯 눈을 찡긋해 보인다.

"이동할 차량 같은 것도 다 섭외가 끝난 상태입니까?"

"거 솔찬히 사람 말을 못 믿는 사람이요잉! 전 선장!"

사내가 짜증스럽게 응수를 하자 진수가 멋쩍게 시골 사내를 바라보고 있을 때 강포동이 얼른 추 한일의 말을 맞받아친다.

"일을 샐 틈 없이 할라니까 그렇잖소. 우리 전 선장 면도날이요. 체크맨 몰라?"

"체크맨인지 체스맨인지 난 그런 거 모르는디. 좌우지당간 포동이 하고 야그 끝났당께!"

"자 그럼, 필요한 이야기들 다 나누신 겁니까? 다 했으면 우리 나가서 술이나 한 잔 합시다."

사장이 인터폰으로 직원을 호출하고 차를 대기시킨다. 책상을 정리하다 말고 진수를 바라보며 천 일도 사장이 다시 입을 열었다.

"아~ 참, 전 선장님! 이번 야화선에 우리 애들 세 놈, 같이 승선하는 것 아시죠. 교육 좀 시켜주세요. 워낙 개차반 같은 놈들이라서 속 좀 썩을 겁니다. 특별히 부탁합니다."

8. 코뿔소 잔등

포장마차가 중앙통을 줄지어 점령하고 있다. 바나나, 키위, 딸기, 아직 나올 철이 아닌 수박, 그리고 껍질 벗겨진 파인애플 등, 과일 바를 파는 포장마차 한 쪽에선 기름을 똑똑 흘리며 닭꼬치가 뱅뱅 돌아가고 가스 버너에서는 쥐포와, 오징어가 구워진다. 이것들을 비롯한 먹거리들은 지나는 사람들에게 팔려나가는 것도 물론이지만 이들의 밤 장사는 이 구역 오락실에서 돈을 뜯긴 속 타는 인간들이 주로 도와주고 있다. 코뿔소 잔등에 난 상처의 분비물을 빨아먹고 사는 등에처럼 포장마차는 이들이 짭잘한 수입원이다. 길바닥은 이들이 뱉은 침과 배어 물은 과일조각들, 그리고 각각의 포장마차에서 무엇이든 씻고 버린 물들로 언제나 번질거린다. 밤이 되자 거리에는 이들에 섞인 취객과 아베크족들, 사춘기 봇물을 어디로 쏟을지 모르는 무모한 십대들이 패를 지어 설렁거린다. 무심히 이곳을 지나는 행인까지 합세해 북새통을 이룰 때 어김없이 이 지역 건달들의 모습도 하나 둘 나타나기 시작한다. 어둠을 즐기고 패고 팔아먹고 사는 무리들로 밤거리가 더욱 혼잡해지는 것은 말할 것도 없고 날마다 이들로 인해 거리는 살벌해지기 마련이다.

길 양 싸이드에는 깜깜하게 썬팅을 한 유리에 수박과 잭을 그녀 넣은 오락실이 수십 개도 넘게 거리를 점령하고 있다. 날칼과 꺽쇠는 출출하던 차에 오락실들을 거쳐오면서 앞에 있는 포장마차에 들러 코앞에 서 있는 주인에게는 눈길도 주지 않은 채 자기에게 차려진 밥상에서 집어먹듯 과일바를 집어 한 입에 털어 넣는가 하면 닭꼬치를 집어 어적어적 씹으면서 남포동 거리를 걸어간다. 포장마차의 임자들은 이들의 행동에 대해 한 마디 시비도 걸지 못하고 그들이 제발 필요한 만큼의 음식을 집어 자기네 가게를 얼른 떠나주기만을 간절히 바라면서 얼굴에는 기다리고 있었다는 듯한 표정을 흘리며 비굴한 웃음을 흘리곤 하는 것이다.

거리 중간 쯤 삼거리에 이르러 날칼과 꺽쇠는 골목으로 쑥 들어갔다. 깍뚜기 머리를 한 여섯 명의 건장한 똘만이들이 바지춤에 손을 끼운 채 건들거리고 있다가 이들이 들어서자 재빨리 일렬횡대를 이루고 90도 각도로 인사를 한다.

"헹님, 나오셨습니까?"

날칼과 꺽쇠는 이 지역 성인오락실을 관리하는 조직의 중간 보스다.

"전원 집합했구나! 저녁들은 묵었나?"

"예, 헹님!"

그들은 낮고 짧게 대답했다. 날칼이 똘만이들을 교육하는 동안 골목 양편을 연신 살피면서 꺽쇠는 잭나이프로 손톱을 다듬기 시작했다.

"야, 쥐똥! 마왕 주인새끼는 우예 손을 좀 봤나?"

"예, 헹님! 앞으로 골치 썩을 일을 없을 낍니더."

"그 말 믿어도 되나? 그리고 새로 생길 점포가 2개 입수됐다. 얼굴 내미는 것은 물론 오늘도 긴장을 늦추지 않는다. 이곳이 곧 니덜 밥줄이니만큼 우떤 쥐새끼도 껍쩍대지 못하도록 힘을 다하고 합하길 바란다. 알았나! 그리고 언제든 배신을 맘 묵는 놈은 그 순간에 저 꺽쇠의 칼이 놈의 뱃대지 속에서 춤을 출 것이다."

"예, 헹님!!"

날칼의 입에서 제 이름이 불려지자 꺽쇠는 여전히 손톱을 들여다보는 자세로 어깨만을 으쓱 올렸다 내렸다. 곱추만큼이나 올라 간 잔등 때문에 때가 타서 번질거리는 앞자락은 길게 늘어져 있다.

"꺽쇠와 내가 저녁을 먹고 오겠다. 그 때까지 사고치지 말고 관리들 잘 해라 알았나!"

"예, 헹님!"

"그럼, 수고들 해라! 야, 가자!"

날칼이 꺽쇠와 함께 갈 길로 몸을 돌리자 늘어서 있던 똘만이들이 90도 각도로 인사를 한다.

"잘 다녀오십시오, 헹님!"

날칼과 꺽쇠는 뒤를 돌아보지도 않은 채 겉멋이 든 손을 슬쩍 들어 보였다. 건달들 세계에서 수手싸인은 건달밥과 비례한다. 똘만이들과 헤어진 날칼과 꺽쇠는 삼거리를 지나 길 건너 포장마차로 들어갔다. 생머리를 뒤로 올리고 있는 사십대 주모가 두 사람을 반갑게 맞는다. 밖에서 볼 때 보다는 홀은 상당히 넓은 공간이다. 왼쪽 구석에 맥주를 홀짝이고 있는 한 쌍의 중년 남녀 이외에 홀은 텅 비어 있다. 날칼과 꺽쇠는 그들의 반대쪽인 오른쪽으로 가서 자리를 잡으며 남녀를 눈 꼴 사납게 돌아본다. 중년이래 봐야 사십대 초반으로 보이는 예쁘장한 여자와 빵모자를 눌러 쓴 놈은 분명히 빡빡머리 땡중이다. 땡중의 건장한 체격이 날칼과 꺽쇠의 비위를 더욱 거스른다.

"아지메! 여기 쐬주 한 병하고 꼼장어 한 사라 주소!"

"예~~ 에에!"

그들이 주모에게 술을 시키고 있을 때 땡중의 말소리가 들려온다.

"도둑놈의 새끼들! 아이, 이기 도박 중에 상도박이지 이기 게임이가! 하우스 차린 것도 아이고…"

마침 나무젓가락을 까다가 말소리가 나는 쪽으로 꺽쇠가 고개를 돌리며 가소롭다는 듯 웃음을 흘린다.

"아이, 일본 빠찡꼬 반 정도는 흉내라도 내야 할 거 아이야, 이거! 에이… 이럴 바에야 다음부터는 아예 강원랜드로 가자 마. 스트레스 풀라꼬 왔다가 이거 완전 열 받아서 씨 발, 에이 사기꾼 새끼들…"

꺽쇠가 드디어 참지 못하고 씨익 웃으며 남녀를 향해 입을 벌린다.

"아제! 거 보아하니 스님 같으신데… 거 말씀이 되게 거치시네요. 와요? 게임 해 가꼬 돈 많이 꼴았소?"

화가 불끈 치미는지 감정을 자제하느라 땡중이 붉어진 얼굴로 헛기침을 두어 번 한다.

"안 그렇소? 돈을 꼴았거나 말았거나, 이거 게임이란 기 재미를 보는 맛도 있어야지. 완전히 일방적으로 돈을 쪽 빨아가니 이기 도둑놈이지 뭐가 도둑놈이겠소!"

"와… 아제 재밌네. 그라마 아제가 만약 오늘 돈을 땄다카마 재미있었을 거 아이요?"

갑자기 땡중이 몸을 홱~ 돌리며 눈을 부라린다.

"이 양반이, 와 이라노, 이거! 불 난 집에 부채질 하는 것도 아이고… 술이나 드소~ 마!"

하더니 외면을 하고 다시 돌아앉는다. 꺽쇠가 점점 흥미진진하다는 듯 웃음을 슬슬 진하게 흘리며…

"와~ 무섭네, 눈 부라리니까… 스님! 오늘 술 많이 됐소?"

"와요? 중놈은 술 좀 마시면 안 된답디까?"

"안 되기는… 많이 드소. 그런데 아무리 스님이지만 술하고 괴기는 끊을 수 있을라는지 모르지만 어디 계집을 끊겠소, 안 그라요, 땡중 스님!"

"뭐라꼬, 땡중이라꼬?"

꺽쇠가 자리에서 슬그머니 일어나 그들, 남녀가 있는 자리로 다가간다. 쭈꾸미를 손질하던 주모가 일손을 멈추고 아슬아슬한 눈빛으로 무리를 쏘아본다. 날칼은 아무 것도 모르는 듯 소주를 까서 계속 홀짝이며 주모가 갖다 준 꼼장어를 씹는다.

"뭐~ 땡중보고 땡중이라고 말한 기 뭐 잘못됐소. 신도들이 도박도 하라 꼬 뭉칫돈 엥길 텐데 와그라요? 신도들 앞에서는 새우젓도 삼키지 않으면 서 대웅전 뒤뜰에서는 개 잡는다면서요?"

들여다보던 땡중 얼굴에서 꺽쇠가 여자 얼굴 가까이로 자신의 얼굴을 들이밀면서 한 마디 덧붙인다.

"그라고 와? 중놈이 개괴기를 묵었으문 가마히 있을 수 있겠나, X도 해야지. 안 그렇소, 사모님!"

얼굴이 시뻘개진 땡중은 여자 앞에서 체면치레라도 해야겠다 싶었던지 말투가 바뀌었다.

"아니… 이 양반이, 엇따가 행패고 행패가. 내가 누군 줄 알고…!"

겁이 나서 손으로 가슴을 짓누르고 있던 여자가 이때다 싶어 용기를 내어 나오지 않는 악을 쓴다.

"아니~ 이 아저씨들이 정말 큰일 나겠네! 아 냥반은 교도소 교화위원회 위원장이고 불무도 공인 6단이에요. 젓가락 하나 가지고도 세 명은 너끈히 죽이는 사람이라구요!"

꺽쇠가 기가 차서 날칼을 돌아다보자 날칼이 고개 짓으로 처리해버리라는 신호를 보낸다.

"호오 그래요. 진짜 큰 일날 뻔 했네. 몰라 뵈어서 사모님!"

꺽쇠가 슬그머니 맥주병을 집더니 갑자기 땡중의 머리를 내려치며 미친 놈처럼 소리친다.

"XX~ 너 같은 년 놈들 때문에 이 나라 종교가 이 꼴이다. 내XX, 이 따위 땡중 X새끼한테 돈 갖다 바치는 년 있으문 니기미 내~ 어미라도 가랑이 다 찢어불끄다. 알았나~ 이 년놈들아!!"

9. 고개를 꺾는 오월

번듯한 길을 놔두고 승재는 산복도로를 건너 남의 집 뒤 터로 나있는 입산금지 철책의 개구멍을 통해 길이 없는 잡목 숲을 헤치며 대청공원을 향해 올라갔다. 개나리 진달래가 온 산을 물들이더니 이제 산벚도 지고 무리져 피어있는 철쭉도 지는 중이다. 어디선가 아카시아 향기가 진동을 하며 코끝을 스쳤다. 풀도 나지 않은 맨 땅에는 벌써 여름의 땅김이 훅~ 하고 올라왔다. 승재는 잠깐 어지럼을 느꼈다. 벌써 두꺼워진 주황빛들이 번쩍이며 여름을 예고하고 있는 것이다. 연두빛에서 이제 진초록으로 물들어가는 나뭇잎에 햇살이 강렬하게 내려앉는다. 승재는 얼른 그늘로 들어섰다.

'바다의 생활은 어떤 것일까? 선원들이란 거칠다고 하던데…' 승재는 다가 올 신세계에 대한 기대와 희망보다는 불안과 두려움이 가슴을 짓누르는 것을 느꼈다. 다시 부산항에 돌아오면 오월이 끝나갈 무렵… 이곳이 고향이라고는 하나 돌아온다 해도 이제 반겨 줄 이 아무도 없는 땅이다. 순간 불큰 솟아나는 눈물을 승재는 주먹으로 쓱~ 닦았다. 자꾸만 찔끔 거릴 것 같아 길이 아닌 곳을 택했으나 눈물이 후두둑 얇은 회색 남방 앞섶으로 떨어졌다. 혹시 보는 사람이 없을까 해서 주변을 둘러보았다. 숲 속에는 아무도 보이지 않고 공중에 그물을 치며 날아다니는 새들만 눈에 띄었다.

그로부터 삼십여 분을 걸려 승재는 대청공원에 올라섰다. 타지에서 온 관광객인 듯 충혼탑 앞에서 비문을 읽고 있는 몇 사람 밖에는 공원은 한산했다. 잘 다듬어진 잔디 위로 한 차례씩 바람이 불어올 때마다 따끔거리며 내려앉았던 햇살이 폴짝거리며 뛴다. 잎이 넓은 나무 그늘로 들어서자 등허리에 난 땀이 시원하게 증발하는 것이 느껴졌다.

이제 돈이라는 것을 벌 수 있게 됐는데… 가슴이 다시 한 번 울컥하고 내려앉았다. 이제야 고생을 덜어드릴 수 있는데 할머니는 한 달 전 돌아가셨다. 할머니의 음성이 바람결에 들리는 듯해 그는 두리번거렸다.

"사내는 평생 동안 세 번만 우는 것이다. 사내자석이 눈물이 하~ 많아서 큰일이다 큰일. 세상이라는 거친 바다를 건널라문 폭풍뿐이겠노 말이라!"

어려서부터 눈물이 많은 승재 귀에 대고 틈만 나면 할머니가 읊조리던 말씀이다. 충혼탑을 올려다보던 승재는 마음을 추스르기 위해 바다를 향해 몸을 돌렸다. 멀리 회백색으로 펼쳐진 수평선 가까이 북항을 향해서 부관페리 한 척이 들어오는 것이 보였다. 항구주변이 여객선으로 더욱 붐비는 것은 지금이 행락철이란 증거다. 북항 방파제 외곽으로 오륙도가 보이고 먼바다에서 시선을 안으로 끌어들이자 영동 고갈산 자락을 타고 남항으로, 원양어선들이 군단으로 줄지어 남항의 위용을 자랑하고 있다. 또한 연안 여객선들 사이로 퐁퐁거리며 연기를 뿜으며 돌아다니는 똑딱선들로 항구는 더욱 어수선해보인다.

할머니에게 손목이 잡혀 들어간 곳은 작은 만두가게였었지. 승재가 들어선 오륙 미터 전방에 모자를 푹 뒤집어쓰고 머플러로 목덜미까지 가린 아줌마, 아저씨가 보였다. 가슴이 철렁내려 앉으며 이상한 감정이 소용돌이쳤다. 승재의 잔등을 다독거리며 그들이 엄마와 아빠라고 할머니가 말했다. 엄마라는 아줌마가 주체할 수 없이 울고 있었다. 고모할머니도 쉴새 없이 손수건으로 눈물을 찍어내며 오른손으로는 승재의 한쪽 손을 꼭 잡고 있었다. 작은 승재의 눈에서도 알 수 없는 눈물이 쏟아졌다. 그렇게 보고 싶던 엄마와 아빠라니! 오는 길에 할머니와 약조를 하지 않았어도 그들에게 다가가면 안 된다는 뚜렷한 의식이 본능적으로 어린아이의 온 몸을 휩싸안았다. 간을 빼먹는다는 문둥이가 떠올랐다.

"승재야! 할머니 말씀 잘 듣고 공부 잘 허고 씩씩하게 커거레이!"

아빠의 목소리였을 것이다. 바람의 방해로 들릴 듯 말 듯 했지만 그 소리는 그들의 모습보다는 오히려 승재의 가슴에 뚜렷한 형체를 남겼다. 지금도 바람결에 그 소리가 들리는 듯 했다.

실습항해사로 내일이면 외항상선을 타고 저 항구를 떠날 것이다. 청년이 된 유 승재는 대청공원에서 신선대를 바라보고 있던 시간이 십 년이나 지난 듯 어두운 기억의 강변에서 시선을 거둬들였다. 첫 출항에서 돌아오면 수용소가 있다는 그 용호동에 가 봐야겠다고 승재는 마음먹었다. 그날 할머니에게 손목을 잡혀 만두가게를 나오면서 승재는 올 때와는 아득하게 멀어진 다른 세상을 걷게 되었다. 모든 것이 정지한 것 같다가 조금 후엔 온 세상이 환풍기 소리를 내며 돌았다. 그리고 발걸음이 꼬여서 자꾸 돌부리에 걸렸다. 그렇게 볼거리가 많던 항구가 사라지고 없었다. 할머니에게 손목이 잡힌 아이는 그 동네를 다 벗어날 때까지 내내 목젖을 심하게 떨었다. 그 날의 충격을 무엇이라고 말해야 할까! 차라리 내 부모가 묻혔다는 봉분 두 기를 만났던 것이 낫지 않았을까? 승재라는 어린 영혼을 향해 누가 그토록 대형 포를 발사하라 했던가!

내려가는 길에 장안사에 들러 할머니께 공양이나 드리고 가야겠다고 생각했다. 아직 수업이 끝날 시간이 아닐텐데… 중학생. 고등학생 녀석들이 섞여서 쉬엄쉬엄 올라오는 것이 눈에 띄었다. 예전에 자신처럼 왜 공부는 해야 하는지 알 수 없는 녀석들일 것이다. 누구를 위해 살아야 하는지도… 공양주 보살로 일을 하고 절밥을 얻어다 열심히 승재를 먹이고 키우신 할머니는 저승 염라대왕 앞에 가서 칭찬 들으셨을까! 실습 항해 차 낼모레면 한동네 사는 포동이 아제를 따라 야화선이라는 외국으로 나가는 상선을 타게 된다. 이제 남은 한 학기 등록금도 할머니가 일하던 장안사에서 종전처럼 담당하기로 했다. 할머니가 다시 살아나신다면 이제는 열심히 살아질 것 같다. 할머니가 살아계실 때 세상이 텅 빈 것 같아 모든 것에 의욕상실이었는데 할머니가 안 계신 지금 할머니만 계시다면 세상은 비로소 완전하게 꽉 찰 것 같은 안타까운 생각이 승재의 가슴에서 끝없이 바퀴를 타는 요즘이다.

장안사로 가는 우측의 작은 오솔길로 접어들었다. 경내로 들어서자 할머니의 체취처럼 향불 냄새가 진동했다. 마당을 밟는 승재의 발자국마다 자박거리며 정적이 가라앉는다. 석등 옆으로 백일홍나무가 붉은 꽃을 함빡 매달고 있다. 그 옆으로 소담스럽고 다소곳한 수국도 묵언수행 중이다. 승재는 법당으로 들어서서 왼편 할머니 위패 앞에 향을 꽂았다. 승재가 가고 나면 기억할 이 아무도 없는 고모할머니! 사람이 한 줌 재로 간다는 것이 어떤 것인지 승재는 똑똑히 보았다. 절을 하려고 엎드리자 울어도 울어도 끝나지 않을 봇물이 터져나왔다. 얼마나 지났을까. 마음이 절 마당처럼 정갈하게 닦인 것을 느꼈다. 주지스님이라도 만나 인사를 드려야겠으나 오늘은 아무도 만나고 싶지 않다고 생각했다. 승재의 슬픈 어깨 위로 오월의 꽃들이 다투어 고개를 흔들었다.

10. 깃털들의 변

무엇을 입을까? 서울에서 가지고 온 옷가지들을 주욱 훑어보았다. 검은색 모직 바지에 베이지와 카키색 체크무늬 콤비 상의를 입어야겠다. 그리고 반팔로 된 밝은 청회색 티셔츠를 입으면 되겠군! 좆같은 인생을 살아온 놈들이라서 더욱 빈틈을 보여선 안 된다. 바라보는 대상이 어떤 순간에도 범접할 수 없는 무력감을 선사할 때 카리스마란 존재하고야 만다. 진수는 옷을 다 입고 거울을 들여다보았다. 곱슬머리도 만족스럽게 제 자리를 잡고 있다. 그리고 검은 양말을 꺼내 신고 고동색 옥스포드화를 꺼내어 끈을 다시 맸다. 호텔 바로 밖에 있는 닦새에게 구두를 닦을까 했지만 그는 생각을 고쳐먹었다. 구두가 너무 반질거리면 촌스럽기 때문이다. 물기가 약간 남아있는 타올로 구두를 닦고 마지막으로 전신을 거울에 비추어 보았다. 그는 두 주먹을 쥐고 흡족한 웃음을 지으며 손가락 관절을 소리나게 꺾었다.

"짜식들~ 다 죽었어…!"

여섯 시가 넘은 시각이었으나 밖은 아직도 환했다. 광복동 길을 건고 있는 진수에게로 저녁바람이 시원하게 불어온다. 야화선에 함께 승선할 어떤 선원보다 이번 출항은 진수 자신에게 가장 의미심장한 출항일 것이다. 마침내 폭력조직과 손을 잡았단 말이지! 그는 상그릴라 호텔 밖에서 석간을 한 부 샀다.

'실업자 드디어 백만 돌파!!'

일면 머릿기사. 돌파라니… 짜식들! 기자라는 자식들이 이 정도로 무식하단 말인가. 아니 실업자 백만을 만들기 위해 목표라도 세웠던 거야! 돌파란 어떤 바람직한 지향점을 애써 도달할 때 쓰는 단어 아닌가. 진수는 심사가 사나와져 신문을 반으로 접고 다른 기사로 시선을 옮겼다. 큰 활자가 눈에 들어왔다.

'탈북자 부부와 어린 아들, 러시아 거쳐 한국 무사 귀순!'

활자 아래로 젊은 부부가 사오세 쯤 되어 보이는 아들을 안고 환하게 웃는 사진이 크게 실려 있었다. 젊다고는 하지만 짚북데기 같이 빛바랜 머리칼, 주글거리는 피부가 그동안 그들이 겪어온 극심한 고통과 영양실조를 여실히 보여주고 있었다. 진수는 곤혹스러운 표정으로 다음 기사로 수정체를 옮겼다.

'누가 막을 것인가. 이 역사의 흐름을, 이 대세를…'

커피숍에서 커피를 한 잔 시켜 마시며 신문을 마저 보고 있을 때 강포동이 다가와 섰다.

"선장님, 일찍 나오셨습니다. 시간이 다 되어 가는데요. 이제 이동하실 시간입니다."

존칭을 구사하는 강포동을 물끄러미 올려다보다가 진수는 신문을 접고 큰 키를 일으켜세웠다. 남의 옷을 얻어 입은 것처럼 쑥색 양복에 주황색 남방을 받쳐 입은 강포동이 신사복 속에서 어색하고 난처한 표정을 짓고 있었다.

"모두 밀실에 집합시켜 놓았습니다."

그의 당당한 음성을 듣고 진수는 자기도 모르게 일어나던 걱정을 잠재웠다.

"대면식을 좀 달리하셔야겠는데요."

가라앉은 진수의 음성이 호텔 붉은 카페트에 내려앉았다.

"무엇을 말씀입니까?"

"무엇이 아니라 내가 들어가서 먼저 좌정하고 있을 테니까, 갑판장이 호명을 하면 한 사람씩 들어오는 것으로 하십시다."

"아아~그렇군요. 무슨 말씀인지 알아들었습니다. 그럼, 조금 있다가 올라오시죠. 준비 완료되는 대로 소식 전하겠습니다."

다시 자리에 앉은 전진수는 신문의 머리글자를 따라 읽지만 이미 아무 것도 머리에 들어오지 않았다. 여행 백을 밀거나 들고 나타난 사람들은 만날 사람들을 만나면 달달거리며 가방에 달린 바퀴 소리를 내며 멀어지고 또 다시 한 사람이나 두 사람, 또는 그룹들이 자리를 차지하고 있다가는 떠나가곤 했다.

오 분쯤 지났을까? 강포동이 보내는 휴대폰 신호다. 진수는 자리에서 일어나 엘리베이터를 타고 10층에 내렸다. 대기하고 있던 강포동을 따라 들어가자 아이들을 어떻게 했는지 삼십 평 정도 되는 텅 비어있는 실내는 숨소리 하나 없이 쥐죽은 듯 고요했다. 현관에서 구두를 벗고 실내로 들어서던 진수는 잠깐 걸음을 멈추며 호흡을 삼켰다. 핏빛 장미다! 두 개의 수반에 꽂혀있는 새빨간 장미가 진수의 눈을 확~ 끌었다. 은회색의 커다란 꽃문양이 들어있는 실크 벽지로 마감된 실내에는 암갈색 장미목 긴 탁자 두개가 세로로 붙여져 있었다. 이렇게 세심하게 준비하고 있을 줄이야! 자신에 대한 예우라고 느껴져 흐뭇한 마음으로 전진수 선장은 탁자를 사이에 두고 나란히 대기하고 있는 의자들을 성큼 성큼 지나쳐 상석에 가 앉았다. 그리고 한국 전통의 합 모양으로 생긴 커다란 백자 수반 밖으로 푸른 잎을 내려뜨리고 있는 장미꽃 정물에 다시 눈길을 보냈다.

'조직에서 치밀하게 신경을 쓰고 있단 이야기 아닌가! 그런데 삼십 송이 쯤 넘게 꽂힌 저 정물이 왜 쏟아진 선혈처럼 핏빛으로 보이지!'

순간적인 흥분을 가라앉히며 몇 발짝 떨어져서 부동 자세를 취하고 있는 갑판장, 강포동을 향해 진수는 이제 시작해 보자는 싸인으로 턱을 올렸다 내렸다. 모처럼 양복을 입은 강포동이 어색하고 갑갑해 손수건으로 이마에 땀을 닦더니 들고 있던 명단을 보고 첫 번째 면접자를 호명했다.

"그럼 지금부터 선장님을 모시고 우리 야화선 선원들의 대면식을 시작하겠습니다. 제일 먼저 기관장 들어오시죠."

"네, 기관장 문기관입니다."

"다음은 통신장입니다."

도어가 열리고 중키에 얼굴이 비쩍 마른 타입의 오십 대 중반 남자가 나왔다. 선장 있는 쪽으로 고개 돌리며 허리를 굽혔다.

"통신장 최전달입니다."

"선장님 왼편으로…"

"다음은 일항사…"

"네, 일항사 김 항년입니다."

"다음은 이항사…"

"네, 이항사 함대이루기입니다."

누군지 킥킥대는 소리가 잠깐 들렸다. 밝은 모습의 삼십대 초반으로 중키의 남성이다. 진수도 속으로 웃음이 나오는 것을 꾹욱 눌렀다. 이름 하나로 그의 미래까지, 직업까지 선택해 준 그의 부모는 어떤 사람들일까? 함대는 군함을 이야기하는 것 아닌가. 앞으로 더 큰 물에서 놀 날이 그에게 닥쳐오겠지.

"삼등항해사 들어오소."

전진수 선장이 이등항해사의 이름에 잠깐 마음을 빼앗기고 있는 사이 깨끗하게 생긴 얼굴에 귀티가 흐르는 젊은이가 양미간을 잔뜩 찌푸리고 들어왔다. 긴 머리는 뒤에서 질끈 동여져 있었으며 건장한 어깨와 역삼각으로 내려가는 잘룩한 허리를 청지로 된 남방과 청바지가 감추고 있었다.

"삼등 항해사 신성조입니다."

진수의 입가에 웃음이 번졌다. 자신이 힘겹게 건너 온 다리를 지금 신성조가 건너고 있는 듯 보였다. 세상의 번민을 모두 짊어진 듯 반항과 불만이 잔뜩 들어있는 성조의 얼굴을 선장이 유심히 바라보았다.

"그리고 일 기사부터 삼 기사까지 모두 들어 오소!"

진짜 엔지니어 들이다. 배가 바다를 누빌 수 있도록 실질적으로 계기를 작동시키고 동력을 만들고 프로펠러가 돌아가게 하는 사람들이다.

"다음은 우리 식사를 책임질 주자들입니다."

얼굴이 뽀얗고 통통한 주방장과 평범한 생김의 조리사가 한 명 등장해서 꿉벅~하고 허리를 굽혔다.

"다음은 제 1타수부터 조타수 모두 들어온나!"

배의 방향을 잡는 사람들이다. 나침반의 움직임에 따라 배의 나아갈 방향으로 핸들을 이리 저리 돌리는 사람들이다. 예전에는 수동이었으나 지금은 모두 오토메틱으로 시스템화 되어있다.

"다음은 갑판원들 모두 나온 나!"

망치, 꺽쇠, 날칼이 구부정하고 삐뚤어진 자세로 슬슬 걸어나왔다. 실내 분위기가 갑자기 싸늘하게 식었다. 미소를 머금고 있던 진수의 얼굴에서도 웃음이 서서히 걷혔다. 모두 험상궂은 얼굴이었으나 세 명 모두 극적으로 대비되는, 얼굴에는 각각의 개성이 뚜렷하게 나타나 있었다.

'우성해운 천일도 회장이 잘 부탁한다는 자들이 이들이군!'

한 놈은 무쇠처럼 단단하고 무지스러워 보인다. 오징어의 먹창처럼 탁한 눈을 굵게 진 쌍꺼풀이 감싸고 있다. 최후의 양심마저 마비된 놈으로 진수도 내심 소름이 돋았다. 이마에 커다란 흉터하며 쳐다만 보아도 보통사람은 저절로 피하게 생긴 인물이다. 피부도 두껍고 검으며 개기름이 번질거리는, 악종으로 보이는 놈이 세 놈 중 제일 먼저 입을 열었다.

"망치라꼬 합니다."

"날칼입니다."

망치보다는 나은 것 같으나 더 나을 것도 없는 인상의 소유자다. 매섭게 찢어진 눈, 불거진 광대뼈, 가늘고 긴 코에 목이 유난히 길다. 망치보다는 키가 10센티미터는 더 커 보인다. 인중 밑에 사선으로 난 저 정도의 흉터라면 아마도 입술이 두 동강났었을 것이다. 푸르딩딩한 피부에 음습한 기분을 발사하는 사내다. 앞의 놈보다 기분이 나쁘다면 더 나쁠 수도있는 인상의 소유자다.

"꺽쇠입니다."

앞에 나온 두 놈보다는 몸집도 작고 키도 작다. 쌍꺼풀 진 눈이 가늘고길다. 세 놈 중에서는 제일 나이가 적은 것으로 보인다. 잠시도 눈알을 가만히 두지 않고 살피는 놈이다. 구부정한 자세하며 타고난 비열한이다. 더구나 머리가 나빠 머리를 굴린다는 것이 이유도 없이 누구든 배신 때릴 각오가 되어있는 놈으로 눈앞에서는 당연히 아첨꾼이다.

"다음은 실습항해사!"

"유승재입니다."

다 늙어버린 폐선처럼 찌들은 뱃놈들에 이어 유승재가 들어오자 이미들어와 있던 모든 사람들은 물론, 선장 전진수도 소리나지 않게 한숨을 길게 뽑았다. 마지막 호명에 의해 실기사가 들어와 서자 한 사이드에 다섯명이니까, 갑판장 강포동을 합해 스물 한 명의 인원이 숨을 죽이고 의자앞에 도열해 섰다.

"이상 저까지 총원 스물 한 명입니다."

이제 한 솥밥을 먹어야할 동지들을 의식하고 강포동은 더욱 뻣뻣이 부동자세를 취했다.

"안녕하십니까?"

강포동의 구령에 맞춰 스물 한 명의 힘찬 복창이 실내를 쩌렁 울리자 진수의 등줄기로 급격한 흥분의 파도가 쓸고 지나갔다.

"수고했소. 모두 앉읍시다."

조용하지만 절도있는 발음으로 선장의 일성이 실내를 울렸다.

"그럼, 지금부터 선장님 훈시를 듣도록 하겠습니다."

"지금부터 존칭은 생략한다. 갑판장이 호명할 때부터 여러분의 면면을 모두 보았다. 당신들의 신상명세도 이미 입수한 바 있다. 어린 실항기사부터 나이 든 갑판장까지 여러분은 다양한 연령층이며 저마다의 다른 세상을 걸어온 사람들이다. 그러나 우리는 이 순간부터 같은 운명에 처해진 존재다. 스스로 제 인생을 쓰레기처럼 마구 굴렸거나 애초에 막다른 운명으로 태어났거나 아니면 도약의 중간에 자의든 타의든 추락했을 것이다. 하지만 지금 여기 모인 총원은 잠김 상태에 있는 자신의 현실로부터 탈출을 시도할 뿐만 아니라 열망하는 사람들이라고 나는 단정한다. 내일 우리가 승선할 야화선이란, 현실이라는 감옥의 자물통을 부수는 우리의 마지막 햄머다. 더럽던 세상에 작별을 고하고 우리를 탈출시킬 야화선은 다시 말해 끝이며 출발이란 의미다. 그러나 일단 출항하고 나면 배라는 것, 바다라는 것은 세상에 존재하는 최후의 감옥임이 틀림없다. 제한된 구역 밖으로는 한 발도 뗄 수 없는 무서운 생지옥이다. 다음 순간을 절대 점칠 수 없는 가장 큰 신의 저울대이다. 폭풍과 황천을 만나고 백척간두에 선 미약한 인간 참상이 낱낱이 드러나는 현장이다. 그러므로 일단 선상에서는 개인이란 존재하지 않는다. 그래야 우리라는 공동체 속에서 우리 목적을 무사히 달성하고 한 명의 낙오자 없이 이 자리에서 다시 축배를 들 수 있을 것이다. 그러므로 지금부터 갑판장은 너희들의 감방장이다. 일단 승선하고 나면 선상에서의 질서를 무시하거나 명령을 어기는 자는 즉결처분한다. 그런 자는 우리라는 공동의 생사를 위해하는 자이며 공동의 뜻을 와해할 목적이 있는 것으로 간주, 법이 정한바, 선장에게 부여 된 권한으로 내 옆구리에 채워진 총구는 가차 없이 불을 뿜을 것이다. 이것이 나의 임무이며 우리의 목적을 완수하고 낙오자를 최대한 줄이는 최선의 선택이며 나의 소신이다.

다시 말해 야화선野花船이란 그 이름에서 느끼듯 밝은 낮을 거부하는 검은 조직의 선박이다. 여러분 또한 이 점에 대해 충분히 인지했고 동의 한 바 있다. 다만 해양 고 실습생인 실항사와 실기사 두 사람만은 내 명령으로 갑판장의 관리를 받을 것이다. 내 훈시대로 혼연일체가 되어 일사불란하게 움직여 준다면 다시 부산항으로 돌아 올 때쯤 우리 추락한 인생들, 우리들의 어깨에는 세상에 안착할 커다란 날개 죽지가 돋아나 있을 것이다. 이상!!"

강포동으로부터 시작된 우레와 같은 박수가 장내에 한참 동안 퍼져나갔다.

"갑판장, 이제 시작하세요."

"지금까지 벽력과 같은 선장님의 훈시를 들었습니다. 그럼 지금부터 모두 합심 단결하기 위해 각각의 각오를 듣겠습니다. 음~ 통신장이 가장 연배니까 통신장부터 시작합니다."

벌겋게 달궈진 얼굴을 들고 통신장이 엉거주춤 자리에서 일어났다. 바로 그 때…

"잠깐, 갑판장! 가장 연배라니… 아까 나이 따위는 잊어버리란 내 말 벌써 잊었습니까?"

"죄송합니다. 깜빡했습니다."

"통신장! 지금 나이가 어떻게 되셨소?"

"허허~~ 만으로 쉰아홉입니다."

"그럼 우리 나이로 예순이네. 그럼 기관장은…?"

옆에 있는 기관장에게로 시선을 옮기며 선장 전진수가 물었다.

"나이 말씀입니까?"

"아~ 그렇소."

"쉰일곱입니다."

"갑판장, 이 두 분, 하선할 때까지 나이 십 년씩 영치시켜요. 알겠소?"

"예, 알겠습니다."

"두 양반 불만 없지요?"

선장이 건너다보고 묻자 기관장과 통신장은 황망히 손을 저으며 '아닙니다'를 연발한다.

"그럼, 다시 기관장부터 시작하기로 합시다."

갑판장이 지시하자 통신장이 앉고 기관장이 일어나서 말문을 열었다.

"선장님의 선처로 방금 제 나이는 마흔일곱이 됐습니다. 정말 그러면 얼마나 좋겠습니까! 십 년 전까지는 외항송출선 기관장으로 배를 계속 탔었습니다. 친척 하나가 공장을 한 번 같이 하자고 해서 건축 자재를 생산하는 공장을 운영했습니다만 불경기가 닥치고 결국 망하고 말았죠. 중소기업은 대기업에서 주로 도급을 받아 일하는데 대기업은 정치권에는 수천억씩 갖다 바치면서 결재는 6개월이나 1년짜리 어음입니다. 우리나라 대기업은 중소기업의 피를 먹고 성장합니다. 아니면 덤핑을 치고 들어오는 통에 도저히 기업을 해먹을 수가 없습니다. 이 땅에서 법대로 정직하게는 중소기업은 도저히 살아남을 수 없다는 겁니다. 쥐새끼도 막다른 골목으로 몰면 고양이한테 덤비는 법이죠. 선장님의 말씀을 들으니 새로운 힘이 솟는 것 같습니다. 충성하겠습니다."

"다음은 통신장 말씀하시오."

"통신장 최전달입니다. 훌륭하신 선장님을 모시게 된 것 같아 가슴이 벅찹니다. 나이는 쉰 살이 되었지요, 조금 전에. 고향은 본래 제천이지만 한 때는 부산에서 살다 현재는 서울서 살고 있습니다. 해상보다는 육상에서 근무하고 싶어 통신회사에서 그동안 몸을 담고 있었는데 어느 날 출근해보니까 제 책상이 치워지고 없더군요. 할 수 없이 사직서를 쓰고 퇴직금을 탔는데 사업 좀 해본다는 것이 몽땅 사기당하고 말았습니다. 아이들은 다 출가했지만 사는 게 폭폭 해졌다고 날만 새면 꾸두덜 대던 마누라가 어느 날 이혼장을 내밉다. 더러워서 도장 꽉~ 눌러주고 말하자면 독신이지요. 헛 살아온 한 세상, 지푸라기라도 잡는 심정으로 야화선에서 마지막 소신을 다하고 싶습니다."

"일항사 김 항년입니다. 나이는 갓 마흔으로 결혼하기 전부터 남부럽지 않게 번듯이 살아보려고 계속 배를 탔습니다. 그런데 여편네가 고무신 거꾸로 신었습니다. 지금 어린 것들만 두고 왔습니다. 눈에서 불이 납니다.

생지옥이 따로 없습니다. 바다로 뛰어들고 싶은 생각이 순간 순간 치밀 때 아이들 얼굴이 눈앞에 어른거려 맘을 고쳐먹곤 합니다. 사실 뱃놈들 하면 항구에 내릴 때마다 계집질하고 방탕하게 사는 것으로 일반인들은 알지만 정말 시간도 돈도 없잖습니까? 월급은 곧바로 통장으로 들어가고 마누라는 단속할 길이 없습니다. 이번 일만 잘되면 배에서 내릴랍니다. 선장님 훈시는 정말 멋있었습니다."

"삼등항해사 신성조입니다. 아까 선장님께서 말씀하신 것처럼 특히 저에게 배는 감옥으로 느껴집니다. 제 자신이 선택한 길이 아니니까요. 그러나 정신병동에서 탈출한 것은 잘한 일이라는 생각이 듭니다. 어른들께는 죄송한 이야기지만 더러운 세상이라고 생각했는데 선장님 말씀을 듣다 보니 한 번 화끈하게 살아보고 싶은 용기가 납니다. 나이는 스물일곱 됐습니다. 잘 부탁합니다."

호명을 받고 들어올 때와는 사뭇 다른 말투로 신성조가 말을 마쳤다. 진수의 입귀에 빙그레 웃음이 살아나기 시작했다.

"정신병동이라고 했나?"

"예, 저의 집입니다. 정신병동 중에서도 아주 중증의 환자들만 모여 있는 곳에서 탈출했습니다."

"그 정신병동에는 어떤 증상인 환자가 수용돼 있나?"

"예, 일류병 환자입니다."

"그럼, 본인은 환자가 아니란 말인가?"

"네, 저는 자타가 공인하는 삼류입니다."

장악하고 있던 긴장을 깨뜨리며 선원들이 기다렸다는 듯이 웃어댔다.

"삼류? 좋~~지. 삼류 인생이 진짜 살맛 나는 인생이지! 자알 했어. 그런 곳이라면 당연히 탈출해야지. 그런데 병동에서 탈출해 온 곳이 하필 감옥인 셈이네! 어쩔 텐가?"

"선장님께서 잘 지도해 주십시오."

"우리 감옥은 선상 감옥이기 때문에 탈출이 쉽지 않을 텐데… 버텨낼 자신 있겠나?"

"옛~써! 노력하겠습니다. 도와주십시오."

선장을 향해 거수경례를 붙이는 삼등항해사 신성조가 얼굴 가득히 웃음을 담고 있었다. 강포동이 일어나서 소란한 장내를 돌아보며 조용히 할 것을 당부했다. 기관원들 그리고 갑판원들이 대충 이름만을 소개하고 지나 갔는데 이번에는 제일 험악해 보이는 추한범, 망치라는 인물이 일어났다.

"이름이 추 한범이라예. 보통 망치라캅니다. 부산항에서 지 모르문 간 첩이지예. 무엇이든 삐쭉 나와 가꼬 안 들어가는 기 있다카마 지를 불러주 시소. 지가 망치 아입니까! 뚜디리 박는 데는 둘째 가문 서러븐 사람인기 라. 때와 장소를 가리지 않고 팍팍 박심더. 그중 계집들에게 박는 거를 젤 잘 합니데이. 헤헤~ 아까 선장님도 좆 같은 놈이라고 하싯는데 좆 같은 놈들끼리 잘 해보입시더. 나이는 사십하고 셋 묵었심더."

잠깐 술렁대던 장내는 방금 자기 소개를 끝낸 인물로 인해 팽팽한 긴장 감이 다시 흐르기 시작했다. 이렇게 하여 너 나 없이 벼랑에 선 사람들, 날 개 없이 추락하고 있던 인간 군상들을 끌고 야화선은 출항 전야를 맞았다. 제각기 형체를 거의 알아 볼 수 없이 부러진 날개의 잔해를 뽑아버리고 과 연 착륙할 지점이 어디일지 운명의 배는 출항 초읽기에 들어갔다. 대면식 이 끝난 저녁, 진수는 놈들이 깜짝 놀랄 만찬을 벌여준 후 통신장, 기관장 을 비롯한 몇 사람이 권하는 술을 받아 마시고는 자리에서 일어났다. 그 런데 도저히 떨쳐버릴 수 없는 어떤 그림자가 그 거리를 다 걸어 나오도록 가슴 한 구석을 떠도는 것이 아닌가. 가을밤처럼 별이 총총한 하늘을 올 려다보며 숙소를 향해 걷는 선장, 전진수가 휴우~하고 한숨을 토했다. 얼 굴이 흉측한 세 놈보다 어린 실항사의 인상이 가슴을 왜 그렇게 짓누르는 지 알 수 없는 노릇이었다.

11. 영웅의 푸른 빛

주자가 타온 커피를 들고 운항지위실을 나왔다. 바람은 적당하게 불고 수면은 잔잔했다. 촐싹거리는 배들이 옆을 스치며 일으키는 작은 파도는 대형 선박에서는 차라리 살가운 손사래다. 복잡하던 항구를 조금 벗어났으니까 이제는 일항사에게 맡겨도 된다. 물론 남해는 다도해이기 때문에 아직 마음을 놓을 상태는 아니지만, 진수는 피곤을 느꼈다. 전쟁을 방불케 하던 출항 스탠바이가 끝나고 배가 항구를 빠져나오기 시작한 지 삼십 분!

진수는 선수루船首樓 뒤편에 서서 앞으로 미끄러져 가는 선박을 내다보았다. 뒤를 돌아보자 어느새 뒤척이는 물결에 몸을 맡긴 항구가 울렁울렁 멀어지고 며칠 남지 않은 오월을 항구의 밤이 삼키는 것처럼 보였다. 그동안 수많은 출항이 있었으나 멀어지는 부산항이 지금 더욱 낯설게 느껴져 진수는 착잡한 심정으로 하염없이 눈동자를 검은 허공에 띄우고 있다. 등대를 위시해서 크게 이동하거나 조금씩 흔들리거나 하는 항구의 불빛들이 오늘 더욱 슬프게 보이는 이유는 무엇일까? 목적지를 향한 열렬한 선택일지라도 항구를 떠난다는 것은 육지와의 분리, 그 땅에서 이루었던 모든 것들과의 이별이다. 정박해 있던 항구와의 별리이며 땅에서 나와 땅에서 자라고 다시 땅에 몸을 묻을 인간을 배는 뿌리째 뽑아 실어가고 있다. 떠나는 것을 아는 사람도, 안타까워 뿌려지는 눈물도 없지만, 눈에 익은 항구가, 그리고 밤이, 오월이, 그리고 그 육지로부터 멀어지는 것을 검은 밤의 땅덩어리가 슬퍼하고 있었다.

따뜻한 공원 수박 등 아래 청춘의 씨실과 날실을 짜는 연인들은 모른다. 저녁상 물린 전등 밑에서 가장家長은 신문을 읽고 아이들은 졸린 눈을 비비며 숙제를 하고 마누라는 가계부를 쓰는 장년과 중년들은 더욱 모른다. 육십 촉 전구가 밝히는 삶의 둘레가 바로 인생의 금광이라는 것을. 늘 출항의 순간을 맞을 때면, 뱃놈들이 멀어지는 항구를 바라보며 이 항구를 살아서 다시 볼 수 있겠느냐, 라는 상념이 한 번도 떠오르지 않고 육지로부터 찢어져 갈 수 있는지를…

출항이 있을 때마다 가족들이 줄거나 늘어있었다. 남미로 가는 첫 출항을 앞두고 원수와 같던 아버지와 진수는 화해하고 떠나고 싶었다. 노환으로 말도 어눌해진 아버지가 누워있는 침상을 찾았다. 그의 핏줄임을 거부하는 모세혈관의 역류를 다스리며 애써 청춘의 혈기를 잠재우려고 노력했다. 아버지가 던진, 뇌간에 박혔던 비수를 뽑고 한번이라도 인간의 모습을, 일 개 아비의 모습을 확인하고 싶었다. 인생의 한 장을 넘기면서 나름대로 정리가 필요했을까? 아니, 자신을 이 세상에 뿌린 씨의 껍데기를 살아선 다시 볼 수 없을지 모른다는 막연한 예감 때문이었을 것이다. 승선계약이 일 년이었으니까.

곰살궂게 받아 줘도 간신히 앉아있을 아들에게 아버지는 그동안 두 부자가 벌이던 적대 관계의 습관처럼 어눌한 말로 둘둘 대며 아들을 거부했다. 끝내 화해는 끓어오르는 분노로 바뀌고 아들은 자리를 박차고 나갈 수밖에 없었다. 그 때가 정말 아버지와 이승에서의 마지막 이별일 줄이야! 선수를 향해 돌아서려는 진수의 시선 한 가운데 길게 뻗친 포말 속으로 야화선의 선미가 들어왔다. 야화선에 아들을 떠내보내는 냉정하지 못한 아비들의 혼이 몇 마리의 괭이갈매기가 되어 뱃전을 부딪으며 계속해서 따라오는 것이 보였다. 그들은 얼마간 배와 경쟁하듯 쫓아올 것이다. 이별을 아쉬워하는 것처럼…

일찍 찾아 온 더위가 기승을 부리더니 기온이 내려간 밤이 시원하게 바닷바람을 실어나르자 이제서야 진수는 등허리에 축축한 감촉을 느꼈다. 긴장으로 땀을 흥건히 흘렸던 것이다. 일 초에 삼천 마리의 말이 끄는 것과 같은 동력으로 움직이는 거대 선박은 몇 센티미터의 차이에도 큰 사고가 발생하는 것이므로 출항은 극도의 기민성이 요구되는 순간이다. 전면이 유리 통창으로 되어있는 브릿지(선교)에는 오로지 텔레그라프와 화면으로 된 레이다 장치, 조타장치 등의 계기판만 깜빡거릴 뿐, 온통 등화관제 상태다. 멀리서 선체를 바라볼 때 붉은 색의 좌현등, 녹색의 우현등, 그리고 선박의 앞 쪽에는 선수 마스트 등과 중앙에 메인 마스트 등, 그리고 선체의 후미에 밝은 백색의 선미등이 들어온다. 그래야 하늘에서든 바다에서든 오고 가는 선박들이 가는 배인지 오는 배인지를 서로 식별할 수 있을 것이 아니냐.

기관장과 일등 조타수, 삼등항해사를 옆에 거느리고 선장이 워키토키를 통해 출항 스탠바이를 선포하는 시간이 출항 십오 분 전이다. 승선을 위해 내려져 있는 갱웨이는 십 분 후면 걷는다. 그때까지 승선하지 못한 사람은 출항은 물 건너간 일이다. 배의 상갑판 앞 쪽에 있는 선수루에는 일등항해사가 갑판장과 삼등조타수 그리고 갑판원들을 데리고 대기하고 있으며 배의 뒤쪽 선미데스크에는 이등항해사, 그리고 이등타수, 그리고 나머지 갑판원들과 견습생들이 올라인 렛고를 기다리고 있다. 그리고 섭씨 오십 도를 오르내리는 거대한 엔진공장과 같은 기관실과 발전실에는 스즈끼 작업복을 입은 각각의 기관원과 부원들이 선장의 엔진 렛고가 발령될 때를 대비해 초긴장 상태에 들어가 있는 시간이다. 또한 저 아래 부두에서는 부두노동자인 라인맨들이 정박용 밧줄을 풀기 위해 선장 명령을 받은 일등항해사의 지시를 기다리며 대기하고 있게 된다. 바로 그 때 바닷 공기를 가르며 선장의 일성이 선포되면 해당 부서의 선원들이 공기를 찢으며 복창하고 제 위치에서 일사불란하게 움직이게 된다. 작은 배에서 스크류라 불리는 프로펠러가 바다 밑에서 집채라도 삼킬 것 같은 기세로 와류를 일으키며 돌아갈 때 거대한 선박은 항구의 물살을 부드럽게 애무하며 서서히 운명의 길로 들어서는 것이다.

"올 라인 스탠바이!"

전 부서 출항 준비!

"스탠바이 써!"

전 사관과 부원이 복창한다.

"폭슬 헤드라인 렛고!"

선박의 앞머리 출항 준비!

"폭슬 브릿지!"

선수에서 "라저" 준비완료 복창하는 소리에 이어 선장의 알았다 싸인이 내리면…

"하드 스타 보드!"

오른쪽으로 35도 이상 돌려야 할 때 선장이 조타수에게 내리는 명령이다.

"하드 스타보드 써!"

왼쪽으로 조금만 돌리라고 할 때는…

"라저, 보드 이지!"

"보드 이지 써!"

돌렸습니다를 복창한다.

"로프 싱글 업!"

한 개 남은 계류색 밧줄을 풀어라!

"로프 싱글 업 써!"

마지막 '밧줄 풀었습니다'는 복창이 떨어지면 드디어 선장이 …

"올라인 렛고!"를 발령한다.

"올라인 렛고, 올라인 클리어 써!"

부두의 라인맨이 마지막 계류색을 풀자 야화선은 정박해 있던 복잡한 항구를 왼편으로 돌아 서서히 유연한 자세로 빠져나가기 시작했다. 주방장과 함께 식당에서 커피를 준비해 브릿지에 와있던 실항사 승재는 깔끔하게 정복을 차려입은 선장의 빈틈없는 명령으로 거대한 선체가 움직이기 시작하자 얼어붙었던 긴장이 흥분으로 바뀌는 것을 느꼈다. 숨 쉴 틈 없이 비상사태를 방불케하는 순간이 지나고 나서야 다 식어가는 찻잔에 손을 내미는 선장을 승재는 상기된 표정으로 바라보았다.

야화선이 중국 랴오닝성 잉커우 항을 향해 복잡한 부산항을 빠져나갈 때 시각이 5월 18일 밤 8시 30분! 불어온 시원한 바닷바람을 느끼며 승재는 사관들의 등 뒤에서 브릿지 창에 비친 선장의 얼굴을 여전히 흘끔거리며 훔쳐보고 있었다. 매섭게 변해있던 선장의 얼굴이 다소 누그러졌다는 생각을 하며 모자를 고쳐 쓰는 그를 넋이 나간 듯 바라보는 것은 실항사 뿐만이 아니다. 삼등항해사와 일타수 그리고 기관장은 아직도 계기판에서 시선을 떼지 못한 채 눈독을 들이는 중이다. 습도를 머금은 바람은 적당하고 파도는 높지 않았다. 그로부터 삼십 분은 더 있다가 선장은 브릿지를 나갔다. 이제 더 이상은 참견 하지 않아도 해도를 보고 일등항해사가 알아서 잘 갈 것이다.

"일항사, 이제 나 없어도 되겠지?"

창밖으로 검푸른 물결을 바라보던 일항사가 선장의 말소리에 놀라 인터폰을 집어들었다.

"네, 염려 마십시오. 좀 내려가서 쉬시지요."

김항년 일항사의 목소리를 들으며 선장은 자리에서 천천히 일어났다. 왼손에 커피잔을 든 선장은 브릿지를 나가 왼쪽 옆얼굴을 보이고 서서 커피를 마시고 있는 것이 브릿지 창을 통해 보였다. 그는 무슨 생각을 하며 하염없이 갑판에 서 있는 것일까? 별로 넓지 않은 그의 어깨, 위에서부터 흘러내리는 저 비장미는 연륜의 무게인 것일까? 삼등항해사 신성조는 전쟁의 영웅을 발견한 듯 선장의 하얀 제복이 밤의 대기 속으로 푸른빛을 발산하는 것을 바라보고 있었다.

12. 뱃놈들

바람은 서풍으로 불고 파도는 높지 않았다. 밤새워 배는 순항을 계속하고 남해의 다도해 국립공원을 지나 배는 서해로 들어선지 두 시간 가까이. 이미 동이 튼 바다가 주홍빛 비단 폭을 깔고 야화선을 재촉하고 있었다.

하늘엔 수천 마리의 괭이갈매기 떼가 그물을 이쪽 바다로 펼치고 저쪽 바다로 펼치며 신이 내리는 서해의 아침을 찬미하는 것이 아닌가! 멀리 흑산도 뒤편으로 괭이갈매기의 서식지인 홍도가 아침 햇살을 받아 발간 얼굴을 들고 있다. 섬 전체가 사십도 이상의 경사각 해안으로 괭이갈매기 새끼에게 적자생존의 법칙을 가르치며 가장 혹독한 그들만의 자연환경을 제공하는 곳이 홍도다. 알에서 부화하고 나면 그 경사각에서 떨어지지 않고 살아남은 새끼만이 어른 괭이갈매기가 된다. 그 가파른 경사각, 그리고 결코 풀숲이라고도 말할 수 없는 풀숲에, 아니면 온몸에 가시발톱을 세운 선인장으로 된 둥우리조차 넓지 않아 자칫 한 뼘 밖으로 밀려나 굴러 떨어지면, 그 곳이 바로 남의 어미가 알을 품고 있는 영역이다. 아직 눈도 뜨지 못한 새끼 새의 영역 이탈은 바로 생사의 갈림길이다. 다른 어미의 꼬챙이 같은 부리의 난타를 온 몸에 받으며 그 지엄한 현실을 뛰어넘어 제 어미의 소리를 구별해 알아듣고 자꾸 미끄러지는 비탈을 기어 올라가야만 살아남는다. 그래야만 인간보다 여덟 배나 높은 시력을 과시하며 빛살 속에 감춰진 신의 콧김을 깃털에 꽂을 수 있는 것이다. 그리해 날개와 날개의 그물을 펼쳐 청옥 빛으로 출렁이는 해수면 바로 밑에 반짝이는 은빛 멸치 떼의 군무를 향해 화려한 활강을 선사할 수 있는 것이다.

이를 아는지 모르는지 뱃놈들은 신이 내리는 아침을 지나 점심을 끝내고 하루를 접으려 하고 있었다. 선상에서의 오후는 시끌벅적하다. 승재가 주전자를 들고 식당을 거쳐 주방으로 들어섰다. 갑판에서 일을 하고 있는 갑판장과 그 부원들이 커피를 부탁했기 때문이다. 주방에 들어서자 쿡과 주자는 벌써 감자를 까고 있었다. 식사 시간이 두 시간이나 남았는데 저녁 식사를 슬슬 준비하고 있는 모양이다.

"오늘 저녁 메뉴는 뭐에요?"

"말만해. 먹고 싶은 거 다 해줄게."

승재가 말없이 주전자에 물을 받자 쿡이 다시 말을 건다.

"짜식… 왜 말이 없어. 먹고 싶은 거 다 해준다는데…"

"진짜로 해줄 거 아니잖아요."

"아니긴 왜 아니야. 반찬 만들 때 참고 할께!"

주전자 뚜껑을 닫으며 실항사가 씨익 웃는다.

"잡채요. 잡채가 먹고 싶어요."

"짜식, 촌스럽기는. 누가 배에서 잡채를 해먹어! 그건 배에서 내리면 엄마한테 주문해."

승재는 더 이상 입을 다물고 끓는 주전자에 커피를 타고 프림과 설탕을 똑같이 넣었다. 그리고 주방에서 식당으로 나서는데 꺽쇠가 빤히 바라보더니 말을 건다.

"야야, 꼬맹아! 그 주전자는 뭐꼬? 향기 죽이는데…"

"… 커피요."

화투짝에 여전히 시선을 박은 채 나머지 두 사람도 입을 달싹거렸다.

"어… 마침 잘됐네. 우리도 입이 심심하던 참인데… 헹님들, 커피 한 잔씩들 하입시다. 야야~~ 이리 가져 온나!"

"갑판에 갖다 드려야 하는데요."

"이 새끼가 말이 많아. 우리 주고 다시 타 가꼬 가 뿌리면 되잖아. 새끼!"

"새끼 새끼 하지 마세요!"

화투짝에 정신을 팔고 있던 날칼이 시퍼런 눈을 치뜨고 승재를 꼬나본다.

"머리에 피도 안 마른 새끼가 말대꾸라. 군기가 뭣인지도 모르는 놈이라도 그렇지. 멸치 중에서도 잔챙이 새끼가 뭐라?"

승재의 말대꾸에 화가 확~ 치밀어 오르는지 날칼의 인상이 너무 험악하다. 더는 날칼의 눈동자를 정시할 수 없어 승재는 시선을 밑으로 깔았다. 바지를 걷어 올린 날칼의 장딴지에 뻣뻣하고 숱 많은 검은 털이 새까맣게 나 있었다. 승재는 그들이 내미는 대형 플라스틱 컵에 커피를 가득 따라주고 주방으로 돌아가 커피를 다시 타 갖고 갑판으로 향했다.

갑판에서는 포터블래더(이동용 사다리)에 용접을 하는 부원, 데리크(기중기)에 올라가 기름을 치고 손을 보는 부원들, 그리고 상갑판 가장자리에 놓여

있는 긴 벤치에 노란색 페인트를 칠하고 있었다.

"이놈아야, 이거 와 이리 늦노… 몸 좀 퍼뜩퍼뜩 움직여!"

"그런 게 아니구요. 오다가 그 갑판원들한테 커피 뺏겼습니다."

"그 갑판원들? 그기 누구~ 망치들 말이가?"

"예…"

"뭐시라꼬! 그 새끼들 도통 안 보인다 했더니만 어디 쳐 싸질러 자빠졌는데?"

"식당 한쪽에서 고스톱 하고 있습니다"

"뭐어… 고스톱! 이 새끼들이 죽을라꼬 환장했나. 내 명령을 또 씹었다 그 말이지. 그렇게 알아듣도록 야그를 해도… 말로 안 되는 짐승은 매밖에는 달리 도리가 없지. 농구 꼴대하고 탁구 다이도 뺑키칠을 해얄낀데… 야, 느그들, 그 새끼들 잡아 온나!"

"아이구, 갑판장님요. 그 사람들 지들 말을 듣습니까. 택도 없어예!"

일하던 갑판원들까지 말을 듣지 않자 강포동이 화가 머리 끝까지 치받치는지 벌떡 일어섰다. 식당을 향해 발걸음을 내딛는 그의 얼굴이 시뻘겋게 충혈되어 더 퉁퉁해보였다. 나머지 갑판원들도 포동을 따라 식당을 향해 내려간다. 승재도 커피 주전자를 들고 그들의 뒤를 따랐다. 식당으로 들어서던 길에 열심히 화투짝에 눈을 박고 있는 세 놈의 뒤통수를 강포동이 돌아가며 한 대씩 갈겼다.

"이런 간이 배 밖으로 나온 새끼들! 지금 하라는 뺑끼칠을 안 하고 뭐어… 고스톱~ 내 명령을 씹어 먹겠다 그 말이가?"

"에이~ X발… 헹님, 우리가 뱃놈이요? 뺑키칠이나 하게. 아니 고스톱이나 치는 게 뭐 그리 잘못 됐소?"

"뭐~ 어어, X발! 너 분명 죽고 싶어 환장했구나!"

갑판장이 달려들어 말대꾸 하는 망치의 옆구리를 발로 질렀다. 식당 바닥에 나가떨어진 망치가 잽싸게 일어나 식식거리며 주방으로 달려가더니 회칼을 집어 들고 나왔다.

"X발 X같은 새끼! 니가 헹님이면 다가, 돼지몰이 확 찔러불고 말면 그만이지. 더러버서 몬해 먹겠네!"

둘러선 갑판원들도 속수무책 두 사람의 움직임에 눈알만을 굴릴 뿐 아무도 말릴 생각을 못하고 섰다.

"요거 요놈의 새끼, 하늘 무서븐 줄 모르고 까부는구나! 조폭이 뭔 벼슬이라도 되는 줄 아는 새꺄! 여기는 바다 위다. 그렇게 야그를 했어도 몬 알아먹는 새끼는 뽄떼를 봐야 정신을 차리는기라… 찔러불고 말면 그만이야, 이런 쥐새끼 같은 자식!"

부산항에서 강포동 모르면 간첩이다. 나이가 육십을 바라보지만 왕년의 강포동이 어디로 가진 않았다. 회칼을 휘두르는 망치에게 맨주먹으로 달려들어 급소를 한 방 먹였다. 망치가 "어이구구… "

무릎을 꿇더니 다음 순간 떨어뜨린 칼을 집으러 가는 사이 포동이 망치의 두 팔을 뒤로 비튼다.

"이거 놓으시라요. 꼬맹이새끼, 이거 어디 갔어. 확 죽여뿔라!"

"무릎 꿇어 새꺄! 꼬맹이는 왜 찾아, 임마! 꼬맹이들 한 번만 더 못살게 굴문 선장한테 보고해 뿌릴 텐께…"

망치가 무릎을 꿇자 포동이가 발로 무릎을 냅다 지르는 것을 보고 구경하던 뱃놈들이 슬슬 자신의 위치로 흩어져갔다.

"날카리, 꺽쇠 너희들도 와 무릎 꿇어!"

벌레 씹은 표정으로 서 있던 그들도 와서 무릎을 꿇는다.

"누가 배에서 니네들 맘대로 해. 쌔끼들아! 바다가 조직보다 더 무서운 걸 모르는 새끼들! 여기는 바다라는 깜빵이다!"

승재는 그들이 식당 칸에서 다 사라질 때까지 주방에서 꼼짝 않고 주자가 주는 양파껍질만을 깠다. 지금 그들 눈에 띄었다간 뼈도 못 추릴 것 같았다.

13. 외과 집도실

'가서 죽어버릴까?'

성조는 짐을 싸다 말고 티셔츠를 방바닥에 동댕이쳤다. 담배를 찾아 두리번거렸으나 보이지 않았다. 끝을 알 수 없는 분노가 지글지글 그치지 않고 끓어올랐다.

"에이 씨......"

누군가에게 실컷 욕을 하고 싶었으나 딱히 욕할 사람이 떠오르지 않았다. 누구 때문에 배를 꼭 타야만 한단 말인가. 무엇 때문에? 가방을 들추자 쭈그러진 담배갑이 보였다. 일단 한 개비를 꺼내어 입에 물었다. 그런데 라이타는 또 어디 있지? 머리에서 연기가 날 것처럼 화가 치밀어 올랐다. 머릿속 혈관을 타고 작은 거머리가 동시에 꼼질거리는 것 같았다. 천장이라도 받아보려고 높이 뛰어올랐으나 천장은 뛰어오르고도 한 뼘은 더 높은 것 같았다. 다음 순간

"아줌마아........!"

도어를 발로 냅다 질렀다. 활짝 열린 문짝이 박살이 날 것처럼 벽에 부딪혔다.

"아줌마――라이타, 라이타 찾아주세요."

"네에......네에 갑니다아......"

앞치마를 두른 중년의 가정부가 주방에서 마루를 질러 성조의 방을 향해 뛰어왔다. 성조는 라이타를 받아 쥐고 불을 붙이면서 돌아가는 가정부의 발치로 시선을 옮겼다.

"짜식――뭉치―이리 와 봐, 이리 와!"

저를 부르는 소리에 꼬리를 조금 흔들더니 애완견 뭉치는 뒤돌아서 말끄러미 성조를 올려다 보곤 가던 방향으로 몸을 틀었다.

"이런 개새끼도 나를 무시하네!"

잡으러 가려다 말고 성조는 마음을 고쳐먹었다. 그리고 방문을 벼락 치

듯 닿았다. 강아지가 일단 잡히기만 하면 찢어죽일지도 모른다는 생각이 얼핏 들었다. 방은 성조, 자신이 던진 옷가지들로 발 딛을 틈이 없다.

'배! 그 제한된 영역으로 정말 가기 싫다. 생각만 해도 비명이 질러질 것 같단 말이다.'

정신이 분열하는 것이 아닌가 하는 생각이 들었다. 담뱃재가 툭 떨어졌다. 자꾸 극단으로 치닫는 자신의 마음이 과연 어디까지 갈 것인지 무서웠다.

'나 자신의 선택으로 가는 것이라고 생각해 보자.'

성조는 피우던 담배를 비벼 끄고 침대 옆에 놓여있는 기타를 들었다. 기타를 들고 일단 의자에 앉자 마음이 조금은 가라앉는 것을 느꼈다. 마음이 산란할 때 언제나 성조를 달래주는 유일한 친구다.

'형들도 누나도 어머니도 아니고 아버지는 더욱 아니다. 잘 나가는 형들한테만 온 신경이 가 있는 가족들. 오늘도 사법연수원으로 들어가는 작은 형을 따라 어머니는 외출하고 없다. 오늘 떠나면 바다에서 풍랑을 만나 시체로 돌아올지 모르는 막내는 놔두고……마음을 가다듬자고 기타를 잡았는데 생각은 끝없는 사념의 바다로 다시 빠져들고 마는군. 아마도 내가 지원한 대학, 내 자신이 지원한 출항이라면 이처럼 살가죽을 벗겨도 시원치 않을 분노가 끓어오르지는 않을 것이다. 그렇다면 만일 어머니가 이 같은 조처를 취하지 않았더라면 과연 지금쯤 무엇이 되어있을까? 다른 형제에 비해 덜 떨어진 자식이라고 잉여인간 취급을 하는 아버지로부터 용돈도 얻어 쓰지 못하는데……슬쩍 슬쩍 어머니가 쥐어주는 용돈을 타 쓰는 것도 이젠 진저리가 난다. 약국 하는 큰누나한테 가서 빌빌 거리며 얻어 쓰는 것도 이젠 신물나서 못 해먹겠다. 냉동인간 같은 아버지로부터 떠나기만 해도 배내 병신에서 해방 될 것이 아니냐.'

여기까지 생각하자 조금 숨통이 터지는 것을 느꼈다. 그러나 다음 순간 마음 밑바닥에서부터 더욱 육중한 검은 구름이 몰려왔다. 아버지가 생각하는 병신 같은 자식은 언제까지나 배냇병신이고 어머니가 생각할 때 모자라는 놈은 끝끝내 측은한 놈일 뿐이다. 그들이 그렇게 자신을 인식하고 있다고 알고 있는 자신으로부터는 어떻게 도망칠 수 있단 말인가. 선박이 일단 출항하고 나면 다음 항구에 닿기 전까지는 바다 밖으로 한 발도 디딜 수 없는 것처럼 스스로 열등하다는 자신의 생각으로부터 한 발짝도 벗어날 수 없음에 성조는 전율했다.

'더 이상은 생각하지 말자.'

깊은 심연으로부터 검은 끈이 내려와 자신을 칭칭 동여매는 것을 느꼈다. 체내에 꽉 찬 이산화탄소를 몰아내듯 그는 숨을 뱉었다. 성조는 기타를 침대 옆, 먼저 있던 자리에 얌전히 갖다 놓았다. 자신이 무서웠다. 동댕이쳤던 옷가지들을 깨끗이 접어 여행 백에 넣었다. 코털 깎기, 전동 칫솔, 전기 면도기, 그리고 서랍을 열고 기타피스, 필기도구를 몇 개 작은 백에 넣었다. 그리고 책상 서랍 속에 뒤집혀 있는 수연이와 찍은 액자사진을 집어 한참 들여다보았다. 혹시 가지고 갈까 하는 생각이 들었지만, 기껏해야 일주일이면 돌아올 텐데… 해외라지만 이웃집이다. 그래 이웃집에 놀러 갔다 오는 거로 생각하자.

자신을 구원해 줄 것이 아니라면 아무것도 싫다고 생각했다. 기타를 들어 제 주머니에 집어넣었다. 지구 끝이라도 가지고 가야 할 것이 있다면 기타 밖에는 없다. 마음이 혼란스러울 때, 울적할 때, 오늘처럼 부피를 알 수 없는 분노가 끓어오를 때 기타는 진정제이며 친구이며 버림 받은 세상으로부터 오는 구원의 유일한 끝단이다. 그리고 명곡집, 팝송집, 가요곡집을 챙겨 넣었다. 그리고 책상 유리를 들어 올리고 어린 아기의 벗은 전신 사진을 꺼냈다. 자신의 두 돌 때 사진이다. 우윳빛으로 뽀얗고 포동포동한 피부, 아무 구애도, 편협도, 미움도, 멸시도 모르던 무구했던 시간들! 손상당하지 않은 온전한 영혼을 지녔던 시절. 이때로부터 다시 시작할 수는 없는 것일까? 지갑을 열고 투명비닐 속에 사진을 끼워 넣었다.

짐을 다 꾸린 그는 발소리 나지 않게 현관으로 여행백과 기타를 들어다 놓았다. 그리고 돌아와 방을 정리하기 시작했다. 누군가 떠난 흔적을 느낄 수 없도록 모두 다 제자리를 찾아 놓았다. 특별히 담배와 라이터는 책상 위에 올려놓았다. 담배와 라이터가 떡하니 책상 위에 버티고 있다는 것은 이 방 주인이 외출하지 않았다는 증거다. 떠나는 날짜를 알고 있는 사람은 어머니 한 사람뿐인데 어머니는 출타 중이다. 작은 형과 나가면서 한 마디도 없던 것을 보면 아마도 성조가 부산으로 내려가는 날을 잊은 것은 아닐까? 이렇든 저렇든 무슨 상관이랴! 이번에 가서 다시는 집구석으로 돌아오지 않는다면 어떤 얼굴들을 할까?

생을 마감하려는 자가 자신의 흔적을 지우듯 성조는 먼지 하나 없이 정리한 자신의 방을 돌아보고 다시 발소리를 죽이며 현관으로 나섰다. 가정부의 인사는 더욱 받기 싫다. 자신이 바라본 뒷모습을 나중에 식구들에게 이러쿵저러쿵 묘사하며 전달하는 장면을 생각하면 기분이 더럽다.

밖으로 나오자 오월의 찬란한 햇살이 라일락 이파리에서 난무하고 있었다. 눈부신 정원을 한 바퀴 돌아보고 성조는 디딤돌이 아닌 잔디를 밟으며 걸어갔다.

'이 꼴을 아버지에게 들키면 어떤 질타가 또 쏟아져 나올까. 아버지 아버지… 지긋지긋하다. 아버지라는 존재 자체를 한 순간이라도 잊어버릴 수는 없는 것일까.' 성조는 입귀에 쓴 웃음을 머금었다.

푸른 융단처럼 잔등을 내밀고 있는 이태리 잔디 마당을 지나 대문쪽으로 가지 않고 주방 반대쪽인 건물 뒤로 돌았다. 밖은 축대 밑으로 뚝 떨어지지만 비스듬히 내려간 지형은 담이 별로 높지 않다. 여행백이 소리가 날 장식이 없는 것은 얼마나 다행인가. 성조는 커다란 여행백을 담 밖으로 집어던졌다. 그리고 숄더백은 어깨에 메고 기타를 한 손에 든 채 담 밖으로 몸을 날렸다. 그리고는 길바닥에 떨어진 여행가방을 집어 들고 그는 자신이 방금 뛰어 넘은 높은 담을 돌아보았다. 저택은 큰 덩치를 과시하는 듯 입을 굳게 다물고 엄숙하게 서있었다.

'왜 나는 돌연변이로 태어났을까? 냉동인간을 연상케 하는 외과 의사인 아버지가 후천적으로 강박증에 시달리도록 만들었을 것이다. 약사인 누나, 박사인 큰 형, 그리고 오늘 사법 연수원으로 떠난 작은형, 그 형을 데려다 준다고 자동차를 운전하고 나간, 대학교에 출강하는 어머니! 생각만 해도 숨이 막힌다. 그들의 서열만큼 도달하지 않는다면 어떻게 할 것인가, 하는 조급함이 자리하기 시작한 때는 정확히는 알 수 없지만… 생각의 뿌리가 병들기 시작한 것은 아주 어린 나이 때부터였을 것이다.'

한 손에는 여행 백, 한 손에는 기타를 들고 거리로 나서자 속이 한 결 트이는 것을 느꼈다. 성조는 다시 한 번 자신이 살던 저택을 돌아보았다. 저것은 집이 아니다. 영혼의 안식을 누릴 수 있는 터가 아니야. 시시각각 일류라는 메스를 들이대는 정신의 외과 집도실! 다시는 돌아오고 싶지 않아. 언젠가 재미있게 읽었던 추리소설, 애드가 포우의 '어셔가의 몰락'에 등장하는 으스스한 검은 저택이 눈앞을 스치고 지나갔다.

제2장 바다의 주름

1. 검은 지하수

수옥은 달래의 손목을 잡고 자꾸 뒤를 돌아보았다. 서류가 잘못됐다고 다시 잡아들이는 건 아닐까, 하는 공연한 의심에 수옥은 자꾸 시달리게 된다. 부지런히 걸으면서 닳아빠진 조그만 가죽 손가방을 열어보았다. 돌아가시자 태울 것 중에서 빼어놓았던 시어머니가 생전에 쓰시던 손가방이다. 시신을 화장하는 데 들일, 나무도 기름도 없어 시어머니 시신은 타다만 채 5리쯤 떨어진 산비탈에 묻고 말았다. 도무지 모두 배가 곯아 죽어나자빠지면서, 누가 남의 집 시신을 똑바로 묻기 위해 제 달랑거리는 목숨을 내놓을 것인가. 그때도 진국이가 끝까지 도와줘 시어머니의 시신은 풍장은 면할 수 있게 되었다.

도문 통행증(두만강 허가증)과 유월십삼일탄전(아오지 탄광)퇴소증, 중국 입국 허가증을 다시 한 번 확인했다. 뜻밖에도… 아오지 탄광 퇴소증이 나오던 날, 그 날의 그 느낌을 과연 무엇이라고 표현해야 할까. 저승인가 하고 살고 있는데 이승으로 다시 나가 살라는 염라대왕의 명령 같았다. 헤이룽강에 있는 오빠에게서 온 초대장과 함께 탄광퇴소증을 내밀자 중국입국사증을 받을 수 있었다. 그 빛은 분명 희망이라는 쪽에서 비춰오는 것이지만 너무나 믿을 수 없는 앞날의 일이어서 어떤 희열보다는 차라리 부피와 무게를 알 수 없는 두려움을 동반하고 있었다. 세 가지 증명서와 함께 진국이가 깎아준 목각인형이 어깨를 나란히 맞추고 꽂혀있는 것이 보이자 수옥은 자신도 모르게 마음이 따뜻해져 오는 것을 느끼며 손가방의 지퍼를 닫았다.

아이들이 갖고 놀 것이라고는 검은 도랑에서 주워올린 자갈과 사금파리들 뿐인 세상에서 진국이는 무엇이든 손에 잡히면 만들어냈다. 솜씨가 정말 좋은 아이였지. 그 아까운 아이를 하늘은 어째서 이런 곳에서 석탄처럼 썩게 하는 것일까? 하늘도 까맣고 사람들의 머릿속도 까만 아오지 탄광에서 수옥은 달래의 손목을 잡고 지금 퇴소해 다음 세상을 향해 전동자석처럼 떨리는 미래를 향해 한발 한 발 발걸음을 떼고 있다. 이 세상 나와서 좋은 꼴이라고는 한 번도 본 일이 없는데…과연 저 하늘 어디에 사람처럼 사는 세상이 있을까? 들어 올 때 세 식구가 들어와서 두 식구가 흙으로 돌아가고 두 식구가 이제 퇴소해 발가숭이 산천을 넘어가는 중이다.

십삼 년 전, 탄광촌으로 끌려오던 날, 그리고 돌아가신 시아버지와 시어머니 그리고 두고 떠나오는 진국이 생각으로 수옥은 발길이 떨어지지 않아 멀리 탄광촌이 바라보이는 고개에 털썩 주저앉았다. 울지 않으려고 안간힘을 쓰지만 벌써 눈물은 양볼을 타고 흘러내리고 있었다. 수옥이 땅바닥에 주저앉자 어미의 얼굴을 빤히 들여다보는 달래의 퀭한 눈에서도 눈물이 마구 솟았다. 푸르게 마른 그 육체에서 아직도 쏟을 물이 있다는 것이 신기해 수옥은 달래의 얼굴을 바라보았다.

"엄마, 울지 마!"

"그래그래, 자꾸 울어봐야 뭘 하겠슴둥!"

숨죽인 수옥의 오열이 마른 산길을 타고 바람에 실려나갔다. 여덟아홉 살 짜리만한 달래의 손을 잡고 울음을 삼키느라 하늘로 고개를 젖힌 수옥의 시야에 공중을 배회하는 솔개 한 마리가 눈에 띄었다.

'아아~! 이렇게 한가하게 눈물바람이나 하고 있을 때가 아니다. 살아남은 짐승이 있다면 그들도 먹을 것이라곤 씨가 마른 산천을 헤매며 먹거리가 되는 것에 사정없이 공격해 올 것이다.'

수옥은 일어나 달래의 손목을 부여잡고 발걸음을 바쁘게 떼어놓았다. 약속을 했는지 어제는 달래 네가 떠난다고 모두들 저녁 작업시간이 지나고 몰려들 왔다. 한 손에는 배가 고파 칭얼대는 아이들의 손목을 잡고 한 손에는 그들이 아끼고 아끼던 것을 하나씩 들고! 간난이 할머니가 연길에 사는 친정 남동생이 다녀갔다고 중국 우롱차 한 봉지를 내놓는다. 우롱차를 한 잔씩 돌리고 앉아 퀭한 눈들만 꿈뻑이고 있는데 황 노인이 먼저 입을 열었다.

"이동무, 흑룡강 쪽으로 행차를 잡으셨다고?"

"예에, 달래 외가를 찾아가는 겁네다. 달래 아배, 박동무도 거기 가문 소식을 들을 수 있을까 해서리…"

"그럼, 도문 통행증을 받아야갔소, 동무!"

"벌써 받아왔슴둥."

"흑룡강으로 갈래문 우선 도문으로 가서 흑룡강 가는 열차를 갈아타야 됩네다."

"여기 보다는 사는 게 낫갔디요?"

"최동무! 기걸 어이 압네까?"

"허긴… 연통은 있었습네까? 그동안…?"

"연통이라기 보단 인편에 뒤번 죽디 않고 살아있다는 기별만 받았습네다."

"이수옥 동무! 어떻든 어디 가든지 복 받고 잘 살기요. 혹시 잘 되문 나중에라도 우리 모른 척 맙쉐다."

"그럴 리 있겠슴매? 제일 어려울 때 가티 디낸 분 아임매?"

"나는 이거이, 우리 친정아바이 마고자 단추였슴둥."

아주 오랜만에 보는 호박 단추가 그것도 쌍이 아니고 외짝이다. 기름때가 노랗게 절은 종이를 펴고 간난 할머니가 호박 속 빛을 띤 보석을 한 개 종이 위에 펼쳐놓는다. 그것은 여러 파리하고 퀭한 눈동자에 잠시 말을 잊게 하는 황홀한 심정을 안겨 주었다. 잘 보존되어 작은 흠조차 찾을 수 없는 보석은 은은하고 귀한 빛을 뿜어냈다.

"이렇게 귀한 거를 간직 하시디요. 왜 저를 주십네까?"

"내 친손은 다 죽고 외손들은 옌뺀에 나가 사는데 줄 사람 없지비. 내 수옥이 동무가 메느리 같고 딸 같아서 그간 많이 의지했습둥. 이제 리 동무 나가문 내 적적해서 어이 살아지겠습둥!"

"어이 어이, 눈물 바람 하지 말기요. 잘 돼서 나가는 사람 앞에서… 그러티 않아도 마음이 있을 때보다 더 착잡할 수도 있을 거구마는…"

가장 연장자인 황 노인이 손을 훼훼 저으며 말렸다.

"우리는 뭐… 아무 것도 없습네다. 지난 날 심양에 사는 친척이 육포를 좀 해 왔길래 우리 꼬맹이 배고파서 못 견뎌하면 조금씩 뜯어 멕이던 겁니다. 기래서 우리 꼬맹이 생각하고… 달래가… 힘이 들거이 올시다."

"아이구 아니 됩네다. 비상식량을 저흴 주시면 우찌 합네까? 길 동무, 기러디 마시라우요."

"아닙네다. 조금 남겨 놓았습네다."

"내래 증말로 아무 거이 없어서 노자에 보탤 수 있을라는지… 원, 여기선 있어야 아무 소용 없는 물건아이요!"

정 동무가 꺼멓게 때에 절은 은수저를 하나 내놓았다. 손잡이에 거북 문양이 희미하게 보였다. 어른 수저는 아니고 오동통하게 생긴 아이의 수저다.

"이런 귀한 것들을 다 내놓으시니 어쩌면 좋겠습둥! 달래와 내래 잘 돼서리 다시 만나 이 은혜를 갚을 날이 반드시 와야겠지비."

수옥이 눈물을 보이자 한동안 말이 없이 모두 눈시울을 닦았다.

"그런데 진국이 그 놈아는 요즘 여엉~ 보이지 않습네다. 동무들!"

"이 동무를 어마이처럼 따랐는데 그 아이도 참, 마음이 마음이겠습니까. 달래도 그렇고… 꼭 지 새끼처럼 위했젰요."

"그러게 말입니다. 그렇게 싹수있는 에미나일 이런 곳에서 썩게…"

말을 다 마치지 못한 황 노인이 꺼칠하게 마른 수염을 검버섯이 잔뜩 돋은 앙상한 손으로 쓰다듬으며 일어섰다.

"나는 먼저 가기요. 어디 가든 잘 살길 바라갔수다."

수옥이 손을 잡아 지전 한 장 쥐어주고 황 노인은 다 떨어진 신을 꿰어 신고 황급히 나가버렸다. 얼마나 오래 전에 접어 놨던 것인지 접힌 곳이 잘라질 정도로 낡은 백 원짜리 지전이다. 황 노인도 아들 며느리는 어디로 갔는지 가버리고 손자들이 모두 굶어 죽어 혼자 된 노인이다. 그들을 어찌 잊을 수 있단 말인가.

수옥의 눈에서 다시 눈물이 왈칵 쏟아졌다. 눈물을 닦으며 수옥은 느려 진 발걸음을 다시 재촉했다. 기차 시간이 늦으면 안 된다. 하루에 한 번 뿐 인 기차를 놓치면 밤을 새울 곳이 없지 않은가. 삼월이 되었다고는 해도 북쪽이라 봄이 되려면 멀었다. 해가 지고 나면 사정없이 떨릴 것이다. 인 간사를 아는지 모르는지 숲 속의 메트로놈, 딱따구리가 사정없이 수옥의 잔등을 두드린다.

"딱따르르르르, 딱따르르르르르르…"

겨울이 조금만 더 길었더라면 다시는 살아나지 못하고 말 것 같았던 들 판이 간신히 생명의 기운을 얻고 있는 삼월, 수옥은 달래한테로 시선을 옮 겼다. 파리한 얼굴이 벌써 기운이 다한 것처럼 보였다. 손가방을 열고 길 동무가 준 육포를 달래 손바닥만큼 잘라 주었다.

2. 파고를 넘어서

"야, 임마 꼬마야! 너 누구 엉덩이 부서지는 꼴 볼라꼬 이거 여태 안 치 웠나? 새끼~ 행동이 그렇게 굼떠서 어디 밥 빌어 묵겠나? 대걸레 퍼뜩 갖 고 온나! 헹님이 넘어지셨다 아이가!"

"네, 알겠습니다. 곧 갑니다."

다른 한 쪽에서 식사를 끝낸 부원들이 또 실항사를 부른다.

"야야~ 승재야! 커피 석 잔만 타 온나!"

"이봐, 실항사야, 빈 그릇 퍼뜩 좀 갖고 온나!"

"예~~예!"

"커피 타 오란 말 안 들리나!"

"예에, 알았습니다. 그런데 실기사는 어디 갔습니까?"

"뭐라! 실기사? 커피 타오란 말이 앵꼽다 그 말이가? 내가 실기사 지키는 사람이가? 문디 새끼~ 건방지기가 짝이 없네."

그 때 귀가 찢어지도록 그릇이 와장창 깨지는 소리가 식당을 뒤흔들었다. 먹고 난 빈 그릇을 잔뜩 포개 가지고 가던 승재가 쟁반을 엎어버렸다. 하얗게 질린 승재가 방금 지껄인 부원을 잡아먹을 듯 쏘아본다.

"아니 저 새끼 쌍판 한 번 볼만한데. 야~ 느그들 저놈 좀 봐라!"

같이 식사를 끝내고 모여 앉았던 부원들이 어리둥절 승재의 얼굴을 바라보았다. 그 때 주자가 소리친다.

"야~ 야~ 이 놈아야! 그릇 퍼뜩 갖고 오란 말 안 들리나. 그릇이 모자란단 말이라."

승재가 돌아서서 바닥에 떨어졌던 그릇들을 주워 주방으로 들어가는데 다시 부원들이 한 마디씩 지껄이는 소리가 승재의 귀에 들려왔다.

"저 새끼 누구 빽 믿고 저렇게 기가 살았나?"

주방에서 나오던 실항사가 손에 쥐고 있던 행주를 바닥에 팽개치고 부원들한테로 걸어갔다. 핏기없고 순하던 얼굴이 푸른빛을 띄우고 부원들을 노려본다.

"새끼, 너희들이 나를 낳어? 말끝마다 새끼 새끼 하게!"

승재가 커피를 달라고 했던 부원한테 달려들어 멱살을 잡았다. 예쁘장한 얼굴에 힘도 못 쓰게 생긴 소년이 갑자기 어디서 그런 기운이 났는지… 멱살을 잡힌 부원은 물론, 같이 앉아 커피를 기다리던 부원들, 갑판원들도 실항사 서슬에 얼이 빠졌다.

"야아~ 이 자식 봐라! 머리에 피도 안 마른 자식이 눈에 뵈는 게 없나…

이거 못 놔! 존 말할 때 놔라~ 이 문디 새끼야!"

멱살을 잡힌 부원이 실항사의 가는 두 팔을 잡아채어 식당 바닥에 동댕이쳤다.

"내가 너희 새끼야? 이 개새끼들아! 우리 부모가 문둥이 인 거 봤느냐구?"

바닥에 나가 떨어진 승재가 일어나려고 버둥거리면서 울음 섞인 목소리로 소리친다.

"야 ~ 이 새끼 이거 미친 거 아니가! 문디 새끼 지랄허고 자빠졌네!"

"야~ 나가자. 분위기 한 번 잡아 볼래다 내 참 드런 꼴 다 보겠네!"

그 사이 비틀거리며 일어 난 승재가 다시 죽일듯한 기세로 부원들에게로 달려들었다.

"이 새끼, 눈까리 멀었나~ 날 쳤어~!"

보다 못한 부원들이 합세해서 승재를 사정없이 두들겨 팼다. 카레에 미끄러졌던 날칼과 꺽쇠도 입을 벌린 채 보고 있다가 뭉기적 거리고 일어나 나가버렸다. 남아 있던 부원들도 모두들 실항사에게 한 마디씩 던지며 식당을 떠났다.

"개새끼! 뭐가 어쨌다고 좆만한 새끼가 달려들어. 갑판장은 뭐하는 새끼야! 저런 비린내 나는 거, 교육도 안 시키고, 씨 발…"

바쁘게 왔다 갔다 하던 주자와 쿡이 쓰러진 승재에게로 달려왔다.

"야, 이놈아! 아니 갑자기 무슨 일이야? 다친 데는 없나? 이봐, 조리사, 얼음냉수 좀 떠 온나! 코피가 징하게 나네. 대체 무슨 일이고?"

물 담긴 대접을 들고 달려온 쿡에게 주자가 묻는다.

"저도 처음부터 잘은 못 봤어요. 문디새끼라 한다고 승재가 달려든 거 같아요."

"야야~ 어서 일으켜 좀 보그레이. 뼈라도 부러진 거는 아니겠제? 승재야, 괜찮나? 문디새끼라는 거는 욕도 아이다. 그저 아무나 입에 달고 사는데… 너 그래 가꼬 뱃놈을 우찌 할래? 뱃놈들이 거칠다는 거이 괜히 하는 말이가. 덤비문 지만 손해지. 승질 피 봐야 이득 될 거 하나 없다. 식탁에 눕히 봐라. 선장님이 아시문 시끄러울 낀데…"

"그게 아니고 우선 갑판장님한테 알려야 하는 거 아닐까요?"

바로 그 때 갑판장이 어리둥절한 표정으로 들어왔다.

"도대체 무슨 일이고?"

"보고 받고 오시는 길입니까?"

"그래 승재가 커피 타 주기 싫어서 어른들한테 먼저 대들었다꼬?"

"시시비비는 난중 따지시고, 야 다친데 없나나 우선 살피야겠습니다."

"야~ 승재, 이놈아야! 어른들한테 달려들 때는 언제고 사내 자석이 눈물 바람은…"

"거~ 부원들이 문디새끼라 한다고 덤빗다 아입니까?"

"말 좀 하그레이. 다친 데 없나?"

"없습니다."

다 죽어가는 목소리로 대답하는 승재 앞에 쪼그려 앉아 갑판장이 녀석의 코피 묻은 얼굴을 닦는다.

"자석… 다 자격지심 아이가. 부산 놈들은 모두 문디새끼라. 아니라, 남쪽에 있는 놈들은 모두 문디새끼 아이고 뭐꼬!"

그동안 얼음냉수로 이마를 적시는 사이 코피는 멎었다.

"너, 선내에서 위계질서가 있는 법인데… 어른들이 실수를 했다 캐도 쫄자가 욕을 하며 달려들어? 선장님이 아시문 내까지 디게 혼난단 말이라. 빨리 인나라~마! 가서 얼굴 씻고. 싸게 싸게 움직여! 선장님 오실 때 다 됐구마…"

뭉기적거리고 승재가 일어나 화장실을 향해 갈 때 세 사람이 바라보며 혀을 찼다.

"짜식, 저거 어디 뱃놈 하겠나! 기집애 맹쿠로 생게 가꼬… 그란데 선장님은 식사 하싯나?"

"아, 갑판장님이 방금 전에 선장님 내려오신다 안 했습니까?"

"주자, 니 그랄래? 아~ 일어나라꼬 한 말을 가꼬… 오늘 저녁 메뉴~ 냄새 한 번 조오타!"

"갑판장님 카레 좋아하십니까?"

"하모, 내도 좋아하고 선장님도 좋아하실 걸…"

"그렇습니까? 선장님이 꽤 까다롭단 말을 들어서 퍽 조심시럽 십니다."

"그래도 내색은 일절 안 한다 안 카나. 비위가 틀려도… 높은 사람이 매 끼니 때마다 지랄허문 그것도 못 배길 일이레이. 안 그렇나?"

"맞씹니더. 그거처럼 고욕인 게 없는 깁니더. 헌데 갑판장님은 뭘 좋아 하십니꺼?"

"내야 뭐… 부산서 나고 자랐는데 뭘 좋아하겠노! 부산항 똘마이는 모 조리 생선 요리라 카문 사족을 못 쓴단 말이라!"

"네~그럼 내일 점심에는 꽁치구이 파티를 하면 어떻겠습니까?"

"이런 이런. 그리 좋은 거를 낮에 묵으마 되겠나! 저녁에 소주 한 잔 걸 치며 묵는다 카문 금상천하지!"

"네에~ 금상천하 말씀입니까?"

옆에 있던 조리사가 귀를 의심하면서 반문을 한다.

"하모, 금상천하. 그 기 삿짜성어라 하는긴데 하늘 아래 그보다 좋은 기 없다 그 말이라."

"아이구, 금상천하 맞씹니더. 선장님도 술이 쎄시지예?"

주자가 눈을 찡긋하면서 조리사에게 얼굴을 돌린다.

"하모, 술로 말하문 전 선장을 당해 낼 장사가 육 대양 오 대주에는 없 을끼구마는… 술을 마셔도 재털맨이다 안 카나. 밤을 새워 마셔도 시작할 때나 끝날 때나 똑 같다 아이가!"

"갑판장님, 그란데 오대양 육대주 아입니꺼?"

조리사가 웃음을 참지 못하고 반문한다.

"그래? 그런 거는 내 알 바 아이고… 그란데 저 아~는 뭐이 저리 우습 노?"

터져나오는 웃음을 참느라 입을 손으로 막고 조리사가 주방을 향해 바삐 걸어간다.

"글쎄, 지도 잘 모르겠습니더. 그란데 갑판장님… 지도 웃음이 절로 나네에."

"자네도 그렇나? 차암, 모를 일이레이. 사람들이 내가 한참 떠들기만 하문 재미있어 환장한다 카는데 나는 그 이유를 모른다 말이라!"

"그렇습니까? 그란데 갑판장님! 승선하기 전 아는 사람한테 우연히 우리 선장님 얘기를 들었는데요. 선장님이 신기한 구석이 많은 사람이라 캅디다."

"뭐~? 신기한 구석이 많다꼬?"

"예, 배를 옮겨 탈 때마다 사람 키만한 시커먼 가죽 부대를 끌고 다닌다 카든데 갑판장님은 모르십니꺼? 그거는 아무도 건드리지 못하게 한다캄서…"

갑자기 갑판장의 안색이 달라졌다. 돌아와 주자와 나란히 앉아있던 조리사와 주자가 서로 얼굴을 마주 보고 갑판장의 안색을 살핀다.

"왜, 지들이 못 할 말 했습니까?"

"아이다. 그런 게 아이고… 내도 그런 소리는 들었다마는 배를 같이 탄 거는 몇 번 되지 않으니까… 다른 사람들한테는 그런 소리 말그레이."

"그런 염려는 마십시오. 지들이 앱니꺼!"

"그럼, 내도 사관식당으로 가 볼라네. 실없는 소리는 그만하고. 선장님 식탁이나 빨리 차리!"

돌아가는 갑판장의 등짝을 바라보며 두 사람은 입을 삐죽이 내밀었다.

"참 멋진 사람이래이. 선장이 멋지다고들 하지~, 택도 없다. 나는 저 양반이 진짜 멋쟁인기라."

"저는 우리 선장님이 정말 멋져요. 핸섬하고~ 그리고 카리스마가 넘치잖아요."

"칼있으마가 뭐꼬. 칼이야 우리 주방에 많이 있다 아이가."

"주방장님도 금방 배우셨네요. 갑판장님 유머를…"

"참 멋지잖나. 우거지 겉은 깊은 맛! 겉모양이 아니라 사람은 속이 멋져야 하는 기지."

3. 물결에 그리는 오선

여전히 바람은 습기를 많이 물고 있었으나 갑판에서 바라보는 바다는 상쾌하다. 몇 시쯤일까? 그믐이 가까운 하늘이 그리 환하지 않았으나 먹빛 같은 하늘에 별들이 더욱 초롱초롱 빛나고 있었다. 야화선은 지금 랴오둥만[遼東 灣]을 빠져나와 보하이만[渤海 灣]을 거쳐 왼쪽으로 방향을 크게 틀었다. 왼쪽에는 다롄 항 오른쪽으로는 옌타이 항을 거쳐 웨이타이 항에 정박해 있는 상선들과 깜빡이는 항구의 작은 불빛들을 저 멀리 바라보면서 툭 튀어나온 산뚱[山童]반도를 돌아나가고 있었다.

"5월 24일 한국시각 14시 30분, 대항조선 옥포조선소 현장 발대식 확정. 현장 개소행사 준비 완료. 예정시각 24일 13시. 5월 24일 12시 입항 완료 요망!"

우성해운 조 갑중 차장 발신이다. 입항시각이 변경됐군! 혹시 차질이 있을까 봐 본부에서 내린 통신이다. 선장 진수가 잠자리에 들기 전 순시를 돌기 위해 컴퓨터를 확인하고 상갑판으로 올라 브릿지에 도착했을 때 이등 항해사가 우울한 낯빛으로 먼 바다를 응시하고 있었다.

'그를 어떻게 위로해야 할까? 결혼할 사람을 두고 배를 탄다고 했었지. 뱃놈을 하려면 나처럼 독신으로 늙는 게 낫지.'

자신도 모르게 떠오른 생각에 어둠 속에서 진수는 실소를 머금었다. 그러고 보니 이항사 뿐 아니라 일항사도 있었다. 일항사는 마누라가 아예 고무신을 거꾸로 신었다고 했던가. 참! 아이들만 두고 떠나 왔다고 했지. 그들의 사생활에 대해 너무 무심할 뻔했다는 사실을 새삼 깨달았다. 바다란 자칫 맘 한번 잘 못 먹으면 정말로 끝장이다. 바다로 떠나 온 사람은 인연의 끈으로 붙들어 매지 못한 육지 사람 때문에 환장 하고, 육지에 있는 사람은 외로움을 달래 수 없는 발 묶인 허허로움에 몸 달아 하는 시공의 아이러니! 이들의 애타는 별리를 하늘이여 굽어 살피소서!'

그들의 슬픔과 안타까움이 자신의 일처럼 진수의 가슴으로 파고들었다. 이런 저런 상념에 빠져 운항지휘본부를 향해 걷고 있을 때 배의 후미 쪽에서 이상한 소리가 언뜻 들려왔다. 선박이 세차게 물살을 가르며 펄펄 살아서 앞으로 항진하고 있는, 소리와 소리의 갈피 사이로 언뜻 파장이 다른 무슨 소리가 들려오는 것이 분명했다. 브릿지를 지나자 그 소리는 조금 더 커졌다. 선미 쪽을 유심히 살펴보았으나 선미루에 가려서 아무 것도 보이지 않았다. 전진수선장은 상갑판에서 내려와 중갑판으로 나가 선미루 쪽, 배의 후미로 계속 걷기 시작했다.

"비포 더 단···

아이 히어 유 위스퍼···"

노랫소리였군! 기타소리가 보통 솜씨는 넘는다. 들리지도 않을 것이지만 진수는 조심스럽게 발걸음을 떼며 선미데스크의 뒤편을 향했다. 배의 후미에서, 배의 진행 방향과 반대쪽으로 앉아 종파로 일어나는 수십 마리 백마의 갈기를 내려다보며 망막한 우주 공간을 향해 신의 목청을 발사하고 있는 인물은 누구인가? 가타의 선율을 타고 음의 한 자락은 일부 바람결을 따라 선장 진수의 고막으로 흘러들어오고 일부는 잠자리에 뒤척이는 선원들의 베갯머리에 내려앉으며 근방을 떠도는 바다의 신들을 깨우기도 잠재우기도 하면서 나머지 소리는 곧장 거센 포말에 감겨버리는 것이었다. 꽉 딛고 서 있는 횡벽에 부딪혀 일어나는 하얀 물거품이 없다면 수면이 어딘지 가늠되지도 않는 바다는 캄캄했다. 움직이는 시선 시선들은 몇 리를 달려 어느 사물에 부딪혀 멈추는 것일까? 지도상에는 대한민국과 중국이 황해를 끼고 가까운 땅인 것 같은데 여전히 바다는 망망대해다. 인생이 망망대해인 것처럼!

'그래 새벽이 다시 오기 전에 우리는 오늘이라는 시간을 놓치지 말자…'

잠 들지 못하고 깨어있는 엄숙한 존재들! 그 숱한 새벽을 밟고 나는 어는 물길에 서 있는가? 목젖까지 차오르는 슬픔을 견디며 진수는 선수쪽으로 방향을 틀어 걸어갔다. 삼항사 만한 또래부터 그가 애창하던 노래다. 그동안 잊어버렸는지조차 모르고 살았던 과거라는 축축한 기억들이 가슴을 마구 쓸어내렸다. 신이 내리는 존엄한 순간을 방해해선 안 된다. 12시까지 당직을 끝내고 갑판에서 노래를 부르는 삼항사 신성조의 질끈 동여맨 머리가 말꼬리처럼 바람에 흔들렸다.

"썸머타임 디스 앤 리빙 이즈 이지…"

그의 노래는 '비포더 단'에서 '썸머 타임'으로 접어들었다. 전진수 선장이 브릿지로 올라가는 것을 어둠 속에서 바라보고 있던 또 하나의 눈동자가 선장이 사라지자 중갑판으로 오르는 계단참에서 고개를 내밀고 올라왔다. 그는 좀 전의 선장이 서 있던 자리 쯤에서 노래가 끝날 때까지 기다리려고 마음먹었다. 무슨 노래안지… 또 하나의 그림자는 자신도 기타를 배우고 싶다는 생각을 하며 서 있다가 좀 전에 먹었던 마음을 바꿔 발소리를 죽이고 성조의 뒤로 천천히 다가갔다. 무슨 노래이길레 이렇게 슬픈 것일까? 어머니, 아버지를 처음이자 마지막으로 보았던 모습이 떠올랐다. 성조가 부르는 노래가 어둠 속 존재의 가슴으로 파고들었다.

"언제 왔어?"

노래가 언제 끝났는지 성조가 고개를 뒤로 돌리고 울고 있는 승재를 바라본다.

"좀 괜찮아? 너 기집애처럼 굴더니 아까 식당에서 새끼들한테 야수처럼 덤볐다며?"

실항사가 창피한 듯 수줍은 듯 눈물을 닦으며 씨익 웃는다.

"잘했어, 아주 잘했어! 울기도 하구 승질 날 땐 한 번씩 그렇게 해도 괜찮아. 내가 놈들 언젠가는 손 좀 보려고 벼르고 있는 중인데… 아주 잘 했어!"

"…"

"다친 데는 없어?"

"없는데… 옆구리가 조금 불편해요."

"그거 봐! 봐가면서 했어야지. 승산 없이 무작정 덤비면 나만 다쳐. 새끼들, 나도 욕을 잘하지만 욕이 아니면 문장이 안 되더라. 개자식들!"

"내가 잘 못했지요, 뭘"

"그렇게 생각해? 그럼 그렇게 생각해도 좋고… 그런데 낮엔 왜 그렇게 덤볐어?"

승재의 낯빛이 다시 어두워졌다. 내밀고 있던 빚은 것 같은 작은 입술이 함초롬 들어갔다.

"아~됐어. 꼭 말하라는 건 아니야!"

"… 내가 방해했어요? 아까 그 노래 무슨 노랩니까? 삼항사님, 마지막에 부르신 노래요!"

"아아… 썸머타임? 그 노래 맘에 드는구나!"

"네, 너무 슬펐어요"

"흑인들의 자장가였지. 단순한 자장가인데 고독한 영혼들이 좋아하는 노래야."

"다시 한 번 불러 봐요."

"어~ 앵콜이다, 그거야! 나도 좋아하는 노래지. 한 번 불러선 직성이 안 풀리는…"

성조가 다시 고개를 숙이고 몇 광년이 건너 온 별빛 속에서 기타 줄을 찾는다. 손끝으로 어둠을 애무하는 삼항사는 아랑곳없이 바다는 계속 웅얼대며 새벽을 향해 다가가고 있었다.

4. 달아나는 자작나무 숲

앞으로 펼쳐질 미래가 과연 어떻게 될지 몰라 수중에 있는 돈은 한 푼이라도 아껴야 한다. 떠나 올 때 남자 노인, 황 동무가 쥐어준 돈까지 합치면 팔백 원 남짓…그중에서 기차 삯으로 이백 원을 쓰고 이제 육백 원 가량 남았다. 열차장은 도문 통행증과 열차표 그리고 외사과에서 받은 중국 입국허가증을 자세히 살피고 수옥이 모녀를 기차에 실었다.

용연에는 일찍 도착했다. 그러나 기차가 하루에 한 번만 운행한다고 하여 저녁이 오도록 기다렸다. 기차를 움직일 땔감이 없다. 남양과 도문으로 가려는 사람들로 시골 작은 역은 터져나갈 듯 붐볐다. 여기저기 널브러져 있는 시체를 타고 넘으며 사람들은 곧바로 닥칠 자신의 운명을 보는 듯 했지만 이제 그 광경을 끔찍해 하는 사람은 아무도 없었다. 아니 끔찍해 할 기운도 없다. 시체와 산 사람이 구별될 수 있는 것은 단지 아직 숨이 끊어지지 않은 사람이 가끔 껌뻑이는 초점 없는 눈과 차라리 이승의 끈을 놓아버린 시체들의 편한 얼굴이다.

뱃가죽인지 등가죽인지 하나로 들러붙은 사람들, 고창증으로 맹꽁이 배처럼 팽만한 아이들이 해골 같은 얼굴을 하고 이곳저곳에 표정없이 누워 있었다. 아오지 탄광에서도 죽어가는 사람을 산 사람보다 더 많이 보았는데 새삼스러울 것도 없다. 삶과 죽음의 경계가 도랑 하나 건너뛰는 정도다. 갱도가 무너져 죽고, 갱도에 찬 개스에 질식해 죽고, 갱도를 달리는 석탄차에 깔려서 죽고, 병들어 죽고, 영양실조로 죽었다. 사고사가 아닌 경우 의료진들은 모두 고혈압 아니면 심장마비라고 사인死因을 내린다. 그렇게 진단을 내려야만 당장 보위부에 잡혀가는 것을 면하기 때문이다.

기운 없어 널브러지는 사람은 그대로 버려두면 하루가 못 가 숨이 끊어졌다. 안전원이고 감시원이고 부위 부원이고 시체를 치울 기운도 없다. 탄광에는 석탄을 캘 사람도 없고 발전소에도 인력이 부족해 전기도 끊어진 지 오래다. 한반도의 북쪽은 빛이 없는 땅인 것을 세상은 다 안다. 양식이 있어도 익혀 먹을 땔감이 없다. 나무판자로 지은 집들은 벌써 뜯겨져 나간 지 오래다. 씨앗을 심으면 싹이 나오기 바쁘게 누구든 몰래 베어다 먹는다. 풀이란 풀은 모두 뜯어먹어 들판은 언제나 대머리다. 게 중에는 독풀에 감염돼 그 길로 치료를 받지 못해 죽어가는 사람들! 수년 째 사람들은 이유가 없어 죽어나가지 못했다.

손가방에 들어있는 길동무가 준, 평생을 가도 구경도 못 할 귀한 육포를 떼어 먹이지만 아까부터 달래는 밀가루반죽처럼 늘어져 가는 중이다. 호박 단추, 작은 은수저가 손가방에 들어있지만 그것과 먹을 것을 바꿔 줄 사람은 이곳엔 아무도 없다. 설사 금덩어리가 있다 한 들 무슨 소용 있으랴! 씹어 삼킬 수 있는 것이 아니라면 무용지물이다. 아마 목적지를 다 가지도 못해 저 발길에 차이는 사람처럼 달래도 누워선 다시 일어나지 못할지도 모른다.

해가 지자 옷깃으로 몰려드는 찬바람에 몸을 떨고 있을 때 이승과 저승을 가르듯 붐비는 사람들을 헤치고 기차가 역사로 들어왔다. 열차에서 뿌려지는 희미한 헤드라이트 속으로 넝마처럼 해어진 옷을 걸친 유령들이 모두 일어나 마지막 사력으로 열차를 타기 위해 몰려들었다. 열차장에게 먹고 죽으려 해도 없는 돈을 질러주고 기관사 옆자리에도 앉고 지붕 위에도 앉아 저승사자 아가리 같은 세상으로 나가기 위해 막무가내로 사람들은 기차로 달려들었다. 숨이 끊어져 가는 단말마의 헛손질처럼…

'도문에 도착하면 소식을 들은 연길에 사는 친척들과 연통이 닿을 수도 있어. 혹시 지린 성에서 싸전을 하는 이종사촌이 나와 있을지 몰라. 수달과 여우 사육으로 큰 부자가 됐다는 사돈의 팔촌이라도 찾아봐야지. 압록강만 넘으면, 두만강만 건너면 구걸이라도 해서 연명은 할 수 있을 거야!'

자신의 아사를 바라보는 사람들의 머릿속에는 도저히 믿을 수 없는 상상들이 희망을 애써 부채질하고 있었다. 지푸라기라도 잡고 표류해야 할 절체절명의 순간이다. 도문에 도착하면 다른 세상이 펼쳐질 것인가. 어떤 세상과 연결된 끈인지 모르지만 여기는 마지막 벼랑인 것만은 틀림없다. 앉아서 죽을 수는 없다고 다짐한 사람들이 통제가 허술한 틈을 타 다른 세상을 향해 떠나고 있는 이승과 저승의 갈림길이다. 인민들이 모두 죽어 나자빠지므로 대책도 없이 붙들고만 있을 수 없었겠지. 식량이 조달되나.

식량을 주는 일자리가 있나. 믿을 곳이라고는 아무 데도 없다. 죽더라도 가다 죽자. 기차의 바퀴가 서서히 구르기 시작했다.

"가~~다~~죽~~자~ 가~~다~~죽~~자~가~다~죽~자~가~다 ~죽~자, 가다죽자가다죽자가다죽자…"

를 외치며 승객들의 퀭한 눈만큼이나 불확실한 어둠을 뚫고 열차가 달린다. 남양과 도문을 연결하는 두만강 철교는 더욱 거친 소리를 내며 달리기 시작했다. 두만강 수면 위로 여러 구의 시체가 둥둥 떠다니는 것을 보고도 기차의 승객들, 수옥과 달래는 물론 누구도 한 마디 입에 올리는 사람이 없었다. 하루가 걸려 도문에 도착한 달래와 수옥은 헤이룽강으로 가는 기차에 다시 몸을 실었다. 아버지가 노무자로 끌려갔었노라고 말하던 곳이 이곳이었나? 달래를 데리고 새로운 고통의 바다로 들어서고 있는 수옥의 수정체 속으로 잎을 떨군 은색의 자작나무 숲이 살 같이 지나갔다. 타지로 나간 일은 없었으나 다시 잡혀오는 사람들 때문에 탄광 안에서도 얻어들은 이야기가 한두 가지가 아니다. 화물 자동차를 얻어 타고 러시아 하바로프스키까지 갔다가 잡혀온 사람도 있었다. 목단강 산판에서 일하다 중국 공안원에 잡혀 다시 들어온 사람! 불법 체류자로 숨어 다니다 큰 딸을 중국 공안에 주고 아들 하나를 동남아로 빼돌렸다는 내외는 날마다 울었다. 탄광에서 듣고 보았던 일들이 끊임없이 떠올라 수옥의 눈꼬리로 눈물이 하염없이 흘러내렸다.

'겨울이면 영하 30도를 오르내리는 곳이라도 연명할 것이야 있겠지. 목단강 두껍게 언 얼음판을 깨면 겨울을 날 정도의 잉어와 붕어가 잡힌다지 않는가. 흑룡강에 있는 조선족 식당들은 조선족들로만 종업원을 쓴다고 하니 일할 곳도 있을 거야. 그러면 입에 풀칠이야 할 수 있겠지. 오빠는 무엇으로 식솔들을 거느리고 있을까? 우리 두 사람을 건사할 정도로 가세가 당당했으면 좋겠다.'

인생의 큰 전환점 앞에서 의지할 사람이라곤 달랑 열 살도 못 되 보이는 열세 살짜리 딸 하나뿐이다. 거미 같이 마른 달래만을 달랑 데리고 그 머나먼 헤이룽강성에 가면 대체 무엇이 기다리고 있을까? 달래가 죽지 않고 제 아버지를 만나는 날이 있을까? 도무지 미래를 점칠 수 없어서 기쁘거나 그 비슷한 심정은 고사하고 착잡하고 수심이 가득한 얼굴로 창밖으로 휙휙 지나가는 겨울숲과 들판에 수옥은 눈을 쫓고 있었다. 해동이 되려면 아직 먼 벌판 속에 고라니 서너 마리가 뛰는 것이 보였다.

"아아~ 너무도 평화로운 풍경이구나, 달래야! 창 밖 좀 내다 봐, 어서! 우리가 살던 고장은 먹을 것 없는 사람들이 고라니도 모두 잡아먹어 씨가 말랐는데… 달래야 너 산에서 고라니 본 일 있어?"

기운이 없는지 달래가 고개만을 흔든다.

아아~조금만 있으면 너희들에게는 새싹을 맛볼 수 있는 봄이 오겠지. 고라니의 겨울보다 우리의 겨울은 왜 이렇게 긴 것일까. 저 대지에 봄이 오고 새싹이 돋아나듯이 우리 달래에게도 봄이 오면 좋겠다.

공포에 가까운 불안을 안은 모녀를 싣고 열차는 여전히 "가다죽자 가다죽자"를 외치며 울창한 원시림 사이를 뚫고 지나갔다.

5. 용의 놀이터

소리는 잘 들리지 않으나 선미 돛대 등 밑에 노래를 부르던 삼항사의 실루엣과 또 한 명은 아마도 승재의 그림자일 것이라 생각하면서 선장은 기관실로 내려가 엔진과 발전실을 들여다보았다. 힘차게 돌고 있는 프로펠러 샤프트를 확인했다. 브릿지에서 12시 조금 넘어서 나왔으니까 대충 기관실을 둘러본 시각이 12시에서 새벽 1시 사이일 것이다. 열려진 선원들의 방을 몇 개 기웃거렸다. 선장실로 들어선 것은 아마도 새벽 1시 조금 넘었을 시간이었을까? 겨우 깊은 잠이 들려는데 선장의 귀에 인터폰이 계속 울렸다. 무슨 일일까? 잠에서 깬 선장의 가슴이 순간 덜컥 내려앉았다. 잠이 덜 깬 머리를 흔들고 전진수 선장은 심호흡 하고나서 수화기를 들었다.

"선장님! 기관장입니다. 죄송합니다."

"…뭐, 뭐가 죄송합니까?"

"죄송합니다만 다름 아니고 배를 잠깐 세워야 할 것 같습니다."

"뭐, 배를 세워? 누가 바다에 빠졌나?"

"아~아~그런 게 아닙니다. 아무래도 엔진에 이상이 온 것 같습니다."

선장의 몽롱하던 정신에 백 촉 전구가 확 켜졌다.

"아까 순시 때는 그런 말이 없었잖소?"

"글쎄 말입니다. 아마 출항할 때 급하게 엔진을 켜는 바람에 과부하가 일어난 것 같습니다."

"거, 같습니다, 같은 불확실한 단어 좀 집어 치우시오! 지금이 몇 신가?"

선장이 소리를 버럭 질렀다.

"3시 38분입니다."

"그렇다면 어선과 접선할 시간이 1시간도 남지 않았는데… 지금 와서 배를 세워야 한다고 말하는 당신은 뭐 하는 사람이요?"

"드릴 말씀이 없습니다. 최대한 빨리 고쳐보겠습니다."

"하여튼 내려가 보겠소."

혈관을 타고 있던 피가 하얗게 표백되는 것을 느꼈다. 잘 걸려있는 정복이 아니라 청바지를 찾아 입으며 그는 인터폰을 찾아들었다.

"통신장, 갑판장에게 기관실로 내려오라 하시오. 그리고 일항사하고 헤드마스타 대기시키고…"

기관실로 내려가는 선실통로는 여전히 후덥지근했다. 기관실로 들어서자 기관원 전원이 엔진 곁에 대기하고 있었다.

"뭐가 어떻게 됐는지 구체적으로 보고하시오."

"6번 엔진 실린더에 이상이 온 것 같습니다. 오일 공급밸브의 이상입니다. 급유가 되지 않으면 어쩔 수 없이 오버홀이 되는 건 시간문제잖습니까?"

"그런 중요한 일을 어떻게 그렇게 모를 수가 있었단 말이오. 당신들 갑판장에 이어 다시 사건을 만들고 있어! 도저히 이해할 수가 없는 사태가 계속 벌어지고 있잖소."

"그렇게 노후한 배도 아닌 것 같고 해서 제가 신경을 덜 쓴 것 같습니다. 잉커우항에서 출항 전이라도 총 점검을 했어야 하는 건데… 드릴 말씀이 없습니다. 그런데 지금 당장 운항을 중지하지 않으면 급유가 되지 않는 상태라서 엔진에 이상이 올 수 있습니다."

"워키토키!"

"네, 여기 있습니다."

"브릿지 나와라! 이항사, 잠시 항해를 중단한다. 현지 위치 확인하고 보고 하시오. 헤드마스터 어딨나? 항해를 잠시 중단할 거니까 이항사는 해도 확인 후 헤드마스터와 의논하라! 바로 연락 바란다."

조금 있자 워키토키가 신호음을 냈다.

"네, 이항사입니다. 산둥반도를 돌아 스다오갑 북동쪽 20마일 해상입니다. 근해에는 조업 중인 배들이 우굴우굴합니다. 이 지점에서 정박해 있어도 별 이상은 없을 것 같습니다. 배들이 많아서 큰 노트로 달리는 배는 없으리라고 판단합니다만…"

"좋아. 그럼 바로 엔진 백 한다. 통신장! 어딨습니까?"

"네, 브릿지에서 대기 중입니다."

"좋아, 근해 항만국에 우리 위치를 정확히 알리시오! 이항사 레이더를 잘 살피고… 통신장은 기관고장으로 수리 중이라고 교신하시오. 지금 당장 교신하지 않으면 달리는 선박과 충돌할 수도 있어요. 선체에 켤 수 있는 등을 모두 켜시오. 전원 서둘렷!"

"넷, 알겠습니다."

브릿지에서 이항사와 통신장 그리고 헤드마스터가 동시에 복창하는 소리가 들렸다.

"그럼, 기관장 풀 엔진 백!"

"엔진 백, 써!"

몇 개의 엔진을 빼고 세차게 돌아가던 샤프트가 서서히 멈췄다. 섭씨 50도를 웃도는 집채만 한 찜통 공장에서 갈아 끼울 부속을 구라인다로 가는 부원, 웃통을 벗은 기사들이 나사못을 푸느라 6번 엔진에 들러붙어서 시간을 단축하기 위해 작업으로 돌진했다.

"이보시오~ 기관장! 다시 한 번 묻겠는데, 내게 아까 보고 한 것이 정확한 보고요? 원인을 정확히 알아낸 것이냔 말이오?"

"예, 아까 선장님 순시 차 돌아가시고 나서 바로 이상이 와서 샅샅이 살펴본 결과 정확하게 원인 부위를 찾아냈습니다."

진수는 더워서 더는 기관실에서 머무를 수 없었다. 벌써 얼굴에서 땀이 비 오듯 하고 청바지가 젖어서 다리를 휘어감고 있었다. 할 수 없이 캐비닛처럼 생긴 계기판들로 꽉 찬 컨트롤 룸으로 뛰어들어갔다. 그곳은 계기들이 열이 오르는 것을 막기 위해 에어컨이 설치되어 있기 때문이다. 기관실에 있는 계기들의 상태를 계기판으로 보여주고 컴퓨터로 조작하는 곳이다.

"그럼, 수리가 얼마쯤이나 걸리겠소?"

그를 따라 들어온 기관장을 쳐다보며 선장이 물었다.

"지금부터 한두 시간 정도는 잡아야겠습니다."

"그러면 동이 트는 시간이 되지 않소?"

"선장님께 보고 올리기 전에 저희들이 오링 작업을 이미 시작해서 그렇지, 아니면 그 보다 시간을 더 잡아야 할지도 모릅니다."

그때 갑판장이 시뻘겋게 부푼 얼굴을 하고 컨트롤 룸으로 들어왔다.

"갑판장! 도대체 왜들 이러는 거요. 일이 순조롭게 가지를 않지 않소! 어째서 미리 계기들을 점검하지 않았다는 겁니까? 밀항자들을 싣는 시간이 임박해 오고 있는데 어쩔 참이요?"

갑판장은 이미 이야기를 들었는지 묵묵부답이다.

"말 좀 해 보시오. 이 상황을 어떻게 풀어가야 할지…"

시뻘건 얼굴로 입을 꽉 다물고 있던 갑판장이 기관장을 향해 입을 열었다.

"기관장! 수리하는 데 소요되는 시간을 정확히 말하시오."

"최장으로 잡아서 5시 50분까지는 완료하겠습니다."

"책임질 수 있는 시간입니까?"

다시 장중한 목소리가 갑판장의 입을 열고 흘러나왔다.

"네, 그 때까지는 확실합니다."

그 때 선장이 다시 컨트롤 룸에서 나오며 갑판장에게로 시선을 돌렸다.

"그럼, 갑판장 워키토키로 통신장 좀 부르시오. VHF(초단파)로 접선할 어선에 통신을 넣으라고 하세요. 6시 30분에 먼저와 똑같은 장소, 스다오 갑 30마일 해상이라고. 거기 상황도 더불어 정확히 파악하시오. 완도 항 접선 시각 때문에 시간을 늦출 수 없잖소. 그리고 본사로도 연락을 해서, 기관고장을 알리시오, 알았소?"

어딘지 조짐이 좋지 않다는 느낌이 선장, 전진수의 정수리를 훑고 지나 갔다. 잉커우 항 출항 때도 난리를 치고 떠났는데 억지로 잠재웠던 불길한 예감이 다시 고개를 들고 일어나는 것을 느꼈다. 굵고 가는 통나무와 같은 파이프와 수많은 전선, 샤프트, 피스톤, 8개의 엔진, 오일펌프, 실린더 등 수많은 전선과 관들이 바닥과 천장을 휘돌아 연결된 기관실은 거인의 배를 갈라놓은 듯 뜨거운 창자처럼 열을 뿜어내고 있었다.

갑판장을 남겨 놓은 채 기관실의 천장을 뚫고 선원실과 식당, 그리고 냉동고와 에어컨 실이 있는 위층으로 선장은 올라왔다. 당직들 이외에는 모두 잠이 든 밤! 불길한 예감 때문인지 복도는 평소보다 더욱 좁아 보이고 불결해 보였다. 화장실 옆을 지날 때 갑자기 지린내가 선장의 코를 찔렀다. 더러운 냄새에 구토를 느끼며 선원들의 방을 지나 식당 옆을 통과했다. 페인트가 떨어진 곳, 식당으로 들어가는 덜렁거리는 문! 워낙 몇만 톤 급의 선박에서만 살다가 갑자기 작은 배를 타고 보니 참으로 그 차이가 엄청나서 눈을 딱 감고 있는데 갑자기 누더기 같은 실내가 더러운 공기와 함께 어떤 곳에도 눈을 돌릴 수 없이 선장의 신경세포에 와 달라붙었다. 갑판장을 부르려고 했지만 선장, 자신의 손에 워키토키가 들려있지 않았다. 선장은 보폭을 넓히며 자신의 방을 향해 빠르게 걸었다.

'이것이 용의 놀이터란 말인가! 강포동의 말을 빌자면 내가 용이니까 바다에서 놀아야 한다며? 고작 나를 이런 곳으로 몰아왔단 말인가!'

떨칠 수 없는 불안이 갑판장, 강포동에 대한 원망으로 기울고 있었다.

'이렇게 불결하고 비좁고 쾌적하지 못한 이곳으로… 삼등항해사 적부터 배를 타왔지만 이처럼 열악한 환경은 없었다. 이렇게 작은 배는 처음이야! 무엇에 홀렸지. 포동일 너무 신뢰했어. 역시 뱃놈일 뿐인 것을…역시 부산항에서 굴러먹던 늙어가는 조폭 똘마니일 뿐인 것을…'

선장은 자신의 방으로 가려던 발걸음을 돌려 상갑판으로 올라갔다. 이미 야화선은 여기저기 조업하는 선박들이 내는 불빛이 흔들리는 바다 한가운데 멈추어 있었다. 멀리 수평선 저쪽으로부터 새벽이 밀려오는 듯한 느낌이 들었다. 브릿지로 들어가자 밀항자를 실은 어선과의 교신과, 본사와도 통신이 끝난 것을 확인할 수 있었다.

"스다오 갑에서 대기하고 있는 어선은 이상 없답니까?"

"예, 밀항자들 이상 없이 대기 중입니다."

이제 기관실에서 수리가 끝났다는 보고를 받고 10마일을 더 항해하면 스다오갑, 기다리고 있는 어선에서 밀항자들을 싣고 떠나면 된다. 머릿속에서 그렇게 단순한 일정을 자꾸 검토하지만 마음은 가닥을 잡을 수 없이 흔들리고 있었다.

'그 시각이면 이미 동이 텄을 시간, 공해상이라지만 오고 가는 선박이 없으란 법이 없다. 해상 상태가 또한 어떨지 모르고, 해경이나 레이다망에 잡히지 않는다는 보장이란 없다. 일기라도 도와주면 좋으련만! 그래서 밀항자들 승선 시각을 동이 트기 전으로 잡았던 것인데… 이건 찬란하게 태

양이 뜨는 시각에 맞추어 밀항자들을 싣게 생겼으니…'

의식의 깊은 지층으로부터 무서운 분노가 들끓어 올랐다. 자신의 의도 없이 일어나는 일들! 기관 수리를, 기관 점검을 선장이 해야 했단 말인가?

'잉커우 항에서는 왜 총질이 일어났던가? 그것들이 나와 무슨 관계가 있단 말인가? 곧잘 운명이라고 말하는 것들, 나의 의도와는 전혀 무관한 상황들 때문에 나는 여기까지 왔다. 뱃놈이 된 것도 내 뜻이 아니었어!!'

도저히 제어하지 못할 발작적 분노로 진수의 몸은 다시금 푸들푸들 떨려오기 시작했다. 그는 박살 낼 누가 있는 것처럼 선장실을 향해 발걸음을 빠르게 놀렸다.

한편 비 오듯 흘러내리는 땀을 팔꿈치로 닦으면서 강포동은 작업하는 기관원들을 바라보고 섰다. 자신이 생각해도 속이 뒤집어질 것 같은데 선장 진수는 어떤 심정일지 짐작이 가고도 남는다. 잘 나가고 있는 전 선장을 자신이 이런 더러운 곳으로 안내했는데 끝내 일이 성공하지 않는다면 어떻게 될 것인가? 정말 조짐이 이상하단 생각이 그에게도 들기 시작했다. 기관장에게 한마디 하고 싶지만 굵은 땀방울을 수없이 흘리며 일하는 사람들을 상대로 떠들어봐야 뾰족한 수도 없고… 빨리 고치도록 오히려 도와주는 것이 낫겠다는 생각이 들었다.

기관실을 빠져나온 포동은 중갑판으로 올라섰다. 흠뻑 젖어 잔등에 붙어있던 남방 속으로 시원한 바람이 뚫고 들어왔다. 갑판 바닥에서 아무렇게나 쓰러져 자는 녀석들이 발에 걸렸다. 습도가 많은 바다에서는 특히 야기를 쐬면 몸이 찌뿌드드한 것이 사실이다. 그들을 깨워 침실로 들여보내고 강포동은 바다로 시선을 보냈다. 선박의 엔진음이 항해할 때보다 더 크게 들리는 것 같았다. 수백 대 양수기의 펌프질을 연상하면서 갑판장은 와류로 일어나는 물살을 내려다보며 땀을 식혔다. 고기 떼들 때문인지 이곳 저곳에서 점을 찍듯 흰 포말이 보이는 것 말고는 수면은 극히 잔잔했다. 새벽이 멀리서 오고 있었다.

'밝은 아침에 어떻게 들키지 않고 돼지들을 실을 수 있단 말인가! 캄캄한 공기의 빛이 점차 푸른색으로 이동하고 있잖은가. 할 수 없이 승재를 깨워야 할까? 비 오듯 땀을 흘려서인지 차가운 음료수가 마시고 싶다. 기관원들도 그렇지만 잠들지 못하고 있는 선장에게 냉커피라도 갖다 줘야겠다. 아니면 주자를 깨울까?'

깨어있던 식당의 주자는 갑판장이 부르는 소리를 듣고 단번에 일어났다. 갑판장이 시키는 대로 냉동고에서 얼음을 잔뜩 꺼내어 냉커피를 큰 주전자에 탔다. 말항자들을 태운다 했던가. 스다오 갑 가까운 해상에 잠깐 들렀다 간다는데… 주자는 강포동의 표정이 조금 의심스럽다는 생각을 하며 브릿지로 먼저 올라가 냉커피를 나누어주고 기관실로 내려갔다. 스즈키 작업복을 입고 찜통 속에서 일하고 있는 기사들의 얼굴은 기름으로 뒤범벅이 되어 있었다. 주자는 자신이 직업을 얼마나 잘 선택했나 하는 생각을 하며 얼른 커피를 나눠 주고 선장실로 내빼야겠다고 생각했다.

'이런 곳에서 한 시라도 어떻게 살 수 있단 말인가! 주방도 덥기는 하지만 시원한 물일을 같이 하는 곳이고 맛있는 음식이 익어가는 냄새, 그것처럼 행복한 일은 없지.'

주자가 거의 비어가는 주전자를 들고 선장실을 향해 갈 때 중갑판에서 내려오는 갑판장을 만났다.

"선장님, 냉커피 드리니까 뭐라시드나?"

"이제야 가는 깁니다. 선장님께!"

"야가~그기 말이라꼬 하나? 대장한테 젤 먼저 갖다 주는 기 아랫사람 도리 아이가?"

"그런 게 아이고~~ 얼음이 잔뜩이라 지금쯤 적당히 녹아 맛이 있을 낍니더. 하이고, 이 얼음들도 이제야 기관실에서 땀깨나 흘렸을 기구마는…"

"알았다, 그래도 그렇지… 이리 내라. 선장실에는 내가 가보꾸마. 할 야 그도 있고…"

주자와 헤어져 주전자를 든 강포동이 선장실을 향해 갈 때 어디선가 이상한 소리가 들려왔다. 무슨 소릴까? 그것은 선장실에서 흘러나오는 소리다. 선장실에 누가 왔나? 하는 생각을 하며 노크를 했으나 나오던 소리는 멈추었는데 응답은 없었다. 살짝 손으로 밀자 도어는 잠겨 있지 않았다. 문을 밀고 들어서자 땀이 흘러 번질거리는 상체를 흔들며 선장이 서 있었다.

"이젠 노크하는 것도 잊어버렸소?"

독기어린 눈을 뜨고 선장은 거친 숨을 뿜고 있었다.

"노크는 했습니다. 응답이 없었지"

"응답이 없으면 들어오지 않는 거고… 응답이 있을 때까지 노크를 다시 하던가…"

"무슨 일이 있으셨습니까? 그 채찍은 무엇입니까?"

붉은 조명등만 켜놓은 방에 채찍을 든 선장이 마왕처럼 서 있었다.

"저기 서 있는 게 사람인 줄 알았잖습니까? 그래서 전선장에게 이상한 소문이 도는군요!"

"흠~ 정신병자라고 합디까? 날 내버려두고 어서 여길 나가시오!"

"못 나갑니다."

"이 채찍이 당신을 향해 나갈지도 모르는데…"

"갈기고 싶으시면 갈기십시오. 전선장이 이런 정도인 줄 내 머리에 다시 입력하겠소!"

"쳇!~ 놀구 있네!~가까이 오지 마시오."

말을 마치자마자 선장, 전진수는 채찍을 들어 열 살은 넘어 보이는 깎다 만 통나무를 향해 채찍을 내리치기 시작했다.

"우리 형제들은 아버지라는 자가 중풍으로 드러누울 때까지 이렇게 맞고 자랐소! 동남아 어디 먼 섬으로 징용에 끌려갔다 왔다는데 그는 발작처럼 닥치는 대로 사람을 팼지. 폭풍의 전조처럼 그가 채찍을 들고 다가오면 우리들의 몸은 약 먹은 개가 마지막 단말마를 내지를 때처럼 푸들푸들 떨려오지. 신경이 극도로 예민해져 끊어질 듯 신경 줄이 팽팽해지면 언제부

턴가 푸들거리고 있는 나를 발견한단 말이오. 그리곤 채찍이 그리워지지. 누군가 그런 강도로 나를 내리치지 않으면 안 될 것 같은 상태에, 그러나 다음 순간 나의 강박증은 누군가를 내리치고 싶은 상태로 뒤집히고 말아. 바로 내 아버지가 그랬던 것처럼! 살아있는 상대를 향해 이렇게 내리치고 싶단 말이다. 형들도 나처럼 누군가를 계속 패거나 아니면 자신이 맞고 있지 않으면 정서가 불안하다고 실토들 하더군! 나와 똑같은 증상이지. 그들보다는 어리다는 이유로 구타를 적게 당했지만 그 어리다는 이유 때문에 나는 형이나 누나보다 영혼에 치명적 상처를 입었다. 나도 다시 내 가족이라는 힘없는 존재를 향해 내 아버지처럼 채찍을 휘두르게 될까 봐 나는 결혼 할 수 없었어. 절대로 난 2세를 두면 안 된다고 생각한다. 당신이 내 상태를 안다고? 나의 고향과 향수란 바로 폭력의 현장 그것뿐…"

말은 거기서 멈췄지만 통나무 잔등을 향해 쉴 새 없이 채찍질이 난무했다. 새빨갛게 달아오른 선장, 진수의 이마에 푸른 힘줄이 튀어나오는 것이 보였다. 바로 그 때 강포동이 팔을 벌리고 달려들어 포승처럼 진수의 가슴팍을 뒤에서 꽉 끌어안았다. 얼마나 지났을까. 미친 듯이 요동치던 진수의 몸이 연체동물처럼 흐물흐물해졌다. 얼마 있더니 헐떡이면서 그의 몸은 포동의 팔에서 빠져나가 다 떨어진 양탄자 바닥에 대자로 누웠다.

"이 떨어진 카펫 바닥이 용의 놀이터야!"

숨이 끊어질 듯 헐떡이며 내뱉는 그의 독백이 서 있는 갑판장 귀에 쐐기처럼 와 박혔다. 몸은 누웠으나 포동이 내려다보자 아직 시퍼런 불이 두 눈에 남아있었다. 뭐라고 한 마디 하려고 하자 지옥에서 들리는 듯한 진수의 저음이 음파에 달라붙었다.

"상관 말고 나가시오. 내 스포츠니까!"

그는 분명 미쳐있었다. 시퍼렇던 눈동자에서 붉은 불꽃이 튀어나왔다. 포동은 누워있는 그와 더 이상 눈동자를 맞출 수 없어 시선을 돌렸다. 현장을 들키지 말았어야지. 거기엔 카리스마도, 자존심도, 위상도 거덜 난,

엉망으로 구겨진 악한 영혼이 누워있었다. 포동은 들고 왔던 주전자를 찾아 냉커피를 한 잔 따랐다.

"일어나서 이거나 한 잔 하소! 싫으면 관두고… 아이먼~ 참~ 우리 양주 한 잔 하까? 진수야! 그래 맞다. 내가 우째 그 생각을 여태 못했으꼬! 양주 한 잔썩 하자. 퍼뜩 인나라 마! 내 너를 대충은 안다꼬 생각했는데… 너의 실체는 전혀 모르고 껍데기만 알고 있었다 아이가. 분이 다 안 풀렸으문 인나서 나를 더 치든가, 나 맷집 좋은 거 니 알제? 니 애비라 생각하고 죽을 때까지 패보는 기야. 그라고 오늘 니가 나 땜에 화가 충천했다 아이가! 실은 나를 패고 싶은 거…"

책상 옆에 있는 작은 찻장에서 포동이 양주병 하나와 잔 두 개를 들고 걸어왔다.

"니~ 한 잔 안하문 나나 한 잔 하자. 이게 이름이 뭐꼬? 니가 맨날 맛이 제일 조타카는 그긴가? 꼬냑이라 카는 거 말이라."

포동이 책상에 잔 두개를 올려놓고 술을 따랐다.

"니 안 일어나문… 내가 이 잔~ 저 잔 다 마실텐께 걱정 말그레이."

두 잔을 연거푸 마시더니 다시 빈 잔에 술을 따랐다.

"으이구~ 맛 좋은 거… 그 어린 새끼들, 사슴 겉은 지 새끼들은 개 패듯 팼다 말이지. 이유도 없이. 새끼가 지 물건이가. 때릴 데가 어딨다고. 그 것도 허구 헌 날… 야만 겉은 새끼! 일나라 마! 어서 일나서 그 새끼 한 번 실컷 패 봐! 여태꺼정, 꺾어진 백 살이 다 되도록 너~ 삼백예순 날 이를 잘근잘근 씹고 살았다 아이가. 개새끼~ 네 애비란 새끼 말이라. 그란데- 저 통나무를 백번 깎아 봐야 이 갈리는 분이 풀리겄나! 실컷 때린다 케도 실감 나겠나? 사람처럼 깎아는 놨다만 서두… 두 번도 아이고 꼭 한 번 내가, 진수야 네 애비 해줄 텐께 한 번 실컷 때리 봐! 아까도 야그 했지만 나 맷집 좋게 안 생깄나!"

독백처럼 중얼거리며 거푸 몇 잔을 마시고 있는지 실눈을 뜨고 누워서 지켜보던 진수가 벌떡 일어나 포동이 마시려고 기울이던 잔을 빼앗아 자신의 입에 털어넣는다.

"뭐하는 거웃! 시간이 임박했는데…"

"시작은 니가 먼저 했다 아이가?"

"……"

진수가 병뚜껑을 찾더니 포동이 손에서 양주병을 나꾸어챘다. 마개를 막고 찻장 앞으로 걸어가 큰 키를 구부리고 병을 찻장에 집어넣었다.

"니가 좋아하는 꼰약 다 없어질까 봐 엥간히 켕기는가배…"

"헹님… 정신 좀 차리소!"

"와, 나야 정신이 똑바르지. 그깟 술 몇 잔 마싯다고 정신이 흔들거릴까 봐? 독주를 밤새워 마셔도 끄떡 없는 거 니도 알고 있제!"

"호기 고만 부리소. 여기는 한 발짝 삐끗하면 황천이요."

"황천, 그기 뭐꼬? 사람 한 번 죽지 두 번 죽나. 나는 지금 죽어도 여한이 없는데 전선장이 잘 못 되문 안 될낀데, 장가도 못 가보고… 딴 것은 다 봐도 전 선장 황천으로 가는 꼴은 내 못 본다 아이가!"

바로 그 때 인터폰이 울렸다. 선장이 성큼 걸어가 인터폰을 들었다.

"선장님이십니까? 기관장 입니~~"

"엔진 수리 끝났습니까?"

기관장 전화를 받으며 선장은 벽시계를 바라보았다.

"그렇습니다. 현재시각 5시 33분, 수리 완료했습니다."

"수고했소. 바로 운항을 재개할 수 있는 거지? 대기하시오."

인터폰을 내려놓은 선장이 돌아서서 바닥을 정리하는 갑판장을 바라보았다.

"엔진수리가 끝이 났소! 자기 업무로 돌아가시오."

술이 오른 갑판장이 불콰한 얼굴을 하고 삐딱하게 경례를 붙인다. 어이가 없는지 픽~하고 웃음을 머금더니 돌아나가는 갑판장의 등 뒤에 대고 선장이 입을 열었다.

"6시 20분 스다오 갑에 도착하기 전, 아랫 갑판에 엔진과 당직사관들

빼고 전 선원 집합 좀 부탁합시다."

"6시 20분 옛, 써!"

등을 보인 채 오른발을 붙이며 갑판장이 복창을 하고 방을 나가고 나서 선장은 다시 인터폰을 들었다.

"브릿지~ 일항사!"

"옛, 써! 근무 중 이상 무!"

"라저! 엔진 수리가 끝났다. 기관실에 엔진 스탠바이 시키시오."

"네, 스다오 갑 30마일 해상, 루산에서 4마일 떨어진 해상이 맞습니까, 선장님?"

"좋아, 종전과 이상 없이 같은 지점을 향해 운항을 재개한다."

"옛, 써!"

인터폰을 내려놓고 진수는 침상으로 올라 천장을 바라보며 한숨을 땅이 꺼져라 쉬었다. 어떻게 갑판장이 들어올 수 있었을까? 문을 잠그지 않았단 말인가! 딴 놈에게 들킨 건 아니겠지? 늘씬하게 얻어맞은 나무 둥치가 흐린 조명등 밑에 흉물스럽게 서 있었다. 진수는 일어나 도어를 잠갔다. 그리고 흐트러진 조각도와 사포 등을 집어 작은 주머니에 넣었다. 그리고 검정가죽부대를 벌리고 자신이 깎다 만 조각상을 넣기 시작했다. 아비의 귀신을 관 속에 집어넣는 것처럼… 언젠가는 저 바다에 띄워 보내야 할 물건이다. 정신의 암 덩어리가 여기에 다 형상화되는 날… 두 줄기 눈물이 진수의 볼을 타고 흘러내렸다. 그는 눈물로 번질거리는 얼굴 근육을 일그러뜨리며 웃었다. 그리고 채찍으로 사용하는 말가죽을 주워들었다. 아버지란 사람이 중풍으로 드러눕기 전까지 가족들을 향해 채찍으로 사용하던 것이다. 첫 출항 때 몰래 가지고 나온 후 소지품 중 제일 아끼는 품목이 되었다. 가족들을 팰 때 쓰이는 기다란 말 가죽은 평소에는 손잡이가 상아로 된 아버지의 면도칼을 갈던 가죽띠다. 그 소리, 쉭쉭대던 그 소리의 원천을 집어 진수는 스탠드 형 옷걸이에 걸었다.

6. 신이 내리는 낮과 밤

엔진 수리가 끝나자 동이 터오는 새벽을 약 40분 달려, 야화선은 드디어 스다오갑 서남방 30마일 해상에 도착했다. 루산에서는 약 4마일 떨어진 곳으로 경위도로는 북위 36도 49분, 동경 121도 52분 지점이다. 시간은 새벽 6시 17분, 이미 동이 터지고 바다는 서서히 짙은 주황빛으로 물들기 시작했다. 근원이 되는 빛의 중심점에서 주황의 색채가 흘러나오면서 아름다운 색조의 바다는 작은 떨림으로 끓고 있었다. 그리곤 한 줌씩 빛을 던지며 멀지 않은 바다에서 조업하는 선박들에 덮혀 있던 푸른 어둠의 껍질을 서서히 벗기기 시작했다. 그리고 거기서 멈추지 않고 퍼져나간 빛은 점점 옅어지며 점점 더 넓게 가슴을 열었다. 새벽바람을 타고 신이 주신 아침을 기꺼워 환호하는 물새 떼들이 활강하는 하늘과 바다가 맞닿는 끝없는 우주!

해안과 가까운, 가물거리는 먼곳에서 조업하는 몇 대의 선박만 보일 뿐, 공해 상을 지나가는 선박은 근처에 전혀 보이지 않았다. 선장의 지시로 그동안 통신장은 어느 배가 몇 시에 어느 해상을 지나가는지 철저히 검색해 보았던 것이다. 마침 몇십 분 안으로는 이 공해상으로는 지나갈 선박이 없다는 정보를 입수했으며 물론 보고도 끝난 상태다. 그래서인지 갑판장이 상갑판으로 올라섰을 때 쌍안경으로 먼 바다를 조망하는 생각보다 안정된 선장을 발견할 수 있었다. 갑판장에게 눈길도 주지 않고 멀리 보이는 접선할 어선이 떠 있는 바다를 조망하고 있는 선장의 옆얼굴은 밤사이 핼쑥해지고 창백했다. 그는 정복을 입지 않고 어제밤에 입었던 청바지에 푸른 잿빛 셔츠다.

'눈에 잘 띄지 않는 색깔로 입었다 그 말이라! 인간도, 인생도 저 망망대해처럼 깊고도 얄궂데이, 짜아슥! 성질머리하고는…'

6시 20분! 선장의 뒤를 따라 갑판장이 아래 갑판으로 내려가자 주자와 쿡까지 전 선원이 대기하고 있었다. 접선할 작은 어선이 한 대 떠 있는 바다로 이천 톤급 선박이 천천히 나아가는 사이 선장이 훈시를 시작했다.

"짧게 한 마디 하겠다. 모두 자신의 임무에 철저한 태세로 임하길 바란다. 여러분들도 알다시피 예기치 않은 일이 자꾸 발생하고 있어 다시 한 번 당부한다. 출항 전야 대면식에서 얘기했던 것처럼 우린 모두 한 배를 탄 운명의 가족이다. 그리고 갑판장으로부터 모든 지시사항을 숙지한 줄 알지만 우린 지금 이 해상에서 밀항자를 승선시킬 것이다. 여기는 공해상이고 작은 어선과 접선할 것으로 모든 소음을 자제하는 것은 물론 모두 작업복 착용을 당부한다. 물론 통신 전체를 끄고 레이다 망에 가능한 잡히지 않게 노력할 것이다. 모두 다 합심 단합해 그들을 갑판 화물창에 싣는다. 주어진 시간은 단 십분! 그리고 주자와 쿡은 이백 명 가량의 식사를 담당해야 하므로 손이 나는 사람은 언제든 그들을 지원해야 한다. 그리고 그들이 우리 배로 승선하자마자 식수를 공급해야 하고 접선할 어선에서 어떤 상태에 있었는지 모르므로 이 점에 각별히 신경 써 주길 바란다. 다시 한 번 말하는데 갑판장 지휘에 따라 일사불란하게 움직이도록… 이상!"

선장이 전 선원을 향해 훈시를 할 동안 선박 꽁무늬에는 수십 마리의 물새 떼가 뱃전에 앉았다가는 날아오르고 또 다시 앉았다가는 끼룩거리며 솟구쳐 올랐다. 작은 목선 옆구리에 한문으로 요동遙東이라 씌어있는 랴오뚱호가 망원경 속에서 확실하게 보이기 시작하자 선장은 선박을 세우기 위해 항해의 지휘본부인 브릿지로 들어갔다. 목선과 삼백 미터 정도 남겨두고 야화선이 서서히 진행을 멈췄다. 랴오뚱호 마스트에는 갈매기의 날개 같은 흰색 기가 펄럭이고 뱃전에서 사정없이 노란 깃발을 흔들어대는 선원 한 명이 시야에 잡혔다.

"이제부터 랴오뚱호가 움직여 야화선 우현 중앙으로 배를 밀착시키라고 하시오."

멈춰 있는 작은 배에 큰 선박이 다가가면 파도가 일기 때문에 당연히 위험해진다. 통신장이 랴오뚱호와 교신하는 사이 선장은 이등항해사를 시켜 갑판장을 브릿지로 불러들였다.

"작업의 순서는 철저히 준비됐습니까? 또 무슨 일인가 터지는 건 아니 겠지요?"

"절대로 없을겁니더. 랴오뚱호가 야화선에 배를 바싹 대면 포터블래더 (이동용 사다리)를 걸치고 먼저 제가 꺽쇠를 데리고 저쪽배로 옮겨 탈 것입니다. 그쪽 선장과 업무적인 이야기를 마치고 어물 창고를 열면 꺽쇠가 올라오는 돼지들 머릿수를 셀 것입니다."

"갑판장, 그런 자세한 이야기를 내가 들을 필요가 있소?"

선장이 신경질적으로 반응했다.

"그런 게 아이라, 돼지들이 사다리를 타고 이쪽 배로 올라오면 망치와 날칼이 갑판 창고로 인도해 실을 겁니다. 창고에 돼지들을 실을 때 제가 이 배에 없으니까 선장님이 신경을 쓰셔야 할 줄로 압니다.

"......"

"아니, 실기사, 실항사, 주자, 쿡에게도 작은 역할을 다 맡겼습니다마는, 그리고 갑판원들도 모든 태세를 갖추고 있으니까 별일은 없겠지만서두 혹시라도 총 지휘가 필요할지도 몰라 당부디리는 겁니다."

선장의 대답을 듣지 못해 갑판장이 주춤거리고 있는 동안 랴오뚱호가 가까이 다가왔다. 한참 가라앉은 톤으로 선장이 입을 열었다.

"알았소, 나가보시오. 신속히 해야 하오. 15분 이상 지나면 다른 선박들이 이 공해 상을 지나지 않는다는 보장이 없소."

아래 갑판에서 꺽쇠와 갑판원들이 포터블 레다를 내리는 것이 모니터로 보였다. 시간은 6시 35분을 지나고 있다. 바다는 짙은 주황빛이 점점 엷은 색으로 바뀌면서 더욱 더 넓은 면적으로 빛이 확산되어갔다. 지난 밤 절망으로 몸부림치던 어떤 자도 다시 살아낼 희망과 용기를 선사하면서 일생을 살아낼 만큼의 찬란한 금빛살 가루가 황해에 뿌려지고 있었다. 미나라이들은 밧줄을 풀고 갑판장이 사다리를 타고 꺽쇠와 함께 랴오뚱호로 넘어가는 것이 보였다. 건너 간 갑판장은 목선의 선장과 얘기를 끝냈다. 170명 중 여자가 104명, 그 중 이십대가 54명, 나머지는 삼십대와 사십대이고 여자 어린이가 한 명 끼어있으며 남자들도 이십대부터 사십대로 구성되어 있다는 명단을 넘겨받았다. 그리고 나머지는 먼저 우성해운에서 얘기를 마친 것처럼 두 당 가격을 재확인하고 남아있는 잔금은 완도항에서 밀항자들과 맞바꾸기로 했다. 물론 현금이다. 그래야 뒤탈이 없을 것은 두말하면 잔소리다.

랴오뚱호 갑판원들이 중국말로 쑤왈라 거리며 어물창고의 문을 열었다. 더운 열기와 함께 암모니아와 같은 독하고 고약한 냄새가 꺽쇠의 코를 찔렀다. 모니터에 집중하고 있던 야화선, 브릿지의 선장을 포함한 총원의 어깨가 순간 흠짓~ 흔들렸다. 야화선에서 내려져 랴오뚱호 갑판에 포터블 래더가 발을 대자 장독 같은 작은 사람들이 새까맣게 달려들었다. 아침 하늘로부터 빛의 근원이 분명 그들을 집중적으로 비추고 있는것 아닌가! 그것은 신생의 아침에 일어나는 하늘의 환희와 대지적 비애의 극명한 대비다. 아니 존재에 대한 처절한 각성이다. 그들이 왜 갑판장에게 돼지라고 불리우는 지를 확실히 증거하고 있었다.

얼굴색이 누렇다 못해 똥단지 같은 조선족들이 작은 구멍에서 먼저 나오려고 머리를 들이밀고 올라왔다. 땀으로 범벅이 된 머리칼, 그들은 흡사 소금에 절인 배추처럼 초췌했다. 인간이 극한 상황에 직면하면 본능에 급급한 생물학적 존재에 불과하다. 캄캄한 어물창에 그들은 며칠이나 갇혀있었던 것일까? 당장 그들에게 필요한 것은 한 모금의 물과 신선한 공기의 주입이다. 그 순간을 지켜보는 모든 이의 머릿속에 한결 같이 떠오른 생각이었다. 또한 그들은 재빨리 캄캄한 암흑으로부터 눈을 떠야 할 것이다. 그들의 머리와 맘속에 과연 내일이 존재나 했던 것일까.

가장 힘센 자가 어물창이 열릴 때를 목이 빠지게 올려다보고 있다가 스프링처럼 튀어 올라왔다. 질식해 죽지 않고 어물창으로부터 하나씩 올라올 때 꺽쇠가 그들의 머릿수를 셌다. 밖으로 나온 사람들은 갑자기 쏟아지는 빛의 폭포에 휘말려 잠시 비틀거렸다. 그리고 싱그럽고 맑은 햇살과 바람은 젖은 머리와 땀으로 들러붙은 옷들과 몸뚱이들을 끄덕끄덕 말리며 그들의 쭈그러진 허파에 새로운 공기를 주입시켰다. 지금이 어떤 상황인지 아는지 모르는지 몰려온 물새 떼들은 바다 속 고기를 만난 듯 몰려왔다가 조금 공중으로 솟구치고 그리고는 다시 사람들에게 내려앉을 듯, 날개를 접을듯 펼듯 어수선하게 맴돌았다. 그 사이사이로 밀항자들은 야화선 갑판장과 랴오뚱호 갑판원들 인도를 받아 사다리를 타기 시작했다. 마르고 때에 절고 땀에 절은, 돼지 떼들이라고 표현할 수밖에 없는 새까만 사람들은 하나 같이 작은 보퉁이 아니면 가방을 손에 들고, 어깨에 메고, 허리에 차고 있었다. 이제 맞아야 할 신세계에 정착하기 위한 최소한의 물건들을 싼 보퉁이들이다. 그들은 주변과 주위를 살 필 생각도 여유도 없이, 아귀처럼 다투듯 새까맣게 갑판을 향해 달려들었다. 삽시간에 대열은 헝클어졌다. 다 태우지 않고 배가 떠나면 어쩌지? 혹시 해경의 호루라기가 호르륵~ 귓전을 때리는 순간이 찾아온다면 모두 허사다! 아니면 바닷속 쥐구멍이라도 비출 것 같은 대자연의 빛살 앞에 불법을 저지르는 몸을 한시 바삐 숨겨야 한다는 절체절명의 본능이 작용하는지 모르겠다.

한 사람이 그렇게 넘어오자 용기를 얻은 사람들은 그와 똑같은 방법으로 아예 사다리를 탈 생각을 하지 않고 갑판에 매달리고 또 매달렸다. 백명 이상 되는 숫자가 야화선 갑판에 따개비처럼 달라붙었다. 선장을 비롯해 모니터를 바라보는 총원은 손에 땀을 쥐고 이 긴장된 순간을 속수무책 지켜볼 수밖에 없었다. 혹시라도 바다로 떨어질까 봐 밧줄을 던지는 사람, 손이나 밧줄을 끌어올리는 현장 요원들, 두 명씩, 세 명씩 라다에 매달리는 사람! 불상사를 염려해 갑판원들이 지르는 소리가 잠잠해질 때, 돼지라고 불리는 사람들은 삽시간에 야화선으로 거의 다 옮겨 탔다. 사람들이 한쪽 옆구리로 몰리는 바람에 조금 기울어졌던 작은 목선이 서서히 균형을 잡았다. 바로 그 때 야화선 브릿지에서 상갑판으로 뛰어 나오며 지르는 선장의 목소리가 쩌렁 울렸다.

"위험하다. 이등항해사, 나가서 조심시켜! 바다로 떨어지겠다."

아래 갑판에 도착한 이등 항해사가 갱웨이 바로 위에서 지휘 통제하는 모습이 다시 모니터에 잡혔다.

"이 간나 새끼들아, 빨리 화물창으로 들어가라! 말 안 들으믄 바다에 꽉 쳐박아 뿔라!"

망치의 거친 말에 야화선으로 넘어 와 잠깐 주춤거리던 사람들은 다시 화물창 캄캄한 곳으로 들어갔다. 십 분 정도의 시간이 지났을 뿐인데 초긴장하고 있었서일까? 수십 분이 지난 것 같은 느낌이 들었다. 거의 다 야화선 갑판으로 오르고 몇 명 남아 있지 않을 때 모니터 속에 걸음이 느린 여자 두 명이 선장, 진수의 눈에 띄었다. 힘없이 사다리를 향해 걷다 말고 그들은 뒤를 돌아보며 갑판원들에게 몇 마디 말을 하더니 어물창을 가리킨다. 중국 현지에서 어떻게 살아 온 인물들일까? 어선에 갇혀있던 이틀 동안 숨 막히는 환경에 기운이 바닥난 것 같았다. 갱웨이 난간을 붙든 그들은 올라올 기력도 없는지 쪼그리고 앉는 것이 보였다.

"지금 사다리를 오르는 자들을 에스코트 하라!!"

긴장으로 화면을 지켜보던 선장이 갑판으로 뛰어나갔다. 선장 목소리에 고개를 위로 올린 이등항해사가 재빨리 알아듣고 갱웨이로 뛰어 내려갔다. 그리고 두 여자를 부축해서 올라오는 것이 보였다. 모녀간으로 보이는데 고동색 몸빼를 입은 중년여인과 종아리가 나오는 검정 바지에 누구한테 선가 얻어 입은 것이 분명한 헐렁한 붉은색 셔츠를 입은 여자아이다. 여인의 손에는 갈색의 낡고 작은 손가방이 들려있었다. 그녀들이 무사히 갑판으로 오르는 것을 확인하고 났을 때, 랴오뚱호를 건너다보자 선원들이 어물창에서 축 늘어진 사람을 떠메고 나오는 것이 보였다.

"~~읔, 잘 못 됐군!"

그때 또 한 명이 어물창으로 들어가더니 또 한 명의 여자를 들쳐 메고 나왔다. 깡마른 두 여자는 이미 숨이 끊어진 것 같았다. 잠시 야화선 선원들도 하던 일을 멈추고 랴오뚱호를 건너다보았다. 미간을 찌그러뜨린 선원들의 입에서 한숨과 한탄의 소리가 조그맣게 새어나왔다. 아마도 질식사했을 것이다. 다시 브릿지로 들어온 선장은 스크린을 아랫갑판으로 돌렸다. 그리고 밀항자들의 움직임을 자세히 살피기 시작했다. 창고로 들어가지 않은 인원들이 갑판을 우왕좌왕 하는 것이 보였다. 방금 올라온 기진해 보이는 모녀만 빼고 시원한 바람에 활력을 얻었는지 나머지 사람들은 좀 전보다 또랑또랑해 보였다.

'내 배에서는 저런 일은 절대로 일어나지 않아야 하는데…갑판장이 빨리 돌아 와 보고를 받으면 좋겠다'고 생각 하며 선장은 여전히 모니터에 눈을 박고 있었다.

망치와 날칼과 꺽쇠는 이등항해사를 중심으로 계속 밀항자들을 갑판창고로 몰아넣었다. 먼저 목선, 랴오뚱호 보다는 화물창이 열 배는 넓은 이천 톤 급 선박이라 위로 뚫린 문이 아니라서 밀항자들은 사다리를 타고 내려가지 않고 화물창으로 걸어 들어갔다. 이제 사지에서 살아 돌아 온 것처럼 한 숨 돌리고 그들의 발걸음은 여유를 찾았으나 이제 야화선의 선원들이 그들을 가만두지 않았다. 여기까지 올 때는 랴오뚱호와 같은 목적을 향해 빈 배로 다가왔지만, 이제는 야화선이 일백칠십 명 범죄의 물증을 실어버린 것이다.

이등항해사를 비롯한 갑판원들이 한숨을 돌리고 있는 사이 화장실을 찾는 사람이 전염병처럼 번져나가 갑판은 삽시간에 다시 비상사태로 돌입했다. 남자들보다는 여자들이 압도적으로 많은 것은 무슨 까닭일까? 선실 내부로는 그들이 진입하지 못하도록 햇치는 물론 스테어웨이를 막아놓았기 때문에 아랫갑판에 있는 한 개의 화장실 밖에는 사용할 수가 없었다.

망치가 배 바닥에 볼 일 보는 남자들한테로 가 뒤통수를 한 대씩 쥐어 박았다. 어디선가 날칼이 들고 온 하늘색 플라스틱 통이 임시변통 하는데 아주 요긴하게 쓰였다. 나머지 사람들은 이등항해사의 지시에 따라 일단 창고로 들어갔다. 두 사람씩 나와서 화장실을 사용하라는 지시를 하는 동안 마지막으로 올라 온 모녀는 그 사이 어디로 갔는지 보이지 않았다. 랴오뚱호 갑판에서는 야화선 갑판장과 꺽쇠가 랴오뚱호 선원들과 악수를 한 후, 사다리를 타고 야화선으로 건너오자 갑판원들이 몰려와 포터블 레더

와 밧줄을 걷었다. 그리고 랴오뚱호는 한 시라도 빨리 범죄의 현장에서 달아나고 싶겠지만 죽어버린 밀항자 두 사람 때문에 바로 운항할 수 없을 것이다.

'야화선이 이 해상을 빨리 떠나주겠다. 너희들 범죄 현장을 비켜줘야지.'

바로 그 때, 전진수 선장의 생각과는 반대로 랴오뚱호의 프로펠러가 맹속력으로 돌기 시작했다. 군청색에 흰색으로 이름을 그린, 페인트가 아니면 작은 나무 조각들이 홈이 패이고 떨어져 나간 낡은 목선 랴오뚱호가 자신들의 범죄의 손을 툭툭 털고, 물길에 배 밑창을 쓸며 떠나려 하고 있었다. 그리고 선수를 왼쪽으로 틀어 서서히 멀어지기 시작했다. 양쪽 선원들이 서로 잘 가라고 갑판에서 손사래 치는 장면이 활짝 찾아온 아침 햇살에 서글펐다. '아침 바다 갈매기는 금빛을 싣고…'가 아니라, 남들처럼, 남부럽지 않게 살아 보리라던 시체 두 구를 싣고 랴오뚱호는 바로 사라져 버릴 뱃길에 168명의 코리안 드림을 떨구고는 멀리 달아나고 있었다. 랴오뚱호는 야화선도 보이지 않는 해상으로 나가 두 구의 시체를 텀벙- 바다에 떨어뜨릴 것이다. 그들의 가족들은 집에서 언젠가는 그들이 돈을 많이 벌어 불룩한 돈주머니를 앞에 차고 나타날 날을 기다릴 것이다. 연명할 한 톨의 쌀을 위해서가 아니라, 더 좋고 큰 집을, 멋진 자동차를 굴리기 위해서, 갈빗집을 차리기 위해 감행했던 뱃길은 흔적도 없이 사라져버릴 것이다. 잉여의 가치를 깨달은 사람들, 재화라는 것을 손쉽게 잡을 수 있다는 신천지를 향한 부질없는 꿈이 뱃길에 산산이 부서지고 있었다. 마지막 꿈이 허사로 돌아간 두 구의 시체는 신의 이름으로 바다 고기의 먹이로, 먹이사슬의 역할을 다 하고 육탈한 원혼만이 가끔 지나는 뱃길에 울며 매달리겠지… 눈 부신 햇살을 정면으로 바라볼 수 있는 자 누구인가. 그동안에는 어떤 유추도 할 수 없었단 말인가. 감정적 자책이 아닌 이성적 반성이 진수의 머리에 처음으로 들기 시작했다.

"삼등항해사, 식당에 주자를 불러라! 그리고 통신장, 이제 통신을 재개

하시오!"

 "예, 써!"

 "엔진 스탠바이!"

 목선 랴오둥호가 떠나며 방금 낸 뱃길이 지워지는 것을 바라보던 허탈한 표정의 전진수 선장이 정신을 차리고 스다오 갑을 떠나려고 야화선 출항 스탠바이를 위해 첫 번째 명령을 발포했다. 동쪽 빛을 가능한 가리느라고 멀리 보이는 루산과 평행으로 서 있던 야화선이 선수를 역시 왼쪽으로 틀고 해로를 찾아나간 시각이 6시 55분! 이제 햇살은 바다의 정점에서부터 퍼져나가 모든 해안을 스치고 그 다음 더 깊이 스며들어 바다뿐이 아닌 항구의 깊숙이 들어가 온 세상을 비추고 있었다.

 삼등항해사 신성조는 이렇게 새벽이 오고 아침이 오는 것을 벅차게 지켜보았다. 비로소 대 세상을 향한 용서가 가슴 깊은 곳에 자리하는 것을 어렴풋이 느꼈다. 그동안 짓눌려있던 그의 영혼에 햇살이 비쳐들었다. 장엄한 광경 아래 이 세상 모든 가치가 희미해지는 것을 느꼈다. 성조는 선장의 명령으로 식당을 향해 내려가느라고 브릿지를 나왔다. 엔진 스탠바이가 끝나고 선체가 서서히 왼쪽으로 몸을 틀었다. 가까운 하늘에 솜처럼 하얀 구름이 떠있었다. 현실감 없이 붕~ 떠서 살던 자신의 의식이 처음 지상으로 내려와 편하게 착지하는 것 같았다. 그렇게 대단해 보이던 선장도 왜소해 보였다. 갑판에 새까맣게 달라붙던 조금 전 광경이 다시 눈앞에 떠올랐다. 성조의 뇌리에 영화에서 보았던 노예선이 생각났다. 같은 지구상에 도저히 상상해 낼 수 없는 상황으로 사는 존재들이 있다는 것을 오늘 알았다. 그런데 장독 같이 까만, 난민 아닌 난민들로부터 돈다발을 챙긴다? 어제까지 온 몸으로 발산하던 선장, 전진수의 권위는 어줍지 않은 거드름이 아닌가! 한 방에 큰 돈자루 때문이라면 다른 뱃놈들과 다를 바 없다. 코리안 드림을 향해 목숨 내놓은 저 돼지들과 무엇이 다른가. 똥 묻은 재화를 향해 달려드는 똥파리 중의 왕!

7. 사관과 숙녀

선장 명령으로 승재가 영양제를 가지러 선장실을 향해 갈 때 이등항해사는 마지막으로 사다리를 타고 올라왔던 모녀를 찾으러 갑판 창고 앞에 나왔다. 창고 앞에는 햇살에 얼굴을 온통 드러낸 조폭 똘마니들이 졸리운 눈을 지긋이 감고 누워있었다.

"이봐! 날카리 창고 문 좀 열어라!"

이미 와 있던 갑판장이 망치는 상대 안하고 날칼을 보며 지시했다.

"와 그러시는데에?"

날칼과 꺽쇠는 입을 다문 채 뭉기적거리고 일어나는데 옆에 있던 망치가 눈살을 찌푸리며 말대꾸를 한다.

"어~ 돼지들 얼굴 좀 볼 일이 있다."

"오늘 아침 돼지 한 마리 잡을라꼬에? 바싹 말라서 뜯어 묵을만한 거 없을끼구마는……"

"짜아~슥… 말본새 하고는… 어서 문이나 열어라, 마!"

그 사이 꺽쇠가 일어나 문을 열었다. 더운 김과 함께 쇠똥이 섞는 고약한 냄새가 코를 찔렀다.

"하이고~~ 오늘 머리털 다 뽑히네. 새벽에도 랴오둥호 어물창에서 돼지들 냄새 땜시 환장할 뻔 했는데… 으이구 고약타!"

코앞에다 손사래를 치며 꺽쇠가 호들갑을 떤다.

"어이, 이등항해사, 이리 와 찾아보도록 하소!"

랴오둥호보다 훨씬 넓은 곳이지만 불도 들어오지 않아 캄캄하기는 마찬가지다. 갑판장이 들고 간 플래시로 창고 안을 비추자 이등항해와 갑판장을 향해 수백 개의 눈알이 달려와 박혔다. 불이 밝지 않아 찾을 수 없겠다는 생각이 들어 이등항해사가 그들을 향해 목청을 돋우어 소리를 질렀다.

"아까 제일 나중에 사다리 타고 넘어 온 사람 있지요? 여자 두 분… 말이에요."

이등항해사 역시 냄새를 견디지 못하겠는지 갑자기 얼굴을 밖으로 돌리고 심호흡을 하고 나서 다시 창고 안을 들여다보고 목청을 돋우었다.

"왜 있잖아요. 제일 마지막에 사다리에서 내가 부축해서 끌어올렸는데?"

"근데, 와 기러십네까?"

잘 보이지는 않으나 목소리로 보아서 중년쯤 되는 남성이 종아리에 깍지를 끼고 문 앞에 앉아 있다가 말참견을 하고 나왔다.

"야~ 시간 읎서, 새끼들아! 빨리빨리 대답해!"

옆에 서 있던 꺽쇠가 피곤해 죽겠다는 표정을 하고 한마디 거들고 나섰다.

"x발, 새끼들! 너희 땜에 새벽부터 잠도 못 잤다 아이가!"

"그럼, 돈 받고 하는 일인데 거저먹을라 했소?"

어둠 속에서 좀 전의 목소리가 다시 한 마디 내질렀다. 들었는지 누워 있던 망치까지 자리에서 벌떡 일어났다.

"뭐라꼬! 우째? 지금 시비 걸고 나온 새끼 우떤 새끼야?"

망치가 갑자기 입구로 비집고 들어 와 쇠망치 두드리는 소리로 일갈했다. 창고 안은 잠시 숨소리도 없이 조용했다. 바로 그때 아주 작은 소리가 뒤에서 들려왔다.

"우리들 말입매, 동무? 우리가~우리 모녀가 지쳐서 제일 마지막에 올라왔습둥!"

"갑판장님, 플래시 좀 비춰주세요. 아~ 저 아줌마 맞아요. 여자아이는 어디 있어요?"

"우리 딸 말입매?~ 여기 같이 있습둥."

"어서 좀 나오세요. 선장님이 보자고 하시니까 이리 나오세요."

"…그런데 물 좀 주겠습매? 목이 말라서 우리 아이 다 죽겠습둥."

"여태껏 식수를 공급하지 않았다 말이가? 꺽쇠 너 주방에 어서 달려가 물병 좀 캐리어에 싣고 왓!~ 명령이다!"

"주자는 뭐하는 새끼야! 여태 물도 안 주고…"

망치가 변명삼아 한 마디하고 나선다. 창고 앞을 지키던 이등항해사가 입구에서 비켜서며 망치를 향해 한 마디 한다.

"주자는 지금 이백 명 분 밥하느라고 정신이 없는데 어떻게 물까지 챙겨요? 그런 것은 당신네들이 해야 하는 것 아니요? 아까 선장님 훈시도 있었는데…"

이등항해사가 참견을 하고 나오자 망치의 송충이 같은 눈썹이 꿈틀하며 이등항해사를 꼬나본다. 주방을 향해 꺽쇠가 마지 못 해 달려나갔다.

"날카리, 느그들! 쌍심지 키지 말고, 그 말은 이등항해사 말씀이 맞다 아이가. 수고 하는 김에 꺽쇠가 물병 날라 오문 한 병씩 물 좀 배급해라. 랴오뚱호에서 죽어나간 사람 봤제?… 이 아줌마도 혹 그렇게 될까 봐 선장님이 데려오라는 갑다. 알았나!"

갑판장이 갑자기 소리를 꽥 질렀다.

"그란데… 아침을 먹어야 될낀데 요놈의 도야지들 땜시 정신이 확 나갈라카네. 우쨌든 엄밀히 말해도 저 도야지들은 너희 소관인기라. 어물창에 갇혀 있을라문 얼마나 고생했겠노! 알았나?"

"아~아줌마, 또 한 사람은 안 나옵니까?"

"무스그… 지금 나오고 있지비. 그런데 너무 지쳐서 죽겠슴둥."

그 사이 깽깽 말랐지만 예쁘장한 소녀가 걸어나왔다. 깡똥한 바지 밑으로 가느다란 종아리가 애처롭게 뱃바닥을 딛고 서 있다.

"갑판장님, 그럼 저는 이 분들 모시고 갑니다."

"아이요. 내도 함께 가입시데이."

갑판장이 따라 나섰다. 나이가 얼마나 됐을까? 단발머리에 어른이나 아이나 큰 눈동자가 똑같이 닮았다. 이들을 두고 누가 모녀가 아니라고 할 수 있을까.

'일해서 돈을 벌러 온 사람들이 저렇게 허약해서야 무슨 일을 할 수 있단 말인가.'

"고향이 어딥니까?"

"함경북도 나진 아임매!"

검정 고무줄로 질끈 동여맨 아줌마 머리에서 쉰내가 코를 찔렀다. 사관 식당으로 들어서자 실항사가 식탁을 행주로 닦고 있었다. 그 때 이등항해 사가 갑판장을 향해 돌아서며 입을 열었다.

"갑판장님, 그럼 저는 이제 좀 쉬러 가겠습니다. 잠을 좀 자야죠. 교대 하려면…"

"하모, 함대이루기씨! 오늘 새벽 돼지들 싣느라고 모두 시껍했다 아이 가. 수고했소!"

음식을 들고나는 주방 들창에서 하얀 김이 꾸역거리고 나왔다. 아마도 이백 명분의 밥을 하느라 주방이 안개로 꽉 찬 모양이다. 주먹밥을 굴리느 라고 사람이 들어와도 주방에서는 기척도 없다.

"아~나진 아지매하고 아가는 여기 와서 좀 앉소. 아 그리고 승재야~여 기 이 분들한테 퍼뜩 물 좀 갖다 줘라! 내게도 한 사발하고. 새벽부터 긴장 해서 그런가 목이 마르네."

행주를 놓고 승재가 일어나 물컵을 갖다 세 사람 앞에 놓았다. 나진 아 지매와 깡마른 소녀가 허겁지겁 물을 마시고 물을 또 주문하는 것을 바라 보며 갑판장은 자신도 물컵을 들어 마시며 승재를 바라보았다.

"승재야, 저 식탁 위에 있는 약병은 뭐꼬?"

"선장님 방에서 갖고 온 겁니다. 누구 드린다고 하시던데요."

"누구를… 영양제? 아~맞는갑다. 이 분들 죽을까 봐 선장님이 머리를 쓰셨구마는! 그란데 선장님은 아침 자셨나? 어디 가시고 보이지 않아?"

"정복으로 갈아입으신다고 선장실로 가셨습니다."

그 때 마침 새하얀 정복을 입고 정모를 쓴 선장이 사관실로 들어섰다. 물을 다 마시고 물컵을 내려놓던 모녀가 눈이 부신 듯 들어서는 선장을 바 라보았다.

"인나서 인사하이소. 우리 야화선의 전진수 선장님이십니다."

모녀가 엉거주춤 일어나 선장을 향해 허리를 굽혔다.

"앉읍시다. 승재야! 선장실에서 갖고 온 영양제 이분들에게 어서 드려라."

"어선에서는 얼마나 갇혀 있었습니까?"

"아마 이틀쯤 될 것입네다. 깜깜해서 날이 새는지 저무는지 알 수가 있었겠슴매?"

"이북 사람입니까? 그런데…"

"전 선장, 함경도 나진 아지매요."

갑판장이 말 한 자리 끼어드는 사이 선장은 깡마른 모녀를 유심히 훑어보더니 심각한 표정으로 여인을 바라보기 시작했다.

"갑판장님, 밀항자들 명단 지금 갖고 있소?"

갑판장이 작업복 주머니를 뒤지는 사이에도 선장의 시선은 여전히 여인에게서 떠날 줄을 몰랐다. 자신의 얼굴에 떨어지는 선장의 시선이 예사롭지 않았는지 눈을 어디로 둘지 몰라 허둥대던 여인도 하는 수 없이 선장의 얼굴을 정면으로 바라보았다. 그리고 얼마가 지난 후 그녀의 수정체가 커지기 시작했다. 갑판장의 주머니에서 나온 구깃거리는 여러 장의 A+용지가 선장의 손으로 넘어갔다. 이름과 나이와 주소가 적혀있는 명단을 부지런히 훑어 내려가던 선장이 떨리는 음성으로 입을 열었다.

"혹시 이수옥 씨 아닙니까?"

선장의 입에서 수옥이라는 이름이 불려지자 여인보다 그 옆에 있던 소녀의 어깨가 오히려 흠찔~ 솟구치듯 흔들렸다.

"이수옥 씨가 맞지요?"

여인의 눈에는 벌써 가득하게 눈물이 담겨있었다.

이미 알아보았단 말인가. 여인의 눈에서 커다란 물방울이 마구 굴러내렸다.

"나를 이미 알아보았소?"

"니북 사람이냐고 물어보실 때…"

여인은 목이 메어 다시 물을 찾았다. 명단 쥔 손을 부르르 떨며 선장은 두 여자에게로 한 걸음 다가갔다. 복잡한 감정이 선장의 얼굴에 수없이 떴다 사라졌다. 일그러진 얼굴로 보아 감정을 억제하느라 선장도 애쓰고 있음이 역력했다. 그의 눈동자에도 아주 작은 이슬이 맺혔다. 영문을 모르고 어미를 바라보는 소녀의 눈에서는 달기 똥 같은 눈물이 떨어졌다.

"따님이오?"

여인에게 꽂았던 시선을 소녀의 얼굴로 옮기며 선장은 모녀의 손을 덥석 잡아 일으켰다. 키가 큰 그를 올려다보는 여자의 어깨가 가을 벌판처럼 흔들렸다.

"너무 탈진해 보여 내가 보자했소. 당신이 이 배를 탈 줄이야…!"

더는 말을 잇지 못하고 선장은 쥐었던 명단을 식탁에 놓고 두 손으로 얼굴을 씻었다.

"선장님, 대체 어이된 일입니까? 기둥 안 뿌라집니다. 앉아서 얘기 하이소."

갑판장이 일어나 물을 한컵 떠다 선장 앞에 내려놓았다.

"형님, 인사하시죠. 일급 비밀이지만… 내가 북파됐을 때 우연히 만나 나를 도와준 분이죠. 이수옥 씨!"

"하이고… 그기 정말입니까? 저런 저런… 쯔쯧… 하늘의 별 같은 인연 이로고! 축하드립니다. 그나저나 앉아서 야그 나누시소!"

"수옥 씨, 우리 배의 갑판장님이요. 나와는 형님 아우 하는 사이지. 인사 하시죠."

"반갑소. 정말 잘 오셨소. 죽은 부모가 살아 왔다카문 이처럼 반가울까… 전 선장, 내가 뭐라하드노. 내 말 들어 니~ 손해 볼일 없닥했제. 내 평생 이르케 기쁜 일 처음이구마는…"

말문이 막힌 여인은 여전히 흐르는 눈물을 손으로 씻으며 갑판장을 향해 고개를 숙였다. 네 사람은 함께 손을 맞잡고 의자에 앉았다. 무슨 말부터 해야 할지 생각나지 않았다. 말문을 열지 못한 선장이 그들을 번갈아

바라보았다.

"형님, 사람들이 오기 전에 우린 일단 선장실로 이동하겠소. 식사를 그리로 준비해 주시죠. 이 모녀분도 함께…"

"하모, 전 선장, 걱정 말그레이. 야야~승재야 얼 빠짓나? 섰지 말고 퍼뜩 선장님실로 식사 3인분 차릴 준비 안 허고…!"

"예에, 알겠습니다."

"자 수옥 씨! 내 방으로 갑시다."

흥분한 전진수 선장을 따라 뛰는 가슴을 달래며 선장실을 향해 가는 수옥과 달래는 다리가 자꾸 휘청거려 가다 섰다를 반복하며 선장실에 도착했다.

"어서 들어 와!"

두 여자의 팔을 붙들어 들이고 나서 선장은 도어를 닫았다.

"어떻게 된 일이야? 어떻게 왔소, 탈북했소?"

진수는 두 여자를 부둥켜안았다. 잠깐 세 사람은 서로에게 몸을 의지한 채 형용할 수 없이 끓어오르는 감정을 자제하느라 안간힘을 썼다. 놀람과 반가움과 서러움과 맺힌 한들이 섞인 흥분이라는 기재가 출구를 찾지 못해 각자의 가슴에서 소용돌이쳤다. 잠시 후 감정을 좀 수습한 선장이 정신을 차리고 모녀를 소파에 앉혔다. 서둘러 냉장고 문을 열었다. 그렇지 않아도 탈진한 상태인 그녀들이 예기치 않은 사태에 더욱 기를 빼앗겼을 것이다. 오렌지 주스를 먹이고 났을 때 실기사와 실항사가 음식을 실은 왜건을 밀고 선장실을 노크했다. 그들이 탁자에 음식을 옮겨놓고 3인분의 식사를 차리고 돌아가자 세 사람은 식탁 앞에 앉았다.

"할 이야기가 많지만…우선 식사부터 하고 이야기 나눕시다."

아직 추스르지 못하는 수옥과 달래에게 선장이 수저를 들어 그들의 손에 쥐어주었다.

"어서 먹고 기운 차려야 이야기를 듣지… 안 그렇소?"

선장의 권유에 흐르는 눈물을 닦으며 밥숟갈을 떴지만 수옥은 음식이 넘어가지 않았다. 켜켜이 서린 서러움이 복받쳐왔다. 더는 권하지 못하는 선장의 눈에서도 눈물이 흘러내렸다. 불고기 맛을 본 달래만이 눈물을 그치고 부지런히 밥을 먹기 시작했다.

"너무 울면 탈진해서 안 되오. 고만 그치고… 이제 두고두고 이야기 나눕시다. 우는 것도 나중으로 미루기로 하고… 지쳐서 지금은 안 되오."

선장이 크리넥스를 뽑아 그녀에게 건넸다. 평생에 처음 열린 그녀의 수문으로 폭포처럼 감격이 쏟아지기 시작했다. 감시와 억압으로 일관되어 온 북쪽이라는 체제의 고통, 평생을 쫓아다니던 아사의 공포, 한 많은 여인의 삶과 이별, 희망의 불씨 하나 없는 아오지 탄광에서의 나날들! 그러나 그것을 잠깐씩 잊을 수 있게 했던 것은 꿈처럼, 아니 섬광처럼 스쳐간 진수의 그림자였다. 그의 지문이 훑고 지나간 자리, 숨결과 섞인 그의 훈훈한 음성, 그의 입김이 서렸던 뜨거운 음부, 가슴을 어루만지던 늠름한 손, 배를 쓸어내리며 호흡을 가다듬던 사내의 인내와 치밀한 배려를 어떻게 잊을 수 있단 말인가. 결혼 한 달 만에 흑룡강으로 돈벌이 간 남편한테서는 받아보지 못했던 인간적 존중, 사람이라면 아니 이성이라면 그 상대에게로 흐르는 기초적 인간애, 그것이 그녀를 더욱 감격케 했는지 모른다. 남편이 떠나고 두 번째 월경이 바로 지난 밤, 그녀에게 찾아온 운명의 남자를 어떻게 잊을 수 있었겠는가. 달래를 임신하고 악성빈혈에 시달릴 때도 암흑에서 다시 빛을 주는 것은 그의 냄새와 잡힐 듯 잡히지 않는 그의 음성이었다.

부지런히 밥을 먹던 달래가 멋쩍은지 엄마를 바라보며 수저를 들어 수옥의 손에 쥐어준다.

"오마니, 고만 밥 먹어요."

"그래요. 수옥 씨… 고만 진정하고… 달래가 당신 때문에 맘 놓고 식사를 못하잖소."

소리를 죽이고 오열을 하던 그녀가 고개를 들고 달래의 어깨를 끌어안았다. 그리고 자신을 진정시키느라 애 썼다. 그로부터 한 시간이 넘게 걸려 그들이 식사를 거의 끝마치고 있을 때 갑판장이 커피를 들고 나타났다.

"하이고… 내 이럴 줄 알았지. 여태 식사가 끝나지 않았는가배. 식후에 한 잔씩들 할라꼬 내가 손수 커피 타갖고 왔구마는…!"

"형님, 고맙습니다. 우리 땜에 고생이 많소"

"허허~ 우리 사이에 섭섭하구로 무신 그런 인사를… 안 그렇소, 나진 아지매?"

"…예예, 맞슴둥. 이렇게 맛있는 밥을 주시니 너무 감격해서리…"

"이제부터 운제든… 이런 밥을 매끼니 때마다 묵을끼구마는… 감격하긴 너무 이르제, 안그렇소, 전선장?"

"왜 아닙니까, 당연한 말씀이시죠."

그들의 말을 들으며 번갈아 바라보던 그녀가 고개를 조금 숙이며 표정이 어두워지는 것을 선장은 놓치지 않았다.

"자자 커피 한 잔씩들 합시다. 나도 궁금한 것도 많고 해서 이렇게 안 왔나?"

"그럼요, 형님이 오시니까 분위기가 더 좋습니다"

"분위기가 좋긴 뭐가 그리 좋노? 전 선장, 좀 솔직해 봐라! 걸리적거리지 말고 나가라면 당장 사라져 줄 텡께!"

"아닙니다. 형님, 절대 아니에요"

"흐흐… 그 말 믿어도 되나?… 그란데 우리 애기씨는 지금 맷살 묵었노?"

갑판장, 강포동의 시선을 받은 달래가 멋쩍은 듯 얼굴을 돌리고 자기 엄마를 바라본다.

"몇 살이냐고 물으시는 거야. 달래가 지금 몇 학년이죠?"

"한국 나이로는 지금 고등학교 1학년 아이겠슴매!"

"네에?…"

포동과 진수가 너무 놀라 똑같이 합창을 했다.

"…세상에, 나는 초등학교~ 자알 됐어야 초등학교 5~6학년인 줄 알았지.”

많이 놀랐는지 정작 진수는 아무런 말도 하지 못했다.

“그래도 북에서 나와 흑룡강성 오빠네서 리만히도 컸슴둥. 죽디 않고 살아나온 것만 해도 기적아임매!”

“그럼, 이름은 뭐꼬?”

“달래입네다. 박달래!”

“다알래? 차암 이쁜 이름 이로고! 그란데 실항사, 이 놈아는 여엉~ 식탁을 치우러 오지 않는 거야?”

“바쁜 모양이죠. 주먹밥 나눠주고 있는 거 아닙니까?”

“전 선장, 이 두 모녀 땜에 정신이 확 나갔소? 주먹밥 모두 나눠주는 거 보고 내가 올라왔다 아입니꺼!”

“아~그런가요.”

“내가 가서 실항사 올려 보내주꾸마. 식탁치우고 돌아가문 두 모녀 목욕 좀 시키소, 전 선장! 청국장 뜬 내가 나서… 붙들어도 내는 여그 더는 눌러있지 못하겠슴둥!!”

수옥이 말투를 흉내 내며 도어를 열고 나가는 갑판장의 등판을 바라보며 세 사람이 같이 웃었다. 좋은 식사를 마쳐서인지 달래의 표정은 많이 밝았다. 화물 창고에 남겨져있는, 그들이 가지고 온 손가방과 여행 백을 찾아와야 목욕을 하고 옷이라도 갈아입을 것이다. 실항사가 식탁을 치우고 돌아가는 길에 화물창고로 달래를 딸려 보냈다. 그들이 나가자 선장은 조심스럽게 도어를 잠그고 돌아와 수옥이 가까이 다가앉았다.

“그동안 어떻게 살았소? 탈북은 언제 했소?”

“… 한 가지씩 물어보기요. 탈북은 아니했소!”

“탈북이 아니면 어떻게 북을 빠져나올 수가 있었단 말이요.”

수옥의 눈에는 다시 눈물이 그렁그렁 맺히기 시작했다. 남하하는 긴박한 상황에서도 잊어버리지 못하고 있었던 사람. 하지만 도저히 이생에서는 만날 가망이 없다고 의식에서 지워버렸던 첫사랑이다. 탈북이 아니라면 이들이 어떻게… 어떻게 북을 빠져나와 중국에서 조선족들과 밀항선을 탈 수 있었을까? 아사하지 않고 살아있었다니…! 다시 말문을 잃고 하염없이 눈물만을 쏟는 수옥을 진수는 엉겁결에 부둥켜안았다.

"고만 울어. 우리 이렇게 기적처럼 만났잖아. 살아서는 다시는 만나지 못할 줄 알았소."

"당신이 가시고 나서 오륙년 후 흑룡강으로 간 남편이 기별이 있었이요. 오빠도 거기서 살고, 3년 전 아오지탄광에서 퇴소하면서 오빠네 흑룡강성으로 정식으로 수속을 밟았슴둥."

안았던 수옥의 어깨를 흔들며 진수는 귀를 의심했다.

"아니~ 아오지 탄광이라니?"

"당신네들이 출몰하고 나서, 몇 가구 안 돼는 그 마을은 북파 간첩과 접선한 마을이라고 모두 아오지 탄광으로 축출당하지 않았음매!"

8. 겨자씨 운명

수옥이 갑판창고 앞으로 나가자 갑판장과 수옥을 바라보는 갑판원들의 시선이 따가웠다.

"와?~ 와, 그런 눈으로 쳐다보는 긴데?"

"대장 진상품인 기라. 안 그렇습니꺼?"

날칼이 찢어진 눈을 더 가늘게 하고 빈정거리며 입술에 비웃음을 머금었다.

"뭐시라, 진상품? 날카리 너 말 다 했나? 우리 대장을 밀로 보고~ 이짜식들이… 개 눈에는 똥만 보인다 카드니 참말이네!"

"그럼, 우리가 알아 듣구로 설명 좀 해보이소!"

그 때 누워있던 망치가 찡그린 낮짝으로 실눈을 뜨고 한 마디 거든다.

"헤헤… 설명할 필요 없다 안 카나. 우리들도 돼지들 하나씩 껴안고 돌문 되지 뭔 말이 그리 많노!"

"너 망치~ 이 새끼 터진 입으로 말이문 다 하나! 꼴통 새끼가 군기가 또 빠졌네."

적당히 하고 돌아서려는 강포동의 잔등을 향해 다시 빈정거리는 말투가 날아들었다.

"포동이 헹님요~ 잘못은 선장이 했는데 왜 우리가 꼴통새끼가 되는깁니꺼?"

핏대가 오른 갑판장이 서서히 몸을 돌렸다.

"선장이 무슨 잘못을…! 이 새끼들아. 탈북 여성이라 북쪽의 일이 궁금타 안 하나. 거기 사정을 직접 들어볼라꼬 불러들인 모양인데… 그라고 아까 그 에미나이들, 죽기 일보직전에 야화선으로 올라왔다 아이가. 뻔히 보고서도 그런 소리를 해?"

그동안 두 손을 맞잡고 불안하게 서 있던 수옥은 손가방을 찾으러 화물창으로 들어가버렸다.

"너희들한테 특별히 설명할 일도 없지만도 앞으로 함부로 지껄이는 놈은 혓바닥을 잘라부릴텡께. 북한 동포가 그르케 굶어 죽어 나간다는데 너희들은 뉴스를 보고도 아무런 느낌도 없는가배. 내도 북한 소식이 궁금해서 아까 나진 아지매한테 가까이 갔는데 청국장 뜬내가 장난이 아니드만… 내가 목욕 좀 하라고 시켰다 말이라! 왜 그래도 꼽나? 더 할 말 있으문 해봐?"

"그렇게 둘러대라고 대장이 시켰습니까?"

코를 후비면서 꺽쇠가 또 한마디 하고 나섰다.

"이 새끼가 아직도 파악이 안 되는가배! 너 방금 내가 뭐랬어? 지금부터 주둥이 함부로 놀리는 놈은 혓바닥을 잘라부린다고 했을텐데… 너 날카리~~ 아니다. 야~거기 실기사 이리 좀 온나!"

마침 기관실 심부름으로 올라왔던 실기사가 어리둥절한 눈을 하고 달려왔다.

"너 실기사, 기관실에 쇠 자르는 가위 있제?"

무슨 소리인지 몰라 멀뚱거리고 있는 실기사를 향해 강포동이 소리를 친다.

"눈썹이 휘날리도록 퍼뜩 갔다 온나! 쇠가위 갖고 오란 말 안 들리나! 이 새끼들은 혓바닥이 필요없는 새끼들이란 말이라!"

그제야 사태가 파악이 되는지 실기사가 큰 소리로 복창을 한다.

"넷, 실기사~ 쇠가위 찾아가꼬 눈썹이 휘날리도록 퍼뜩 달려오겠습니다."

그런데 햇치를 향해 달려가던 실기사가 다시 돌아서 갑판원들이 있는 곳으로 뛰어왔다.

"갑판장님, 그란데~ 혓바닥은 쇠 가위보다는 주방에 있는 가위가 더 잘들을 거로 생각됩니다만… 어찌 할까예? 주방으로 갈까예? 기관실에 내려갔다 올까예?"

"이 새끼도 군기가 빠졌나? 시키는 대로 하지 않고 뭔 말이 그리 많노? 너도 혓바닥 잘리고 싶나!"

"엣, 하이고 아닙니다. 갑판장님 잘몬했습니다. 그럼 퍼뜩 다녀오겠습니다."

돌아선 실기사가 지하로 내려가기 위해 햇치를 향해 달려가고 나서 갑판장이 다시 입을 열었다.

"너희들 아직도 할 말 있나?"

조금 풀이 죽은 날카리 한 쪽 손은 바지 앞주머니에 찌르고 담배를 뻑뻑 피워댄다. 그 때 실항사가 프라이팬을 들고 나타났다.

"너는 또 뭐꼬? 프라이팬은 왜 들고 나타났노?"

역시 어리둥절한 표정으로 실항사가 갑판장, 강포동 앞으로 와서 선다.

"실기사가 갑판으로 프라이팬 들고 오라고 했습니다. 세상에서 제일 맛날 불고기 파티가 있다고요."

서슬이 퍼렇던 강포동의 얼굴에 픽~ 하고 웃음이 터졌다. 똘마니 세 놈도 강포동이 보지 못할 쪽으로 얼굴을 돌리며 웃음을 머금었다. 바로 그때 기관장, 문기관의 몸이 햇치를 빠져나와 강포동을 향해 걸어왔다. 그의 손에는 소주 한 병이 들려있었다.

"기관장은 또 뭐꼬? 요~ 실기사 보통 놈이 아닌기라. 와~기관장은 와 무슨 일로 오싰나?"

"실기사가 와서 하는 말이 갑판에 빨리 가보락하대요. 혓바닥 불고기가 기다릴 거라 하던데…"

"그래서 쏘주 한 잔 할라꼬?"

"왜 아닙니까! 좋은 안주가 아무 때나 있는 거도 아이고 마침 출출하던 참이고… 한 잔 쪽~안 그렇습니까, 갑판장님!"

"좌우지당간 잘 오싰습니다. 놈들이 아무 말이나 지껄이문 혓바닥을 잘라 부리기로 했단 말입니다. 지금 혓바닥을 자르려고 실기사더러 쇠가위 좀 가꼬 오라캤는데 쇠가위는 아니 가져오고 쐐주병만 들고 왔다 그 말인 기라!"

그때서야 실항사가 사태를 알아차리고 빙긋 웃으며 돌아섰다.

"쌔끼, 너 웃었어?!"

꺽쇠가 속이 안 풀렸는지 돌아가려는 실항사에게 시비를 붙는다.

"꺽쇠, 너는 왜 멀쩡한 아그에게 시비를 걸어. 너희들, 실항기사 두 아~들에게 함부로 했다가는 내한테 혼난데이!! 너거들 오늘 실항기사 두 아그들 때문에 혓바닥 성한 줄 알어!"

꺽쇠가 벌레 씹은 표정을 하고 돌아서 화물창 뒤쪽으로 걸어간다.

"갑판장님~ 그러면 안주는 없는 깁니까! 에이~ 좋다 말았네. 그러지 말고 우리 기관실로 내려갑시다. 아아들이 먹는 쏘세징가 뭔가 있습디다. 말 나온 김에 우리 쐐주 한 잔 합시다!"

갑판장이 기다렸다는 듯이 일어서며 똘마니들에게 다시 한 마디 던진다.

"새끼들, 실기사 때문에 오늘 너희들 혓바닥이 온전했다 아이가. 다음에는 국물도 없을끼구마는… 날카리, 망치, 꺽쇠 이놈아는 어디 갔어? 미나라이 알아들었나?"

갑판장이 소리를 버럭 질렀다. 갑판에서 일련의 해프닝이 벌어지고 있는 사이 화물창 안으로 들어서는 수옥에게 캄캄한 공간에서 목소리 하나가 들려왔다.

"어서 오기요. 어디 갔다 오는 겁네까?"

"예에, 북쪽에 대해서 알고 싶은 거이 많은 모양입네다. 이 배의 선장 말입매."

"그래, 무엇을 물어봅데까?"

"저보고 탈북했느냐고 하겠지비. 그럼 북쪽에서는 언제 나왔느냐고…"

"그런데 와 리 동무 모녀만 데리고 가서 물어보는 겁네까?"

이등항해사가 와서 화물창을 열었을 때 말참견을 하던 중년의 사나이다.

"아까 우리 달래하고 제일 나중에 리 배로 옮겨 타지 않았습매? 아무래도 죽게 생긴 것 같아 렴려가 돼서리 앙이겠소? 우리가 죽으문 나중에 그 시체를 어이하겠습둥!"

캄캄한 곳에서 들리던 쉬어빠진 목소리가 이제야 수긍이 가는지 포옥 내리 쉬는 한숨 소리가 암흑 속으로 퍼져나갔다. 이제야 희미하지만 사물이 보이기 시작했다. 암흑 속에는 수백 개의 눈동자가 자신을 쏘아보고 있는 것이 아닌가! 지금 가고 있는 곳은 어디쯤일까? 캄캄한 화물창에서 부족한 산소를 나눠 마시는 일백육십팔 명의 밀항자들은 갖가지의 사연들을 품고 있었다. 사람들은 랴오뚱호를 타기 위해 더듬어 오던 며칠 전의 밤을 생각해냈다. 어물창에만 탈 수 있다면 운명이 바로 바뀔 것 같았던 희망의 꼬리는 서서히 자취를 감추고 공연히 의심에 시달리기 시작했다. 더구나 랴오뚱호에서 죽어 나간 자신들의 동료를 목격하고 난 뒤, 말은 안 하지만 그들의 심정은 착잡했다. 이미 몸값의 큰돈은 넘어간 상태인데 일단 배를 타러 나왔더니 개나 돼지처럼 어물창고에 싣는 것이 아닌가. 사람들은 갖히고 나니까 캄캄한 곳에서 저절로 희망이 사라지고 심정이 위축되는 것을 느꼈다. 돈은 이미 받아 챙겼겠다. 보는 사람은 없겠다. 이러다 아무도 없는 무인도에다 부리면 어떻게 할 것인가? 아니면 입구를 봉하고 선원들 전원이 바다 한가운데서 다른 배를 타고 도주하고 나면 어물창에 갇힌 사람들은 어떻게 될까? 의심은 할수록 더욱 증폭되는 특질이 있다.

"이 보기요, 달래 엄마! 그래… 선장은 어떤 사람으로 보입디까?"

"어떤 사람 말입매? 무스그 말씀이신디…?"

그 때 다른 쪽에서 여자의 음성이 들렸다.

"우리에게 사기 칠 위인으로는 안 보이드냐구요?"

"그것은 렴려를 놓으시라요. 반듯한 사람으로 보였습둥!"

"알던 사람입네까? 어이 그리 확신에 찬 대답을 하는기야요?"

"반듯하긴… 반듯한 사람이 이런 짓을 해요?"

"이런 짓이 어떤 짓임매? 어떤 분인지는 몰라도 말씀이 좀 지나치디 않습네까?"

그 때 처음부터 말이 많은 중년 남자가 고개를 돌리고 나섰다.

"아니, 달래 엄마, 정말 수상하단 말임다. 선장을 그렇게 감싸는 이유가 뭐이야요?"

"감싸긴 누가 감싼다고 기럽네까? 말을 하자면 기렇다는 것이디요. 돈을 치뤘디만 니런 사람들이 없으면 우리가 한국을 어떻게 건너 갑네까!"

"그 얘기는 달래 엄마 말이 맞습다."

"아까 그 사람들, 하는 소리 못 들었어요. 우리들 보고 돼지들이라고 합디다."

"돼지몰이든 소몰이든, 이런 일을 하는 사람들이 있어서 우리가 팔자를 고칠 수도 있는긴데 와들 기러십네까?"

잠시 정적이 흐르는 동안 자신들이 베고 누웠던 손가방을 찾아 수옥이 헤맸지만 아무리 찾아도 보이지 않았다.

"우리 모녀가 있던 자리에서 작은 손가방 보지 못해습둥?"

옆에 앉아있는 늙은 자매를 바라보며 말을 건넸지만 여자 둘은 다른 쪽을 바라보며 입을 꾹 다물었다.

"어서 내 놓기요. 아까 나갈 때 우리 가방 좀 봐달라고 부탁해찌니요."

"아까 가지고 나갔잖아. 우리는 몰라요."

"큰 여행 가방만 가지고 갔습둥! 그러디 말고 내놓으시라요. 당신들 지금 씹는 게 무엇이야요?"

"씹긴 누가 뭘 씹었다고 그래?"

"그 손가방에 있던 부각 아님매?"

"아~ 이 년이 우리를 지금 도둑년 취급하는 거야 뭐야?"

늙은 여자 둘이 서슬이 시퍼렇게 고함을 질렀다. 그 때 옆에 있던 여자가 두 자매 엉덩이쪽에 있는 닳아빠진 작은 빽을 집어들었다.

"찾는 게 이거에요?"

"아아~맞아요. 미안하다고 하긴 이르지 않겠습매! 손가방을 털어봐야디!"

시어머니가 쓰던 핸드백에는 황 동무가 준 지전도, 아기 은수저도, 외짝 호박 단추도 없었다. 그리고 이 지하여행이 어떨지 몰라 오빠가 비상식량으로 애써 만들어준 부각 뭉치도 보이지 않았다.

"아기 은수저도, 호박 단추 한 개도, 돈도 다 없어졌습둥!"

"이년이 어디서 잃어버리고 와서 지금 우리를 도둑으로 몰아?"

"당신들이 아니면 어쨌든 이곳에 도둑이 들어있단 말이네요."

모두 수옥의 다음 행동을 기다리고 있는 동안 수옥은 맘을 고쳐먹었다.

'이제 내 운명에도 볕이 들고 있어. 이런 것쯤, 이보다 더한 것을, 이 사람들에게 나눠 줄 수도 있어. 북쪽에서는 대단한 것이었는지 몰라도 이제 이런 것의 천 배쯤 만 배쯤 좋은 날이 오고 말지도 몰라.'

"내 이것을 문제 삼고 싶디만 희망찬 날을 앞두고 옥신각신 하고 싶지 않습매. 모두 고통을 함께 견디어 오고 있는 우리는 동디인데… 기렇지 않습매?"

불안했던 자매는 한숨을 속으로 삼키며 시퍼렇던 서슬을 내려놓았다.

"그래요, 달래엄마! 별것 아니면 그냥 넘어가는 게 좋겠슴다."

"도둑은, 아니면 나쁜 짓을 하는 사람을 그냥 두면 다음에도 하지 않는다는 보장이 없디만… 지금 우리는 한배를 타고 있는 운명의 가족이니만큼 오늘 일은 앙이 일을 삼겠슴매!"

"왜, 그만두긴 왜 그만둬? 짐을 죄 뒤져 보면 될 거 아니야!"

"미안합네다. 그럼 나는 나가보겠슴매! 잘들 계시라우요"

"아니 어디를 가는 겁네까? 우리와 여기 함께 있지 않을거요?"

"달래가 쇠약해서 많이 힘들어 합네다. 비어있는 선실이 있다고 선심을 쓰디 않겠슴매!"

"어쩐지 수상타. 아까부터 수상타 했더니… 너희들 땜에 우리들 혹, 잘못 되는 거 아이가?"

"우리 모녀가 선처를 입었다고 당신들이 잘못 될 것이 무어란 말임매?"

다시 몇 분일지 정적이 흘렀다. 좋지 않은 안색을 하고 수옥이 나가자 기다렸다는 듯이 갇힌 사람들은 입을 열었다.

"저 에미나이들이 펄렁거리고 다니는 것이 어쩐지 불안해."

"재수 없는 소릴랑 그만 합시다."

"걱정이 돼서 그러는 것 아닙니까? 진짜 팔자를 고칠 수 있을라는지 원… 이러고 있다가 풍랑이라도 오면 모조리 바다에 수장이나 되지 않으면 좋겠슴다."

"어째서 가장 좋지 않은 상상을 하고 그럽네까? 풍랑이 뭐구 수장이 뭡니까?"

"걱정이 되어 그러는 것 아닙까?"

"걱정이 되면 그냥 걱정이 되지, 지금 태풍이라도 불라구 제사 지내는 겁니까?"

"고만하시라요. 겨우 한 마디 하니까 열 마디하고 덤비네!"

"덤비다니 말 다 했소?"

"아니, 왜들 이러시오. 모두들! 미래가 걱정이 돼서 그러는 것이니까 좀 너그럽게 생각들 하시는 것이 좋겠소. 그런데 옆에 있는 분은 아까부터 혼자 중얼거리는데 뭐하는 것임까?"

"기도하는 검다. 무서워서 살 수가 있슴까? 배가 자꾸 기우뚱 거리니까… 그런데 아까 하늘을 보니까 풍랑은 없겠습니다마는…"

"한국 사람들이 그렇게 사기꾼이 많다는데 그런 이야기 못 들었슴까?"

"못 듣긴 왜 못들어요. 우리 마을에서도 처자 하나가 한국서 온 총각이 뭐, 무슨 회사 사장이라나 회장이라나 난리를 떨고 한국을 다녀오네, 결혼식을 호텔서 하네, 번쩍거리고 다니더니 지참금 달래서 홀딱 도망했젠요. 맷달은 마을이 시끌시끌했슴다."

"한국 사람들은 잘도 산다면서 왜 사기꾼이 우리네보다 많은 겁네까?"

"고기도 먹어 본 놈이 맛을 안다고 돈맛을 아는 거지요. 자동차만 해도 큰 차를 타던 사람은 털털거리는 쬐그만 차 타면 엉덩이가 배긴다고 합다."

"그것뿐이겠소. 좋은 반찬에 금싸라기 밥만 먹던 사람이, 짠지나 간장 하나 놓고 밥이 넘어간답니까! 옛날부터 말이 있잖아요. 못 살던 사람이 잘살게 되도 부작용이 많은데 잘 살던 사람이 팽가절하 하기는 정말 어렵다고…"

"팽가절하가 아니라 평가절하요."

"지금 이야기가 다른 방향으로 흘러갔슴다. 왜 잘 산다면서 사기꾼이 못 사는 우리보다 많으냐는 이야기였는데…"

"한국동란 후부터 벌써 눈감으면 코 베가는 세상이란 소리가 파다했었단 말을 나는 전부터 들었시오."

"확실히 우리보다 잘살긴 잘 사는 것 같은데 정말 돈이라면 염치, 코치, 이면, 체면 버린 사람이 많다는 거 아니겠소."

"그게 아니요. 남 가슴 아프게, 속으로는 사기라도 쳐서 착복하고, 그 눈먼 돈으로 뻐기고 살겠다, 그거 아니요. 그래서 일자리가 많아 우리가 한국으로 들어가는 거 아닙니까?"

처음 듣는 중년 여자의 목소리가 들렸다.

"아~그거 좀 생각 좀 해보게 고만 좀 떠드시라요. 원 생각이 정리되디 않아서리 속이 타죽겠구만…"

"아니 속이 타면 아저씨만 탄답니까? 우리도 속이 타니까 무슨 좋은 수가 없나 얘기들이라도 나누는 것이지…"

"이 옴치고 뛰지도 못할 암흑 속에서 좋은 수는 무슨 좋은 수…?"

"아~ 그래도 누가 알아요. 이런 얘기 저런 얘기 하다보면 끝없이 떠오르는 걱정이 사라질 얘기가 있을지…"

"아이~ 거 잠 좀 잡시다. 에이 썅!"

"거~ 아저씨는 코를 골아서 다른 사람은 전수 잠을 못 자게하고 또 잠을 잘 생각이요?"

"아니 내가 언제 코를 골았다고 그래요? 코 곤다는 소리는 평생 처음이구마는… 거 이나 빡빡 갈지 말아요. 죽은 사람도 무덤 속에서 벌떡 살아나오겠습다."

"어머머머머… 누가 이를 갈았다고 그래요. 좀 똑바로 알고 생사람 잡아요!"

"생사람 잡은 것은 처음부터 당신 아니요?"

"당신이라니요? 내가 왜 아저씨 당신이야요?"

"이거 이거~ 상종 못 할 여편네로군!"

"아니 뭐라구욧! 내가 왜 아저씨 여편네야욧!"

"고만 좀 해! 어디서 박박 기어오르는 거얏!"

"기어오르다니요? 아저씨 말 다 했어요? 어디다 대고 반 말이야?"

"거~~ 시끄러워요. 당신들이 이 화물창 세냈소? 싸우고 싶으면 한국 땅에 상륙하거든 하시오."

그때 어둠 속에서 속삭이는 소리가 들려왔다.

"에이시~~ 그 손 버르장머리 못 치워! 난쟁이 똥자루만 한 사람이 밝히긴 엔간히 밝히네!"

"가만가만… 난쟁이 똥자루 맛 좀 보실라우. 가만히 있어. 아까는 가만히 있…"

"목소리 좀 낮춰요. 고만 좀 해… 아휴…아퍼! 살살 좀 아흐흐…"

떠들던 사람들도 모두 침을 삼키며 암흑 속에서 들려오는 소리에 귀를 기울였다.

"알았어. 어때 좋지… 야화선으로 기어오르는 당신을 눈여겨 보아두었지. 아유 부드러워-독 오른 뱀처럼 유두가 꼿꼿이 섰군! 당신이나 소리 내지마."

"정말~~ 고만해. 남세스러워 죽겠네!"

"그러지 말고 내 것두 좀 만져 줘."

그 때 누군가 라이터를 확 켰다. 암흑 속의 수백 개의 눈은 모조리 빛의 근원을 향해 수정체를 크게 키웠다.

생존의 절대 평수가 확보되지 않았던 랴오퉁호의 좁은 어물창안에서 생존만을 위해 안간힘을 쓰던 그들이었으나 야화선의 조금 넓은 화물창에 들어서자 사람들의 맘은 느슨해지든가 미래에 대한 의혹으로 접어들었다. 처음 신세계를 꿈꾸며 배에 오르던 때가 아득한 옛날처럼 떠오르는 것이었다. 한국 사람에게 전 재산을 날린 사람이 하나 둘인가. 고리대금을 얻어서 몸값으로 줬는데 일자리도 못 구하고, 구천을 헤매는 죽은 영혼처럼 고향으로 돌아가지 못하고 제 삼국을 떠도는 신세들이 그렇게 많다는 것이 아닌가. 떼돈을 번다는 피라밋 영업에 걸려 가산을 탕진한 사람이 족히 수천 명은 된다는 이야기는 전설이 아니다. 냉동차 문을 열었더니 끔찍하게 많은 인원이 모두 질식사했더라는 신문 기사도 보았다. 큰 기업체의 사장 아니면 모두 회장이고, 그 이세이며, 한국에 가기만 하면 연예계로 빠지게 해주겠다며 몸값을 터무니없이 요구하는가 하면, 사람들 말만 믿고 한국에 갔다가 몸만 망치고 돌아온 아이들이 얼마나 많았던가. 그동안 애써 지우려 했던 기억들이 망령처럼 모조리 떠올라 사람들은 속을 시커멓게 태우고 있었다. 그런데 수옥이 모녀가 목욕을 하네, 샴푸냄새를 풍기네 하며 들랑날랑 거리니 사람들의 촉각이 곤두서지 않겠는가! 자신들에게 좋은 징후로 다가오는 것인지, 그동안 들어왔던 사기행각들이 상상도 못할 다른 양상으로 이 모녀를 통해 일어나는 것은 아닌지 눈덩이처럼 불어나는 의혹은 화물창에 갇힌 사람들을 악마의 늪으로 급격하게 빠져들게 했다.

어쨌든 전 재산을 털린 손가방을 들고 수상쩍어하는 사람들의 눈총을 받으며 수옥이 화물창에서 나오자 갑판에 갑판장은 보이지 않았다. 험악한 인상의 똘마니들만 잔뜩 화가 돋은 얼굴을 하고 아무렇게나 갑판 바닥에 누워있었다. 말을 시킬 용기도 나지 않아 갈 바를 모르고 있는 수옥을 향해 껄적지근한 목소리 하나가 날아들었다.

"나진 아지매! 샴푸 냄새 풍기면서 어딜가시는강? 우리보다 더 사내다운 사내는 이 배 안에는 없을끼구마는 누굴 찾아서 뚤래뚤래 둘러보시는강?"

화물창으로 들어가기 전 갑판장과 나누던 이들의 대화를 이미 들은지라 수옥은 대꾸할 말을 금방 찾지 못했다.

"와 대답이 없노? 우리와는 말도 섞기 싫다 그 말이가?"

목소리는 낮으나 더욱 심사가 꼬인 날칼이 망치 다음으로 입을 열었다.

"우리 따문에 샴푸로 깨끗이 씻은 거 아이가? 말 좀 해 보소?"

말을 하는 꺽쇠의 얼굴을 바라보는 그녀의 얼굴은 진홍빛이 되고 당혹에 빠진 큰 눈은 불안에 떨고 있었다. 누워서 빈둥거리던 놈들은 이제 모조리 일어나 앉았다.

"와~와? 우리도 북한 사정이 궁금하다 그 말이요. 선장도 북한 인민이 궁금해서 당신을 목욕시켰다고 하던데, 우리도 억수로 북한 여성 몸뚱이가 궁금하다 그 말이라, 안 그렇나?"

동의를 구하는듯 망치가 날칼과 꺽쇠에게로 시선을 옮겼다. 세 놈은 싸인이 맞은 듯 동시에 일어섰다.

"와 아니라! 압록강 두만강에는 죽은 시체들이 둥둥둥 떠다닌닥 카든데… 우리 나진 아지매는 우리를 만날라꼬 이렇게 이쁘게 하고 한국까지 내려왔지비!"

인상이 험한 세 놈이 한 발짝씩 수옥이 곁으로 다가섰다.

"아지매! 아지매도 북한 인민 아니요? 북한 인민 여성대표는 김정일 동지의 교지를 받잡고 이르케 남한에서 가장 사내다운 사내를 만나기 위해 왔습네다."

겁에 질린 수옥이 시선을 다른 곳으로 옮기지 못하도록 그녀의 얼굴 가까이 꺽쇠가 얼굴을 들이밀며 북한 방송 억양을 흉내 냈다.

"아니~ 아저씨들 뭣하는 것임매?"

소리를 지르려고 했으나 이미 여자의 목소리는 잦아들었다. 세놈의 기세에 몰려 화물창 옆 구석을 향해 수옥의 발길이 지척거리며 이동하고 있었다. 바로 그 때…

"이런 개새끼들!"

수옥을 향해 있는 세 놈의 등 뒤에서 독백 비슷한 말소리가 들렸다 싶은데, 벌써 세 놈은 외마디 소리를 치며 바닥에 나둥그라졌다. 선장이었다. 긴장이 풀린 수옥이 서 있던 자리에 주저앉으며 자신도 모르게 신음소리를 냈다.

"너희들~ 명령이 있을 때까지 투명의자에 앉는다. 알았나?"

"……"

"왜 대답이 없지? 그럼 멍석말이를 할까?"

"……"

여전히 대꾸도 없이 조폭 똘마니 세 놈이 투명의자를 향해 엉거주춤 포즈를 취했다. 바로 그 때 실항사와 함께 달래가 갑판에 나타났다.

"어~ 실항사, 잘 왔다. 갑판장 어디계신가 찾아서 선장실로 오시라고 해랏!"

실항사의 화사한 얼굴빛이 실망으로 가득 차올랐다. 달래와 조금만 더

선박을 구경할 건데, 하는 아쉬운 표정을 지우며 실항사가 달래에게로 시선을 옮겼다. 선장이 입을 열었다

"실항사도 갑판장님 모시고 선장실로 오너라. 선박 구경은 다시 하면 되지!"

9. 나를 키운 팔 할

어느 시인은 자신을 키운 건 팔 할이 바람이라고 했던가. 나를 키운 건 순전히 끄나풀이다. 나는 지금도 가끔 누군가에게 쫓기는 꿈을 꾼다. 간신히 몸을 숨기다 잠에서 깨면 다행인지 불행이지 거긴 감방이었다. 첫 훈방 조치 후 바로 내 눈에 뜨인 것은 데모대에서 바리케이드 저쪽, 전경들에 의해 어느 여대생이 머리채를 잡힌 채 전경대 수송 차량을 향해 질질 끌려가던 장면이다. 피를 보면 사람이 달라진다고 했던가! 그것은 새빨간 피의 현장을 보는 것보다 훨씬 리얼한 장면이다. 누구였을까? 누구의 누이였을까? 어느 아비의 순결 무구한 딸이었을까? 그녀는 재수 없게 전경대 발길에 채였을 것이다. 운동권의 억센 여전사는 아니었다. 실신했는지 차라리 소녀에 가까운 해맑은 얼굴은 눈을 꽉 감고 있었다. 그녀의 얼굴이 해맑은 만큼, 그녀가 순결해 보이는 만큼 사복체포조의 억센 손에 휘어 잡힌 검은 머리채는 그녀의 얼굴과 흑과 백으로 극명한 대비를 이루고 있었다.

나는 삽시간에 나를 휘몰다 어떤 기억의 현장에 메다꽂았다. 까마득히 잠자고 있던, 아니 지워진 줄 알았던 어린 날의 생생한 기억! 떠오르면 견딜 수 없어 도망치려 했으나 되지 않아, 스스로 잊어버렸다고 생각될 만큼 자물쇠로 철저히 걸어 잠갔다고 알고 있던 기억! 한 번도 끄집어낸 일이 없어 거의 지워진 줄 알았던 기억! 어머니의 긴 머리채를 잡은 아버지가 어머니를 밤새도록 방안을 질질 끌고 다니던 기억! 온 가족이 지켜보는

가운데 막내였던 나의 울음소리가 들린다. 커다란 방이 빙글빙글 돌던 그 처참한 밤! 투박하게 생겼으면 덜했을까? 빼어난 미인인 내 어머니가 가축처럼, 그것도 내 아버지라는 사람에 의해 머리채를 잡힌 채 지일질 끌려다니는 모습! 행랑채 선빈 어멈에게 요청해 중간중간 냉수를 들이키고 다시 어머니를 끌고 다니던 아버지라는 사람의 모습이 담긴 필름! 그것은 마취도 하지 않은 채 자신의 생체실험을 똑똑히 눈을 뜨고 지켜보는 것 이상이다. 검고 긴 머리채를 모조리 아버지의 손아귀에 내맡긴 채 끌려다니던 내 어머니란 여인의 창백한 얼굴! 여섯 살짜리 어린 뇌간에 그것은 어떤 형태로 각인된 것일까? 그녀는 자신의 운명을 백 개의 이로, 천 개의 이로 잘근잘근 씹고 있는 모양이었다. 꼭 감은 눈, 꼭 닫은 입술이 그것을 말하고 있었다. 그러고도 그 여인은 다시 살을 부비고 그 작자와 섹스를 했겠지. 겁탈과 강간은 상대가 하는 것이 아니다. 그녀 자신이 그를 거부하지 못함으로써 스스로 자신의 영혼에 치명타를 가했을 것이다.

최상의 지상낙원이어야 할 가정이라는 공간에서 일어난 인권유린, 뿐만 아니라 끊어지지 않는 분노의 잔인성! 한 순간에 화가 끌어올라 내지르는 한 방의 주먹은 차라리 상쾌하다. 씹어도 씹어도 끊어지지 않는 아버지라는 사람의 쇠끈 같은 분노는 무엇이었을까? 이쁜 누이들이 맞아서 흘리던 코피! 말채찍에 맞아서 입에 거품을 물고 자빠지던 형들! 나는 모른다. 거기까지 생각할 겨를이 없다. 그가 남양군도에 징병으로 끌려갔다 돌아왔다는 것 밖에는. 그의 정신적 질환이 어디서 기인하든 그것을 분석할 여력이 없다. 어떤 순간에도 반기를 들 수 없었던, 그래서 또 하나의 정신질환자를 그는 범생으로 키울 수 있었는지 모른다. 그렇지 않았다면 나는 잘나가는 판검사가 돼 있었을까? 여학생을 목격한 순간 한 방의 탄환이 관자놀이를 뚫자 어린 날의 그 기억은 굳게 잠긴 철문을 뚫고 폭발했다.

70년대 후반, 자신이 수족처럼 쓰던 촉수에 의해 대통령이 시해되고 광주 5.18이 있었다. 역사적으로 굵직한 사건들이 연달아 일어났다. 여학생

목격 사건 이후로 시위대열의 앞쪽에 서 있는 나를 발견하곤 했다. 역사 의식이 있어서도 아니요, 투철한 국가관이 있어서도 아니다. 끌려가던 여학생은 내 어머니였다. 어머니를 잔인하게 짓밟았던 그 본체를 찾기 위해 나는 거리를 헤맸다. 지속하면 정신이 분열하고야 말 심리의 심층에 자리하고 있는 기억의 뿌리를 파헤치고 캐내야 한다. 어머니를, 그 보다 더 여린 존재를 가축처럼 처참하게 굴리는 대상이라면 어느 누구든 가만둘 수 없다. 아니면 도저히 받아들일 수 없는 기억의 필름을 찾아서 빼거나 갈아 끼워야 한다. 그래서 나는 데모 대열에 늘 있었다. 여린 여학생을 무참히 짓밟는 주체는 누구인가. 어디에서 온전한 영혼이 무자비한 힘에 밀려 죽은 가축이 되고 있는가. 그것은 잠자고 있는 내 이성과 본능에 불을 지르고 말았던 것이다.

경찰서 유치장과 구치소로 전전하는 동안 친구들도 거의 군대를 가거나 제적을 당하거나 어느 날 없어지거나 했다. 친구들이 없어지면 삼청교육대로 잡혀갔다느니 아니면 어느 뒷골목 갈빗집에서 숯불맨을 하며 숨어지낸다는 등, 무성한 소문들이 교정의 낙엽처럼 떨어져 쌓여 갔다. 그러던 어느 날, 나는 나를 주시하는 세력이 학교 건물에 몸을 숨기는 것을 처음으로 똑똑히 보았다. 마지막 남아있던 노란 은행잎이 찰랑대며 떨어지던 조금은 차고 맑은 가을날이었다. 그 이후로 모든 건물 뒤에는 화등잔만 한 눈알이 번뜩이고 있는 착각이 일어났다. 아니 그것은 착각과 사실의 혼합일 수도 있다. 비슷한 얼굴을 강의실에서도 종종 맞닥뜨릴 수 있었으니까. 어느 날 급기야 나는 제적되고 말았다. 그 시절 제적이란 바로 입대의 다른 이름이다. 하지만 끓는 피는 나의 청춘을 순순히 군부독재에 바치는 것을 허락하지 않았다. 정규군에 합류하지 않기 위해 나는 해양대학을 지원했다. 해양산업을 육성하던 때의 특전이 있던 시절, 나를 감시하는 눈동자를 보기 좋게 따돌린 줄 알았으나 합격자 발표장에서부터 또 한 번의 시행착오가 예고됨을 감지했다. 끄나풀에 매달린 눈동자가 굴러 와서 벽보에 붙은 내 합격자 명단을 나와 함께 들여다보고 있었다. 구토를 참으며 서 있는 교정에 합격자 발표를 보러 온 빡빡머리들과 나는 너무 늙어버린 중생이었다.

어쨌든 내면에 서성이는 검은 그림자를 깊숙이 감추고 목포로 내려갈 준비를 하는 동안 이월이 가고 삼월이 왔다. 내가 다니던 대학의 단과대 정도도 되지 않는 밝은 베이지 톤으로 마감된 교사는 아담했다. 노적봉 왼쪽 줄기를 타고 내려오는 곳에 자리한 교사는 뒤로는 유달산, 앞에는 목포 앞바다를 바라보는 곳에 위치해 있었다. 봄의 전령사 산수유 꽃이 만개해 있는 언덕으로 기숙사가 자리해 있고, 그 뒤로 작은 동산의 정상에는 등대지기란 노래로만 아련했던 하얀 등대가 마치 동화 속 한 장면처럼 서 있었다.

도무지 어촌은 물론 어디로든 여행이라는 것을 많이 해 본 일이 없는 나는 바다와 항구가 주는 색다른 모습과 분위기에 상당히 압도되는 것을 느꼈다. 바람이 불 때마다 바닷 비린내가 비위를 상하게 하는 것 이외에는 대체로 적응이 잘 되고 있었다. 합격자 발표장에서 우려했던 신입생들과의 몇 년 차는 다행스럽게 제복 속에서 나를 구제했다. 그래봐야 두 해만 꼬박 참으면 졸업이다.

그러나 신문을 보면 여전히, 연일 학생 데모대와 전경과 바리케이트 그리고 사과탄이라는 단어들이 내 눈알을 향해 날아들곤 했다. 서울이라는 지역을 떠나고 나서 물리적 환경변화에 처음은 의식도 조금은 바뀌는 것 같았지만 시간이 조금 흐르자 항구도 바다도 이미 퇴색해버리고 나를 붙들지 못했다. 똑딱거리며 시계가 초침을 재듯이 시간이 흐를수록 내 피 속에는 여전히 이 땅덩어리 모든 제도권에 대한 극렬한 반발이, 혈관 속에서 수백 마리의 뱀이 되어 꿈틀댔다. 목포 앞 바닷바람 속에서도 등대의 깃발처럼 펄럭이며 내 주변을 맴도는 그 지긋지긋한 끄나풀 때문이었는지 모르겠다.

학생들은 대체로 세 가지 부류가 있었다. 한 그룹은 대충 실력이 모자라 적당히 성적과 꿰어맞춘 경우이고, 또 하나의 그룹은 가난으로부터 벗어나려는 빈곤층의 자제들이었다.

일단 졸업을 하면 전원이 삼등항해사를 달고 백 프로 취업을 나가는 현실이었으니까. 더구나 일반 월급쟁이와 비교해 열 배 이상의 수입이 좋은 일자리였으므로 서서히 자본주의가 어떤 것인지 맛을 알게 된 계층이 상대적 빈곤을 덜기 위해 해양대학에 들어가던 시절이다. 물론 천길 위험에 몸을 싣는 것이지만 육지라고 하는 것, 당시 이 나라의 땅덩어리라고 하는 것도 청춘의 끓는 피들에게는 화약고 자체였으므로 해상이라고 특별히 위험지역이랄 수도 없다. 더구나 바닷바람에 끓는 피를 식힐 수도 있으니까…

정규 군대만 아닐 뿐이지 학교 기율은 군대 정도로 엄격해서 나태해지거나 감성적 나락으로 떨어지는 것을 허용치 않아 내게는 다행이었다. 아이들 속에는 꽤 큰 배의 선주 아들들이 끼어있었다. 그들을 따라 바다낚시를 겸한 호화판 외유 혹은 유흥에 참가하는 날 나는 여전히 유령 아니면 두목처럼 '형님'이 됐다. 교정 동쪽 정원에 목련이 무거운 듯 큰 목을 떨어뜨리고 나서 5월은 방송실 스피커와 메카폰을 목에 달고 돌아왔다. 미팅과 축제, 쌍쌍파티, 매스게임이라는 단어들이 추억이라는 너울을 쓰고 내가 다니던 서울교정에서 꽃가루와 함께 날아오기도 하고 훌쩍 달아나기도 했다. 열이 높은 환자처럼 정신이 들면 달력은 이미 일주일을 넘기고 있었다. 해군사관학교 생도들과의 요트경기대회와 수영대회에 참가했지만 관객이 되어 관람했단 이야기다. 어떤 종목에도 참가하지 않은 내가 정신이 들었을 때 5월이 가고 유월도 갔다.

와글거리던 공기가 썰물처럼 빠지고 바톤 터치를 한 정적이 교정에 가부좌를 틀면 방학이었다. 나는 돌아 갈 곳이 없었다. 집으로 돌아갈 생각과 함께 떠오르는 것은 아버지가 휘두르는 가죽 채찍 소리와 가축이 된 미인이었다. 기숙사에서 내려다보이는 목포 앞바다에는 고화도가 길게 엎드려 있다. 용머리를 돌아오는 선박들이 한눈에 보이는 완벽한 구도는 내가 그 시절 발견한 단 하나, 아무리 보아도 싫증이 나지 않는 정경이었다. 나는 앞바다에서 올라와 유달산을 지키는 이무기가 되어 그 정경을 7월과 8월의 구리쇠 태양을 머리에 인 채 끝없이 바라보았다.

해양대학 일 학년 말, 끊임없는 아버지의 구타에 정신이 오락가락하던 어머니는 완전히 정신이 돌아버렸다. 까까머리들이 상큼한 제복 속에 하얀 낭만을 만끽하고 있을 때 나는 두 번 다시 오지 않을 청춘의 담벼락에 날마다 검게 페인팅을 했다. 그리고 통신사 면허와 원동기 면허 그리고 삼등항해사 등 자격증을 따면서 두 해가 후딱 지나갔다. 졸업식 날이 다가왔다. 졸업식에 올 사람은 아무도 없었다. 입대를 피하기 위해 지원한 해양대학인데 졸업식 세레모니 막판에 스피커에서 내 이름이 불려 나왔다. 무슨 일일까? 숨을 가다듬을 새 없이 전교생 중 일 퍼센트 안에 뽑혔다는 것을 알았다. 군 입대에 다시 차출된 것이다. 재수 없다는 단순한 말로 내 인생 전체를 납득시킬 수 없다. 식장에 늘어서있는 졸업생들과 참석한 학부모들, 가족들 앞에서 강당을 울리는 마이크는 영광스럽게도 나를 극형에 처했다. 제도권에 끌려다닐 수 없다고 외치던 나는 그 제도권의 꽃으로 피어나야 한다. 나의 의지 없이 누가 나를 군대에 잡아넣는가. 나 말고 누가 내 인생의 권한을 행사하는가. 내 인생이 이렇게 꼬이는 것에 대해 누가 나를 납득시킬 것인가. 나는 이 제도권이 나를 사육하는 것을 방관하여야 하는가. 시시각각 자해하지 않고는 견딜 수 없는 나날들이 시한을 넘긴 고지서처럼 내게 들이닥쳤다. 발광이 일어나 혈관이 팥죽처럼 계속 끊자 신장이 상하기 시작했다. 발광 할수록 더 조여드는 포승처럼 여전히 제도권에 무력한 존재임을 확인할 뿐이었다. 파열된 브레이크처럼 하루도 무엇인가 박살내지 않고는 지날 수 없는 날들이 속수무책 지나갔다. 어느 날 빠져나갈 수 없다면 그들이 깔아놓은 길을 먼저 달려나가자는 생각이 고개를 들었다.

나를 그물에 잡아넣으려는 권력은 이런 논리를 세웠을 것이다. 그물망을 치면 놈은 아마도 몸부림칠 것이다. 망 속에 걸리지 않기 위해 안간힘을 쓸 것이다. 그것이 기존질서에 반기를 드는 부적응자의 속성이니까. 억압하려는 자나 그 권력은, 저항하는 자나 그 세력의 팔과 다리를 자르는 데에 쾌감을 느낄 것이다. 심한 저항을 제압할수록 자기 권력에 최면 내지는 압도당할 것이다. 나는 그들의 늑골 밑, 허를 찌르고 싶다.

쉴 틈 없이 파닥이는 아라비아 해의 정어리 떼처럼! 그물망을 피하기 위해 몸과 몸이 부딪혀 상처투성이, 아니 해안에 내려앉는 화사한 햇살을 맞받아치며 죽어갈 때까지 요동치는 정어리처럼은 되지 말아야 한다. 저항으로 일어나는 그토록 화사한 예술적 쾌감까지를 그물망을 조이는 무자비한에게 왜 선사하겠는가. 나는 그물망 안으로 내가 걸어 들어갈 것이다. 그들이 준비한 포승이 무용지물이 될 것이다. 그물이 찢겨나가거나 팽팽해지는 일은 없을 것이다. 저항 없는 그물은 홀쭉해져서 그들이 과연 낚시할 고기가 어디로 갔나 찾는 동안 나는 그들의 권력의 꽃이 되기 위해 훈련장에 있을 것이다. 나는 특수부대를 자원했다. 아전인수我田引水지만 나 자신에게 최면이라도 걸지 않으면 잠시도 내 정신으로 살 수 없기 때문이었다.

바다로 나갈 수 없다면 딱히 갈 수 있는 곳도 없다. 몸서리쳐지는 그 채찍의 현장, 그것도 집이라면 그곳 밖에는. 하지만 그 곳으로 더는 돌아갈 수 없다. 이제는 채찍을 쥔 자보다 내 힘이 더 강해졌으므로 또한 아버지로부터 자기 암시에 걸려있던 나의 영혼도 떨어져 있는 사이 완전하지는 않으나 독립적이었다. 다시 옛날 상황에 직면한다면 이제는 어머니를, 그 여학생을, 혹은 제 핏줄을 가축 이하로 아는 자를 두 번 다시 이 대지의 바람을 느끼지 못하게 할 것이란 걸 나는 알고 있었다.

허긴 군대에 간다는 것은 오히려 축복이 아닐까. 내가 속해 있던 가정, 혹은 집이라는 개념은 어느 혹독한 수용소 이상이었으니까. 물론 무자비한 훈련에 동원되겠지만, 군대란 곳도 최소한 연명은 시킬 것이다. 찬 이슬에 어깨를 움츠리고 자는 일도 없을 뿐 아니라, 가장 사랑을 받아야 할 친족으로부터 아무 때나 채찍을 맞는 일은 없을 테니까. 그렇다면 당분간

나는 확실하게 한 몸을 누일 안정된 터를 확보한 것이 아니냐. 나는 어디서나 내 존재를 확인할 것이며 어디든 24시 안에 있을 것이다. 별 볼일도 없는 내 인생 경영이 몇 년 유보됐다고 특별하고 훌륭한 인생이 기다리고 있는 것도 아니고 비틀릴 것도 아닐 테니까.

이것은 그 권력에 대한 아부이며 굴복이다. 완전히 백기를 드는 것이다. 그러나 나는 다른 비상구를 찾지 못했다. 더구나 이로써 몇 년인가 줄기차게 나를 쫓아다니던 끄나풀로부터 완전히 놓여날지도 모른다. 그 끄나풀은 후줄근해져서 어디 다른 작자를 찾아나서겠지. 실패를 쥔 자가, 보이지도 않는 끄나풀이 내 미래의 깃발처럼 언제나 자신의 눈앞에서 나부끼는 것을 상상해 보라. 그렇지 않은 현실과는 엄청나게 달라.

몇 년씩 압박붕대에 칭칭 감겨있던 몸이 살가운 옷을 갈아입을 수 있다면. 더구나 생각지도 못한 그런 홀가분한 자유가 덤으로 찾아온다면 못할 것도 없지. 더구나 특수부대 고난도 훈련은 본능적 자해를 유보할 수 있으며 위험천만한 벼랑에 내모는 나 자신의 정신을 지키는 보초가 될 것이다. 육체의 혹독한 가해는 정신을 쉬게 하는 비상구이므로…

나는 유디유, 특수부대 훈련을 받고, 그 훈련이 끝났을 때 북파되었다.

10. 위험한 난간

들릴 듯 말듯 갑판 바닥에 저음을 내뱉고는 찬바람을 쌩 날리며 선장은 떠나갔다. 동작 빠르게 갑판장을 찾아 기관실로 내려간 실항사 뒷머리를 바라보며 수옥과 달래는 어찌할 바를 몰라 붙어서서 두 손을 꼭 잡았다.

"X발~ 좆 겉은 새끼, 지가 선장이문 다가. 우리가 뭘 어쨌다고 투명의자에 앉혀!!"

"에잇~ 드러 몬해 먹겠네. 아니 우리가 군 초년병이가! 우리가 아아~들도 아이고 참 어이가 없어서, 투명의자? 웃기고 자빠졌네. 안 그렇소.

아지매는 어떻게 생각허요?"

그때 아래층에서 갑판장과 실항사가 같이 올라와 창고 앞으로 걸어
왔다.

"새끼들 그 새를 못 참고 사건을 일으켜?"

"사건은 무슨 사건이요? 우리가 이 아지매 다리를 만졌어 빤스를 벗겼
소?"

"와? 벗기려다 미수에 그쳐 안타깝나? 새끼들! 그 때 대장이 나타나지
않았으문 그렇게 했을 거 아이가. 멀쩡하니 아지매를 와~ 코너로 몰았
어? 너희들이 사건을 일으키문 죽어나는 건 나란 걸 그리도 모리나! 빨리
앉아라 마! 투명의자에 앉으란 말 안 들리나?"

갑판장이 소리 지르자 세 놈이 엉거주춤 다시 포즈를 취했다.

"헹님요, 그라지 말고 우리도 재미 좀 보입시다. 그라고 헹님도 사실~
생각은 딴 데가 있능거 아입니꺼?"

망치가 우둥퉁한 볼 살에 주름을 지우며 분위기를 다른 곳으로 돌린다.

"생각은 무신 생각! 번지수를 짚어도 한참 잘못 짚었네. 전 선장한테
는 안 통하는기라. 괜히 흔수작 하다가 들키는 날에는 바로 멍석말이해서
바다에 쳐 넣는 사람인기라. 제발 명심하란 말이다. 너희들 겁주려고 내가
지어내는 줄 알지? 천만에! 믿기지 않으면 한 번 실험을 해보든가! 알았
나?"

"예, 알았씸니더!!"

벌레 씹은 표정을 하고 세 놈이 대답하는 소리를 듣고 갑판장은 수옥과
달래, 그리고 그 때까지 기다리고 서 있는 실항사를 데리고 선장실로 향
했다.

"어서들 오시오"

네 사람이 선장실에 도착하자 방금 전까지 담배를 피웠는지 선장실에는
파란 연기가 가득 차 있었다. 황급히 선창을 열고 난 선장이 돌아서며 매
서운 눈으로 갑판장을 노려보았다.

"갑판장도 투명의자에 앉고 싶소?"

"하이고~ 엎드려 뻗쳐는 할 수 있어도 투명의자는 못 앉씀니더. 눈이 나빠 투명의자가 보입니꺼?"

"저 쌔끼들 군기 잡는 게 그렇게 안 되십니까? 내가 직접 다뤄야겠습니까?"

"예 예~ 다시는 그런 일 없을낍니더. 염려 놓으시소!"

"아까는 일촉즉발이었단 말이오. 내가 한 발만 늦었어도… 나가 보시오."

소름 끼치게 비정한 선장의 말 한 마디 한 마디가 갑판장 가슴을 써늘하게 식혔다. 도어를 열고 나가는 갑판장 얼굴에서 웃음이 가시며 얼굴색이 붉어졌다.

"실항사는 눈치껏 달래에게 선박을 구경시킨다. 그러나 아까 봤지? 배는 위험하기도 하고 위험한 인물들이 있으니까 각별히 주의하기 바란다. 명심해라!"

"옛!"

부동자세를 취하는 실항사 얼굴이 환하게 피어올랐다.

"그럼, 실항사는 달래 데리고 나가보고… 손에 워키토키를 갖고 다니는 것 잊지 말도록!"

"예, 선장님 명심하겠습니다."

아이들이 나가자마자 문 옆에 그대로 서 있는 수옥을 향해 선장이 발걸음을 옮겼다.

"미안합니다. 수옥 씨, 오해하지 않았죠?"

다가간 선장이 두 손을 올려 수옥의 마른 어깨를 잡자 여자는 그대로 선장의 가슴으로 쓰러졌다.

"소파에 가서 앉읍시다. 아직도 떨고 있으리라곤 생각 못 했소. 너무 화가 나서 말이야. 우선 물을 마실까?"

"자 우선 이것부터 마셔요"

사내는 물을 마시고 난 여자의 신발을 벗기고 소파에 길게 눕혔다.

"얘기는 다음에 하고… 수옥 씨 우선 쉬는 게 좋을 것 같소."

그리고 성큼성큼 걸어가 남자는 칸막이 자바라를 열고 자신의 침대에서 얇은 모포를 가져다가 여자에게 덮었다. 탈진했는지 미동도 없는 여자의 이마에 그는 입술을 댔다 떼었다. 그리고 일어나 선창을 닫고 난 그는 발자국 소리를 죽이며 자신의 책상으로 다가가 켜있던 컴 모니터에 시선을 돌렸다. 동중국해, 한국의 남해와 일본열도가 있는 주변 해상을 모두 훑어 보았다. 해상은 이상 무다. 그는 의자에서 일어나 조용히 자신의 방을 나갔다. 상갑판 브릿지에 올라가 근무상태를 점검하고 돌아왔을 때 실항사와 달래가 점심상을 탁자에 차리고 있었다.

"어어~ 선박 구경하라고 했더니 실항사, 어떻게 된 거야?"

"주방에 일이 많습니다. 선장님, 달래에게 주방은 샅샅이 구경시켰습니다. 그리고 달래가 주먹밥을 아주 잘 만들던데요."

"저런 저런~ 주방에 가서 일을 도와줬단 말이네! 배고프겠다. 우리도 어서 먹자."

식사를 마치고 왜건에 그릇을 싣고 실항사가 나가자 달래가 쪼르르 따라나갔다. 커피 포트에 물을 끓여서 그는 커피 두 잔을 타서 들고 수옥에게로 다가왔다. 커피 향이 콧속으로 진하게 스며들었다.

"이제 몸이 좀 괜찮아졌소? 이 커피 마시고 나면 몸이 개운해질 거요."

"예~ 에미나이들이 오기 전까지 잠을 푹 잔 것 같습네."

"식사도 잘 하던데… 아침은 우느라고 통 못했잖아… 그러니 힘이 다 빠졌지. 놈들에게 희롱당할 때 긴장해서 더 그렇고. 어쨌든 미안하오. 남으로 내려오자 제일 먼저 당한 일이 그 꼴들이라서…"

"그런데 실항사가 달래 데리고 나타났을 때 왜 혼자 그냥 가셨습매? 갑판에서 말임매."

"아아~~ 그거! 그럼 내가 거기서 어떻게 해야겠소. 내가 당신을 향해 말만 걸어도 말투 때문에 들통이 나게 생겼는데… 놈들에게 어떤 상상도

할 수 없게 만들어야 하지 않소. 질이 나쁜 놈들이거든."

"이런 일은 그런 사람들이 해야하는 것인 모양임네다?"

"미안해요. 나도 이런 일을 하는 사람은 아니었는데… 꿈에라도 당신을 만날 수 있다는 생각을 한 번만이라도 했다면 나도 지금보다는 조금 좋은 모습이었어야 했는데 말이오."

커피잔을 들고 앉은 사내의 어깨가 곤혹스러움으로 쫄아드는 것처럼 보였다.

"아닙네다. 당신이 오늘 여기 있디 않았으문 우리가 무슨 수로 다시 만나겠슴둥."

"우리 그렇게 긍정적으로 생각하기로 합시다. 그렇지 않으면 내가 많이 괴로울 것 같소."

"천디신명께 지는 감사할 뿐이디요."

그녀의 눈에 다시 눈물이 맺히는 것을 바라보며 사내는 피가 다시 뭉클 끓어올랐다. 마주 앉아있던 그는 찻잔을 놓고 일어서더니 수옥이 곁으로 다가 와 앉았다. 그리고 두 사람은 누가 먼저랄 것도 없이 끌어안았다. 그리고 길고 긴 입맞춤에 들어갔다.

"저를 한 버니라도 생각했뎄시오?"

사내는 여자의 이마와 볼, 그리고 눈까풀에 자신의 입술을 찍으면서 대답을 미루었다.

"그렇디요. 한 번도 생각한 일조차 없는 모양이디요."

실망스러운 감정에 풀이 죽은 여자의 음성이 공허하게 공기를 흔들었다.

"사실, 이승에서 다시 만날 것이라곤 생각하지 못했지. 내 의식은… 그러나 당신이란 것을 아는 순간 내 마음 아주 깊은 곳에 예전 모습 그대로 잠자고 있는 당신이 있었다는 것을 알았지."

그녀를 지긋이 내려다보며 말을 마친 그는 자신의 말을 증명이라도 하려는 듯이 여자를 뭉크러지도록 세게 끌어안았다.

"이러다 애들이 들이닥치면 어쩌려구… 아이됩네다."

그리고 다시 두 사람은 길고 긴 입맞춤에 들어갔다.

"그러는 수옥 씨는 나를 몇 번이나 생각했소?"

그녀도 선뜻 대답 하지 못했다. 남자를 향해 함부로 열린 성곽의 창이 닫으려 해도 맘대로 되지 않아 감정의 불을 끄려는 이성과 내부에서 조그만 충돌이 일고 있었다.

"그렇디요. 한 번도 생각한 일조차 없는 모양이디요."

똑같은 말투와 좀 전에 자신이 했던 말을 사내가 고스란히 흉내 내자 여자가 쿡~ 하고 웃었다.

"아닙네다. 내가 어떻게 당신을 잠시인들 잊을 수 있었겠습네까?"

"그런데 왜 그렇게 뜸을 들이고 말을 못하는 거요?"

"놀리지 마시라우요. 다 리유가 있디비."

"무엇인지는 몰라도 이유가 없었다면 생각하지 않았을 거란 말로 들리는데 안 그렇소?"

"맘대로… 좋을 대로 생각하시라요."

조금은 주름이 생긴 그녀의 목덜미에 여기 저기 입술을 누르던 그가 다시 입을 열었다.

"당신 목욕을 하니까 정말 좋으네. 아까는 아아~~ 갑판장 말대로 청국장 냄새!"

"망신스럽게 그 말을 왜 또 하시는 기야요."

"망신스럽기는… 그래서 지금이 이렇게 더 좋은 거 아니요. 그 작은 샘… 내가 이름을 붙였었는데… 달빛 아래 흰 몸을 드러낸 당신을 목격하는 순간 난 정말 '선녀와 나무꾼'에 나오는 그 이야기가 실제로도 있는 줄 착각했다니까."

"기래서 당신이 내 옷을 정말 숨겼슴둥?"

"그럼, 절박한 임무 수행 중이지만 무슨 수로 그 순간을 비켜갈 수 있단 말이오."

그녀도 그날의 충격이 되살아나는지 사내의 덜미를 세게 끌어안았다.

"당신 그 황홀한 가슴 다른 사람에게 보여주었소?"

"아아~~ 그만하기요. 아이들 들어옵네다."

여자의 얼굴은 진홍빛으로 달아올랐다.

"아이들이 돌아오려면 멀었소."

선뜻 여자의 가슴에 손을 넣지 못하고 그는 옷 밖으로 봉긋한 그녀의 가슴을 소중한 듯 어루만졌다.

바로 그때 수옥이 염려하던 대로 노크 소리가 나고 달래가 들어왔다.

"오오, 달래, 에미나이 어디 갔다 오디?"

"승재 오빠 할 일이 너무 많아 보입네다. 이제야 점심 설거지가 끝났는데 갑판에 나가려면 긴 팔 옷을 가져오라고 했습둥."

문 옆에 있는 가방을 열고 수옥은 낡은 티셔츠 하나를 찾아 주었다.

"선장님, 리 아이들 이렇게 돌아다네도 되겠습매?"

"아~ 실항사가 잘 알아서 할 거요."

"갑판 화물창고 옆에는 아예 가디 말라우야. 아까 그 무서운 아자씨들 봤디?"

어머니의 염려는 아랑곳없이 소녀는 큰 눈에 웃음기 어린 표정을 지으며 고개 숙여 인사 하고 선장실 도어를 닫았다. 눈이 크고 다리가 가느다란 방해꾼을 눈으로 배웅한 남녀는 큰 숨을 내쉬며 다시 기분을 수습하려고 했으나 두 사람 다 썰렁해진 느낌으로 앉아있을 때 여자가 먼저 말을 꺼냈다.

"그러디 말고 동무래 어떻게 죽디 않고 남하했는디 그것이 궁금하외다."

탁자 맞은편으로 자리를 옮긴 진수를 바라보는 그녀의 눈이 초롱초롱 빛났다.

"천천히… 천천히… 이제 헤어질 일은 없으니까, 내 얘기는 천천히 들어도 되잖소. 나는 고생한 것이 없으니까… 그런데 나를 언젠가 만날 거라는 생각은 했었소, 한 번이라도?"

"예… 만날 거라거나 다시는 만나지 못할 거라거나 아예 생각 자체를 해보디 않았던 것 같습매다. 이것은 기적이디… 있을 수 있는 일이 일어난 것은 아님매."

다시 목이 메는지 수옥이 말소리가 잦아들었다.

"왜 그래? 얼굴이 어두워졌는데…"

"다시 생각해도 기가 막혀서 그러디 왜 그러겠습매."

수옥의 눈에서 다시 눈물이 또르르 흘러내렸다. 진수가 탁자에 있던 휴지 한 장을 뽑아 그녀에게 내밀었다. 눈물을 닦고 나서 그녀가 다시 입을 열었다.

"그런데… 이렇게 늙어서 만나서 너무 억울합매다."

"늙다니…무슨 말이오. 당신 전혀 늙지 않았어!"

진수가 그녀의 말을 강하게 부인하자 아주 미세한 순간 그녀의 눈에서 반짝 빛이 났다.

"늙디 않다니… 누가 그런 말을 믿갔시오. 아오지로 리주할 때는 살아서는 다신 나오디 못할 줄 알았시오. 그런데 퇴소를 하고 북쪽을 떠나는 순간부터 당신이 생각났디요. 어디서 부르는 것처럼…"

"그랬었군! 운명의 신, 신의 뜻이야. 참, 그 아오지로 이주했던 이야기, 그리고 퇴소가 어떻게 가능했는지 그 이야기를 들어야 하지 않겠소?"

"그때 대북 간첩단 사건 리후로 그 강변에 있던 부락, 몇 가구 안 되는 집들을 모두 아오지로 리주 시켰드랬습매다."

"세상에… 그런 줄도 모르고… 결국은 나 때문에 험하게 고생한 거 아니요?"

"그렇다고 하디만 꼭 그렇게 볼 수 있는 건 아니었지비. 강변에서 오리 발이 발견되었다고 했습매다. 기래서 강을 타고 오는 간첩과 접선이 쉬울 것이라는 판단하에 마을 자체를 없앤 것임매."

"그렇다면 기분이 좀 가벼워지는 군! 그럼, 당신과 내가 접촉이 있었던 것은 발각이 나지 않았단 말이네?"

"그것이 발각되었다면 지금이 어찌 있었겠습매. 지금쯤 정치범 수용소에 갇혀 있갔지비. 정치범 수용소는 따로 있습매다."

"그럼 아오지에서는 어떻게 나왔소?"

"십이 년만인데 어느 날, 다른 곳으로 리주해도 된다는 허락이 사회안전 보위부에서 떨어졌시오. 어린 에미나이들이 하도 많이 죽으니까… 하루에 한 끼의 식량도 주지 못하자 어쩔 도리가 없는 모양인 것 같았습둥. 지역별로 인민학교도 휴교령이 내리고… 우리가 나올 때 니북은 말도 아니었습매다. 사람이 사는 땅이 아니었지비."

회상에 잠기는지 수옥의 눈이 부옇게 안개에 젖었다.

"우리 이제 헤어지지 맙시다."

"그 땐 군인이 앙이셨습매?"

"아~그 때는 그랬지. 북파 되었던 동료들이 거의 다 죽고 남으로 왔는데 어떻게 되었겠소! 남쪽을 내려오자 사상검증을 철저히 받고 바로 파임당했소."

"살아 돌아오셨어도 험한 꼴을 많이 당하셨습매."

"그랬지. 학생 때 운동권으로 요주의 인물이었는데 임무 하나 잘 성공하고 돌아오면 족쇄에서 벗어나나 했더니 끄나풀이 더 조여 들었소. 임무는 취소되었기 때문에 상관이 없는데 발각되는 바람에 동료들이 많이 죽었지. 발 뒤꿈치를 물어 뜯을 듯 감시가 더욱 심해졌소."

"기래서 배를 타시게 되었습매까?"

"음! 삼등항해사부터 시작을 했소."

"세상에~ 꼭 돌아가신 줄로만 알았습매다. 이렇게 다시 만날 줄이야…"

수옥이 다시 손에 쥐고 있던 휴지로 눈시울을 닦았다.

"성공하면 돌아온다고 떠나시고 나서 며칠 후 마을에서도 총소리가 들리는 날이 있었습매다."

"맞아. 쫓기고 쫓기다가 그 마을 근처까지 갔던 것 같소. 거기서 동지들이 많이 죽었지. 그 이야기는 나중에 자세히 하기로 하고 난 아까부터 제일 궁금한 게 있소."

눈에서 휴지를 떼면서 수옥은 무슨 일이냐는 듯이 눈을 둥그렇게 떴다.

"다른 게 아니라 달래 말이오, 달래 아빠는 왜 같이 오지 않았소?"

다시 수옥의 눈이 발갛게 되면서 눈물이 그렁그렁 맺히기 시작했다. 참을 수 없는지 진수가 다시 다그쳐 물었다.

"그때 남편이 헤이룽강으로 떠난지 두 달이 아직 안됐다고 들었던 것 같은데 말이요."

"기랬었디요. 남편이 가고 두 번째… 려자들이 하는 것… 달거리를 딱 두 번 하고나자마자 였을겁매다. 력사적으로 당신을 만날 날 밤이…"

"그래서?"

의아스러운 눈을 하고는 자리를 고쳐 앉으며 진수는 소파에 깊숙이 몸을 묻었다.

"남편은 끝끝내 나오지 않았습매다."

순간 진수는 자신의 귀를 의심했다.

"뭐라 했소? 지금 그게 무슨 말이오? 사회안전부 지침에 따라 헤이룽강 산판에 목부로 갔다고 하지 않았소?"

말을 마치면서 진수는 벌떡 일어나더니 책상으로 다가가 모니터를 집중적으로 들여다보았다. 그리고 그는 다시 걸어와 수옥이 곁에 앉았다.

"달래는 그럼 누구 소생이란 말이오. 흑룡강으로 간 것은 아오지에서 퇴소하고 나서라면서 달래는 열다섯 살이 넘었잖소!"

수옥이 참지 못하고 오열을 터뜨리며 진수의 품에 몸을 묻었다.

"당신 소생이디 누구 소생이겠습매까?"

"지금 뭐라 했소? 그럼 달래가 내 딸, 내 딸이란 말이오?"

오열하는 그녀를 내려다보며 도저히 형용할 수 없는 기분이 그의 혈관을 맹렬하게 타고 돌았다. 그는 일어나 냉장고에 준비되어 있던 물수건을 꺼내어 그녀의 얼굴과 자신의 얼굴을 닦았다.

"정신이 번쩍 나지 않소? 이제 진정하고 나를 좀 봐요. 당신의 눈동자를 좀 봐야겠소!"

눈자위와 코끝이 발개진 그녀가 진수를 뚫어질 듯이 바라본다.

"정말이오? 고만 좀 울어. 이 감격적인 소식을 나는 누구와 제일 먼저 나눠야 할까? 사랑스러운 당신, 정말 고맙소!"

진수가 다시 수옥을 부둥켜안았다.

"호박이 넝쿨째 굴러들어온다는 말, 남한의 속담 당신은 모르지?"

"모르긴 왜 모릅매까? 흑룡강 조선족들한테서 들었습매다."

그녀의 얼굴에 고인 눈물을 입으로 핥으며 진수는 한 번도 경험해 보지 못한 기분에 휩싸였다.

"이런 것을 행복이라고 할까? 이런 복이 나에게 와도 되는 것인지 모르겠소."

"기렇게 좋아하실 줄은 상상도 못했었는데, 당신이 기뻐하니까 나두 좋습매다."

사내의 두 눈도 발갛게 충혈되어 갔다.

"이렇게 귀하고 소중한 사건을 나는 15년 동안 모르고 살았다니 너무 억울하오."

크리넥스를 뽑아 얼굴을 닦는 사내를 바라보는 수옥의 눈에서도 눈물이 방울져 떨어졌다.

"내 전 인생을 통틀어 가장 감격적인 순간일 것 같소!"

말을 마친 전진수 선장이 쇼파에서 벌떡 일어서더니 크리넥스를 뽑아 들고 선창 앞으로 걸어가 세차게 코를 풀었다. 그리고는 그녀에게로 돌아왔다.

"당신 이 가슴, 그동안 아무에게도 보여주지 않았단 말이지?"

잠시 햇살이 숨었는지 실내가 조금 어두워졌다. 착~ 가라앉은 그의 저음이 어두운 실내에 내려앉았다. 그리고 뜨거운 숨이 그녀의 귓속과 귓불 언저리를 타고 돌았다. 다음 순간 진수는 수옥을 소파에 두고 다시 일어났다. 그리고 문을 향해 가더니 찰칵 도어 잠그는 소리가 났다. 사내가 소파로 돌아오자 남녀는 삽시에 같이 부둥켜안았다.

"당신 그동안 너무 고생했소. 나 때문에 고통이 더 심했겠구료! 밤이 오기를 기다리려고 했지만 더는 참을 수 없소! 더 참는다는 것은 비겁한 일이지."

"당신~ 십오 년 전 그날 밤이… 생각나요. 여전히 저돌적이네요."

"저돌… 내가 너무 서둘렀나? 저돌이 좋지 않소! 달래까지 데리고 내 앞에 나타난 당신이 너무 사랑스러워 나는 지금 견딜 수 없소!"

폭풍처럼 달려드는 사내의 이마에 땀이 배어 있었다.

"그 달빛이 푸르던 밤의 수옥이, 당신의 박꽃 같이 뽀얀 가슴을 생각하며 수음을 했지, 달래를 데리고 내 앞에 나타날 줄은 꿈에도 생각 못했소!"

두 개의 단추를 마저 풀자 브래지어 속의 여자의 젖무덤이 고개를 내밀었다. 여자의 머리를 받치고 있던 손을 꺼내어 그는 두 손으로 그녀의 가슴을 소중한듯이 어루만졌다.

그것은 기억에 각인된 아름다운 명화 한 장일 뿐인줄 알았는데 달래라니! 나의 분신이 잉태되는 밤이었다니!"

11. 북파

"아무래도 지금은 안 되겠지?"

무슨 뜻인지 몰라 그녀가 감고 있는 눈을 뜨자 팔꿈치로 바닥을 짚은 사내의 이마에 힘줄이 푸르게 돋아있었다. 그의 표정이 너무 심각하다고 여자는 생각했다.

"당신을 안드로메다쯤 데려가기 위해 용맹하게 자란 나의 오벨리스크를 당신이 확인하면 좋겠소!"

그녀의 귓속에 뜨거운 숨을 뿜어내며 수옥의 손을 끌어다 사내는 자신의 첨탑 위에 올려놓았다. 그리고 그는 그 옛날, 수옥을 처음 만나던 날의 숲 속으로 들어갔다. 그동안 근처를 지나거나 배회하는 나그네도 없었다는 처녀지, 여전히 무성한 숲에 가려진 달래강, 맑은 샘은 오로지 한 사람을 기다리며 흘러넘치고 있었다.

"아아~ 이제 알았소. 달래는 내가 명명한 그 숲 속, 샘의 이름이었구려?"

"기래요. 당신이 그날 밤 그 숲 속에 있던 샘에 이름을 지었디요. 기런데 정말 당신 말을 듣고 보니까 그 샘은 달래 뿌리를 닮았던데 당신 눈높이에서 보면 기렇게 잘 보입매까?"

"그날 내가 어디 있다가 내려왔다고 이야기를 하지 않았소?"

"이 에미나이가 그 밤에 무슨 정신이 있었겠슴매?"

"그랬던가?"

새삼스럽다는 듯이 진수는 그날의 회상 속으로 들어갔다. 총탄에 주인을 잃은 수색견 한 마리가 컹컹 짖으면서 계속 따라오고 있었다. 사내는 잠시 뒤를 돌아보고 움푹 들어간 풀숲에 몸을 숨겼다. 개를 따라서 오는 수색대가 더 있는가 보았으나 검은색과 잿빛 얼룩무늬의, 주인을 총탄에 잃은 개만이 판단이 흐려져 우물쭈물, 설렁거리며 오는 것이 보였다. 수색대는 아무래도 요원들을 찾아 산지사방으로 흩어진 것 같았다. 수색견을 향해 총을 겨누지만, 섣불리 총을 쏠 수도 없다. 소리가 들리면 당장 위치를 추적당할 수 있기 때문이다. 그러나 다음 순간 진수는 방아쇠를 당겼다. 바로 그때!

"타앙 탕! 타당 타앙 탕 탕탕탕! 타당 탕탕, 탕탕탕!"

진수는 소스라치게 놀랐다. 저런 정도라면 교전일 가능성이 높다. 그는 호흡을 가다듬으며 잘하면 자신이 쏜 처음의 두 발이 완전히 묻힐 수도 있겠다는 생각이 들었다.

개는 2m나 공중으로 솟구치더니 털썩 숲 속에 떨어졌다. 사내는 도주

할 때보다 더 빠른 속력으로 수색견을 향해 내달았다. 아직 경련하고 있는 개라는 살덩어리를 거친 동작으로 끌어다 놓고 낙엽토를 대충 파헤치고 묻었다. 그리고 잎사귀가 많이 남은 나뭇가지들을 꺾어 그 위에 덮었다. 증거를 남기지 않아야 뒤를 쫓지 못하겠지만 수색견은 순식간에 찾아내리라는 것을 모르는 바 아니다. 일단은 시간을 벌기 위한 수단이다. 그리고 이곳을 빨리 떠야 한다. 저 정도의 총성이라면 거의 1km쯤 거리다.

여기는 평양특별시 원암이 가까운 곳, 소리 나는 방향이 서북쪽이라면 남포직할시 강선 쪽이라고 볼 수 있다. 그럼 흩어진 2진이 1진의 근거지를 향해 뛰었단 말인가? 고정간첩과 오늘처럼 접선했다가는 일망타진 될 수도 있다. 뻔히 알면서도 놈을 가려내기 위해 벌인 상부의 시나리오일 가능성이 십 중 팔구다. 만약 개죽음을 당해야 한다면 역시 더러운 인생이었지만 교육받은 대로 독약 앰풀을 씹을 수밖에…! 전광석화처럼 팽팽 머리를 굴리며 사내는 발소리를 죽여 서남방으로 길을 잡아나갔다. 이대로라면 평양 시내를 거쳐온 대동강 지류를 건너 강선 아래에 있는 강서로 가야 한다. 평양은 지금쯤 발칵~ 뒤집혔겠지. 특별시 안에서 일어난 사태이므로 오늘밤 평양은 특수요원이 인민 한 사람당 하나쯤 붙었을 거다.

좋아! 일단 후퇴다. 작계가 수정될 수도 있어. 작전이 점점 더 어려워지는군! 어떤 통신이 뜨나 보면 알겠지. 시계 모주방을 우측으로 돌려 나침반을 확인하며 사내는 계속 걸어 십 분쯤 후에 강가에 도착했다. 감시원의 눈에 뜨일지 모른다. 그는 모자 밑에 있는 적외선 망원경으로 시야에 들어오는 강 건너를 모두 훑었다. 날이 쌀쌀해서인지 개미 새끼 한 마리 없다. 고개를 돌려 자신이 서 있는 쪽의 강기슭도 모두 훑어보았으나 흰색으로 보이는 깡뚱치마를 입은 처자 하나가 강둑에서 무엇을 뽑고 있는 장면이 보였다. 이런 기온인데 이제야 무엇인가를 뽑고 있다면 아마도 배추나 무일 것이다. 조금 후에 다시 망원경으로 확인하자 다 뽑았는지 머리에 짐을 이고 가는 장면이 보였다. 확인과 동시에 벗은 농구화와 망원경과 모자를 준비된 비닐봉지에 넣어 배낭에 넣고 다시 짊어졌다. 비탈진 강가로 내려 갔다. 그리고 쫓아오는 자가 없나 뒤를 확인하고 물속으로 뛰어들었다. 물은 생각보다 차갑지 않았다. 2도가 아니라 영하 20도라도 이번 임무라면 바다라도 건너야 할 것이다. 개새끼들! 대한민국의 인재란 인재는 모두 죽여! 야만의 극치! 그 아까운 국가의 간성干城들이 모두 죽다니!

옷은 일반인들이 보면 평범하게 보이지만 물속에서 나오면 바로 물이 쫙~빠지는 천이다. 특수 나염 처리가 된 난연지로 화재 속에 뛰어들어도 불이 붙지 않는다. 단지 방한이 되지 않기 때문에 겨울엔 좀 곤란하다. 강폭이 좁아 강을 건너오는 시간은 채 이십 분이 걸리지 않았다. 사내는 다시 배낭을 열고 모자와 신발, 그리고 망원경과 오리발을 꺼냈다. 그리고 강기슭에 오리발을 묻었다. 평범한 여행객으로 가장하고 있는데 재수 없게 불심검문이라도 받을 때 오리발이 나오면 곤란하다. 오리발은 일반인들이 갖기도 어렵지만 군 전용이다. 만일 귀환하는 날에는 언제든 수로로 가는 편이 수월하기 때문이다. 사내는 오리발을 묻은 지점을 다시 한 번 돌아보았다. 5m 전방에 전신주가 하나 있고 7~8m 후방에는 강촌마을에서 나오는 수문이 있다.

정신을 차리고 보니 밤이 완전히 사방을 덮고 있었다. 그제서야 사내는 한숨을 크게 쉬었다. 강변과 들판 이곳저곳에서 늦은 가을을 알리는 풀벌레 소리가 조금 늦춘 긴장의 끈 사이로 드문드문 들려왔다. 어떤 사가史家가 어떤 글귀로 이 시대의 역사를 써내려 가든 아랑곳 없다. 벌레들은 짝 짓기에 여념이 없는 계절이다. 둥실 떠오른 달빛에 강둑에서 멀지 않은 곳에 몇 가구 되지 않는 조그만 마을이 보였다. 마을로 들어가지 않고 사내는 빙 돌아 산으로 접어들었다. 해발 사백 고지쯤 되는 산 하나를 넘으며 내려다보자 똑같이 생긴 두 칸짜리 집들이 즐비한 곳이 나타났다. 교육받을 때 필름으로 보았던 분명 노동자 집거구 촌이다. 노동자 집거구가 북파 간첩들에게 유리한 점은 체제에 불만이 있는 자가 있을 수 있다는 장점과 동시에 그만큼 안전원이나 감시원, 그리고 보위부원이 항상 상존하는 위험이 따른다는 것이다.

마을은 잠들었는지 불을 밝힌 집들이 몇 되지 않았다. 새벽별 보기 운동을 한다더니 집단 농장이나 염전에서 아직 돌아오지 않았을까? 아니면 기름도, 가스도, 석탄도 인민에게는 배급되지 않아 불조차 밝히지 못하고 있을지 모른다. 산 중턱쯤 내려가다가 활엽수 군락지인 것 같아 사내는 발걸음을 멈췄다. 오늘은 이곳에서 날을 새야 할 판이다. 소리에 귀를 기울이며 잡목 숲을 헤치고 산속으로 접어들자 가까운 곳에 달빛에 반사하는 어떤 반짝임이 보였다. 움직이는 것으로 보아 저것은 물이다. 그렇게 판단한 사내는 그곳을 향해 가까이 다가갔다. 자연림이 빽빽이 숲을 만들고 있는 곳에 작은 언덕이 있고 그 밑으로 작은 천연샘이 흘러 평평한 지형을 적시고 있었다. 그래서 잎이 넓은 수종이 서식하는군!

사내는 샘을 지나쳐서 2~30m 숲으로 더 들어갔다. 그리고 고목 중에서 나무 하나를 골라 위로 올라갔다. 배낭을 내려놓고 우선 모포를 꺼냈다. 그리고 지형을 살피기 위해 사내는 나무 아래로 내려와 샘을 중심으로 사방을 둘러보았다. 비상사태 시 어디로 튈지를 간파해야 한다. 더구나 고정간첩과 접선하다가 예기치 않은 사태로 엉뚱한 지점에 와 있기 때문에 사전 지형답사는 필수다.

옹달샘은 작은 타원형으로 수량이 많아 철철 넘치고 있었다. 샘 위쪽으로 작은 언덕으로 보이던 곳은 언덕이 아니라 집채만 한 너럭바위가 아닌가. 샘 오른쪽 위로 오르자 바위 밑에는 3~4명은 족히 비를 그을만한 공간이 넓직하게 자리하고 있었다. 알맞은 장소이지만 이곳은 호랑이 콧수염 밑이지. 고목 위에 자리를 잡은 것은 잘한 일이다.

사내는 바위 밑에서 내려와 점퍼 주머니에 넣어 온 건빵과 육포를 꺼내 씹었다. 이것은 식사가 아니다. 업무의 일환이다. 비상식량을 열심히 씹어 삼킨 사내는 휴대용 컵으로 물을 떠서 마셨다. 찬물이 가슴을 적시고 위로 흘러들어가는 것이 여실히 느껴졌다. 그제서야 사내는 심한 공복을 느꼈다. 이런 극한 상황에서는 인간도 파리처럼 몸을 가볍게 해야 한다. 애

벌레로 있을 때는 아귀처럼 먹어대다가 일단 날개를 단 첫 비행이후에는 파리도 죽지 않을 만큼 극소량을 먹고 버틴다고 하지 않던가.

얼굴도 씻고 샘물을 충분히 마신 사내는 잠자리로 정한 고목으로 향했다. 밤이 깊어갈수록 달은 중천을 향해 떠올라 숲에 푸르게 내리고 있었다. 나무로 기어 올라간 사내는 배낭을 평평히 다듬고 그 위에 몸을 뉘었다. 그리고 휴대용 밧줄로 왼쪽 어깨를 나무에 붙들어매었다. 그리고 허리 옆에 차고 있던 권총을 다시 한 번 확인했다. 그리고 배낭에서 꺼내 놓았던 아이 손바닥 만한 트랜지스터를 집어 배 위에 올려놓고 이어폰을 귀에 꽂았다. 지령은 지금부터 3시간 후다. 3시간이라면 충분히 수면을 취할 수 있는 시간이다. 사내는 눈을 감았다 떴다. 아직 지지 않은 나뭇잎 사이로 하늘이 기하학적인 모양을 그리며 떠 있었다. 그 사이로 금강석을 부셔놓은 듯 별들이 총총히 박힌 하늘이 보였다. '아아~~ 고단하고도 고단한 하루였다.' 지난 하루의 필름이 주마등처럼 나타나기 시작했을 때 사내는 이미 깊은 수면에 떨어져 큰 숨을 몰아쉬었다.

대체 여기가 어디지? 그 곳은 해양대학교 같았다. 아니면 과거 서울에서 다니던 대학교 캠퍼스 같기도 하고 아주 낯선 도시 같아 보이기도 했다. 검은 빌딩이 나타나는가 싶었는데 두 개의 눈동자가 돌돌 거리고 굴러오더니 사내의 양쪽 가슴에 턱~하고 들러붙었다. 아무리 떼려고 했지만 눈동자는 사내를 삼킬 만큼 점점 더 커졌다. 바로 그때 하늘에서 구름인지 짙은 안개인지 크고 넓은 뽀얀 너울이 산들산들 다가오더니 사나이를 덮쳤다. 그리고 눈동자는 온데간데 없어졌다. 사내는 잠에서 소스라치게 깨어났다. 꿈이었다.

그때 웬 소리가 들려오는 것이 느껴졌다. 뿌스스~ 뿌스스 하는 소리가 일정한 간격으로 들려오고 있었다. 언제부터 저 소리가 들려오고 있었을까? 이어폰을 귀에서 뽑고 청각을 최대한으로 넓혔다. 일정한 간격이라면 동물의 발자국 소리다. 그런데 저것은 두 발 달린 짐승이다. 직립보행하는 자다. 발걸음 소리가 비교적 힘이 없는 것으로 보아 저것은 여자라는 동물이다. 그렇다면 옹달샘을 향해 오는 발걸음일 것이다. 물을 길러 오나? 사내는 옹달샘을 향해 오른쪽으로 몸을 틀었다. 분명히 인간인 것만은 틀림없다. 달빛이 영롱하게 사방을 비추고 있었다. 검은색은 아니고 잿빛으로 보이는 작업복 차림이다.

이 깊은 밤에 여자가, 그것도 홀로 산중을 왜 찾아 왔을까? 정화수라도 떠 놓고 기도하려고? 하지만 작업복은 물을 길어 갈 아무런 그릇도 갖고 있지 않은데… 그런 생각을 하는 사이 들고 온 바가지로 작업복이 물을 떠서 마시는 것이 보였다. 잠들기 전보다 새벽이 다가오느라 그런지 숲의 기온은 싸늘했다. 따끈따끈한 온돌방을 머리에 떠올리며 사내는 눈을 떼지 않고 작업복을 내려다보게 되었다. 적지에 들어 와 있는 자신의 상황을 모르는 바 아닌데 이상하게 긴장이란 보초는 조금 멀리 떨어져있었다. 사내는 손목을 들어 시간을 확인했다. 30분 후면 지령이 내릴 시간이다. 다음 지령은 한 시간 간격으로 두 번이 더 있다. 그래서 상관없지만 어떤 사태가 벌어질지 모르므로 별 일이 없다면 언제나 첫 번째 지령을 놓치지 않는 것이 철칙이다. 다음 순간 작업복은 사방을 둘러보더니 하늘로 고개를 젖히고 한바퀴 몸을 돌렸다. 그러고 나서 샘가에 있는 작은 잡목들 사이로 들어갔다. 다음 순간 잡목 숲에서 나온 것은 작업복이 아니라 작업모 속에 들어있던 머리를 풀어헤친 여인이 아닌가! 사내가 놀라 자신도 모르게 튀어나오는 단말마를 손으로 틀어막았다.

'저것은 전설에 나오는 구미호다. 만일 구미호라면 내가 여기 있는 것도 알아낼 테지.' 사내는 순간 동화 같은 자신의 발상에 웃음이 솟았다. 푸른 달빛이 내린 숲 속에 하얀 나신은 물을 퍼서 마시던 바가지를 들어 샘물을 펐다. 그리고 무슨 의식이라도 올리는 듯이 일어섰다. 그리고 천천히 머리에서부터 물을 붓기 시작했다. 벌레 소리도 잦아든 숲 속에 여인의 몸에서 흘러내리는 물소리만이 차르르 차르르 작은 공기를 흔들었다. '이 싸늘한 새벽에 옷을 벗는 것도 모자라 몸에다 냉수를 끼얹는 저 여인은 누구일까? 대체 지금 내 앞에 벌어지고 있는 광경을 무엇이라고 해석해야 할까?'

거기까지 생각이 미쳤을 때 '이건 운명이다.'라는 생각이 사내의 관자노리를 치고 나갔다.

그녀가 움직일 때마다 하늘을 향해 성난 듯 솟은 그녀의 유방이 아주 조금씩 흔들리는 것처럼 보일 때 사내는 바지 밖으로 사정없이 내민 자신의 심볼을 왼손으로 쥐었다 놓았다. 그리고 이어폰과 트랜지스터를 점퍼 윗주머니에 넣고 지퍼를 채웠다. 그리고 소리를 조심하며 모포를 둘둘 말았다. 그 사이에도 여인의 몸에서 흘러내리는 물소리가 그치지 않고 들려왔다. 모포를 옆구리에 낀 사내가 나무를 다 내려오기도 전에 물소리가 멈췄다. 고개를 돌리자 사내는 또 한 번 놀랐다. 옆모습을 보이던 나신이 무릎을 꿇고 두 팔을 머리 위로 뻗친 채 엎드려있는 것이 아닌가. 대체 뭘하고 있는 것일까? 숨을 죽이고 시선을 못 박고 있는 사내의 귓바퀴로 신음인지 울음소리인지 분간 못할 소리가 들려왔다.

사내는 용기를 내어 떡갈나무 아름드리 고목 밑으로 내려와 땅을 밟았다. 그 사이 여인은 일어나더니 전과 같이 물을 끼얹기 시작했다. 마침 하늘에 구름이 지나가는지 잠시 달빛이 사라지고 숲은 어두워졌다. 낙엽 때문에 발소리를 조심해야 한다. 여전히 여인에게서 시선을 못박은 채 사내는 조심스럽게 잡목 숲을 향해 접근하기 시작했다. 그리고 여인의 옷을 발견했다. 웃음이 사내의 입가에 떠돌았다. '흠, 선녀의 껍질이라!' 잔 가지 사이로 팔을 밀어넣어 포개놓은 옷가지들을 끄집어냈다. 그리고 뒤를 돌아 몇 발자국 떨어진 곳에 서 있는 큰 나무 위, 가지들이 사방으로 뻗쳐나간 곳에 그녀의 옷과 자신이 들고 온 모포를 얹었다. 바로 그때 다시 물소리가 멈춘 것을 알았다. 사내는 숨을 죽이며 돌아서다 말고 갑자기 몸을 굽혔다. 무슨 소리를 들었는지 여인은 동작을 멈추고 사방을 둘러보는 것이 아닌가! 아무 소리도 들리지 않자 여자는 다시 아까의 동작으로 돌아가 물을 퍼서 또 머리부터 붓기 시작했다. 달빛은 다시 구름 속에서 나와 숲을 다시 환하게 비추기 시작했다. 잡목의 나뭇가지 사이로 여인의 등허리가 달빛을 받아 반짝였다.

그리고 가까이 다가갔을 때 여자는 어깨를 떨며 숨죽여 흐느끼고 있었다. 운명의 방향은 사내를 향해 돌고 있었다. 사내는 발소리를 죽이며 습지로 들어섰다. 순간 여인이 놀라 상체를 발딱 일으켜 세우고 뒤를 돌아보았다. 빛을 등에 진 여인의 얼굴이 공포로 일그러져 있었다. 지금 들키면 곤란하다고 생각하며 사내는 여자에게로 달려들었다.

"나쁜 사람 아닙니다. 무슨 일인지는 몰라도 그러다 감기 드는 것 아닙니까?"

갑작스러운 상황에 말을 잊은 여인의 몸뚱이가 극도의 놀라움으로 쫄아들었다. 항거할 겨를도 없는 그녀의 전신으로 좁쌀알 같은 소름이 까실까실 일어났다. 사내가 안고 있는 사이 사시나무처럼 떨던 여인은 숨을 몰아쉬더니 정신을 잃었다. 이건 쇼크다. 냉수에 얼었던 몸인데… 여인을 안고 잡목 숲을 향해 뛰는 사이 자신이 성급했음을 사내는 깊이 후회했다. 그리고 숨겨 놓았던 옷과 모포를 찾아다 깔고 여인을 눕혔다. 인공호흡을 하며 얼굴을 때려보았지만 여인의 몸은 여전히 차가웠다. 사내는 좀 전에 자고 내려온 떡갈나무 고목으로 뛰어갔다. 기온이 영하로 떨어져야 꺼내는 것이지만, 배낭에서 꺼내온 슬리핑백에 그녀를 집어넣고 지퍼를 올렸다. 사내는 재빨리 엎드려 인공호흡을 시작했다. 다급한 나머지 흥분한 사내는 자신의 몸에서 훅~하고 열이 오르는 것을 느꼈다. 찬 공기를 다시 깊이 들이마셨다. 몇 번을 시도했을까? 옴짝하지 않던 여자가 몸을 뒤척였다. 찬바람이 나던 그녀의 콧속으로 더운 바람이 나오는 것이 느껴졌다. 이제는 됐다. 모든 신경이 몰려있는 발바닥과 손바닥은 물론 사내는 여자의 몸을 마사지 하기 시작했다. 얼마나 시간이 지났을까? 지퍼를 열고 몸에 손을 대보자 차갑게 식었던 여체가 따뜻했다. 사내가 한숨을 돌리고 들여다보고 있을 때 여자가 눈을 떴다. 의식이 돌아온 여자가 다시 쇼크에 들어갈까 봐 사내가 다급한 목소리로 입을 열었다.

"미안합니다. 나는 나쁜 사람 아니요. 당신이 놀라 자빠지는 바람에 할 수 없이 인공호흡을 했소. 더 이상은 놀라지 말아요."

다시 눈을 감은 여인은 미동도 하지 않은 채 고른 숨소리만 내고 있었다.

"대체 무슨 일이요? 아까 보니까 우는 것 같던데…"

여전히 감은 여자의 눈에서 눈물이 두 줄기 흘러내리자 남자의 손이 다가와 그녀의 눈물을 씻어냈다. 그리고 남자는 팔을 들어 시간을 확인했다. 마지막 지령이 임박한 시간이다.

"아까부터 알고 있었습매다. 나를 살리려고~ 애 쓰신 거… 고맙습매다."

"병 주고 약 준 사람한테 고맙다는 인사는 하지 맙시다. 더 놀라지 않았으면 좋겠소."

여자가 고개를 끄덕이는 것을 보고 사내가 다시 입을 열었다.

"잠깐만 여기 있어요. 바로 가지 않아도 되면… 오래 걸리지 않을 거요. 잠깐만이요."

맘을 놓을 수 없어 사내는 몇 번씩이나 다짐을 하고 자리를 떠났다. 그리고 여자도 들리지 않을 곳으로 가 트랜지스터에 달린 이어폰을 귀에 꽂았다. 삐~~하는 소리와 함께 잡음이 들리더니 선명한 소리가 들리기 시작했다.

'2진 7명 전원 무사. 고정간첩 2명 사망! 모든 일정 10월 24일로 연기. 평양에서 대동으로 장소 이전. 오전 11시 목표물 중국집 고구려성! 정치요원 및 군 수뇌부 대거 집결. 오버!' 다시 소음이 잦아들더니 다시 암호가 시작되었다. '일진에서 AK소총 4대, 기관총 M16-6대, 박격포 RPG7-3대 확보 이동 중, 행동대원 2인 1조. 다음 교신, 대기 요망. Rpg7-3대 확보이동 중, 행동대원 2인 1조. 다음 교신, 대기 요망 오버!' 암호 해독을 마쳤을 때 교신은 끊어졌다. 정치 수뇌부에도 고정간첩이 있단 얘기다. 지령이 변경된 것은 오늘 사태 때문일 텐데 벌써 그에 따른 작계가 뜨고 있으니… 행동지침은 내일 새벽 같은 시각이다.

12. 오월의 전당

  나른한 듯 오후의 뿌연 바다는 파도가 높지 않았다. 좁은 어물창에 생선처럼 저장되었던 밀항자들은 모처럼 넓은 화물창에 들어가 점심으로 야화선에서의 두 번째 식사를 마쳤다. 깨가 붙은 주먹밥 두 덩이와 단무지, 그리고 삶은 달걀 두 개를 앞앞이 배당받은 그들은 파도만큼이나 솟구치던 의혹을 조금씩 벗어나 지친 영혼을 창고 바닥에 놓고 쉬고 있으며 주방에서는 설거지한 그릇을 차곡차곡 쌓으며 승재와 달래가 이야기꽃을 피우고 있었다.

  "설거지 도와주느라고 너무 지친 거 아니야, 달래!"

  "아니야, 맛난 것을 많이 먹어 그런지 힘이 솟는 거 같아. 그런데 오빠는 학생 같아 보임다. 머리가 길지만…"

  "맞았어, 학생이야. 해양고등학교 3학년인데 실습 나왔지."

  "남쪽에는 고등학교를 몇 살에 감까?"

  "15~6살쯤 가지. 중학교를 나와야 갈 수 있어. 북쪽은 몇 살에 처음 학교에 가니?"

  "우리 인민학교? 인민학교는 만 6살에 들어감다. 대신 우리도 유치원 높은 반을 의무적으로 마쳐야 인민학교에 들어갈 수 있는 거야요."

  "그렇구나! 그럼 인민학교는 남한처럼 6년이니?"

  "아님다. 4년이야요."

  "그럼 인민학교를 마치면 어디를 들어가?"

  "6년제인 고등중학교에 들어가지요."

  "우리는 중학교 3년, 고등학교 3년인데… 그래도 북한 청소년들이 한두 살 더 빠르네! 그럼 고등중학교를 나오면 그다음은 어떻게 되는데?"

  "다음은요, 직장생이 되거나 직통생直通生이 되지요. 남자들은 군대를 가거나… 그런데 아무나 직통생이 되는 건 아님다. 성적도 좋아야 하고 성분이 우선 확실해야 함다."

"직통생? 정말 처음 들어본다. 대학생을 그렇게 부르는 모양이네. 직통생~ 정말 이상하다. 그럼 달래는 학교를 어디까지 다녔니?"

"북쪽에서는 인민학교까지 나왔시오. 그리고 헤이룽강으로 가서 한국어 학교를 다녔슴다."

"그래서 사투리가 비교적 없는 거로구나? 너하고 말이 잘 통하지 않으면 어쩌나 했거든…"

달래가 승재를 바라보며 생긋 웃었다.

"이제, 달래야! 우리 갑판에 나가보자. 일 너무 많이 했지? 이제 좀 놀아도 될 거야! 나 때문에 오늘 달래가 고생이 많았다. 주자하고 주방장님이 일이 하도 많으니까…"

소년과 소녀는 주방을 나와 좁은 계단을 타고 상갑판으로 올라갔다. 브릿지 안을 슬쩍 바라보며 승재는 사관들을 향해 허리를 굽혔다. 달래를 앞세우고 선수루가 내려다보이는 배의 진행 방향으로 나아갔다. 달리는 배에 부딪혀 하얗게 일어나는 파도를 따라 더 먼바다로 시선을 옮겼다. 먼바다 해수면 위에는 오후 햇살을 받아 아기 주먹만한 바다의 작은 정령들이 가느단 손가락 햄머로 일제히 수천수만 개의 은쟁반을 두드리고 있었다. 파벽에서 일어나는 소리에 섞여 소리는 잠깐씩 들렸다 끊기고 다시 들리곤 했다. 바람에 실린 햇살은 노란색 실타래를 한없이 풀어내고 바닷새들은 순결무구한 소년과 소녀, 두 영혼을 향해 큰 날개를 펴서 축복의 박수를 너울너울 보냈다. 이십 년이라는 나이를 먹는 동안 한 번도 볕을 쪼이지 못했던 승재의 그늘 진 영혼 구석구석에 하느님 궁휼의 햇살이 바람을 타고 진주가루를 뿌리는 것이 아닌가! 너무 눈부신 햇살에 얼굴을 찡그리며 승재는 앞서 가는 달래에게로 시선을 옮겼다. 목까지 내려오는 달래의 단발머리가 바람에 뒤로 날리고 있었다. 미스였던 양호선생님의 긴머리 이외에 젊은 여자의 머리가 바람에 날리는 것을 이렇게 가까이 보기는 처음인 것 같았다. 아름다웠다. 야화선은 전속력으로 달리는 것 같지는 않은데… 그러나 선수 쪽을 바라보고 있어서인지 바람이 심하다. 불어온 바람에 드러나는 달래의 앙상한 쇠골뼈와 어깨를 보며 승재는 가슴이 아팠다. 달래의 가느다란 몸이 바람에 날아갈 듯 휘청거렸다.

"너무 시원하지?"

발걸음을 멈추고 갑판 난간을 잡는 달래에게로 다가가며 승재가 말을 걸었다.

"귓속으로 콧속으로 입속으로 들어간 바람이 열 개의 발가락 끝으로 나가는 것 같아."

달래가 눈을 지그시 감고 심호흡을 하더니 승재 쪽으로 얼굴을 돌리고 활짝 웃었다.

"오빠라고 불러도 되는 거야요? 승재 오빠?"

"어~~ 지금도, 아니 아까부터 그렇게 부르고 있잖아!"

무슨 생각을 하는지 달래의 얼굴이 갑자기 어두워졌다. 그리고 눈자위가 발갛게 변했다.

"왜 무슨 일이야, 금방 얼굴에 구름이 꼈어?"

"아오지 탄광에 승재 오빠 같은 오빠가 또 하나 있었시오."

"달래야, 알겠는데 너~ 존댓말 안하면 안 되니? 정말 거북하단 말이야!"

"기래요? 실은 아까 그걸 물어보는 거였시오."

"또~ 또, 고만해, 존댓말~ 계속해, 그 아오지 탄광이야기 계속하라고…"

달래가 먼바다로 시선을 보내며 쓸쓸한 표정이 되었다.

"진국이 오빠와 무척 친했는데… 지금은 소식을 모르잖아."

"중국으로 가면서 헤어졌어?"

"그렇지… 다시는 만날 수 없을지도 몰라!"

"왜~ 살아 있으면 언젠가 만날 수 있겠지…"

"살아 있을까? 벌써 굶어 죽었을지 몰라!"

목이 메어 끝말은 거의 들리지 않았다. 달래의 큰 눈에 눈물이 곧 떨어질 듯 맺혔다.

"벌써 삼 년 전이었어. 이틀에 옥수수 죽 한 끼를 먹기도 어려웠으니까…"

울기 잘하는 승재의 눈도 따라서 붉게 충혈되었다.

"이렇게 속이 시원한 경치는 처음이야. 이 세상에 더한 것은 없을 것 같은… 그런데 왜 진국이 오빠가 이렇게 간절히 생각나는 것일까?"

난간에 팔꿈치를 대고 턱을 고인 승재는 먼바다에 시선을 준 채 달래가 하는 이야기를 묵묵히 듣기만 했다.

"흑룡강 외삼촌한테 갈 때도 바다를 만나기는 했지. 하지만 오늘 같은 이런 기분은 들지 않았어! 이보다 깊고 맑은데 어딘지 슬픔을 가라앉히고 있는 것처럼 그 바다는 무거웠어."

자세한 사연은 몰라도 승재도 충분히 달래의 기분을 알 것 같았다. 복받치는 감정을 꾸욱 누른채 여전히 승재는 먼바다에 시선을 박고 있었다.

"외삼촌이 초청장을 보내서 우리가 북쪽을 나올 수는 있었지만 외삼촌 살림이 어떤지 우린 전혀 알 수 없었으니까. 아바이는 소식이 끊어진지 십 년은 넘었다하고…"

앙상한 어깨를 달싹이는 달래의 양 뺨으로 눈물이 하염없이 흘러내렸다. 소녀는 거미발 같은 손가락을 들어 자신의 눈물을 씻고 또 씻었다.

"새로운 곳을 향해 가고 있지만 너무도 불확실한 미래를 향해 기차는 달렸지. 얼마나 걸릴 지도 모르는 곳을 향해… 오마니한테 몇 푼 있었지만 그것은 차 삯을 해야하니까…"

듣고 있던 승재도 견딜 수 없는지 허리를 구부린 채 이마를 갑판 난간에 대고 있었다.

"아오지를 나올 때 어떤 아주마이가 주신 육포 때문에 난 흑룡강에 도착할 때까지 죽지 않았어! 길가에 널브러진 아이들을 만날 때마다 오마니는 나를 바라보았지. 얼마 후에 그렇게 되는 나를 버리고 가야되는 건 아닐까, 그런 생각을 하는 거 같았어."

소녀는 갑자기 몰아치는 슬픔을 견딜 수 없는지 서 있던 자리에 쪼그리고 앉았다. 승재도 따라서 갑판 바닥에 쪼그리고 앉았다. 그리고 두 손으로 얼굴을 가리고 있는 소녀의 흘러내려온 머리를 긴 손으로 쓸어넘겨 주었다. 그때 큰 파도가 다가왔는지 야화선이 울렁~ 기우뚱 흔들렸다. 두 사람은 갑자기 팔을 뻗어 중심을 잡느라 두 손을 붙들며 바닥에 벌러덩 나가자빠졌다. 배가 한동안 계속 흔들렸으므로 금방 중심을 잡고 일어날 수 없었다. 한 손씩을 잡힌 어린 남녀는 바닥에 대자로 누웠다. 누군가 추상화 스케치를 하는 듯 떠 있는 흰 구름을 바람이 슬슬슬 실어가고 있었다.

"누워서 하늘을 올려다보니까 아주 좋다. 햇살이 바람에 흔들리고 있어, 오빠!"

한동안 말이 없던 달래가 기분이 달라졌는지 큰 목소리로 말을 걸었다.

"그래 바람이 구름도 마구 끌고 간다. 누우니까 너무 편하지?"

"네, 아주 좋아요. 그 바다와 하늘은 우리들의 기분이었어. 이 바다도 불확실하기는 마찬가진데 그래도 희망적인 것 같아. 오빠도 만나고 선장님도 만나고… 그렇지 승재오빠?"

"그럼, 이제 아무 걱정 안 해도 될 거야. 선장님을 만났는데… 이제 좋은 일만 있을 거야!"

치유할 길 없어 단단히 묶어두었던 상처가 맑은 햇살 아래 그 부위를 드러내는 것을 어린 두 사람은 알지 못했다. 하늘로 향한 달래의 시선은 멀고 먼곳을 향하고 있었다. 큰 눈을 가늘게 뜨고 있는 달래를 바라보며 승재는 생각했다. 사람들은 저마다 상상도 못할 아픔, 혹은 슬픔을 감추고 살고 있다는 것을.

"우린 언제 통일이 될까? 오빠!"

"언젠가는 되겠지. 우리 세대에도 통일이 되지 않을까?"

"통일이 되고 진국이 오빠가 살아있고 그리고 만날 수 있다면 얼마나 좋을까?"

"그러게 말이다. 왜 진국이 오빠하고 이담에 결혼 할라구?"

"하하하하~~ 오빠 되게 웃겨요."

한동안 말을 잇지 못하고 달래가 유쾌하게 웃었다.

"이제 기분 좀 좋아졌어?"

"으음! 미안했어요. 나 원래 울음 끝이 질겨 오빠!"

승재가 일어나며 달래의 손을 잡아끌었다.

"바닥이 좀 차다. 그리고 사람들이 보면 우습기도 할 테고…"

"저 아이들이 미쳤나, 하고?"

다시 달래가 깔깔거리기 시작했다. 달리는 야화선 앞쪽에 수십 마리쯤 되는 물새떼가 보였다. 물고기가 지나가는 모양이다. 선박은 아랑곳없이 그들을 향해 질주했다. 머리 위로 날아오르는 물새들을 올려다보던 달래가 다시 입을 열었다.

"사람들도 날아다닐 수 있다면 얼마나 좋을까? 저 바닷새처럼… 난 중국으로 가고 나서 가끔 진국이 오빠가 보고 싶으면 그런 생각을 많이 했어!"

"그래, 새가 되어 정치하는 사람들과는 상관없이 남과 북으로 날아다니며 헤어진 가족을 만나는 거야. 돌아와서는 사람으로 변신을 하고…"

"그럼, 정치하는 사람들 골치 좀 썩을 거야. 인구수는 새까지 계산해야 하나?"

"맞아. 파랑새 오백마리, 까치 삼백 마리, 딱따구리, 산비둘기, 뜸부기, 꾀꼬리… 등등!"

"그럼 어디서 변신을 하는 걸로 할까?"

"그거야 당연히 비무장 지대지. 그래야 공평할 거 아니야!"

"그럼 남북의 인민들이 그렇게 염원하던 통일은 영원히 오지 않는 거 아닐까?"

안색이 다시 흐려지며 달래가 수평선을 바라본다.

"그럴 리가… 새가 되어 왕래가 정말 본격적으로 많아지면 사람들은 점점 함께 해야 할 일들이 많아지고, 보고 싶은 갈증은 더 심해질테고… 오히려 통일이 앞당겨지지 않을까?"

"정말 그렇게 된다면 얼마나 좋을까?"

당장 통일이 될 것처럼 달래의 안색이 확 달라졌다. 북쪽 아오지에 두고 왔다는 청년 진국을 정말 너무 보고 싶어하는 달래의 감정이 승재에게도 전달되는 것 같았다.

"오빠, 고마워요. 그런 상상이라도 하니까 기분이 정말 좋아졌어. 진국이 오빠는 한 가족이나 마찬가지거든…"

"어떻게 아는 사인데 그래?"

"몇 가구 안 되는 작은 마을에서 앞뒷집에 살았대요. 그런데 아오지로 가기 전에 농장에 일하러 간다고 나간 오마니와 아바이는 실종되고 할머니 할아버지하고만 아오지로 이주했는데 두 분 다 아오지에서 돌아가셨거든… 그래서 오빠가 혼자가 되고 우리와 거의 함께 살았어요."

"그런 사연의 주인공이었어. 정말 가엾은 사람이구나! 우리 이 배에서 내려 성공하면 제삼 세계를 통하든 미국대사관을 통하든 그 사람을 찾아보기로 하자!"

"오빠, 그게 가능할까? 그런 방법도 있어?"

"될 때까지 해 보는 거야! 보고 싶은 사람을 어떻게 보지 않고 살아, 죽었으면 모를까?"

"오빠 그렇게 말해 주니까 너무 고맙습다. 희망이 막~ 용솟음 치는 것 같습다."

말을 마친 달래의 눈가가 다시 발갛게 물들기 시작했다.

"달래야! 너 또 울려고 그러지?"

먼수평선에 시선을 못 박고 있는 승재가 어떻게 알았는지 달래에게 한마디 했다.

"선장님은 좋은 사람이시지요, 오빠?"

"으음! 나도 잘 모르지만 좋은 사람임에 틀림없어. 달래 너, 아까~ 새벽에 말이야. 랴오뚱호에서 야화선으로 갈아 탔을 때 누군지도 모르면서 죽을 것 같다고 자기 영양제 갖다가 먹이는 거 봤잖아. 참 너도 먹었지?"

"그래, 그래 맞아요. 그래서 참 우리 오마니와 선장님이 만나게 된 거였습다!"

"그으~래, 달래가 우는 바람에 내가 얼이 빠졌다. 참-선장님이 기다리시겠다. 내려가자."

소년과 소녀는 나란히 바람을 맞으며 갑판에서 내려와 선장실을 향해 걸었다.

"그런데 왜 여기 바다는 파랗지가 않아요?"

"그래서 황해잖아. 수심이 얕대요. 밑바닥 흙물이 가라앉질 않아서 그렇대!"

"헤이룽강으로 갈 때 보았던 바다는 정말 새파랬는데…"

오월만큼 싱그런 두 사람은 쏟아지는 햇살에 습한 영혼을 쪼인 후 가볍게 말린 발걸음을 선장실을 향해 떼어놓았다. 두 사람이 선장실에 도착했을 때 전진수 선장의 얼굴도 보기 드물게 활짝 개여 있었다.

"어~ 달래 왔구나! 승재야, 네 침실 바로 옆에, 비어 있는 방 하나 있지? 달래가 쉴 방이니까 그렇게 알고 그 방을 좀 정리하고 치우렴. 내가 부르거든 그 방으로 안내해라!"

"넷, 선장님!"

"그럼, 승재는 가서 일 보거라. 오늘 수고 많았다."

고개를 꿉뻑~하고 나가는 승재의 뒷덜미에 대고 달래가 인사를 한다.

"오빠~ 이따가 또 만나요."

"오빠 라는 말은 언제 배웠네?"

수옥이 달래를 바라보며 말을 걸었다.

"승재오빠가 가르쳐 주었습둥. 내가 자꾸 오라바니 오라바니 하니까 어색하답네다."

입가에 웃음을 잔뜩 묻힌 승재가 달래를 바라보며 문을 닫았다. 승재를 바라보고 있던 선장도 얼굴에 웃음기를 띄우고 달래에게로 시선을 옮겼다.

"달래도 여기 와서 앉아. 두 분에게 할 얘기가 있어요."

문간에 서 있던 달래가 쪼르르 와서 수옥이 옆에 앉았다. 눈이 부신 듯 달래에게서 눈을 떼지 못하고 선장이 입을 열었다.

"두 분 들으세요. 물론 성공하겠지만 만일을 대비해야 해. 나를 옛날에 만난 일이 있다는 식의 얘기는 곤란하다는 거야. 알겠지!"

"아~~예! 염려놓으시라요. 이미 짐작하고 있습둥!"

수옥이 말을 마치자 달래가 얼른 나서서 대답을 한다.

"예, 아까 목욕하면서 오마니와 이야기 나눴습네다."

"흐음~ 그랬소? 잘하셨소. 달래가 아까 말씀대로 매우 총명해 보입니다. 옛날 엄마의 모습을 쏙 빼닮았어요."

흐뭇한 듯 황홀한 듯 전진수 선장이 다시 달래를 바라볼 때 딸을 바라보며 웃음 짓는 수옥의 얼굴에 남아있는 눈물 자국을 달래가 두 손으로 씻어주었다.

"오마니, 또 눈물 바람 했습둥!"

"달래, 이 에미나이도 울었지비? 와~와 울었습둥?"

달래가 두 손으로 얼굴을 쓰다듬으며

"갑판에서 시원한 경치를 보니까 진국이 오빠 생각이 그렇게 간절하지 않겠습둥!"

"그래, 우리가 이렇게 호강을 하니까 그 간나아 생각이 더 나디 않겠습매!"

수옥이 슬픈 표정으로 한숨을 푹~내리 쉬었다.

"달래도 진국이 얘기했구나! 엄마도 그 청년이야기를 많이 했는데… 우리 남한에 도착하면 어떻게든 찾아보기로 하자, 음!"

"고맙습니다. 승재 오빠도 그렇게 말했습네다."

"달래가 몇 살이라구, 열다섯이라! 그렇다면 남한으로 말하면 고등학교 1학년일 텐데 표정은 꼭 초등 5학년생으로 보이니…! 이렇게 배를 타고 남한으로 가는 소감이 어때?"

달래가 수옥을 흘긋 바라보고는 시선을 선장에게로 돌리며 입을 열었다.

"중국에 가서도 밥은 굶디 않았지만 잘 사는 것 같지가 않아 남한이 잘 산다는 말이 잘 믿어지지 않습네다. 그렇지만 선장님을 만난 후로 안심이 됩네다."

"그럼 그럼, 그래야지. 내일이면 남한에 도착할테니까… 처음엔 무엇에 홀린 듯 정신없을 거다. 정신 바짝 차려야 돼! 이 선장 아저씨가 달래에게 예쁜 옷 빨리 사주고 싶다."

달래가 작은 입을 벌리고 배시시 웃으며

"울 오마니두요."

"물론이지. 엄마가 이 아저씨 생명의 은인인데 이제 그 은혜를 갚을 때가 온 것 같다. 그리고 수옥 씨도 그렇고 달래도 말을 하나씩 고쳐나가야겠소. 남한 말로 말이요. 오마니라고 하지 말고 이제부터 엄마, 라고 부르도록 해 알았지!"

쑥스럽다는 듯이 달래가 얼굴을 두 손으로 감쌌다.

"엄마라고 다시 불러 봐!"

"오마니 아니 엄마!"

"됐어. 그리고 아바이는 아버지다. 어린 아이들은 아빠라고 부르지. 달래는 헤이룽강에 가서 아빠를 만났나요?"

"무스그 말씀을… 불이 나서 죽었다 캅디다. 그 래용은 따로 이따가 말씀 드리겠습매."

"됐어요. 그럼 이제부터 왜 불렀는지 말해야겠다. 이제 화물창으로는 다신 가지 말란 말이요. 아까 내가 승재에게 당부하는 거 봤지?"

선장이 두 모녀를 바라보며 말을 마쳤다.

"고맙습네다. 아까 목욕하고 나서 가방 찾으려고 창고에 갔더니 간나아들이 무스그 일이 났냐고 하도 성화를 대서 혼났젠요."

"그랬소? 그러니까 이제 화물창으로는 절대로 가지 마시오. 달래도 알았지? 밀항자들도 갑판원들도 괜히 자극할 필요는 없으니까…"

"그런데 선장님께 폐가 되는 건 아닌디 렴려가 돼서리 걱정 입매다."

"아니요. 전혀 걱정할 것 없소."

"아까 갑판장님이 호되게 당하지 않았슴둥! 기래서 그러는 것 아이겠슴매!"

"갑판장이 누구한테 당하다니?"

"누군지는 내레 어찌 알겠슴둥! 창고 지키는 사람들 같았슴매다."

"아아~~ 망치들 말이요. 신경 안 써도 됩니다. 그 놈들 원래 문제가 있는 놈들이요. 어쨌든 달래는 여기 있어도 좋고 배 구경을 다녀도 좋은데, 아까도 얘기했지? 실항사하고 꼭 같이 다녀야지 혼자 다니면 절대로 안 된다고. 배는 위험한 곳이다. 아무도 모르는 구석도 많고."

"실항사라면 누구를 말하는 겁네까? 혹시 아까 왔던 그 간나아 말씀이야요?"

"맞습네다. 오마니~ 아니 엄마! 그 사람이 유승재 오빠야!"

"오~ 그런데… 그 간나아~ 무슨 걱정이 있는 아아입네까? 얼굴에 수심이 가득한 것이…"

"수옥 씨도 눈치가 백 단은 되는 것 같소. 고아나 다름없는 아이요. 그래서 내가 특별히 신경쓰고 있지."

"그래서 그 간나아를 보니까 자꾸 진국이 생각이 더 났던 모양입네다. 달래야 기렇디?"

"몰랐는데… 오마니 말씀을 듣고 보니 내레 기래서 자꾸 감정이 솟구쳤던 모양입네다."

"자자~~ 어쨌든 진국 씨 이야기는 그만하고 알았죠, 두 분! 내가 당부하는 말 절대로 허투루 듣지 말고 명심하기 바랍니다. 배는 자칫 잘 못 하면 자신도 모르는 사이에 실종이요. 그리고 이 배는 정상적인 선박이 아니라 불법으로 운행하는 선박이기 때문에 좋지 않은 조직원들이 함께 탑승

해 있으니까 각별히 주의가 필요하단 말이오.”

전진수 선장이 당부 하는 사이 수옥과 달래 모녀는 진수 모르게 탁자 밑에서 두 손을 꼭 잡았다. 이제는 무서운 고생이 끝난 것일까. 보호자 없이 살아온 세월이 하도 커 지금 자신들 앞에 이심전심, 보호를 자청하고 나서는 든든한 사나이의 보호막이 자신들의 온몸을 감싸 안는 것 같은 환각 상태를 느꼈다. 이것이 금방 깰 꿈은 아닐까? 전 선장은 신의가 없는 사람은 아닐 것이고 정말 믿어도 되겠지. 생지옥과 같은 어물창에서 의혹은 증폭되고 용기가 자꾸 사라지고 있었는데 꼭 죽은 줄로만 알았던 전진수가 현실로 나타날 줄이야!

13. 아웅산의 영령들

지령을 접수한 사내는 주변을 둘러보며 귀를 기울였다. 집중하고 있는 사이 혹시 어떤 노출이 있을 수 있다. 잠잠하던 풀벌레소리만이 숲을 쥐었다 놓았다 하는 것을 확인한 사내는 급한 발걸음으로 여인이 누워있는 곳으로 돌아왔다. 그녀는 여전히 백 속에 잠자는 숲 속의 미녀처럼 고요히 누워있었다.

“기운이 좀 났소? 이 쌀쌀한 날씨에 찬물을 들이부었으니…”

말을 걸며 사내는 슬리핑백 밑에 있는 모포의 한 자락을 깔고 여인의 옆에 누웠다.

“대체 무슨 일인데 이 산중을 홀로 올라 와 물을 끼얹는 거요?”

여자가 눈을 떴다. 둥근 턱을 가진 핏기 없는 얼굴이 애처로운 눈빛이다.

“동무는 남조선 동무가 아이요?”

“그렇소! 지금 임무수행 중이요. 오늘 잡혀서 죽을 뻔 했소. 날 좀 도와주시오.”

"내레 누구를 도와 줄 힘이 있겠습네까?"

"밀고만 하지 않는다면 그것이 도와주는 것이요."

여자는 다시 눈을 감은 채 한동안 말이 없었다.

"간첩을 밀고하지 않으면 발각 즉시 총살이거나 평생 오지 제한구역으로 격리 됩네다."

"그것을 모르는 바 아니요. 그건 그렇고 당신 사연이나 좀 들어봅시다."

다시 입을 꼭 다문 여인의 눈에서 눈물이 흘러내렸다.

"이 세상 아무한테도 발설할 수가 없는 일이요."

"지금이 아니면 언제 다시 만날 사이도 아닌데… 속 사정을 털어놓을 상대로는 나 같은 사람이 가장 적당하지 않소?"

촉촉이 젖은 눈을 다시 뜨고 여자는 사내를 똑바로 뜯어보았다. 오똑한 코에 조금 솟으려다 만 광대뼈, 흰 피부, 볼수록 끌리는 그런 얼굴에 안도의 빛이 비치기 시작했다.

"남편이 지지난 달 중국 목단강 산판에 목부로 일을 갔이요. 언제 돌아올지도 모르고 정이 있던 사이도 아닌데 밤이면 이렇게 서럽습네. 별이 보일 때까지 농장에 나가 일을 하고, 연명하기도 어려워 매일 끼니를 걱정해야 하고, 늙은 시부모는 체제를 뻔히 알면서 먹을 거 내놓으라고 종일 종주먹을 댑네다."

사내가 대꾸할 말을 찾고 있는 사이에 다시 여인은 조용조용 말을 뱉었다.

"만일 안전원 귀에 들어가면 당장 불순분자로 낙인 찍히고야 말 겁네다."

사내는 입을 꼭 다문 채 가엾은 여인의 머리에 손을 댔다. 아직 머리는 젖어있었다. 모포 위에 팔꿈치를 대고 사내는 여인의 머리를 부드럽게 바쳐 들었다. 그리고 눈물로 젖은 그녀의 촉촉한 입술을 뜨거운 입술로 빨았다.

"당신은 참 아름답소! 아주 천천히 당신의 이야기를 들어 주고 사랑도

하고 싶소. 하지만 시간이 허락치 않소."

처음에 조금 당황하는 것 같았으나 사내의 손이 그녀의 유방을 더듬자 여자는 갑자기 거세게 반항하고 나왔다.

"아이 됩네다. 우리 각자 이야기만 들어주기로 했습둥!"

대꾸 없이 사내는 백의 지퍼를 열고 눈부신 여인의 성지에 무차별 공격을 감행했다.

"무엇 때문에 반항해? 당신은 죽고 싶도록 외롭다고 하지 않았소?"

"내가… 언제… 기렇게 말…했습…네까?"

사정없는 사내의 공격에 여자의 말소리가 토막토막 끊어졌다.

"그렇게 말하진 않았어도 그 내용이 그 내용이지!"

실리콘 밸리 양옆에 솟은 신이 만들어낸 산 중 가장 아름다운 이브의 동산은 말캉말캉 세상에서 가장 부드러웠다. 열 개 혹은 스무 개 신의 햄머가 작은 북처럼 동산을 두드렸다. 그리고 다섯 개의 햄머는 잠시 실리콘 밸리를 지나 넓은 평원에서 놀다 빽빽한 소나무 숲 속으로 미끄러져 들어갔다. 그리고 부드러운 계곡에서 낙하를 거듭하는 사이 바둥거리던 여자가 두 다리를 쪽 뻗었다. 이제 안심이다. 그녀의 마지막 성을 정복하는 것은 시간문제다. 정복은 유보할수록 쾌감은 높을 것이다. 여자가 이제야 맘을 정한 거다. 이제 스스로 성문을 활짝 열고 남자를 맞을 차비를 할 것이다. 이마에 돋아나는 땀을 의식도 못한 채 사내는 마지막 전열을 가다듬었다. 그녀의 머리에서부터 다시 신의 은총이 내리듯 입술로 지문을 찍어냈다. 더 없이 나긋나긋 해진 그녀는 이제 안쓰럽게 남자를 바라고 있다. 사내의 머리가 그녀의 숲을 지나 가장 부드러운 속살에 입김을 품을 때 견딜 수 없는 여자가 자신의 성곽의 빗장을 여는 소리가 났다. 그는 길다란 총신을 들고 그녀의 성지로 들어섰다. 습지가 깔린 길을 지나 드디어 샘에 도착했을 때 사내는 축포를 들어 힘차게 쏘았다.

"나는 당신의 성, 달래강에 도착한 거요."

그녀는 대답도 못하고 자지러졌다. 그녀를 정복하고 나자 사내는 본능적으로 주변을 살폈다. 달은 이미 기울고 숲은 푸른빛을 잃고 있었다. 이럴 때 만일 적이 나타난다면 백발백중 완패다.

특수부대에 있던 2년 동안 정기적으로 풀어주거나 휴가 때 맛보는 여자라고 해봐야 고작 기지촌 여자들이나 아니면 윤락녀들뿐이다. 훈련 중 찝차에 댓 명씩 나누어 타고 윤락가에 내려주면 보통 서너 집을 점거하게 마련이다. 놀라서 이리 뛰고 저리 뛰는 계집들을 붙들면 그녀들은 보통 삼촌이라 칭하는 기도를 부르며 비명을 질러댄다. 멋도 모르고 뛰어들어온 윤락가의 기도는 그날 장사 치르는 날이다.

말이 훈련이지 유디유 특수부대 훈련 중에는 풋샵이 천 번이다. 체력단련을 위해 경사 육십도 언덕을 트랙터 타이어를 양다리에 달고 뛰어오르는 훈련을 몇 달씩 받고 나면 사람이 아니라 그건 인간병기다. 사격훈련, 전진 무의탁(총을 들고 서있던 자리 전방 3~5미터 뛰어가 엎드려 총의 자세를 취하는 짓)을 소금만 먹으며 몇 달씩 계속해 보라! 그들은 표범보다 더 거칠고 급하다. 구둣발로 주먹으로 닥치는 대로 날리는 것을 보고 난 년들은 모두 엠씩스틴 개머리판으로 머리를 맞은 개처럼 떨게 마련이다. 이들을 범한다고 해 봐야 그것은 배설행위에 불과하다. 오랜만에 그는 거의 행복에 겨운 느낌을 느꼈다.

한숨을 돌린 사내는 똑바로 누워 하늘을 올려다 보았다. 푸르던 기운이 가신 하늘의 낯색이 동쪽으로부터 부읍한 것이 날이 밝아오고 있는 징후다. 별들도 빛을 잃어 졸리운 눈을 깜빡이고 있는 듯 보였다. 예기치도 않은 곳에서 상상조차 못 할 일이 일어났다. '…모르지만 이건 운명이다.'라는 생각이 다시 떠올랐다. 잠이 들었는지 미동도 없는 여인을 들여다보며 그는 슬리핑 백의 지퍼를 조금 올렸다. 촉촉한 그녀의 얼굴에 떠도는 느낌은 평온이라고 말하고 있었다. 그는 한쪽 팔꿈치를 바닥에 대고 사랑스러운 여인의 입술에 조용히 입술을 댔다. 남쪽 여성들의 체취는 날카로운데 그녀의 냄새는 가공되지 않은 그 무엇, 거의 무채색이다. 이 여인은 자신만의 향을 한 번도 가진 일이 없겠지. 라벤더니 아로마니 샤넬 화이

브 등등. 엄동설한 인절미를 구워먹는 화롯가에 바깥마당에서 살얼음 진 동치미를 퍼갖고 와 내미시던 외할머니의 행주치마에 달라붙은 언 공기의 냄새, 새벽밥을 짓다가 꽁꽁 언 손을 녹이러 잠깐 들어와 아랫목에 손을 파묻던 어머니의 냄새, 온전한 그녀의 살냄새 그리고 섬유의 냄새, 이것은 대지의 냄새다! 다시 그녀의 젖무덤에 얼굴을 묻자 간절히 떠오르는 어머니를 생각했다. 하지만 아침이 오고 있다. 어떻게 이렇게 한가한 시간을 보내고 있을까?

어떤 색깔의 시간을 향해 운명의 수레는 바퀴를 굴리고 있는가. 다시 살아서 북쪽을 나갈 수 있을까? 그런 생각을 하다가 그는 스르르 모포 자락에 얼굴을 묻고 잠이 들었다. 얼마나 잤을까? 무엇이었을까? 화다닥 잠에서 깨어 그는 벌떡 일어났다. 그녀가 빠져나간 슬리핑백만이 허물처럼 남아있었다.

'아차 잠들지 말았어야 했는데… 그녀가 밀고를 했다면?'

그 때 마침 숲 바깥쪽에서 여러 사람의 무질서한 발자국 소리가 들려왔다. 그는 옆구리에 찼던 총을 빼어들었다. 사방을 살피며 모포와 백을 뭉쳐서 집어들었다. 이건 정말 큰 실수다. 발자국 소리는 자신이 숲을 찾아들때 걸어 들어온 산길에서 나는 소리같았다. 그렇다면 산길을 지나 뒷마을 노동자 집거구를 향해서 가는 소린가! 그는 일단 안심을 하고 일어나 모포와 슬리핑백을 들고 뛰어 떡갈나무 고목으로 올라갔다. 그리고 주변을 둘러보았다. 대체 이 여자는 어느 방향으로 사라졌을까? 저 대열이 농장으로 일하러 가는 대열이라면 저 속에 섞여있을 지도 모르지. 그는 망원렌즈가 붙어있는 모자를 다시 찾아서 썼다. 뭔가 떨어뜨린 흔적이 없나 모포가 있던 주변과 옹달샘 근처를 살폈다. 고개를 들자 숲 바깥쪽으로 지나가는 대열이 나무 사이로 언뜻 언뜻 렌즈에 잡혔다. 망원렌즈를 내리고 사내는 시계를 보았다. 5시가 넘었다면 잠이 들었던 시간은 30분 남짓이군! 발자국 소리가 멀어지고 나서 한 오 분, 칠팔 분 간격을 두고 뛰는 소리가 들리고 나서 한 시간이 지나도록 인간의 소리는 들려오지 않았다. 아침을 맞은 새들만 숲의 가을을 찬미하고 있었다. 그렇다면 안심해도 된단 말인가?

갑자기 맥이 풀리는 기분이다. 하늘에서 내려온 선녀를 만났던 것인가. 아니면 정말 구미호였나? 별 일이 없다면 일단 잠을 자두어야 할 것이다. 지금까지 안전하다면 그녀는 밀고 같은 것은 생각도 하지 않았다는 이야기다. 그러나 방심은 금물, 그는 다시 권총을 허리에 차고 새처럼 나무 둥치 위에서 모포를 덮고 잠을 청했다. 사위는 더 없이 고요했다. 간간이 새들의 지저귀는 소리, 그리고 풀벌레 소리 사이로 심한 공복을 느끼며 사내는 지쳐서 잠이 들었다.

"기렇다면 그 때까지 당신은 무엇을 잡숫고 버티셨던 것임매?"

"아까도 말했지만 북쪽 땅을 딛고 나서는 고정간첩을 만나기 전에 먹은 만두가 다요. 그리고 나서는 계속 비상식량이었지. 그래서 좀처럼 나타나지 않는 당신이 정말 원망스러웠소!"

다시 회상에 잠기는지 수옥의 눈동자에 안개가 자욱하게 끼어들었다.

"그 날밤 정말 내레 황홀했습매!"

"그랬소? 그 날밤이라면 어느 날 말이오?"

"처음에 내레 까무라치는 날도 기렇고… 당신과 헤어질 때까지 밤마다… 리별은 너무 쓰라린 순간이었습둥! 두 번 다시 떠올리고 싶디도 않은…"

그녀의 눈에서 하염없이 눈물이 흘러내렸다.

"그랬겠지. 견딜 수 없어 산에 올라와 찬물을 머리부터 끼얹던 것 아니었소. 고만 울어요. 서해가 당신 때문에 홍수 나겠소."

사내가 화장지를 뽑아 여자의 눈물을 닦아주었다.

"기런데 내가 다시 초저녁에 갔을 때 당신은 왜 어딜 가셨댔시오?"

수옥이 눈물을 닦고 정색을 하며 묻는다.

"당신을 다는 믿을 수 없었지. 혹시 누구라도 뒤에 달고 나타날 수도 있으니까.

그리고 산 정상에 올라가 교신을 하던 중이었소. 당신이 오는 것이 보이더군!"

"기래도 기렇디. 당신이 이미 떠난 줄 알았시오. 당신이 올매나 늦게 나타난 줄 아시오?"

비가 올 것인지 오후부터 흐리더니 올려다 본 하늘은 먹빛처럼 깜깜할 뿐 별 하나 뜨지 않았다. 숲은 어제 밤 같지 않게 을씨년스러운 어둠에 잠겨들고 있었다. 사내는 모자를 벗어 들고 옹달샘 가에 앉아있는 선녀인지 구미호인지를 향해 발소리를 내며 다가갔다. 겁을 잔뜩 먹은 그녀의 목소리가 어둠 속에서 들려왔다.

"뉘십네까?"

"나요. 또 놀래지 말아요. 눈을 떠보니 없더군. 당신 혹시 천 년 묵은 구미호 아니오?"

"놀리디 마시라우요. 기럼 내레 어찌하겠습둥? 딥단 농장에 가디 않으문 당장 안전원들 감시가 뻗칠 거 아이겠습매."

"그래도 그렇지 귀띔이라도 하고 가야잖소. 내가 얼마나 놀랬는지 압니까?"

두 사람이 속삭이는 소리가 마치 갈대가 서로 몸을 부비는 것처럼 들려왔다.

"기러디 마시고 주먹밥이나 드시라우요. 몇 개 되디는 않디만…"

여자는 물통 속에서 주먹밥을 꺼내어 사내에게 내밀었다. 그리고 들고 왔던 큰 바가지로 물을 떠서 들고 사내가 주먹밥을 먹을 때를 기다렸다. 보리밥이 이렇게 맛이 있었던가! 소금만 뿌린 주먹밥 세 개를 게 눈 감추듯 삼키고 나서 사내는 물을 벌컥벌컥 마셨다.

"나 때문에 식구들이 이제 굶게 되는 것 아니요?"

"기런 것은 묻디 마시라우요."

바가지를 돌려주고 나서 그는 여자의 손을 잡았다.

"고맙소. 혹시 밀고를 한 것은 아닐까 의심했었오."

"… 아직은 들키디 않았으니까 어서 여길 뜨시라우요."

"알았소. 하지만 내일 밤이나 되어야 여기를 뜰 생각이오. 사람들 눈에 뜨일까 봐 행동개시 할 때가 아니고는 가능한 움직이지 않기로 했소."

"아닙네다. 이 곳은 샘이 있어 언제든 사람들이 드나듭네다. 지금 추수 때라 사람들이 바빠서 그렇디 이곳은 안전한 곳이 아닙네다."

"그러면 이 산속에 더 안전한 곳은 없소?"

"기럼 빨리 장소를 옮겨야겠슴둥!"

그들은 일을 벌이던 잡목 숲을 지나 왼쪽으로 꺽어들어서 조금 높은 지점으로 올라갔다. 그 곳에는 한 평쯤 되는 너럭바위 밑으로 움푹 들어간 장소가 있었다.

"안성맞춤이군! 그런데 어떻게 이런 곳에 나무 등걸이 하나 없소?"

"땔감이 될만한 것은 남의 집 창틀도 몰래 빼다 때는데 나무 등걸이 무슨 수로 남아있겠슴매!"

"그렇군! 그런데 이런 곳은 사람들이 모두 다 알만한 장소가 아니요?"

"옛날엔 짐승 함정이었디만 짐승이 씨가 마른디 오래되어 지금은 거의 잊혀졌시오."

"하지만… 나는 나무 위가 좋을 것 같소. 당신과 사랑을 나눌 때만 여기에 머물겠소."

순간 사내는 다시 여자를 거칠게 끌어안았다. 잠시 지구가 자전을 멈춘 것처럼 두 사람의 숨소리만 숲을 흔들었다. 마음으로 허락된 사이라면 남성이 강하고 대담할수록 여성의 만족도는 높을 것이다.

"주먹밥까지 들고 올 줄은 꿈에도 몰랐소. 정말 고마워! 나 아까 배가 고파 죽을 것 같았거든. 오늘 바깥 동정이 어떠했소? 사회 안전원이나 보위부원들 움직임이 다른 때와 달라 보이지 않았소?"

"감시원 동무들이 반도 더 평양으로 갔다고 모두들 쑤근거립대다. 정치보위부원들도 보이디 않았시오. 대체 무스그 일인디 여기까지 어떻게 올 수 있었는디 얘기나 들어봅쉐다."

갑자기 끌어안았던 여자를 놓고 사내는 입고 있던 점퍼를 바쁘게 벗었다. 그리고 일 미터 가량 움푹 들어간 함정 속으로 뛰어들어 옷을 깔았다. 그리고 위에 쪼그리고 앉아 있는 여자를 번쩍 안았다. 그리고 2인분의 천연 요새 속에서 한 몸이 되었다.

"아니… 무스그 일인디…"

"무스그 일은 무스그 일, 축하 파티를 벌여야 할 일이지. 감시원 동무들이 모두 평양으로 갔다면 우리에게서는 감시가 소홀해졌다는 뜻이 아니요."

북파되고부터, 아니 훈련소로 들어갈 때부터 조였던 끈인지 모른다. 사내는 오랜만에 팽팽하던 긴장의 벨트를 조금 풀었다. 자신의 성을 함락하러 나온 뾰료통 내민 장미 한 송이를 덥썩 물었다. 목면으로 된 그녀의 몸빼 속으로 남자의 손이 미끄러져 들어갔다. 그녀에게서는 청무우 밭의 무꽃 냄새가 났다. 사내의 등허리를 쓸던 여인의 손이 남자의 허리 쪽으로 내려오다가 흠찔~ 멈추었다.

"총이야. 당신을 경계하는 것은 아니니까. 남자는, 아니 우리 같은 사람은 이런 순간이 가장 허약할 때요. 당신을 향해 완전히 무장해제 상태 아니요?"

그녀의 두 팔이 사내의 허리를 세게 끌어안았다. 완전히 밀착된 남녀는 오래도록 같은 속도로 같은 방향으로 몸을 출렁였다. 오로지 상대를 향한 사랑 이외에 한동안 그들의 귀에는 아무 소리도 들리지 않았다. 이들을 지키는 바람은 천연 요새 위에서 떠돌고, 그들을 에워싼 숲은 숨소리를 죽이고, 새들은 신의 지시에 의해 시끄러운 음을 자제하는 순간, 여인은 죽음의 문턱에서 몇 번째 부활이라는 생의 환희를 맞이했던가. 촉촉해진 얼굴에 다시 입술이라는 지문을 찍으며 남자가 여자의 귀에 대고 부드럽게 속삭였다.

"당신 신음소리에 새들이 노래를 그치고 말았소!"

흰 이를 반짝 드러낸 그녀의 꽃술이 잠깐 후 닫혔다. 그리고 그녀의 수정체가 서서히 크게 열렸다. 그리고 사내를 비로소 뚫어지게 올려다보았다. 한동안 열렸던 그녀의 눈이 닫히며 두 귓바퀴를 타고 눈물이 하염없이 흘러내렸다.

"이렇게 감상적이 되면 안 되오. 너무 시간이 지났지."

그녀의 몸빼 바지 속으로 손을 넣은 사내는 그녀의 숲을 천천히 거닐며 속삭였다.

"가족들에게 의심을 사서는… 내일 새벽, 당신 또 많이 사랑해 줄게. 울지 말아요."

남자의 옷 속에서 허리를 감고 있던 그녀가 팔을 빼며 입을 벌렸다.

"대체 당신을 뭐라고 불러야겠습까?"

공간이 너무 좁아 간신히 옆으로 몸을 누이며 사내가 픽~ 실소를 머금었다.

"정말 우리는 통성명도 하지 않고 천국과 지옥을 함께 넘나들었네! 당신은 그럼 구미호?"

"당신은 그럼 사냥꾼이겠습둥!"

"아니 나뭇꾼이요. 그러니까 내가 당신 옷을 훔쳐서 감추었는데~ 참, 내가 살짝 잠이 들었던데 어떻게 선녀의 옷을 찾았소?"

"잠주머니에서 나와 정말~ 한동안 옷을 찾느라 발가벗고 숲을 헤매지 않았겠습까?"

"으흠~ 정말 아름다운 광경이었겠군! 푸른 달빛 아래 올림푸스 산정에 여신 같았겠다!"

"그곳이 어디입매까?"

"아아~그런 곳이 있소. 신들이 산다는 세상에서 가장 아름다운 산이지. 그런데 당신이 가꾸는 이 두 개의 동산보다는 당연히 못하지."

오른쪽 팔꿈치를 땅에 세우고 옆으로 누운 사내의 한쪽 손이 아래에서 위로 올라와 그녀의 붕긋한 동산을 다시 다섯 개의 햄머로 사랑스럽게 두드렸다.

그녀에게서 가느다랗게 앓는 소리가 다시 터져나왔다.

"당신 방치된 악기인 줄 알았더니~ 아니었소?"

어둠 속이라 얼굴빛은 알 수 없었으나 부끄러워하는 기색이 역력했다.

"처음 입매다."

"무엇이 처음인데? 연주가 처음이란 말이요?"

"연주는 당신이 하는 것 아이겠습매?"

"흠~ 말을 아주 맛깔스럽게 받아치고 있소."

사내는 여자를 꼭 끌어안았다.

"사랑스러운 당신, 몸이 마른 편인데 어떻게 가슴을 이렇게 아름답게 키울 수 있는 거요?"

"아이~ 그런 말 고만하기요. 부끄럽습매다."

"이런 것도 김일성 아바이 수령동지가?"

"고만 하기요. 불경죄에 걸리려고 무스그 말씀을 기렇게 하는 것임매?"

"밀고하지 말기요. 당신이 하라는 대로 할 터이니…"

"정말 입매까? 정말 내가 하라는 대로?"

"당신 소원이 무엇이요? 내가 들어줄 수 있는 거라면…"

여자는 입을 닫았다. 눈을 감고 그녀는 정말 무엇인가를 골몰하고 있는 것처럼 보였다. 구름이 걷혀가는지 그사이 달빛이 숲에 내리기 시작했다. 생각을 끝낸 그녀가 입을 열었다.

"당신이 투명한 간나아가 되었으면 좋겠소!"

"뭐~ 투명한 간나아? 투명인간? 아아~~!"

"기래요. 아무에게도 들키디 않고 영원히 래 옆에 있을 수 있다면…"

갑자기 여인의 오열이 어깨를 떨며 폭발했다. 사내도 말을 끊고 침묵했다. 그녀의 간절함이 마른 몸에서 퍼져 나와 사내에게로 전해졌다. 사내도 울컥 슬픔이 솟아올랐다.

"울지 말아요. 당신에게나 내게나 이런 순간이 오리라고 상상이나 했겠소? 지금을 소중하게 받아들이는 거요. 당신은 몰라도 나는 목숨을 나라에 내놓은 몸이요. 이 순간 이후를 전혀 예측할 수 없는 신분 아니요? 그러나 사람은 천 분의 일 가능성을 향해 희망이라는 풍선을 부풀릴 수 있는 동물이지. 신에게 빌어봅시다."

사내가 먼저 일어나 여자를 일으켜 안았다. 그리고 그녀의 머리를 곱게 쓰다듬었다. 옷에 묻은 검불을 떼고 여자의 몸을 샅샅이 훑어보며 이상한 곳이 있나 살폈다.

"그런데 정말 당신은 이름이 무엇이요?"

"… 수옥이라고 부릅매다. 이수옥!"

"아~ 당신과 잘 어울리는 이름이네. 수옥이~ 순결하고 박꽃처럼 소박하고 아름다운 이름!"

그녀는 다시 사내의 가슴에 얼굴을 기댄 채 남자의 허리에 두 팔을 감았다. 그녀는 여전히 어깨를 떨고 있었다.

"감정 때문에 방심해서는 안 되는 거 알죠?"

자신의 허리에 둘린 여자의 팔을 떼고 그는 여자의 얼굴을 들여다 보았다.

"그럼 이 순간도 안개처럼 빨리 스러지고 만다는 사실을 명심해요. 시간이 너무 지났소."

정신이 나는지 눈물을 닦으며 일어섰지만 그녀는 사내의 입술을 찾았다. 남녀는 숲 속, 달빛 아래서 길고 긴 입맞춤으로 잠깐의 작별을 대신했다.

"집에 가서도 작업장에서도 평상시와 다름없이, 빈틈없이 행동해야 하는 것을 명심해요."

"염려 놓으시라요. 명심 또 명심하겠슴매. 당신이나 정말 조심하기요."

사내는 마지막으로 그녀의 옷자락 속으로 손을 넣어 그녀의 가슴을 살짝 쥐었다 놓았다.

그리고 안타까운 표정으로 여자를 번쩍 들어 구덩이 위에 내려놓았다. 남자가 위로 올라가려고 폼을 잡자 쪼그려 앉은 채 구덩이를 내려다보며 여자가 속삭였다.

"혹시 모르니까 당신은 내가 산을 내려갈 때까지 나오지 말기요."

"알았소. 밤길인데 괜찮겠소? 조심해요."

"알았습매. 물통에 물을 담아 갈 것임매다. 염려놓으시라요. 눈감고도 갈 수 있습매."

소리나지 않게 떼는 그녀의 발자국 소리가 멀어지고 가을벌레들의 울음 소리가 빠르게 그녀가 없는 빈자리를 채우고 나갔다. 한 평도 안 되는 구덩이로 갑자기 벌판처럼 바람이 몰려들어왔다. 샘을 향해 얼마나 다가갔을까? 더 이상 발소리는 들리지 않았다. 별 일 없이 집에 도착하겠지. '참 대담한 여인이다.'라는 생각을 하며 사내는 구덩이를 빠져나왔다.

14. 변질과 변절

밤을 새워 산등성이를 타고 오자 새벽이 푸르게 밝아올 때 재령강에 도착했다. 일진은 백촌 앞바다로 들어와 낙연과 삼천을 거쳐 은천쯤 통과하고 있을 것이다. 본국과 교신을 했지만 떠날 때 받아온 작계가 변경이 없는 것은 아직까지 일진도 무사히 거점을 향해 가고 있다는 뜻이다. 북쪽이라 그런지 10월 중순이지만 날씨는 쌀쌀했다. 백발이 된 억새가 강둑에서 불어온 바람에 온몸을 내맡기고 있었다. 한 폭의 풍경화처럼 새벽 물안개 속에 뱃사공이 건너편으로 노 저어 가는 것이 보였다. 본능적으로 수문을 찾고 있지만 하류라서 그런지 어느 쪽에도 수문은 보이지 않는다. 오백미터쯤 후방에 비슷한 행색을 한 또 하나의 여행객이 걸어오는 것 말고는 사공을 제외한 강촌마을은 아직도 잠들어 있다. 사내는 강으로 내려갔다. 그리고 배낭에서 오리발을 꺼내어 달고 옷을 벗어 비닐로 싸서 배낭에 넣었다. 그리고 재령강으로 잠수해 들어갔다. 계속 재령강을 따라가다 보면 평양특별시 원암에 이를 것이다. 그로부터 3시간가량이 지난 후 물 속에서 나온 사내는 우선 시간을 확인하고 눈발처럼 푹푹 내리는 잠을 자기 위해 적당한 곳을 찾아 빠르게 걷기 시작했다. 강물보다 푸르고 습기가 없는 바람은 살갗에 살갑게 와 닿았다. 산들은 단풍이 들어 울긋불긋 햇살과 함께 춤을 추고 있었다. 남쪽보다 확실히 어디를 가나 공기가 맑다는 생각을 하며 그는 한숨을 푹~ 내리 쉬었다.

이제 원암까지는 기어가도 집결하는 시간까지 충분하다. 밤새워 걸어오기도 했지만 대낮에 더구나 평양시를 활보한다는 것은 간이 큰 자라 하더라도 너무 무모하다. 밤새워 걸은 시간이 얼마인가. 더구나 3시간씩이나 물속을 가르고 나와 사내는 자신의 몸이 파김치 같다는 생각이 들었다. 아무리 둘러보아도 마땅한 장소는 보이지 않았다. 이러다가 불심검문이라도 당하면 큰일이다. 이렇게 폐쇄적인 사회에서는… 그렇다고 불쑥 어떤 집을 찾아 들어갈 수도 없다. 잠은 점점 더 눈길에 파묻히듯 쏟아졌다. 밤에 움직이려면 반드시 잠을 좀 자두어야만 하는데… 드디어 마을에서 나오는 폭이 일 미터 가량 되는 원형 수로를 발견했다. 몇 가구 안 되는 작은 마을이므로 이곳은 장마 때를 대비한 물길일 것이다. 별로 유쾌한 냄새가 나는 장소는 아니지만 이 정도면 참을 만하다. 고개를 돌려 뒤를 살펴본 사내는 어깨를 솟구쳐 수로로 기어들어갔다. 더 없이 안전한 장소에서 수면을 보충한 사내는 저녁 6시경에 잠을 깨어 육로로 2진 집결지를 향해 걸었다. 그 곳에서 고정간첩과 접선, 다음 지령을 받기로 되어있다. 그런데 7명 전원이 집결하고 고정간첩 미얀마와 랭군이 걸어오고 있을 때 갑자기 한 발의 총성이 울리며 랭군이 쓰러졌다. 지령은 커녕 2진은 산지사방으로 튀었다. 내달리던 사내는 나무 뒤에 숨어 동정을 살피다 자신에게로 쫓아오는 수색대가 한 명인 것을 확인, 권총을 빼어 한 방에 사살하고 다음으로는 수색견을 쏘아 산에 파묻었다

그리고 강을 건너 수옥을 만났던 장소, 옹달샘에 이른 것이었다.

"재미 있었소?"

여자가 침을 꼴깍 삼키며 고개를 끄덕거렸다.

"어젯밤은 너무 늦어 혹시 의심은 받지 않았소?"

"………"

"무슨 일이 있었군?"

"그런 게 아닙매다. 시 아버지가 이상합매다. 죽을 때까지 못할 이야기라고 한 것은…"

"시아버지 동무가 이상하다니?"

"너무 불안합매다. 남편이 없이 독수공방 하는 나를 지킨다는데… 그것이 좀… 가끔 새벽에 리상해서 잠을 깨면 시아버지가 나를 내려다보고 있는 것 아이겠습매!"

사내의 정수리가 순간 쭈뼛 섰다.

"그렇다면 당신 꼬리가 잡힐 수도 있는 것 아니요?… 당신이 온전할 수 있겠오?"

"만일 무슨 일이 일어나면 죽이고 죽을 겁매다. 걱정 아아하셔도 됩매다."

비로소 사내의 가슴에 여인을 향한 쓰라림이 자리를 잡기 시작했다.

"남편은 대체 기약이 없는 거요?"

"징병처럼 국가에 차출 된 것을 누가 어이 합매까? 기약 없시요."

안쓰러운 그녀의 얼굴을 들어 사내는 그녀의 입술을 빨았다. 벌어진 다리 사이에 마주 앉은 여인이 사내의 허리에 두른 팔에 더욱 힘을 가했다.

"내가 떠나고 나면 어쩌려고… 큰일 났네. 유전에 불을 붙인 꼴이 되었어."

"기럼 당신 언제 떠납네까? 오늘밤이라고 하지 않았습둥?"

"일급비밀이지만 당신에게 털어놓을 수밖에… 작전이 수정되었소. 내일 새벽이요."

"아주 가십매까?"

"그럼, 언제까지 남아있을 줄 알았소?"

"내레 밀고하디 않으문 소원을 들어주기로 했습둥!"

"투명인간이 무슨 수로 되겠오. 그렇다면 작전도 이렇게 어렵지 않겠지."

고개를 외로 꼬고 있던 여인이 얼굴을 들고 사내를 뚫어지게 쳐다보았다. 속세에 물들지 않은 머루 같은 눈동자가 불안과 절망으로 떨고 있었다.

"당신, 내가 가자면 나를 따라 남조선으로 갈 수 있겠소?"

생각지도 못한 수학공식을 깨달은 사람 같은 표정을 하고 여자의 동공이 서서히 확대되더니 상체를 일으켜 세웠다.

"당신 기 말이 참말입매까?"

"쉬이~ 목소리가 너무 커요. 조심해야지."

남자가 그녀의 귀에 대고 속삭였다. 그의 가슴에 얼굴을 묻은 그녀의 눈에서 눈물이 마구 흘러내렸다. 그녀의 목면 작업복을 끌어당겨 사내가 그녀의 흘러내리는 눈물을 씻었다.

"이제 가야하지 않겠소. 의심받을 짓은 하지 말아야지. 꼬리가 잡히면 나는 죽으면 그만이지만 당신이 평생 괴롭지 않겠소."

사내 가슴팍에서 여자는 고개를 흔들었다. 가지 않겠다는 결연한 의지를 표정에 담은 채.

"아이 갑매다. 이 밤이 디나문 영원히 못 볼디도 모르는데 꼬리가 잡혀도 상관 없습둥!"

남자가 여자를 터지도록 끌어안았다.

"당신이 흔적도 없이 떠나고 나문 누가 뭐라고 할 수 있겠습둥. 당신이 떠날 때까지 같이 있겠습매. 오늘 려기서 당신과 리 밤을 지새겠다는 말임매. 나를 흔들디 마시라우요!"

"그래도 같이 가겠다는 말은 나오지 않는군!"

"나를 위로하느라고 당신이 해보는 소리라는 것을 압매다. 내일 이곳을 떠나문 작전에 투입되는 당신이 나를 무슨 수로 데리고 다닐 수가 있겠습매?"

깔려있는 모포 위에 사내는 여자를 천천히 들어서 눕혔다. 그저께 잡목 숲으로 들고 뛸 때보다 여인은 더 가벼워져 있었다.

"작전이 성공하면… 혹시 가능성이 있다면 당신을 데리러 오리다."

"만일 실패하문…?"

"그럼 도주하느라 당신을 생각 할 겨를이 있을까?"

그들은 작은 소리로 속삭이며 이생에서는 두 번 다시 오지 않을 마지막 향연에 들어갔다. 일 퍼센트도 되지 않는 가능성을 향해 자신의 뇌리에 각인될 순간을 만드는데 있는 힘을 다 기울였다. 그들은 이제 급하지 않았다. 각자가 살아내야 할 평생을 지탱할 추억이라는 버팀목을 서로에게서 커내느라 그들은 최선을 다했다. 그녀의 무꽃 향기 속에서 서로가 서로를 향한 표정을 놓치지 않았다. 떨리는 손끝에서 다시 살아나는 바이올린의 현과 현! 풀벌레들은 그동안 갈고 닦은 솜씨로 이들의 향연에 참여하고 숲은 밀고하지 않고 침묵으로 버티고 있었다. 나뭇잎 사이로 들어온 달빛은 기하학적인 무늬로 이들의 나체에 옷을 입혔다. 그런데 바로 그때 숲 속에 발자국 소리가 들리더니 말소리가 들려왔다.

"여기는 긁어갈 낙엽이 좀 보입네다. 얕은 산이라 사람들이 오죽 다녀 갔을까 했는데… 가을이 오고 나서 우리가 처음인 것 같습네다."

그리고는 낙엽 긁는 소리가 났다.

"동작 빨리빨리 하라우야. 이바구 좀 닫고. 낮말은 새가 듣고 밤말은 쥐가 듣는다는 것도 모르네 넌?"

"이 야밤에 누가 이런 높은 곳엘 온다고 기럽네까? 억디 소리 좀 그만 하시라우요."

"이런 에미나이 소식이 깡통이구마는… 남쪽에서 간첩이 출몰했단 말 아이 들언?"

"듣기는 들었습네다마는 평양이디 여기는 상관없는 디역이 아닙네까?"

"끝까지 말대꾸해 보기요. 빨리 하라우야!!"

부부인지 그들의 발소리와 말소리가 서서히 멀어져갔다. 새벽이 다가오고 있었다.

"너무 추운 것 아니요?"

여자가 소리 없이 고개를 저었다. 남자가 작게 한숨을 쉬며 몸을 일으키자 새어 들어온 달빛에 여자의 가슴이 박꽃처럼 피어났다. 여자를 일으켜 안고 그녀의 젖가슴에 무수히 입술을 찍고 나서 사내는 여자의 옷을 찾아 입히기 시작했다.

"이제 가야 할 시간이 온 것 같소!"

사내의 침통한 표정이 달빛 속에서 여실히 드러났다.

"며칠 있다가 한 번 들리게 될지 모르겠소. 만일 작전이 늦추어진다든가 하면 말이오."

여자는 정신이 나간듯 푸르게 밝아오는 허공을 응시한 채 대꾸가 없었다. 옷을 다 입힌 남자는 강인한 가슴을 새벽빛에 내놓고 셔츠를 주워입었다. 여자가 갑자기 달려들어 남자의 가슴에 안겼다.

"차라리 만나지 않았더라면 됴았을 것을… 그런데 당신은 누구이야요?"

"… 아아~ 그랬군! 나는 남에서 북파된 아웅산이라는 사람이오."

"아웅산! 내레 당신 없으문 못살 것 같은데 이제 어쩌면 됴겠슴매까?"

"저 샘에 정화수 떠 놓고 기도 좀 해보소. 만나게 해달라고, 내가 투명인간 되어 달라고."

말을 하며 사내가 입가에 실소를 머금을 때 갑자기 무슨 생각이 떠올랐는지 여자의 눈은 한순간 반짝하고 빛을 발했다.

"맞습매다. 그 생각을 못했습둥! 정화수 떠놓고 천 일을 기도하고, 천일이 디나면 다시 천 일 기도에 들어가고……그렇게 자꾸 천일을 기약하는 겁매다."

도저히 감내할 수 없는 현실을 그녀는 "천일기도"라는 큰 구실로 자리바꿈 하는 중이다. 허공을 바라본 채 읊조리는 여인의 입을 틀어막고 사내는 긴 입맞춤으로 작별을 고했다.

그날, 22일 밤 12시, 평양 시내에서 서북쪽으로 17도 지점, 서포의 〈대동장 려관〉에는 이번 거사의 침투요원 1진과 2진이 모두 도착해 둘러 앉아 본부와 무전기 교신을 했다.

"목표물 변경된 위치 재 변경, 대동에서 평성으로 변경. 평성 시내 평양 각, 시각은 변경 없음. 자칼 침투조 원원 대원들과 24일 0시 평성장 2층 205호실 합류. 아웅산의 영령들이 우리 영웅들을 수호할 것이다. 이상!"

그리고 다음 24일 0시 15분 평성장 2층 205호실!

"HIT 침투조 3명까지 평양각 침투조 총원 13명이다. 이번 조장은 랑문 정이며, 이미 숙지한 사실과 같이 24일 오전 11시 목표물 평양각 2층 연회 실. 2층 전체가 1개의 연회실로 되어 있어 우리 작전에 유리한 점이다. 고 정간첩인 평양각 웨이터 장이 현관에 나와 목에 멘 보타이를 빼는 순간, 특등사수 아웅산의 AK소총 폭발을 신호로 목표물에 집중 사격한다. 이제 부터 각자의 위치를 알려주겠다."

"HIT 침투조 세 명은 박격포, 알피지 세븐(Rpg-7)3대를 맡고 205호실 양 옆에서 2층을, 하나는 203호실에서 주로 입구에 포를 발사한다. UDU 대원 들 중 황산과 자칼, 그리고 하이에나는 주로 평양각 앞쪽과 왼쪽 골목으로 접근하는 모든 대상물에 집중 사격한다. 시야에 들어오는 모든 건물도 사격 권이다. 나머지는 구조물보다는 요인 사격에 중점을 둔다. 이미 휴대한 권 총 말고 각각 기관총 엠식스틴(M-16)과 AK소총을 소지한다. 아웅산은 배 후에서 확인사살을 지명한다. 조국이 길러 온 아까운 인재와 국가의 간성 을 모조리 산화시킨 북한의 야만적 행위를 온 지상의 이름으로 규탄, 응징 할 때 조국 수호의 영령들과 특히 아웅산에서 산화한 영령들이 여러분을 수 호할 것이다. 그리고 우리의 작전을 신호탄으로 이미 집결해 있는 삼팔선과 전 항만 그리고 북쪽의 모든 다리가 폭파될 것이다. 이미 원원 특수요원은 현지에 급파되어 있으며 수중에는 기뢰를, 다리 이음새에 다이너마이트 설 치작업에 들어갔다. 사람은 한 번 죽는다. 그동안 실전을 방불케 했던 고된 훈련, 사선을 수 없이 넘으며 인내하고, 인간의 한계를 넘어 신의 한계에 도 전했던, 유사 이래 처음이자 마지막 특수 침투조! 대원들! 여러분의 실력을, 포구에서 폭발하는 포탄처럼 오늘 유감없이 발휘하길 바란다. 이상!!"

"그러나 그날 새벽 4시에 모든 작계를 취소한다는 통신이 떴소."

"남조선으로 같이 가자고 안 했습매까?"

선장의 눈에 뿌옇게 안개가 서렸다.

"철수 준비를 하고 있는데 그때 고정간첩 웨이터장이 변절했다는 것을 알았소. 밀고 했던 것이지. 놈들이 들이닥치기 시작했소."

"세상에 기런 줄도 모르고........"

"남으로 와서야 나까지 두 명만 살아 나왔다는 것을 알았소. 그 후에는 잊어버렸지만 당장 그때는 당신을 만나기 위해 나는 죽으면 안 된다고 생각했소. 죽을 힘을 다했지. 살아 있어야 언젠간 당신을 다시 만날 수 있을 것 아니요!"

"참으로 고생 많이 하셨습둥! 남한으로 내려와서도 기렇고…"

"원망 많이 했소? 나를 얼마나 기다린 거요?"

"애초에 기다릴 생각 같은 것은 없었는디 모르디요. 하디만 시간만 나면 샘을 올라가 사방을 돌아다니며 찾았댔시오. 어디선가 나뭇꾼이 꼭 다시 나타날 것만 같아…"

다시 수옥의 눈에 안개가 자욱이 서렸다.

"그런데 아오지 탄광으로는 어떻게 가게 되었소?"

"그리고 얼마 디나디 않아 그 때 몇 채 안 되는 강가 마을에 모두 리주하라는 지시가 내렸댔시오. 확실히는 몰라도 강가에서 오리발이 발견되었다 했습매. 수색견이 물어냈다는 소리를 들었던 것 같습매다. 기억은 흐리디만… 차라리 그 변화는 당신을 잊는데 크게 일조를 했지비."

"오리발이라… 그 말이 사실이라면 내가 묻은 오리발일거요."

"기렇습매까?"

수옥이 눈을 크게 뜨며 반문했다.

"침투하는 사람들이 아닌 일반인들이 오리발을 사용하는 경우는 드물 거 아니요. 그래서 수옥 씨와 만나기 전 오리발을 묻고 그 산으로 침투해 들어갔던 거요."

"그 오리발이 아니었으문 혹시 아오지로 리주하지 않았을디…"

"글쎄…그랬을 수도 있었겠구료. 그런데 흑룡강에 가서 남편은 찾지 못했소?"

자조 섞인 웃음을 웃으며 수옥이 고개를 숙였다.

"오라버니가 2년이나 걸려 찾았는데 한漢족 여인과 아들 딸 낳고 살고 있었습매다. 십오 년만에 만났더니 아주 한 족이 되어 나를 몰라보는 것이 아이겠슴매! 자세한 내막은 몰라도 큰 화재가 일어난 후에 죽은 사람과 호적을 바꿨답매다. 기래서 아예 나를 모른 척 하는 것 같았습매다. 기렇게 세월이 많이 흐르도록 연락 한 자 없는 사람을… 찾아간 리 에미나이가 멍청한 것 아이겠슴매!"

두 손바닥으로 얼굴을 쓸고 난 그녀가 고개를 들고 진수를 바라보았다.

"그 간나아를 위해서는 나는 흘릴 눈물이 없습둥! 아무리 정이 없이, 한 점 혈육도 주지 않은 사람이디만서두 살아남아야 하기 때문에 끝내 못 알아보는 척해야 하는 우리 모두의 운명이 기구할 뿐이디 다른 감정은 없습매."

진수가 내민 물컵을 들어 물을 마시고 난 그녀 앞에 진수는 무릎을 꿇고 앉았다.

"달래 때문에 수모도 많이 당했겠구려!"

수옥의 무릎에 얼굴을 묻었다. 일시적 감정이었든 운명적으로 만난 불장난이었든 너무나 무책임한 행동이 아니었을까?

"그이가 가고 채 두 달이 되디 않아 당신을 만나서 식구들도 감쪽같이 속았드랬습매다."

"미안합니다. 당신을 하루도 잊어본 적은 없었소. 그러나 만날 기대 같은 것은 아예 생각도 못했지. 나이를 먹으면서 다시 만나지 못하고 죽나보다 그런 생각도 들고. 그런데 이제 하늘이 우리를 돌아보시는 것 같소. 고마워! 이렇게 달래와 함께 내 앞에 나타날 줄이야. 극적인 순간이었지만 당신과 나는 운명적 만남이었소. 나는 이런 배의 선장은 아니었는데. 당신을 만날 줄 알았으면 지금보단 좀 좋을 모습이어야 할 걸~ 하는 생각이 들어."

제3장 자유는 구속으로부터

1. 긍휼의 빛

달래 모녀를 선실로 보내놓고 난 뒤 진수는 선교가 있는 상갑판으로 올라갔다. 6시가 넘어가는 시각, 지금 누가 당직이지? 그는 바다를 멀리 조망했다. 멀리 검은 구름이 조금 끼어있었다. 바다 수면에 잔바람이 일고 있었으나 과히 눈여겨 볼 만하지는 않은 것이란 생각이 들었다.

'시간아 어서 어서 가버려라! 이 지옥선에서 어서 빨리 해방되고 싶구나. 나도 꿈같은 단란함을 맛보는 날이 온 것일까? 그녀 때문은 아니었지만 지금까지 독신을 고수한 것은 얼마나 잘 한 일이냐. 믿을 수 없는 일이 현실이 될 때도 있는 겁니까?'

진수는 고개를 들어 하늘을 올려다 보았다. 아마도 달래 모녀의 등장으로 자신의 마음이 변한 것 같았다. 출항 때 대면식에서 모든 사람에게 희망의 날개를 달자고, 달아 주겠다고 해놓고서 지옥선에서 빨리 내리고 싶다니… 자신이 생각해도 너무 무책임하단 생각이 들었다. 태양은 중천에서 이제 서쪽으로 완전히 기울어지고 있었다. 적도를 지날 때면 자신의 배가 떠 있는 바다에서 집 채만한 태양이 수면에서 솟아오르던 장면이 새삼 머릿속에 떠올랐다.

'아아~ 바다에서 떠오르는 태양… 내 인생의 바다에서 솟구치는 태

양… 그토록 많은 장면들 중 지금, 이 순간 어째서 그 필름이 머릿속 스크린을 장악하는 것일까?'

새빨간 노을이 진 하늘을 보면서 진수는 브릿지로 들어섰다. 조타계 기판을 들여다보자 하이쩌우만 앞 바다, 북위 35도 동경 124도에 가 있었다. 오랜만에 진수는 기분이 좋았다. 하늘은 아름다운 노을을 펼치면서다가 올 밤을 꿈꾸고, 바다는 가끔 들리는 물새들의 발을 들어 춤추게 하고 있다. 지루하던 장마가 끝나고 살가운 바람과 함께 응달의 축축한 구석을 산뜻하게 말리고 진수의 마음속에 따사로운 햇살이 쏟아지고 있었다.

"통신장! 목적지에 닿기 전에 반드시 본사와 연락을 하고 접선할 어선과 위치를 컴펌 재컴펌 하시는 거 잊지 마시오. 그리고 갑판장을 불러주시오."

워키토키로 갑판장을 부르는 소리를 들으면서 진수는 자신도 모르게 콧소리로 노래를 읊조렸다.

"선장님, 기분이 좋으십니다."

당직사관 함대이루기가 말을 걸었다.

"흠~ 처음으로 별 사건 없이 순조로운 것 같지 않나?"

"네~ 저도 그런 기분입니다. 어떤 사명감 같은 것도 생기는 것 같습니다."

"어~ 그래? 뜻하지 않았던 반가운 소리군! 그건 밀항자들에 대한 소감이라고 봐야 하나?"

"네~ 그렇다고 볼 수 있죠. 정말 놀랐습니다. 아무리 돈을 많이 주어도 이런 선박에 승선해야 하나 하는 생각도 안 해 본 것은 아닙니다만, 이런 일을 하는 사람이 꼭 나쁘다는 생각에서 벗어나기로 했습니다."

"어허~ 내게서 어떤 답을 요구하는 건 아니지? 나도 자네와 비슷한 심정이었는데 다시 생각해 보기로 했네! 승선기일이 촉박해서인지 내가 행할 행동반경에 대해 자기 철학을 세우지 못하고 실은 나도 야화선을 탔거든…"

"그러셨군요. 어쨌든 우리 하는 일이 성공했으면 좋겠습니다."

바로 그때 갑판장이 올라와서 통신장과 이야기를 나누더니 두 사람이 하는 말에 끼어들었다.

"이보소, 이항사, 함대이루기씨! 걱정 말그레이. 성공은 실패의 어머니인 기라!!"

"넷~ 성공은 실패의 어머니?"

둥그렇게 눈을 뜬 이항사가 선장을 바라보며 갑판장의 말을 받았다.

"이항사가 갑판장님의 육 대양 오 대주를 모르는 모양입니다."

"또 바꿨나? 참말로 모르겠데이. 그게 그거 아이가? 실패와 성공이 또 바꿨나?"

이항사가 폭소를 터뜨렸다.

"이항사가 갑판장 실체를 아직 모르는군요?"

"내 실체라니… 아이 선장님 그기 무신 뜻인교?"

전혀 감을 못 잡는 표정을 하고 갑판장이 번질거리는 얼굴 씻은 손을 작업복에다 슥슥 닦으며 선장, 전진수를 바라본다.

"무신 뜻은요 헹님~ 모르셔도 됩니데이. 이항사 오늘 우리 저녁 식사하고 나서 맥주 한 잔씩들 할까? 술판만 벌어지면 갑판장 실체가 바로 드러나거든!!"

"실첸지 시첸지 그 술판에 나도 끼워준다 그 말이가?"

"아~ 그러문이요. 그래야 갑판장님 실체를 발견하겠지요. 안 그렇습니까, 선장님!"

"하모~~ 갑판장님, 그리고 다름 아니고 내일 본사와 자개도 현지, 그리고 추한일하고 밀항자들 실을 냉동탑차, 그리고 임시 수용할 대형 창고 재확인 하는 거 잊지 마시라고요."

"걱정 마십쇼. 선장님, 오늘도 추한일과 통화했다 아입니꺼?"

"아―갑판장님, 그리고 또 있어요. 추한일에게 물병도 이백 개쯤 준비하라는 것 잊지 마시고, 참 잊을뻔했네. 휴지도 챙기라고 하세요."

"하모~ 전선장 없으문 내 우이 살끼고. 내사마 고런 것도 전혀 생각 못했다 아이가!"

"별 불상사 없겠지요, 이제? 이제부터라도 정말 순조로왔으면 좋겠습니다. 이젠 이백 명 식구가 아닙니까?"

"그러게 말이요. 그리고 귀한 식구도 생깄는데… 걱정 붙들어매십시오, 선장님!"

이항사가 귀를 의심하며 두 사람을 번갈아 바라보았다. 갑판장이 재빨리 눈치를 채고 이항사를 향해 한 마디 던진다.

"아~ 고 이쁘고 어린 소녀, 이항사님도 보았을낀데… 박달래 말이라. 고 어린 것이 얼마나 삐삐 말랐는지… 무사히 남쪽에 도착해서 좋은 꼴도 좀 보고 학교도 다녀야 하지 않겠나 말이라!"

그런 뜻이었냐는듯이 이항사가 고개를 끄덕이며 조타계기판으로 고개를 돌렸다.

"참 그런데 밀항자들 저녁 식사는 어찌 되었습니까?"

"참~ 일찍도 물어보십니다. 선장님~ 정신이 확 나갔습매까?… 아까 통신장이 부를 때 주먹밥 주고 올라오는 기라요."

"죄송합니다. 정말 유구무언입니다."

"하모~~ 왜 안 그렇겠습니까? 내가 생각해도 자다가도 벌떡 일어날 일이구마는…"

통신장이 선교로 들어서면서 말을 걸었다.

"아~ 선장님 여태 계셨네요. 그런데 우리는 저녁 식사 안합니까?"

"모두 다 먹고살자고 하는 일인데 무슨 말을 그렇게 하십니까, 통신장은?"

"실은 밀항자 고 도야지들 때문에 우리 식사가 늦었다 아입니까? 먹고살자고 삐 빠지게 일하는데 통신장은 그게 무신 소리고? 우리 교대사관하고 모두 사관식당에 저녁 좀 차릴까에, 선장님?"

난감한 표정을 하고 선장이 갑판장을 돌아본다.

"아아~~ 하이고 내 원 참, 선장님이 아니라 지가 정신이 확—나갔습니다. 방금 디린 말씀 모두 취소합니데이. 이 대갈빡을 워다다 내버릴꼬!! 황해에 내버리면 황해가 더러버질낀데…"

갑판장이 자신의 머리를 쥐어박으며 선장을 바라보던 눈길을 통신장에게로 옮겼다. 어리둥절 눈을 꿈뻑거리며 통신장이 선장과 갑판장의 얼굴을 살필 때 선장이 입을 열었다.

"아아~ 갑판장님, 아닙니다. 사관식당에 제 저녁까지 차리도록 하십시오. 그리고 나머지는 알아서 좀 처리하시죠."

"아~ 알겠습니다. 그럼, 지가 먼저 식당으로 내려가 볼라니께 교대사관하고 통신장은 선장님 모시고 조금 천천히들 내려 오시소. 하이고 실항사나 실기사 이놈아들은 어디로 가고 발뒤꿈치도 안 보이나. 갑판장님 발바닥에 불붙구로…"

그 때 실항사 옆방 선실에서는 실항사가 차려주고 간 밥상을 받은 수옥과 달래가 밥상 앞에 앉아 있었다.

"오마니, 우리만 먹어도 되는기야요, 선장님은?"

"달래 말이 맞지비. 함께 들면 좋갔다만 선장님은 바쁘실 수도 있겠슴둥. 우리 때문에 오늘 업무에 차질이 많아졌을 기야. 그리고 밥상을 보니까 우리 두 사람 분의 밥상이 앙이야!"

"그렇슴둥! 아무래도 오마니 말처럼 선장님은 지금 바쁘신 모양입매다."

"기렇다면 달래야 우리 모녀 오붓하게, 맛있게 먹어보기요."

얼굴로 내려온 머리를 쓸어올리며 수옥이 밝은 웃음을 지으며 달래를 바라본다.

"오마니 꿈만 같아요. 배 안인데 어디서 이런 맛난 음식이 나올까요?"

"그러게 말입매. 출항할 때 아마도 육디에서 모두 사서 쟁이는 모양이디."

"그런데, 오마니와 선장님은 어떻게 아는 사이야요?"

수옥이 달래를 바라보며 잠시 난감한 표정을 짓는다.

"왜 지가 물어보면 안 될 말을 물었습매까?"

"이런 에미나이, 엄마를 그런 눈으로 보지 말기요. 시간이 되면 이얘기할 것이었습매."

"그 시간이 언제쯤이란 말입매까? 무슨 사연인데 시간이 되어야 할 수 있는 것임매?"

"그 시간이 임박했으니까 조급하게 굴지 말기요. 궁금해도 보채디 말고 어서 먹기요."

바로 그때 노크소리가 나더니 문이 열리고 선장이 들어섰다. 두 여자는 동시에 앉았던 자리에서 벌떡 일어나 허리를 굽혔다.

"선장님은 저녁 식사 어떻게 하셨습둥?"

"어~ 어서 앉아 들어요. 내가 좀 늦었지. 나는 사관들하고 사관식당에서 한 잔 하며 식사해야 할 것 같소. 오늘 밀항자들 때문에 선원들이 너무 고생들 많이 한 것 같아 내가 한 잔 사기로 했지. 그래서 식사 후에나 돌아오겠소. 달래도 많이 먹고… 반찬이 입에 맞는지 모르겠소. 어디, 메뉴가 오늘은 뭐야?"

다가온 선장이 밥상을 내려다보고는 흐뭇한 얼굴로 두 여자를 찬찬히 바라본다.

"황홀한 식사는 아니지만 천천히 맛있게 먹어요. 달래도…… 알았지!"

달래가 허리를 굽히며 인사를 대신했다. 선실 문이 닫히자 여자들은 동시에 눈동자를 마주치며 상머리에 앉았다. 밥숟갈을 떠 넣는 자신들의 입이 자꾸만 헤-벌어지는지 알 수 없었다. 이래서야 어찌 식사를 마칠 수 있단 말인가. 웃음이 자꾸 삐질거리고 나오는 데는 이유가 없었다. 선장이 뜬금없어서도 아니고 이상한 태도도, 이상한 말을 남겨서도 아니었다. 한 번도 경험해 보지 못한 배려, 그리고 남성만이 형성할 수 있는 훈훈한 후광이 선실을 채우고 그가 풍기는 비누 향과 함께 자신들을 휩싸 안고 있다는 것을 모른 채 어쩐지 웃음이 삐어져 나왔다. 아직은 불안을 다 떨칠 수 없지만 그들은 든든했다. 의식의 표면에 떠오르진 않았지만 끝 간데없는 서해, 방향도 모르고 가던 길에 등불 하나가 내어 걸리고 있음을 강하게 느끼고 있었다.

2. 검은 갈매기에 실려온 사랑

달래와 수옥을 두고 선실을 나오는 선장도 기분이 좋았다. 기분의 색깔은 조금 다르지만 폭탄주를 몇 잔 연거푸 들이키고 났을 때 같다고나 할까? 취한듯 무엇이라고 형용할 수 없을뿐더러, 한 가지가 아닌 여러 갈래의 감정이 내부에서 조금씩 조수처럼 밀려드는 것을 느꼈다. 무엇인가를 해내고 있는 듯한, 특정인을 향한 완전한 존재감? 뿌듯한 이 기분을 무엇이라고 해야 할까? 자신이 따뜻한 양수 속에 들어있는 것 같기도 하고, 그들을 보호해야만 한다는 뚜렷한 명제와 함께 그들에게로 향하는 능동적 아우라가 자신에게서 발산하고 있는 것을 느끼면서 선장은 좁은 선실 복도를 거쳐 자신의 방으로 들어섰다. 그리고 이미 개봉되어 있던 술병과 새 술병 한 개를 함께 들고 사관식당을 향해 걸었다. 아주 오랜만에, 아니면 생전 처음 맛보는 유열 같은 것이 얇은 스카프자락으로 자신의 목을 부드럽게 감싸는 것을 느꼈다. 사관식당에 도착하자 통신장과 갑판장은 물론 이항사, 함대이루기와 기관장 그리고 삼항사가 대기하고 있다가 모두 일어섰다.

"자자~ 앉소. 주방에 있는 식구들은 어디 갔소? 갑판장님 이하 모두 오늘 고생들 많았소!"

좌중을 둘러보며 선장이 양주병을 내밀며 자리에 앉자 모두 제자리를 잡고 앉았다.

"이보게, 주자, 오늘 반주한다꼬 했는데 왜 술잔이 없어! 실항기사 두 놈 어디 갔노?"

그 때 총알 같이 실기사가 플라스틱 컵과 양주잔을 가져와 사람들 앞앞이 놓자 실항사가 기다렸다는 듯이 생수병을 들고 나타났다.

"하모~ 척척 이구마. 너희들 어디서 파견된 몇 번 웨이터냐?"

기관장이 너털웃음을 웃으며 두 아이들을 향해 말을 걸었다.

"기관장님은 양주병을 보자마자 거나해지는 모양이구로. 너털웃음을 웃는 걸 보니까."

"그런데 맥주가 없는데요. 폭탄주를 뭘로 만들죠?"

"이봐라 웨이타, 너희들 행동 좀 퍼뜩퍼뜩 해라. 손님 한 두 번 받아보나! 니는 어데서 파견나온 누구라꼬?",

"예~ 에, 지는 육대양 캬바레에서 나온 오대주이고요, 절 마는 태평양 카바레에서 파견 나온 황해라 캅니데이!"

캔맥주를 가지러 가고 있는 실항사의 잔등을 가리키며 실기사가 능청을 떤다. 작은 잔에 삼항사가 양주를 따르는 것을 모두 바라보고 있다가 실기사가 하는 소리에 사람들이 왁자지껄 웃음을 터뜨렸다.

"그란데 너희들은 거리가 먼데 어데서 만났노?"

"바로 요 야화선이라카는 데서 만나 둘이서 의기투합했습니데이!"

선장이 실기사를 유심히 바라볼 때 주자와 실항사가 맥주 상자를 들고 다가왔다.

"선장님이요, 요 자슥~ 실기사 말인기라요. 내가 요놈하고는 이번이 두 번째 출항인데 어린놈이 어찌나 맛깔스런지 말도 몬합니데이."

"내일은 개벽을 할라나? 주방장님, 야화선 맥주를 동을 낼 모양입니다."

"이거이 몇뱅이나 된다꼬… 한 앞에 세 병씩만 까도 한 박스는 넘어 마실끼구마는…"

그 사이 모두 폭탄주가 마련되고 기어이 실항사만 빼고 모두들 술잔을 들었다.

"자자, 그럼, 오늘 일백육십야들 마리의 도야지들을 무사히 싣고 항해하는 야화선을 위해 선장님이 건배 제의를 하시죠."

"그럼, 오늘 모두 고생들 많았소. 갑판장님 이하, 통신장님 그리고 사관들도 고생 많았소. 특히 밀항자들이 내릴 때까지 제일 고생이 많은 곳이 주방이요. 틈나는 대로 도와주기로 하고 제일 다리 바쁜 실항기사를 위해서도 건배합시다. 우선 첫 잔은 전원 완샷입니다. 어쨌든 우리는 한 가족, 야화선을 위해 우리 모두를 위해, 건배~ 건배!!!"

우렁찬 함성이 울리고 목이 말랐는지 총원이 술잔을 비우고 나자 이번에는 이항사가 잔을 채우기 시작했다.

"다음은 갑판장님이 건배 제의를 좀 하시죠."

조금 전 선교에서 있었던 대화를 기억하고 선장이 이항사를 바라보며 입을 열었다.

"하모~ 좋습니다. 자~ 자~ 모두 잔을 듭시다. 그동안 기관실도 그렇고 자질구레한 사건들도 있었지만도 이제는 항해가 순조로울 것 같습니다. 모두들 여러분 덕분이요. 자~ 모두 완삽!!"

"완삽?~ 샷!!!"

잔들을 채우고 나서 갑판장의 입만을 집중해서 바라보고 있던 이항사가 갑판장의 완삽~ 이라고 외치는 소리와 동시에 포복절도를 하며 자리에서 일어났다. 이미 알고 있었던 기관장이 이항사를 바라보며 같이 갈갈대소하고 실기사도 덩달아 파안대소했다. 이들을 바라보는 선장도 참기 어려운 듯 벌어지는 입에서 터져나오는 웃음을 꾹~ 물었다.

"갑판장님~ 완삽은 너무 많고 우리 반삽씩 뜹시다. 첫 삽도 완삽, 두 번째 삽도 완삽은 어렵습니다. 자~ 두 번째 잔은 반 삽입니다, 여러분, 우리 모두를 위해 반삽!!~ 반삽!!!"

아직도 끝나지 않은 기관장과 이등항해사의 웃음소리를 들으며 갑판장이 부대찌개를 한 수저 먹고 나서 두툼한 입술을 벌렸다.

"차암~ 이상한 것들도 다 보겠데이. 내가 건배 제의로 완삽만 하면 배꼽이 빠진다카는데 무슨 일이라? 니는 아나, 실기사 이 놈아야!!"

"지도 모릅니데이. 지는예, 기관장님과 이항사님이 하도 재미게 웃구로 웃는깁니더!"

그때 선장의 두 번째 잔이 빈 것을 확인한 삼항사가 얼른 잔을 채웠다.

"자자~ 언제나 술좌석을 빛내주시는 우리 강포동 갑판장님의 불문율을 깨뜨리는 백성은 어찌하는 게 좋겠습니까, 여러분!!"

"두 말 없이 바다에 던져야 합니다."

"멍석말이를 해야 합니다."

"거꾸로 매달아야 합니다."

"입을 꼬매야 합니다."

언젠가 실항사 유승재가 부원들한테 흠씬 두들겨 맞았던 날, 갑판장의 육대양 오대주를 들었던 주자와 주방장도 그 때 생각이 나는지 박장대소하며 갈갈거리는 대열에 참여했다. 영문을 모르는 갑판장이 슬그머니 심사가 뒤틀리는지 얼굴이 살짝 굳어졌다.

"우리 해운업계의 영원한 등불, 선원들의 귀여운 호프 강포동 갑판장님을 위해 완샵!!"

거나해진 선장이 외치자 사람들이 다시 폭소를 터뜨렸다. 갑판장이 입을 열었다.

"아니~ 전 선장, 내가 그럼 귀여운 생맥주라 말이고?"

사람들은 이제 너 나 없이 자리를 차고 일어나 사관식당을 누비며 웃어댔다. 실쭉해져서 혼자 양주를 이미 스트레이트로 여러 잔 마신 갑판장은 많이 취한 것 같았다.

"니가 나 놀리고 있제. 대체 무슨 일이라?"

"무슨 일은요. 갑판장님 덕분에 언제나 술좌석이 이렇게 화기애애한데요. 그나저나 예전에 말입니다. 갑판장님이 모시던 헹님은 지금 건강은 어찌 되셨습니까?"

"건강이나 마나, 돌아가신지 삼 년이 넘어가는 구로. 와~ 그 헹님 얘기는 와 꺼내노?"

"그 헹님 이야기 예전에는 많이 들었는데요. 그 헹님이 피자를 좋아하신다 안했습니까?"

"하모~ 요새 애들만치로 좋아하시지. 그런데 와?"

"그 헹님이 그때 좋아하신 피자가 무슨 피자였지요? 포테이토 피자 였든가요?"

"아니~ 감자!!"

선원들은 이제 탁자를 손바닥으로 치며 웃기 시작했다.

"헹님, 이 아아~ 들이 왜 이렇게 버릇없이 웃어대는지 아십니까?"

"니도 모르나? 버르장머리 없는 것들!!"

"지도 모르지예. 못 된 것들! 술도 많이 됐고 헹님, 우리는 이쯤서 빠집시데이!"

강포동을 부축해서 침실에 데려다 놓고 진수는 선장실로 돌아와 샤워를 했다. 취기가 기분좋게 올라오고 있었다. 깨끗한 옷으로 갈아입은 후 순시를 돌기 위해 방을 나섰다. 기관실에 내려갈까 하다가 그만두기로 맘을 고쳐먹었다. 샤워를 했는데 기관실에 들르면 다시 땀이 차오를 것이다. 부원들이 자는 선실 몇 개와 선교에 들러 당직사관으로부터 보고를 받고는 화물창이 있는 갑판으로 나갔다. 망치를 비롯해 조직원 세 놈이 이리저리 뱃바닥에 널브러져 자고 있었다. 그들 옆에 소주병 댓 개가 구르는 것이 술을 하고 잠든 모양이었다. 녀석들을 넘어 화물창 입구에 귀를 댄 선장은 무슨 소리가 들리나 잠시 서 있다가 그 곳에서 떨어져 나왔다. 잠잠한 것이 그들도 모두 잠 든 모양이었다. 그리고 선실에서 모포를 가져다 조직원들을 덮어주고 그들이 깨어나지 않도록 발소리를 죽이며 갑판에서 돌아왔다. 그리고 실항사 옆 방 임시로 준 달래네 방에 노크를 했다.

"나요, 아직 자지 않았소?"

수옥이 두려운 눈을 하고 도어를 빠끔히 열었다.

"조금 전에 승재가 또 하나 간나아를 데리고 와 달래를 불러서 데레갔습매다."

"아~ 그랬소! 실기사와 실항사요. 내 방으로 갑시다. 찾아올 수 있겠소?"

"예~ 짐을 옮기느라 아까도 실항사와 여러 번 드나들었습매다."

진수는 대답을 생략한 채 고개만을 끄덕이고는 자신의 방으로 돌아왔다. 전자포트를 켜고 물 끓는 소리가 아직 나지 않을 때 수옥이 벌써 노크를 하고는 바로 들어왔다. 그녀를 바라보며 코드를 뺀 진수는 걸어가 도어의 꼭지를 눌렀다. 그녀를 거칠게 끌어안았다.

"참느라고 죽을 뻔했소!"

"아이 됩네다. 달래, 이 에미나이가 어디로 갔는지 걱정이 돼서 말임매!"

"그 실기사와 실항사 괜찮은 아이들이요. 걱정 붙들어 매어도 되겠습둥!"

"그래도 맘이 아이 놓입…"

자신을 올려다보고 중얼거리는 입을 봉하며 진수는 깊숙이 자신의 혀를 박았다. 문 앞에서 얼마나 그런 자세로 있었는지 수옥이 숨을 헐떡이며 힘들어했다. 그녀를 반짝 들고 그는 자신의 침실을 향해 걸어가 자바라를 발로 밀었다. 머리맡에 이미 켜 놓았던 장밋빛 조명등이 불을 밝히고 있는 침대 앞에 그녀를 내려놓고 자바라를 닫았다. 그리고 떨고 있는 마른 몸매로 다가와 뱀 껍질을 벗기듯 그녀의 옷을 벗겼다.

"선녀에게 이런 옷을 입히다니, 지옥에서 잘 빠져나왔소. 여자를 무채색으로 만드는 땅덩어리, 천사에게 검은 옷만을 강요하는 사회는 더는 용서하지 맙시다. 그렇지!"

수정체에 영롱한 작은 이슬이 맺힌 그녀의 입술이 희열과 감사로 바르르 떨렸다. 그는 무슨 의식을 치르는 듯한 자세로 그녀의 옷을 벗겨나가기 시작했다. 낡은 상복과 같은 그녀가 입었던 작업복은 선장의 손에 구겨져 방구석에 있던 휴지통에 처박혔다.

"아이 됩네다. 옷을 버리면 어이 합매까?"

"내 옷 중에서 좀 골라 입는 게 나을 것 같소!"

그의 음성은 화가 난 듯 엄숙했다. 사내는 속울음을 울며 한시바삐 그녀를 여자이게 하고 싶다는 열망으로 빠져들었다. 청무꽃 냄새가 나던 그 숲 속이 아니라 장밋빛 조명 아래 여인의 유방은 선실 천정을 향해 입을 쫑긋 벌리고 농익은 살구빛 볼륨으로 방그르 드러났다. 얼마만 인가! 정작 사랑, 그 비슷한 것으로 자신이 달아올랐던 때가…

"너무나 그리웠소. 두 번 다시 만나지 못할 사람인 줄 알고 기억에서 지워버렸지."

"…그런데 어떻게 그렇게 금방 알아보셨습둥?"

그녀가 목소리를 낼 때마다 나이를 먹지 않은 탱탱한 유방은 야들거리는 청포묵처럼 떨고 있었다. 사내는 하늘이 내린 매혹의 볼륨을 두 손으로 받쳐 들고 허리를 굽혀 입을 맞추었다. 그리고 사내는 그녀의 눈동자에 시선을 박은 채 아주 천천히 옷을 벗었다. 이미 웃음은 사라지고 비애에 가까운 엄숙함으로, 최고의 환희를 향한 인내의 고통으로 그의 얼굴은 일그러져 있었다. 스스로 사회적 무장해제를 감행한 사내는 이제 하늘이 내리신 가장 오묘한 불후의 걸작, 불변의 무기, 수억 생명의 포탄을 장착한 창 하나만을 빳빳이 세워들고 자신앞에 나타난 지상에서 가장 아름다운 꿈속의 성을 정복하기 위해 발걸음을 떼었다. 그가 다시 그녀의 유방에 손을 대자마자 기다림이 도를 넘은 여자의 입에서 작은 비명이 삐어져 나왔다. 한쪽 팔로는 그녀의 등허리를 받쳐 들고 한쪽 팔로는 그녀의 계곡을 받쳐 든 사내는 그녀를 반짝 들어 침대에 눕혔다. 그리고 다시 일어선 사내는 역삼각으로 발달한 어깨를 들고 냉장고 앞으로 걸어가더니 여전히 일그러진 표정을 하고 냉장고에 있는 물병을 꺼냈다. 전장을 나가기 전 의식처럼 물 한 병을 거의 다 마셨다. 초저녁 마셨던 양주 때문에 목마름이 심했던 모양이다. 그리고는 세상을 정토할 자의 완전한 자신감으로 충만한, 늠름한 어깨를 들고 침대로 다가온 사내는 물병을 머리맡에 놓고는 갑자기 그녀의 숲에 얼굴을 묻었다. 그는 울고 있는가! 머리는 가만히 둔 채 꿈틀거리는 사내를 만지기 위해 여자가 손을 뻗었다. 그제야 얼굴을 든 사내는 꿈속의 성에 포진된 잔졸들을 몰아내기 위해 그녀가 세워 둔 삼천 개의 성을 공략하기 시작했다. 계곡과 넓은 평원, 분지와 구릉을 딛을 때마다 포졸의 비명이 그치지 않았다.

"당신 무척 아름답소. 여기 이렇게 만져주면 어때? 좋아!"

눈을 감은 그녀에게서는 대답이 들리지 않았다.

"당신 좋아? 눈 좀 떠보소. 이런 순간 당신과 눈을 맞추고 싶소."

"으음~~ 부끄럽습매다. 고만 아아~~ 고만 하기요."

"그럼, 당연히 부끄럽겠지. 대체 얼마만이요. 당신 좋으냐고 물었지 않소?"

"그걸 말로 어이 합매까?"

"말로 안 하면 그럼 몸으로 하겠소? 말 좀 해 보소, 얼마나 좋으냐니까!"

"내일 죽어도… 흐응… 한이 없디요."

"그거 정말이요? 내 포탄을 맞고 죽으면 더 좋겠지."

그녀가 눈을 뜨고 고개를 끄덕였다.

"어때 눈을 맞추고 이야기 하니까 더욱 기분이 좋지 않소? 얼마나 좋으냐니까."

"아으으~~ 고만하기요. 흐응~~ 죽을 것 같습둥!"

"그냥 죽으면 안 되오. 내 포탄을 맞고 죽어야지. 그럼 내가 포를 발사해도 되겠오?"

이미 열려진 그녀의 성문을 꽉 채우며 늠름한 포신이 푹 들이밀고 들어왔다. 깊은 단애 앞에 까물거리던 여인은 한순간 하늘로 솟구치다가 끝없는 벼랑 아래로 떨어졌다. 산산조각이 날 것 같은 꽃봉이가 떨어진 곳은 짙푸른 바닷물이었다. 바다 저 끝에서 넘실대며 다가와 그녀를 치고 나가고 또 치고 나가는 그 파도를 타며 사내는 라프마니노프의 피아노 협주곡을 두드려댔다. 부드럽게 때로는 격렬한 물결은 해안을 핥고 나가 죽을 것 같지만 여인은 다시금 정신을 차리며 다시 파도를 기다리는 자신을 발견하곤 하는 것이다. 여러 번의 파도가 치고 나간 후에 피아노는 절정을 향해 치달았다. 포는 남발하는 것이 아니다. 가장 화려한 수중 폭발을 위해 명중의 순간을 기다려야지. 어뢰가 폭발했다. 혼돈 속에서 여인은 어딘가를 향해 밀리고 밀려나갔다. 이제 정적이 감도는 바다 한가운데서는 파고가 깊지 않은 파도가 비단 폭을 펼친 듯 넘실대고 있었다. 아름다운 섬, 해안가에는 표류한 여인의 나신이 풀죽은 잔물결에 흔들리고 있었다.

3. 오월의 전당

바로 그때 젊은이 세 사람은 상갑판에 맥주와 음료수 그리고 과일들을 놓고 5월의 밤을 만끽하고 있었다. 실기사가 기분 좋은 듯 얼굴에 웃음기를 함빡 띄우고 달래를 바라보았다.

"아까는 다 죽을 것 같더니… 기운 좀 났는가배, 달래 말이라."

실항사를 바라보며 말을 마친 실기사가 오징어 다리를 집는다.

"야화선에 타고나서 맛난 것을 많이 먹어 그런 모양임다. 영양제도 주셨거든요."

"일마야, 실항사~선장님이 달래모녀에게 와 그렇게 신경을 쓰시는지 니 아나?"

"몰라… 그냥 갱웨이도 잘 못 올라오는 것을 선장님이 목격하셨거든. 그래서 그러지 않겠어. 우리 배에서 또 사람들이 죽어 나가면 큰일이지."

"그래서 그런가? 어쩐지 이상한 느낌을 받았다 아이가?"

"맞아요. 승재 오빠 말이… 나도 우리 오마니도 새벽엔 되게 힘들었슴다."

"그 이야기는 고만 하고 아까 들으니까 헤이룽강에서 살다가 오는 길이라며, 달래야?"

"네 맞아요. 외삼촌 댁에서 오는 길입다. 외삼촌이 배 삯을 내셨다고요."

"그런데 흑룡강은 어떤 곳이야?"

"나도 잘 몰라. 내가 있던 곳은 자무쓰에서 한참 들어가는 시골이었어. 거기서도 흑룡강은 아주 멀대."

"너도 가보지 못했어? 흑룡강에서 왔다며 흑룡강을 모른다니…"

"흑룡강성에서 왔지. 강가에서 살다 온 것은 아니잖아, 그렇지 달래?"

실기사가 끼어들었다.

"네, 맞습다. 헤이룽강은 강폭이 넓은 곳은 20만 톤급 배도 다니는 아주 큰 강이랍니다."

"그럼, 강이 아니라 거의 바다잖아."

"그런 셈이지. 그럼 흑룡강성 사람들은 주업이 뭐니?"

"내가 있던 시골은 주로 평야 지대라서 논농사가 많았어. 외삼촌네는 농사도 많이 짓고 살만한데… 우리가 언제까지 눌러앉을까 봐 외숙모가 많이 조급해하셨지."

사이다를 조금 마시며 어색한 순간을 달래가 얼버무렸다.

"가진 게 없으면 친척이 남만도 못한 거 아이가!"

"실기사님은 어떻게 그렇게 아는 게 많습까?"

"나도 더부살이하고 있다 아이가. 그래서 이렇게 박차고 나오는 기지, 작년부터!"

실항사가 실기사 얼굴을 새삼스러운 듯 찬찬히 들여다본다.

"와, 기래? 내 얼굴에 뭐 묻었나?"

"아니. 명랑해서 전혀 눈치도 못챘는데… 그런 사연의 주인공이었어!"

"사연의 주인공은 무신… 틴에이저 소설 쓰나?"

자조섞인 웃음을 웃는 실기사 얼굴에 쓸쓸함이 훑고 지나갔다. 이 배에 탄 사람은 어쩜 이렇게 하나 같이 사연들이 기구할까? 실항사가 그런 생각을 하고 있을 때 실기사가 맥주를 벌컥 벌컥 들이키고는 실항사와 자신의 잔에 술을 채웠다.

"거기 기후는 어때? 상당히 추울 것 같은데 논농사를 짓는다는 게 좀 이해가 안 간다."

"그래서 일모작 밖에는 못함다. 그리고 겨울은 영하 30도가 넘을 때도 있지요."

"겨울이 우리보다 길 텐데 그럼 겨울에 사람들은 뭐해. 썰매타고 놀러다니나?"

"뭐~그럴 수도 있고, 아니면 샛강에 나가 고기를 잡슴다. 붕어도 많이 잡히고 잉어도 많이 잡힘다."

"와 민물 매운탕 정말 맛있는데… 겨울엔 집집이 붕어나 잉어탕이겠네!"

"그런 게 아니고, 살만한 집은 몰라도 거의 모든 집이 시장에 내다 팜다. 붕어가 3근에 100원이나 하거든요. 잉어는 그 보다 두 배는 비싸고. 겨울 수입도 부지런한 사람은 짭짤하다고 들었슴다. 그런데 외숙모는 우리가 언제까지나 더부살이할까 봐 답답해하시는 기야요. 우리가 놀지도 않는데… 우리 오마니 정말 죽도록 일 했슴다."

다시 달래의 눈가가 발갛게 물들었다.

"지구 상 어디를 가야 답답하지 않게 사는 땅이 있을까? 실항사 니는 잘 살고 있제?"

"……"

묻는 실기사의 얼굴을 바라보며 실항사의 얼굴이 발갛게 달아올랐다.

"짜슥~ 고까짓 거 마셨다고 얼굴이 벌게졌네! 그럼 달래야, 거기서도 스케이트 타나?"

"아~ 맞슴다. 스케이트가 작년에 들어왔슴다. 내가 처음 갔을 때만 해도 스케이트 타는 애들 별로 없었어. 그런데 작년부터 스케이트 타는 애들이 많이 생겼지. 외숙모가 그러는데 모두 한국 바람이라는데 한국 바람이 뭔지 오빠들은 암까?"

"글쎄, 그건 이런 거 아닐까? 그동안 우리나라 경제가 고속으로 성장

했잖아. 그러면서 중국은 물론 동남아 못 사는 나라들이 돈 벌러 많이들 왔어. 한국에 오면 인건비는 비싸고 자기네 나라는 물가가 싸거든. 그리고 한국 사람들은 그동안 배가 불러 3D라고 하던가, 그런 현상이 일어났잖아. 힘들고 더럽고 위험한 일은 안 하는. 그러니 돈을 많이 버는 일자리가 얼마나 많겠어. 한국에서 한 달 일해 벌은 봉급이 중국에서 일 년 번 돈보다 더 많다는 거 아니야. 그러니까 일자리를 찾으러 한국으로 몰려왔던 거지. 그래~ 지금 너 달래가 함께 온 사람들이 그런 경우 아니겠어. 그래서 돈을 많이 벌어 냉장고도 사고 스케이트도 사고… 그런거지 뭐!"

"그런데 왜 외숙모는 한국바람이 사람들을 망치고 있다고 그러는 거야?"

"글쎄, 그건 나도 모르겠는데…"

실항사가 작은 입을 다물면서 실기사를 바라보자 실기사가 입을 열었다.

"그것은 사람들이 너무 돈맛을 알아간다 그 말 아니가? 돈의 노예 같은 거 말이라!"

"… 아아~ 이제 알겠슴다. 오라버니 말을 들으니까 조금 요해가 된다."

달래가 고개를 크게 끄덕일 때 실기사가 자리를 털고 일어났다.

"왜, 내려가게?"

"음~ 이제 내려가 봐야지. 오늘 내 포지션을 너무 오래 비운 기라. 달래 또 보제이!"

"예~ 내일 또 좋은 이얘기 많이 듣겠슴다. 살펴 가시외다."

실기사를 보내고 달래와 승재는 말없이 먼바다에 시선을 주고 한동안 말을 잃어버렸다.

"왜 오라버니는 말만 안 하고 있으면 그렇게 슬퍼보임까?"

고개를 돌리고 서 있던 승재가 대답 없이 엎드려 맥주병이며 술판을 치운다. 승재를 따라 함께 치우면서 달래는 자신의 느낌이 맞다고 다시 한 번 마음속으로 확인했다. 맥주병이며 먹던 안주 부스러기를 비닐봉지에 넣어 선미 한쪽 구석에 놓고 승재와 달래는 갑판 난간을 붙들고 섰다. 배는 별 요동 없이 바다를 헤엄쳐 가고 있었다. 어디서 불어오는지 바닷바람이 휘이이~ 불어왔다가는 가고 또 불어오곤 했다. 하늘을 올려다보자 군데군데 구름이 꼈는지 별들이 가끔 보였다. 달래가 목을 꺾어 하늘을 올려다보며 다시 말을 시작했다.

"오빠, 아까 우리 돼지 막 같은 데서 숨이 막혀 죽을 뻔했어. 산소는 조금이고 질소와 암모니아를 호흡하고 있었지. 꼭 살아나갈 수 없을 줄 알았는데… 이제는 정말 아무 일 없겠지? 살아서 다시 땅을 밟을 수 있겠지?"

승재의 귀로 아직 믿음이 없는 달래의 음성이 떨려 나오는 것 같은 느낌이 전해졌다.

"걱정하지마. 이제 다른 일은 일어나지 않을 거야. 그러지 말고 한국에 가면 뭐부터 할 건지 생각이나 해 두렴."

"아~ 참, 그거 좋겠다. 실은 나 한국 땅에 내리면 제일 먼저 하고 싶은 게 있어."

말없이 승재가 달래를 바라보며 다음 말을 기다렸다.

"냉장고라는 데서 얼린 얼음 좀 깨물어 먹어 보고 싶어. 아 또 있다. 아이스크림도…"

"냉장고를 본 일이 없구나!"

"보긴 보았지. 옆집 꼬마가 작은 네모꼴 얼음을 한 주발씩 가지고 나와 깨물어 먹으며 자랑을 하는 거야. 필요도 하지 않은 지역인데… 집에서 얼음도 얼릴 수 있다는 게 그렇게 신기하더라구."

"어~ 그 얼음은 여기도 많아. 달래야, 아까 주방에서 방처럼 큰 냉장고 봤지? 그런 소원이라면 지금이라도 당장 풀어줄 수 있어."

"알았어요. 알았어."

달래가 웃으며 어둠 속에서 승재의 얼굴을 바라보았다.

"그럼 우선 먹고 싶은 거 다 말해 봐, 배에서 내리면 내가 사줄게!"

"학교에서도 순 한국 얘기였어. 고기겹빵하고 커커우컬러[呵口可樂] 얘기도 애들이 많이 해. 아 그리구 차우컬리도 많이 많이 먹고 싶어."

"어~ 커커우컬리? 차우컬리라고 했니?"

"네~ 맞슴다. 영어라서 그렇게 중국어로 바꾸어 발음함다."

"아아~ 이제 생각났다. 나도 어디서 들은 일이 있는데. 코카콜라와 초콜릿 맞지?"

달래가 입술을 오므리고는 고개를 끄덕거렸다. 그리고 다시 입을 열었다.

"그리고 내 컴퓨터가 있으면 더 바랄 게 없지. 피아노하고…"

"피아노― 좋지. 나도 피아노 치는 아이들이 부러웠는데. 그런데 참, 고기겹빵은 뭐야?"

"아~~ 그거! 왜 있잖슴까. 고기하고 상추나 야채를 깔고 양쪽에 빵을 붙인 거 말이외다."

"아아~~ 햄버거? 참 재밌는 말이네. 그럼, 고기겹빵은 북한말이겠구나?"

달래가 웃음 띈 얼굴로 승재를 바라보며 고개를 크게 끄덕였다.

"그리구 외삼촌네 옆집에 한국서 돈을 많이 벌어왔다는 언니가 있었시오. 번쩍거리는 자동차도 사서 타고 다니는데 무엇보다도 정말 귀족이 된 거 같았어."

"그래, 그건 나도 그래. 여기도 자동차가 어느 집이든 다 있는 건 아니니까."

"아아~ 아까 실기사 오빠가 요해한 말이 생각남다. 우리 외숙모가 기래서 한국 바람이 사람을 망친다고 한 말! 이렇게 자꾸 욕심이 한이 없이 늘어 난다 그런 말 아닐까! 옆집에서, 가까운 사람들이 번쩍거리는 문명의 이기를 갖고 편리하게 쓰고 즐기는 걸 보면 누구라도 욕심이 나지. 상대적으로 자신의 형편을 탓하게 되고. 내 요해가 맞지 않슴까?"

승재가 고개를 크게 끄덕거리며 생각 속으로 빠져들었다.

"정말 그렇구나! 텔레비전이 그렇고 컴퓨터, 자동차가 그렇고. 지금 우리가 얘기하고 있는 것들은 우리가 살아가는데 꼭 필요한 건 아닌 것들이야. 다만 더 즐겁고 편리하고 쾌적하게 해주는 것들이지. 입 안에 단 음료수처럼. 사실 만약 알지 못했다면 그런 것들이 없어서 속상하거나 욕심이 나거나 자신의 가난을 탓하거나 하지는 않았을텐데… 너희 외숙모가 정말 대단한 분이네, 뭘!"

달래가 하품을 하며 고개를 크게 끄덕거렸다.

"하지만 그런 마음들이 게으른 사람을 자극할 수는 있어. 더 나은 생활을 위해 노력하는 거 나쁘지 않다고 봐요. 그것이 도를 지나쳐서 그렇지."

"그래 맞아. 절제가 되지 않는 어떤 개인이나 흉내조차 낼 수 없는 그런 사람은 공연히 불행한 마음으로 살 것 같기도 하고, 그것이 한 마을이 다, 한 도시가 다 그렇거나 국민 전체가 그렇다면 위험해질 거 같다. 어쨌든 더 큰 소비를 위해 너희처럼 위험을 감수하기 까지 하게 되는 거. 살아가는데 더 높은 가치를 모르는 집단이 이런 유행병을 앓는다면…"

달래가 손으로 입을 가리고 입이 찢어질 만큼 벌리고 다시 하품을 했다.

"졸리운 모양이구나. 내려가자. 나도 오늘은 정말 피곤하다. 새벽 5시부터 지금까지야."

선실에 달래를 데려다 놓고 자신의 방으로 돌아와 승재는 샤워를 했다. 그리고 일기장을 펼쳤다. 00년 5월 22일 밤

"갑자기 세상이 환해졌다. 구름 위를 걷는 것 같기도 하고 자꾸 슬픔이 밀려오기도 한다. 실기사도 불쌍한 아이인 줄 오늘에서야 알았다. 왜 더부살이를 한다는 것일까? 하는 말들이 꼭 오십대 어른이 하는 말이다. 그러면서도 어떻게 그렇게 명랑할까. 기지가 넘쳐서 사람들에게 언제나 웃음을 선사한다. 그리고 또 달래! 하늘이 나를 내려다보고 계신걸까? 너무 말라 바라보기도 안타깝지만 달래를 만나게 되어 너무 좋다. 달래를 선실로 안내하고 이렇게 일기를 쓰는 거다. 그렇게 예쁜 아이는 세상에서 처음 보

앉다. 우리로 말하면 고딩인데 꼭 표정이 초딩이다. 그렇다고 멍청한 거 하고는 거리가 멀다. 나보다 책도 많이 본 것 같고 아는 것도 많은 아이다. 이름도 얼마나 이쁘냐. 달래와 비교하면 여기 애들은 정말 까져서 싸구려로 보인다. 이 배에서 영영 내리지 않고 살 수는 없는 것일까? 여기서 내리면 달래를, 달래 엄마를 만나지 못하면 어떻게 할까? 아니다. 그들이 일하는 곳으로, 내가 찾아다니면 되겠지. 선장님과 아는 사이시라면 예전에 사랑했던 사이실까? 달래 엄마 품에 한 번만 안겨보았으면… 나는 정말 엉뚱한 상상을 하고 있다. 선장님이 아빠가 되고 달래는 내 누이가 되고… 그리고 어머니 어머니… 달래가 내게 엄마 아버지에 대해 물어볼까봐 겁난다. 돌아가셨다고 말해야 할지 어떻게 말해야 할까? 달래에게만은 정말 거짓말 하고 싶지 않은데. 내가 모르는 사이 어느 날 아침, 잠에서 깨어났을 때 나도 문둥이가 되어 있는 건 아닐까? 나는 계속 그런 생각에 시달린다. 나중에 생각하자. 지금 이런 날아오를 것 같은 기분을 엉망으로 만들지 말아야지. 할머니, 하늘나라에 가서서 편안하세요? 미안하지만 나 생전 처음으로 행복이 무엇이라는 것이 어렴풋이 느껴져요. 바다를 빛나게 하는 햇살처럼 내 마음에 처음으로 행복한 마음이 비쳐들어요. 그런데 그 햇살 아래로 슬픔이 밀려들기도 해. 누군가에게 털어놓고 위로 받고 싶어요, 어서 빨리. 주머니 속에 송곳이 나를 찔러요."

4. 제 삼의 다리

여인은 죽은 듯 미동도 하지 않았다. 진수는 북파 당시 그 날이 생각났다.

"당신 괜찮소? 죽은 거 아니지?"

조금은 불안해진 사내가 그녀의 얼굴을 들여다보며 말을 걸었다.

"말 좀 해보라니까, 괜찮소?"

그 때서야 그녀가 몸을 움직이며 실낱같이 눈을 떴다.

"괜찮습매다. 물 좀…"

사내가 황급히 손을 뻗어 머리맡에 물병을 집어 그녀의 상체를 들어올리고 물을 먹였다.

"손가락 까딱할 기운도 없시오. 야화선이 폭발하는 줄 알았습매!"

그녀의 목소리는 들릴 듯 말듯 너무 작았다.

"건강이 좋아질 때를 기다리면 좋지만 내가 무슨 수로 참겠소! 이 이쁜 젖봉이를…"

그녀가 덮고 있는 모포 속에 손을 넣어 그녀의 봉긋한 가슴을 다시 살짝 쥐었다. 그리고 그는 결연한 동작으로 상체를 일으켰다.

"안 되겠소. 달래가 올지도 모르니까 정신을 차려야지. 당신은 눈 좀 붙이고 있어. 나갔다 올게. 순시 한 바퀴 돌고 달래에게는 당신이 몸이 좋지 않고 잠들었다고 말하리."

달래를 생각하자 갑자기 다급해진 진수는 서둘러 옷을 입었다. 그리고 그녀의 이마에 입술을 댔다 떼고 방을 나왔다. 바로 그때 선장실을 향해 달래가 걸어오고 있었다.

"오~ 달래야! 좋은 시간 가졌어? 실항사와 실기사는 자러 갔니?"

"예, 아주 유익한 시간이었습매. 실기사 오빠는 먼저 내려갔고 승재 오빠하고는 방금 헤어졌습매. 그런데 우리 오마니는 오디 갔습까? 선실에 안 계심매."

"아~ 달래야 엄마가 몸이 안 좋은지 춥다고 해서 내 방에 전기담요 좀 깔고 잠이 드셨다. 한숨 주무시고 나면 그때 내가 깨워서 보내도 되겠니?"

"예, 어디 병이 나신 것은 아니면~ 예, 잘 알겠습매. 깨우지 마시라우요."

돌아서 선실을 향해 가는 달래를 따라가며 선장이 말을 꺼냈다.

"선실로 들어가고 나면 안에서 도어 꼭지를 눌러서 잠그는 것 잊지 말아라, 알았니?"

"예, 염려 놓으시라요. 승재 오빠도 꼭 같이 그렇게 말했습다."

"아~ 그랬군! 그래 그러면 달래야, 잘 자! 나는 순시 차 한 바퀴 돌아야 겠다."

선교에 가자 당직사관 삼항사가 경례를 붙인다.

"근무 중 이상 무!"

"오~ 라저!! 기상은 점검했나? 초저녁보다는 별이 많이 나왔던데…"

"예, 내일 바람은 조금 있지만 대체로 맑은 편이고 파도는 2m가 못 된다고 합니다."

쌍안경을 들어 선장은 한 바퀴 밤바다를 조망하고는 갑판에서 내려 왔다. 기관실을 들러 선장은 화물창이 있는 갑판으로 올라왔다. 놈들은 다 어디로 갔을까? 화물창 문은 여전히 잠겨있지만 잠잠하던 초저녁과는 다 르게 안에서 사람들의 웅성거림이 들려왔다. 고개를 갸웃거리며 선실 복 도로 들어서는 선장의 기분이 뭔가 석연치 않았다. 바로 그 때 공동 샤워 장 쪽에서 소리가 들려왔다. 발소리를 죽이며 다가갔다. 여러 개의 샤워기 에서 나오는 물소리와 섞여 잘 들리지 않았다. 선장은 샤워장 문 앞에 귀 를 바싹 대고 숨을 죽였다. 양쪽으로 덜렁~ 열리는 여닫이 문과 문이 만 나는, 쪽 떨어진 끄트머리 사이로 안이 들여다보였다. 쏟아지는 더운물 때 문에 실내는 안개가 조금 끼어있으나 실루엣은 선명했다.

저건 망치와 꺽쇠다. 천정에 뜬 커다란 반 수박 등이 안개 속에서 달처 럼 내려다보는 실내에는 전라全裸로 뒤엉킨 두 파트의 섹스가 벌어지고 있 었다. 하나는 벽에 기댄 채 한 몸이 된 꺽쇠 파트와 또 하나는 바닥에 누 워 허리를 출렁이고 있는 망치의 파트였다. 벽에 기댄 꺽쇠의 파트너는 마 흔을 넘긴 것으로 보이는데 정도 이상으로 큰 여자의 가슴을 꺽쇠의 손이 움켜쥐고 있었다. 순간 선장은 자신의 몸이 후끈 달아오르는 것을 느꼈다. 여자가 두 팔을 들어 사내의 목덜미를 끌어안는 것으로 보아 저들의 교합 은 강제가 아니다. 그 때 헐떡이는 망치의 목소리가 들려왔다.

"우리가 목욕시키준다꼬… 불러… 내지 않았으문… 이 에미나이 어쩔 뻔 했노!"

"그래서 제일 먼저 달려나온 것 아님까! 목욕하고 싶은 자 나오라고 할 때…"

"남자가 그렇게 존나?"

"그럼, 안 좋습까? 우리 서방은 아모리 좋은 거를 멕여도 배배 틀어지게 말라가꼬는…"

"이 배에서는 우떤 남자가 힘이 젤 장사로 보이든강?"

"그거야 당연히 님자가 아님까? 처음부터 알아보았습다."

"하모~ 이 에미나이 오늘 내한테 죽어볼래!"

"그라입시더. 아흐~~ 흥~ 콱 죽여주소! 내 팽생 소원아님까!!"

말을 마친 망치의 허리가 더욱 격렬하게 움직이고 샤워장에서는 두 파트에서 나는 기성이 튀어나와 덜렁거리는 문을 흔들었다. 선장은 구멍에서 눈을 떼고 허리를 폈다. 그리고 복도의 양 끝을 훑어보았다. 혹시라도 지나는 사람이 있으면 무슨 망신인가. 저 안에 든 남녀들보다 자신의 꼴이 더 말이 아닐 것이다.

'하지만 이 일을 어쩌지? 놈들을 무슨 구실로 말려야 할지 모르겠다. 돼지 같은 놈들! 아무리 그래도 그렇지. 같은 공간에서 어떻게 저렇게 집중할 수가 있을까.'

선 채로 궁리를 열심히 하던 선장은 맘을 결정했는지 자신의 선실을 향해 발걸음을 내딛기 시작했다. 강제로 벌이는 일이 아니라면 저들을 뭐라고 말릴 이유도 명분도 없다! 강포동에게 알릴까 하는 생각도 떠오르지 않은 것은 아니지만 선장은 그들을 그대로 두고 자신의 방으로 돌아왔다. 수옥은 아주 곤하게 잠들어 있었다. 그녀가 깨어날까 봐 조심스럽게 그는 바닥에 모포를 깔고 옷을 입은 채 누웠다. 시계는 새벽 2시를 향해 가고 있었다.

얼마나 잤을까? 매끄러운 혀의 감촉을 입술에 느끼며 진수는 서서히 의식이 돌아왔다. 눈을 떴으나 형체가 잘 보이지 않았다. 선창이 아직 푸른

빛으로 물들어있었다. 다시 매끈거리는 혀가 그의 입술 안으로 들어왔다. 그는 눈을 번적 떴다. 수옥이었다. 어깨에 모포를 두른 그녀가 무릎을 꿇고 자신을 내려다보고 있었다.

"잘 잤소? 몸은 어때? 너무 곤하게 자는 것 같아 푹 자게 내버려 뒀지!"

모포 속에 있는 그녀를 안아서 자신의 모포 속으로 끌어들였다. 그녀의 가슴이 손에 닿자 샤워장에서 꺽쇠가 상대하던 여자의 유방이 머리에 떠올랐다. 진수는 픽~ 하고 웃음을 웃었다. 자신이 생각해도 기가 막힌 인간의 구조다. 눈을 감은 채 여자의 유방을 다시 쓰다듬으며 그는 말을 이었다.

"어제 좋았소?"

"사랑해요. 당신 고맙습매다. 다시는 당신을 못 만난다 해도 여한이 없습매!"

"못 만난다니 그게 무슨 말이요?"

"오늘이 한국 땅에 발을 딛는 날이 아닙매까?"

"그런데?"

"그렇다면 오늘이 마지막 아닙매까?"

이제 사내의 의식을 점령하고 있던 안개가 서서히 그물을 걷기 시작했다.

"당신은 그럼 이 배에서 내리면 나와 영 이별 할 생각이었소?"

"그럼 어찌합매까? 더는 당신에게 폐를 끼티고 싶디 않습매다."

감겨있던 사내의 눈이 번쩍 뜨였다.

"폐를 끼치다니 무슨 말이요?"

"어제 창고를 지키는 사람들이 갑판장에게 하는 소리를 들었습매다. 그리고 또…"

"그리고 또… 또 뭐가 있단 말이야? 무슨 말이든 다 해요. 속에 넣고 있지 말고…"

"당신은 결혼… 결혼하신 분이디 않습매까? 기렇다면 디금도 우린 죄를 디었지 않습매?"

갑자기 사내는 끌어안았던 여자를 놓고 껄껄거리고 웃었다. 웃음이 그치자 사내는 다시 모로 누워 여자를 으스러지도록 끌어안았다. 그리고 그녀의 머리와 얼굴에 수없이 입술을 댔다. 사랑스러운 여자의 슬픈 영혼을 달개기 위해 사내는 온 마음을 바쳐 그녀의 살에 입술을 찍었다. 눈을 감고 있는 여자를 향해 피곤이 다 가시지 않은 사내의 저음이 들려왔다.

"내가 결혼을 해서 그럼, 아이들은 몇이나 두었을 것 같소?"

"남조선에는 한 때 아이들 하나나 둘 낳는 운동을 벌였던 때가 있었다는 소릴 들었시오."

"그래서 내가 딸이나 아들 하나나 둘이면 달래와 셋이 되겠군 그래!"

"롱담하지 말기요. 이 에미나이는 심각합매다."

셀죽 입을 내민 여자의 입술에 사내가 자신의 입술을 올려놓았다. 다시 놀러나온 그들의 다리와 다리 사이에 가물거리는 촛불이 다시 타오르기 시작했다.

"나도 롱담 아니요. 우리 아이들 셋 거느리고, 나는 아내를 둘 두는 거요. 지금 내 마누라와 당신과 그렇게 셋이 함께 살면 안 되겠오? 그럼 여섯 식구가 되는 거지!"

갑자기 사내의 품속에 있던 여자의 몸이 빳빳해지며 입을 열었다.

"그거이 무슨 말입매? 기렇게는 아이 됩매다. 더 이상 폐를 끼티고 싶지 않습매다."

"그럼, 어떻게 할 작정이요. 다시 잘 생각해 봐요. 한국에는 사기꾼이 많다는 거 당신도 충분히 들었지 않소? 아는 사람 없으면 한국 땅도 그렇게 만만치 않다는 것을 알텐데…"

"오빠가 배 삯을 해준다고 할 때부터 남쪽에 와서 누구를 만날 거라고는 생각해 본 일이 없시오. 처음 결심했던 데로 기렇게 살문 되디 않겠슴둥!"

그녀의 눈에서 쓰라린 눈물이 다시 흐르기 시작했다. 그녀의 눈물을 본 사내는 좀 지나쳤나 하는 후회를 하면서 그녀의 얼굴에 흘러내리는 눈물을 모포를 끌어당겨 씻어주었다. 무의식이야 어떻든 생각지도 않았던 사람을 기적적으로 만났던 순간에는 세상을 다 얻은 것 같았으나 시간이 조금 지나고 그에게서 꿀 같은 사랑을 받으면서부터 여인은 이제 당도한 낙원을 조금 후에 버려야 한다는 처절한 비애가 서려있었던 것이다. 낙원에 한 번도 발을 들여놓아 본 일이 없는 사람과, 실낙원은 엄청난 차이가 있는 것이다. 그의 사생활은 어떤 것인지, 다음 국면에 대한 걱정과 불안, 그리고 다시 헤어져야 한다는 엄숙한 현실이 그녀를 내내 장악하고 있었다는 사실을 그는 눈치 채지 못하고 있었던 것이다.

그의 품에서 몸을 뺀 여자는 일어나 어젯밤 쓰레기통에 쳐박힌 자신의 옷을 찾기 시작했다. 그와 동시에 사내도 벌떡 일어났다. 그리고 쓰레기통 앞에 그녀를 두 팔에 안았다.

"내가 롱담이 지나쳤던 것 같소! 나는 아직 싱글이요. 독신이란 말이오."

"이 간나아… 롱담 그만 하기요."

"이 에미나이 사람 말이 말 같지 않소, 왜 사람 말을 못 믿는 거요?"

반신반의 하면서도 여자의 눈에 다시 눈물이 맺히기 시작했다.

"정말 임매까?"

그가 고개를 크게 끄덕였다. 그녀의 가슴에 얼굴을 묻으며 사내가 다시 입을 열었다.

"당신 사랑스러워 나는 내내 죽을 것 같소! 당신 때문은 아니었지만 나는 스스로 결혼이라는 것을 거부했소. 잘 사는 사람을 주변에서 보지 못했기 때문이야."

사내의 목을 꼭 끌어안은 여자의 팔뚝이 파르르 떨렸다. 그리고는 눈물로 범벅이 된 얼굴로 여자는 남자의 얼굴을 끌어당겨 입술로 수없이 애무했다.

"그러니까 아무 것도 걱정하지 말고 내가 하자는 대로, 시키는 대로 하면 되는 거요. 이제부터는 정말 당신이 아무런 걱정 없이 내 앞에서 살면 좋겠소!"

다시금 여자는 남자의 가슴에 얼굴을 묻고 흐느꼈다.

"이제 고만 뚝!! 어제부터 흘린 당신 눈물을 받았으면 아마도 한 단지는 되었을 거야. 로마의 어떤 황제처럼 당신도 눈물단지를 하나 만들어야 할 것 같다."

여자를 안고 침대 가에서 서성거리던 사내는 샤워실 문을 밀었다.

"어제 과업을 끝내고 나서 우리 둘 다 씻지 않았어. 함께 샤워합시다. 내가 씻겨줄게!"

욕조 안에 여자를 세워 놓은 사내는 물을 틀어 수온을 확인하고는 샤워기를 더 돌렸다. 깨질 것 같은 애장품을 만지듯 사내는 감격으로 떠는 여자의 몸을 찬찬히 씻어나갔다. 이마에서부터 얼굴, 그리고 귓바퀴로부터 목과 등허리로 돌아온 넉넉한 손으로 그녀의 달항아리 같은 유방을 보듬었다.

"마른 몸매인데… 당신 가슴은 정말 탱탱해, 불가사의야. 옛날에도 내가 그렇게 말했지?"

사내의 허리를 끌어안으며 여자가 사내를 올려다보며 웃었다.

"당신 이름 수옥이 말고 하나 더 지읍시다. 젖봉이~ 어때? 당신 이름은 이제 젖봉이요!"

"사람들이 들으면 뭐라고 하겠습매. 정말 창피하게스리… 이제 고만하기요."

"고만 하기는… 어제 쓰러진 당신의 잔졸들을 지금 쓸어내는 거요. 당신의 성곽을 지키고 있던 포졸들 말이지. 그들이 쓰러질 때 지르던 비명과 피, 그리고 전쟁의 잔해들을 말끔히… 그리고 그들을 공격하던 나의 병사들, 그리고 그들의 무기가 지나갔던 흔적과 나의 기합소리 모두를 지금 지우고 있는데 그만두라니…"

이제 모신, 가이아의 배로 내려온 커다랗고 두툼한 손은 이제 허리를 지나 그녀의 두 개의 뒷동산에서 놀다가 물이 흘러내리는 계곡으로 내려왔다. 이제 여인의 몸은 상아색 버블로 뒤덮혔다. 사내는 역시 자신의 몸에도 보디 샴푸로 거품을 냈다. 그리고 그녀의 허리를 조금은 느슨하게 안고 춤을 추듯 움직였다. 남녀는 이제 그들 사이에 친 버블의 그물을 타며 미래를 이야기 했다. 자개도에서 배를 내리면 냉동고에 실려 한 두 시간 이동할 것이라는 것, 잠시 큰 물류창고에 수용되게 될 것이라는 것, 보낸 사람을 따라 진수, 자신의 호텔로 오게 될 것이라는 것! 중간에 절대로 다른 지시를 따라 하면 안 된다는 것, 등을 진수는 당부했다. 어울리지 않는 중대 발표를 왜 하필 지금 하는 것일까? 의아스러우면서도 수옥은 그의 말을 열심히 기억 속에 집어넣었다.

"왜 이런 순간에 그런 사무적인 일을 말하나 하고 의심스러워 하지 않았소? 이제부터 당신을 업고 세상을 헤엄치고 갈 내 발사대가 이렇게 또 커지고 말았소. 오늘은 발사 하지 않으려고 분위기를 다른 곳으로 유도하느라고 노력했지만 놈은 당신 앞에서 언제나 내 명령을 무시할 것 같단 말이야!"

수옥은 속수무책 커져버린 자신의 수호성을 내려다보며 두 손으로 감싸 안았다.

5. 새로운 복병

날이 밝아오고 있을 때 수옥을 달래 곁으로 보낸 선장은 새벽녘 잠이 들었다. 꿈속이었다. 금가루를 뿌려놓은 듯 찬란하던 바다에 갑자기 비가 내렸다. 바로 그때 딛고 서 있는 갑판 바닥에 무엇인가 뭉클 밟히는 것이 있었다. 내려다보자 머리가 사람만 한 뱀이 대가리를 들고 진수의 다리를 휘어감으며 올라왔다. 양쪽 다리를 칭칭 감은 놈들을 떼어놓기 위해 펄쩍펄쩍 뛰었으나 다리는 천근처럼 무겁고 놈들은 다리를 더 챙챙 감았다. 옆구리에 차고 있던 단도를 뽑아 두 놈의 머리를 향해 각각 칼을 꽂았다. 다음 순간 바다는 핏빛으로 물들어있었다. 바로 그때, 노크 소리에 진수는 소스라치게 잠을 깼다. 잠시 정신이 돌아오지 않아 얼떨떨하고 있을 때 문이 벌컥 열리며 갑판장의 목소리가 들려왔다.

"아니~ 새벽까지 뭘 하다가 늦잠이요, 늦잠은! 비상사태요 전선장!"

덮고 있던 모포가 머리맡으로 날아가고 스프링처럼 벌떡 일어난 선장은 이미 침대 밑 방바닥에 서서 갑판장의 다음 말을 기다렸다.

"전 선장, 아직도 특수부대 요원이요? 놀라기는… 다른 것은 아이고, 야화선에 당장 물이 말랐다 그 말 아이요."

"물이 마르다니, 그게 무슨 말이요. 물탱크는 뭘 하라는 물탱크요."

"그러게 말입니다. 물탱크에 있는 물까지 아주 바닥을 내고는 조수기를 켜놓지도 않았다, 그 말인 기라!"

"아니~ 170명이 더 승선했다고는 하나 식수만 든다면 물은 충분할 거로 알고 있는데…"

"어떤 시러배 아들놈들이 샤워기 다섯 개를 밤새도록 켜놓았다 아입니꺼!"

선장의 머리에 어젯밤 장면이 떠올랐다. 그리고 커다랗던 유방도 함께 눈앞을 스쳐갔다.

"그럼, 지금 원인이 무엇인지, 누가 한 짓인지 감도 못 잡고 있다 그 말이요?"

"그렇습니다. 지도 어제 술이 과해 조금 아까 일어났다 아입니꺼? 주방장이 아침 준비를 할라꼬 하는데 식수는 말할 것도 없고 물이란 서해 바닷물밖에 없어 딩겁을 하고 지한테 보고 차 올라왔능기라요."

"그런데 샤워기를 켜놓은 것은 어떻게 알았소?"

"주방장이 내한테 오면서 혹시 하고 샤워실에 들렀다 아입니꺼. 샤워기 다섯 대가 물방울을 똑똑 떨어뜨리고 있는 것을 확인했다 그 말입니다."

"그럼, 바로 화물창으로 가서 밀항자들을 갑판에 집합시키시오."

"아니~그 돼지들은 뭐할라꼬 그라십니꺼?"

"시키는 데로 하시오. 명령이요!"

기분이 상할대로 상한 선장이 소리를 빽 질렀다. 갑판장이 돌아가고 나서 선장은 다시 인터폰을 들어 주방을 눌렀다.

"이봐, 주방장이요? 식수까지 떨어졌다는 게 무슨 말이요?"

"아침에 일어나니까 주방이 난장판인 기라요. 주방 식수저장고에도 물이 하나도 없고 정수기는 엎어져 있는기라요. 어제 마시다 만 술이고 안주고 주방이 아주 거덜이 났습니다."

인터폰을 내려놓고 선장은 급히 옷을 갈아입고 아래 갑판으로 내려갔다. 활짝 열려있는 화물창 앞에 자물쇠를 든 갑판장이 서 있었다.

"놈들은 어디 갔소?"

"지금 실기사를 시켜 찾는 중입니다."

선장은 급히 화물창 입구로 들어서서 목소리를 높였다.

"어제 화물창에서 나와 샤워실에서 목욕을 한 사람은 모두 나오시오."

남성은 열 명 남짓이고 칠팔십 명에 이르는 숫자가 모두 여자였다. 그런데 젊은 여성 두 명이 훌쩍거리고 울고 서 있는 것이 아닌가.

"갑판장, 저 여자들 왜 우는지 물어보시오."

갑판장이 울고 서 있는 여자들에게로 다가가 그들을 데리고 갑판 한쪽으로 비켜섰다. 왜 우는지 말하라고 하지만 여자들은 계속 울기만 하고 말을 거부하는 것으로 보였다. 갑판장이 할 수 없이 여자 둘을 데리고 선실로 들어가는 것이 보였다.

"누가 화물창을 열어주었습니까?"

"여기 창고 지키던 두 사람이 밤 11시 조금 넘어서 문을 열고는 목욕을 하고 싶은 사람은 선착순으로 나오라 했습니다."

"그게 문제가 아니고 아까 나간 여자 한 명이 여태 돌아오지 않았습다."

삼십 대 중반으로 보이는 작달막한 남성이 선장에게로 인상을 쓰며 다가섰다. 머리가 쭈뼛 서는 것을 느꼈다. 바다에라도 빠졌나?

"돌아오지 않은 여자하고는 어떤 사이십니까?"

"제가 남편 되는 사람임다. 무슨 일만 있으문 가만 안 있겠소. 내 아내는 임신했슴다."

"언제 나갔습니까? 그런데 임신한 사람을 혼자 내보냈습니까?"

"저는 자고 있었슴다."

바로 그때 기관장이 창백한 얼굴을 들고 햇치에서 올라왔다.

"선장님, 보고 드릴 게 있습니다."

기관장의 눈동자를 뚫어지게 바라보던 선장은 황급히 화물창 반대편으로 걸음을 옮겼다. 하늘과 바다를 온통 주홍빛으로 물들이며 수평선에서 아침 해가 떠오르고 있었다. 수도 없이 목격된 바다의 해돋이는 언제 보아도 감격 그 자체다. 단 한 번도 같은 느낌을 주지 않는 저 장엄은 무엇인가? 오늘 하늘은 어떤 축복과 운명을 준비하고 계신지… 머리속은 복잡했으나 선장은 몇 초 동안 바다의 해돋이 광경에 넋을 놓았다. 그리고 돌아서며 입을 열었다.

"대체 무슨 일이요? 거두절미하고 빨리 말하시오. 엔진에 무슨 일이 생긴 건 아니죠?"

"그런 건 아닙니다. 조직원들이 일을 벌인 것 같습니다. 기관실 격벽 사이 구석에…"

이미 햇치를 향해 걷고 있을 때 워키토키를 든 실기사 모습이 보였다.

"워키토키 이리 좀 갖고 와라, 실기사!… 이봐요 갑판장, 기관실로 내려가 봐야 하니까 바로 나와 이 사람들 좀 지키소."

기관장을 따라 내려간 곳에는 아뿔사! 조선족 여인 한 명이 창백한 얼굴로 아무 것도 깔지 않은 바닥에 널브러져 있었다. 그녀의 하체는 벗겨진 채 남자의 런닝셔츠에 의해 가려져 있었다. 날카리와 꺽쇠가 그 옆에서 돛대가 부러질 정도로 코를 골며 자빠져 자고 있었다.

"하도 흉측해서 제가 덮어 준 겁니다."

기관장의 말소리를 귓등으로 들으며 선장이 두 놈의 다리를 있는 힘껏 걸어찼다. 꿈적거리더니 체위만 바꿨을 뿐 놈들은 여전히 코를 높게 골았다. 여자에게 다가간 선장은 우선 여자의 턱뼈 밑으로 손가락을 넣어 맥을 짚었다. 미약하지만 죽은 건 아니다. 기관장을 비롯한 기관원 몇 명과 실기사가 내려다보고 있었다. 그런데 일어서려던 진수의 눈에 피가 보였다. 하혈이다. 화물창에서 만났던 남자가 하던 말이 생각났다. '임신했습다.' 그럼, 유산?? 다시 주저앉은 선장이 살살 여자의 뺨을 때렸다.

"일어나시오. 내 말이 들립니까? 여보시오. 어디가 아프죠?"

기관장도 쪼그리고 앉아 여자를 흔들기 시작했다. 한동안 움쩍도 없더니 여자가 의식이 돌아오는 모양이었다. 가늘게 눈을 뜨더니 사방을 둘러보고는 울기 시작했다. 다른 밀항자들에 비해 여자는 볼륨이 있는 젊은 여자였다. 피멍이 든 여자의 얼굴을 확인하는 순간 분노가 극에 달한 선장이 일어서더니 누워있는 놈들을 향해 다리를 번쩍 들어 걸어찼다.

"기관장, 쇠 작살을 가져오시오. 기관실 안에 체인 있지? 그리고 실기사는 뛰어가 삼항사에게 응급상자를 갖고 오도록 하고 주방장에게는 물을 데우라 해라, 뛰엇!!"

큰 키를 일으켜 세우며 선장이 워키토키에 입을 댔다.

"갑판장, 갑판장이요? 그 밀항자들 중에서 의료계통에서 일을 했거나 애를 받아 본 일이 있는 여자를 골라 기관실로 보내시오. 단 남자들은 화물창 안으로 들여보내고…"

그때 기관원 한 명이 길다란 체인을 들고 나왔다. 대체 저것으로 무엇을 하려는 거지? 모여있던 사람들이 의문을 품고 있을 때 선장은 체인을 오른손에 감아쥐었다. 다음 순간 자빠져있는 놈들을 향해 쇠 작살이 윙윙 소리를 내며 날았다. 워낙 깊이 잠들어 있는 놈들이라서 쇠 작살이 두어 번 떨어진 다음에나 깨어났다. 눈을 뜨고 꿈적거리던 놈들은 윙윙 소리를 내며 쉴 새 없이 내리닫는 작살에 두 손으로 머리를 감싸며 데굴데굴 바닥을 굴렀다. 열댓 번을 내리친 선장은 체인을 손에서 뽑아 바닥에 팽개치고 헐떡이며 입을 열었다.

"놈들을 묶으시오, 기관장!"

화물창 앞으로 올라오자, 여자들만 남은 갑판에 아까 그 남자와 갑판장이 서 있었다.

"내 아내는 찾았습까?"

"바다에 빠졌을 수도 있으니까 마음 단단히 먹고, 일단 들어가 기다리시오."

"그 말 믿지 못 한다. 배를 뒤져도 되겠습까? 저 여자들도 성폭행당한 모양이던데…"

속을 바작바작 태우는지 가까이 다가온 남자에게서 지독한 구취가 풍겨왔다. 인상이 험악하게 일그러진 전진수 선장이 소리를 버럭 질렀다.

"하라면 하라는 대로 하시오. 바다에 처 넣기 전에…"

딱따구리처럼 따지고 덤빌 것 같던 사내는 고개를 팍 꺾고 화물창 안으로 들어갔다.

"갑판장, 물을 이미 조수는 하고 있는 거죠?"

강포동 팔꿈치를 끌고 갑판 한 옆으로 간 선장은 목소리를 낮추고 입을 열었다.

"물론입니다. 조수, 정수 아까부터 하고 있으니까 아침 할 물은 이미 준비 되었을낍니다."

"그게 문제가 아니고, 아이를 받아보았거나 의료계통에서 일했던 경험자가 없나 빨리 뽑아서 아래로 내려 보내시오. 나는 이수옥씨한테 가서 혹시~ 알아볼테니까?"

"선장님, 누가 애를 낳습니까?"

"조직원들이 여자 하나를 확~ 죽여놨더군! 유산이요!!"

"넷~ 무구유언입니다."

"갑판장, 유구무언이욧!!"

선장이 신경질적으로 지르는 소리에 여자들 시선이 모조리 두 사람에게 꽂혔다.

"예, 알겠습니다. 유구무언!"

기어들어가는 목소리로 갑판장이 말을 받았다.

"신경 좀 고만 자극하시오. 저 여자들에게 빨리 연설하고 알아보시오. 그리고 아까 그 울던 여자들은 어떻게 되었습니까? 무슨 일이요?"

"놈들에게 폭행당한 모양입니다."

"어떤 폭행 말이요?"

"폭행이 또 뭐 있습니까? 뻔한 기를 가지고…"

"뻔하긴 무엇이 뻔해욧, 당신 입으로 말하시오."

"예에~ 성폭행당했답니다. 됐습니까? 직성이 풀립니까?"

"목소리 좀 낮춰욧!!"

"목소리 키운 건 선장 니모콘 아니욧?"

갑판장이 성질이 나는지 소리를 버럭 질렀다.

"당신 지금 하극상하는 거욧!! 훌륭한 부하를 둬서 아주 좋겠소!"

"예에예, 좋구 말구요. 선장님은 빨리 볼일 보러 선실이나 가보소. 속 좀 고만 끓이고."

선장의 매서운 시선이 돌아서는 강포동에게서 걷어져 선실을 향했다. 달래네 선실에 들어선 선장은 아직 자고 있는 수옥과 달래를 깨웠다.

"수옥 씨 내 방으로 좀 서둘러 오셔야겠소. 의논할 일이 생겼소."

말을 마친 선장이 바람을 일으키며 방을 나가자 달래가 말을 걸었다.

"오마니, 무슨 일이 발생한 모양임다. 제발 좋지 않은 일은 일어나면 안 될텐데…"

"글쎄, 달래, 너도 그렇게 보이디? 선장님 표정이 심상티 않아. 어서 가서 보고 무슨 일인디 알아봐야겠슴둥. 밖으로 나오디 말고 문 안으로 잠그고 있어."

대충 옷매무새를 고치고 선장실에 들어섰을 때 담배를 물고 있는 선장의 입은 기관차 굴뚝처럼 연기를 뿜어내고 있었다. 저 표정은 상당히 심각하고 감정이 복잡하단 말인데…

"당신을 탓하는 건 아니니까 오해하지 말아요. 당신을 만나서 정신이 확 나갔지."

"무스그 일이 있었습매? 나와 달래 때문에 무슨 일이 일어났습매까?"

"아니요, 그런 게 아니야. 자책이 든다 그 말이지. 당신과 내가 열락을 넘나드는 동안 여러 사람이 다치고 말았소."

"대체 무스그 일입매까. 요해하기가 어렵습매다."

"혹시, 아이를 받아본 일이 있소? 아니면 아이를 낳아보았으니까 유산한 여자를 어떻게 처치해야 하는지는 알지 않소?"

"유산~~ 밀항자 중에 누가 유산을 했단 모양 입매다. 대체 어쩌다가… 어디 있습매까?"

"다음에 자세히 말하리다. 어서 그 여자에게로 갑시다. 갑판장이 지금 알아보고 있지만 혹시 아이 받는 일을 하던 사람이 있으면 그 사람과 사후 처리를 부탁합시다."

화물창 앞으로 나갔을 때 밀항자들은 모두 들어가고 늙은 말처럼 습기가 전혀 없는 얼굴에 니코틴에 찌든 것 같은 여자가 갑판장과 말을 나누고 있었다.

"선장님, 이 여자가 마을에서 평생 아이 받는 일을 하던 사람이랍니다."

"그렇소? 그럼, 부탁 좀 합시다. 일단 입이 무거워야 하는데 그렇게 할 수 있소?"

"무스그 일인디 알도 못하고 입이 무거워야 한답네까?"

"내려가 보면 알게 될 거요. 일단 발설하지 않을 것을 부탁합시다. 그럼 내려갑시다."

네 사람이 환자 앞에 나타났을 때 여자는 다시 미동도 없이 누워 있었다. 밧줄에 묶인 두 놈은 얼굴과 머리 그리고 손등에서 피를 조금씩 흘리며 똥 씹은 얼굴로 앉아 있었다.

"이 환자 응급처치를 부탁합시다. 기관장! 보이지 않는 곳으로 놈들을 데려가시오."

기관장이 두 놈을 끌고 어디론가 가고 나서 여자 둘은 달려들었다.

"심하딘 않디만 지금 이 에미나이는 하혈하고 있습네다. 깨끗한 까제나 헝겊 조각을 부탁합쉐다. 그리고 피 닦아낼 걸레가 있어야 하지 않갔습네까."

말이 떨어지기 무섭게 갑판장이 기관실로 가더니 조금 있다가 기름걸레하고 남은 헝겊 조각들, 마대풀린 것들을 한 아름 안고 왔다. 수옥과 조선족 여인이 바닥의 피를 닦는 등, 열심히 환자를 돌보고 있을 때 주방장이 더운 물을 들통에 들고 왔다. 그리고 꺼즈대신 그의 손에는 크리넥스 서너 통이 들려있었다.

"일단 남정네들은 우리가 부를 때까지 이 자리를 피해주시구요. 그리고 미역국을 준비해주시면 좋갔습네다. 그리고 항생제가 있으면 식사 후에 먹이도록 합쉐다."

선장이 다시 누워있는 여인에게로 가서 맥을 짚어보려고 손목을 들자 여인이 미약하게 눈을 떴다. 일단 안심을 한 남자들은 함께 기관실로 해서 컨트롤 룸으로 들어갔다.

"그런데, 아까부터 망치가 보이지 않는데 갑판장은 알고 있소?"

"밤새도록 재미보고 어디 가서 쳐 자빠져 자고 있을낍미더."

"어쨌든 이번 일을 어떻게 할 작정이요?"

"지도 생각한 바가 있으니까 이 갑판장에게 맡겨 주시소. 정말 죄송하게 됐습니다."

"두 번 다시 이런 일이 일어나면 누군가 하나는 책임지고 죽어야 할 거요."

분노로 일그러진 선장의 얼굴을 피해 기관장이 나가더니 커피를 석 잔들고 나타났다.

"자자~ 빈 속이지만 커피 한 잔씩들 합시다. 어제 우리가 술이 과했죠. 잠깐만 방심하면 바로바로 일이 터지네요, 선장님~ 갑판장에게 맡겨 보시죠. 이제 무슨 일이 또 있겠습니까."

"언제는 맡기지 않아서 일이 일어납니까?"

더 할 말이 있는 듯 했지만 선장은 입을 닫았다. 어제 망치와 꺽쇠가 샤워실에서 일을 벌이고 있을 때 정작 발견하고도 방치한 사람은 자신이 아닌가! 갑판장을 닥달하던 선장은 커피를 다 마시지도 않고 갑판장을 향해 다시 입을 열며 일어섰다.

"이제 올라가 봅시다. 저 환자의 남편을 어떻게 할 작정이요?"

"네? 남편이 있는 여자였습니까?"

기관장과 갑판장의 눈이 동시에 휘둥그레졌다.

"지금 화물창 안에서 난동을 치고 있을 것 같은데 내 방으로 불러오시오, 갑판장!"

"그렇다면 아입니다. 내가 그 자를 상대해 보는 것이 낫지 않겠습니까?"

"또 무슨 일을 벌이려고… 일단 내 방으로 보내시오. 그리고 망치를 빨리 찾아야하지 않겠소. 밀항자들을 지켜야 할 놈들을 지켜야 할 보초가 따로 있어야 하는 것 아니요!"

매서운 선장의 눈을 피해 대답 없이 갑판장이 무거운 몸을 일으켰다.

"그럼, 갑시다. 앞장 서시죠 선장님!"

자신의 방으로 들어선 선장은 일단 선창을 열고 담배에 불을 붙였다.

'명령을 내린 일도 없는데 저희 맘대로 밀항자들 샤워를 시켜! 그리고 주방장 말에 의하면 주방이 난장판이더라고 했지. 생활수와 식수를 모조리 바닥을 내다니, 이런 처죽일 놈들! 그리고 대체 몇 명을 겁탈했을까? 여자들은 아마도 쩍소리 못하고 당했을 것이다.'

오늘의 사태를 분석하고 있을 때 노크소리가 나고 갑판장과 그 사내가 들어왔다.

"제 아내는 어떻게 됐슴까? 제발 말 좀 해주시라요."

시시각각 달려드는 의혹과 번뇌에 짠지쪽 같은 사내의 얼굴은 구겨진 종이쪽지처럼 더 일그러져 있었다.

"일단 앉으시오. 몇 살이나 되셨소? 그리고 당신의 여자는 몇 살이요?"

"저는 서른일곱이고 아내는 서른다섯임다."

"임신 몇 개월째였소? 중국에서 뭘 해 먹고 살았소?"

"삼 개월로 알고 있슴다. 중국서는 자전차 수리소를 했슴다. 밥은 먹고 살만했슴다."

"그런데 왜 밀항선을 타게 되었소? 그것도 임신한 마누라까지 대동하고 말이오."

"마을에 유행 바람 불었시요. 한국에 갔다 온 사람들이 자동차를 자꾸 사대는 것이지요. 좀 떨어진 마을에서 저와 같은 점포를 운영하던 친구가 신식으로 대형 자전차포를 냈슴다."

잠시 사내는 지금 사태를 잊어버린 듯 눈을 반짝이며 자신의 형편을 들려주었다.

"그랬군, 자본주의가 본격적으로 상륙했단 말이오. 그런데 아이는 더 없습니까?"

"아닙니다. 다섯 살 여자아이가 있는데 같이 살던 장모님께 맡기고 왔슴다."

"가족이 다 뿔뿔이 흩어졌단 말이네. 한국에서 돈을 벌어 무엇을 할 거요?"

"자동차 수리소를 낼라고 생각 중임다. 그런데 이런 것이 지금 없어진 우리 마누라와 무슨 상관이요? 빨리 내 마누라 내놓으시오."

"당신 마누라를 우리가 붙들어 놓고 있단 말이오?"

"그럼, 지금 내를 불러 뭐하고 있는 검까? 한가하게 중국서 뭘하고 있다 왔느냐…"

"당신 마누라가 혹시 바다에 빠졌다면 어떻게 할 거요?"

"네~ 정말입니까? 그럼 시신도 건지지 못한단 말임까? 바다에 뛰어들었단 말입니까?"

"지금까지 우리 선박을 샅샅이 뒤졌소. 그래도 발견하지 못했다면 그런

가정을 할 수도 있는 것 아니요?”

“그런 가정이라면 아닐 수도 있다 그 말 아님까?”

“말을 비튼다면 그렇게 말할 수도 있지만 그게 다는 아니요.”

“그럼, 뭐가 어떻게 되었단 말임까? 내 아내는 바다에 뛰어들 하등의 이유가 없슴다. 대체 목욕할 사람 나오라고 했다던데, 아~ 참~ 몇몇 여자는 폭행당했다 하던데… 그렇습니까?”

사내가 머리를 기민하게 돌리고 있었다.

“그렇다면 어떻게 하겠소?”

갑자기 입을 다물고 뚫어지게 선장을 바라보는 사내의 눈은 이제 충혈 되어 토끼눈처럼 발갛게 되어 있었다. 그리고 거기까지도 생각을 해보았다는 듯 어깨를 툭~ 떨어뜨렸다.

“정말 당했슴까?…….그럼 찾을 이유가 없시오. 강간이란 있을 수 없는 겁다. 그리고 내 아내는 쿵푸 유단자인데… 그렇다면 최후에라도 에미나이가 다리를 벌렸단 이야기지요.”

사내는 아주 단호한 태도로 자리에서 일어섰다.

“심하게 격투를 한 모양이오. 끝까지 버텨냈다고 합디다. 놈들이 더 많이 다쳤소.”

순간 사내의 좁은 이마에 빛이 들어왔다. 그리고 빨간 눈에 물기가 어리기 시작했다.

“그럼, 정말 내 아내를 붙들고 있단 말임까? 어서 만나도록 해 주시오. 아~ 다쳤슴까?”

“물론이요. 당신 아내가 다친 것이 아니라…”

“아이가 잘못되었군. 유산 되었슴까?”

선장실에 갑자기 정적이 감돌았다. 그리고 사내는 시선을 천천히 바닥으로 내렸다.

“거기까지도 상상을 했더랬습니다. 내 아내는 나를 아주 사랑합니다… 가버린 아이는 안 됐지만… 아이는 또 가지면 됩니다. 이제 만나게 해주시는 겁까?"

입을 다문 사내가 쉬는 큰 숨에 실려 사내의 살기가 선창으로 빠져나갔다. 패잔병이나 된 듯 사내의 몸뚱이는 바람 빠진 풍선처럼 후줄근해지고 여러 가지 표정이 수없이 지나갔다.

"만나기 전에 할 일이 있소. 추후 어떤 이의도 제기하지 않아야 하지 않겠소. 각서에 서명한 이후에 만날 수 있을 거요. 더구나 우리를 속인 건 당신들이오. 임신한 사람은 애초에 모집대상에서 제외라는 것 알고 있었죠! 임신한 사람을 어물창에 실을 생각을 하다니, 돈도 좋지만 너무 잔인한 것 아니요? 당신 아내, 랴오뚱호에서 이미 죽었을 수도 있었소."

입을 굳게 다물고 있던 사내가 크게 끄덕거리며 고개를 돌려 선장을 바라보았다.

"죄송합니다. 아내는 건강한데다 둘이서 빨리 벌어 친구들 기를 죽이고 싶었습니다."

사내에게서 눈을 돌린 선장이 그때까지 숨죽인 채 서 있는 강포동에게로 시선을 옮겼다.

"갑판장, 이 사람에게 다친 놈들을 보여주고 다시 이 방으로 데리고 오시오. 그리고 기관장은 내게 인터폰 하도록 하시오."

무슨 말인가 하려는 듯 했으나 입이 마른 강포동은 사내를 이끌고 그대로 선실을 나갔다. 선장은 다시 담배에 불을 붙였다. 서너 모금 담배를 빨았을 때 인터폰이 울렸다.

"기관장이요? 그 피 묻은 체인 어디다 치웠소? 피 지우지 말고 사람들 눈에 띄지 않게 바로 내 방으로 갖고 오시오."

얼마 후 기관장이 부대 종이에 싼 체인을 들고 뛰어들어왔다. 기관장을 보내고 나서 선장은 바로 체인을 들고 환자가 묶고 있는 선실을 향했다. 창백한 얼굴로 누워있는 여인 곁에는 마침 수옥만 남아 여인의 얼굴을 물수건으로 닦아주고 있었다.

"또 한 사람은 어디 갔소?"

"하도 냄새가 나서 샤워장에 데려다 주고 왔습매다. 할 일도 없고 해서…그리고 주방장이 미역죽을 쑤어 와서 지금 먹였습매다. 와요? 그 손에 든 것은 무엇입매까?"

"이 여자의 남편을 만나고 오는 길이요. 이 보시오. 이야기 좀 합시다."

조선족 여인이 눈을 뜨자 진수는 침대로 가까이 다가갔다. 그리고 서둘러 입을 열었다.

"조금 후에 당신 남편이 여기로 올 거요. 당신은 놈들과 격투하다 다친 것이고 놈들에게 당한 일은 없습니다. 그래서 놈들에게 발길에 채여 유산된 것이구요. 이 체인은 기관실 밖에 떨어져 있는 체인을 당신이 주워서 놈들에게 휘두른 것이지요. 알겠소? 그렇게 해 두는 것이 당신들 내외에 대한 최선의 방법이요. 어쨌든 미안하오. 댁의 남편도 아이가 잘못 된 것을 알고 있소. 애초에 임신한 사실을 속이고 배를 탔던 것은 불법인 거요. 알았소?"

여자의 눈에서 눈물이 하염없이 굴러내렸다.

"죄송함다. 감사함다. 감사함다."

진수는 서둘러 수옥의 손을 끌고 선실을 나와 자신의 방으로 향했다. 자신의 방에 들어선 진수는 자바라를 밀고 수옥을 침실에 숨겼다. 그 때 갑판장이 사내를 데리고 나타났다.

"어떻게~ 하겠소. 각서를 쓰고 당신 아내를 만나겠소?"

선장은 미리 준비해 두었던 용지를 꺼내고 펜을 사내에게 내밀었다. 펜을 굴리는 사내의 눈에서 닭똥 같은 눈물이 굴러떨어졌다. 그에게 밀려오는 것은 어떤 감정의 파도일까, 회한일까? 갑판장에게 환자가 있는 방으로 안내를 부탁하고 나서 전진수는 자바라를 밀었다.

"수옥 씨, 큰일 날 뻔했어. 깜빡했네. 빨리 샤워장으로 가보소. 평양댁을 당신 방으로 데리고 가면 좋겠오. 평양댁과 사내가 맞닥뜨리는 일 없어야 하지 않겠소."

수옥을 샤워실로 보내고 나서 전진수는 다시 환자가 있는 방을 향해 발걸음을 황급히 옮겼다. 갑판장의 안내로 선실에 들어선 사내는 하루 사이에 핼쑥해진 아내를 바라보며 다시 눈물을 떨구었다. 등 뒤에 선 갑판장도 아랑곳없이 남녀의 상봉은 애달팠다. 누워있는 여자에게 다가간 남자가 여자의 가슴에 얼굴을 묻었다. 철철 울면서 여인은 자기 사내의 머리를 감싸 안았다. 숨죽인 사내의 울음소리가 짐승의 소리처럼 선실 벽을 두드렸다. 부둥켜안고 우는 남녀를 두고 전진수와 강포동은 선실을 나와 문을 닫았다.

"갑판장, 하선할 때까지 저 남녀는 이 방에서 머물도록 하시오. 응급 처치한 평양댁은 대신 화물창으로 돌려보냅시다. 나이도 먹었고 믿어보기로 합시다."

"그리고 말썽을 일으킨 조직원 세 놈은 내릴 때까지 식사는 물론 식수도 끊으시오. 어겼다가는 갑판장이 모든 책임을 져야 할 거요. 한 달 치 식수를 마셔버려 놈들은 한동안 물만 봐도 멀미를 할 걸!!"

"어떻게 먹을 물까지 끊습니까?"

"당신도 밧줄에 묶이고 싶소? 참~ 밀항자들 아침 식사는 어떻게 되었소?"

"숨 좀 돌리고 야그 합시다. 선장, 지금 곧 내려갈 낍니더. 혹시 달래와 수옥 씨도 할 일 없으문 주방을 도와줬으문 싶은데…"

"내 얘기해 보겠소. 그리고 수고한 평양댁은 상륙하거든 각별히 신경 써서 일자리 얻는 데 도움을 주면 좋겠소. 내려가는 길에 선실에 있는 평양댁을 화물창으로 데리고 가시오. 아~그러지 말고 평양댁을 데리고 주방으로 가서 일을 좀 거들라고 하면 되지 않겠소?"

강포동을 선실 복도에 남겨두고 선장은 급한 발걸음으로 상갑판을 향했다. 선교에 들어선 선장은 사관과 통신장의 인사와 보고를 받고 쌍안경을 들어 바다를 한 바퀴 조망했다. 날씨는 어제보다도 좋고 해상에는 태양에서 뽑힌 금실이 너울거리며 쏟아지고 있었다. 커다란 신의 손에서 산란한 바람은 배의 후미로 왔다가는 선교에 걸려있는 액자를 조금 흔들고는 난봉꾼처럼 화다닥 떠나 광활한 바다에 내려서서 갈지자를 놓고 있었다.
아직도 충격에서 벗어나지 않은 자신의 감정과는 판이하게 바다에서는
색다른 소리가 들려왔다. 호탕하게 웃는 신의 웃음소리가.

'일어나면 되지 않을 일들이 일어났지만 더 큰 일이 일어나지 않은 것을
다행이라고 해야 할까? 새벽에 꾼 꿈이 정말 불길하더니... 수옥이와의 뜨
거운 시간들이 이렇게 큰일을 몰고 올 줄은 꿈에도 생각 못했다. 사고는
예견된 것이 아니겠어! 샤워장에서의 일을 발견했을 때 바로 조처를 했어
야 했어. 놈들과 같은 속성을 지닌 동물이라서 그들을 용인했던 것은 아닐
까?'하는 생각을 하며 선교에서 선실로 돌아 온 선장이 수옥을 찾아가자
기다렸다는 듯이 그녀가 입을 열었다.

"조금 전에 갑판장님이 밀항자들 주먹밥 나눠주는 데 가자고 양이 하겠
습매! 도와드리면 됴티만 에미나이들이 지를 보면 잡아 먹으라고 할 거 같
아 따라가지 않았습매."

"잘 했소. 평양댁을 데리고 가라고 했으니까 일손은 그렇게 딸리지 않
을 거요. 당신과 달래는 자꾸 그 곳에 동원되지 않는 게 좋소. 대신 달래와
함께 실항사를 도와서 우리들이 먹을 식사를 이곳으로 날라오는 것은 괜
찮지 않겠소?"

바로 그때 달래와 실항사가 아침 식사가 차려진 왜건을 밀고 들어왔다.
식사를 끝내고 수옥과 진수는 다시 이마를 맞대고 앉았다.

"별 일 없갔지요?"

진수가 질문의 뜻을 못 알아듣고 눈을 크게 뜨자 그녀가 다시 입을 열
었다.

"다 큰 에미나이들이 돼 놔서 말입매다. 왜 저렇게 저 간나아를 따라다
니는지…"

"염려 놓으라니까~~ 승재는 그런 아이 아니라고 몇 번이나 말해야 하
오."

"큰일을 보고 나니까 남의 일 같지 않아 그러는 것 아이겠습매!"

"그러게 말이오. 얼마 남지 않았지만 상륙할 때까지 각별하게 달래를 신경 써야 할 거요. 그리고 상륙하고 나서도 나한테 돌아올 때까지도 잠시도 긴장을 늦추면 안 돼."

"일을 당한 에미나이는 옆 방의 하나 뿐입매까?"

"아니요. 몇 사람이 더 있는 것 같소."

"기것은 어이 알았습매까?"

"샤워하러 나온 사람 다 집합을 시키는데 우는 여자가 두 명 있었소."

"어젯밤에 에미나이들을… 그 많은 숫자를 목욕을 시켰다 그 말입매까?"

"그랬다는군! 지시도 없이~ 고양이에게 생선가게를 맡긴 셈이지… 실은 브릿지에서 돌아오고 있는데 놈들이 샤워장에서 여자들을 껴안고 일을 벌이는 것을 목격했었소!"

"…유구무언 입매다. 그때 조처를 하셨어야 했는데…"

"그러게 말이요. 헌데 놈들에게 강제로 당하는 것이 아니었소. 두 쌍이었는데 매우 즐기고 있는 현장이었지. 생각을 안 해 본 것은 아닌데 내가 그들을 말릴 명분이 없더군! 더구나 젖봉이 곁으로 빨리 오고 싶은데 어쩌겠오. 모른 척 들어왔지. 늘~ 방심은 금물이요!"

"어물창 안에서도 말이 아니었습매다. 남녀를 콩나물시루에 함께 넣었으니…"

"달래가 잠시라도 그런 환경에 있었다고 생각하면 기가 막힐 뿐이요."

"그러디 말고 아까 새벽에 하신 말씀이 무슨 말씀인지 다시 한 번 들려주시라요."

"무슨 이야기 말이요?"

"한국 땅에 상륙하는 지시사항 말씀이외다."

"아아~ 그거. 오늘 저녁 자개도 앞 맹목 구역에 야화선이 도착하면 작은 어선에 갈아타게 될 거요. 그렇게 해서 완도항에 내리면 냉동 탑차에 타고 임시 수용시설로 가게 되지. 입수한 당신들 명단대로 갑판장이 일자리 리스트를 대충은 갖고 있소. 어쨌든 그들은 그렇고 당신과 달래는 일단 그 수용시설로 가는 도중에 내가 보낸 사람을 따라 내가 묵고 있는 호텔까지 오면 되는 거요."

"정말 그런 일이 일어날디… 상상이 되디 않습매다."

젖빛 선창에 두 눈을 묻은 그녀의 눈빛이 아련했다. 불안을 잠재우고 있는 그녀의 손을 끌어다 잡고 손등을 쓸었다.

"나도 그렇고 당신도 그렇고 북에서도 살아나왔는데 무슨 일은 못하겠소. 만일 어떤 방해 조건이 벌어진다고 해도 꿋꿋이 버텨서 우리의 행복을 쟁취합시다. 우리는 우리뿐이 아니지 않소. 달래를 위해서도 나는 무슨 짓이든 할 생각이요."

선장의 두 팔 안에 안긴 여자의 심장이 마구 뛰었다. 대체 상상이 잘 되지도 않는 그런 세상은 정말 있는 것인지. 아니면 정말 성공을 하고 꿈에도 생각지 못했던 사람과 남은 이승을 함께 걸을 수 있을 것인지… 겪어보지 못한 일이라 그것은 아직도 실감나지 않는 먼나라 일로 느껴졌다.

"혹시 다른 사람의 지시는 받으면 안 되오. 나는 육상에서의 볼 일이 아마도 내일 모레쯤 끝날 것 같아서 그래. 내가 없는 곳에서는 강포동의 말을 따라야 할 거요."

"알갔습매다. 갑판장님 손전화도 이 에미나이에게 알켜 주시라우요."

여자를 안고 있던 팔을 풀고 책상으로 건너 간 사내는 돌아와서 쪽지를 내밀었다.

"상륙하면서 바로 강포동이 당신에게 손 전화를 한 점 주게 될 거요. 그러면 그 전화기로 바로 내 전화번호를 눌러 내게 전화를 해. 그러면 내 전화에 당신 번호가 뜨지. 알았소?"

진수의 설명을 똑바로 알아듣기 위해 그녀의 눈에는 힘이 잔뜩 들어가 있다.

"전화 걸은 사람의 번호가 상대방 전화에 뜬다 말입매까?"

"그렇소, 이것이 강포동 전화번호이고 이것이 내 전화번호요. 거기 이름이 있지?”

“당신 이름이 아웅산이 아니고 전진수입매까?”

“그렇군! 내 진짜 이름을 말하지 않았던가. 당신 이름도 혹시 나처럼 가짜 아니요?”

“다른 이름 같은 거 없시오. 당신이 지어준 젖봉이 밖에는…”

“정말 잘 지은 별명이지 않소? 이~ 젖봉이!”

사내가 여자의 가슴을 주먹으로 퉁~ 건드리자 그녀가 가슴을 오므리면서 말을 이었다.

“우리 에미나이가 열다섯이 되도록 서로의 이름도 제대로 모르고 있었다니… 세월이 참 한심스럽습매다.”

“십오 년~ 그래, 너무 긴 세월이지. 우리가 영원히 만나지 못하고 죽었다면 하늘도 슬퍼했을 것 같지 않소? 더구나 달래가 아빠도 영원히 모르고, 나도 내 소생이 세상의 험한 다리를 건너고 있는 줄도 모르고 끝내 죽었다면, 처음 만나던 순간을 절대 잊지 말아야지.”

“이 에미나이가 복에 겨워서, 그리구 미련해서 세월을 벌써 탓하게 됩매다.”

“그나저나 우리 달래에게는 나를 언제 밝히면 좋겠소?”

“그러게 말입매다. 서두르지 마시라우요. 당신한테 가고 나서… 완전히 우리 세 식구가 합치고 나서 밝혀도 늦디 않겠습매! 혹시 일이 꿰디면 알디 않는 것이 됴티 않갔습매까?”

“일이 깨질 일은 없을 거요. 북에서도 탈출한 당신이고 나도 살아나오지 않았소. 그것보다 위급하고 긴박한 상황은 세상엔 없어. 좋지 않은 상상은 하지 않기로 합시다.”

계속해서 꺼지지 않고 일고 있는 불안을 태우며 자꾸 일렁이는 작은 불길에 그녀는 사내가 내뱉는 희망의 메시지를 끼얹었다. 그러나 뒤이어 불씨는 죽지 않고 다시 살아나서 가물대기 시작하는 것이었다.

“그런데 어떻게 밀항선 탈 생각을 다 했소? 보통 일은 아닌데…”

"제가 어떻게 이런 큰일을 꿈인들 꾸었겠습매까! 오빠가 다 주선을 했
디요. 헤이룽강 그 깡깡 시골에도 한국 바람이 불어개주구서리 야단도 아
닙매다."

"돈을 많이 치루었을 텐데…"

"중국에서는 오 년이나 일을 해야 벌 수 있는 돈이랍매다."

"그러니까, 내 말은 그런 돈이 어디서 났느냐 그런 말이지."

"오빠가 마누라 모르게 비상금을 턴다고 했습매다."

"오빠는 살만하시었소?"

"농사를 짓는데 안팎이 부지런해서 밥 굶을 걱정은 없었습매다. 그런데
우리 모녀가 자기 아내에게 너무 구박을 당한다고… 참 가슴이 아픈 모양
이었습매다. 내가 놀지도 않고 그렇게 죽도록 일하는데… 피붙이가 타향
에서 같이 살문 올매나 좋겠습매까?"

"울지 말아요. 그 올캐가 우리를 만나도록 하늘의 지시를 받은 사람이
지, 안 그렇소!"

"맞습매다. 그러고 보니까 올캐가 은인입매다."

"그럴 게 아니라 지금 갑판장에게 지시를 내려야겠소."

선장은 일어나 책상에 놓여있는 인터폰을 들어 갑판장을 찾았다. 그가
쇼파로 와서 앉자마자 선장실이 열리고 둥그런 갑판장 배가 밀고 들어왔다.

"갑판장님, 식사 하셨습매까? 잠시도 끊이지 않고 일이 일어납매다."

수옥이 일어나서 갑판장을 향해 인사를 한 마디 했다.

"그러게 말이요. 그나저나 선장님은 역시 눈치가 백단이요. 내가 새벽
에 물이 한방울도 없이 떨어졌다, 사워기 다섯 대가 물방울을 떨어뜨리더
라, 그 말 한 것 밖에는 없는데 우찌 놈들이 벌인 일을 눈치챘단 말이요.
안 그렇소, 수옥 씨?"

선장에게서 그녀에게로 시선을 옮기며 갑판장이 입을 닫자 그녀가 소리
를 죽이며 웃었다.

"그 얘긴 더 하지 맙시다. 기분이 드러워지니까. 좌우간 부탁 하나 합

시다. 추한일에게 지금 전화해서 휴대폰 한 점 준비해 놓으라고 하시죠."

"왜 휴대폰 고장 났습니까?"

"그런 게 아니고 수옥 씨가 이제 휴대폰이 있어야 하지 않겠소?"

"하이고~ 맞십니더. 나는 눈치가 백 단이 아니고 발바닥 단입니다. 그라문~ 달래는…?"

"달래는 아직은 필요할 일이 뭐~ 있겠습니까? 엄마와 함께 있는데… 그것은 다음에 생각해 볼 일이고, 어쨌든 잊지 마시고 서둘러 조처해 주세요."

"선장님, 그라입시더. 어려운 일도 아니고, 그럴 게 아니라 남한에 착륙하는 기념으로 내가 한 대 선물 하면 안 되겠습니까?"

"그야 좋지만, 내가 선수를 쳐야겠소. 갑판장님에게 내 기쁨과 권리를 빼앗길 순 없어요."

"선장님은 기쁨이 그거 하나뿐이겠소. 지한테 그런 정도는 양보하시는 것이…."

"아닙매다. 이러지들 마시라우요. 휴대폰이라는 게, 집 한채 값이나 하는 것 아이겠슴매?"

"맞습니다. 한 채가 아니고 두 채는 될 거요. 하지만 갑판장님은 부자니까 집 한 두 채로 선물이 되겠소? 한 다섯 채 되는 거 없나?"

"~~ 아아~ 선장님, 있습니다. 시계요 시계. 팔목시계!"

"손목이 아니라 팔목에 차는 것이라 상당히 비싸겠는데요. 하지만 그것도 내 담당이요."

"그라문이요. 내는 팔목시계를 준비하고 선장님은 손목시계를 준비하는 기라요."

"그것도 안 되겠소. 수옥 씨 몸에 걸치는 모든 것은 다 내가 준비해야 하오."

"그라문이요. 하나는 오른쪽 손목에 한나는 왼쪽에 차문 될 거 아니요."

"그것도 안 되겠소. 발찌도 내 소관이요."

"하이고~ 수옥 씨! 진수 이 간나아~ 수옥 씨 때매 정신이 확~ 안 나갔습니꺼?"

벌어지는 입을 애써 다물고 있는 그녀의 눈 꼬리 주변으로 희열이 길게 꼬리치고 있었다.

"그러지 마시고 갑판장님은 우리들 보금자리를 잡아주세요. 그러면 되지 않겠습니까?"

"진수~ 이제 보니 속이 아주 시커멓데이. 집 한 채로 때울락 했더니 백 채 말이가?"

"형님이 괜히 형님입니까? 여태까지 장가도 들지 못한 아우가 장가 좀 들겠다는데…"

갑판장의 벌건 얼굴에 입이 함박 같이 벌어졌다.

"너거들~ 정말이가? 그렇구 그런 사인인줄은 눈치챘지만서두… 참말이가?"

벌겋게 달아오른 얼굴을 하고 진수가 그녀를 바라 볼 때 그녀의 눈에 다시 물이 맺혔다.

"아~ 아닙매다. 이 간나아가 롱담이 심합매다, 갑판장님!"

"롱담은 무신 롱담? 이 진수란 간나아를 다 모르는 모양이구로… 롱담 겉은 거 일절 하는 인사가 아니레이."

"그럼, 갑판장님~ 조금 있다가 선교에서 뵙죠."

"안 그래도 내 갈라꼬 한던 참이네. 조심하레이. 아아들이 자주 드나들구로…"

갑판장이 나가고 나자 참고 있었는지 수옥은 눈에서 주루룩 두 줄기 눈물을 떨구었다. 소파에 앉아있는 그녀에게로 다가간 그는 그녀를 힘껏 껴안았다. 정신도 몸도 뜨거워진 남녀는 깊게 키스를 나누었다.

"당신~ 오늘 새벽부터 긴장이 바짝 너무 심했드랬습매다."

긴 입맞춤이 끝나자 자신의 가슴에 묻은 사내의 머리를 쓰다듬으여 그녀가 입을 열었다.

"이제 다 풀렸소. 당신 손길이 머리에 닿으니까 어머니 생각이 나. 아주 어렸을 적이…"

"당신 어머니는 어떤 분이셨습매? 지금 살아 계시디오?"

"살아 계시지. 아니 돌아가셨소. 아니 돌아가신 것이 아니고 죽었소!"

"… 아니~ 그런 말이 어디 있습매?"

6. 돌돔과 참돔

"갑판장! 본사와 교신을 했는데 예정 변경 없답니다. 자개도 앞 맹목 구역, 금일 저녁 7시 30분이고 어선 이름은 청산호라고 합디다."

"통신장! 내도 한국 인도 책음자 추한일과 전화 통화 안 했심니꺼. 그놈아도 변동사항 없다고 합디다. 우리가 불법은 하고 있지만도 이거이 추한 일입니꺼, 통신장! 우찌 생각허요? 짜석 이름이 추한일 인기라요. 재수 없구로!!"

통신장이 껄껄 웃자 깡마른 광대뼈에 주름이 밀려난다.

"현상범이 아닌 걸 다행으로 알아야지요. 임신 중이면 어쩔뻔했소!"

"하이고~ 임신 중인 여편네 땜시로 아까 우리 죽을 뻔 하지 않았소. 어디서 임신은 시키가꼬 밀항선을 탈 생각을 해. 그란데 사내 새끼 이름을 그렇게 지었다 말이가?"

"그렇다니까요. 별 해괴한 이름이 다 많습디다."

"아이구~ 도야지들 후딱 넘겨주고 말아 삐려야지. 신경이 쓰여 살이 족족 내릴락카이."

"왜 그러십니까? 갑판장님은 전에 참깨, 참기름~그런 거 밀수 경험도 많다면서요."

"고거 또 어디서 입수한 정보요. 그런 말은 꺼내지 맙시다. 에또~ 그라고 지금 6시니까 돼지들 주먹밥이 다 되었나 가봐야겠소. 주자가 일이 많아 큰일인데 선장님이나 승재나 요 가시나이들 때문에 얼들이 빠져가꼬~ 참말로…"

강포동이 주방으로 가는 길에 선실로 들어와 승재의 방을 열자 승재가 달래와 함께 침대 가에 걸터앉아있었다.

"승재 이놈아야~ 너 정신이 빠졌나! 가시나이 때문에 인사불성이 돼서야 쓰겠나! 정신이 확~ 빠졌구로. 지금이 몇신지 니 알고 있노? 주방에서는 지금 콩 튀듯 팥 튀듯 하고 있을낀데, 조금 있으문 6시가 되는데 도야지들이 저녁을 묵어야 자개도에서 배를 갈아타지 않겠나?"

"예~ 밀항자들이 내린다고요?"

"그럼~ 우리가 선상족이가? 떠다니는 야화선에서 언제까지나 살구로."

"갑판장님~ 그럼 우리도 자개도에서 달래와 같이 내립니까?"

"이 짜슥이 아직도 정신이 안 돌아왔네. 우리가 밀항자가?"

갑판장이 소리를 버럭 질렀다. 두 발을 디룽거리고 있던 달래가 갑판장이 지르는 소리에 놀라 침대 밑으로 똑~ 떨어졌다.

"갑판장님, 소리 좀 고만 지르세요. 달래가 놀라서 침대에서 떨어졌단 말입니다."

"그러니까 이 놈아야! 정신 퍼뜩 차리고 주방으로 달려가란 말이다. 달래 괜찮나?"

"예, 괜찮습다."

"우리 임무는 밀항자들을 완도항에 데려다 주는 기라. 우리는 거제도로 가는 기고…"

"저는 몰랐습니다. 그럼 달래하고는 이제 못 만납니까?"

"짜슥 말도 많네. 빨리 앞장 서라 마. 한 시가 급하다니까! 달래도 괘이찮나, 주자가 주먹밥 만드는 거 도와주고… 너희들 묵을 밥 아이가!"

승재가 한숨을 푹~ 쉬고 나서 앞장을 섰다. 세 사람은 선실을 나와 식당으로 향했다. 주방 가까이 가자 주변에도 김이 서려 시야가 뿌옇게 흐렸다. 세 사람이 주방에 들어서자 실기사와 주자 그리고 수습갑판원 두 사람이 주먹밥을 굴리느라 여념이 없었다. 맛소금을 뿌린 주먹밥에 삶은 돼지고기 한 점, 그리고 단무지 세 쪽을 한꺼번에 비닐랩에 싸는 작업이다. 하얗게 빛나는 높은 모자를 쓴 쿡은 삶은 고기를 써느라 뜨거워 절절 매며 손을 찬물에 담갔다 꺼냈다를 반복하고 있었다.

"승재 이 짜슥! 계집애 하나 오니까 바로 배신을 때리네."

뜨거운 김으로 얼굴이 벌개진 실기사가 빙글거리며 승재를 향해 한 마디 던졌다.

"그래서 2인분 왔잖아. 진짜 배신을 때리는 게 누군데 그래! 사실은 달래가 어제부터 설거지 얼마나 도와줬는지 알아. 밥만 먹고 나면 설거지하기 싫어서 모두 도망갈 땐 언제고?"

"그 말은 승재 말이 맞는 갑다. 퍼뜩퍼뜩~ 이바구들 좀 닫고 일이나 해!"

목에 건 수건으로 얼굴을 닦은 주방장이 말을 받는 사이 견습갑판원 두 사람이 옷을 갈아입은 달래를 번갈아 훑어보고 있다.

"와와!! 목욕도 하고 원피스 입은 달래가 억수로 이뻐 보이는 가배!"

주자가 코에 땀방울을 잔뜩 매달고 사람 좋은 웃음을 머금었다.

"갑판장님~ 그런데 저 아지매는 누구십니까?"

"피양댁 말이가? 그런데 실기사 절마는 그냥 넘어가는 기 없다 그 말이라. 밀항자 중에서 젤로 음식 잘하는 아지매를 뽑았다 그 말이라. 왜 앵꼽나?"

"앵꼬븐 것이 아니고에. 음식 잘하는 아지매 한테서는 소독약 내가 나는 깁니까?"

"쉿-짜슥 입 못 다물어! 소독약 내가 난다꼬? 기관실 옆에서 일어난 상황을 봤잖아~ 마!"

"그래서 그러는 깁니더. 가까이 가서 맡아 보시소. 제가 그짓말을 왜 하겠습니까?"

"주먹밥에서 소독약 냄새가 난다카마 주먹밥이 소독돼서 좋지 않겠노."

"아 좋습니다. 살균하느라 크레솔을 부어서 밥을 했다는데 누가 뭐라카 겠습니까?"

"요~ 짜슥 입 좀 다물고~ 고만 물고 늘어지레이. 달래도 그렇고 다른 사람들이 알아서 좋을 거 없다. 에험~ 우리 도야지들은 좋은 선장님 만나 참말 호강한다 아이가!!"

"그란데 아까부터 우리 돼지, 혹은 우리 도야지 그라시는데 우리 밀항 자들 말임까?"

갑판장 말에 주먹밥을 굴리다 말고 안색이 변한 달래가 입을 뾰루퉁 내 밀고 섰다.

"하이고~ 내사 마~ 말 잘못했다 아이가. 공주님 듣기에 거북하셨으문 용서 하시소!"

"자자~ 주먹밥 엔간히 굴렸으문 일차 갖고 내려갑시다. 물주전자는 누 가 들끼요?"

비닐장갑을 벗으며 실기사가 바쁘게 따라나섰다.

"제가 가겠습니다. 더워서 바람 좀 후딱 쐬고 와야지 몬하겠습니다."

"나머지는 주먹밥이 담긴 쟁반을 들고 모두 화물창으로 갑시다. 그리고 주먹밥을 계속 더 말아야 하니까 여기 있던 사람들 한 사람도 빠짐없이 모 두 돌아와야 해, 알겠나?"

화물창에서 밀항자들이 열심히 저녁 요기를 하고 있을 때 야화선은 드 디어 서해를 건너 대한민국 남해를 향해 키를 돌렸다. 신안군 앞바다를 지 나 오른쪽에 흑산도와 홍도, 그리고 왼쪽에는 우이군도를 낀 다도해 국립 공원을 양쪽에 끼고 야화선은 일몰이 지나고 있는 초저녁 바다를 미끄러 지기 시작했다.

"실항사, 실기사를 비롯한 여러분들 잘 들으시오. 주먹밥 세 개씩이 들 어있는 투명 비닐봉지 하나에 삶은 계란 두 개, 그리고 참외 한 개 그렇게 검은 봉지에 넣을 거니까 그렇게 알고 나중에 작은 배로 밀항자들이 옮겨 탈 때 비닐봉지 한 개 씩을 나눠 주는 거다. 알았습니까?"

"예~ 그란데 물은 안 줘도 됩니까?"

"물병과 휴지는 갈아 탈 배에서 준비하기로 되어 있단다. 그리고 소금도…"

"우리는 이제 밀항자들과 다신 만날 수 없습니까?"

우이군도를 지난 배는 남동쪽으로 약간 비스듬히 직선을 긋고 달려서 6시 30분경에 다시 맹골군도가 속해 있는 다도해 국립공원을 왼쪽으로 끼고 돌았다. 역시 왼쪽에 병풍도 앞 바다를 지나 다시 한 번 키를 15도 정도 돌려서 독거군도를 지났다. 다도해에 배가 진입했다고 하자 몇 달이나 지난 것처럼 이제는 너른 바다를 볼 수 없다고 실항기사 두 녀석이 주방에서 안타까워했다. 등대는 등대대로 섬과 섬들 사이사이 항구와 부두마다, 그리고 섬에 사는 주민들이 켜는 등불들이 밤에 피어나는 꽃들처럼 깜빡깜빡 불들을 밝히기 시작했다.

지금 브릿지의 당직사관은 김항년 일항사다. 일항사 옆에는 30분 전부터 전진수 선장이 정복을 착용하고 단정한 차림으로 다가올 역사적 순간을 위해 마음을 준비하고 있었다.

왼쪽 독거도 앞 바다를 직선거리로 30분 정도 달리자 왼쪽에 구자도 오른쪽에 외모군도가 나타났다. 배는 두 섬 사이에서 다시 오른쪽으로 15도 각도로 방향을 틀어 이곳저곳에 조랑조랑 태어난 섬들을 바라보면서 소안도 앞 작은 섬 자개도를 향해 항진을 계속했다.

자개도는 참돔 낚시로 유명한 곳이다. 거제 안경섬 남녀도와 통영의 매물도와 함께 참돔의 입질이 가장 빈번한 곳이다. 돔에는 참돔과 돌돔이 있다. 돌돔은 웬만한 낚싯줄을 끊는 것은 말할 것도 없고 게 껍질을 부술 만큼 이빨이 강하기로 소문 난 어족이다. 그래서 돌돔이라고 했을까. 반면에 참돔은 분홍색 몸체에 초록색 반점이 있어 관상용 열대어 이상으로 아름다운 어족으로 그래서 바다의 여왕, 바다의 미인으로 불린다. 갯바위가 많은 곳 7에서 9m 깊이에서 잘 잡힌다는 참돔의 고향 자개도에 야화선이 드디어 그 모습을 드러냈다. 섬 주변에는 오징어잡이를 하는 배들이 켜놓은 집어등이 연등 행렬처럼 즐비하게 늘어서 있었다.

그리고 밀항자들은 저녁 식사로 주먹밥을 마치고 나서 잠깐 신세를 졌던 야화선에서 조금은 자신들이 사람대접을 받았던 것을 기억하며 배당된 예비 식량을 앞앞이 들고 다시 한 번 긴장의 끈을 조이고 있었다. 그러나 자재도 앞에 야화선이 도착한 것이 7시 46분! 밀항자들을 육상에 인도할 어선, 청산호는 20분이 지나고 30분이 지나도 모습을 나타내지 않았다.

"갑판장 좀 부르시오 일항사!"

이미 예견하고 있었던 것 같은 차분한 선장의 목소리가 고요한 브릿지 공기를 살짝 흔들었다. 바로 그때 얼굴이 시뻘겋게 부풀은 갑판장이 뛰어 들어 왔지만 전진수 선장은 브릿지 창으로 보이는 밤바다를 응시한 채 미동도 하지 않았다. 선뜻 말을 걸지 못하고 서 있는 갑판장 강포동을 향해 선장의 착~ 가라앉은 목소리가 다시 들려왔다.

"갑판장! 할 말이라도 있습니까?"

"드릴 말씀이 없습니다. 다시 한 번 알아보겠습니다. 통신장, 본사 좀 부탁합시데이."

초조한 듯 커다란 배를 내밀고 서서 강포동은 숨을 헐떡이기 시작했다.

"야화선 강포동입니다. 본사에 지금 누구 없습니까?"

"예, 총무부장입니다. 어선에 밀항자들 인도가 끝났습니까?"

"어선 인도가 뭐요! 지금 자개도 앞인데 어선은 눈 씻고 찾아도 안 보인다, 그 말입니다. 벌써 약속 시간에서 40분이 지났다 그 말입니다."

"네에~? 그럴 리가… 한 시간 전에도 차질 없이 대기한다는 보고를 받았습니다만… 서로 못 찾는 것은 아닐까요? 바다낚시가 심한 곳이라서 너무 복잡한 거 아닐까요? 오징어잡이 배들 속에 숨어있는지 모릅니다. 좀 더 찾아보시고 다시 연락하기로 합시다. 본사에서도 다시 한 번 확인하고 전화 드리겠습니다."

수화기를 내려놓은 갑판장이 말없이 브릿지를 벗어나 갑판 난간에 등을 기대고 담배에 불을 붙이는 것이 보였다. 그로부터 30분이 더 지나 완도 항 인도 책임자, 추한일에게서 연락이 왔다. 청산호 어선의 선장이 노모의 급사로 배를 띄우지 못했다는 것이다. 다른 선장을 찾고 있는데 이상하게 구인이 되지 않는다고 딱 하루만 말미를 달라는 것이다.

본사는 물론 갑판장이 추한일과 전화를 주거니 받거니 부산을 떠는 동안 내내, 선장 전진수는 브릿지 창을 통해 즐비한 오징어잡이 집어등에 눈을 박은 채 미동도 하지 않았다. 웬일인지 그의 얼굴은 차라리 평온해 보였다. 통신내용에 따라 갑판장이 종합적인 상황 보고를 할 때도 듣고 있는지 마는지 알 수 없었다. 차라리 선장 전진수가 화를 불 같이 내기라도 하는 것이 낫겠다고 속으로 생각하면서 반응이 끝까지 없는 선장을 살피던 강포동은 자신의 임무는 끝났다는 듯 선교를 빠져나갔다. 그리고 상갑판에서 내려가 중갑판을 향해 가며 그는 목청을 부시듯 큰 가래를 바다를 향해 뱉었다.

"재수에 옴이 자꾸 붙구로… 어이~ 추한일~ 추한 자식 같으니…!"

강포동이 중얼거리며 화물창을 향해 다가갈 때 조직원 세 놈은 농담 따먹기를 하며 낄낄거리고 있었다.

"새끼들! 뭐가 그리 좋노. 화물창 문이라 퍼뜩 열어!!"

"이제 내리는 깁니까?"

"내리긴 워딜 내레! 재수 옴 붙었구로."

날칼이 큰 키를 세우고 일어나 자물통에 키를 쑤셔 넣더니 문이 열렸다. 강포동은 얼굴 앞에 손사래를 치면서 입구로 다가갔다. 랴오뚱호에서 바로 올라왔을 때와는 다르지만 여전히 닫혀있던 화물창에서는 고약한 냄새가 진동했다.

"하이고~~ 도야지 새끼들 냄시 땜에 야화선에서 내리기 전에 머리가 몽창 뽑히겠구마! 그런데 누가 플래시 갖고 있노. 빨리 플래시 좀 비치 봐!"

바로 그때 꺽쇠가 재빨리 일어나 전지를 켜고 입구로 다가섰다. 하선을 기다리고 있던 사람들은 일시에 앉았던 자리에서 일어나며 웅성거리기 시작했다.

"이 보소! 야그 좀 듣고… 자자~고마 조용히 좀 하소! 내도 속에서 불이 나니까…"

강포동이 소리를 버럭 지르자 사람들은 그 때야 입을 다물었다.

"다름이 아니고 7시 30분에 여러분을 인도하기로 되어 있는 어선하고 접선에 실패했소."

합쳐진 작은 소리들은 알아들을 수 없는 소음이 되고 목청이 큰 소리의 발과 다리들은 밤바다를 향해 떨어지는가 하면 어둠을 찢으며 날아올랐다.

"입 좀 다물지 못해~ 개새끼들!!"

갑판 바닥에 뒹굴고 있던 망치가 보다 못해 일어나 화물창 입구로 내달 으며 소리를 쳤다.

"이유인즉슨 접선할 어선의 선장 노모가 급사하는 바람에 배를 못 띄 웠다캅디다. 여러분을 완도항까지 인도할 어선 말이요. 배를 띄우고 나서 그런 사건이 있었다문 모를까. 배를 띄울 시간을 기다리고 있는데 멀쩡하 던 노모가 죽었다카문 당신들도 별수 없는 것 아니요. 장례를 치러야지."

"그럼, 다른 선장을 구하면 되지 않겠슴까?"

"하모 두 말 하문 잔소리지. 새 선장을 구할 때까지 하선을 만 하루만 늦춥시다. 완도항 상륙을 하루만 늦추는 거요. 내일 이 시간쯤은 차질 없 이 대한민국 육지를 밟을 것이요."

추궁하고 비난하는 날카로운 소리들은 멎고 그러나 사람들은 다시 웅성 거리기 시작했다.

"이제부터 내일 하선할 때까지 이 야화선은 기관 고장으로 바다를 표류 할낍니다."

표류라는 단어가 주는 위력인지 사람들은 갑자기 찬물을 끼얹은 듯 조 용해졌다.

"소란은 절대 불가합니다. 시끄럽게 했다가는 누군가 와서 쥐도 새도 모르게 바다에 처넣기 전에 야화선 자체가 해경에게 발각될 거니까 알아서 하소!! 이상!"

돌아서면서 구겨진 신문지처럼 인상을 쓴 강포동이 조직원들을 향해 일 갈했다.

"한 시간에 한 번씩 문 열고 환기시키는 거 잊지 말란 말이라. 머리 홀 랑 뽑히기 전에!"

"예~ 헹님!!! 그런데 어선 선장한테 무슨 일이 일어났습니까?"

"넌 여태 뭘 하고 있다가 뒷빽을 치노?"

"새끼들이 하도 웅성거려 잘 듣지 못했다 아입니꺼. 그렇지만도 야~ 야 껙쇠야! 물어 볼 거를 물어봐야지. 지금 헹님 심기가 심히 불편하신 것을 모르나. 매를 벌고 있어요."

그 때 날칼리 끼어들었다.

"짜슥~ 청산호 선장 노모가 급사했다 안카나! 그란데 헹님~ 스패아도 없다 그말입니까?"

"뭐라꼬~ 스패아? 스패아 겉은 소리하고 자빠졌네."

"이럴 때를 대비해서 스패아를 대기 시키능 거 아입니꺼?"

"누가 이런 일이 일어날 줄을 알았나 말이라. 재수가 옴 붙었지. 퍼뜩 화물창이나 잠궈!"

"허이~ 개새끼! 뭐라캤습니꺼, 그놈 말이라요. 완도항 인도 책음자 말 인기라요. 추한일?"

"뭐라? 추한일!! 추한 일이나 허는 새끼가 이런 신성한 일에 들러붙 었다, 그 말입니꺼?"

"망치 헹님은 남의 이름 가꼬 따질 때가 아닌기라요~ 안그렇습니까? 추한범 씨!"

"니-껙쇠, 헹님 이름을 함부로 부르는 새끼는 우리 조직에서는 아가리 를 찢어놓는다는 불문율이 있는 것도 모르는가배!"

"아이고~ 헹님, 잘몬했씸니더. 한 번만, 한 번만 용서해주시소!"

"요 짜슥들이 입만 살아가꼬~ 망치 니~이 짜슥들하고 꿇어 앉아있으라캤더니… 누가 야들 풀어주라꼬 했어? 대장은 너희들 상륙할 때까지 물도 주지 말라캤는데…"

"헹님, 지금 뭐라캤습니까! 물도 주지말라꼬요? 그 대장… 씹어묵어도 시원찮구마는…"

말을 마친 날칼이 이를 부드득 갈았다. 시퍼런 그의 얼굴에서 살기가 퍼져나왔다.

"그나저나 도야지들 후딱 넘겨주고 말라캤더니 이게 무신 일이고! 신경이 쓰여서 죽갔구마는. 만 하루를 또 으떻게 버티노. 만일 앞으로 상륙시킬 때까지 무슨 불상사라도 나문 그 땐 각오해야 할 끼라. 꺽쇠하고 날카리 얼굴, 손등, 이마에 피딱지 보이제! 모르긴 몰라도 이번에는 누군가 하나는 바다에 처 넣고 말끼라, 맹심하레이. 알아들었나?"

바지 주머니에 두 손을 찌르고 이리저리 거닐던 작자들은 오만상을 쓰고는 대답이 없다.

"맹심은 무신 맹심? 우리가 먼저 그작자를 바다에 처 넣으문 안 되는 깁니까?"

"이 짜슥이 죽을라꼬 환장을 했나! 뚫린 입이라꼬 나오문 다 말이가! 내가 세상에서 젤로 사랑하는 동생이 우리 대장인 기라. 알아들었나! 만일 우리 대장 손가락 하나라도 건드리는 놈 있으문 내가 가마히 안 있을끼라. 망치~ 알아 들었나! 콱 죽여뿔고 말 텐께!! "

발길질하려는 듯 강포동이 동작을 하자 세 놈이 반사적으로 멈칫−어깨를 오무릴 때 어디로 가려는지 갑판장이 돌아섰다. 그리고 칵~ 가래침을 뱉고는 어둠 속으로 사라졌다.

"꺽쇠야, 오만상 누비지 말고 여그 와 앉아. 날카리 얼굴이 시포르족족 해졌다 아이가. 공연히 옆에 있다가 튀는 불똥 맞지 말고, 여그다 안주상이나 보그레이."

"안주상이요? 술 마실라꼬예?"

"그럼, 이 제한된 공간에서 할 게 뭐 있노? 날카리, 앉아 봐라 마~ 여그다가 술상 하나 펼치 놓고 참돔 낚시나 해볼거나. 우리 낚시하라꼬 하늘이 마련해 준 기회인 기라, 일마야!"

"헹님, 참말로 참돔 낚시하는 깁니꺼?"

"참돔낚시 좋아하고 자빠졌네! 그 돌머리 달고 다닐라문 무겁지 않노?"

"날카리 헹님은 와 지한테 신갱질이십니꺼?"

"이 새끼가 콱!~ 죽고 싶나?"

"자자자~ 니 날카리~ 와 신갱이 그리 날카로워졌노? 꺽쇠야 여그 담요나 깔아!"

"맞습니다, 헹님! 우리 심심한데 고스톱이나 한 판 때릴까에?"

"야~ 야, 고스톱에 미쳤나! 그것도 이제 신물난다 아이가. 우리들끼리 돈 따먹기 해서 뭐하겠노? 전선장 돈이나 따먹으라카문 모릴까. 예를 들자면 그렇다 그 말이라."

"맞습니다, 헹님! 그란데 전선장 같은 사람도 고스톱을 할까예?"

"비겁한 새끼, 꼴값하고 자빠졌네! 그 사람은 대한민국 사람 아이고 외계인이가? 제일의 국민 게임을 지랄한다꼬 안 하게!"

"헹님, 그럼 참말로 참돔 낚시 할라꼬에?"

"그럼, 내가 운제 거짓말 하는 거 봤노! 참돔 중에서도 가장 맛난 참돔을 낚는 기지. 내 너희들에게 진정한 참돔의 맛을 보여주꾸마!"

망치가 하는 말을 제대로 이해하지 못한 꺽쇠가 날칼의 표정을 살피다가 망치에게로 시선을 던지며 매섭게 생긴 눈을 분주하게 굴렸다. 날칼은 여전히 심각한 얼굴을 하고 혼자 중얼거리며 갑판을 거닐고 있었다. 그러다가 발에 걸리는 물병 하나를 발견하고는 페널티킥을 얻은 축구선수처럼 그것을 냅다 질렀다. 물이 조금은 남아 있던 병인지 푸른 어둠을 헤치고 팽팽팽 돌아가던 물병은 화물창 철문에 가서 텅~ 하고 맞았다. 벽체를 타고 웅성거리던 작은 소음이 일시에 멎었다. 망치가 자리를 차고 일어나 키를 찾으며 화물창 앞으로 다가갔다. 그리고 문틈에 입을 대고 소리쳤다.

"아무 일 아니요. 간나아들이 장난 좀 치다가 물병이 화물창 문에 맞는 소리였소.”

그러자 다시 화물창벽을 타고 나오는 우렁우렁하는 소음은 다시 멀고 가까운 선박들에 몸을 부딪는 물결소리에 먹히고 있었다.

“그란데 누가 화물창 키를 갖고 있노?”

망치가 앉으며 하는 말에 서 있던 두 놈이 얼굴을 서로 바라보며 의아한 표정을 지었다.

“우리는 갖고 있능 거 아무 것도 없는데요 헹님!!”

날칼의 표정을 바라보던 꺽쇠가 망치 쪽으로 시선을 돌리며 입을 열었다.

“그럼, 그 무거운 열쇠다발이 발이 달려 어디로 갔다 말이가? 아까 누가 문을 땄어?”

“내요. 음~~ 바로 담요를 향해 던졌다 그 말이라! 들고 있기 싫어서 바로 던졌는데…”

“그래! 우리가 사고 칠까 봐 강포동 손에 어느새 들어갔다 그 말이네, 그렇다문…”

“포동이 헹님이 그럴 새가 없었을낀데요?”

“두고 봐라~ 누구 말이 맞는지. 그럼, 지금부터 열쇠꾸러미를 젤로 먼저 찾는 사람한테 내가 큰 상을 내릴낀데 너거들 생각은 어떻노?”

“큰상이든 밥상이든 찾아야 할 거 아이요. 만일 포동이 헹님이 갖고 간 것이 아니문?”

“그것은 그 때 가서 생각하고 어쨌든 헹님 모르게 열쇠를 찾아야 하능 기라. 알겠나!”

담요 위에 놓여있던 플래시를 찾아 들었다. 망치와 날칼과 꺽쇠는 갑판 바닥을 뒤지기 시작했다. 그러나 어디에도 열쇠꾸러미는 보이지 않았다.

“그럼, 화물창은 잠갔나 아직 안 잠갔나?”

“참~ 아까 포동이 헹님이 퍼뜩 문이나 잠가, 하고 소리쳤는데… 아무도 잠근 일 없다…”

7. 마도로스 부기우기

"종이 울리네 꽃이 피네
새들의 노래 웃는 그 얼굴
그리워라 내 사랑아
내 곁을 떠나지 마오
떨어져 멀리 있다 하여도
내 품에 돌아오라 그래여
아름다운 서울에서
서울에서 살으렵니다."

확성기를 타고 패티가 부르는 '서울의 찬가'가 울려퍼졌다.

"이등 항해사 함대이루기입니다. 여러분 저녁 맛있게 드셨지요?"

마이크를 잡고 탁구대에 올라선 이등 항해사의 목소리가 바람결에 실려, 들렸다가 끊겼는가 하면 다시 들려왔다. 하지만 대답하는 사람은 아무도 없었다.

"바다는 잔잔하고 바람은 시원합니다. 하늘 좀 올려다보십쇼. 금강석 가루가 우리 얼굴로 쏟아질 것 같지 않습니까? 여러분, 험난한 여행에 고생이 많으신 것 모두 압니다. 여러분 뿐만이 아니라 이곳에 자리를 하신 선장님 이하 모든 분들이 힘든 고비를 넘기고 있습니다. 좀 전에 전해 들으신 바대로 일정에 차질이 조금 생겼습니다. 불안과 의혹이 여러분 마음 속에 넘실댈 겁니다. 그래서 여러분은 물론 전 선원까지를 위로하는 차원에서 우리 캡틴의 제안으로 이런 자리가 마련되었습니다. 앞에 차려놓은 다과는 마음껏 드세요. 마음껏 드시면서 우리 모두의 앞날에 축복을 기원하는 뜻으로 1분 동안만 박수를 힘껏 치겠습니다."

사관들과 실항기사 그리고 선원들이 열렬히 박수 치는 것과는 다르게 화물창에서 나온 밀항자들은 드문드문 몇 사람만이 마지못해 두 손을 맞부딪쳤다. 그 때 완도항에 인도할 어선과 접선에 실패한 야화선은 불안과 의혹에 휩싸인 이백 명 남짓한 숫자의 군상들을 싣고 복잡한 자개도를 다시 빠져나가기 시작했다. 가다가 조업을 하는척, 기관고장으로 선박을 수리하는 척하면서 만 하루를 보내야 할 것이다. 유월이 가까운 바다는 벌써 밤이 되어도 바람은 시원하지 않고 후덥지근했다. 차라리 파도가 높아 배가 나뭇잎처럼 용춤이나 추었으면 이 시간이 덜 지루하게 느껴질 것 같다는 생각을 하면서 전진수 선장은 이등항해사 함대이루기를 면발치에서 바라보고 있었다.

사회께나 보았었는지 이등항해사가 제법 번지르르하게 인사말을 했다. 탁구대 두 개를 마주 붙여놓은 무대 위에는 대형 플래시가 양쪽에서 조명역할을 단단히 하고 있었다. 물론 외부와의 시선을 차단하기 위해 화물창 입구에서부터 무대까지 화물을 씌울 때 사용하는 대형 갑바를 양쪽에 둘러쳤다.

"지금 저희가 미리 준비한 공연을 보여드릴 동안 여러분 중에 노래할 분을 두 분만 뽑으시기 바랍니다. 시간이 너무 늦은 관계로 여러분 노래를 다 들을 수는 없구요. 딱 두 분 만입니다. 여러분 고장의 노래를 들려주시면 고맙겠습니다."

그러나 사람들은 여전히 미동도 하지 않은 채 무대만을 뚫어지게 지켜보고 있었다. 까맣게 화물창 앞에 나 앉은 그들은 아주 무표정했다. 아니 그것은 녹슬고 찌그러진 철문이었다. 틈서리로 밀려들어 오는 어떠한 조수도 용납지 않겠다는 딱딱한 의지가 그들을 점령하고 있었다. 어떤 꼬임에도 말려들지 않겠다는 의지 말이다. 아무 소리도 들리지 않는 듯 그들은 사회자의 일거수일투족만을 독수리 같은 눈초리로 응시하고 있었다.

'저것은 너희가 어떤 꼴로 노는가 보겠다는 눈초리다. 어떤 표정과 동작에 거짓과 날조, 사기와 배반이 들어있는지 가시처럼 발라내겠다는 의지의 표명 아닌가! 하루 저녁은 샤워를 시켜준다고 부녀자들을 꼬여내서 폭력을 행사하더니 갑자기 상륙할 날을 연기하고 이것은 또 무슨 작태를 향한 씨추에이션인가, 하는 의심 말이다.'

선원들을 지켜보는 밀항자 집단보다는 덜하지만 집단의 동정을 역시 냉정한 눈으로 바라보면서 전진수 선장은 그들이 이번 여행에서 얼마나 큰 상처를 입었는지 유리관 속의 생물체처럼 그들을 들여다보고 있었다. 그리고 창피했다. 이름하여 그들을 돼지라고 부르며 밀항을 책임지고 있는 야화선 선원들이, 저 무표정한 자들의, 아니 피폐한 저들의 살을 뜯어서 잘먹고 잘 살겠다는 것이 아닌가! 또한 그들 자신이 선택한 길이지만 밀항자들 역시 저 밀항이, 저 무표정의 두꺼운 껍질 속에 집 짓고 들어앉아 있는 불안과 공포가, 순수한 영혼과 맞바꿀만한 것이었을까? 밀항을 시킨다는, 단순히 불법을 저지른다는 것만이 아닌, 무엇인지 자신의 길이 근본적으로 비틀려 있음을 그는 자인하지 않을 수 없었다. 불법이든 아니든 저들을 도와주어야 할 명분은 있었던 것일까? 탈북자들이라면 모르되…

'기껏해야 더 소비하기 위해서, 아니면 조금 더 쾌적하게 살기 위해서, 조금 더 맛난 음식을 먹고 비만을 호소하기 위해서, 아니면 대한민국이라는 땅덩어리 몇 분의 일이 내 것이라는, 아니면 아파트 몇 채가 내 명의라고 등재되는 날을 위해서! 고작 대한민국이라는 땅덩어리 평당가를 높이기 위해 장독같이 마른 그들의 잔여에너지를 빨아야 했던가! 또한 돼지라고 불리는 밀항자들 역시 중국 본토에 내 땅을 더 넓히기 위해서가 아닌가! 자신의 소유가 한 채, 두 채 늘어난다는 것은 얼마나 환상적인가! 주변과 그보다 더 확실한 차별화는 없어. 죽을 때까지 먹고 사는 데 걱정 없이 잉여자산을 만들어 놓겠다는 것은 얼마나 근면한 덕목이냔 말이다. 세상을 다 얻은 것 같은, 세상 남부럽지 않게 살겠다는데 누가 뭐래!

얼음을 갈은 팥빙수, 음식을 척척 해내는 가스버너, 대형 스크린, 빨간색 무개차, 검은색 늘씬한 세단, 내 이름의 요트와 경비행기, 그리고 세계를 누비며 부를 과시하는 스키와 골프 여행! 소비의 상류를 지향하는 자본주의는 상대적 빈곤을 먹고 산다. 상대적 박탈감을 먹고 사는 자본주의는 사회의 블랙홀이다. 자본주의는 소비를 부채질하는 늪이다. 소비는 유보시킬 새 없이 자원을 고갈시킨다. 소비는 자원개발의 연장선상에 있다. 개

발은 환경을 좀 먹는 머리띠다.

돼지라고 불리는 밀항자들이나 그들을 돼지라고 부르는 야화선의 뱃놈들이나 입장만 바뀌었을 뿐, 저울로 달면 한 치도 기울지 않은, 상대적 빈곤이라는 전염병 환자들이다. 이 전염병에 대한 백신이란 오로지 자신을 환자로 오염시킨 그 사회, 말하자면 목표치가 된 개개인의 가시권역으로 입성하는 일이다. 하지만 자본주의는 먹이사슬처럼 고리로 연결되어 같은 층위를 내딛는 순간 바로 상층으로부터 다음 층위를 강요받게 되어 있다. 백신을 내놓자마자 바로 다음 단계로 진화하는 조류독감바이러스처럼 말이다.'

전진수 선장이 골똘히 생각에 빠져 있을 때 다시 이등항해사의 목소리가 들려왔다.

"그럼 우리 야화선의 꽃미남이며 일 등 가수를 소개하겠습니다. 삼등항해사 신성조!!!"

사람들이 치는 박수소리는 밤바다가 아니라 갑바를 넘어가지도 않고 사그라 들었다. 이들을 지켜보며 선장 옆에서 소주로 병나발을 불고 있던 갑판장 강포동이 벌떡 일어났다.

"이 도야지새끼들이 사람 말이 말 같지 않노 말이라. 손뼉을 치면 손모구가 뿌라지는강?"

중얼거리며 그가 소주병을 왼손에 들고 사람들을 헤치고 앞으로 걸어나가더니 무대로 만들어놓은 탁구대로 단숨에 껑충 올라섰다.

"이 보소 사회자님, 여그 어른들이 멧맹인데 쫄자 중에서도 쫄자부터 노래를 시키요. 안 그렇소. 내가 이 사람들에게 할 말도 있고 나부터 마이크 좀 줘 보소!"

"아~ 그렇습니까? 진작 말씀을 하시지요. 네~ 그럼 연예계 신성 삼항사는 나중에 초대하기로 하고 우리들의 영원한 호프 갑판장님의 말씀부터 듣기로 하겠습니다. 여러분 박수~~!"

선원들이 열렬히 치는 박수가 갈매기의 날갯짓처럼 몇 번 들리다가 다시 사그라들었다.

"거 박수들 좀 치소! 앞에서 사회보는 사람 멋쩍구로… 거 손뼉 좀 쳤다 꼬 손목이 뿌라지는 것도 아이고 안 그렇소? 에~ 또 다름이 아니라 여러분, 고생이 많소. 오늘 일정에 차질이 생게 가꼬 내도 딱 죽을 맛이요. 다른 것이 아니라 사람이 죽고 사는 문제를 으떤 놈이 자지우지 하겠소. 그래서 거시기 했으니까 그런 줄 아시고 우리, 에~ 또 거시기 합시다."

술에 취한 선원들 몇 명이 갑판장의 연설을 들으며 킬킬대기 시작했다.

"갑판장님, 거시기 해서 거시기 하기로 하셨습니까?"

"그렇소, 거시기 해서 내도 기분이 거시기 허요."

"그라문이요, 그러덜 마시고 이왕 나오신 김에 노래 한 자락 하신다면 거시기 하죠!"

"그래, 노래~ 노래락카문 이 강포동이 부산갈대기 아이요. 거시기 뭐시냐~ 두만강 푸른물에 한자락 불러도 되겠습니깡?"

"네~ 좋습니다. 두만강이면 여러분들 고향에서 가깝죠? 그럼 강포동표를 타고 두만강 푸른 물로 떠나보겠습니다. 그 전에 삼항사 좀 나오세요. 반주 좀 부탁드리고 여러분! 힘이 나지 않지만 셋을 셀 동안 마음에 준비 좀 하시고 힘껏 박수 좀 칩시다. 자 하나 둘 셋…!"

밀항자 중에서 앞쪽 몇 명이 선원들 박수 대열에 합세했다. 대열 앞 쪽에 실항사가 갖다 놓은 의자에 삼항사가 앉아 반주를 시작했다. 강포동의 걸쭉한 노랫소리는 밤하늘을 타고 올라갔다가 다시 내려와 질척거리며 파도에 휩쓸려갔다.

"두마안강 푸른 물에 노 젓는 배엣싸공~
흘러간 그~ 옛날에 내 님을 시이잇꼬~
떠나간 그 배에는 어디~로 갔소~
그리운 내 님이여~ 그리운 내~ 님이여~
언제나 오~려어어나~

사~~공의 뱃노~래 가물~~거리며
삼학~도~~ 파도 깊이 스며드~는~~데
부두-의 새악~~시 아롱 젖은 옷자~~락
이별~~의 눈물이냐 목포~의 설~~움

삼항사가 넣는 기타반주와는 별도로 제멋대로 올라갔다가는 내려오고 빨라졌다가는 늘어지면서 노래는 강포동이 취기를 여실히 드러냈다. 배가 조금 흔들리는가 싶을 때 강포동의 다리가 한 번 휘청~했다. 마이크를 내미는 갑판장에게 이항사가 말을 걸었다.

"고만 부르시게요? 왜요 흘러간 노래 메들리 하시는 줄 알았는데요."

"내도 그랬으문 싶은데 내 몸에서 피가 줄줄 안 새는강?"

"네~ 피가 새다니요?"

"저 새끼들이 하두 뚫어지게 바라보는 통에 내 몸에 구멍이 나서 더는 몬 한다 아이가! 일백칠십 명이면 눈깔이가 몇 개나 되노, 사회자님!"

"삼백사십 개요. 아~ 그래서 바닥이 시~뻘겋군요. 그라문 갑판장님 지 몸은 어떻습니까?"

"어떻긴 무엇이 어때! 벌집 쑤셔놓은 거 겉지."

누가 저 사람을 육십이 된 사람으로 볼 것인가. 말을 마친 갑판장 강포동이 무대에서 뛰어내렸다. 꼼짝없이 앉아있던 밀항자들 표정이 조금 누그러지는 것 같았다. 고개를 돌리고 말을 하는가 하면 웃기도 하고 팽팽하던 긴장의 줄이 조금 느슨해지기 시작했다.

"아~ 그렇습니까? 갑판장님, 어쩐지 아까부터 몸속으로 바람이 쏼쏼 드나듭니다. 지루한 항해에 늘 우리를 울고 웃게 해주시는 구수한 갑판장님의 노래를 들었습니다. 오늘 유난히도 출렁거리는 두만강과 삼학도 앞바다 잘 다녀오셨지요, 여러분? 잘 보이진 않지만 긴장이 조금 풀리신 것 같은데요, 어떠십니까?"

"네, 좋습다. 재밌습다."

조선족 말씨를 흉내 내며 선원들 몇몇이 소리를 질렀다.

"그럼 여러분, 조금 후에 나오셔서 노래 부르실 분 열심히 뽑으시는 동안 야화선의 명가수이며 통기타의 명인 신성조 항해사를 이 자리에 초대하겠습니다. 여러분 나오는 사람 멋쩍지 않게 힘껏 박수를 부탁드립니다."

조금 많아진 숫자의 박수소리가 남해의 밤하늘로 퍼져나갔다. 기타 멜빵을 어깨에 건 삼항사가 사람들을 헤치고 천천히 걸어 나와 간이 무대인 탁구대로 성큼 올라설 때 맨날 질끈 동여매어 있던 그의 머리가 어깨에서 출렁거렸다. 사회자로부터 마이크를 받은 삼항사가 청중을 향해 인사를 하고 나서 입을 열었다.

"여러분~ 아름다운 밤입니다. 너무 긴장들 하신 것 같아요. 그럼 지금부터 긴장을 풀기 위해서 삼삼칠 박수를 쳐보겠습니다."

기타를 탁구대 바닥에 내려놓은 젊은이가 어깨를 잔뜩 위로 솟구쳤다 내리는 동작으로 삼삼칠 리듬을 유도했다.

"자 제가 한 음절마다 몸을 흔들 때 여러분은 거기에 맞춰 손뼉을 치시는 겁니다. 자 시작해보겠습니다. 만일 박수를 치지 않으시는 분은 내일 완도항으로 갈 때 이 야화선에 남겨놓고 갑니다. 알아들으셨지요~?"

시작된 삼항사의 몸동작이 어찌나 우스운 모습인지 사람들이 박수보다는 웃음이 터졌다.

"저기 뱅신 춤 아이가?"

처음에는 조금씩 틀리던 박수소리가 그의 모션에 따라 착착 들어맞기 시작했다. 그의 긴 머리는 여전히 어깨 위에서 춤을 추었다. 미심쩍은 표정으로 시작한 그들도 회를 지날수록 손에 힘이 들어가는지 소리는 점점 더 커져 양쪽에 친 갑바를 넘나들었다.

"아니~~ 저 간나아 키만 삐쭉 왱이대 만큼 커가지고 밸 재주를 다 부리네. 어디서 저런 동작을 배웠노! 참 사람은 겉보고 말할 기 못 된다 그 말이요. 안 그렇소 통신장!"

"기타도 잘 치는 모양인데 참~ 동작 하나 우습게 하는데 박자가 착착 맞아요."

짙은색 청바지 위에 하늘색 얇은 진으로 가려진 그의 몸은 늘씬하게 균형이 잡혀 있었다.

"사관이라캐도 뱃놈은 뱃놈인데 우째 저렇게 잘 쌩긴 놈이 뱃놈이 되었노 말이라!"

"정말 잘 빠졌네요. 기집애 여러 명 울리겠어요."

삼항사가 동작을 멈추자 박수도 끝났다. 어깨를 으쓱거리느라 옆구리에서 빠진 남방을 바지 속으로 집어넣을 때 이등항해사 함대이루기가 메카폰에 입을 댔다.

"와~삼항사 정말 멋지죠? 지금 밤 10시가 넘은 시각인데 남쪽 바다가 훤합니다. 그럼 지금부터 대한민국 연예계의 신성 삼항사에게 노래를 청해 봅시다. 박수~!!"

이항사가 내미는 마이크를 떠밀며 삼항사가 입을 벌렸다.

"마이크를 좀 대주셔야겠어요. 기타를 쳐야 하니까…"

내려놓았던 기타 멜방을 어깨에 걸었다. 그리고 실항사가 갖다 놓은 의자에 앉자 사회자가 마이크를 삼항사 앞에 대고 섰다. 반주가 시작되고 그가 노래를 부르기 시작했다. 구성진 목소리가 야화선을 넘어 근처를 지나가는 크고 작은 선박들 난간에 부딪혔다.

"뻐꾹 뻐꾹 뻐꾹새
산에서 울고
뜸북 뜸북 뜸북새
논에서 울 때
우리 오빠 말 타고 서울 가시면
비단 구두 사가지고 오신다더니
여러분- 아시는 분은 같이 부르세요.

~~~ ~~~
뻐꾹 뻐꾹 뻐꾹새
산에서 울고
귀뚤귀뚤 귀뚜라미 슬피 울 때에
서울 가신 오빠는 소식도 없고
단풍잎만 우수수수 떨~어집니다

~연분홍 치마가 봄바람에 휘날리더라~
오늘도 옷고름 씹어가며
산 제비 넘나들던 서낭당 길에
꽃이 피면~ 같이 웃고 꽃이 지면 같이 울던~
알뜰~~한 그 맹세~에 봄날~은 간~다

연분~홍 꽃잎이 물에 떠서 흘러~가더라
오늘도 꽃 편지 내~던~~지고
청노새 짤랑대던 역~마~차 길에
해가 뜨면 같이 웃고 해가 지면 같이 울던
실~없~~는 그~ 약~~속~에
봄날은 간~~다

　-그래, 누구라고 봄날이 없었던가. 잡아도 잡지 않아도 그렇게 봄날은 간다. 우리 곁을 떠나간다. 아등바등 하지만 이 세상 약속은 다 허망한 것! 그의 촉촉이 젖은 음성이 바람에 실려 가까운 바다에까지 퍼져나갔다. 뱃전 갈매기들이 끼룩대며 노랫소리에 환호하는 것과는 달리 밀항자들은 깊은 우수에 젖어들었다. 정신을 휘감고 있던 수백 볼트의 불안과 의혹의 전선을 벗어버린 그들에게 찾아온 것은 조수처럼 밀려오는 향수에 젖은 서러움이었다. 이곳저곳에서 가끔 훌쩍이는 소리가 들려왔다. 떠나온 고향이 몹시 그리웠다. 두고 온 가족이 몹시 보고 싶었다. 과연 미래는 정말 있는 것일까? 밀항은 들키지 않고 성공할 것인가? 혹은 정말 한국에 가면

일자리가 있고, 하루 품삯으로 그렇게 큰돈을 받는다는 것이 사실일까? 떠오르는 여러 가지 상념으로 잠시 밝아졌던 분위기는 더욱 가라앉았을 때 선실에서 올라오는 스테어웨이에 앉은 승재와 달래는 무대를 바라보며 의미 있는 웃음을 지었다.

"삼항사님 되게 멋있지?"

"으음! 저분이 삼항사님이야? 간나아가 왜 저렇게 머리를 길러? 조선에는 저렇게 머리 기른 간나아 없는데…"

그 때 사회자, 이등항해사의 목소리가 들려왔다.

"고맙습니다. 크게 박수를 받아야 할 노랜데 장소가 장소이니만큼 삼항사는 이해하시기 바랍니다. 그런데 이런 자리가 드물 텐데… 여러분 꼭 한 곡만 더 신청하면 안 될까요?"

선원들은 물론이요 밀항자들도 여기저기서 재청이요,를 소리쳤다. 머리를 뒤로 쓸어내리며 자리에서 일어나던 삼항사가 엉거주춤 있다가 다시 의자에 앉았다. 그리고 저 멀리 밤바다를 바라보며 다시 입을 벌려 노래하기 시작했다.

"아름다운 저 바다와 그리운 그 빛난 햇빛
　내 맘속에 잠시라도 떠날 때가 없도다
　향기로운 꽃만발한 아름다운 동산에서
　내게 준 그 귀한 언약 어이하여 잊으리
　멀리 떠나간 벗이여 나만 홀로 사모하여
　잊지 못할 이곳에서 기다리고 있노라
　돌아오라 이곳을 잊지 말고
　돌아오라 쏘렌토로 돌아오오~~라!"

이태리 민요 '돌아오라 소렌토'의 일절만을 부르고 가수는 일어나 삐뚜름하게 객석을 향해 상체를 굽혔다. 손뼉치는 것도 잊어버린 객석은 조용했다.

"여러분, 가슴을 울리는 노랫소리에 모두 박수치는 것도 잊으셨지요?"

그제서야 객석에서 열렬한 박수소리가 터져 나왔다.

"그럼 지금부터 여러분께서 뽑으신 딱 두 분의 노래를 듣고 이 자리를 마치겠습니다. 두분 모두 어서 나오세요."

깜깜한 곳이 소란스럽더니 키가 작달막하고 앙바틈한 여인과 조촐하다 못해 여성스러운 보통 키의 남성, 두 사람이 갈팡질팡 앉아있는 무리를 헤치며 앞으로 나왔다. 두 사람 다 삼십 대 중반으로 보였다.

"우선 자신의 출신과 이름을 말씀하시죠."

"저는 랴오닝성 출신으로 이름은 표수령임다."

갑자기 웃음소리에 섞여 사람들이 웅성거리기 시작했다.

"그럼 직업을 물어도 되겠습니까?"

"요동에서는 노래방을 경영했습다."

"그럼, 그 노래방에서는 표를 받습니까?"

"아님다. 표 대신 돈을 냄다."

"요동에서는 한 시간에 얼마를 받지요?"

"한 백 원쯤 함다. 조금 더 싼 데도 있고요."

"그렇군요. 일단 표는 내지 않는단 말씀이신데… 그럼 표 수령은 어디서 함까?"

사회자가 바로 조선족 말씨를 흉내 내며 물었다. 여기저기서 뱃놈들의 웃음소리가 들렸다.

"예, 그렇습다. 아무 표나 수령 좀 할라고 한국행 배를 탔습다."

"좋습니다. 그럼 일자리는 어쨌든 표를 수령 하는 곳이면 되겠습니까?"

"아님다. 아무 데나 좋습다."

"그럼 이제 노래를 들어봅시다. 제목은?"

"제목은 모름다. 단지 중국 어린이가 얼은 강물에 빠졌는데 조선 형제가 생사를 무릅쓰고 달려들어 구해준 이야기가 있었습다. 기래서 지었다는 노래랍다. 제목은 모름다."

반주도 없이 표수령이라는 여자가 노래를 시작했다. 동요처럼 짧은 노래를 따라 밀항자들 몇몇이 박수를 치기 시작했다.

"도문강 칠백 리 친선에 꽃이 피었네
친선으로 피는 꽃은 아름답게 피어나네
이웃 나라 조선 형제 얼음 속에 뛰어들어
중국 아동 구원하니 백설 우 친선에 꽃피었네"

찌그러진 양은 냄비가 어디서 났는지 뱃놈들이 젓가락 짝으로 절뚝이는 장단을 넣었다.

"우리는 처음 듣는 노랜데 그런 사연이 있었군요. 그럼 시간이 늦은 관계로 다음 분의 노래를 듣겠습니다. 이 분은 신원을 밝히길 꺼리셔서 노래만 듣겠습니다. 열렬한 박수로 환영해 주십시오."

마이크를 건네받은 남성은 원래 얼굴 자체가 슬프게 생긴 것인지 아니면 지금 야화선 선상이 슬픈 것인지 어쨌든 슬픈 표정으로 노래를 시작했다.

"남으로 북으로 물길 삼천리
북으로 남으로 산길 삼천리
임진강 흘러 흘러 이와 같아도
남북형제 소식조차 전할 길 없네
산이 높고 물이 깊어 길이 막혔나
보고 싶은 형제들아 만날 길 열자"

노래도 슬펐다. 의무적인 박수소리가 힘없이 습기 많은 밤하늘로 올라갈 때 밀항자 중 여자 몇몇은 소리를 죽여가며 흐느끼기 시작했다. 이등항해사가 다시 마이크를 잡았다.

"여러분 너무 슬프죠. 우리나라 정말 대국이 되었으면 좋겠습니다. 중국에 있는 우리 동포들도 외세에 휘말려 그쪽으로 이주하셨고 우리는 또 남과 북이 헤어져 우리의 소원 통일이 언제일지 반세기가 넘어갑니다. 어쨌든 우리 모두 돈도 많이 벌고 대한민국도 부강한 나라가 되어 모두 함께 사는 그날이 오면 좋겠습니다. 모쪼록 불안을 떨쳐버리시고 편히 주무십시오. 저희를 일단 믿으십시오! 남아있는 다과는 다 들고 가셔도 좋습니다. 아무튼 하시는 일마다 성취하시고 돈 많이 버시고 부자되세요."

8. 은하수 흐르는 밤

5월 23일 밤, 동지나해를 지나고 있는 야화선은 이어서 상해 쪽으로 항로를 잡을 것이다. 육지로 인도할 어선과 접선에 실패한 후 바다에서 아무 일 없이 떠있다가는 해경에게 의혹을 불러일으키기에 십상이다. 애초에 기관고장으로 바다에 떠 있을 작전을 세웠으나 야화선은 위장 계획에 수정을 가하지 않을 수 없었다. 그믐 캄캄한 칠흑의 바다, 완도항에서 나오는 불빛에 드러난 물길을 따라 대모도와 청산도 사이를 빠져나와 왼쪽으로 90도 각도로 방향을 틀었다. 멀리 여서도와 거문도 사이를 바라보며 야화선은 태풍의 눈에 들어선 것처럼 잔잔한 바다를 헤엄쳐 가고 있는 중이다. 가다가 조업도 하는 척, 기관고장으로 수리를 하는 척하며 만 하루를 보내야만 한다.

공연이 끝난 후 밀항자들은 모두 화물창으로 들어가고 선원들은 제 방으로 가거나 제 부서를 향해 가고 갑판에는 달래와 승재 그리고 삼항사만 남았다. 달래와 승재가 옆으로 다가왔지만 그들에게는 말도 걸지 않은 채 삼항사 신성조는 고장 난 레코드처럼 계속해서 노래를 부르는가 하면 가야금처럼 기타를 뜯었다. 기분이 몹시 저조한 모양이라고 승재가 성조를 바라보고 나서 떨어져 있는 달래를 돌아다보았다. 그가 부르는 처량한 음조가 먼바다로 퍼져나갔다. 고만할 건지 기타 소리가 멎은 후 승재가 성조를 향해 입을 열었다.

"무슨 노랜데 그렇게 슬픕니까, 삼항사님!"

"음~~어, 아버지는 거리의 도박사였고 어머니는 옷 짓는 여인이었다는 거야. 자신은 거리의 부랑아여서 해뜨는 집이라고 불리는 소년들의 집에 들어있는데 인생을 자기처럼 낭비하지 말라는 뭐~그런 노래야!"

충격을 많이 받은 듯 말을 잃은 승재가 한참 후에 다시 입을 열었다.

"그런 내용으로도 노래를 만들 수 있다니 정말 놀랬습니다."

"그럼, 어떤 내용이라도 만들기 나름이니까. 승재도 노래 가사 한 번 만들어 볼래?"

"제가요?"

눈을 동그랗게 뜨는 승재를 바라보는 성조의 입가에 웃음이 빙긋이 배어나왔다.

"왜, 못 할 것 같아? 할 수 있어. 명랑한 사람보다는 너 같이 조금 우울해 보이는 사람에게 하늘이 시를 내리실 것 같아. 노래하지 않아도 잘 먹구 행복하구 잘 살구 있는데 구태여 노래까지 만들어 위로할 필요는 없잖아. 노래가사 써주면 내가 곡을 붙일게!"

"정말이요? 신기하다. 난 그런 쪽으로는 한 번도 생각해 본 일 없어요. 달래야 이리와! 그럼 내가 작사가가 될 수도 있다 그 말이네요?"

"그럼~~ 누구든 할 수 있어! 자 나는 먼저 간다. 달래도 생각 있으면 해 보고…!"

승재의 어깨를 툭툭~ 치고 기타를 어깨에 메더니 성조는 들어가 버렸다.

"무슨 노랜데 정말 슬프다 오빠!"

"글쎄 말이야. 꼭 왕자님 같이 생겼는데 왜 슬픈 노래만 부르는지 나도 모르겠어."

"그 간나아~ 정말 잘 생겼다."

"달래 삼항사님한테 반했구나!"

바람이 심해 선미루 뒤쪽으로 두 사람은 천천히 걸어갔다. 야화선은 여서도와 거문도 사이를 빠져나와 왼쪽에서 몸을 틀어 거문도 앞바다에서 120도 가량 방향을 틀고 제주도를 향해 항해하기 시작했다. 북위 34도 9분, 동경 127.3도 부근이다.

"바람을 많이 맞아서 그런지 몸이 다시 끈끈해졌어, 승재 오빠!"

바로 그때 선장은 선장실에서 수옥과 만나고 있었다.

"너무 심심했지. 왜 나오라니까."

"에미나이들이 지가 특수대접 받는다고 잡아먹을라고 하지 않겠습매? 그러디 말고 달래 이 에미나이 못 만났습매까? 어디 있는지 속이 답답합매다."

"계단참에 승재와 함께 앉아 사람들 노는 것 보고 있던데… 걱정하지 말라니까 걱정을 사서 해요."

"그 못된 사람들이 이 배에 없었다면 걱정이 덜 했겠지요."

"그러나 걱정하지 마시오. 내 걱정은 안하고 맨날 달래 걱정이요?"

"그래도 아이되겠습매다. 이 에미나이를 잡아다 목줄을 해서 잡아놓든지 해야 하겠습매."

"내가 조금 있다 나가보겠소. 그러지 말고 이리 와요. 아~그 잡지를 보고 있었소?"

"하이고−넘세스럽습매. 이거이 선장님이 보는 것입매까?"

"왜~ 내가 성인인데 성인 잡지 보면 안 됩니까?"

"그래도 너무 심합매다. 이상한 모양 다 나와있습매다."

"우리도 여기 나와 있는 것 실습 좀 해보면 안 되겠소?"

"아이고~ 아닙매다."

진수가 탁자 사이로 팔을 뻗어 책을 놓고 달아나는 그녀를 잡았다.

"아니~ 도망가면 어디로 갈 수 있다고 도망을 가는 거요. 바다에라도 뛰어들게! 자기가 뭐~ 여고생이야 처녀야? 웃기지 않소!"

"그래도 그렇지 부끄럽습매다."

"부끄럽기는… 혼자 있을 때는 잘 보고 있다가… 지금 당신이 하는 것 내숭인 거요."

"유구무언 입매다. 실은 몸이 화끈화끈 하고 있던 참이었습매!"

"호오~ 그랬군! 맞아~ 그렇게 솔직한 대화가 남녀를 더욱 불붙게 한다는군!"

그녀를 안고 그는 탁자 밑으로 내려왔다. 허름했지만 붉은 융단이 깔린 바닥으로 말이다. 왼쪽 팔로는 그녀를 껴안고 그는 그녀의 목덜미 밑 셔츠 속으로 손을 넣었다. 탄력 있는 그녀의 유방 위로 성난 유두가 입을 쫑긋 오므리고 있었다. 사내의 피부가 유두에 닿자마자 그녀의 목에서 신음소리가 흘러나왔다.

"그렇게 좋아!"

"나도 내가 왜 그러는지 모르겠습매. 당신을 보기만 해도 몸이 확~ 달아오릅매다."

"다행이야. 여자들 아이를 둘이나 셋을 낳아야 뭘 안다던데 학습이 필요 없잖아."

"그런 게 아입매다. 십오 년 전 당신을 처음 만난 때 지는 몸이 열린 것 같습매다."

"그랬던가! 그래~ 당신 그때도 그랬지."

훅~ 하는 신의 입김에 의해 불씨가 날아가 남과 녀, 중년의 유전에 던져졌다. 뜨거운 입술과 입술 속에서 그들은 사랑을 확인했다. 너른 바다를 중후하게 애무하면서 남해를 헤엄치는 야화선과는 달리 가끔 흔들리는 선박에 몸을 맡긴 두 사람은 카페트와는 상관없이 선장실 전체를 굴러다니며 울렁거리는 바다를 헤엄치듯 그동안 못했던 사랑의 에너지를 분출하고 있었다.

"당신 정말 사랑해, 우리 젖봉이 만나지 못했으면 어떻게 했을까?"

"지도 당신, 죽을 것 같이 사랑합매다. 만나지 못하면 이런 행복이 있는 줄 모르고 죽는 것 아이겠슴매!"

"다시는 밀항선 타지 않는다고 맹세했으니까 다음엔 상선이나 여객선 선장이 되어서 이 항구 저 항구로 쓸쓸하게 흘러다니다 재수 없으면 풍랑에 물귀신이 되겠지?"

9. 위험한 난간

"또 샤워 하면 되잖아."

"선장님과 우리 오마니 방해 하지 않으려고 노력 중이야."

"그랬구나. 참 착한 딸이네. 난 그런 생각 못 했는데...선장님 아주 좋은 분이지?"

"정말 그런 것 같아. 선장님을 만나지 않았다면 나는 죽었을지도 몰라."

"죽긴 왜 죽어. 사람 목숨은 정말 질긴 거래. 하늘이 불러야 가는 거랬어."

"엄마가 밀항선을 탄다고 얘기 했을 때 나는 따라오고 싶지 않았어, 오빠!"

"왜?"

승재가 눈을 동그랗게 뜨면서 반문했다.

"용기가 나지 않았어. 오마니에겐 말하지 않았지만. 건강이 겨우 회복되는 중이었거든."

"그랬구나. 그렇지만 좋은 거 먹으면 회복이 빠를 거야."

"그럴지도 모르지. 선장님을 만나서 이제 미래가 든든해졌다는 생각이 들어. 우리가 정착하는데 선장님이 도와주시겠지?"

"그럼, 물론이지. 나도 힘이 되어주면 좋을텐데......나는 도움이 될 것이 하나도 없다."

"왜 없어, 오빠! 남쪽에 난 친구 하나도 없잖아. 오빠도 되고 친구도 되어 줘!"

"맞았어. 나도 친구 별로 없는데......"

승재가 난간을 붙들고 있는 달래의 손을 가져다 힘있게 꼭 쥐었다.

"선장님, 정말 멋진 분인 것 같아. 사람들이 표현은 안 하지만 많이 감동하는 거 같았어. 우선 먹을 것을 풍부하고 좋은 것으로 주니까. 사람들 저 안에서 정말 불안해하거든. 과연 어디로 끌려가는지, 육지에 다행히 내린다 해도 일자리를 제대로 구할 수 있을지, 캄캄한 어둠 속에서 사람들 기도하는 소리가 여기저기서 들리면 정말 서글퍼 못견디겠던데......"

"달래, 너는 등치에 비해서 너무 어른스러운 거 아니니?"

달래가 바라보며 승재의 팔을 툭 쳤다.

"그런데, 달래야! 두 분 방해하지 않으려면 공동샤워실을 사용해야 하는데, 어떻게 할래?"

"괜찮을까? 나 혼자서는 무서워!"

"만약 한다면 내가 지키면 되지. 그럼 샤워장으로 지금 가 볼까?"

"그 전에 우리 방으로 가서 바꿔 입을 옷을 가져와야 해."

두 아이는 갑판에서 내려와 좁은 복도를 따라 선실로 향했다. 울렁거리며 야화선만 바다를 헤엄치고 있을 뿐 당직을 빼놓은 대부분의 선원들이 잠들었는지 선박의 엔진음 이외엔 아무 소리도 들리지 않았다. 승재와 달래는 자신도 모르는 사이에 서로 손을 잡고 달래가 묵고 있는 선실의 문을 열었다. 그리고 승재가 들어오자 문을 닫았다. 바로 그 때 커다랗고 우악스러운 손이 다가와 승재와 달래의 입을 동시에 막았다. 소리를 지를 새 없이 두 아이의 손이 뒤로 묶였다.

"놀랠 거 하나 없다. 우리들이다. 우리로 말할 것 같으면 나는 망치, 저 아아―는 날카리, 그 옆에 고니의 부리 겉이 생긴 아자씨는 꺽쇠라꼬 한다."

"아저씨들, 지금 뭐하는 거에요?"

"뭐하긴 보면 모르나. 큰 소리로 떠들면 입에 재갈을 물릴 것이고 우리들이 시키는 대로 한다카문 재갈 물리는 것은 삼갈 것이고, 알겠나! 거 표준말로 말하기 억수루 힘들데이."

"아저씨들이 요구하는 것이 무엇인데요? 달래만이라도 제발 풀어주세요."

사시나무처럼 떠는 달래를 바라보며 승재도 초주검이 되었다.

"새끼-떨기는...... 사내새끼가 우리가 뭘 어쨌다고 사시나무 떨디끼 떨어. 너거들을 잡아먹을 사자가 나타난 것도 아이고 우리 말만 잘 들으문 된다카는데......알긋나?"

"무슨 주문인지 빨리 말하라니까요!"

"이 새끼가 죽고 싶나-머리에 피도 안 마른 새끼가 어디다 대꼬 소리를 질러!!"

"당신들 가만 안 둘 거야. 죽여버리고 말겠어!"

"이 새끼가 이거, 아직 무서운 맛을 못 봤구마!"

망치가 손짓을 하자 꺽쇠가 잔뜩 구부린 몸으로 달래 가까이로 다가섰다.

"개새끼들아! 달래 손가락 하나라도 까딱했다간 가만 두지 않겠어!!!"

어디서 그렇게 큰 소리가 나오는지 승재의 입에서 사자의 포효다.

"야-너거들, 저 새끼에게 재갈 물리지 않고 뭐 해!"

망치의 지시에 따라 꺽쇠와 날칼이 여러 겹 겹친 연두색 때수건으로 버둥거리는 승재의 입에 재갈을 물렸다. 재갈 물린 입으로 승재는 계속해서 웅얼대며 말을 쉬지 않았다. 꺽쇠는 다시 달래에게로 다가갔다.

"공주님은 어디부터 만져주까? 고 말랑말랑한 살을 이쁘게 샤워를 하고 도야지 냄새를 벗었단 말이네."

"새끼야, 시간 없다 아이가. 죽 쒀서 개 주지 말고 후딱 후딱 헤치우란 말이다."

달래의 볼을 만지는 꺽쇠의 등 뒤로 개기름을 질질 흘리며 망치가 한마디 거들고 나섰다. 승재가 목청을 돋우워 비명을 지르기 시작했다. 벽을 짚고 서 있던 날카리 승재를 발로 냅다 질렀다. 한 발에 승재가 선실 바닥으로 나뒹군다. 그 때 달래가 비명을 지르기 시작하자 달래에게 접근했던 꺽쇠가 멈칫거렸다.

"헹님이요, 너무 바싹 말라서 어디부터 뜯어 묵어야 하는지 모르겠단 말입니다. 참돔의 맛을 보여준닥캐 놓고는 이것은 참돔도 아이고 돌돔도 아이요."

"그라지 말고 후딱 승재를 시켜서 압수당한 열쇠꾸러미나 찾아오는 거이 어떻소 헹님!"

날카리 말을 하면서 승재에게 달려들어 재갈 물린 때수건을 빼냈다.

"일마야, 달랜지 씀바귀인지는 너 하기 달렸다 아이가. 너 지금 후딱 가서 우리한테 압수한 화물창 열쇠를 가져오능 기라. 야화선 선장 말이라! 그 놈아가 갑판장에게서 화물창 열쇠를 압수했다 카는데 우리는 뭐 자존심도 없는 족속이가? 니는 으떻게 생각하노?"

"이것만 풀어주시면 무슨 수를 써서라도 화물창 열쇠는 꼭, 꼭 찾아다 드리지요. 제발 아저씨들, 제가 잘 못했습니다. 그동안 잘 못했습니다. 앞으로는 하라는 거 뭐든지하겠습니다."

날카리 승재의 뒤로 묶였던 끈을 풀었다.

"너 그럼, 이제부터 가서 열쇠를 갖고 와!"

"달래를 풀어주셔야지요. 그렇지 않으면 전 여기서 꼼짝 않겠습니다."

"이 새끼가 죽고 싶나! 그렇게는 몬 한다 아이가! 열쇠를 손에 넣은 후 풀어주는 게 순서 아이가? 너는 그런 생각 안 드노?"

"당신들을 어떻게 믿어요. 달래도 풀어주세요. 반드시 화물창 열쇠는 갖고 오겠습니다."

"너 조금 전에 시키는 것은 무엇이든지 다 한다 캤나 안 했나?"

"아―아―알겠습니다. 바로 다녀오겠습니다. 하지만 달래는 제발 건드리지 말아 주세요. 엄마가 밀항선을 타자고 할 때도 자기는 오고 싶지 않았답니다. 건강이 말이 아니라서. 제발 아저씨들 달래만큼은, 달래는 안 됩니다. 달래는 죽을 수도 있어요. 건강이 최악입니다."

도저히 떨어지지 않는 발걸음으로 뒤를 돌아보며 승재는 밖으로 나왔다. 머릿속에서 천 갈래의 생각이 초스피드로 스쳐 지나갔다. 선실을 달리고 있는데 샤워장에서 누군가 나오는 사람과 부딪쳤다. 여자다. 밀항자인 것 같은데 웬 젊은 여자가 여기서 나타나지?

"저-급해서 그러는데 저 좀 도와주세요. 저기 달래가 많이 아파요. 달래 아세요?"

"니-간나아! 무스그 일인지 똑바로 말하라. 그래, 달래 에미나이 알고 말고."

"그렇다면 지금 달래가 아파서 위험해요. 달래 엄마 불러올 동안만 좀 부탁합니다."

놈들에게 당하고 빠르게 회복하고 있던 조선족 여인은 샤워를 마치고 나오다 승재에게 잡혀 달래가 있는 선실을 향해 함께 뛰었다. 승재는 우선 도어를 열어제끼고 여자를 밀어 넣었다. 그리고 밖에서 문을 닫고 잠깐 호흡을 가다듬었다.

"아니 이 에미나이가 열쇠 대신 왔다 말이가?"

망치의 목소리가 문틈으로 작게 들려왔다.

"시간을 벌라꼬 승재, 그 놈아가 머리를 굴렸다 아이가! 야-이 봐라 날카리 달래는 놔두고……이 에미나이하고는 구면아이가?"

정신을 차린 여자가 돌아서는 사이 꺽쇠가 다가와 여자의 허리를 나꾸어챘다. 그리고 들고 있던 때수건 뭉치를 여자 입에다 쑤셔넣었다. 안에서 문꼭지를 누르는 소리가 찰칵하고 들렸다. 승재가 다시 돌아서 뛰어가는 소리를 듣고 놈들은 다음 행동에 들어갔다.

"그 자슥-힘도 몬 쓰고 영-쓸만하지 않더니만 물고기도 잡아 오고 우리 똘마니 하면 잘 하겠는데……"

"머리가 젖어 있는 걸 보니 샤워장에서 나오다 승재에게 걸린 모양인데 너거 남편은 어디 가고 혼자 이 무서운 골목길을 배회하고 있었단 말이가?"

꺽쇠가 여자의 붉은색 낡은 티를 젖히고 한 손으로 가슴을 주무를 때 여자는 사정없이 요동쳤다.

"이 년이 좋으면 좋다고 해. 죽을라꼬 환장을 했나. 어디서 앙살이야! 니 남편 내가 봤다 아이가. 쬐깐한 게 짠지 쪽처럼 새까맣드만⋯⋯"

여전히 요동치는 여자의 유방을 두 손으로 잡고 꺽쇠가 딴죽을 걸어 여자를 넘어뜨렸다. 그때 날카리 그녀의 하체 쪽으로 다가왔다. 손이 뒤로 묶이고 입에 재갈이 물린 채 무릎이 굵혀있던 달래는 눈을 감았다. 사시나무처럼 떨리던 사지가 굳어지기 시작했다.

갑판장을 찾아 선실을 뒤지던 승재는 화물창 밖에 모포를 깔고 드러누워 야화선이 폭발할 것처럼 코를 골며 자고 있는 강포동을 발견했다. 아아--오늘 술을 많이 하셨지. 자신의 미련함에 채찍 같은 후회를 하며 승재는 정신없이 선장실을 향해 달려오고 있었다. 그때 선장실에서는 선실 바닥을 구르며 사랑의 유전을 태우던 선장이 그녀를 향해 입을 열었다.

"바닥이 딱딱하다. 우리 침대로 갈까?"

여자의 귀에 호흡으로 말을 하던 선장이 일어나 전라全裸의 그녀를 안고 자바라 문을 밀었다.

그녀를 침대에 내려놓고는 자바라를 닫았다.

"이제 아무도 우리를 방해할 수 없어. 여기는 당신과 나의 파라다이스!"

사내의 손이 닿을 적마다 여자의 작은 비명이 침실 벽을 두드렸다.

대체 등을 만지는 데도 당신은 신음 소리를 내? 왜 그러지?"

"이 수옥이는 등이 제일 민감한 기라요. 당신이 등을 쓸면 꼭 죽을 것만 같습매!"

"정말? 세상에 등이 성감대라는 말은 난 못 들었는데, 요렇게 해주면 좋단 말이지."

아직 성문은 열려있었다. 삼천리에 융단폭격을 가하기 위해 선장은 무기를 들이밀었다.

밤바다를 울렁이면서 야화선이 평화롭게 운항하고 있을 때 수옥과 선장은 끊어질 듯한 재회의 순간을 다시 만끽하고 있었다. 승재는 있는 힘을 다해 선장실로 달려들었다. 도어의 손잡이를 돌렸다. 잠겼을 줄 알았으나 도어가 활짝 열렸다.

"선장님~ 선장님~ 어디 계세요?"

숨이 턱에 찬 승재의 소리는 크게 들리지 않았다. 숨을 몰아쉬며 승재는 선장의 침실 자바라로 돌진했다. 아무도 없는 줄 알고 열어젖혔으나 아무것도 보이지 않는 귓가에 짐승의 신음소리가 들렸다. 그리고 조금씩 사물이 보이기 시작했다.

"어~ 실항사 무슨 일이냐?"

어둠 속에서 선장의 몸뚱이가 이리 저리 희끗거리며 정신없이 움직이는 것이 보이는 듯했다. 주저앉을 것 같았지만 다시 소리를 질렀다.

"선장님 달래가~ 달래가 큰일 났습니다."

청바지와 티셔츠를 벌써 몸에 꿴 선장이 따라나섰다. 모포를 뒤집어쓰고 있던 수옥도 뛰어가는 그들의 등 뒤에서 옷을 찾으려 했지만 사지는 떨리고 아무것도 보이지 않았다. 선장, 전진수와 실항사가 바로 그 선실에 도착했을 때 여자의 신음소리가 날 뿐 도어는 안에서 잠겨있었다. 도어를 사정없이 발로 차던 선장이 입을 열었다.

"내 책상서랍에서 열쇠꾸러미를 찾아 와. 그리고 갑판장을 불러라."

"네, 선장님. 갑판장님은 술에 취해서 곤드라졌습니다."

뛰어가는 승재의 귓가에 도어를 발로 차며 절규하는 전진수의 목소리가 들려왔다.

"이 문 못 열어. 이 새끼들 너희 죽여버리겠어. 빨리 문 열어!!"

그때 놈들에게 아내가 변을 당했던 자전거포 사내가 옆에 와 섰다.

"당신은 무슨 일이요?"

"샤워 한다고 나갔는데 돌아오지 않아 지금 찾는 중입니다."

"어째서 당신 아내 하나 지키지 못한단 말야? 새끼들아~!!!"

선장의 발에 차이던 도어가 덜렁~ 안으로 넘어졌다. 두 놈이 도어 옆에 대기하고 있다가 선장에게로 달려들었다.

"이런 쳐 죽일 놈들!!'

날칼과 꺽쇠, 두 놈을 상대하며 실내를 일별하자 죽은 듯 움이지 않는 여자 위에 망치가 엎어져 있었다. 그리고 손이 묶인 달래는 모로 넘어진 채 꼼짝도 안 하고 있었다. 벗어져 있는 망치의 엉치를 선장이 발로 내질 렀다. 그녀의 남편이라는 자가 뒤따라와 다시 망치의 등짝을 발로 밟았다. 그리고 자신의 여자를 들여다볼 때 진수는 달래를 들여다보았다. 어째서 기절했을까? 달래의 옷차림은 온전한 것으로 보아 건드리지 않은 것이라 고 일단 판단했다.

"이런 쳐 죽일 놈들!"

달래에게서 얼굴을 들고 실내를 둘러볼 때 두 놈은 벌써 튀고 망치란 놈 만 관절을 다쳤는지 배밀이를 하며 선실을 빠져나가고자 안간힘을 쓰고 있었다. 두 여자가 위급하지만 진수는 일어나며 망치의 머리를 발로 사정 없이 밟았다. 그때 수옥과 승재가 뛰어들어왔다.

"달래야~ 이 에미나이 눈 좀 떠 봐! 오마니가 방심했다."

"승재야 워키토키 좀 가져와. 그리고 어떻게든 갑판장을 깨워라!"

수옥의 오열을 뒤에 두고 널부러진 망치를 사정없이 밟고 있는 사내에 게로 몸을 돌렸다

그리고 사내의 등짝을 소리가 나게 후려쳤다.

"선실까지 배정해 주었더니 지난번에도 그렇고 이게 무슨 꼴이얏! 제 계집 하나 못 지키는 자식이 지금 누굴 응징해!"

말은 그렇게 했으나 자신에 대한 채찍인듯 진수는 얼굴을 일그러뜨 렸다. 돌아다보는 새빨갛게 충혈된 눈에서 불꽃이 튀었다. 덤빌 것 같은 사내를 향해 선장이 소리를 질렀다.

"당장 계집을 선실로 옮겨!"

"이 에미나이 일어나라 좀~ 이 피 좀 봐~ 저 종간나 새끼들~ 죽여버

리겠어!"

자전거포사내가 울부짖을 때 워키토키를 든 실항사가 넘어진 도어를 밟으며 달려들었다.

"여보세요, 기관장? 다시 비상사태요. 선장실로 좀 오셔야겠소! 승재야, 달래는 일단 내 방으로 옮겨야겠다. 수옥 씨~ 달래를 내 등에 업히시오. 괜찮을 거야. 충격을 받은 것 같소."

소리도 내지 못하고 오열하는 수옥을 달래에게서 떼어놓고 선장은 자신의 딸을 업었다. 바짝 마른 줄은 알았지만 이렇게 가벼울 수가… 죄의식에 가까운 자책이 전신을 휩싸안았다.

"실항사~ 주방에 가서 물을 데우고 우유도 좀 데워 와 봐! 수옥 씨는 내 방으로 가서 책상 오른쪽 서랍에 비상약상자가 있을 거요. 청심환을 찾아요. 그리고 화물창으로 가서 지난번 그 평양댁을 찾아서 저 사람들 묶고 있는 방으로 안내하시오. 아~그리고 청심환 두 알은 저 사람들에게 주도록 하고…"

승재 뒤를 이어 앞으로 달려나가는 수옥의 뒷모습을 보자 그녀가 입고 있는 정강이까지 오는 바지가 뒤집혀 있었다.

선장실에 도착하여 긴 탁자에 모포를 깔고 달래를 눕혔다. 침대에 눕히면 좋지만 그곳은 달래를 눕히기에는 더러운 곳이라는 생각이 들었다. 욕망에 눈이 어두워 아이를 사지로 몰아넣었으니… 승재가 갖고 온 더운물로 청심환을 게었다. 달래의 입에 물을 떠 넣은 후 멀겋게 뭉그러뜨린 청심환을 흘려넣었다. 물이 들어가는 것으로 보아 별일은 없을 것이다.

"선장님, 죄송합니다. 달래는 어찌 될까요. 죽습니까? 제가 죽을죄를 지었습니다."

이제야 정신을 차렸는지 승재가 철철 울기 시작했다.

"시끄럽다 마! 그런데 그 새끼들이 어떻게 그 방에 들어가 있었어?"

"달래가 샤워를 하고 싶다고 하기에 속옷을 가지러 달래가 묵던 그 선실로 갔습니다. 들어갔더니… 저도 묶였다가 풀어주면서 선장님이 압수한 화물창 열쇠꾸러미를…"

"아 참, 수옥 씨가 열쇠 없이 화물창에 갔구나. 너 빨리 열쇠 갖고 화물창으로 달려가라!"

승재가 나가자마자 기관장이 살이 없고 긴 얼굴에 잔뜩 의혹을 표정에 물고 들어섰다.

"무슨 일이십니까? 또 무슨 일이 일어났습니까?"

"지난번과 같은 일이요."

"이번에 누가 그런 짓을…?"

"누구긴 누구요. 등장인물은 똑같소. 갑판장을 무슨 수를 써서라도 깨우시고 지금 승재를 보냈는데 화물창에 가서 평양댁을 찾거든 그들이 묵고 있는 선실로 데려다 주시오. 그리고 이 주전자도 가져 가시오."

주전자를 들고 기관장이 나가고 선장은 수건을 물에 적셔서 달래의 얼굴을 살살 닦기 시작했다. 풀깍지처럼 얇고 하얀 피부에 푸른 정맥이 얼비치는 아이의 얼굴이 애처로웠다.

"미안하구나! 너희 엄마에게 빠져서 네 존재를 소홀히 했어. 내가 네 아빠란다!"

전신을 윽죄는 돌이킬 수 없는 후회에 떨고 있을 때 수옥이 숨을 몰아쉬며 들어섰다.

"달래 아직 깨어나지 않았습매까?"

대답이 없이 달래를 들여다보고 있는 선장의 얼굴을 살핀 후 그녀는 탁자 위에 누워있는 딸에게로 가서 손을 잡았다.

"달래야~ 달래야! 눈 좀 떠 봐라. 무슨 일이 있었던 거네?"

"어떻게 약은 전해 주었소?"

"승재요. 승재가 복도를 뛰어가지 않겠슴둥 그래서 그 애 편에 건넸습매다."

"평양댁은 찾았소?"

"예 피양댁하고 승재가 함께 갔습매다."

"그럼 달래를 잘 부탁하오. 나는 사태를 수습하러 그들에게로 가봐야겠소. 달래는 손끝도 건드리지 않은 것 같소. 다행이지."

달래에게서 떨어져 침실 가까이 옷걸이를 향해 간 진수는 면도기를 날카롭게 가는 길고도 넓적한 말가죽을 잡아 뺐다. 그리고 책상 서랍에서 가죽 장갑을 꺼내어 들고 책상 위에 놓여있던 워키토키를 들었다. 그리고 성큼성큼 걸어 두 모녀를 방에 남겨 놓고 복도로 나섰다. 그때 승재와 함께 눈을 비비며 걸어오는 갑판장이 보였다. 다가온 갑판장의 다리를 선장, 전진수가 걸어찼다. 졸지에 정강이를 걸어차였지만 갑판장은 그래도 정신이 나지 않는 모양이었다. 선장의 말가죽 채찍이 갑판장의 면상을 향해 날았다.

"이래도 아직 정신이 나지 않소!!"

"… 뭐요? 이 새끼가 니가 선장이문 다가? 이 좆간나 새끼… 내가 니 노예고?"

갑자기, 불에 지지는 것 같은 얼굴에 떨어진 통증보다 선장, 전진수가 자신을 향해 말가죽 채찍을 날린다는 사실에 갑판장의 정신은 휘청~ 땅이 꺼지는 충격을 받았다.

"이 새끼… 어디서 눈까리를… 좋다 좋다 하니까 뭐~ 나한테 말가죽 채찍을 날려! 이거 아주 싸구려 겉은 새끼 아니야?"

완전히 안면몰수하고 나오는 갑판장의 서슬에 선장은 속으로 사실 놀라고 있었다.

'이 영감쟁이가 미쳤나. 술이 덜 깼나! 어디다 대고 하극상이야!'

어금니를 꽉~ 문 채 선장은 한마디 말없이 갑판장과 승재를 남겨두고 스테어웨이를 향해 걸었다. 중얼거리는 갑판장의 말소리가 들렸지만 내용은 알 수 없었다. 화물창 앞에 도착했는데 사건을 일으킨 조직원 똘마니들은 아무도 없었다. 그는 기관실을 향해 내려갔다. 기관실과 격벽 사이에는 좁은 복도가 있고 그 끝나는 곳에 생각보다 넓은 공간이 있다. 놈들이 선실에는 있을 리 없고 화물창 앞이 아니라면 숨을만한 장소는 바로 그

곳이다. 기관실을 향해 다가갈수록 온도가 화끈~ 올라갔다. 청바지를 입고 있는 그의 머리에서 벌써 땀이 맺히기 시작했다. 기관실 내부를 슬쩍 일별하고 격벽 사이를 간신히 통과했다. 좁은 통로가 끝나자 예상했던 대로 놈들이 이리저리 엎어져 자고 있었다. 들어서자마자 선장, 전진수는 망치부터 차례로 발로 머리를 밟았다. 아직 깊은 잠이 들지 않았었는지 놈들이 후닥닥 일어났다. 말가죽을 바닥에 떨어뜨린 후 워키토키를 바닥에 내려놓았다. 그리고 천천히 들고 있던 가죽장갑을 양손에 꼈다. 그는 간격을 두지 않고 놈들에게로 다가갔다. 물론 입구를 막아섰다. 무시무시한 얼굴을 하고 놈들도 서슬이 시퍼렇게 덤벼들었다. 말가죽을 왼손에 감아쥔 선장을 당해낼 수가 없다고 판단을 내렸는지 몇 고비가 지난 후 망치가 발목에 차고 있던 단도를 빼어 달려들었다. 하지만 전진수의 긴 다리에 걸려 뱅글뱅글 돌던 칼은 구석에 가서 처박혔다.

날칼과 꺽쇠를 상대하는 사이 망치란 놈이 다시 칼을 주워들고 덤비기 시작했다. 다음 순간 망치가 선장을 향해 단도를 던졌다. 칼은 직선을 그으며 날아들었다. 채찍에서 윙윙하는 소리가 나더니 공중에서 칼은 말가죽에 박히고 말았다. 꺽쇠가 갑자기 무릎을 꿇고 항복 자세를 취했다.

"이런 비겁한 새끼, 니가 항복을 한다꼬 목숨을 살려줄 거 겉애!!"

무섭게 선장에게 달려들면서 무릎을 꿇는 꺽쇠를 향해 망치가 소리를 질렀다. 그러나 꺽쇠는 움직이지 않았다. 다음에는 날칼이 무릎을 꿇었다. 달려드는 망치를 발로 상대하면서 선장은 바닥에 놓인 워키토키를 주워들었다.

"기관장이시오? 내요. 갑판장하고 함께 마대하고 바다에 가라앉힐 쇠뭉치 하나 찾아들고 격벽 막다른 곳으로 오시오. 그리고 부상당한 그 여자는 어떻게 되었나 알아보고 오시오. 아~ 참 그 여자 남편을 끌고 오시오."

동료들 두 명이 생각을 바꾼 것을 보자 망치의 몸에서도 힘이 빠져나가는 듯했으나 놈은 끝까지 항복하지 않았다. 얼마가 지나자 얼굴이 시뻘개진 갑판장과 기관장이 함께 들어섰다. 그들 뒤에 부상당한 여자의 남

편, 자전차포 사내가 새까매진 얼굴에 새빨간 눈을 데룩데룩 굴리며 들어
섰다.

"무릎 꿇은 두 놈은 묶으시고 하늘을 향해 주먹질하는 놈은 마대로 말
으시오. 멍석말이가 무엇인지 이들에게 학습시킬 필요가 있지."

선장의 말소리가 떨어지기가 무섭게 한쪽에 버려진 말 가죽에 박혀있던
단도를 망치가 잽싸게 빼어들었다. 하지만 빼들기가 무섭게 날아든 선장
의 워카에 맞아 공중에서 팽그르르 돌던 칼은 맞은편 구석에 가서 꽂혔다.
그 사이 다시 망치의 덜미를 향해 선장의 발이 날았다. 다음 순간 넘어진
놈의 두 손등을 선장의 워카발이 와서 짓이겼다. 그때 주춤거리고 보고 있
던 자전거포 사내가 들어섰다.

"요 종간나아 새끼, 내 마누라한테 들어갔다 나온 새끼가 너야 너야 너
야?"

갑자기 자전거포 사내가 미친 듯이 갈 바를 모르고 내달아 이미 묶여있
는 날칼과 꺽쇠 그리고 망치에게로 차례로 몸을 내던졌다.

"다 죽여버리고 말겠어. 씹어먹어도 시원찮을 종자구들!"

바로 그 때 망치의 손을 뒤로 묶고 있던 강포동이 손을 털고 일어났다.

"이런 종간나 새끼, 이게 땅에서 솟았나, 이 새끼가 여기가 어디라고 발
을 날려? 니가 뭔데 내 부하들을 내 허락도 없이 때려 부셔!"

"당신 부하들? 놈들이 당신 부하들이라면 그래, 당신 명령을 받고 그
짓을 해단 말임다. 안 그렇슴까 선장님!"

선장, 전진수는 누구에게도 시선을 주지 않은 채 검은 가죽장갑을 빼고
있었다.

"이 새끼가 사람이 말을 하는데~~ 선장만 상대하겠다 이거가?"

옆에 서서 사태를 관망하던 기관장이 한 발 나섰다.

"이봐요, 젊은이 선실로 올라가서 당신 아내나 돌보시오."

"아니 돌보고 있는데 당신들이 가보자고 해서 온 거 아님까? 돌볼 것도
없이 숨이 까딱까딱하니까 난 어서 한국 땅에 상륙할 때만 기다리겠다 그

말임다.

"기관장, 이 사람 선실로 데려가시오."

사내는 막무가내로 자리를 뜨려 하지 않아 기관장 힘으로는 역부족이었다.

"갑판장 당신 부하니까 당신이 한 명만 골라 멍석말이 하시오."

10. 영혼에 매달린 추

당직사관이 일항사로 바뀐 아침, 야화선은 제주 앞바다를 지나 상해 쪽으로 계속 운항하고 있었다. 이제 조금 더 내려가다가 제주 가까운 해역에서 볼일을 다 본 듯이 야화선은 방향을 360도로 틀어 오던 뱃길을 따라 돌아가서 자개도에서 밀항자들을 인도하면 될 것이다. 브릿지에는 당직사관 일항사가 이미 와 있었다. 아침 여섯 시!

다행스럽게도 달래는 별 불상사 없이 기절상태에서 깨어나 이수옥과 선장, 전진수를 죄의식으로부터 해방시킨 아침! 그러나 자전거포 사내와 승강이가 벌어진 갑판장이 선장의 명령을 듣지 않아 전진수는 기분이 심하게 상해 있었다. 바다에 퍼지는 햇살을 바라보고 서 있는 선장의 이마는 잔뜩 찌푸려져 있었다. 그때 기관장과 갑판장이 브릿지 가까이 와서 기관장이 통신장을 찾았다.

'저 새끼들이 지금 무슨 모의를 하는 모양인데…'

선장이 그런 생각을 하는 사이 통신장이 선장의 눈치를 살피며 그들을 향해 갑판으로 나갔다. 최전달과 합류한 그들은 아랫갑판을 향해 스테어웨이를 타고 내려갔다. 사관식당으로 들어간 그들은 갑판장부터 자리를 잡았다.

"자자~ 시간이 읍스니까 빨리들 앉더라고."

눈을 둥그렇게 뜨고 통신장이 갑판장의 안색을 살피며 입을 열었다.

"왜 무슨 일이십니까? 선장님도 기분이 상당히 좋아 보이지 않으시던데…"

"기분이 안 좋기는, 안 좋아 봤자지. 내 요번에 그 놈아 때문에 억수루 실망했데이."

"갑판장님, 우리 대장을 그렇게 욕해선 안 되지요. 그럼 그런 큰 일이 났는데 아무 조처도 안 한단 말입니까?"

"기관장님 말 다 했소? 기관장은 어디까지 아는 데에?"

"어디부터 알다니요. 첨부터 끝까지 다 알지요. 아무리 당신 부하지만 놈들 편을 들 수가 있소? 더구나 우리, 아니 선장 앞에서 말이요."

"앵꼽다 그 말이요. 그렇게 아이고 실은 말이요. 참~ 더러버서. 내가 어제 술이 많이 되지 않았소. 당신이 깨워서 선장실을 향해서 가는데 선실 복도에서 전진수 그 자슥이 내를 말이요. 다짜고짜 내를 말가죽 채찍으로 내를 후려갈기더란 말이요. 아니~ 처음에는 정강이를 걷어차였지."

"예에? 그런 일이 있었군요. 쯔쯧...그거 좀 심했네요."

"내가 지를 좋아한다꼬는 하지만, 또 지 쫄병이지만도 기분이 상하면 주먹질을 할 수는 있단 말이요. 그란데 내가 지 노예고? 내가 지 똘만이가? 내를 발로 차는 기 말이 돼?"

"그 말씀이 정말이라면 기분 참 많이 상하셨겠습니다. 그렇지만 선장도 물러설 것 같지가 않은데 어쩔 참입니까?"

"어쩌기는 뭘 어째? 생사람을 죽이는 기 그리 쉬븐 일인가?"

"생사람은 아니지요. 한 여자를 두 번씩이나 그 지경을 만들어놨으니… 개자식들!"

"아니~ 지난번과 같은 일이 또 일어났단 말입니까? 저런~ 쳐죽일 놈들!"

"그러게 말입니다. 그래서 지금 난리지."

"선장님은 뭐라 그러는데요?"

"뭐라긴 세 놈 중에 한 놈을 멍석말이를 해서 바다에 쳐넣으라는 거요."

"그래도 그들은 내 쫄자요. 내 쫄자를 내가 내 손으로 으떻게 멍석을 말아, 안 그렇소?"

"어쨌든 선장과 독대를 하든지, 우리와 함께 있는 자리에서 논의를 하고 끝냅시다."

마지못해 일어서는 갑판장을 데리고 상갑판을 향해 갈 때 마침 브릿지에서 선장이 내려오고 있었다. 여전히 굳어있는 그의 표정에서 한겨울 북풍이 불고 있었다.

"거 세 분~ 나 좀 보시오."

거칠게 한 마디 뱉고는 선장은 갑판장의 옆을 스쳐 자신의 방을 향해 큰 걸음으로 걸어갔다. 선실로 들어선 채 책상 뒤편에 있는 선창을 뚫어지게 보고 있던 선장이 몸을 휙~ 돌려세우더니 세 명의 노장이 들어 온 도어를 향해 걸어가 문을 꽝~ 소리가 나도록 닫으며 입을 열었다.

"기관장, 갑판장이 어제부터 내게 계속 하극상인데 통신장은 어떻게 생각하시오. 더구나 쫄만이 놈들 앞에서 내 명령을 씹었다 그 말이요. 나는 하극상은 도저히 용납 못하오."

등 뒤에서 닫혀지는 문소리에 놀라고 졸지에 떨어지는 전진수의 말에 세 명의 노년병은 석고처럼 묵묵부답이다. 갑판장의 얼굴이 시뻘겋게 부풀어 오르기 시작했다.

"지금도 보시오. 말을 안 하지만 내게 불만으로 시뻘건 애드벌룬에 바람을 넣고 있잖소?"

강포동이 숨을 몰아쉬었다. 그의 심사가 얼마나 사나운지 짐작하고도 남을 만큼 선장은 바지에 두 손을 찌른 채 세 사람의 노병 주변을 어지러울 정도로 뱅글뱅글 돌았다.

"보시오. 여전히 풍선을 더 키우기 위해 숨을 잔뜩 불어넣고 있는 것을…"

분노를 폭발시키던 다른 때보다 그의 말소리와 태도는 아주 냉혹했다. 갑판장, 강포동이 폭발을 막기 위해 몰아쉬었던 숨을 팍~ 하고 토해냈다.

"당신, 선장이문 다가? 내 더러버서. 너와 내가 기껏 요런 얄팍한 사이였다 그 말이가?"

"더러버서~ 더럽소? 두터운 사이였든 얄팍한 사이였든 공과 사를 구별하시오. 당신이 똘마니들 앞에서 내 명령을 지금까지 씹고 있다면 좋소. 내가 망치 하나만 명석말이하라 했는데 당신의 하극상으로 세 명을 모두 명석말이 하시오. 지금부터 한 시간 내에 모든 일을 처리하고 통신장과 기관장은 보고 하시오. 그리고 그 자전거포 사내가 보는 앞에서 바다에 처넣으란 말이오. 아니면 갑판장! 내 명령보다 당신 부하가 먼저라고 하던데 그렇다면 내 명령권 밖으로 나가시오. 세 놈하고 당장 이 야화선에서 내리란 말이오."

갑판장, 강포동의 부풀은 몸이 분노로 푸들거리고 떨리기 시작했다. 그리고 깡마른 두 노병의 몸으로부터도 하얗게 기가 빠져나가고 있었다. 서 있기도 힘들 정도로 핏기 사라진 얼굴로 그들은 서로 표정을 살피고 있었다. 키가 작은 통신장이 조심스럽게 입을 열었다.

"알겠습니다. 선장님이 화 나실만도 했네요. 전 현장에는 있지 않았습니다만 놈들 앞이었다니 놈들 앞에서 선장님을 깔아뭉갠 것이나 다름없지요. 일단 철수합시다."

기관장과 갑판장을 돌아보고 통신장이 말을 마쳤다. 그리고 두 사람의 팔을 이끌고 밖으로 나가는 그들의 등을 향해 그의 단호한 목소리가 다시 들려왔다.

"지금 7시 10분 전이니까 아침 식사 전까지 보고를 마치시오."

도어가 닫히고 나서 선장은 탁자에 있던 담배를 꺼내 물었다. 다음 순간 그는 담배를 잘근거리고 씹고 있는 자신을 발견했다. 부러진 담배를 입에서 빼어 바닥에 동댕이쳤다. 그의 눈에서 살기가 퍼져나갔다. 무엇인가를 찾아 그의 눈동자가 바쁘게 움직였다. 던질 것을 찾고 있는 것이다. 천천히 소파 앞으로 걸어간 그는 있는 힘을 다해 딱딱한 질감의 휴지통을 찼다. 맞은편 벽에 맞은 그것은 생각보다 대단한 폭발력으로 박살이 났다.

그러나 말가죽 채찍이 떠올랐다. 망치가 던진 단도가 말가죽 채찍에 박힌 모습이 떠오르자 그의 몸이 조금 전 갑판장 몸처럼 푸들푸들 떨려왔다. 고개를 숙인 채 책상에 두 팔을 짚고 서서 그는 한참 미동도 하지 않았다. 다음 얼굴을 든 그의 입술에는 회심의 미소가 물려있었다.

'수옥이와 달래가 있었지. 그래 나를 사랑하는 사람이 있었어. 내 광기를 받아줄 사람이.'

무슨 유전이나 발견한 사람처럼 확신에 찬 그의 얼굴은 환하게 밝아져 있었다. 그리고 그는 단호한 발걸음으로 자신의 방에서 나와 다시 달래와 수옥의 임시 거처인 선실을 향해 걸었다. 달래를 생각하자 거품이 꺼지듯 부글거리던 화가 삭는 것 같은 느낌을 느꼈다.

'달래에게 아무 일이 일어나지 않아 얼마나 다행인가. 만약 무슨 일이 있었다면…'

그는 자신도 모르게 치를 떨었다. 그리고는 그제서야 자신의 몸이 뜨겁다는 것을 느끼면서 짧은 혓바닥 같은 셔츠 끝자락을 집어 앞뒤로 흔들었다. 그리고 선실의 문을 노크했다. 몇 번을 두드려도 반응이 없었다.

'대체 어디를 갔을까?'

그는 도어를 살짝 열었다. 수옥은 보이지 않았다. 달래가 잠이 든 것 같아 그는 까치발을 떼어 아이 앞으로 다가갔다. 달래의 숨소리가 고르게 들려왔다. 파리한 정맥이 곳곳에서 비치는 달래의 얼굴이 생각보다 편해 보였다. 돌아서는데 문소리가 나고 수옥이 들어왔다. 그는 수옥의 입술에 검지를 갖다 대고는 그녀의 손을 잡았다. 그리고 달래가 자고 있는 선실을 빠져나왔다. 복도의 좌우를 살핀 다음 진수는 그녀의 손을 거칠게 끌고 자신의 방으로 들어섰다.

"어디를 갔다 왔소? 달래는 괜찮아 보이던데 정말 괜찮소?"

도어를 닫자마자 심문하는 사람처럼 수옥의 얼굴을 들여다보며 그가 질문을 던졌다.

"감사하게도 회복이 빠릅니다. 놈들이 무슨 일을 벌이기 전에 에미나이가 기절을 했던 것임매다. 아무 것도 기억하는 것이 없는 것 같았습매. 승재 안부만 묻고 또 묻디…"

"그러면 됐소. 자~ 아무 것도 묻지 말고 지금은 나를 받아 주오."

그의 손은 벌써 그녀의 바지 속으로 뻗쳐있었다.

"대체 왜 그러십네까? 왜 그렇게 사나와졌습매? 무스그 일이 일어났지비?"

그녀의 귀에 성난 들소의 숨소리가 들려왔다.

"아무 것도 묻지 말라 하지 않았소?"

"무스그 일임매? 우리 성난 들소를 누가 이렇게 만들었지비! 그렇디만 멧돼지는 좀… 멧돼지는 오늘 말고는 절대로 사양하겠습매!"

천정을 향해 조용하고 나직하게 읊조리는 그녀의 목소리는 그러나 단호했다. 그녀의 젖무덤에 얼굴을 묻고 있던 그의 몸이 잠깐 움찔대더니 거친 숨을 참는 듯 조용했다. 그녀의 손은 여전히 사내의 머리를 쓰다듬고 있었다.

"밀항자들 인도가 빨리 끝나야겠지비. 우리 선장님 신경쓰여서 제 명에 못죽겠습매. 그리고 갑판장님이 당신을 정말 화나게했슴둥! 이 에미나이도 화가 몹시 남매다. 잘은 모르디만 이런 비상의 나라에는 위계질서를 젤로 우선 해야될 것 같슴둥. 더구나 밀항자들 관리는 그 남자들 책임인데 고양이한테 생선 가게를 맡긴 거 아니고 뭐임매까. 관리해야 할 사람들이, 두 번 모두 그 사람들이 큰일을 저질렀다 그말 아님매?"

그가 갑자기 얼굴을 들더니 말하고 있는 그녀의 입술에 얇은 자신의 입술을 올려놓았다. 그 곳에는 위와 아래로 열리는 문이 있었다. 태초부터 자동장치가 장착되어있는 그 곳에 서자 자동문은 하늘 과 땅, 상하로 부드럽게 열렸다. 그 문을 향해 들어가려 했던 것은 그가 아니었던 것처럼 그 문에 의해 빨려 들어가듯 그는 붉은 동굴로 끌려들어갔다. 바닥과 천정에서 솟아나와 있는 희디흰 종유석으로 뱅 둘러싸인 작은 동굴에는 사방 벽은 물론이고 천정과 바닥에서 맑은 샘이 쉴새 없이 흘러내리고 있었다. 돌기라고도 할 수 없는 아주 낮은 높이의 구릉 몇 개로 이어진 곳에는 가운데 둥근 천정이 있었다. 어떤 망설임, 의혹도 없이, 그곳에는 얇은 가면의 베일도 벗어 던진, 실오라기 하나도 걸치지 않은 나신 둘이 어딘가를 향해 가기 위해 만나고 있었다. 이따금 따사로우면서도 신선한 바람이 불어오는 그 동굴은 그러나 무엇인가에 들려있는 것 같으면서도 그러나 알 수 없는 그곳을 향해 그들은 몸과 몸이 하나가 되었다. 그리고 대체 어디로 들려갈지 모르는 그곳을 향해 걷고 또 걸을 뿐이었다.

"당신 독심술 하는 사람 아니요?"

"독침술이라 말했습매?"

"독침이 아니라 독심이요. 마음을 읽어. 내가 화가 난 것을 어떻게 알았소?"

"들소도 모자라 사람이 멧돼디가 되었는데 그걸 모를 사람이 어디 있겠습매?"

"그래도 그렇지, 아까 갑판장 이야기는 어떻게 된 거요?"

사내의 이마에 미끈거리는 땀을 손으로 닦아주며 여자는 자상한 미소를 띠웠다.

"달래 옷가디 몇 개가 선장님 방에 있는 것 같아서 가질러 왔단 말임매."

"그랬더니…?"

"이리로 걸어오고 있는데 당신 도어가 열차게 다티는 소리가 났습매. 깜짝 놀라서 살금히 와서 엿들었습매다. 들렸다 안 들렸다 했디만 전선을 이어보니까 바로 사태를 짐작했습둥!"

"이크! 우리 사태를 누군가에게 또 들킬지 모르겠는 걸!"

"기래요. 우리 이 작업을 서둘러 끝내는게 좋겠습매다."

여자의 말이 떨어지자마자 사내가 다시 가볍게 그녀의 입술에 키스했다. 그리고 선채로 서로의 허리를 끌어안았다. 수옥의 눈동자가 그를 올려다보며 다음 말을 이어갔다.

"당신이 화가 많이 나신 것을 압매다. 하디만 우리가 너무 좋아하는 사이, 당신도 근무에 소홀히 한것을 인정해야 한다고 봅매다. 다 이 에미나이가 죄입매다. 그리고 왜 갑판장님이 그렇게 화가 나기 시작했는지 리유가 있었을 것임매? 아닙매까? 곰곰이 생각해보시라우요. 목청을 크게 내디 않고 사람들을 잘 다스리는 당신이 매력적이디요."

한편 선장실에서 나온 세 명의 늙은 병사들은 여전히 창백한 얼굴을 들고 누가 말한바도 없지만 놈들이 묶여있는 기관실 구석진 격벽을 향해 발걸음을 옮겼다.

"갑판장님, 아까도 말했지만 나는 현장에 없어서 말할 입장은 아니지만 선장 성미로 봐서는 절대로 그냥 안 넘어갑니다."

"그러게 말입니다. 지금 그 조선족 여자가 하혈이 멈추지 않아 오늘 저녁을 넘기기 어렵다 하던데요. 선장은 지금 그것도 모르고 저렇게 화가 충천했는데 아마 그 사실까지 알면 정말 세 놈 모두 멍석말이를 하려고 할지도 모르지요.

"아니~ 지금 우리에게 명령한 것이 그것 아니요?"

"갑판장 기를 팍 죽이려고 한 것이지 정말 세 놈을 모두 멍석말이를 하라는 건 아닐거요. 안 그렇소, 갑판장! 그런데 왜 그 드런 성질을 건드린거요?"

"내가 야그 안 했소? 내한테 말가죽 채찍을 날리더란 소리 못 들었소?"

"말가죽 채찍을요?"

목청을 돋우며 갑판장의 말을 되받았으나 통신장은 순간 표정을 고치며 말을 이었다.

"… 드런 꼴이 두 번이나 일어났지. 어쨌든 놈들 앞에서 갑판장이 자기 명령을 씹은 것은 선장 성질로 봐서 절대로 그냥 안 넘어 갑니다. 어떻게 할 거요? 빨리 해결합시다."

통신장이 갑판장, 강포동의 얼굴을 들여다 보며 걸음을 옮길 때 기관장의 얼굴은 흙빛으로 변했다. 강포동은 이맛살을 찌푸리고는 부풀어 터질 것 같은 입을 여전히 꾹 다물고 걸었다.

"그 새끼는 내 속도 어지간히 썩였지만도 내가 놈과 같은 솥 밥을 먹은 지가 십 년이 넘는데 내가 내 손으로 어찌 놈을 바다에 처넣을 거요!"

자포자기적인 목소리로 강포동이 입을 열자 기관장과 통신장이 함께 그를 바라보았다.

"그럼, 우리 둘이 놈을 묶을 테니까 어디 있다 워키토키로 소식을 알리면 그때 오소."

말이 떨어지기가 바쁘게 강포동은 화물창이 있는 중 갑판 쪽으로 발걸음을 옮길 때 두 사람은 기관실로 들어가 주먹보다 큰 무쇠 추와 부댓자루와 끈을 준비했다. 통신장과 기관장이 세 놈 앞에 도착했을 때 놈들은 묶인 상태에서 모두 졸고 있었다. 쾌락의 끝은 처참한 추락이었다. 두 사람은 발소리를 죽이고 들어가 부대를 벌리고 망치의 머리에 씌웠다.

"어어~~ 이게 뭐야! 이거 뭐냐구?"

발목이 묶인 놈이 부대를 쓴 채 펄펄 뛰었다. 다리를 붙들자 놈은 모로 나뒹그러졌다. 통신장이 부대를 발목까지 씌우고 나서 자루와 함께 놈의 발목을 끈으로 묶었다. 통신장이 담배를 입에 물었다.

"헹님이요 살려주소. 내 잘 몬 했소. 이번만 살려주면 무슨 짓이든 하라는 대로 할 거요."

피우던 담배를 신경질적으로 발로 비벼 끄며 기관장이 일어섰다. 그리고 주머니에서 삐죽 나와 있는 워키토키를 들고 갑판장을 불렀다. 갑판장이 도착했을 때 부대자루 밑에서는 오줌이 벌벌거리고 흘러내리고 있었다.

"새끼! 그렇게 타일러도 알아먹지 못하더니 이제 정신이 드나? 닭대가리 겉은 자식! 내 하고 그렇게 친해도 수 틀리면 내도 바다에 처넣는 인사란 말이다."

"헹님, 포동이 헹님, 잘 몬 했습니더. 용서해 주이소."

"용서고 나발이고 이제는 글렀다 안 카나! 이제 내 힘으로도 어찌 해 볼 시간이 없다 그 말이라. 언젠가 말했지. 승질 돋구문 안 된다고 내가 몇 빈이나 말했노 말이라."

"기관장님 살려주이소. 내를 어찌하는 깁니까? 그냥 겁주는 거지예?"

"새끼야! 아가리 닥치고 용왕신에게 기도나 하는 기라. 불지옥에나 떨어뜨리지 말라꼬…"

"식사시간이 다가오는 데요."

통신장이 서둘자는 뜻으로 한 마디 던질 때 깨어있던 나머지 놈들도 손발을 묶인 채 부들부들 떨고 있었다. 그 때…

"이 보소 기관장이요. 마대 둬 개 더 가 와야할 것 같소. 이 놈아들도 묶어야 하지 않소?"

기관장이 입고 있는 셔츠를 들어 얼굴을 부치다 말고 갑판장을 바라보고 눈을 크게 떴다.

"안 그렇소! 세 놈 모두 바다에 처넣으라고 하지 않았소. 마대 두 개 더 가 오소, 퍼뜩!"

통신장을 바라보던 기관장은 여전히 셔츠로 얼굴을 부치며 좁다란 격벽을 밟고나갔다. 그의 귓속으로 놈들의 처절한 목소리가 들려왔다.

"헹님 살려주이소. 하라는 대로 무어든 다 하겠심니더. 한번만 용서해 주이소!"

와들와들 떨며 꺽쇠와 날칼이 갑판장 앞으로 궁벵이처럼 무릎걸음으로 걸어나왔다. 나머지 놈들도 묶는다는 소리가 무슨 소린지, 그 속뜻을 알아내려는지 씌워진 망치의 부대자루는 잠시 잠잠했다. 그때 기관장이 부대를 어깨에 메고 돌아왔다. 그리고 메고 온 부댓자루를 갑판장 앞에다 쏟아놓았다. 쇠뭉치 두 개와 끈과 부대가 또 나왔다.

"헹님이요. 살려주이소. 기관장님, 통신장님 저희들을 불쌍히 여겨주시소."

"아가리 닥쳐라, 시끄럽다 마! 너희들 내한테도 덤비고 싶었다 아이가.

하극상이 얼마나 무서븐지 당해봐야 아는 놈들! 닭대가리들. 뭐하고 있소, 나머지 놈들도 어서 씌우지 않고."

두 발이 묶인 채 놈들은 무당처럼 아래위로 겅중겅중 뛰었다. 다음 순간 기관장이 꺽쇠를 뒤에서 껴안았다. 통신장이 부댓자루의 아가리를 벌리고 있다가 홱-뒤집어씌웠다. 아래위로 솟구치던 날칼이 갑자기 한 스텝씩 두 발로 격벽 사이로 도망치고 있었다. 갑판장이 부지런히 걸어가 날칼의 머리를 잡고 끌고 왔다.

"말해라, 마! 누가 밀항자 꼬셔가 그 짓하자고 젤 먼저 선수 친 놈이 누군고 말이라!"

"… 망치지 누구기는 누굽니꺼!"

잠잠하던 부댓자루가 다시 요동치면서 데굴데굴 뱃바닥을 굴러다녔다. 망치의 부대자루다. 날칼의 말소리를 들었는지 망치가 소리치기 시작했다.

"날카리 이 새끼! 죽고 싶나? 물귀신 작전 쓰는 새끼, 재미는 지 놈들이 더 보고 누구를! 헹님요, 지는 아입니더. 정신이 나가도 그렇지. 한 살이라도 지가 더 묵었다 아입니꺼!"

다시 꺽쇠를 향해 갑판장이 목소리를 낮췄다. 통신장이 꺽쇠에게서 자루를 벗겼다.

"꺽쇠야, 누가 먼저 이 거창한 짓을 하자고 꼬싰나?"

"더 물어볼 것도 없이 망치 헹님입니다. 진정한 참돔의 맛을 보여주꾸마, 했심니더."

"판결은 낫다 아이가? 두 놈 입에서는 망치 이름이 불려나오는데 망치, 너거는 무조건 지는 아니라고만 하는 것으로 보아서 주동자는 망치 너 인기라! 내 너희 놈들 으떻게 나오능 거 봐서 멍석말이는 관둘라꼬 했는데 가던 방향대로 가야 하겠소. 천하에 의리라꼬는 쥐뿔도 없는 새끼들! 그러고도 너희들이 한 솥밥을 먹어 온 동지들이라 말이가. 조폭은 벼슬이 아니라. 폭력은 사용하지만도 최소한의 의리가 있어야 하능긴데 날카리도 꺽쇠도 틀렸다."

실낱 같은 희망을 품고 있던 날칼과 꺽쇠 누 놈의 얼굴이 다시 하얗게 질렸다. 기관장과 통신장이 다시 달려들어 놈들에게 부댓자루를 씌웠다. 그리고 요동치는 놈들을 잡아 자루가 벗어지지 않게 허리께를 묶고는 길게 나온 기관실 파이프에 두 놈을 묶었다.

"우선 망치부터 끌고 상갑판으로 갑시다."

수옥을 선실로 보내고 나서 샤워를 마친 선장이 책상에 앉아서 담배를 꼬나물고 있을 때 통신장과 기관장이 초췌한 몰골로 들어섰다.

"임무는 완수하셨소?"

들어서는 두 사람의 시커먼 얼굴을 향해 전진수가 입을 열며 담배를 재떨이에 껐다.

"예, 지금 상갑판에서 오늘 길입니다. 망치만 멍석말이했습니다."

"자세히 보고 하시오."

"기관장과 저의 업무는 그런 것이 아니지 않소. 선장님!"

통신장이 볼 멘 소리로 선장을 향해 대들었다.

"왜 기분이 좋지 않으십니까? 갑판장을 도와주라고 했지… 당신들이 바다에 처넣었소?"

"우리가 왜 살인 하는데 가담해야 하는지 모르겠습니다."

"기분이 엉망이라 그런 말씀이신데… 내가 무리한 걸 요구했습니까? 아직도 사고가 날 수 있는 시간은 열 시간이 넘게 남았단 말이요. 생사람을 잡아넣은 거 아니지 않소!"

두 사람 앞을 오고 가던 선장이 책상으로 돌아서더니 인터폰을 들었다.

"이봐, 주자! 내 식사는 오늘 선장실로 부탁한다. 통신장님과 기관장님과 함께 할 거야."

인터폰을 내려놓은 선장이 두 사람에게 소파에 앉을 것을 권하고 나서 돌아서더니 작은 장식장에서 양주병을 꺼냈다. 그리고 잔도 세 개를 꺼내어 양손에 들고 와 소파 탁자에 놓았다. 잔 세 개에 술을 따랐다. 아직도 얼굴이 풀리지 않은 통신장이 다시 입을 열었다.

"아침인데… 술을 해도 되겠습니까?"

"배는 알아서 잘 가고 있소. 이제는 별일이야 있겠소? 내가 보초를 서리다. 불상사가 더는 나지 않도록… 갑판장을 못 믿겠어요. 나도 방심한 벌을 받고 있소."

말을 하면서 선장은 다시 돌아서더니 작은 장식장 옆에 붙어있는 냉장고를 허리를 꺾고 들여다보았다. 안주가 될만한 것을 뒤지는 모양이다. 들고 온 플라스틱 사각통을 열자 가지런히 썰려있는 문어와 함께 땅콩과 호두 등이 한 옆에 섞여 있었다.

"자 빈속이지만 한 잔씩들 하시죠. 기분 좀 푸십시오. 갑판장님은 어디 가셨습니까?"

"속이 속이겠소. 밤도 아니고 아침 바다에 놈을 처넣었으니…"

시커먼 얼굴을 들고 계속 침묵하던 기관장이 단숨에 잔을 비웠다. 전진수가 잔을 채우자 안주도 없이 또 다시 잔을 들어 목에 붓고는 얼굴을 잔뜩 찌푸렸다. 선창으로 아침의 찬란한 빛이 들어오는 것을 바라보며 좀 전에 쇠뭉치를 달고 물속으로 쑤욱 들어가던 망치의 부댓자루가 눈앞에 아른거렸다. 하늘은 잠시 구름 속에 태양을 가리고 지금 네 놈들이 무엇을 하려는지 숨어서 보고 있었다. 건들대는 바람을 갑판에 안은 야화선은 느린 요동으로 우아하게 춤추며 항해하고 있었다. 두 사람은 난간에 부댓자루를 걸쳐놓았다. 요동을 치고 있으나 이미 놈은 쇼크로 숨이 넘어갔는지 뻣뻣한 자루만 가끔 퍼덕거렸다. 갑판장이 먼 바다에 시선을 꽂고 한 마디 했다.

"망치 이 놈아야 잘 들어라! 너희들이 폭행한 가시나이도 죽었다. 억울하다꼬 생각 말그래이. 그동안 네가 죽이고 상해한 사람들을 생각하마 덜 억울할 끼다. 잘 가고 다음 생에는 좀 덜 악한 인간으로 태어나기를 다 같이 빌자. 잘 가그래이~ 잘 가그래이!"

말을 마친 갑판장의 양 볼로 두 줄기 눈물이 흘러내렸다. 갖고 갔던 쇠추를 마지막으로 달았다. 그리고 기관장과 갑판장이 찬란한 태양에 점령당한 아침 바다에 시커먼 부댓자루를 던졌다. 아니 손을 놓았다. 저 아래 수면을 향해 철퍼덕 떨어진 부대는 바로 쑤욱~ 물에 삼켜 들어갔다. 조금의 포말이 주변에서 일어나는가 했으나 바로 죽음의 장벽은 문을 닫았다. 제주 서귀포 근해를 서북쪽에 둔 야화선은 고기잡이 배들 속에 섞여 운항을 중지하고 있었다. 아직은 시간이 많이 남아 제주 근해에 조금 떠 있다 시간을 보내고 다시 운항을 재개하기로 한 것이다. 해경에는 기관고장으로 신고 하고 바닷새도 둥지로 자러 갔는지 야화선은 고요한 바다에 떠 있었다. 찌푸려 있던 바다가 드디어 오정이 되면서 더욱 어두워졌다. 구름 한점 없는 하늘이 푸른색이 아니고 어두운 녹두빛을 띄우는 것은 무슨 일일까? 선장실에서 아침을 마친 통신장과 기관장이 갑판장을 데리고 느지막한 아침 주자가 꺼내온 소주로 심정을 달래고 있었다.

　"자~자 한 잔 받읍시다. 이왕 벌어진 일 자꾸 뇌까려 봤자 뭐하겠소!"

　통신장이 갑판장 잔에 술을 따르며 한마디 했다.

　"내 뱃놈 생활 삼십년에 오늘 겉은 꼴은 처음 보는 기라!"

　"멍석말이 멍석말이 말만 들었지 나도 처음 보았소."

　"멍석말이라니요? 누가 누구를 멍석을 말아요?"

　주자가 깜짝 놀라 호들갑을 떨면서 벌어지지 않는 작은 눈을 가랑이 찢듯 찢었다.

　"아~ 그렇게 있소 마. 그쯤 알아 두소. 더 알았다가는 다치! 자~ 기관장도 한 잔 받으소. 내 땜에 오늘 모두 씨껍했다 아이가!"

　"내가 사람을 죽이는데 가담할 팔자일 줄을 어찌 알았겠소. 자꾸 속에서 화가 치밀어요."

　"죽은 놈도 있는데 그르케 말하면 섭하지 않소 통신장님!"

　"사람 한 세상 사는 게 참으로 어렵소. 생각하면 일장춘몽인데 사연이 가지가지요."

"내 나이 육십 줄에 젊은 놈한테 채찍질을 다 당하다니…"

그 일이 마음에서 도저히 삭지 않는 지 말을 하는 갑판장의 얼굴에 서글 픔이 서렸다.

"갑판장님. 그렇게 생각하면 안 되고 누구든 잘못하면 대장한테 혼나는 것은 당연한 거지. 안 그렇소 기관장님. 대장의 심정도 헤아려 보시오. 별 일이 아닌 거 같지만 엄청난 일이 일어난 거 아니겠소."

"내도 화가 나니까 하는 말이라 안카요."

"그런데 일단 선박에서는 선장에게 생사여탈권이 있다고는 하지만 이 런 경우 어떻게 신고를 해야 하는 겁니까?"

"밀항선인데 신고는 무슨 신고를 합니까?"

"큰일 날 소리 좀 집어치우라카이. 이게 어디 밀항선이요? 철근을 사러 잉커우 항에 다녀오는 길이구마는…"

"참~ 아까 망치더러 그 계집도 죽었다고 하시던데 그게 정말이요?"

연거푸 잔을 꺾고 있는 강포동의 입을 바라보며 두 사내는 대답을 기다 렸다.

"사실은 뭔 사실! 놈이 마지막 가는 길에 그래도 심정을 좀 가눴으면 해 서 지어냈소. 그 조선족 에미나이는 살아나고 있습디다. 그 방에 둘러보고 오는 길이요."

"아~ 그렇습니까? 그러면 천만다행이고…"

"어~ 소주 두 병이 벌써 바닥이 났네!"

"이따가 돼지들 넘가 주고 우리 코가 삐뜰어지게 마십시다. 지금은 파 장 허고…"

갑판장은 얼근히 취해왔다. 소주 한 병에 취하기도 하는구나, 하는 생 각이 들었다. 두 사람과 헤어진 그는 한숨 자야겠다고 생각했다. 맘도 괴 롭고 너무도 피곤했다. 화물창 옆 그늘진 곳을 찾아 자리를 잡고 누웠다. 하늘엔 구름이 없으나 황사는 아니고 육군 군복 같은 너울을 쓴 바람이 불 어왔다. 선내가 캄캄해져 오는지 하는 사이 그는 코를 골기 시작했다.

11. 돌풍

식사를 함께 끝낸 통신장과 기관장을 보낸 후 마침 선창을 내다보며 담배를 피우고 있는 선장, 전진수의 시선에 먼바다가 갑자기 전운에 싸인 듯 컴컴해지기 시작했다. 그는 깜짝 놀라 그 바다에 시선을 박은 채 물고 있던 담배를 재떨이에 털었다. 급히 서랍을 열고 망원경을 꺼내어 눈에 댔다. 이십 년 가까이 물길을 다스리던 사람은 안다. 저것이 마魔의 냄새 라는 것을. 저것은 거대한 사탄의 베일이다. 가늠할 수 없이 규모가 큰 몸 을 굴리며 야화선을 향해 다가오는 저것의 정체는 무엇인가. 삼킬듯한 거 대한 아가리라고 인식하는 순간 누가 내리치는지 선장의 등짝에 긴장의 채찍을 내리쳤다. 바다에서 하늘까지 맞닿은 모든 공간이 삽시에 암갈색 으로 변하고 시야는 뿌연 재속으로 빨려 들어갔다. 전진수의 뇌리에 그동 안 일어났던 모든 일들이 파노라마처럼 스쳐 지나갔다. 그 모든 순간들은 지금 이 시간을 맞이하기 위한 전조가 아니었을까? 어디부터 어디까지 인 지 형체 없는 존재의 에너지가 느껴졌다. 다행스럽게 변신과 굴절의 속도 가 아직은 느리다. 어떤 모습으로 진행될지 몰라 눈을 뗄 수 없었으나 선 장은 일어나 선창에서 떨어져 나오다가 등허리에 도어 손잡이를 느꼈다. 그는 긴장으로 뻣뻣해진 다리를 움직여 도어를 밀고 나와 복도를 뛰기 시 작했다. 빨리 브릿지로 가야 한다. 상갑판을 향해 뛰고 있는 사이 최초의 돌풍이 불어와 선박을 세차게 때렸다. 스테어웨이를 오르던 그는 계단 난 간을 붙들고 몸을 바로 가누려고 노력했다. 계속 브릿지를 향해 가는 발걸 음을 멈추지 않으려고 하지만 몸이 말을 듣지 않았다. 최초의 강타로 선실 내부에 있는 모든 물건이 추락을 면치 못했을 것이다. 그는 비틀거리며 간 신히 브릿지에 도착했다.

"무슨 일이지?"

"돌풍이 갑자기 일어났습니다."

"…진원지는 파악되었나?"

당직 사관과 거대한 존재에 대해 확인을 하는 사이 이미 세상이 캄캄해지더니 진흙물을 끓이듯 바다가 온통 들끓기 시작했다. 그림 같이 유유히 항해하던 야화선이 급 템포로 춤을 추기 시작했다. 브릿지에 서 있기도 힘들었다.

"동중국해 남쪽, 타이완 섬 북동쪽 오키나와 섬 부근입니다. 지나가는 계절풍 같습니다."

이등 항해사의 말소리가 토막토막 끊어졌다. 태극기 액자와 세계전도를 비롯한 벽에 걸려있는 모든 기물들과 통신장비 등이 수전증 환자처럼 떨어댔다.

"선장님, 무섭습니다. 항해는 몇 번 되지 않지만 바다가 저런 것은 처음 봅니다."

"별 일 없을 거야. 빨리 기관실로 송신을 내려 완도항으로 출발 하자. 지나가는 돌풍이라면 항로를 바꾸면 이 돌풍을 모면할 수도 있으니까. 최후의 목적지는 완도항이니까 그쪽으로 진항하는 게 좋겠다."

"옛 써!"

"그리고 선내 방송을 해야겠소 통신장!"

통신장이 방송기기 조작을 하는 사이 선장은 기관장하고 통화했다.

"완도항으로 최고 속도로 항진합시다. 큰 파도를 대비해야하니까 긴밀히 연락하고 오바!"

"옛~ 써!"

그리고 선장은 통신장이 내미는 마이크를 받았다. 그 순간도 여전히 야화선은 파들파들 떨어댔다. 엄숙한 긴장이 다시 등골을 타고 내렸다.

"선내에 모든 부서의 전 선원에게 전한다. 잠시 지나가는 돌풍이니까 우왕좌왕을 금한다. 완도항으로 가는 중이다. 모든 기물들이 고정핀에서 이탈되는 것을 주시, 주의하기 바란다. 선내의 모든 인원은 특별한 지시가 있기 전까지 중갑판이든 상갑판이든 갑판으로 나오는 일은 절대 없어야 할 것이다. 모든 소통은 인터폰과 워키토키로 하기로 한다. 이상!"

마이크를 놓고나서 그는 책상에 놓여있던 워키토키를 들었다.

"갑판장, 이봐요~ 갑판장이요? 다름 아니고 선박이 너무 요동을 치니까 사람들, 밀항자들 말이요. 불안을 견디지 못해 소란을 피울 수 있어요. 돌풍이 사라질 때까지는 입구 밖으로는 출입을 절대 금해야 합니다. 물론 화장실 출입도 금하고 화물창 안에는 플라스틱 통을 몇 개 넣으시오, 이상입니다. 그리고 당장 화물창이 잠겨있나 확인하고 보고하시오."

책상에 내려놓다가 말고 전진수 선장은 다시 워키토키를 들었다.

"아아~ 갑판장님! 그리고 나머지 조직원들은 지금 어떻허고 있습니까?"

"기관실 옆 격벽에 묶여있지요."

"그럼, 혼날 만큼 혼이 났을테니까 풀어주시고 갑판원들에게도 당부하시죠. 쓸데없이 갑판에 나돌아다니면 절대 안 됩니다."

선장이 워키토키에서 입을 떼고 있을 때 비를 홈빡 맞은 삼항사가 뛰어들어왔다.

"너무 위험하다. 선실에 가만히 있지 왜 이럴 때 돌아다니나?"

"무섭지만 바다를 봐야겠습니다. 선장님, 무슨 일 일어나는 건 아니겠죠?"

"무슨 일이 일어나긴? 내 사전에 돌풍과 태풍은 있어도 풍랑을 맞는 일이란 없다!"

"감사합니다. 한참 쫄았는데… 그렇게 말씀해주시니 용기가 납니다."

'누구든 수장이라면 저 정도의 패기는 보여줘야지!'

삼항사가 안도의 표정으로 선장, 전진수를 바라보고 있을 때 산더미 같은 파도가 선수루의 파벽을 때리고 뒤이어 중갑판에 있는 데리크가 크게 흔들렸다. 이미 화물창 안에서는 사람들의 아우성이 귀를 찢었다. 제주 근해의 아름다운 에메랄드빛 바다는 어느새 싯누런 물로 변하고 팥죽처럼 끓어댔다. 그때 워키토키에서 갑판장의 목소리가 들려왔다.

"선장님한테 보고합니다. 화물창 아래, 위 자물통 확실히 잠겨있는 거

확인했습니다."

쩌렁쩌렁 울리는 갑판장의 목소리가 워키토키에서 새어나왔다.

"수고하셨소. 돌풍이 지나가면 소주 한 잔 하입시다, 헹님!"

밖을 내다보지도 못하고 있던 기관원들은 갑자기 닥쳐온 재난에 속수무책 아수라장이 되어가는 기관실 바닥을 바라볼 뿐이었다. 고작해야 선창은 지름이 이십 센티 밖에 더 되는가. 더구나 이중유리이기도 하지만 끓고 있는 진흙물에 덮인 세상은 암흑이었다.

"기관원들은 들어라. 모든 공구들을 공구함에다 쓸어넣어라. 사람이 바닥을 뒹굴었다가는 언제 다칠지 모르니까. 행동 빨리 빨리 해. 그리고 바닥에 대형 갑바를 씌우자."

소리를 쳤지만 기관장의 말소리도 잘 들리지 않을뿐더러 선박이 하도 떨어대며 기우뚱거리는 통에 기관장 자신도 몸을 가눌 수 없었다. 선박 전체가 사시나무 떨듯 떨면서 모든 계기들을 박살 낼 목적인 것처럼 흔들렸다. 기관원들과 비틀거리는 몸을 가누며 대형 갑바를 바닥에 덮은 다음 기관장은 자신도 가장 안전지대라고 여기는 컨트롤 룸으로 자리를 옮겼다. 그 사이에도 선실의 벽을 반드시 뚫고 말겠다는 의지를 누군가 발동하는 것처럼 선실 내벽이 쉴 새 없이 짜르륵 짜르륵 소리를 내며 떨었다. 바다라는 거대한 키가 잠시도 쉬지 않고 선박을 올려 놓고 한바탕씩 까불어대는 것이다. 기관원들은 어디든 안전하다고 생각되는 곳에 밧줄로 자신의 몸을 붙들어맸다. 마지막으로 큰 돈 한 번 거머쥐는가 했더니 모두 다 부질없는 욕망이었나 보다! 밀항선을 운전하다 실종되었다고 신문에 대문짝만하게 나는 건 아닐까? 캐비넷 이곳저곳에 이마를 부딪히며 기관장 눈에서 눈물이 흘러내렸다.

속이 타서 사관 식당에서 소주병으로 나발을 불고 있던 일항사는 소주병을 든 채 바닥으로 나둥그라졌다. 선박을 흔들어대며 지나가는 바람 소리와 파도 소리가 흡사 떼지어 달려드는 영혼들의 울부짖음처럼 들려왔다. 고정되어 있던 식탁과 의자들이 고정핀에서 달아나기 위해 안간힘을 쓰는 것처럼 여기저기서 뿌드득~ 뿌드득~ 소리를 냈다.

'아이들은 지금 뭘 하고 있을까? 내가 여기서 만약 죽는다면 불쌍한 내 아이들은 어떻해! 돈을 많이 준다고 해서 밀항선을 탔더니 이 바다에 수장되는 건 아니겠지? 지금껏 살아오면서 그렇게 나쁜 짓 한 것 없는 것 같은데 난 지금 죽으면 정말 억울해!'

나약한 인간들에게 바다는 잠자고 있던 공포라는 심리의 기제를 부추기기 시작했다. 무슨 일일까? 선장, 진수와 뜨거운 아침을 보내고 난 수옥은 달래와 함께 아침 식사를 맞나게 했다. 달래는 생각보다 빠르게 회복되고 심리적으로도 안정을 되찾고 있어 선실에서 달래와 단란한 한 때를 보내고 있었다. 침대를 사용한 일이 없는 두 여자는 침대가 불편해서 모포를 바닥에 깔고 나란히 누워 육지에 내리면 하고 싶은 것들과 말로만 듣던 곳들을 가보기로 손을 꼽았다. 두 사람 손가락 이십 개로도 모자라 발가락까지 동원하며 상상의 나래를 타고 오르는 일은 아주 좋았다.

"오마니, 돈을 많이 벌면 피아노부터 사기요."

"이 에미나이, 피아노보다 더 급한 게 있습둥."

"뭐입매까? 그것이?"

"피아노를 사면 어디 놓겠습둥? 피아노를 놓을 집이 있어야디 잠은 어디서 자겠습둥?"

"남조선은 집값이 그렇게 비싸다는 소리를 들었는데 지금부터 언제 돈을 모아서 집을 장만하겠습매까? 집은 빌려서 사는 게 낫다고 합디다."

"요런 깜찍한 에미나이를 봤나! 어디서 그런 정보를 입수했단 말입매?"

"밀항 계획이 세워지고 나서 학교 간나들이나 에미나이들에게 슬쩍슬쩍 들은 얘기요."

"내도 그런 소리를 들었다마는 어쨌든 집은 그렇다고 치고 그래도 피아노는 아님매."

"오마니가 정 그렇다면 내가 일을 하기요. 내가 일을 해서 돈을 벌겠다 그 말임매다. 피아노를 사기 위해 화폐를 차곡차곡 모을기야요."

달래의 파리한 얼굴을 들여다보며 그녀는 행복했다.

'너의 아빠가, 막강한 너의 아빠가 생겼는데 에미나이야~ 네가 무슨 걱정이다?'

바로 그 때 최초의 돌풍이 선박을 때리는 소리가 났다. 배가 기우뚱했다. 달래를 부둥켜 안으며 그녀는 등 뒤에 있는 침대 다리를 한 손으로 잡았다. 달래를 바라보자 공포에 질린 큰눈이 잔뜩 묻고 있었다. 지금 일어나고 있는 일이 무슨 일이냐고.

"태풍이 지나갈 철도 아니고 무스그 바람이 이렇게 세지비!"

가냘픈 몸매의 두 여자를 한입에 먹을 것 같이 좁은 선실은 파들거리고 떨면서 쑹~우웅~ 하는 끊이지 않는 소리가 성 난 맹수의 울음소리처럼 들려왔다. 달래와 수옥은 선실 바닥을 굴러다니지 않기 위해 침대 다리를 한 개씩 껴안았다. 그때 도어가 무법자처럼 들이닥친 바람에 벼락치듯 열렸다 닫혔다. 그리고 조금 잠잠하는가 할 때 스피커에서 선장의 목소리가 들려왔다. 그러나 너무 약했다. 짐작은 하지만 도통 알아들을 수 없었다. 그러나 이상하게 무섭지 않았다. 방송을 듣고도 아무 일도 일어나지 않으리라는 너무도 확실한 믿음이 그녀의 마음속에 자리하고 있었다. 그 때 전 선장이 한 손에는 워키토키를 들고 주황색 구명조끼를 옆구리에 끼고 나타났다. 사태가 심상치 않다고 판단한 그가 취한 첫 번째 개인적 행동이었다.

'이르지만 달래에게 밝혀야 한다. 최후의 불상사를 상상하긴 싫지만 모를 일이다. 왜 이렇게 돌풍이 심하게 들이닥치는지. 망치를 수장한 날에 하필이면… 바다의 용왕이 노하셨나? 아니면 그렇게 악한 종자를 왜 바다에 빠뜨리느냐고. 아니면 망치를 바다의 신이 벌주고 계신지도. 하지만 벌을 받아야 할 사람이 망치 하나 뿐일까?'

망치를 바다에 처넣었다는 자책이 이제야 선장의 가슴에 스며들기 시작했다. 방송을 하고, 갑판장을 불러 지시를 하고, 제일 먼저 사관을 시켜 헤드마스터에게 완도항으로 서둘러 항진할 것을 지시하고 나서 달래와 수옥을 생각해낸 선장은 구명조끼를 찾아들고 모녀가 있는 선실에 들어섰을 때 두 여자는 침대 다리를 붙들고 몸을 지탱하고 있었다. 이미 선실 선반에 있던 두루마리 휴지들과 나머지 모포와 베개, 그리고 모기향, 그리고 누구의 옷가지인지 모를 것들이 떨어져 바닥을 뒹굴고 있었다. 그는 가슴이 아팠다. 이들과 사랑만 하고도 모자랄 시간에 왜 이런 고약한 사태가 벌어지는지.

"이것들을 입자. 지나가는 돌풍, 별거 아니지만 만일의 사태를 대비해서 나쁠 건 없지."

진수는 일어나 침대 모서리에 걸쳐져 있는 낡은 꽃무늬 재킷을 집어 달래에게 입히고 나서 달래 몸에 비해 너무나 큰 구명조끼를 입혔다. 달래의 큰눈이 말을 잃은 채 뚫어지게 그를 올려다 보고 있었다. 아이는 벌써 많이 지쳐있는 것을 한 눈으로도 알 수 있었다.

"수옥 씨도 구명조끼를 입는 게 좋겠소. 그리고 달래에게 우리 사실을 지금 알리려고 하는데 당신은 어떻게 생각해요?"

"이 바람이 심상치 않은 모양입매다."

"그럴 건 없고, 혹시라도 만의 하나를 대비하는 것 뿐이오. 안 그렇소?"

대답 없이 그녀가 고개를 끄덕거렸다. 진수는 침대다리를 꼭 붙들고 있는 달래의 두 손을 떼어 일으켜 안았다. 여전히 비를 동반한 거센 바람은 어디랄 것 없이 야화선 등허리에 채찍질을 가하고 있으나 그는 달래를 안고 수옥이 있는 쪽으로 다가가 가부좌를 튼 자신의 다리 위에 너무도 가벼운 달래를 올려놓았다. 그러자 그녀가 먼저 입을 열었다.

"달래야, 오마니가 할 말이 있어. 리 배에 올라서 선장님 만났을 때 니가 물었디? 선장님이 누구시냐고? 어떻게 만났냐고?"

"자세한 것은 지금 이야기하자면 너무 길어. 오늘은 한 마디만 하고 끝냅시다."

"기래요. 달래야, 너는 사실은 박가가 아니고 선장님과 같은 성씨 전가다."

반응이 없던 달래의 눈동자가 서서히 커지면서 수옥에게서 그에게로 시선을 옮겼다.

"내가 북파되었을 때 정말 천운으로 엄마를 만나고 연명을 했단다. 그리고 네가 세상에 태어났어. 놀랍지만 너무 반가운 사실 아니니?"

고운 과자가루같은 부드러움과 달콤함이 배어든 선장의 목소리가 바람 속에서 들려왔다. 처음으로 자신의 딸을 안은 선장의 가슴으로 충격으로 떠는 달래의 몸이 진동으로 전해졌다. 그는 여리디여린 자신의 새끼 새를 안고 어쩔 줄 몰라 했다. 옆에서 이들을 지켜보는 수옥의 눈동자에 다시 눈물이 가득 고였다. 터질 것 같아 꽉 끌어안지도 못하고 소중한 달래를 엉거주춤 안은 진수는 아이의 볼에 여기저기 입술을 찍었다. 그때 다시 세찬 파도가 선박을 때렸다. 무릎을 꿇은 채 그의 가슴팍에 붙어있던 달래와 진수는 서로 꽉 끌어안았다. 아무 것도 잡지 않은 두 사람의 몸은 말똥구리처럼 동그랗게 되어 선실 반대편으로 굴러갔다.

"돌풍이 빨리 지나가야 할 텐데 큰일이다. 엄마와 내가 발표한 사실이 어땠어?"

여전히 선장 진수의 얼굴을 뚫어지게 바라보던 아이의 눈에서도 눈물이 고이기 시작했다.

그리고 방금 아비로 소개된 진수의 허리를 아이는 다시금 힘껏 끌어안았다.

아비의 가슴팍에 얼굴을 묻은 달래가 흐느껴 울었다.

"그동안 고생 많이 했다. 이제 다시는 헤어지는 일 없을 거야. 함께 있고 싶지만 지금 해상상태가 심각해서 나 브릿지로 가봐야 하거든. 걱정하지 말고 엄마하고 선실에서 잘 견뎌야 한다. 무슨 일 있으면 벽에 걸려있는 전화기를 들면 누군가 나올 거야."

달래를 다시금 힘주어 안고 묵념하듯 전진수는 눈을 감았다. 그리고 나서 왼손으로 수옥의 손을 끌어다 자신의 볼에 부볐다.

"지금 브릿지로 가고나면 내가 언제 돌아올지 모르겠소. 꼼짝하지 말고 지금 말한 것처럼 할 말이 있으면 인터폰을 들고 나를 찾아요. 그리고 다시 한 번 말하지만 갑판으로는 무슨 일이 있어도 나오면 안 되오. 알았지!"

힘없이 끄덕이는 그녀의 얼굴을 끌어당기자 선장의 한쪽 팔에 매달려 그녀가 일어나 앉았다. 두 사람은 딸의 등허리 뒤에서 깊게 키스를 했다. 진수의 표정은 비장해 보이고 바람은 롤링과 핏칭을 반복하면서 사정없이 채찍을 휘두르고 있었다. 전운에 휩싸인듯 긴장 속에서 나누는 입술과 입술, 그 속에서 만나는 그의 혀는 더욱 달콤했다. 하복부에서 탄환에 맞은 장미꽃송이가 산산히 흩어지는 것을 느꼈다. 그녀와 입을 맞춘 후 그는 정을 떼는 사람처럼 단호한 동작으로 달래를 모포 위에 내려놓고 그리고 수옥이 잡고 있는 손을 떼어놓았다. 그는 몸을 조금씩 기우뚱 거리며 뒤도 돌아보지 않고 선실을 나갔다. 모녀는 넋이 나간 듯 잠시 말을 잊었다. 선실은 여전히 짜르륵 거리며 떨고 있었다. 선박의 진동에 따라 몸을 떨면서 딸을 들여다보던 그녀는 달래의 볼에 흘러내리는 눈물을 손바닥으로 닦았다.

"그렇게 기쁜 일을 왜 빨리 말하지 않았슴매?"

"기쁜 일인디는 몰라도 사실 엄청난 죄가 아니었슴매. 상상도 못할 일이었지비."

과거 속으로 들어가는지 어머니의 눈동자에 부옇게 안개가 서렸다.

"내가 이렇게 좋아해도 되는 겁네까, 오마니?"

"됴와해도 되디 이제야 누가 어쩌겠습매? 여기가 남조선 땅이 아이고 무스그 땅임매?"

"선장님은 그럼 독신입매까?"

"기럼, 여태 결혼을 한 일이 없다고 말했슴둥!"

고개를 크게 끄덕이는 달래의 관자노리에 파란 정맥이 유난히 도드라져 보였다. 바로 그 때 선실 문이 열리며 전진수가 들어섰다.

"수옥 씨. 다름 아니고 옆방의 환자 말이요. 자꾸 겁을 내는데 당신과 함께 여기 있는 게 낫지 않겠소? 남자는 화물창으로 들여보냈소."

"네, 됴습네다. 데레 오시라우요."

건강해보이고 볼륨이 있던 여자는 만 이틀 사이에 많이 말라있었다. 얼굴은 초췌하고 어그적거리며 자전거포 아내가 수옥이 방으로 들어가는 것을 보고 선장은 브릿지를 향했다. 복도를 가나 선실을 가나 바닥으로 떨어진 기물들이 발길에 채였다. 이러다 벽이 뚫리고 바닷물이 쏟아져 들어오는 것은 아닐까? 이렇게 설쳐대는 독수리같이 매서운 영혼은 누구일까. 살아있는 살점을 얻기 위해 바다를 사정없이 찢고 있었다.

선박의 요소요소를 대부분 점검했다고 생각한 선장은 기우뚱거리는 몸을 가누며 상갑판으로 올라 브릿지를 돌아보고 다시 갑판으로 나섰다. 비는 여전히 공중에 날카로운 빗금을 그으며 쏟아지고 있었다. 그동안 태풍을 만나는 일이 없지 않았지만 그렇게 팔랑대는 물결은 처음인 것 같았다. 전조가 이상하더니 혹시 야화선이 이 바다에 수장되는 건 아닐까? 상기하고 싶지 않은 상상이 어쩔 수 없이 머리를 스치고 지나갔다. '신이 노하신 거다. 멍석말이가 잘못된 것일까? 인간은 죄를 짓고 신만이 죄 지은 자를 벌할 수 있는 거다. 나 같이 죄 많은 인생이 감히 누구를 벌할 수 있단 말인가!'

굵은 빗줄기가 따갑게 얼굴과 몸을 내리쳤다. '그래 이것이 신이 내리는 채찍이라면 달게 받아야지. 그리고 나는 살아야 한다. 이제껏은 겨우 목숨만 붙어 있었던 생물학적 존재일 뿐이었지! 나는 이제야 내 삶을 살아가는 거야. 사랑하는 여자와 함께 오로지 이 세상에 단 하나 밖에 없는 나의 분신을 위해 최선을 다해서 살아야 한다. 또한 내가 폭력을 휘두르지 않고 나와 가장 가까운 가족들과 함께 온전히 살아낼 나를 지켜보아야 한다. 생생히 살아있는 시험대에 나를 올려놔야해!'

작거나 큰 떨림으로 요동만 칠 뿐 진수가 갑판을 거니는 동안 선박이 급격한 경사의 폭은 만들지 않아 달래에게 자신이 아비임을 밝히고 난 심정을 조금씩 음미할 수 있었다. 그러나 다음 순간 거대한 파도가 다가와 달리는 야화선의 선수루 왼쪽을 들이받았다. 배의 선수가 버쩍 들리는가 싶은 순간 선장의 몸은 갑판 바닥에 세차게 메어쳐져 선미를 향해 빠르게 미끄러져 내려갔다. 중간에 잡을 것이라고는 아무 것도 없었다. 그러나 다시금 선박의 후미가 번쩍 들렸다. 선수와 선미가 균형을 이루고 있는 순간 그는 잽싸게 일어나 브릿지를 향해 뛰었다. 대여섯 걸음을 뛰고 났을 때 다시 선박의 앞부분이 밑으로 꺼졌다. 그는 종종걸음을 치며 빠른 속도로 급경사진 선수루를 향해 뛰어갔다. 그리고 선수루 난간을 붙들고 매달렸다. 삼항사가 달려나와 선장을 끌어당겼다.

"안 되겠다. 삼항사 모든 사람에게 구명 조끼를 배당해라!"

"밀항자들도 말입니까?"

"그럼, 밀항자들은 사람이 아니냐?"

"승선 하면서 바로 점검을 했습니다만 구명 조끼는 오십여 개에 불과한 것 같던데요."

"뭐라고? 내가 이번엔 여러 번 실수를 하는구나. 돌풍이 오리라고 생각도 못했지만 항해 단 사오일 동안에 이렇게 많은 사태가 꿰질 줄은… 할 수 없지! 만일의 사태를 대비하는 것이니까, 선원들이라도 입어야지. 모두 나눠 줘, 그리고 조심해라! 그리고 구명조끼 한 개는 내게 갖고 와라! 선실에 있는 환자 하나 입혀야 한다."

"옛 써~!"

삼항사에게서 구명조끼 하나를 받아들고 진수는 달래와 수옥이 있는 선실로 돌아왔다. 고정되어 있던 침대는 자꾸 우지끈거리더니 벌러덩 자빠진 채 선실 반대쪽에 가 있었다. 여자 세 명은 각각의 침대 모서리를 붙들고 안간힘을 쓰고 있었다. 자전거포 여인에게 구명조끼를 내밀고 달래와 수옥의 표정을 살피고 나오는 진수를 따라 수옥이 비틀거리는 몸을 가누며 도어 밖으로 나왔다. 한 손으로 잘 닫히지 않는 도어를 닫은 채 바라보는 그녀의 표정에는 공포가 서려 있었다.

"아무 일 없을 거요. 달래에게도 안심시켜 주시오. 심호흡 하는 것 잊지 말고… 이번 항해에 당신과 내가 만난 것은 천운이요. 십오 년 전에 만났던 것처럼. 무슨 일이 일어날 거면 그분은 우리를 만나게도 아니 하셨을 거요. 안 그렇소?"

도어의 손잡이를 쥔 채 진수는 그녀의 허리를 힘껏 끌어당겼다. 그리고 그녀의 입술을 애타게 찾았다. 긴장으로 온 몸이 수축된 그녀의 입술은 더 야들거렸다. 팔을 돌려 등허리를 토닥거리고 나서 문을 열고 그녀를 들여보냈다.

그리고 자신의 방을 향해 걸었다. 혹시 무슨 일이 일어나면 사관의 절대 수칙을 지켜야 한다. 시체처럼 사후강직으로 뻣뻣해진 청바지를 벗고 실항사가 빳빳하게 다려놓은 정복으로 갈아 입었다. 정모를 착용하고 구두를 신는데 자꾸 넘어져 생각보다 시간이 많이 걸렸다. 하필이면 더러운 배에서 뱃놈생활에 종지부를 찍는 일은 없겠지? 그러나 모를 일이다. 한 치 앞을 모르는 것이 운명이요 바다의 생리다. 쉴 새 없이 요동치는 바다와는 다르게 정복을 착용하자 산란하던 마음이 가라앉았다. 침대의 자라바를 열었다. 수옥과의 뜨거운 해후를 보냈던 침대는 고스란히 남아있었지만 머리맡의 화려한 조명등은 떨어져 박살이 나 있었다. 좋지 않은 징조일까, 라는 생각이 머리를 스쳤지만 그것은 직관이기 보다는 생각이다.

어제 제시간에 자개도에서 짜여진 일정대로 밀항자들이 무사히 인도되었더라면 사건도 일어나지 않고 이런 풍랑도 만나지 않았을 텐데……이것은 우연 같지만 분명히 필연이다. 사람의 계획안에 있는 일이란 몇 퍼센트일까. 분명 하늘이 노하신 거다. 왜 하필이면 청산호 선장의 노모가 지금 죽어야 한단 말인가. 자신을 포함한 선원들 전원! 밀항자들까지 더러운 욕망의 선박, 야화선을 하늘이 들어 지옥으로 내던지는 거다.

진수는 야화선을 타고 앉은 모든 이에게 미안한 생각도 들었다. 자신은 예전 북파 당시, 이미 자신의 생을 초개같이 버릴 생각을 했던 사람이지만 욕심이 과했든 과하지 않았든 지금 야화선에 승선하고 있는 총원은 목숨을 걸고라도 부활을 꿈꾸는 사람들이 아니던가!

그 사이에도 바람에 일어난 파도는 선수루를 치는가 하면 횡벽을 치고 나가 선미를 쳤다. 야화선은 사방에서 쏘아대는 포화 속을 뚫고 그래도 꿋꿋하게 항진을 계속하고 있었다. 고정되었던 탁구대가 복판이 쪼개져 갑판을 굴러다녔다.

"제주 근해에서 서남쪽으로 30마일 해상 부근, 북위 32도 8분, 동경 125도 9분, 파고 7m, 최대풍속 매초 12m-근처 해상을 지나는 선박이나 아직 피항하지 못한 선박은 각별히 주의하고 가까운 항구로 급속히 피항 요망!"

남해 해상경비대는 물론 제주도 해안경비대에서도 계속해서 자막을 띄우고 있었다. 갑작스럽게 돌풍을 만난 바다는 어선도 상선도 거의 다 피항을 하고 남아있는 몇 대의 선박은 꼼짝없이 선체를 운명에 맡긴 채 돌풍이 가라앉을 때를 기다리고 있었다. 항진을 하고 있다지만 거센 파도와 바람으로 인해 제자리에서 뱅뱅 돌 뿐 사실 몇 미터 앞으로 나아가질 못하고 있는 형편이었다. 그 사이에도 통신은 계속해서 떴다. 그러나 야화선의 전진수 선장은 말을 듣지 않았다. 시간이 갈수록 모든 것을 운명에 맡긴 전진수는 아무 것도 무섭지 않았다. 선박은 대를 잡힌 굿판처럼 물결과 함께 요동쳤지만 선장의 마음은 오히려 차분했다. 이백여 명 남짓, 부활을 꿈꾸는 야화선의 모든 이들의 미래보다 더 중차대한 일은 없다. 시간을 엄수해야 한다. 본사에서도 통신이 계속해서 들어오고 있었다. 도저히 어려운 기상이라면 세레모니가 뒤로 밀어질 수도 있으니까 기상상태를 보아가며 오라는 것이다. 그러나 진수는 지옥선에서 한시라도 빨리 내리고 싶었다. 다시 접선에 실패하면 그때는 끝장이다. 선장실에서 정복을 갖추어 입은 선장은 다시 브릿지로 향했다.

"통신장, 선내에 다시 한 번 방송하시오. 지금 즉시 모두 생명 재킷을 입는다."

선장은 조타기 앞에 서서 전면 유리창에 시선을 고정시켰다. 시계 11시 방향에서 집채만 한 파도를 겨냥하고 있는데 갑자가 9시 방향에서 산더미

만 한 파도가 선체를 덜썩 들어올렸다. 이크~! 전복되고야 마는구나! 선체가 기우뚱~할 때 브릿지에 있던 총원 절망의 용수철이 끊어졌다. 어떤 악마의 저주가 이토록 날카로운 이빨을 들이대는가! 큰 파도가 몰려오는 사이사이 물결은 날카로운 철편으로 바다의 치마를 찢었다.

악마가 변한 수천수만의 늑대개들의 크르렁 대는 단말마! 바다가 두 동강났는가 하면 순간 파죽지세로 몰려오는 물결 물결들! 승선자 전원은 깜빡깜빡 영혼의 정전상태를 맞는가 하면, 다음은 절망에 직면한 세포가 제 각각 죽음의 공포에 파들파들 떨고 있었다.

화물창 안의 밀항자들도 여기저기서 토하고 난리가 났다. 요동치는 선박에 사람들의 몸은 이리 밀리고 저리 밀리며 토사물 속에서 범벅이 되어 갔다. 오물이 담겨있던 플라스틱 통 서너 개와 함께 폭풍은 마치 죽솥을 젓듯 사람들을 한꺼번에 휘휘 저었다. 기둥뿌리 하나, 난간 하나, 붙잡을 것이라고는 눈 씻고 찾아도 없는 화물창에서 바닥 없는 연옥을 향해 떨어지던 사람들의 의식은 제 각각의 혼속에서 갑자기 솟아난 신들의 나뭇가지에 걸려 죽음에서 벗어나게 해달라는 처절한 기도가 터져 나오기 시작했다. 한 사람이 시작하자 그들은 합창 하듯 끊이지 않고 자신이 그동안 살아오면서 지은 죄들을 낱낱이 고백하기 시작했다.

"용~왕신~이~시여, 굽어~살~피~소~서! 저는친~구~의 아~들~을 죽였~습~~니~다. 하~~늘~이시여, 저~는사~기~를치~고 밀~항~선~을탔~습~니~다저~는 형~님몰~래 ~형~수와관~계~를 맺~었습~니~다. 기~도~하~러온~신도~들~을 모~조~리따~먹~었~습~니다. 여~호~와하~나~님~사~람들~이 계율~을 지~키~기 고 ~통~스러~워~하여 행하지 ~않~고 주~일을~지키고~십~일조~만 잘내~면 구~원받~는~다고~거짓 설~교를~했~습~~~~니~다. 저~는~시어~머~니~를 일부~러 마~루에~서 떠~밀~어죽 였~습~~니다. 저~는 친~딸~과 간~통했~습니~다. 석~가~모니 부~처~님! 남~~편 몰~래 바~~람을 피~웠~~습니~다. 우~상~~숭배~인~~~줄 알면~서 돌부~처~에~게 절~하~는 신~~도들~~에게 돈~만

받~아~챙겼~습니~다. 주몽~님께 비~옵니~다. 언니~의애~인~을 빼~앗
고~말~았~습~니다. 부모님~께 귀~여~움 받는~아~우가~미~워 죽~으라
~고 맨~날기~도~드~~렸~습니~다. 흑~룡~강~용왕~님~이시~여! 녀러
~남~자와~동~시~에 관~계~를맺~었~습니~~~다. 그리고~친~구~들에
~게~는~혼~자~깨끗~한~척 했~~습니~다. 친~구~가 ~잘 ~사~는~
것이~미~워~가게~에 불~을~지른~적이~있~~습니~다. 친구~아~내~들
~과 모~조리~관~계~를~맺~~었습니다. 저~는~처제~를범~~했~습~니
~다. 저는 어~머니~를 죽~였~습니~다. 용서해 주시옵소서~그러나 저~는
~~~더 ~살~고 싶습니다."

더 무거운 죄를 고백하면 신의 시험대를 비켜갈 수 있다고 생각했는
지 사람들은 다음 순간에는 아비규환의 소음을 건너뛸 정도의 큰 목청으
로 고래고래 소리를 지르며 남겨놓았던 죄를 끄집어내기 시작했다. 사이
비 종교집단의 통성기도 하는 장면과 흡사했다. 공포를 몰아내는 방법을
순간적으로 터득한 것 같았다. 아플 때 신음소리를 내면 덜 아픈 것처럼!
그러기를 얼마나 시간이 지났을까? 자신들도 모르게 목청이 서서히 작아
졌다고 사람들이 느낄 때쯤 팔랑대던 바다가 천천히 가라앉기 시작했다.
바다를 찢던 크르렁대는 바람은 가라앉고 바다의 표면에 채찍을 가하던
빗살도 멎고 있었다. 울렁대는 물결은 아직 높았지만 전운이 감돌던 암갈
색의 공기도 맑아지기 시작했다.

야화선은 어제와 같이 병풍도와 추자군도 사이 바다를 지나고 있었다.
전복되고야 말 것 같이 미쳐 돌아가던 바다가 조금 가라앉자 땀과 토사물
과 눈물과 오줌으로 뒤범벅이 된 밀항자들은 모조리 작은 공간에 눕거나
벽에 기대어 초점이 흐린 눈동자를 뜨거나 감고 늘어졌다. 파도가 아직 높
았으나 날카롭지 않은 물결의 울렁임은 차라리 우아했다. 이제는 태평양
이라도 건너갈 것 같은 용기가 생겨있었다. 이제 바다 귀신은 되지 않겠
지? 안도의 숨을 쉬는 그들의 머릿속으로 추억처럼 살던 고향과 마을이
주마등처럼 지나갔다.

12. 존재하는 것들의 허상

축 늘어진 그들의 의식과 무의식 사이를 비집고 두고 온 가족의 살냄새
가 그리웠다. 남자든 여자든, 늙고 젊음을 가리지 않고 밀항자들은 최악의
긴장이 풀어진 곳에서 하염없이 솟아나는 눈물로 얼굴을 적시며 탈진한
영혼을 쉬고 있었다.

땡볕에 김을 매고 피를 뽑는 날들은 죽을 만큼 힘들지만 푸르게 잘 자라
준 기름진 벼들의 푸른 물결! 뾰족거리고 내민 빨간 울타리 콩줄기가 담장
을 넘는 시골집은 얼마나 아름다웠던가! 갓 난 아이의 응아~ 울음소리 들
리는 마을, 흰 기저귀 널린 바지랑대 사이로 바람과 숨바꼭질을 하는 어린
아이들의 웃음소리! 물 부른 앞 개울 옆 개울에서 낚시를 하는 큰 아이들,
장화를 신거나 검정 고무신을 신은 채로 물풀숲을 누비며 지르던 기성을
타고 어둠이 다가오던 마당들! 붕어찜과 냉면이 먹고 싶구나!

푸른 치마를 흔들며 달려오는 활엽수들의 물결! 하늘을 찌를 듯 치솟은
적송의 원시림, 그 안에서 하늘을 향해 경건한 미사를 드리고 있는 수수만
년 된 바람의 말을 듣고 싶구나. 달빛 아래 처연한 자작나무의 숲! 긴꼬리
다람쥐와 오소리가 도망하는 잡목 숲에서 상수리나무를 터는 소리가 들려
온다. 냉삼과 운삼을 캐고 고사리 꺾으러 등짐도 한 번 지고 싶구나. 깊은
산 너머 딱따구리 마치 소리가 들리는 그 곳, 수달이 주둥이를 질질 끌며
겨울잠에서 나와 흰 대지에 최초의 발자국을 찍는 그 바람의 시원에 다시
한 번 서고 싶다! 긴 뿔관에 위엄을 세우고 눈 감은 마록을 만날 수 있는
곳! 호마에서 시작되는 소삼협을 두고 여기까지 왜 왔던가!

이제는 계순이가 단란주점을 차리든 빌딩 주인이 되든 하나도 속 쓰리
지 않아, 서탑 거리에 더 좋은 노래방이 생겨도 배 아프지 않을 거야! 한
국에서 돈 많이 벌었다고 어느 날 평양냉면집을 개업하는 친구 때문에 속
이 상하는 일은 없을 거야! 앞집이 땅을 샀대도 이제는 상관없어. 아우네
가 새 집을 짓는데 왜 눈에서 불이 났을까? 부자 되어 대처로 나가는 뒷집

때문에 밤잠을 설치는 일은 없을 거야. 사촌이 외제 자가용을 샀다는데 왜 눈에서 쌍심지가 켜졌던가. 누구네처럼 땅을 살 거야, 빌딩을 살 거야! 자가용을 살거야, 집을 지을 거야! 그렇다고 단란주점을 차리겠어, 노래방을 차리겠어! 왜, 누구네처럼 되어야 해? 나도, 우리도, 집을 몇 채씩 등기부 등본에 올려야 하고, 골프여행을 해야 하는 걸까.

목구멍에 풀칠을 못 해서가 아니라면 개돼지 취급을 받으면서 목숨 걸고 바다를 건너야할 필요가 있었던가. 남들처럼 살고 싶어서 이 지옥을 건너야 했던가. 남들처럼 이라는 무모한 잣대를 타고 왔더니 시퍼렇게 벼린 작두 날에서 춤을 추어야 했네.

달래 외숙모가 얘기하듯 한국바람이 사람들을 망친 거야. 많이 배운 사람이 이야기 하는 경제의 바람, 자본주의의 바람이라는 것이 바로 이런 것일까? 고작 상대편보다 잘 살기 위해 목숨을 걸어야 했던가. 앞집이 옆집이 사촌이, 사돈의 팔촌에게 한국 바람만 불지 않았어도 오늘 이 간당거리는 생과사의 갈림길에는 들어서지 않았을 것을! 집을 팔아버렸는데 어쩌면 좋지? 땅을 헐값에 팔아서 밀항선금을 주었는데? 고리대금을 얻어서 목숨을 걸고 바다를 건너려고 했던 것이 참으로 허망하단 생각들을 하고 있었다.

자본을 따라 이동하는 인류의 대열 속에 뒤늦게 합류한 조선족, 다시 말해 중국 동북 삼성에 산재해 있던 한국 동포들은 자신의 본국, 조상이 떠나온 나라, 내부모와 형제 그리고 나의 나라가 그렇게 잘 산다니 듣기만 해도 가슴이 부풀었다. 역사 거의 전편에 걸쳐 이민족들의 침략과 수탈, 대를 이어 내려오는 뿌리 깊은 관리들의 부패로 이어진 세월. 궁핍과 가난을 먹고 살던 내 나라가 그렇게 부강한 나라가 되었다니!

바라만 보아도 배가 부를 거야. 그곳에 가기만 하면 돈을 갈퀴로 긁는다더라. 여자들은 모두 금으로 휘감고 번쩍이는 자가용을 타고 다니며 손끝에 물방울을 튕기며 산다니 그런 세상을 한 번 구경이라도 하고 싶다.

저 일찍이 아메리칸 드림의 허상이 코리안 드림의 허상으로 이어지면서 자본주의가 페스트처럼 중국 대륙에도 상륙, 감염된 것이다. 자본의 흐름에 따라 인구 이동도 있다. 북미로 남미로 일본을 향해 이민을 갔던 세월이 있었다면 지금은 다시 외국인 노동자에 섞여 내 나라 내 땅으로 돌아오고 있는 것이다. 이 역류현상에 따라 잉커우 항에서 어선 밑창에 실려온 밀항자들은 자본주의라는 미래를 약속할 수 없는 인류의 블랙홀을 향해 하나의 체인 속에 한 개의 고리로 참여하고 있었다. 이는 인간의 원초적 본능, 소유라는 욕망의 불쏘시개에 불을 붙여 전 세계를 개발이라는 화염에 싸이게 하고 전 지구적 자원의 고갈을 부채질하면서 그로 인해 유입되는 자본이라는 돈자루의 아가리를 부여잡고 있는 거대한 흐름의 정체를 작은 고리 고리들은 모른다. 그저 그 회오리에 휘말려 들어갔을 뿐이다. 그렇다고 한국에 상륙하면 온전한 일자리가 기다리고 있는 것도 아니다. 소문에 의하면 그렇게 많은 허방다리가 지뢰처럼 묻혀있다던데……밀항자들은 이대로 고스란히 돌아가 출발했던 잉커우 항에 내리면 더없이 행복한 발걸음으로 고향을, 내 마을을, 내 가족들이 있는 그 정겨운 곳으로 돌아갈 것 같았다. 사람들은 다시 고즈넉하게 떠오르는 자신들이 떠나온 고장, 떠나온 땅덩어리를 눈앞에 그리워하지만 이미 활은 시위를 떠났다.

 '아동촌 원두막 밑으로 하얗게 떨어지던 배꽃이 눈앞을 아른거린다. 마을 집집의 뜨락에서 말리던 명태 다발! 목이 컬컬하면 땅에 묻은 배부른 독에서 한 바가지 퍼서 막걸리를 거르고 옹기중기 평상에 모여 한 잔씩 걸칠 때 다발에서 한 마리 뽑아 올린 명태를 홍두깨로 팡팡 때리면 하얗게 일어나던 명태살! 한입 가득 물고 씹으면 꼴깍 거리고 올라오던 뽀얀 물! 벽돌집보다 초가집 개바자 울타리에는 자물쇠 없는 삽작문이 다였다. 시퍼런 개똥참외 시절이 오면 높다란 원두막에 올라 주황색 단물을 씹으면 입귀로 줄줄이 떨어지던 단물! 봄 여름 가을의 풍광도 좋지만 겨울이 절경인 송화강에 날리는 눈발이 너무 그립다. 수면에 하얀 김이 피어오르는 송화의 얼은 겨울강에서 땅땅 두터운 얼음을 깨고 붕어를 잡아 수제비 매운탕을 끓이면 둘이 먹다 하나 죽어도 모른다. 백두산 천지연, 용왕의 애첩을 그리다 자빠진 굽이굽이 흑룡강에서 고기를 낚아 대처에 내다 팔면 수

입이 짭잘해 돌아오는 길엔 식구들 털옷이며 양말, 그리고 아이들 학용품이 한 보따리였다.

중국 동북 삼성 어디를 가나 곳곳에 널려있는 유적지하며 고구려산성과 돌무덤 터를 오르내리며 계절을 보내던 날들이 그립구나. 들여다 보면 하늘의 구름이 우리의 역사를 따라 돌던 오녀산성의 천지연! 오로라를 볼 수 있는 곳이 어디 그리 흔한가. 영하 50도가 넘을 때도 있지만 백야를 볼 수 있는 땅이 어디 그리 많은가. 낙고하촌을 지나 막하촌으로 깊이 들어가 모백연의 계절은 얼마나 멋진가. 운삼과 울로초와 고사리 꺾으러 소삼협을 더듬다 들린 윤씨네 그 뜨끈뜨끈한 온돌에 궁둥이를 지지고 싶다. 송화강 버들방천에서 벌어지던 단오놀이! 수리취떡을 해서 앞뒷집이 서로 나누고 치치하얼 넓은 동산으로 처처에서 모여들어 그네 뛰고 윷놀이 하던 장면이 꿈 같이 떠오르는구나. 요녕성, 환인의 미창구 장군묘! 동명성왕의 능에서 혼강에 떠오르는 달은 정말 잊을 수 없는 광경이었지. 봉황산성에 올라 우리의 피 속을 달리던 기마민족의 말발굽 소리를 바람결에 듣던 날들. 윤동주를 낳아 키운 땅, 용정시 미식거리를 바지춤에 손을 찌르고 삼삼오오 패를 져서 돌아다니고도 싶구나!'

13. 순항하는 야화선

"근무 중 이상 무!"

브릿지에서 꼼짝없이 잡혀있던 선장이 돌풍이 가라앉자 화물창 앞에 나타났다. 늘어져 있던 갑판원 두 명이 선장을 향해 거수를 붙인다.

"좋아, 쉬어~ 밀항자들 사고는 없었나?"

"서로들 부딪히고 조금씩 깨지기는 했지만 큰일은 없었습니다."

"깨지다니 어느 정도인가? 화물창 문을 좀 열지!"

"옛~써!"

전보다 군기가 바짝 들어간 꺽쇠가 잽싸게 일어나 화물창 자물쇠에 키를 꽂았다. 문이 열림과 동시에 도저히 참을 수 없는 냄새들이 더운 김과 함께 쏟아져 나왔다. 선장은 잠시 문 앞으로 다가 가기를 멈추고 올라오는 구토를 참았다. 그리고 큰 키를 세우고 엉거주춤 서 있는 날칼을 향해 한 마디 던졌다.

"돌풍이 가라앉았으니까 지금부터 십오 분 동안 화물창 환기를 시킨다. 알았나!"

"옛~ 써!"

날칼의 대답을 귓등으로 들으며 입구로 다가간 선장은 큰기침을 한 후 입을 열었다.

"고생들 하셨소. 어디 아프거나 다친 사람 없습니까?"

지쳐서 늘어져 있던 밀항자 전원의 풀어진 눈동자가 화물창 입구에 나타난 선장에게로 쏠렸다. 그 때 한 쪽 구석에서 사내 하나가 넘어질 듯 사람들을 헤치며 입구로 다가왔다. 자전거포 사내였다.

"우리 마누라 좀 괜찮은지 봐야겠수다레!"

"알았소~ 다른 볼 일들은 없으신 거죠?"

"먹을 물이 필요함다."

"벤소를 사용해도 되겠습까?"

"아~ 좋습니다. 돌풍이 걷혔으니까 괜찮소. 돌풍이 심할 때는 갑판이 위험합니다. 그래서 통제했던 것이고… 다 아시죠? 그럼 다른 볼 일은 없는 것으로 알겠습니다."

말을 마친 선장은 돌아서며 두 놈의 조직원을 다시 일별했다.

"환기를 시키는 동안 입구를 꼭 지켜야 한다. 아직은 물결이 높아서 갑판이 위험하다. 너희들은 바람이 사나울 때 어디 있었지?"

"기관실에 내려가 있었습니다."

"그럼, 돌풍이 가라앉고 여기로 올라왔나?"

"예, 갑판장님이 명령하셨습니다. 조금 전 워키토키로…"

"쳇~ 이제야 질서가 잡히는군! 지금 당장 밀항자들에게 식수를 공급해라! 알았나!!"

명령을 내린 선장은 자전거포 사내를 앞세우고 선내로 들어와 사내가 제 여자가 있는 선실로 들어가는 것을 보고 모녀의 방을 들여다보았다. 둘 다 잠들어있었다.

상갑판으로 올라가자 바다는 더없이 평화롭게 물결치고 새삼 바닷바람이 폐부를 깊숙이 파고들어 와 열에 떠 있던 전진수 선장의 가슴을 시원하게 식혔다. 이곳저곳 바다 낚시꾼들의 배와 조업을 하고 돌아오는 어선들! 섬과 섬 사이에서 피항을 하고 있던 선박들까지 모조리 쏟아져 나와 북적이는 바다에는 바닷새들이 갑판에 서서 선원들을 향해 큰 날개를 펼쳐 환영의 손사래를 치고 있었다. 어수선하고 복잡한 것은 좋은 것이다. 그만큼 눈도 많겠지만 누구든 한곳에 정신을 팔 수 있는 확률이 적을 것이다. 레이다에 잡힌 일도 없는 것 같고 기관고장으로 위장하고 제주 근해에 떠 있을 때나 상해를 향해 가다 돌아올 때도 그들의 의혹에 걸려들지 않았다. 그 모진 풍랑에도 모두 무사했으니 야화선을 행운의 선박이라 단정해도 무방하리라! 하지만 너무 성급한 판단일까? 수옥이 모녀가 나타나기 전까지 일던 불안은 기우였는지 모른다.

브릿지로 올라온 선장이 이미 대기 중인 어선과 연락을 교환했다는 일항사의 보고를 받고 있을 때 화물창에서는 밀항자들이 야화선에서의 마지막 식사에 들어갔다. 그리고 지나가는 어선에서 펄펄 뛰는 오징어를 확보한 주방장이 밀항자를 제외한 모든 선원 앞으로 저녁식사 대신 오징어물회를 실항사와 실기사를 통해 한 대접씩 배달시키고 있을 때 야화선은 이미 흑산도를 거쳐 자개도를 멀리 바라보면서 운항하고 있었다. 다도해 사이로 들어오자 그곳은 돌풍의 영향권 밖이어서인지 바다는 더욱 잔잔했다. 섬 가까이 돔 낚시를 하는 어선들 때문에 야화선이 운항을 멈추는 사이 해 떨어진 바다가 밀항자들과 야화선을 서서히 삼키기 시작했다. 선장, 전진수는 자신의 방으로 돌아와 달래와 수옥과 함께 식탁 앞에 앉았다.

"달래야, 너무 힘들지만 조금만 더 참아. 이일 아니면 삼일만 잘 견디면 모두 다 순조로울 거야. 알았지? 다 먹어야 해, 당신도 많이 먹고 달래를 잘 부탁하오."

모질게 치는 풍랑 속을 빠져나온 직후라 그런지 하루 사이에 조금은 늙어 있었다.

"힘을 내요. 불안에 떨 것 없어. 나를 만나지 않았을 때를 상상하도록 노력해 봐!"

진수의 눈동자를 바라보면서 골똘히 생각에 잠겨있던 수옥이 새롭게 각오를 했는지 아무 말 없이 밥을 꼭꼭 씹어서 다 먹고 일어났다. 그리고 야화선에 오를 때 들고 왔던 손가방과 작은 보퉁이를 들고 달래의 손목을 잡는 그녀의 눈가에 다시 물이 어리기 시작했다. 선장, 전진수는 모녀를 두 팔로 껴안았다. 예기치 않은 격정이 잠시 그의 가슴으로도 훑고 지나갔다. 작별을 마친 후 모녀는 다른 밀항자들이 대기해 있는 갑판으로 올라가고 그는 자전거포 내외가 묵던 선실을 들여다보았다. 그들의 흔적은 아무 것도 남아있지 않았다. 밀항자들 하선이 일사분란하게 진행되기 시작했다. 상갑판으로 올라가 청산호가 떠 있는 바다를 바라보고 서 있는 그의 손에는 워키토키가 들려있었다.

섬과 섬 사이의 오징어잡이 배들이 불빛을 흔들어 바람의 흔적을 알릴 때 야화선 화물창 안에서 나오는 사람들의 눈동자들도 캄캄한 어둠 속에서 흔들렸다. 다음은 무엇이 기다리고 있을까? 모진 돌풍까지 만나 이제 지칠대로 지쳐버린 그들의 뇌리와 가슴 속에는 희망과 용기가 아닌 두려움과 불안 또는 의혹들이 자리하고 있었다. 랴오뚱호에서 살아나와 커다란 야화선에 갈아 탈 때와는 다르게 그들의 발걸음은 느리고 무거웠다. 그러나 그들은 얼마 지나지 않아 다시 용기를 회복할 것이다. 망각이라는 심리적 기제 덕분에 인간처럼 탄력적인 동물도 없으니까…

완도항으로 떠날 작은 어선, 청산호에 드디어 밀항자들이 발을 들이기 시작했다. 야화선과 4~5미터 떨어져 대기하고 있는 청산호에는 공중에서 내려온 야화선의 갱웨이가 우주선의 발처럼 걸쳐져 있었으며 갱도를 다 걸어내려온 사람은 청산호 선원의 손에 잡혀 청산호 바닥에 발을 딛음과 동시에 어물창으로 인도되었다. 청산호 주변에 켜놓은 오징어 낚시 집어 등은 스치는 시선 시선들을 교란하기에 충분할 것이다. 선수와 선미등을 빼고는 완전히 소등한 야화선은 더욱 짙은 어둠 속에 잠겨있었다. 갱도는 캄캄했다. 화물창 입구에서부터 양옆으로 기관실 당직과 당직사관을 뺀 모든 선원이 좁은 통로를 만들어 밀항자들을 갱웨이 입구까지 인도했다. 갑판장 강포동이 기관장과 함께 입구에 섰고, 통신장 최전달, 삼등 항해사 신성조, 이등항해사 함대이루기, 그리고 실항사 유승재와 실기사, 다음으로는 망치 명석말이 이후 말을 잃어버린 날칼과 꺽쇠가 양쪽 마지막 열이다. 실항사와 실기사는 각각 등 뒤에서 주방장과 주자가 건네주는 밀항자들의 식량주머니, 주먹밥이 든 검은 봉지를 밀항자들 손에 쥐여주는 임무를 맡았다.

"왜 발걸음이 그렇게 느려! 행동들 퍼뜩퍼뜩해라!!"

어둠 속에서 밀항자들을 독려하는 갑판장의 목소리가 가끔 들려오는 것 말고 야화선 주변은 긴장과 침묵에 휩싸였다. 사오십 명쯤이 내려가고 났을 때 실항기사 앞에 힘없는 발걸음을 한 달래와 수옥이 나타났다. 승재가 비닐봉지를 내밀면서 말을 걸었다.

"달래야, 몸조심해. 마음을 든든히 먹어. 아무런 일도 없을 거야. 며칠 후에 만나자. 아주머니도 안녕히 가세요. 건강하시고 달래 잘 부탁드립니다."

"오빠, 깜짝 놀랐잖아. 얼굴에 죄 뭘 칠한 거야?"

"오~ 오징어 먹물이야. 눈에 띄지 말라고 선장님 명령이다. 너무 웃기지!"

"참말로 선장님 정말 엉뚱한 사람임매! 기래서 갑판장님을 알아볼 수가 없었지비!"

"달래 어머니 안녕히 가세요. 달래야, 허리 좀 펴!"

"승재야, 또 만나자. 우리 달래 땜에 고생 많이 했습둥!"

"으떤 자슥이 이런 긴박한 시간에 노닥거리고 있나 말이라! 호랑말코 겉은 새끼!"

줄줄이 내려가던 줄이 멈추자 갑판장이 고개를 들고 소리를 쳤다.

"이크~ 갑판장님 화 나셨다. 달래야 어서 가~ 안녕, 아주머니도 안녕히 가세요."

허리를 굽힌 승재가 달래와 수옥의 사이로 고개를 밀고 속삭였다.

"오빠 잘 있어. 우리 다시 꼭 만나자. 실기사 오빠도 잘 있기요."

모녀가 실항기사 앞을 지나치고 나자 실기사가 승재를 향해 입을 열었다.

"달래가 너무 허약해 보이는데 어물창에서 견딜 수 있겠나?"

"그러게 말이야. 아까 돌풍이 지나고 처음 만났는데 사실은 나도 깜짝 놀랐어!"

네 사람이 작별인사를 하고 서 있던 줄이 다시 아래로 아래로 움직이고 있을 때 상갑판에서 선장이 내려왔다. 그리고 그 모두의 진행상황을 지켜보는 선장의 심정은 착잡해지기 시작했다. 며칠 전, 찬란한 햇살 아래 랴오둥호 어물창에서 솟구쳐 올라오던 사람들이 눈앞을 스치고 지나갔다. 연고도 없는 그들을 바라볼 때도 그 광경은 충격 자체였는데 다행스럽게도 지금은 밤이다. 옹기처럼 검은 사람들, 땀으로 범벅이 된 얼굴에 생쥐처럼 달라붙어 있던 머리칼 머리칼들! 야화선 갑판을 새까맣게 기어오르던, 강포동에 의해 돼지라고 불리던 사람들! 콩나물 시루처럼 온갖 잡놈들과 섞인 달래와 수옥이 산소가 부족한 공간에서 숨을 몰아쉬는 광경이 떠올랐다. 선장, 전진수는 갑자기 숨을 헐떡이기 시작했다. 어둠 속에서 계속해서 빨랑빨랑 걸으라고 윽박지르는 갑판장의 말소리가 들려왔다. 전진수의 시야에 엎어진 어항이 보였다. 바닥에 쏟아져 숨을 발딱거리는 금붕어가 캄캄한 어둠 속에서 반짝 빛을 발했다. 그리고 갑자기 까맣게 잊고 있었던 필름이 번쩍하고 광채를 일으켰다. 랴오뚱호 선원의 어깨에 메어져 나오던 두 구의 축 늘어진 시체가 캄캄한 상영관 스크린처럼 나타났다 사라졌다. 참아야 해~. 그러나 다음 순간 다급한 비명이 야화선 갑판에 들어찬 어둠을 깨뜨렸다.

"안 돼~~!! 달래야, 수옥아~~!!"

선장이 갱웨이 입구로 달려나왔다.

"승재야, 달래 모녀가 지나갔니?"

"예, 선장님. 좀 전에 지나갔습니다."

"생각이 모자랐다. 승재야 너~ 내려가서 달래 모녀를 데리고 와라. 아마 완도항에 도착하기도 전에 달래가 잘 못 될지도 모르겠다. 랴오뚱호에서도 그 아이 간신히 살아나왔는데…"

"옛~써!"

선장의 명령이 떨어지자마자 승재가 밀항자 대열을 헤치고 갱웨이를 달려 내려갔다. 천 근이나 되는 영혼의 추를 매달은 발걸음들은 갑자기 일어난 소요에 둥그렇게 눈을 뜨고 어둠 속을 두리번거렸다. 그리고 긴장의 줄을 잡아당긴 대열은 조금씩 빨라지기 시작했다.

"달래야~ 아주머니!!"

갱웨이를 내달려 청산호 갑판으로 뚝 떨어진 승재의 잔등으로 두툼한 손바닥이 턱~ 하고 내려앉았다. 그리고 두 사람의 장정이 승재의 양 겨드랑이를 잡고 어물창을 향해 걸어갔다.

"나는 아니에요. 앞에 간 여자 밀항자 두 사람을 찾으러 내려왔어요. 선장님 명령으로요."

씨근거리는 소리만 들릴 뿐 대꾸가 없는 어둠을 향해 승재가 다급하게 소리질렀다. 발버둥치는 승재를 반짝 든 사내들은 어물창을 향해 몇 걸음 걸어갔다. 푸르스름한 장방형의 입구가 보이고 네모진 심연은 칠흑이었다. 어물창 밑으로 빠지지 않기 위해 승재는 있는 힘껏 다리를 벌렸다. 가로세로 폭이 일 미터는 넘는 것 같았다. 어물창 턱을 두 발로 버티고 서서 소리를 질렀다.

"나는 밀항자가 아니라니까요. 선장님 명령으로 달래와 이수옥 씨를 찾으러 왔단 말이에요. 누구 없어요?"

그 때 어둠 저 편에서 땅딸막한 사내가 걸어와 승재를 향해 플래시를 비쳤다.

"웬 소란이랑가, 재수 없구로. 넌 누구? 얼굴이 시커먼스네!"

"안녕하세요. 추한일 아저씨세요?"

"추한일을 어떻게 알지? 추한일은 완도항에서 대기하고 있지. 넌 누구냐?"

"전 야화선 실항사예요. 방금 내려간 이수옥 씨와 박달래를 데리고 오라고 하셨어요. 청산호 선장님이세요?. 제발 이사람들한테 저 좀 놔 달라고 하세요."

선장이 그만 놓으라고 말하자 장정들이 승재 겨드랑이에 꼈던 손을 뺐다. 두툼한 손들이 겨드랑이를 빠져나가는 순간 승재는 공중에 브이 자를 그리면서 어물창으로 풍~하고 빠졌다.

"억~~"

떨어지는 충격으로 마른 엉덩이뼈에 통증을 느끼는 순간 승재의 머릿속으로 여러 가지 생각들이 오고갔다. 대체 달래도 이와 같이 아래로 떨어뜨렸던 것일까? 화가 치밀어 올랐다. 불안이 엄습했다. 한 편에서는 슬픈 감정이 스며들었다. 잠시 정신을 차리고 일어나자 사방에서 웅성거리는 소리가 들려오고 벌써 사람들이 많이 찼는지 그들의 나쁜 체취와 뜨거운 열기가 훅훅 코앞을 스쳐 갔다.

'차라리 아주머니와 달래를 찾기는 쉬울지 모르겠다. 그러나 모두 다 타고나면 청산호가 떠날지도 몰라.'

그때 어물창 입구에서 플래시 불빛이 흔들거렸다.

"야~ 야화선 꼬마야! 야가 하늘로 솟았나, 똥뚜깐으로 빠졌나, 대답 좀 해 봐라!"

방금 전에 들었던 청산호 선장의 거끌거끌한 목소리가 꼭대기에서 들려왔다.

"선장님, 저 여기 있습니다. 여기는 사다리도 없습니까?"

"짜슥~ 함부로 입 놀리문 죽는데이. 올림삐꾸 높이뛰기 선수도 올라오지 몬하는 높이라! 어물창 입구를 플래시가 비칠 텡께 쇠사다리 보이제~? 찾는 사람은 찾았나?"

"예~ 기다려주세요. 저~ 달래야~ 아주머니~ 어디 계세요. 대답 좀 해주세요. 승재에요."

백 명이 넘는 인원들의 소란으로 소리는 금방 묻혀버렸다. 암흑 속에서 달래와 수옥을 찾고 있을 때 갑판 위에서 강포동의 목소리가 들려왔다.

"승재 이놈아야~ 어데 있노? 대답 좀 하그레이."

"갑판장님 저 여기 있어요. 달래를 찾는 중입니다."

"아니~ 거기는 왜 들어가 앉았노? 짜슥~ 달래 따라 갈라꼬 너도 밀항자 하겠다 그 말이가?"

"아닙니다. 그게 아닙니다. 갑판장님 기다려주세요."

"기다리긴 무어슬. 돼지들 청산호에 달 실었으문~ 어이 선장, 청산호는 어서 떠나소!"

"아아~ 갑판장님~~!!"

승재의 외마디 소리에 한쪽 구석에 널브러져 있던 달래와 수옥이 몸을 일으켰다.

"저 소리는 승재라는 간나아 목소리 아임매? 승재야~~! 우리 여기 있슴둥!"

"어서 나오세요. 불빛이 비치는 곳으로요."

그러나 무엇을 하는지 달래 모녀는 좀처럼 나오지 않았다.

"오마니~ 나는 힘들어 가지 못하겠슴둥. 오마니만 가보소. 왜 그러는지."

모녀의 목소리가 나는 방향을 찾아 승재가 어둠을 헤치고 사람들의 팔

다리를 건너왔다. 누워있는 달래를 일으켜 업고 나서 앉아 있거나 누워있는 사람들을 밟거나 부딪히며 무리를 헤치고 어렵게 어렵게 어물창 입구에 도착했다. 등 뒤에 수옥이 잘 따라오고 있나 돌아서서 확인한 승재는 달래를 엎은 채 사다리를 기어오르기 시작했다. 악취는 여전하고 얼굴에서는 땀이 방울방울 흘러내렸다.

"달래야, 오빠 꽉 잡아!"

밖으로 나오자 습기는 많았지만 바닷바람이 시원했다. 달래를 업은 승재와 수옥을 먼저 야화선 갱웨이에 태우고 나서 강포동은 다시 본사에서 나온 직원과 함께 계산을 마무리했다. 계약대로 밀항자 두 당 가격을 쳐서 현금으로 받았다. 랴오뚱호에서 두 명이 죽어 나갔으니까 168명에서 달래와 수옥을 빼면 166명이 청산호에 인도된 셈이다. 돈다발이 들어있는 마대를 안고 강포동이 야화선 갱웨이에 오르자 그동안 오징어 집어등을 철거한 청산호가 엔진음을 내기 시작했다. 탕탕탕~ 가슴을 치며 암팡지게 생긴 청산호가 바다를 가르며 완도항을 향해 몸을 틀었다. 166명의 밀항자를 실은 청산호가 밤바다를 헤치고 야화선 앞을 서둘러 떠나가자 다시 콩나물처럼 실린 밀항자들은 자신들의 가슴속에 혹은 영혼에 가라앉은 납덩이를 힘겹게 꺼내어 흔들리는 물결에 던지고 보일듯 말듯 깜빡이는 희망이란 등대를 찾아나서기 시작했다.

"전진수 선장 판단이 어긋난 기라. 내가 뭐랬어. 달래가 다시 어물창에 갇히고 냉동탑차에 실리기는 건강이 어렵다고 내가 수차례 일렀건만… 좌우지 당간 청산호가 떠나기 전이라 참말로 다행이구로! 함경도 아지매 안 그렇소?"

달래를 업고 힘겹게 갱웨이를 오르고 있는 승재와 수옥을 뒤따라 온 강포동이 뒤에서 말을 걸었지만 대답이 없었다. 갱웨이에서 야화선 갑판에 승재가 발을 딛자 모두들 제 부서로 돌아가고 갑판에는 선장만이 이들을 기다리고 있다가 달래를 승재의 등에서 받아 업었다.

"달래야, 괜찮니?"

"예~ 선장님! 괜찮습네다."

"수옥 씨, 당신은 어때요?"

"저는 아무렇지도 않습둥!"

"그럼 됐소. 승재야 수고했다. 갑판장 일이 잘 되었소?"

"일백육십야들 명에서 두 명을 뺀 가격으루다가 계산도 잘 쳐서 받고
모다 잘 되었습니다."

한 줌도 안 되는 달래를 업은 선장은 어둠 속에서 강포동이 안고 있는
마대를 일별했다. 그리고 돌아서서 선장실을 향해 가며 다시 입을 열었다.

"갑판장님, 시장하시겠어요. 오징어 물회로 배를 채웠지만 저도 배가
고프네요. 오늘 코가 삐뚤어지게 한잔 하십시다. 승재야, 주방으로 빨리
가서 파티 준비하는 거 도와주려무나!"

"옛~써!"

선장실에 도착해서 달래를 침대에 내려놓았다.

"그럼, 수옥 씨 당신도 달래 옆에서 한숨 자구려. 선원들은 이제부터 저
녁 식사요."

두 여자의 이마에 친밀한 키스를 남기고 선장이 방을 나갔다.

잠이 들었는지, 흡사 갓난아이의 호흡처럼 가냘펐지만 색색거리는 달래
의 숨소리가 일정한 리듬으로 수옥의 귀에 들려왔다.

그때 밀항자를 실은 청산호는 탕탕 소리를 내며 보무도 당당하게 완도
항을 향해 힘차게 파도를 헤치고 있었다. 랴오뚱호에서도 이미 경험했지
만 청산호 암흑 속으로 떨어진 밀항자들은 심호흡을 해가며 자꾸만 가라
앉는 가슴의 납덩이를 꺼내어 바다에 던지지만 납덩이는 다시금 더 무거
워지고 더 커지는 것이다. 바다 물결보다도 무서운 불안과 의혹의 극점에
서 자신도 모르는 사이 두 손에, 두 어깨에 짊어졌던 걱정의 짐을 잃어버
리고 지친 영혼이 스르르 잠속으로 빠져들려고 할 때 완도항에 도착했는
지 달리던 배가 동작을 멈췄다. 갑판을 걸어 다니는 발소리가 들릴 뿐 그

러나 작은 선박은 한동안 꿈쩍하지 않았다. 뱃전을 때리는 물결소리만 한동안 그들 불안의 심지를 흔들고 있었다. 얼마가 지났을까?

"시간을 그렇게 안 지킨당가. 어제도 당신 땜에 씨껍했당께!"

"야화선이 늦게 온 걸 낸들 무슨 수가 있소, 잔소리 좀 고만 하시오. 사람이 죽을 날을 알고 세상에 나올 날을 알면 이런 짓을 왜 해먹겠소! 에이 참 더러버서…"

청산호 선장이 칵~ 하고 가래침을 뱉는 소리가 났다.

"어쨌든 도야지들은 몇 마리나 실었는가?"

"일백육십여섯 마리요."

"일백칠십 두라더니 그게 무슨 소리랑가?"

"오다가 두 명이 죽고 지금 자개도에서 여자 두 명을 뺍디다."

"흐음, 배 안에서 사달이 난 게로군. 계집이 있는 곳은 항시 변수가 생기는 법이지!"

"선장이 빼라고 했다던데요."

"뭐시라? 그렇게 안 봤는데 전선장이 암돼지와 붙었당가? 그것도 두 마리라고라?"

"하나는 여자 아입디다. 비린내 나는 기집애… 죽을 것 같던데…"

14. 축제의 밤

운항지휘본부의 당직사관들은 섬과 섬 사이를 빠져나가느라 어느 때보다 잔뜩 긴장하고 있으나 돈다발을 안은 나머지 선원들은 상갑판에 모여 마음껏 축제 무드에 싸여있었다. 갑자기 야화선 하늘 위로 삐-우웅! 하더니 축포가 터지고 불길이 하늘로 솟구쳤다. 잠시 후 푸른 불꽃의 수면 위로 찬란한 은하수가 하늘에 활짝 퍼졌다.

"와~~!!"

함성도 하늘로 솟구쳤다. 서로의 존재를 확인하는 선원들의 얼굴은 그동안 조였던 긴장과 피로가 대부분 풀어진 자리에 흥분이 벌겋게 물들어 있었다. 잠깐이지만 의혹과 불안, 공포와 고통의 심지를 태우던 밀항자들이 묵었던 화물창도 깨끗이 치웠다. 그들이 청산호로 내려가자 바로 갑판장의 지시로 실항기사를 비롯해 갑판원들이 대들어 화물창은 물론 중갑판까지 대청소에 들어갔다. 화장실을 미처 가지 못하고 실례를 한 무더기는 말할 것도 없고 풍랑을 맞아 그들이 토해 낸 공포의 결과물과 지친 영혼의 분비물이 혼합된 냄새는 머리가 쏙 뽑힐 정도로 화물창을 점령하고 있었다. 다섯 명이 대들었으나 청소는 한 시간이 넘게 걸렸다. 독한 세제 푼 물을 끼얹자 그제서야 짙은 냄새의 안개가 걷히고 숨을 쉴 수 있는 공간이 되었다. 어딘가 흘리고 갔을지 모르는 그들의 소지품이랄까 물병, 증거의 흔적이 될 만한 것은 모조리 찾아 없앴다. 그리하여 밤 10시가 다 되어 늦은 저녁 식사와 함께 선장의 지시로 지금 축제의 상이 상갑판에 차려졌다. 밥을 먹고 술을 마시는 사이 갑판장의 목청에 따라 각자 임무에 맞게 책정된 돈 봉투가 전달되었다.

"자자~~ 여러분, 선물 아직 받지 못한 사람 있으문 손 좀 들어보소!"

떠드는 소리만 더 높아질 뿐 갑판장의 말을 듣는 사람은 없는듯 싶었다.

"자~ 아무도 없습니까? 그라문 여러분, 짧은 동안이었지만도 고생 많았습니다. 몇 사람을 제외하고는 여러분 각자 모다가 맡은 임무를 잘해 주셔서 지금 이 자리가 있지라. 우쨌든 고맙고…에 또, 조용조용 좀 조용히 하그레이. 갑자기 화물차엔진을 쌀마 먹었나…시끄럽다 고마!!… 에 또 지금 나누어 디린 것은 본사에서 주는 배당이고 다음은 이 야화선 전진수 선장께서 선원 모두에게 똑같은 몫으로 여러분에게 특별 보너스를 지불하신다 카는 기라! 물론 선장님에게로 돌아가는 몫을 전액 포기하시고 우리 선원들에게 하사 하시능기지. 해운업계의 신화 겉은 존재 전진수선장님께 우레와 같은 박수로 감사의 뜻을 전합시다. 자~ 박수…!!"

사람들의 함성과 박수 사이를 비집고 쇠꼬챙이 같은 휘파람 소리가 여기저기로 날아다녔다. 그 때 다시 칠면조 목덜미 같은 불길이 하늘로 솟구치더니 보라색과 금빛의 아름다운 꽃무늬가 하늘에 좌~악 퍼졌다.

사람들의 함성이 다시 상갑판을 흔들었다.

"조오거 조놈~ 실항사 이놈아가 어디를 갔나 했더니 바로 저놈 인기라. 이봐라 실기사! 빨리 중갑판으로 내려가서 실항사를 잡아끌고 올라 온나!"

하늘을 바라보며 강포동이 중얼거리자 옆에서 강포동을 도와주던 실기사가 일어나 비호같이 내달아 갔다.

"자~ 조용히 하고 지금 한 사람씩 통신장님 앞으로 나 온나. 봉투에는 똑같은 액수가 들어있어서 이름은 적지 않았다. 통신장님 한 앞에 봉투 하나씩 부탁 합시데이!"

"갑판장님이요, 봉투를 두 번 받으러 가도 되는 깁니까?"

"짜슥들~ 까불지 말고… 말 한 번 잘했데이. 봉투를 받은 사람은 내 앞으로 모이는 기라!"

기관원들을 비롯한 선원들은 말할 것도 없고 통신장에게 봉투를 건네받은 사관들도 그 옆에 빙그레 웃고 있는 전선장에게 꿉벅 인사를 하고는 그 앞을 떠나 강포동 앞으로 모였다.

"자자~모두 받을 거 다 받았십니까? 그라문 자 총원~ 차렷~ 선장님께 경례!"

"감사합니다!!!!!!!!!!!!!!!"

인사를 마친 선원들이 자리로 돌아가 다시 술판을 시작할 때 강포동이 다시 입을 열었다.

"여러분 식사를 맛있게 해야할낀데 자꾸 귀찮게 해서 미안하지만도 이번에 마지막으로 발표할 것이 있다. 뭐시냐~ 선장님께서 이번 항해 동안에 가장 고생하고 희생정신을 발휘한 사람에게 포상으로 금일봉을 내리셨다. 다음 호명하는 사람은 존 말 할 때 앞으로 나오길 바란다. 우리에게 삼시 세 때 맛있는 밥을 지어주느라 불철주야 고생했을 뿐만 아니라 이

백 명에 가까운 밀항자들 끼니까지 챙기느라 똥끝이 타버린 주방에 있는 두 사람, 주자와 쿡이 선정되었습니다. 여러분 이의 없제? 두 사람 나오시오."

어리둥절한 눈으로 사방을 둘러보던 주자와 쿡이 멋쩍은 듯 뒷머리를 긁으며 앞으로 나가 전진수가 내미는 봉투를 받아들었다.

"니덜 모두 손뼉 안 치고 뭐하노? 배알이 틀린다 그 말이가?"

뻘쭘하게 쳐다보던 사람들은 웃음을 터뜨리는가 하면 왁자지껄 떠들며 박수를 쳐댔다.

"그란데~~ 실항사 데리러 간 실기사까지 꽁 궈 먹은 자릴세! 여러분, 그라고 한 사람이 더 있습니다. 제 몸을 아끼지 않고 주방이면 주방, 선장실이면 선장실, 그라고 내 심부름을 몇 백번, 몇 천번했는지도 모르능 기라! 실항사에게도 선장님께서 상금을 내리셨다 안카나! 그란데 이 실항사가 아까부터 보이지 않는단 말이다. 아마도 축포 쏘아올리는 놈...절마 같은데… 제일 먼저 내 앞에 끌고 오는 사람은 내가 또한 상을 주꾸마! 퍼뜩 댕겨 오더라고!"

그 때까지 주자와 쿡은 봉투를 하늘을 향해 찌르며 허리를 사방으로 굽히고 돌아다녔다.

"끝으로 한마디만 더 하고 우리 모두 축배를 듭시다. 여러분의 진짜 급료는 여러분이 써내신 통장으로 일괄 회사에서 송금할 것입니다. 그렇게 아시고 그동안의 긴장을 푸시고 마지막 밤을 맘껏 놀아봅시다."

갑판장이 장황한 인사말을 마치고 상석에 앉아있는 선장을 향해 양주병을 들고 다가왔다.

"선장님, 고생 많으셨습니다. 제가 한 잔 따르겠습니다."

다가오는 강포동을 보더니 전진수가 벌떡 일어났다.

"형님! 고생 많으셨소. 성질 더러운 선장 다시는 만나지 마소!"

"무슨 그런 섭한 말씀을… 지는 그래도 이렇게 내리문 언제나 전선장이 그리울 겁니다."

두 사람은 서로의 술잔에 술을 가득 따랐다.

"선장님이 건배 선창을 좀 하시죠."

"아~ 아닙니다. 갑판장님! 갑판장님이 하시는 게 어울립니다. 자 건~
배!"

전진수가 강포동의 양주잔에 자신의 잔을 살짝 댔다가 떼면서 속삭
였다.

"그럴까! 에 또…자 여러분, 그럼 자기 취향대로 술잔에 술을 가득 따릅
시다. 이슬을 좋아하는 사람은 소주를, 목이 컬컬한 사람은 막걸리를, 속
이 답답한 사람은 맥주를, 무릉도원으로 빨리 가고 자픈 사람은 양주를…
자 우리 건배 한 번 합시다. 모두 일어~섯!!"

벌써 얼근히 취한 사람도 있으나 선원들은 모두 화기애애한 분위기에
주자가 마련한 오징어회와 마른안주 그리고 계란말이를 씹으며 술잔에 가
득 넘치게 술을 따라 들고 일어섰다.

"여러분, 여러분 어께에 돋아난 날개를 보았습니까?"

"예에에~~!!!"

"그럼, 우리의 새로운 운명을 위해서, 바닷사나이들의 영원한 우정을
위해서 건배, 건배!!"

모인 사람들 중 전진수 선장을 뺀 총원이 복창했다. 바로 그때 다시 피
~ 우웅 하고 두 번 연거푸 불기둥이 솟아오르고 하늘에 가지각색의 화려
한 불꽃놀이가 시작되었다. 그리고 누가 먼저 시작했는지 모르게 어디선
가 노랫소리가 들리기 시작했다. 선원들은 누구랄 것도 없이 술잔을 내려
놓고 어깨동무를 했다. 김수철의 노래, 가요 "황제를 위하여"란 노래가 떠
들썩한 야화선, 뱃놈들 사이를 비집고 건들거렸다.

　　"친구여- 잔을 받아라! 이 잔은 우정의 잔
　　　나 싫다고 가는 세상 붙잡아 맬 수 있나!
　　　우리들의 좋은 날도 언젠가는 가는 것

마시자 황제처럼 오늘은 우리들의 날!

사랑을 갖지 못해서 권세 명예 없다고
슬퍼하는 그대를 위하여

친구여 잔을 받아라! 이 잔은 이별의 잔!
나 싫다고 가는 여자 붙잡아 맬 수 있나!
우리들의 젊은 날도 언젠가는 가는 것
마시자 황제처럼 오늘은 우리들의 날!

선원들이 이름붙인 '선원가'를 부를 때 기관장이 선장 앞으로 소주병을 들고 비틀비틀 걸어왔다.

"기관장, 술 많이 되셨소!"

"예에~ 쫌 마셨습니다. 오늘 아침 찬란한 햇살 속에 바닷물 속으로 푸욱 꺼지던 망치의 마대자루가 자꾸 눈앞을 어른거려서요. 코가 비뚤어지게 마십시다. 오늘 아침 기억일랑은 모두 바다에 던집시다. 선장님은 안 보셔서 좀 덜하실지 모르겠는데요. 지들은 씸정이 씸정이 아닙니다. 아주 좆같습니다. 그래도 갑판장이 아침에는 죽겠다더니 그만하면 얼굴이 괜찮은 듯싶습니다. 아아~ 절대 선장님을 나무라기 위해 지껄이는 건 아닙니다. 안 그렇소, 통신장? 말 좀 해 보소. 함께 잔 좀 부딪칩시다. 자~ 자건~배!!!"

"모두 내가 부덕한 탓이었습니다. 오늘 수고 하셨어요. 제가 한 잔씩 올리겠습니다."

"올리긴 뭐슬 올려요. 대장은 언제까지나 대장인 거에요. 위계질서를 잡아야 하는데 그럼 어쩌겠소. 좀 보시오, 기관장!! 저 조폭 두 놈, 기고만장하더니 이제야 풀이 빳빳한 게, 군기 들어간 거 안 보이요! 아니면 지금쯤 술이나 퍼질러 먹고 또 일 저지르고 게걸거리고 있을 거 아니요."

그 사이 기관장이 또 술을 줄줄 넘치게 따랐다.

"왜 아니겠습니까? 말이 그렇다 그거지요. 죄는 죄고 벌은 벌이고 끔찍한 것은 끔찍한 것이지, 그럼 당연히 받아야 할 벌을 받았기에 끔찍한 심정도 없다 그 말입니까?"

"아아~ 기관장님, 당신 말이 백번 맞아요. 하지만 선장님의 입장도 있는 것 아니겠소!"

"아~ 선장님 입장을 내가 왜 모르겠소. 그래가 지가 한 잔 드리려고 왔다 그 말이요. 그래도 패기 있는 선장님 만나 우리도 같이 젊어지는 것 같았죠. 안 그렇소, 통신장!"

말없이 고개를 끄덕이던 통신장이 입을 열었다.

"그런데 아까부터 누가 저렇게 축포를 쏘는 겁니까?"

"아마도 실항사인 것 같아요. 아까부터 실항사가 보이지 않더니 지금은 실기사도 보…"

바로 그 때 스테어웨이에서 두 놈의 머리가 쏘옥 올라오는 것이 선장의 시야에 잡혔다.

"먼바다에서 몇 달씩 육지에 내리지 못할 때 있잖소. 그럴 때 준비해 갔다가 한 번씩 쏘아올리면 발광 직전의 선원들이 며칠은 견디는 거요. 다음 항해 때 한 번 해보시죠."

사람들이 서로 부딪는 술잔을 흔들며 남해의 동쪽 항을 향해 야화선은 5월 23일의 밤을 항해하고 있었다. 바람은 더없이 시원하게 불어와 야화선 갑판을 휘이이 둘러보고는 떠나곤 했다. 가까운 섬에 둥지를 틀고 있는 바닷새들이 수없이 날아와 밤 인사를 하고 날아가면 다른 무리가 와서 선원들이 몇 명인지 인원을 점검하고 떠나곤 하는 것이다.

"아이구야, 정말이네! 선장님 만세~ 저희가 한 것이 무엇이 있다꼬 특별 포상금을 내리시다이… 단번에 이렇게 큰돈을 만져보기는 처음이네그려!"

상을 탄 주자와 쿡이 봉투에 들어있는 돈을 확인한 후 둥둥거리며 손을 맞잡고 춤을 추며 아직도 갑판을 돌고, 그물에서 튀어 나가는 어물들처럼 선원들의 떠드는 소리, 무리 지어 함께 부르는 노랫소리들이 항해의 모터음을 잠깐씩 잡아 먹으며 뱃바닥과 갑판의 난간을 두드려댔다. 오랜만에 긴장의 허리띠를 풀고 선원들은 넘치는 술과 함께 흔들리는 감정을 뱃바닥에 질금거리고 있을 때 그들의 심정을 아는지 모르는지 야화선은 기우뚱거리며 인생의 마지막 날개를 펼치고자 하는 선원들을 싣고 넘실거리는 파도를 타고 있었다. 한 많은 밀항자를 청산호에 부리고 난 후 홀가분하게 야화선은 거제 고현항을 향하고 있는 중이다. 밀항이 감쪽같이 탄로 나지 않아 얼마나 다행인가. 큰 시련을 건너온 야화선은 안도의 숨을 커다랗게 쉬며 거만한 물살을 저으면서 남해의 동쪽 섬들이 일방적으로 보내는 윙크를 답하며 가는 중이다.

조금 전 기관장의 항의 섞인 발언을 들은 전진수 선장은 다시금 착잡해진 심정으로 선원들이 노는 광경을 물끄러미 바라보고 있었다. 12시가 넘었는지 다음 당직과 교대를 하고 나온 삼항사가 다가왔다. 그의 왼쪽 뺨과 이마에 여전히 살색 밴드가 붙어있었다.

"오~ 자네 왔나?"

"예, 선장님 지금 교대하고 내려오는 길입니다."

"벌써 12시가 넘었나? 자~ 한 잔 받아. 어떤 술로 할래?"

"이왕이면 양주로 주십시오."

"오~ 술을 잘하는 모양이군!"

"예~ 조금 합니다. 선장님, 힘내십시오."

"어~ 역시 삼항사가 아주 예민하구나. 내 기분을 어찌 알았어?"

"당직이 아닐 때 잠자는 시간을 아껴서 선박을 샅샅이 뒤지고 다녔죠. 망치가 멍석말이 당하는 것을 처음부터 모두 보았습니다. 제가 할 말은 아니지만 인간말종이더란 말입니다. 왜 멍석말이를 당했는지도 저는 다 보았습니다."

"나를 위로하는 차원에서 하는 말인가?"

"어떻게 들으셔도 상관없습니다. 그저 제 심정을 토로했을 뿐이죠, 선장님께…"

"자~ 마셔 고생했다. 악종이었지만 벌을 내리는 사람이 나일 필요는 없었던 거야, 그렇지?"

"그렇게 생각하실 필요도 없다고 봅니다. 어쨌든 황천으로 간 망치의 영혼을 위해 다시 건배하죠!!"

"건~ 배!! 좀 좋은 기억으로 남을 출항이었어야 했는데… 미안하다 삼항사!"

"아닙니다. 제겐 아주 의미 깊은 항해였습니다. 와ー돌풍이 오는 장면 정말 대단했습니다. 갖고 온 필름이 나중에 큰 재산이 될 것 같습니다. 온갖 것을 다 찍었죠."

"카메라가 남아났나? 그러고 보니ー얼굴의 밴드는 그래서 생긴 상처인 모양이군!"

"예, 카메라도 형편없이 깨졌습니다. 이번에 받은 배당으로 더 좋은 것으로 사죠. 뭐!"

"집에서는 연락이 왔었나?"

"예, 출항하고 이틀째 되는 날, 어머니 전화를 받았습니다."

"실항사는 아예 투정부릴 어머니도 아버지도 이승에 안 계시다네. 자네는 행복한 거야!"

"그랬었군요. 그토록 슬픈 인상이 마음에 걸리더니 그런 사연이…"

"그러니까 고만 투정부려. 자네가 그동안 고민하던 것은 내가 볼 때는 자기 껍질을 깨는 과정이었지. 아닌가!"

"이번 출항에서 제가 많이 성숙해진 걸 느낍니다. 아버지, 부모형제에게 심리적으로 들끓던 저항이 사라진 걸 느끼니까요."

다시 잔을 채우며 선장이 입을 열었다.

"오늘은 자네 노래 좀 안 하나?"

"아~ 선장님, 그럴까요! 그럼 기타를 가지러 눈썹이 휘날리도록 다녀오겠습니다."

삼항사가 가고 나서 올려다본 하늘은 더 없이 맑아 새파랗게 빛나고 있었다. 부숴진 금강석으로 하늘은 우주쑈를 준비하고 있는 듯 했다. 저렇게 맑은 하늘에서 어떻게 그토록 무서운 돌풍을 만들어 내는지 정말로 신기했다. 그리고 신기한 만큼 안도의 융단 위로 아주 얇은 행복이 보일 듯 말 듯 너울거렸다. 그러나 그것은 멍석말이라는 사건을 애써 외면한 곳에서만이 춤사위를 펼친다는 것을 그는 인정하고야 말았다.

언제왔는지 삼항사가 기타를 치고 있었다. 갑판장과 통신장의 주문이 있었는지 바다는 봄날로 갔다가 다시 두만강 푸른 물결을 타다가는 애수의 소야곡으로 흘러들었다. 시간이 얼마나 되었을까 별들도 하나 둘 졸기 시작할 즈음 남포동 블루스를 부르며 떠들썩하던 선원들도 하나 둘씩 비틀거리며 갑판에서 사라지기 시작했다. 통신장 갑판장은 많이 취했는지 노래를 부르는 삼항사 옆에 쓰러지고 젊은 사관과 실항기사만 여전히 안주를 씹으며 맥주를 홀짝이고 있었다. 역시 젊은 건 좋은 것이군! 선장이 그런 생각을 하고 있을 때 헤비메탈 그룹 '주다스 프리스트'의 〈비포 던단〉의 전주가 밤하늘로 퍼져나갔다. 파리한 달래가 떠오르고 곧이어 수옥의 얼굴이 허공에 떠올랐다.

'아~ 참~ 나도 내 식구가 있었어. 새벽이 오기 전에 그들 곁으로 가야지.'

썰렁해진 갑판이었지만 진한 유열이 온몸을 감싸는 것을 느꼈다. 그는 자신이 앉았던 자리를 정리하고 일어섰다. 누군가 기다려 줄 사람이 있다는 것, 지긋지긋한 끈에 매여 있는 것이 아닌, 따뜻한 실크의 촉감이 목덜미를 휘감는 느낌! 전진수 선장도 서둘러 자신의 방을 향해 발걸음을 옮겼다.

선실로 들어서 그는 스위치를 더듬어 켜고 나서 침실 자바라를 살짝 열어보았다. 들어서자 아직 치우지 못한 유리 밟히는 소리가 크게 들렸다. 또한 새어들어오는 불빛에 수옥이 깜짝 놀라 상체를 일으키는 것이 보였다. 그는 발소리를 죽이며 다가가 그녀를 반짝 안고 나와 소파에 앉혔다. 그는 다시 침실로 들어서서 달래를 들여다보았다. 쌕쌕거리는 숨소리가 너무 사랑스러워 달래의 볼에 입술을 꾹-눌렀다. 술기운 탓인지 전보다 더 진한 감격이 몰려왔다. 그는 눈시울을 닦으며 자바라를 조심스럽게 닫고 손에 들고 나온 모포를 탁자에 올려놓았다. 그리고 탁자 건너편에 등을 보이고 잠 든 그녀를 바라보았다.

'오 이쁜 것, 오~ 사랑스러운 사람, 난 이제 너 없이는 한 시도 못 살 것 같구나!'

다시 잠이 들었는지 소파 등받이를 향한 그녀는 팔을 베고 미동도 없었다. 그녀에게로 다가간 그는 그녀의 목덜미에 입술을 대고는 고무줄 치마허리에 손을 넣어 그녀의 궁둥이를 손으로 쓰다듬었다. 매끄럽고 부드러웠다. 몇 번을 쓸고 난 그가 깊은 계곡으로 들어설 때 수옥이 몸을 반듯하게 바꾸며 그의 얼굴을 붙들고 속삭였다.

"아이 됩매다. 에미나이 깨면 어쩌려고, 당신도 너무 피곤할 텐데 오늘은 그냥 자기요."

말을 하는 그녀의 입술에 쭉-하고 입을 맞추고는 그도 그녀의 귀에 대고 속삭였다.

"당신, 너무 힘들어서 그래? 당신 만져만 줄게. 이 젖봉이 아까 젖 좀 만져 달라고 했잖아. 정말 깜짝 놀랐어! 당신이 그런 말을 하리라고는... 나는 폭발하는 줄 알았지!"

"너무 암담하고 슬퍼져서 그냥 갈 수가 없었지비."

그의 청남방 가슴께를 톡톡 건드리며 그녀가 말했다. 다시 물결의 철석이는 소리가 뱃전을 핥을 때 무릎을 꿇고 있던 그는 속삭이는 그녀의 입술을 몇 번이고 부드럽게 빨았다.

"당신, 무슨 술을 마셨기에 향이 좋습네다."

사파이어처럼 새파랗게 빛을 발하는 눈동자가 지긋이 그녀를 내려다보고 있었다.

"아주 오래된 양주라 하더군. 항해를 나가면 갑판장이 양주는 책임을 지고 준비를 하지."

"쉿~ 당신, 목소리가 갑자기 커졌습매. 조심하시라우요."

그의 귀에 닿는 그녀의 입김이 조금 전보다 뜨거워진 것을 진수는 느꼈다.

"당신 지금 기분이 좋아졌소?"

"이, 간나아~ 손, 나를 기분 좋게 하는 마법의 손을 당신이 가지고 있슴매!"

그녀가 자신의 아랫배를 어루만지고 있는 사내의 팔을 쓰다듬었다. 갑자기 그가 일어섰다. 그리고 입구로 가더니 전등을 끄고는 조심스럽게 돌아왔다.

"혹시라도 조심하는 게 좋겠지?"

선창을 통해 들어오는 별빛 말고는 그믐이 가까운 밤은 캄캄했다.

"당신 돌아오게 한 거, 잘 하지 않았소?"

"저는 이미 깨닫고 있어디만 당신도 어쩔 수가 없어서 우리를 그냥 보내는 줄 알았시오."

"그랬군! 나한테 말을 하지 그랬소?"

"이 에미나이가 말을 해도 당신도 별 수가 없는 줄 알았단 말입매다."

감정이 격해지는지 그녀가 울먹거렸다.

"알았어 알았어, 정말 미안해! 실은 지금부터 작전을 짜야하오."

그녀의 이마에 입술을 찍으면서 여자의 셔츠 단추를 딴 그의 손이 붕싯거리는 그녀의 가슴으로 푹 들이밀고 들어왔다. 수옥이, 그녀가 작은 탄성과 함께 두 발을 포개는 것을 아무도 본 사람 없었다. 춤사위를 놀리듯 그녀는 천천히 두 팔을 들어 그의 목덜미를 끌어안고는 사내의 새파란 면도 자국 위에 자신의 볼을 부볐다.

"작전이라는 거이 참말로 어려울 겁매다."

아이가 깰까 봐 남녀는 극도로 조심스럽게 대화를 이어나갔다.

"두 말하면 잔소리지. 하지만 당신은 걱정할 거 없어. 내가 바다에 당신을 두고 갈리는 없잖소. 하늘이 두 쪽이 나도! 마음을 푹 놓구려. 하늘은 우리 편이오!"

자신의 젖무덤에 사내의 머리를 안은 그녀가 그의 머리를 한없이 쓰다듬었다.

"당신 사랑합매다."

"얼마나?"

"오늘 죽어도 여한이 없시오."

"달래는 어쩌구?"

"달래는 이제 훌륭한 아바이를 만났지비!"

울먹이는 그녀의 눈을 입술로 핥고 난 사내의 속삭임이 그녀의 귀를 파고들었다.

"그런 바보 같은 소리는 다신 하지 말아."

여자의 등허리로 팔을 돌리고 으스러지게 껴안은 남자는 숨을 죽이고 한참 있었다..

"너무 행복해서 무서운 생각이 몰려오곤 합매다."

"그럴 것 없어. 반평생을 떨어져 살았는데 아직도 우리에게 고초가 남았겠소!"

한숨을 크게 내어 쉰 그의 두 발은 어느새 달래강에 들어서고 있었다. 달래강을 둘러싸고 있는 갯내음 나는 무성한 물풀들, 부드럽거나 조금은 억세거나 한 물풀들의 숲을 헤치면 강안에 닿아있는 바다의 해풍이 멀리서 몰려왔다. 물결이 밀려난 이곳저곳에, 조개들이 태양의 불을 끄기 위해 물을 뿜어내고 있었다. 이어서 그 소리를 흡수하며 찰싹찰싹 해변을 핥고 난 물결은 찰방거리며 조금 밀려나갔다가는 다시 밀고 들어와 바다로부터 가장 먼 모래해변을 새로운 음조로 적시곤 하는 것이다. 작고 따사로운 그녀의 음조는 그녀의 강가를 딛는 그의 발걸음을 따라 한없이 이어졌다. 침실 자라바를 넘지 못한 달래의 미약한 숨소리도 없는 실내는 조금 높아진 두 사람의 숨소리만이 꽉 차 있었다. 그의 왼쪽 귀에 밀착된 수옥의 작은 탄성들은 그녀의 작은 입을 통해 얇은 표피의 비누방울처럼 수없이 터지며 따뜻한 입김을 그의 귀에 불어 넣었다. 그녀의 탄성이 커지려 할 때 사내가 고개를 들어 입술로 그녀의 입술을 막았다. 그 때 엄마를 부르는 달래의 목소리가 약하게 들려왔다.

"잠시만~ 좀 잠시만…"

수옥이 진수에게서 몸을 떼며 작은 소리로 강하게 말했다. 다시 엄마를 부르는 달래의 목소리가 조금 더 크게 진수의 귀에도 들려왔다. 그녀의 입술에 검지를 댄 진수가 일어나 침실을 향해 가다가 다시 돌아서며 어둠 속에서 목소리가 들려왔다.

"달래야, 목이 마른 것 아니니? 물을 줄까 우유를 줄까?"

"예, 목이 마릅매다. 아무 거나 괜찮습매다."

자바라를 밀고 들어간 진수가 자신의 딸에게 무엇을 먹이는지 어둠 속에서 상체를 일으키고 앉아 수옥이 귀를 세웠다.

"어디 괴롭거나 한 데는 없니?"

"아입매다. 오마니는요?"

"어머니도 많이 피곤하신 모양이다. 깊이 잠이 드셨다가 네 소리에 깨어나긴 했는데 내가 왔지. 엄마를 부를까?"

"아입매다. 우유도 제 머리맡에 놓아두시라우요. 고맙습매다."

"고맙기는…"

15. 빛을 향하여

완도항에 도착한 청산호에서 내려 냉동탑차 두 대에 나누어 실린 밀항자들은 어딘지 모르는 밤길을 전속력으로 달렸다. 늦은 밤이라 길은 뻥 뚫리고 거추장스러운 것은 아무것도 없었다. 도착지는 완도항에서 2시간쯤 떨어진 수산물 대형창고니까 발각은 염려하지 않아도 된다. 밀항자들의 뒷수습은 이미 완벽하게 짜여져 있다. 조직은 인력시장과도 끈이 닿아 강포동이 뒷일은 알아서 잘할 것이다. 청산호 선장 노모의 급사로 밀항자 인도가 하루 늦어졌지만 추한일은 큼직한 돈자루를 거머 쥘 자신의 팔을 쓸며 트럭 기사 조수석에 앉아 검문소 초병이 플래시를 들고 있는 최초의 검문소에 도착했다. 추한일은 마음이 놓이지 않아 조수석에서 내렸다. 시각은 새벽 1시를 넘어서고 있었다.

"수고하십니다. 완도항 파출소 김순경입니다. 어디서 오시는 길입니까?"

대답을 빨리하지 못하는 젊은 운전기사 앞으로 추한일이 얼른 나섰다.

"격무에 수고하십니다. 완도항에서 오지라, 어디서 오기는요. 이 문디 자석이 시간이 늦다 보이 잠이 쏟아져 가지고… 아~정신 좀 차리랑께!"

추한일이 말을 하는 사이 순경도 두어 번 하품했다.

"뒤에 실린 내용물이 뭡니까?"

"돼지요, 돼지."

"돼지요? 완도항에서 온다면서 돼지를? 냉동탑차에 돼지를 실어요?"

"아니요. 야가 야가… 쯔쯧! 시방 돼지괴기를 가꼬 돼지라고 말 하문 된당가!"

기사를 향해 호되게 소리치는 추한일을 바라보던 순경은 다시 기사에게로 눈을 돌렸다.

"그럼 냉동탑차 열어보지 않아도 되는 거죠? 기사님!!"

"예, 돼지고기 맞습니다."

잠깐 눈을 붙이다 나왔는지 순경은 다시 하품을 하면서 바리케이트를 치우고 빨간 불이 번쩍이는 경찰봉으로 통과신호를 보냈다. 다시 조수석으로 올라서는 추한일이 이마에 맺히기 시작하는 땀을 팔꿈치로 닦을 때 냉동차 안에서 귀를 세우고 있던 밀항자들은 누구나 할 것 없이 땅이 꺼져라, 안도의 숨을 쏟아냈다. 이제 바다에서 빠져나왔으니 목숨이 위태로운 일은 절대 없을 것이다. '이제 밀항은 성공이다.'고 맘을 놔도 되는 것일까? 납처럼 무거운 가슴을 안고 청산호를 탔던 사람들의 가슴으로 희망이란 빛이 점차 새어들기 시작했다. 일자리도 이미 정해졌다니 정말일까?

처음에 계약대로 그렇게만 된다면 얼마나 좋을까? 희망 쪽에 점괘를 놓고 나자 자포자기에 늘어져 있던 사람들은 조급증으로 시달리기 시작했다. 고개를 들고 사방에서 이들이 폭폭거리고 내쉬는 한숨 소리로 엔진에 박차를 가한 냉동차는 한 시간여를 넘게 달렸다. 어딘가 방지 턱으로 들어서는지 울렁하면서 덜컥 올라선 냉동차가 넓게 한 바퀴 돌더니 드디어 우뚝 섰다. 그리고 엔진음이 꺼졌다. 사람들의 움켜 쥔 주먹에는 땀이 흥건히 고여있었다. 그러고도 냉동차는 열리지 않았다. 수군거리는 말소리, 그리고 대여섯은 되는 것 같은 사람들의 발소리가 분주히 나더니 대형 철문이 열리는 소리가 들려왔다. 철커덕 냉동차가 열렸다. 갯내음이 물씬 코를 적셨다. 처음 보는 것 같은 푸르게 깔린 새벽빛 속에 양쪽에 장정이 3명씩 열린 입구를 향해 사람 골목을 만들고 서 있었다.

"동작 빨리 한다. 저 보이는 문으로 뛰어들어간다."

소리를 크게 내면서 열리던 문이 저것이로군! 냉동탑차와 비교한다면 운동장만큼 넓은 창고가 그들을 담기 위해 입을 크게 벌리고 있었다. 홈빡 땀에 젖은 사람들이 뛰어내리기 시작했다.

목소리의 주인공인 늙은 사내가 한 발 뒤로 물러섰다. 사람들은 갑자기 저린 오금을 펴면서 일어섰다. 기온이 내려간 새벽 바람에 소름이 오싹 돋은 사람들은 맞이하는 사람도 뛰어내리는 사람도 누구 하나 말을 하는 사람은 없었다. 아주 멀리서 가끔 들려오는 개구리울음 사이로 툭탁거리는 발걸음과 냉동차에서 뛰어내리는 둔탁한 발소리만이 새벽 공기를 흔들었다. 그리고 짭조름한 갯내음을 동반한 해풍은 밀항자들의 쭈그러들은 허파꽈리를 부풀리면서 그들의 가슴으로 처들어갔다. 십여 분이 지나고 다 내려왔는지 냉동차에 더 이상의 사람 그림자는 보이지 않았다. 앞에 서 있던 늙은 사내가 탑차를 손바닥으로 탁탁~치자 바지 주머니에 손을 찌르고 섰던 젊은 기사가 문을 닫으려고 다가 갔다. 문을 닫으려던 그는 무엇을 발견했는지 주머니에 넣었던 손을 빼고 탑차로 펄쩍 뛰어올라갔다. 잠시 후 그의 어깨에는 축 늘어진 가냘픈 여인이 메어져 있었다. 늙은 사내의 지시에 의해 탑차 끄트머리에 여자가 뉘어졌다. 역시 늙은 사내가 늘어진 여자의 턱밑에 검지를 댔다.

"갔군! 사과 냉동고에 넣는다."

늙은 사내 뒤에 서 있던 장정 중 하나가 앞으로 나와 죽은 여자를 들쳐 어깨에 메더니 창고를 향해 가벼운 걸음으로 걸어갔다. 다음 냉동탑차가 이미 열렸는지 밀항자들이 창고 안으로 뛰어 들어오기 시작했다. 또 십여 분이 지나고 사람들이 다 내리고 났을 때 냉동차 안에 다시 시체 하나가 발견되었다. 그도 여자였다. 똑같은 순서에 의해 또 하나의 시체가 사과 냉동고 속으로 들어갔다. 그렇다면 이제 잔류 밀항자는 164명인 셈이다. 탑차의 문이 쾅~ 쾅~ 닫히고 엔진음이 정적을 깨뜨렸다. 두 대의 냉동 탑차가 떠나고 나자 수산물창고에 정적이 내려앉았다. 마당에 있던 사내들이 창고로 모두 들어가고 대형철문을 닫는 드르륵~ 소리가 소름끼치게 들려왔다. 그리고 쇠빗장이 질러지고 대형 자물통이 매달렸다.

"후딱 일렬 횡대로 선다."

플래시를 들고 있는 늙은 사내의 목소리가 컴컴해진 창고 속을 흔들었다. 사방에 난 창문으로 엷어진 새벽공기가 겁을 먹으며 새어 들어왔다. 사내 뒤에는 좀 전의 장정 두 사람이 버티고 섰다.

"당신들 좋은 일자리와 식사 준비할 사람을 몇 명 차출한다."

플래시가 사람들의 얼굴을 비치며 지나갔다. 건강하고 이쁘장한 여자의 얼굴에 빛이 머물면 뒤에 섰던 사내 둘이 다가와 겨드랑이 양쪽에 손을 넣어 끌어냈다. 바로 그때 뜻하지 않게 아이돌의 랩 음악이 시끄럽게 들려왔다. 선택되지 않은 밀항자들은 밝아오는 창고 바닥에 앉아 뜻하지 않은 음악 소리에 피곤을 느꼈다. 누가 먼저랄 것도 없이 그들은 사방에 널려있는 비닐 돗자리를 펴고 드러눕기 시작할 때 차출된 여자 여덟 명은 세 명의 장정들의 인솔 하에 오른쪽 냉동고를 돌아서 어딘가로 발걸음을 떼어 놓았다. 앞서서 가던 장정 둘이 냉동고 뒤에 있는 방 하나를 밀었다. 농축산물 샤워실이다.

"너희들 5분 안에 샤워를 마친다. 회장님이 너무 오래 기다리신다. 알았나?"

말이 떨어지자마자 늙은 사내는 나가고 따라온 사내들이 여자들을 안으로 몰아넣었다. 그리고 수압이 높은 강력샤워기를 들고 여자들을 향해 물을 쏘기 시작했다. 살이 뚫어질 듯 치지직~ 소리를 내며 물이 뿜어져 나왔다. 여자들의 비명이 물소리 사이사이에 꽂혔다. 눈을 못 뜨며 이리저리로 몸을 피하는가 하면 미끄러져 넘어지고 자빠지고 난리다.

"아가리를 찢기 전에 입 좀 다물엇~ 그리고 후딱 후딱 벗어라. 시간이 없다 안카나!!"

그중에 땅땅한 사내가 의외로 여자 음성을 방불케 하는 쇳소리를 질렀다. 여자들이 옷을 벗기 시작했다. 사내 하나가 무엇이 들었는지 작은 물통 하나를 들고 낡은 플라스틱 바가지로 걸죽한 물을 퍼서 여자들한테로 끼얹었다. 물비누다.

"빨리빨리 머리도 감고 보지도 씻어. 네년들이 얼마나 냄새가 나는지 알아?"

스피커에서는 여전히 템포가 빠른 음악이 새벽공기를 짝짝 찢었다. 홈빡 땀에 젖은 몸이었지만 새벽바람은 써늘했다. 찬물 세례가 세 개의 샤워기에서 분출했다. 옷을 벗지 않으려고 꾸무럭대고 있는 여자에게 사내 하나가 달려들더니 뱀 껍질을 벗기듯 여자 옷을 찢었다. 보기에도 더러워 보였지만 풍만한 몸을 갖고 있는 계집이다.

"이 년이 죽을라고 환장했나. 빨리 씻지 못해? 비누거품이 시커멓구마는…"

옷이 다 벗겨지자 더욱 오그리는 여자를 사내가 한 손으로 조금 밀자 여자가 넘어졌다. 플라스틱 바가지에서 물비누를 퍼서 여자의 몸에 휙~ 끼얹었다. 그리고는 사내가 쪼그리고 앉더니 시커먼 손으로 여자의 몸에 묻은 물비누를 바르기 시작했다.

"고것들~ 냄새는 고약한데 감촉은 억쑤로 좋구마는…"

얼굴 머리 할 것 없이 문지른 손이 목덜미를 지나 아래로 내려갔다. 여자는 울면서 더욱 오그렸다. 사내의 손이 여자의 유방으로 내려갔다. 아랫배를 지나 음부로 내려가자 여자가 본능적으로 사타구니를 두 손으로 가렸다. 철썩~, 사내의 큰 손이 여자의 넓적다리를 세게 갈겼다. 두 손으로 사정없이 계집의 몸을 문지른다. 진짜 화급을 다투는 모양이었다.

"이런 쌍년이 어디다 반항이고? 시간 없다 소리 몬 들었나? 뒤집엇! 팔자가 폈구마는. 네 년들이 언제 사내새끼한테 목욕 서비스를 받아 볼끼고… 안 그렇나!"

젊은 여자가 흐느껴 울면서 미끈거리는 바닥에서 몸을 뒤집었다. 사내의 손이 하늘로 번쩍 쳐들리더니 다시 한 번 그녀의 볼기를 내리쳤다.

"이 년이 어디다 대고 눈물 바람이고. 누가 어쨌는데? 새벽에 잠도 못자고 이 짓을 하는 나나 네 년들이나 신세 한 번 좆같구마는… 뒤통수 좀 거품을 내!"

"조용히 좀, 퍼뜩 해라 마~ 꼰데 지랄하는 거 또 보고 싶나?"

쪼그려 앉은 사내가 예~ 하더니 이제는 무릎을 꿇고 여자를 문질러 댔다.

"지난번에도 드러운 거 들여보냈다고 내가 따귀 맞았다, 아이가…"

샤워기로 물을 뿜으며 사내는 칵~ 하고 가래침을 뱉고는 누워있는 여자에게로 샤워기를 들이댔다.

"어디 냄새 좀 맡아보자. 일으켜 세웟!"

바로 그때 문을 여닫던 젊은이가 칫솔을 움켜쥐고 들어와 샤워장 구석 플라스틱 의자에 놓고 나갔다. 샤워기가 여자의 머리와 겨드랑이를 쳐들고 냄새를 맡고는 아래로 내려가 거웃에 코를 댔다.

"자~ 합격!"

잔등을 찰싹 때리는 소리가 나자 커다란 수건이 그녀에게로 날아왔다. 계집은 여전히 흐느껴 울면서 칫솔질을 시작했다.

"불통가지를 한 대 지를까부다. 재수없구로. 조개젓보다 더 짠내 나는 년들이 울기는…"

샤워기 사내가 계속 돌면서 냄새를 맡고 다녔다.

"도야지들이 이제 계집년들이 됐다. 칫솔질이 끝난 너하고 너!~ 우선 이 아이들 빨리 들여보내."

귀를 찢는 음악 사이로 합격 소리가 끼어들었다. 큰 타올을 펼쳐 들고 서 있는 사내 두 명에게로 합격을 외치는 사내가 여자들의 등짝을 밀면 사내 둘이서 여자를 가슴으로 받았다. 몸의 물기를 재빠르게 닦았다. 먼저 끝난 두 명의 여자는 사내 하나를 따라 맨발로 종종걸음을 치며 걸어갔다. 들어오던 철문 입구와는 반대 방향에 문이 나있었다. 문이 벌컥 열리자 너 댓 평 되는 컨테이너 박스 중간에 도어가 또 하나 있었다. 앞서서 들어간 사내가 문 앞에 멈춰섰다.

"회장님, 회장님, 주무십니까?"

안에서는 아무 소리도 들리지 않았다. 사내가 도어를 두드렸다.

"회장님, 오래 기다리셨습니다. 잠드셨습니까?"

"오오~ 그래, 짜슥들 웬 시간이 그렇게 오래 걸려. 잠이 들었다 아이가. 문 열렸다."

문이 열리자 사내가 비켜섰다. 럭셔리한 침실이었다. 가죽 소파 뒤쪽으로 멋진 침대가 놓여있고 웃통을 벗은 사내가 텔레비전을 보고 있었는지 밖에서 나는 음악에 흡수되어 소리는 없고 포르노 영상만 헐떡이고 있었다.

"야야~ 먹을 것도 좀 준비했나? 아아들 오느라고 수고했을 텐데… 배가 고플끼구마는…"

"예~ 예, 바로 대령할 낍니더."

"너 들어와서 저 냉장고에서 이 아이들한테 마실 것 좀 줘라. 쥬스 같은 것 말이다."

"옛!"

몸집이 좋은 사십 대 후반은 되어 보이는 사내가 장방형의 누르띵띵한 얼굴을 비스듬히 들고 소파에서 눈을 치켜떴다. 바로 그때 컨테이너 박스 입구가 열리고 한 명의 장정이 교자상을 메고 들어왔다. 그뒤로 푸른 기운을 잃어가는 새벽이 그림의 배경처럼 서 있었다.

"회장님, 상을 어디다 놓을까에?"

"어~ 그 방에다 놔라. 그리고 배달 온 아이 갔나? 팁 좀 주지 그래!"

"예~ 알겠습니다."

"알긴 뭘 알아~ 내 상의 갖고 온나!"

발가벗은 계집들은 두 손으로 사타구니를 가리고 떨고 서 있었다. 똘만이가 맞은편에 있는 캐비닛으로 가 남자 상의를 들어다 회장이라는 사내에게 대령했다. 안주머니를 뒤적거리던 사내가 검정지갑을 열고 몇 장일지 모르는 녹색지폐를 되는대로 빼어 굽신거리는 사내에게 내밀었다. 똘만이는 더욱 깊게 허리를 굽히고 두 손으로 지폐를 받았다.

"갖다 주고 오겠습니다. 회장님!"

"오야, 퍼뜩 주고 대령해라. 야들이 어떤 반응을 보일지 모르니까…"

똘만이가 나가자 여자 두 명은 서로의 얼굴을 바라보면서 더 바짝 붙어 섰다.

"이리와 소파에 앉아 봐라. 너희들 바짝 붙어서면 나한테 뭘 어떻게 할 끼고, 떨기는…"

그때 나이 먹은 여자 하나가 드디어 입을 열었다.

"우리들 옷 좀 입으면 안되겠슴까?"

"어~ 옷~ 옷 좋지. 옷이 날개라 안 카나. 그런데 너거들이 내한테 옷을 맡겼다 그말이가?"

"더럽긴 해도 우리들이 들고 온 가방에는 한 번은 갈아 입을 옷이 들어 있슴다."

"더럽긴 해도? 너거들은 그 비누질해 씻은 몸에 더러운 옷을 다시 입고 싶나?"

16. 우연과 필연의 파고

"당신 언제부터 이수옥과 접선했소?"

"접선이라니… 넘겨짚는 거 너무 낡은 수법 같은데…?"

"전진수 선장, 당신 우리와 장난치는 거요?"

"착각은 금물이요. 당신들, 흥미 있는 상대가 아니라 노래기 진물처럼 더러운 상대지."

"언제까지 말장난 할 겁니까? 스다오 갑에서 뭘 했느냐고 물었을 텐데…?"

"기관 고장으로 한참 머물렀다고 몇 번을 말해야 하오!"

"북파 당시부터 지금까지 이수옥이 연락책이요?"

"그것은 당신들이 더 잘 알잖소! 내가 북파 당시부터라면 지금 15년이 된 세월인데 지금 그것을 나한테 묻는다는 건 대한민국 정보체계에 구멍이 뚫린 것 아니요?"

"이것 봐라~ 전진수 선장! 당신 신사적인 거 좋아하지 않소?"

"난 당신들의 사전에 신사와 숙녀는 없는 것으로 알고 있소."

"그러지 말고 우리 다시 이야기합시다. 스다오 갑에서 이수옥을 승선시켰소? 이수옥을 어디서 만난 거요. 최초로 만난 때는 언제요?"

"최초로 만난 것은 00년 5월 22일경, 동지나해 남쪽, 타이완 섬 북동쪽 오키나와 섬 부근에서 돌풍이 불어닥친 것 모르오? 돌풍을 피해 제주 근해를 향해 피신하던 중 마침 풍랑을 맞은 베트남 난민 보트에서 그 두 사람만을 구출한 것이요."

"이 새끼, 국정원을 바지저고리로 아는 새끼! 북파공작원이 아니라 소설가야!"

눈이 세모꼴인 살벌한 인상의 새파란 수사관이 책상 위에 놓였던 권총집을 들더니 전진수의 안면을 사정없이 타격했다.

"말장난을 시작한 지 한 시간이 넘는데 끝까지 해 볼까? 베트남이든 미얀마든 그 날 그 해상에서 풍랑을 맞은 난민 보트란 없었다. 소설을 쓰려면 제대로 써!!"

국부 쪽에서 싸르르한 통증을 느끼며 뱀 대가리처럼 치밀어오르는 굴욕을 참으며 전진수는 생각했다. 그 표정으로 보아 수사관도 굴욕적이긴 마찬가지인 것 같았다.

"마지막으로 다시 한 번 묻겠다? 최근 이수옥과는 언제 만났나?"

"내 입에서 나오는 말은 여전히 똑같을 거다."

"전진수 선장, 결국 녹취한 통화내용을 들려줘야 손을 들겠나!! 세레모니 현장에서 당신은 이수옥과 통화를 했지. 난민 보트에서 당신에게 구조됐다고 말하라고? 참 좋은 세상이지. 녹취하는 데 전혀 힘 들이지 않아도 되니까."

전진수는 입을 다물었다. 그래서 세레모니 현장에서 우리를 헐렁하게 놔두었군! 젊은 사내는 굵은 만년필 하나를 저고리 안주머니에서 꺼내어 이것이 그 물건이라는 의미로 흔들었다.

"장소를 대라! 이수옥을 어디로 빼돌렸는지… 공연히 지연시키는 시간이 당신이 북의 끄나풀로 변신하는 시간이다!"

만일 수옥이라면 이 집요한 수사관의 심문에 이겨나갈 힘이 있을까?

"나는 모른다. 아마도 강포동이 알 거다."

'내가 불리해지고 나면 수옥이 모녀를, 이 세상에 유일한 내 혈육 한 점을 어떻게 책임진단 말인가?'

"왜 당신은 모르오?"

"나는 그들을 상륙만 시켜주었지, 다음은 강포동이 모든 것을 알아서 했단 말이요."

"좋소. 그건 그렇고 이번 접선이 몇 번째요?"

전진수는 함구하기로 맘을 먹고 입을 꾹 다물었다.

"노동당 창당 54돌을 맞아 축하 전문도 보내야 하지 않소? 아니면 벌써 보냈던가요?"

이제 정권이 바뀌고 안기부도 국정원으로 바뀐 마당이지만 이곳에 배치되는 놈들은 종자가 다른가. 한 치의 오차 없이 똑 같아! 눈앞에 달래와 수옥이 떠올랐다. 이들의 기구한 운명이 어떻게 되려고 막판이 이렇게 뒤집혔으니… 전진수가 그런 생각을 떠올리고 있을 때 사내가 다시 입을 열었다.

"현 집권자는 자신에게 사형선고까지 내린바 있는 전두환 역도를 두둔한다고 북에서는 난리던데… 당신은 어떻게 생각하오? 햇볕정책에 대한 생각을 들어보고 싶소."

"나는 햇볕정책도 모르고 먹구름정책도 모르오. 당신들 끄나풀이 발뒤꿈치를 물어뜯을 듯 지긋지긋하게 쫓아다녀서 배를 탈 결심을 했지. 배를 타기 시작하고부터는 모든 공식적인 통신을 끊었소. 하물며 텔레비전도 신문도 나는 기피하고 보지 않소."

"통신을 접할 필요가 있겠소? 방북이 자유로워졌는데… 얼마든지 직접 접선할 수가 있는데 뭐 하러 통신을 해, 안 그렇소?"

"당신 말대로라면 내 행적에 대해 당신들이 더 잘 알고 있는데 나를 추달할 필요가 없지."

"이번 정권이 유신망령에까지 추파를 던지고 잔존세력과 야합하려 함으로써 반역적 정체를 여지없이 드러내고 있다며? 17일자 노동신문에 실린 기사 당신도 알고 있지?"

"빨간 딱지가 붙었던 현 정권의 수장이 이제야 북과는 쌩판 연관 없음을 시사하는 기사군! 그런데 그것과 나와 무슨 관련이 있단 말이요?"

"이봐, 아웅산! 너의 행적을 우리는 모두 알고 있다. 십오 년 전 북파 당시 현지 변절자와 내통한 자가 너지?"

사지에서 서서히 힘이 빠져나가는 것을 느꼈다. 더 이상 이들과 신경전을 벌인다는 것 자체가 공허하다는 생각을 하며

'이제 다시 한 번 내 성질을 건드리면 너희들 다 죽는 수가 있다. 개인의 인생을 이렇게 공염불로 만드는 것이 제 나라와 사회라니. 가만두지 않겠

어!'

"안기부나 국정원이나 당신들의 임무는 한결같이 가능한 한 한사람이라도 더 올가미를 씌우는 거요?"

"올가미라니? 당신이 왜 여기 왔는지 잊어버렸소? 우리가 아니고 제보야 제보. 이상한 것이 한두 가지가 아니지 않소."

"내가 할 이야기는 다 한 것 같은데…"

"그 사지에서 어떻게 랑문정과 당신만 살아나올 수 있었어?"

"뭐~ 랑문정이 지금도 살아있소? 두 사람이 살아나왔다는 것은 알았지만 그게 누군지는 모르고 있었지."

"왜 같이 변절하고 살아나온 동기라서 정이 가는가 보오. 랑문정과는 계속 소식을 주고받았던 것으로 아는데 아니오? 지금 협조를 잘하면 조만간 만나게 해주지."

"당신, 협조라고 말했소?"

"그렇소, 협조 말이오."

"어떻게 하면 되겠소. 차근차근 설명하면 나도 협조하리다. 낯살이나 먹어가지고… 새까만 당신과 이 짓거리, 나 딱 질색이오."

얼굴을 풀면서 반응하는 전진수의 얼굴을 수사관이 뚫어지게 보면서 다음 말을 이어갔다.

"우선 이수옥의 거처를 대고 접선한 북의 요원이 누군지 말하시오."

"그런 다음엔 뭘 하면 되겠소?"

"물론 누구와 언제 어디서 접선을 했는지, 우리가 요청하는 대로 순순히 자백하시오. 서명까지 하면 더욱 좋고."

"그럼 당신들이 원하는 대로 서명할 테니까 시나리오를 우선 가져오시오."

"시나리오?"

"그렇소, 시나리오!!"

"시나리오란 단어는 어폐가 있소."

"당신이 방금 그랬잖소. 우리가 요청하는 대로 순순히 자백하면 랑문정과 조만간 만나게 해주겠다고- 그건 시나리오를 갖고 있단 말이잖소."

"이 새끼 이거 말장난 하는 거야!"

"이 새끼든 저 새끼든 협조하라고 해서 나는 가능한 한 협조하려고 하는데..."

"흠, 랑문정을 만나게 해준다니까 당신 태도가 360도 변한 것을 알고 있소?"

"그 태도 변화라는 것으로 나를 옭아매려는 모양인데 방금 전에 당신이 말하기를 내가 계속 랑문정과 소식을 주고 받았던 것으로 안다고 말하지 않았소? 그리고 나서 당신들에게 협조하면 랑문정과 만나게 해준다? 내가 랑문정과 내통하지 않고 있다는 것을 증거하는 말이잖소?"

"그게 내 취조 스타일이요."

"일관성 없는 취조스타일이군! 협조란 단어, 안 해도 되는데 가능한 방향으로 도움을 요청할 때 쓰는 단어요."

"이 새끼가 지금 여기가 어디라고 함부로 까불어?"

강파른 얼굴의 수사관이 새빨갛게 얼굴을 달구면서 소리를 질렀다.

"당신들 처음부터 계산이 어긋났어. 나를 북에 협조하는 현지 연락책이거나 남파된 공작원 정도로 몰아붙이려면 좀 더 경륜이 있는 취조가 이루어져야 할 걸 그랬소."

젊은 수사관이 벌떡 일어서면서 있는 힘껏 전진수의 따귀를 이쪽저쪽 갈겼다. 얼마나 세차던지 진수의 흔들리는 몸체에 의해 의자가 삐그덕 소리를 냈다. 일그러진 얼굴로 자세를 고쳐 앉는 전진수 선장의 저음이 좁고 어두운 수사실 바닥에 내려앉았다.

"그래도 역사는 밝은 방향으로 진행하고 있지. 모든 검경 취조실에 문이 열리면 빨간 깜빡이가 켜지고 자동 녹음기가 돌아간다는 사실을 나는 알고 있소. 그래서 현 정권은 그 것 하나만으로도 군부독재와는 대별되는 인권을 존중하는 그룹이라고 알고 있소. 나를 자꾸 빨갱이로 몰려는 이유가 무엇인지나 압시다. 검경 취조실이 열리면 자동으로 깜빡등이 켜지고 그러고 나면 자동으로 녹음기가 돌아간다는 사실 정도는 알고 있지만 북에서 어떤 사건이 일어나고 있는지 나는 모르오."

제 성질에 못 이겨 얼굴이 새빨갛게 된 수사관이 얼굴이 제 색으로 돌아오는가 싶었으나 표백제에 담긴 걸레처럼 점차 하얗게 질려갔다.

"더구나 나는 형량이 결정되지 않은 미결수요. 당신 나에게 두 번씩이나 타격을 가했소. 날아오는 타격에 순간 반응하지는 않았지만 고감도 녹음기가 소리를 간파해 내리라고 알고 있소. 물론 테이프 분석조와 결탁이 된다면 다른 도리가 없지만……."

"닥치지 못 해! 주객이 전도되었군!"

다시 한 대 치려고 일어섰으나 수사관은 두 주먹을 부르르 떨었다. 그리고 더 이상의 동작없이 자리에 털썩 주저앉았다.

17. 부활의 날개

5월의 야들거리던 나뭇잎들은 어디로 가고 6월이 되자 식물의 표피는 검고 두꺼워졌다.

잎사귀 무성한 계수나무 그늘 밑에서 평행봉을 몇 차례 하고 나서 신성조는 얼굴에 흐르는 땀을 타올로 닦으며 찬란하게 햇살 내려앉는 잔디 마당을 포치가 끝나는 곳에서부터 한차례 훑어보았다. 이런 것들이 실은 얼마나 힘겹게 쟁취되는 것인가! 배를 타기 전에는 별 의미 없이 지루하게 느껴지던 기물과 공간과 시선들이다. 목덜미에 타올을 다시 갖다 대고 여전히 땀을 닦으며 그는 평행봉 옆에 있는 벤치에 놓여있는 휴대폰을 집어 들었다. 그리고 왼쪽 팔에 타올을 걸고 메시지를 확인하면서 검은 현무암 디딤돌을 지나 집으로 들어섰다. 포치로 들어서서 현관의 도어를 열자 냉각된 공기가 밀려왔다. 세탁실 앞에 있는 흰색의 기다란 플라스틱 바구니를 향해 타올을 홱-던졌다. 집은 쥐 죽은 듯 고요하다. 그때 주방에서 믹서기 돌아가는 소리가 들려왔다. 자신을 위해 도우미 아주머니가 과일주스 한 잔을 만들고 있을 것이다. 그런 생각을 하면서 그는 여전히 휴대폰 메시지를 읽어내리며 마루를 걸어 자신의 방으로 들어섰다. 다시는 돌아오지 않을지도 모르겠다던 그 신성조의 방이다. 넓고 기다란 책상에 어수선하게 펼쳐진 사진들 귀퉁이에 휴대폰을 내려놓을 때 폰링, 템페스트 연주가 들려왔다.

"네, 말씀하세요."

"나에요. 삼항사님-접니다. 실항사요!"

"어어--실항사, 유승재- 반갑다. 어떻게 잘 지내고 있지?"

"말씀 마세요. 잘 지내는 게 뭐에요!"

"왜 무슨 일이 있어?"

"다름 아니고 이 전화도 도청당하는 거 아닌지 모르겠어요."

"으음-무슨 일이야?"

"어쨌든 그런 게 있고요. 그 조직원들이 수옥이 아주머니와 달래를 밀항시켰다고 경찰에 제보했대요."

"뭐라구-야화선에서, 그 조폭 똘마니들 말이야? 그래서?"

"긴 이야기는 할 수 없고요, 일단 선장님과 갑판장님 달래 어머니가 통영 경찰서에 수감 중이고 검찰에 넘겨지기 직전이랍니다. 특수 사건이라 면회도 안 되는 모양이에요."

"핵심만 말해, 어서!"

"다름 아니고 이 쪽지를 보고 제가 어떻게 할지 몰라서 삼항사님께 전화를 드렸습니다. 어떻게 할까요? 검찰로 넘겨지기 전이라야 한다는데요."

"--음-그럼, 너 그거 팩스로 보낼 수 있니?"

"그럼이요. 우리 집 앞 문방구에 팩스가 있는 걸로 알아요."

"그럼 팩스 번호 알려줄게. 어서 메모해라, 일항사!"

사진을 정리하려던 성조가 방을 나올 때 주방 쪽에서 쟁반을 받쳐 들고 걸어오는 도우미가 보였다. 그는 서재로 가려던 방향을 바꿔 아주머니를 향해 걸었다. 잔을 들고 다시 서재를 향했다. 도어를 밀자 원서들이 빼곡하게 차 있는 방에서 책 냄새가 은은하게 풍겨왔다. 아버지의 체취와 오래된 종이냄새와 물 건너왔을 가구들의 유약과 목재 냄새들이다. 그리고 외과의의 방답게 소독약 냄새 비슷한 것들이 혼합된 냄새라는 생각을 또 하면서 성조는 도어를 닫았다. 팩스기가 올려져있는 다이 옆으로 가끔 희끗거리며 작은 흠집과 함께 길이 든 마호가니 책상이 먼지 하나 없이 반짝이고 있었다. 좀처럼 팩스는 오지 않아 주스를 홀짝이며 서 있던 성조는 손님 용 의자에 가서 앉았다. 몇 분 후 기계가 작동하는 소리가 들려왔다. 팩스는 두 장의 흰 펄프를 내밀고는 끄르르하고 꺼졌다.

"삼항사님, 오래 기다렸을 줄 압니다. 제가 이 사연을 쓰는데 시간이 좀 걸리니까요. 또 하나의 쪽지가 바로 선장님이 제게 보낸 것이거든요. 조금 전 어떤 여자가 자기의 남편을 면회하고 왔는데 이 쪽지를 몰래 받아왔다는 겁니다. 쪽지를 받았을 당시에는 조그맣게 접혀 풀로 붙여져 있었어요. 특수 사건이라 면회도 안 되는 모양이에요. 팩스를 받으시는 대로 제가 무엇을 해야 할지 전화로 알려주세요. 유승재!"

신성조는 또 한 장의 A4 용지를 읽어내렸다.

"유승재에게(다른 사람과는 절대로 말고 삼항사와 의논 바람~ 아래 적은 내용을 우리겨레신문사 이완재 부장에게 전달 바람~ 이수옥은 15년 전 북파 당시 우연히 만났던 여자다. 달래는 그녀와 나의 소생이고, 이번에 밀항자들 속에서 그들을 처음 만났음. 우리는 너무 사랑하고 있음! 이수옥의 휴대폰 번호-000-000-0000"

이것은 지령이잖아. 신성조의 입가에 미소가 번졌다.

'그랬었군! 정말, 이런 기막힌 사연! 암호해독이 필요하단 말이네. 이수옥의 전화번호는 그녀의 신변을 부탁한다는 뜻일테고 일단 생활할 수 있도록 뒤를 봐달란 말일 것이다. 그리고 통영경찰서 수감자가 왕년에 북파 공작원이었다. 그런데 이번에 탈북여성을 밀항시켰는데 저들은 접선이라고 우기겠지? 이야기를 압축한다면 전진수 선장이 원하는 것은 자신의 신병과 달래 모녀에 대한 이야기다. 자기들이 어떤 방식으로 법망을 빠져나갈 수 있을까,를 고민하는 것이겠지.'

거기까지 분석이 끝났을 때 신성조는 자신의 방으로 돌아와 휴대폰을 다시 들었다. 이미 유승재로부터 여러 통의 전화가 와있었다.

"일단 달래가 있는 곳은 승재야 네가 알고 있지? 여기 적힌 번호로 전화해서 그들을 도와주도록 해야지."

"삼항사님! 달래는 엄마와 포동이 아제네 집에 묵고 있었죠. 그런데 어제 경찰이 들이닥쳐 아주머니를 잡아갔다니까요!"

"그래서 아주머니도 통영경찰서에?"

"네, 그럼 이 편지는 아주머니가 잡혀가기 전에 작성된 것이네!"

"그렇습니다."

"아아~ 그렇다면~걱정하지 말고 내가 돈은 얼마든지 부쳐주겠다. 승재야, 달래는 어떻게 하고 있지?"

"포동이 아제 사모님이 입원시켰습니다. 충격이 심해서 좋지 않았어요. 위험한 고비는 넘겼답니다."

"다행이구나. 승재 네가 고생 좀 해라! 나는 서울서 행동개시다. 모두잘 될 거야."

승재 전화를 끊고 나서 성조는 컵을 책상에 내려놓고 침대로 가서 벌렁누웠다.

'사랑하는 사이셨다고? 와—이건 세기적 뉴스다. 돌풍과 밀월여행이라! 15년 만에 객지에서 느닷없이 만났던 여인과 선상에서 재회라니! 아니—천상재회다! 짜릿짜릿했겠다. 선장님이 싱글인가?'

입을 다물지 못하고 솟아나는 웃음에 신성조의 입이 자꾸 벌어졌다.

'어쩜 그렇게 감쪽같이 몰랐을까. 짜식, 승재는 알고 있었나? 그 이념을 넘나드는 사랑을 완성시키기 위해 나도 당연히 동참해야지. 이제부터 작전개시다.'

신성조는 다음날, 우리겨레신문사를 찾아가 이완재부장을 만나 쪽지도 주었을 뿐만 아니라 그동안 있었던 일련의 이야기를 들려주었다. 그러나 164명의 밀항자 이야기는 물론 빼고 말이다.

유승재가 처음 신성조에게 팩스를 보내던 날로부터 다음다음날 통영경찰서 앞에서는 대한민국에서 가장 대표적인 시민단체, 〈참연대〉 회원들과 또한 그들과 연대한 〈민주변호사연대〉와 〈인권참여사랑방〉 등의 회원들이 대대적으로 피켓을 들고 농성에 들어갔다. 본부에서 파견 나온 수장을 비롯하여 부산과 마산은 말할 것도 없이 해남 등지에서도 이들의 구명을 위해 시민단체 행동대원들이 발을 벗고 나섰다.

"그들의 소생, 열다섯 살 소녀는 입원 중!"

"열다섯 살 소녀에게 처음 아비를 돌려주자!"

"남과 북의 화해무드 통영경찰서가 냉수세례!"

"햇볕 발사하는 대통령에 따귀 갈기는 국정원!"

"석방하라 남남북녀, 전진수와 이수옥을!"

"북파도 서러운데 남파공작원이 웬 말!"

한편 서울, 종로구 세종로 32번지 미국대사관 앞에도 그와 똑같은 사태가 연일 벌어지고 있었다. 이제 6월이 중반으로 접어드는 때, 태양은 이제 본격적으로 한반도에 불을 끼얹는 계절, 머리에 모자를 쓰고 터번을 감고 교대 별로 어디선가 준비해 온 생수를 머리에 붓는 등, 제각기 해를 가리고 열을 식힐 방비를 하지만 사람들은 속수무책 미 대사관 앞 빨빨 끓는 도로에 수십 명씩 주저앉아 농성을 그치지 않았다

"햇볕정책 무색하다. 빨갱이로 몰지 마라."

"대한민국이 억류한 탈북녀를 석방하라!"

"탈북 난민을 구조한 선장 전진수를 석방하라!"

"이념을 초월한 사랑, 대한민국이 책임져라!"

"이수일과 심순애 아니고 이수옥과 전진수다!"

그 날 석간부터 지방지는 물론 사대 일간지를 비롯하여 타블로이드판

신문들까지 이수옥과 전진수로 신문이 도배되기 시작했다. 특히 우리겨레
신문사는 두 달여가 지나고부터 그 자매지 우리겨레신문21을 통해 전진수
의 풀 스토리를 게재하기 시작했다. 전국에서 전직 북파공작원들이 몰려
왔다.

"우리는 북파공작원이지 이중간첩 아니다!"

"자유주의 나라의 끄나풀에 메인 인생!"

"누구를 위했던 북파인가 남은 것은 감시의 눈알뿐!"

"북파는 안기부가 남파는 국정원이!"

"공작원에게도 인권 있다 대한민국 시민이다!"

퍼붓고 또 퍼붓던 지루한 장마가 끝나가고 있지만 대사관 문은 열리지
않았다. 정부에서도 아무런 답변이 없었다. 농성자들은 차츰 지쳐가는 것
같았다. 아무런 해답도 없이 철수 해야 되나? 조금 있으면 8.15, 해방기념
일이 지나고 나면 추석이다.

"어젯밤도 여기서 잤나?"

"그럼이요. 부장님, 제가 태어나서 제일 착한 일을 하는데요."

"자네의 정성을 봐서라도 하늘이 가만히 있지 않을 걸세. 부모님들이
걱정 안 하시나?"

"그분들 너무 바빠요. 제가 죽고 나면 어~ 얘가 언제 죽었지? 그럴 겁
니다."

함께 있던 사람들이 모두 웃음바다에 빠져있을 때 막걸리가 박스로 배
달되어 왔다. 그리고 포장된 쭈구미 종이 접시가 사람들이 모여 있는 앞앞
이 배당되었다. 사람들은 와우 소리를 치고는 침을 삼키며 비닐포장을 뜯
고 나무 젓가락 까는 소리가 여기저기서 들렸다.

"어어~ 이거 누가 이렇게 이쁜 장난을 치는 겁니까?"

"누구긴 누구에요. 우리겨레신문사 이완재 부장님이시죠"

"부장님 그 전진수 선장과는 어떻게 아는 사이시죠?"

"서울 모 대학에 다닐 때 함께 운동권이었죠! 앞으로 전진수와 이수옥

이 자유의 몸이 되는 그날까지 미대사관 농성장에 시민이 얼마나 모이든 날마다 막걸리는 내가 쏜다, 신성조!!"

그동안 힘은 들었지만 동지애들이 생긴 젊은 여성들은 눈시울을 적셨다. 바로 그 때 〈온마이뉴스〉시민기자 소세영이 신성조 앞으로 다가와 마이크를 들이댔다.

"고생 많으십니다. 저는 온마이뉴스 시민기자 소세영입니다. 농성이 시작되고부터 이 자리를 전혀 뜨지 않으셨다고 하던데 맞습니까?"

"예~ 맞습니다."

"전진수 선장과는 어떻게 아는 사이신가요?"

"제가 승선했던 무역선 야화선의 선장님이셨죠. 저는 삼등항해사로 승선했구요."

"그럼 전진수 선장의 면모를 여실히 아시겠어요?"

"그렇다고 할 수 있죠. 얼마 되지 않는 기간이었지만 한솥밥을 먹었으니까요."

"지금 두 달여를 신문이 그에 대한 기사로 도배해서 그의 이력은 다시 묻지는 않겠습니다. 그는 그러나 어떤 사람입니까?"

"그가 북파공작원이었는지도 모르고 있었으니까 저는 처음에 이상한 사람이라고 생각했었습니다. 사람만 한 가죽 부대를 끌고 다닌다는 소문이 있었거든요. 그런데 배를 탔더니 그가 나무를 매일 조각한다고 들었습니다. 무엇을 조각하는지는 모르지만…"

"그것이 무엇이 이상합니까?"

"그는 신경이 곤두서면 가죽 띠로 그 통나무를 지칠 때까지 팬다는 겁니다."

"정말 이상하군요. 혹시 싸이코란 생각은 해보지 않았습니까?"

"그를 잘 아는 분에게 들었는데 학생운동으로 제적을 당했을 때부터 생긴 이상한 버릇이 있다고 합니다. 처음엔 무엇인가를 두들겨 패지 않으면 하루를 넘길 수 없었다던데요."

"그렇다면 신성조님은 대한민국 군부독재가 그를 그렇게 만들었다고 생각하시는 겁니까?"

"두말하면 잔소리죠! 십오 년 전 그를 북파 시켰던 대한민국이 지금 정권이 바뀌었음에도 불구하고 이번에 그를 북과 연관이 있다고 놓아주지 않는다면 더구나 햇볕정책에 뺨을 치는 격이죠! 저 피켓의 문구 보이시죠. '북파는 안기부가 남파는 국정원이!' 하는 문구요."

"그렇다면 아직도 끝나지 않은 군부독재군요. 그의 인간적 면모에 대해서도 말씀하실 것이 있을 것 같습니다만 어떻습니까?"

"~ 어~~ 그가 술을 잘하던데요. 이번 출항으로 회사에서 나온 특별보너스를 선원들에게 돌렸습니다. 물론 십오 년 만에 사랑하는 여자가 생각지도 않았던 자기 소생의 손을 잡고 기적처럼 나타났는데 무슨 짓인들 못하겠습니까마는… 어쨌든…"

"그들이 자유의 몸이 되어 나올 수 있다고 생각하십니까?"

"적어도 이번 정권은 뭔가 다를 것이라고 생각합니다. 하지만 누가 장담하겠습니까?"

"신성조씨의 소원대로 그들이 자유의 몸이 되어 지구촌의 단 하나 대치 상황이었던 남과 북의 통일의 상징이 되기를 기대하겠습니다. 게릴라 인터뷰에 응해 주셔서 감사합니다. 사진을 몇 장 박아도 될까요?"

셔터 플래시가 빌딩들이 즐비한 세종로 미대사관 앞을 밝히더니 기자와 함께 사라졌다.

"발 빠르기로 유명한 온마이뉴스가 이번엔 웬 늦잠이지?"

"저 사람들은 시민기자에요. 특종을 향해 물고 늘어질 줄 알았더니 싱겁게 가네요."

"미스타 신! 그들이 저 미대사관 문을 밀고 나오겠나, 통영경찰서에서 석방되겠나?"

"그게 상징적으로 다른 의미입니까?"

"물론이지. 이수옥은 일단 중국을 거쳐 왔단 말이야. 오빠의 초청으로 흑룡강성에서 삼 년 가량 살았잖아. 석방이 안 되더라도 북송되지는 않을 거다."

얼굴에 웃음을 띠고 있던 신성조의 얼굴이 굳어졌다.

"자네 왜 얼굴이 굳어지나?"

"부장님, 탈북이 아니라면 그럼 중국에서 불법 출국이라고 잡아들이라고 하면 어떻게 되나요?"

"그러니까 우리는 계속 제 삼국을 거쳐 온 탈북이라고 주장을 해야지."

"그런 깊은 뜻이 있었군요. 어휴~ 저는 잠시 가슴이 답답했습니다. 그렇다면 미 대사관 문을 열고 나오기가 쉽겠는데요."

"바로 맞았어!"

8월로 들어서서 지루한 장마가 끝나고 휴가철이 종지부를 찍고 있는 한반도에 이제 추석을 앞두고 8.15 광복절과 이산 가족 상봉에 대한 이야기가 떠돌면서 햇볕정책은 과연 어디를 얼마나 비출 것인가? 20세기 말 세계 안보 환경이 냉전 종식과 함께 큰 변화를 가져온 지구촌에, 마지막 남은 남과 북의 대치 관계를 얼마나 진전시킬 것인가. 이제 글로벌한 지구촌은 국경이라는 물리적 경계를 넘어 남의 나라 인권을 함께 이야기하는 시대에 와있다. 자유를 찾아 제 삼국으로의 죽음을 담보하는 행렬들이 줄지어 압록강과 두만강에 시체로 떠오르는 암흑의 나라! 오늘도 굶고 어제도 굶고 내일도 굶어야 하는 누더기 같은 절망의 시간들을 베고 누운 북의 사람들! 기운이 없어 버스를 누워서 기다려야 하는 인민들을 아직도 착취하며 독재의 쇠뭉치를 휘두르는 무지스러운 괴뢰! 균등과 분배가 삭제된 불합리한 정치구조 하의 동족을 과연 어떻게 구제할 것인가. 불합리한 구조나 이념은 물론 남이든 북이든 국가 패망의 원인인 권력자들의 부패를!

또한 20세기에 들어서서 동북공정을 착착 진행하며 역사적으로 그 어느 때보다 더 치밀한 행보를 떼어놓고 있는 중국과, 여전히 교과서 왜곡과 날조된 지도를 들고 전 세계민을 향해 끊임없는 홍보를 계속하고 있는 파렴치한 일본, 먹거리를 비롯한 전방위적 경제식민지로 조여오는 미국이라는 거대한 아가리 앞에서 과연 이 시대를 어떻게 헤쳐나갈 것인가.

그런 생각들을 하며 진수는 잠이 들었다. 누군가 옆구리를 치는 사람이 있었다. 놀라서 얼굴을 돌리자 너무 캄캄해서 이목구비가 전혀 보이지 않는 머리가 얼굴을 코앞에 푹—하고 들이밀었다. 소름이 오싹 끼쳤다. 놀라서 얼굴을 뒤로 빼고 있는 진수의 눈앞에 망치, 멍석말이 당한 추한범의 얼굴이 점점 환해지더니 생시와 똑같이 헤헤 웃고 있었다. 개기름 흐르는 번들거리는 얼굴이 뻔뻔하고 더러워 잡으려고 팔을 뻗으면 도망치고 잡힐 만하다가 도망치고 잡힐만 하면 벌써 몇 걸음 앞에 가 있었다. 아무리 발을 빨리 떼어놓으려 해도 되지 않았다. 팔을 훼훼 젓다가 놀라서 깼다. 의식이 돌아오고 나서도 꿈 같지 않았다. 놈의 영혼이 억울해서 아직도 내 옆을 배회하는 모양인가? 기분이 좋지 않았다. 침잠해 있던 죄의식이 다시 머리를 들고 올라왔다.

6시가 가까운 모양이다. 얇은 칸막이 저쪽으로 당직자의 코고는 소리, 수감된 자들의 이빨 가는 소리들, 큰숨을 몰아쉬는 소리가 간헐적으로 들려왔다. 대질심문하는 자리에서 3주 전 쯤 수옥이를 만났다. 많이 수척한 그녀의 영상이 떠오르자 전진수는 몸을 꿈틀하며 돌아누웠다. 안쓰러움이 통증이 되어 가슴으로 싸르르한 증상이 건너갔다. 다음으로 또 달래가 떠올랐다. 꼭 한 번 실항사의 얼굴을 볼 수 있었다. 친 아들처럼 걱정스러운 얼굴의 승재에게 달래소식은 들었다. 병원에 입원해서 건강 검진도 받고 의사의 지시에 의해 살도 많이 올랐다니 이제 수옥과 함께 여기만 나가면 된다. 그러나 이완재는 지금 무엇을 어떻게 하고 있을까?

남해가 바라다 보이는 병실에 사람들이 텔레비전을 올려다보고 있었다. 엄마 걱정으로 수심이 많은 얼굴이지만 달래는 이제 조금은 높지 않은 코 옆으로 뽀얀 살이 올라오며 완전히 회복된 건강한 얼굴을 하고 있었다.

달래의 옷가지며 수저와 물통 그리고 타올, 휴지, 몇 권의 책들, 자신이 실어 나른 여러 가지 잡동사니를 커다란 가방에 넣으며 승재가 달래의 얼굴을 바라보았다.

"오늘 대통령 특별 담화가 있을 거라던데 혹시 모르니까 텔레비전 잘 보고 있어. 삼등항해사님이 그러는데 좋은 소식이 있을지 모른데."

오전 10시가 넘은 시간! 바로 그때 텔레비전을 바라보고 있던 달래가 눈이 동그랗게 커지면서 옆에 있는 승재의 옷자락을 잡아당겼다. 달래의 얼굴에서 휙~ 고개를 돌린 승재가 텔레비전을 보는 순간 통영경찰서 앞마당을 걸어 나오는 이수옥과 전진수, 두 사람의 얼굴이 화면 가득 클로즈업 되었다. 얼떨떨한 표정을 하면서 서로의 얼굴을 바라보는 그들 앞으로 수많은 취재진이 마이크를 들이미는 장면이다. 화면 밑으로 자막이 지나가고 있었다.

"남과 북 이념을 초월한 사랑, 오늘 대한민국 햇살에 안기다!"

"오늘 출소하시는 소감을 한마디 부탁합니다."

"탈북자를 구조하고도 2달여를 억류돼 있었다던데 어떻게 생각하십니까?"

"남하를 결심할 때 옛사랑을 찾기 위해서였습니까?"

"남하 결심의 첫 번째 동기는 무엇이었습니까?"

"15년 만이라는 것이 사실입니까?"

"아오지, 즉 현재 유월십삼일 탄전 생활에 대해 알고 싶습니다."

"전진수 선장께 묻겠습니다. 오늘을 예감하고 있었습니까?"

"전혀… 전혀요. 지금 어떤 영문인지 전혀 모르고… 있었습니다."

"제 삼국을 거쳐 탈북을 감행했다던데 구체적으로 말씀해 주십시오."

바로 그 찰나에 화면이 확 바뀌고 남녀 두 명의 앵커가 나타났다.

"이번 8.15를 기념하는 대통령의 특별 대사면에는 두 달 여를 넘게 한반도를 뜨겁게 달구었던 남남북녀도 포함되어 있습니다. 불우했던 이들이 햇살 가득한 대한민국의 품에 안기기 위해 억류되었던 통영경찰서에서 출소하는 장면을 방금 보셨습니다. 통영은 조금 있다 다시 연결하기로 하고 우선 지금부터 생중계되는 추석맞이 이산가족 상봉과 반세기를 넘는 8.15 광복절 기념 대통령 특별담화를 보시겠습니다. 청와대 나와 주세요."

두 손을 맞잡은 달래와 승재의 눈에 눈물이 가득 고여 있었다. 누워있거나 앉아있는 환자들과 간병인들, 가족들도 모두 입을 벌린 채 TV 화면을 주시하는 중이다.

"국민여러분, 안녕하십니까? 아이엠에프를 맞아 어려운 가계를 상관없이 추석이라는 우리의 전통절기는 어김없이 찾아왔습니다. 전통은 우리 후손들을 위해 마련해 놓은 선인들의 지혜와 배려의 결정체입니다. 그러나 전 세계적으로 냉전이 종식된 이 지구촌에 유일하게 남은 대치상황의 한반도! 해방을 맞은 지 반세기가 넘었다고는 하나 그 해방이 가져다 놓은 국제적 힘의 논리는 우리 민족과 땅을 가르고 그것도 모자라 여전히 통합과 화합의 물결에 은밀히 재를 뿌리고 있습니다. 백두산의 이면은 장백산이 되고 중국의 동북공정은 이제 끝나가고 있는 이때 부모님의 묘소를 찾아 함께 잔을 올리고 배례를 해야 할 우리는 이산의 아픔을 이번에도 겪어야 합니다. 이제 군부 독재의 잔뿌리마저 뽑고 있는 국민의 정부가 새로운 시대를 열기 위해 오늘 대국민 담화를 발표하기에 이른 것입니다. 군부독재와 그동안 청산되지 않은 일제의 잔재로 하여 몹쓸 뿌리들에 엉킨 발목을 이제야 뽑고 가든한 발걸음으로 나아가야 할 때입니다.

우리를 둘러싸고 있는 외세는 100년 전이나 마찬가지로 여전히 저희들 맘대로 구획을 정해 놓고 삼켜야 할 때를 호시탐탐 노리고 있습니다. 우리는 화합하고 나아가서는 통합하고 총합합시다. 중국이 동북공정을 치밀하게 진행하고 있는 이 때 일본은 역사적으로 있지도 않았던 평양에의 한사군 설치를 주장하면서 남의 나라 역사를 함부로 왜곡하며 그리하여 임나일본부를 주장하면서 한반도의 남쪽은 원래 일본이 지배하고 있었다는 날조된 식민사관을 주장하고 독도를 빼앗으려는 입체적 시나리오를 전 세계를 향해 배포하는 이 때 우리는 가만히 있을 수 없습니다.

당리당략과 부패한 정치권, 지역이기주의로 날을 세우는 우리는 모두 사분오열의 그물을 찢고 화합의 장으로 나섭시다. 이번 추석과 반세기가 넘는 8.15 해방을 맞아 우리 한반도는 물론 전 세계를 향해 저의 포부이며 앞으로 저와 함께 나아갈 국민적 행보를 말씀드리겠습니다.

　이번 추석은 남북한에 이산된 가족은 신청자 누구든 전원이 만날 수 있는 장을 마련하겠습니다. 말하자면 정치 형태는 그대로 남겨둔 채 남과 북이 갈라지기 전 상태로 돌아가 남과 북, 모든 가정이 상봉하는 자리를 마련하겠습니다.

　또한 한 말과 일제 치하 또는 그 이전부터 정치권의 부패와 외세에 못 견뎌 제나라 제 땅을 두고 떠났던 슬픈 백성들, 우리가 감히 조선족이라고 구별하여 부르는 동북 삼성을 비롯해 중국 전역에 퍼져있는 우리의 동포들, 그리고 러시아 연해주를 비롯한 키르기스스탄, 우즈베키스탄, 몽골 등에 퍼져 사시는 우리가 감히 고려인들이라고 명명한 이들은 모두 우리의 동포입니다. 그들이 어렵사리 뿌리 내린 그 땅을 향해, 혹은 고구려의 영광을 힘들게 존속시킨 그들과 함께 대한동북아 공정에 착수할 것입니다. 그리하여 조선족이라는, 혹은 고려인이라는 명칭을 떼어버리기로 합시다. 지구촌은 이제 하나라는 글로벌한 21C의 패러다임이 수립된 이때에 각지에 흩어져 있는 우리의 민족을 함께 찾아가며 우리는 다변화와 다문화의 개념을 세웁시다. 경제가 어려운 고려인과 조선족이라는 우리 민족들부터 우선 구원해야 할 것입니다. 급속한 산업화로 한강의 기적을 이룬 위대한 우리 민족이 아아엠에프에 들어섰다고는 하나 우리는 다시 일어설 수 있습니다. 저 멀리 중앙아시아까지 흩어져 있는 우리의 핏줄을 찾고 역사를 찾아야 함은 물론 한반도의 북쪽에 아사로 죽어가는 바로 우리의 이웃, 우리의 가족들을 우리는 외면할 수 없습니다. 이제 남쪽 대한민국에서 이룩한 눈부신 문명과 첨단의 기술을 바탕으로 굶기를 밥 먹 듯하고 있는 북쪽 주민에게도 일자리를 나눠 주고 단결 합력하여 우리가 한 동포임을 넉넉히 인지하고 실천할 때 제 2의 한강의 기적은 진정 찾아오리라고 확신합니다. 대한민국 국민 여러분 사랑합니다. 대동단........!"

에필로그

　수옥을 몇 걸음 뒤에 세우고 가죽부대를 끌고 울퉁불퉁한 화산암으로
올라온 전진수는 조금은 평평한 지점에 발을 내렸다. 그리고 천천히 지퍼
를 열면서 저 아래 바다 수면을 내려다 보았다. 암초 밭인지 이리저리 소
용돌이치는 물결이 보였다. 시체를 꺼내 듯 일 미터가 넘는 나무 조각상을
꺼냈다. 흉물스러웠다. 이렇게 흉물스러운 것을 지금껏 끌고 다녔다니. 진
수, 자신도 새삼 놀라고 있었다. 한시바삐 떠나보내야 한다. 자신의 증오
와 저주, 사탄의 역사를 고스란히 품고 있는 아버지의 조각상이다. 부피를
모르는 분노가 치밀 때 자신에게 말가죽 채찍을 수없이 맞았던 진수, 자신
의 분신이자 아비라는 인형이다. 아버지처럼 살아있는 생체를 향해 날릴
수 없었던, 말가죽 채찍을 가하기 위해 전진수 라는 인간이 만들어낸 이것
은 심리적 트릭이다. 이 상징을 이제는 떠나보내도 될 것 같다. 아니 떠나
보내고 싶다.
　아비라는 한 인간과 전진수라는 두 인간의 사악한 영혼이 깃들어 있는
흉물을 들고 힘껏 바다를 향해 던졌다. 노을빛에 한참 물들어가는 바다에
서 색채의 파노라마가 일고 있었다. 던져진 전진수 선장의 아비는 암초에
부딪혔는지 이리저리 몸을 바꿔가며 조금씩 더 넓은 바다로 흘러가고 있
었다. '잘 가세요, 아버지! 고 사랑스런 것들, 내 어미라는 그 창백한 미인
과 세상에서 가장 말랑말랑한 것들을 향해 채찍을 날리던 아버지, 그의 영
혼을 점령하고 있던 사탄이여 가라. 또한 군부 독재에 희생된, 명부를 떠

도는 모든 복수의 신들과 함께 내 안에 살던 모든 저주를 실오라기 한 점도 남기지 말고 그 몸에 고스란히 담고 영원히 떠나라.'

처음이자 마지막 아버지의 명복을 빌면서 진수는 떠나가는 자신의 악한 영혼과 작별을 고했다.

한 자리에 한참을 서 있던 전진수 선장은 돌아섰다. 저 아래 수옥이가 조금은 불안한 기색으로 자신을 바라보고 서 있는 뒤에 승재와 달래가 이야기 하며 바닷바람을 맞는 것이 보였다.

"무스그 일임매? 발걸음이 홀가분해졌슴둥!"

수옥의 어깨에 팔을 두르며 전진수 선장은 입을 열었다.

"흉칙한 또 하나의 나를 지금 익사시켰소. 나는 이제 단란호의 선장이요."

"그럼 그 단란호에는 누구와 누구가 탑승하고 있지비?"

"이수옥과 전 달래 유승재가 아닌 전승재가 승무원이요!"

"가끔, 항해 하다가 이쁜 짓 하는 에미나이들 있으면 승객으로 태워도 되겠슴매?"

"물론이지. 오늘 저녁은 평양냉면을 먹을까? 불고기에다 말이요."

"기러문 좋겠슴둥! 자전차포 아내를 치료한 피양댁이 일하는 그 식당이 어떻겠슴매?"

— 끝 —